TUDO É EVENTUAL

OBJETIVA

STEPHEN KING

TUDO É EVENTUAL

Tradução de Myriam Campello

OBJETIVA

Título original:
Everything is Eventual

EDITORA OBJETIVA LTDA. Rua Cosme Velho, 103
Rio de Janeiro – RJ – CEP: 22241-090
Tel.: (21) 2556-7824 – Fax: (21) 2556-3322
www.objetiva.com.br

Capa
Pós Imagem Design

Revisão
Tereza da Rocha
Sandra Pássaro

Editoração Eletrônica
Abreu's System Ltda.

K52t

King, Stephen
Tudo é eventual / Stephen King; tradução de Myriam Campello - Rio de Janeiro : Objetiva, 2005

305 p. ISBN 85-7302-724-X
Tradução de : *Everything is eventual*

1. Literatura americana - Contos. I. Título

CDD B813

Este livro é para Shane Leonard

Sumário

O que fiz foi retirar todas as cartas de espadas de um baralho, além de um curinga. Ás a rei = 1 a 13.Curinga = 14. Embaralhei as cartas e fui tirando. A ordem em que apareceram tornou-se a ordem das histórias, baseada na posição destas na lista enviada pelo meu editor. Tal ordem criou de fato um equilíbrio muito bom entre as histórias literárias e aquelas escritas obviamente para assustar. Também acrescentei uma nota explicativa antes ou depois de cada história, conforme me parecia a melhor posição. A coletânea seguinte será escolhida pelo Tarô.

—

Introdução: Praticando a arte (quase) perdida

JÁ FALEI MAIS DE uma vez sobre a alegria de escrever, e não vejo nenhuma necessidade de reaquecer esse guisado no momento atual, mas aqui vai uma confissão: também tenho um ligeiramente doido prazer de amador com o lado comercial do que faço. Gosto de brincar com a coisa, fazer um pouco de polinização cruzada com os veículos da mídia e forçar a barra. Tentei escrever romances visuais (*Storm of the Century, Rose Red*), romances em série (*O Corredor da Morte*), e romances em série na Internet (*The Plant*). A questão não é ganhar mais dinheiro ou exatamente criar novos mercados; é tentar ver o ato, a arte e o artesanato da escrita de modos diferentes, refrescando assim o processo e mantendo os artefatos resultantes — em outras palavras, as histórias — tão luminosos quanto possível.

Comecei a escrever "mantendo [as histórias] novas" na linha acima, depois apaguei a frase por uma questão de honestidade. Vamos e venhamos, senhoras e senhores, a quem posso enganar a esta altura, a não ser talvez a mim mesmo? Vendi meu primeiro conto aos 21 anos, ainda no terceiro ano da universidade. Tenho agora 54 anos e já desfiei muita linguagem neste computador/processador de texto de cerca de um quilo onde ponho meu boné do Red Sox. Escrever contos há muito já não é algo novo para mim, mas isso não significa que tenha perdido seu fascínio. Se eu não encontrar novos meios de manter o conto renovado e interessante, ele envelhecerá e se gastará rapidamente. Não desejo que isso aconteça porque não quero enganar os que me lêem (você, caro Leitor Constante), assim como não quero enganar a mim mesmo. Estamos nisso juntos, afinal de contas, como num namoro. Devemos nos divertir, dançar.

Portanto, tendo isso em mente, aqui vai outra história. Minha mulher e eu somos proprietários de duas estações de rádio: a WZON-AM, dedicada aos esportes, e a WKIT-FM, que é voltada para o *rock* clássico ("O *rock* de Bangor", como dizemos). O rádio é um negócio difícil hoje em dia, especialmente num mercado como Bangor, onde há estações demais e ouvintes de menos. Temos *country* contemporâneo, *country* clássico, músicas antigas, clássicos da música norte-americana, Rush Limbaugh, Paul Harvey e Casey Kasem. As estações de Steve e Tabby King ficaram no vermelho por um monte de anos — não profundamente no vermelho, mas o bastante para me incomodar. Gosto de ser vencedor, e ainda que estivéssemos vencendo os índices de audiência, continuávamos quase no fundo do poço no final do ano. Explicaram-me que simplesmente não havia renda de publicidade suficiente no mercado de Bangor, que a torta fora excessivamente dividida.

Então tive uma idéia. Escreveria uma peça radiofônica como as que ouvia com meu avô enquanto eu crescia e ele envelhecia em Durham, no Maine. Uma peça de *Halloween*, minha nossa! Eu conhecia a famosa — ou infame — adaptação de Orson Welles de *A Guerra dos Mundos* em *The Mercury Theatre*, claro. A presunção de Welles (presunção absolutamente *brilhante*) ao contar a clássica história de invasão de H.G. Wells por meio de uma série de boletins de notícias e relatórios funcionou. E tão bem que desencadeou o pânico, e Welles (Orson, não H.G.) teve que se desculpar publicamente no *Mercury Theatre* da semana seguinte. (Aposto que o fez com um sorriso nos lábios — sei que *eu* estaria sorrindo, se algum dia me ocorresse uma mentira tão poderosa e convincente.)

Achei que o que funcionara para Orson Welles funcionaria para mim. Em vez de começar com uma música de orquestra para dançar, como na adaptação de Welles, a minha começaria com Ted Nugent gemendo em "Cat Scratch Fever". A seguir, um locutor interromperia, uma de nossas verdadeiras personalidades radiofônicas da WKIT (ninguém mais os chama de DJs). "Aqui é JJ West, com a WKIT notícias", diria ele. "Estou no centro de Bangor, onde umas mil pessoas entopem a praça Pickering, observando um grande objeto prateado, em forma de disco, descendo do céu... Esperem um minuto, se eu levantar o microfone, talvez vocês possam ouvi-lo."

E, de repente, estaríamos no meio da ação. Eu poderia usar nossas próprias instalações internas de produção para criar os efeitos de áudio, atores da comunidade teatral local para fazer os papéis, e o que seria o melhor de tudo? A melhor parte de tudo? Poderíamos gravar o resultado e transmiti-lo em cadeia para estações *por todo o país*! A renda resultante, imaginei (e meu contador concordou), seria "renda de estação de rádio", em vez de "renda de texto criativo". Era um modo de contornar a escassez de renda de publicidade. Assim, no fim do ano, as estações de rádio poderiam de fato mostrar um resultado positivo!

A idéia para a peça de rádio era excitante, assim como também o era a perspectiva de empurrar as estações para uma posição de lucro com minhas habilidades de escritor de aluguel. Tentei várias vezes, mas tudo que eu escrevia saía em forma de narrativa. Não uma peça, o tipo de coisa que a gente vê desenrolando-se na mente (os que tiverem idade bastante para lembrar de programas de rádio como *Suspense* e *Gunsmoke* sabem do que estou falando), mas algo mais parecido com um livro ou uma fita. Tenho certeza de que poderíamos ter seguido a rota da transmissão por cadeia (através de várias estações de rádio) e ganhado dinheiro, mas eu sabia que a peça não seria um sucesso. Era tediosa. Enganaria o ouvinte. E eu não sabia como consertar aquele fiasco. Acho que escrever peças de rádio é uma arte perdida. Perdemos a capacidade de ver com os ouvidos, embora a tivéssemos no passado. Lembro de escutar um sujeito do rádio batendo com os nós dos dedos num bloco oco de madeira... e ver Matt Dillon entrar no bar do Long Branch Saloon com suas botas empoeiradas tão nitidamente como a luz do dia. Mas esses dias terminaram.

Escrever peças no estilo shakespeariano — comédia e tragédia que se desenvolvem em versos brancos — é outra arte perdida. O pessoal ainda vai ver produções universitárias de *Hamlet* e *Rei Lear*, mas vamos ser honestos: como poderia uma dessas peças competir na TV com *Big Brother Brasil* ou *No Limite*, mesmo se pudéssemos conseguir Brad Pitt para representar Hamlet e Jack Nicholson para fazer Polonius? Mesmo que as pessoas ainda assistam a *extravaganzas* elizabetanas como *Rei Lear* ou *Macbeth*, a capacidade de se usufruir uma forma artística está a anos-luz da capacidade de se criar um novo modelo dessa forma artística. De vez em quando, alguém tenta montar uma peça em versos brancos na Broadway ou em teatros na periferia da Broadway. Inevitavelmente, fracassam.

A poesia *não* é uma arte perdida. A poesia está melhor do que nunca. Claro que se tem o habitual bando de idiotas (como a equipe de escritores da revista *Mad* costumava chamar a si própria) escondendo-se nas moitas, pessoas que confundiram gênio com pretensão, mas também há por aí muitos praticantes dessa arte que são brilhantes. Passe os olhos pelas revistas literárias na sua livraria local, se não acredita em mim. Para cada seis poemas que você lê que são lixo, descobrirá um ou dois bons. E essa é uma proporção muito aceitável entre lixo e tesouro, acredite.

O conto também não é uma arte perdida, mas penso que está muito mais perto de cair no poço da extinção do que a poesia. Quando vendi meu primeiro conto, no ano adoravelmente arcaico de 1968, eu já deplorava o contínuo desgaste dos mercados: os livros sensacionalistas de papel barato haviam sumido, os resumos (*digests*) estavam em vias de desaparecer e os semanários (como *The Saturday Evening Post*) agonizavam. Daquele ano para cá, tenho visto o mercado de contos continuar a encolher. Deus abençoe as pequenas revistas em que jovens escritores ainda podem publicar suas histórias em troca de exemplares da publicação, Deus abençoe os editores que ainda lêem os conteúdos de suas pilhas amarfanhadas (especialmente com o medo do antraz a partir de 2001), e Deus abençoe os editores que ainda dão sinal verde às ocasionais coletâneas de contos originais, mas Deus não vai precisar passar o dia inteiro — nem mesmo Sua pausa para o café — abençoando essa gente. Dez ou 15 minutos já bastam. A revista *Story*, uma estrela-guia para jovens escritores (inclusive eu, embora na realidade eu nunca tenha publicado lá), já desapareceu. *Amazing Stories* também, apesar dos repetidos esforços para revivê-la. Revistas de ficção científica interessantes como *Vertex* sumiram, assim como revistas de horror tipo *Creepy* e *Eerie*. Esses periódicos maravilhosos desapareceram há *muito* tempo. De vez em quando, alguém tenta reviver um deles; enquanto escrevo isto, *Weird Tales* cambaleia num *revival* assim. A maioria fracassa. São como essas peças em versos livres que parecem estrear e encerrar a carreira num piscar de olhos. Quando desaparecem, não se pode trazê-las de volta. O que está perdido permanece perdido.

Continuei a escrever contos ao longo dos anos em parte porque as idéias ainda me ocorrem de tempos em tempos — idéias lindamente comprimidas que gritam por três mil palavras, talvez nove mil, 15 mil no máximo — e, em parte, porque é o modo de confirmar, ao menos para mim mesmo, que não me "vendi", pouco importa o que pensem os críticos menos amáveis. Contos ainda são trabalhos por comissão, o equivalente aos itens que se podem comprar na loja de um artesão. Se é que você está disposto a ser paciente e esperar enquanto o artigo único é feito à mão na sala dos fundos.

Mas, se as histórias são criadas desse modo, não há motivo algum para que sejam *comercializadas* pelos mesmos velhos métodos-do-vovô, assim como não há qualquer motivo para se presumir (como tantos críticos tediosos têm feito na imprensa) que a maneira como um trabalho de ficção é vendido, de algum modo, contamina ou barateia o produto.

Estou falando aqui de "Andando na bala", certamente a experiência mais esquisita que tive na venda de meus artigos no mercado. A história ilustra os pontos principais que tento demonstrar: o que está perdido não pode ser recuperado facilmente e, uma vez que as coisas passam de um certo ponto, a extinção é provavelmente inevitável, mas uma perspectiva nova sobre um aspecto da escrita criativa — o aspecto comercial — pode, às vezes, refrescar o todo.

"Bala" foi escrito depois de *On Writing* (*Sobre a escrita*), e enquanto eu ainda me recuperava de um acidente que me deixou num estado de mal-estar físico quase constante. Escrever me fez esquecer parcialmente a dor; foi (e continua a ser) o melhor analgésico em meu limitado arsenal. A história que eu queria contar era a própria simplicidade; de fato, pouco mais do que uma história de fantasma diante de uma fogueira de acampamento. Era *The Hitchhiker Who Got Picked Up By a Dead Man* (*O Carona que Foi Recolhido por um Morto*).

Enquanto eu desenvolvia minha história no mundo irreal da imaginação, uma bolha ponto-com crescia no mundo igualmente irreal do comércio eletrônico. Um aspecto disso foi o denominado livro eletrônico que, segundo alguns, assinalaria o fim dos livros como sempre os conhecemos, objetos de cola e encadernação, páginas folheadas manualmente (e que às vezes despencavam, se a cola fosse fraca ou a encadernação velha). No início de 2000, houve um grande interesse por um ensaio de Arthur C. Clarke, publicado apenas no ciberespaço.

Era extremamente curto (como beijar a própria irmã, pensei quando o li). Minha história, quando a terminei, era muito longa. Susan Moldow, minha editora na Scribner (como fã de *Arquivo X*, eu a chamo de *agente* Moldow... cabe a *você* deduzir), ligou-me um dia instigada por Ralph Vicinanza e perguntou se eu tinha algum texto que quisesse experimentar no mercado eletrônico. Enviei-lhe "Bala", e nós três — Susan, Scribner e eu — fizemos um pouco de história no mundo editorial. Centenas de milhares de pessoas baixaram o conto e acabei ganhando uma constrangedora quantidade de dinheiro. (Na verdade, isso é uma baita mentira, eu não estava nem um pouco constrangido.) Até os direitos de áudio foram a mais de 100 mil dólares, um preço risível de tão grande.

Estou me gabando, me pavoneando como um idiota? De certo modo, sim. Mas vou contar também que "Andando na bala" me deixou absolutamente maluco. Se estou numa dessas salas de espera de aeroporto metidas a besta, geralmente sou ignorado pelo resto da clientela, ocupada em tagarelar ao telefone ou fazer negócios no bar. Por mim, tudo bem. De vez em quando, um desses homens aproxima-se e me pede para autografar um guardanapo de papel para a mulher. Esses sujeitos com ternos magníficos e pastas de executivo geralmente me contam que a mulher leu *todos* os meus livros. Por outro lado, eles não leram nenhum. Querem que eu saiba disso também. São ocupados demais. Leram *Os Sete Hábitos das Pessoas Muito Bem-sucedidas*, leram *Quem Mexeu no meu Queijo?*, leram *A prece de Jabez* e ponto. Tenho que correr, tenho que me apressar, tenho um enfarte marcado para daqui a uns quatro anos e quero ter certeza de ir ao encontro dele com meus papéis em ordem.

Depois que "Bala" foi publicado como um *e*-livro (capa, logotipo da Scribner e tudo o mais), isso mudou. Eu era cercado nas salas de espera dos aeroportos. Era cercado até na sala de espera da estação de trem. Eu era parado na rua. Por um tempo, eu me vi recusando a chance de aparecer em três vertiginosos programas de entrevistas por dia. Cheguei até a ser capa do *Time*, e *The New York Times* noticiou até certo ponto o visível sucesso de "Andando na bala" e o visível fracasso de seu sucessor cibernético, *The Plant*. Minha nossa, eu estava na primeira página de *The Wall Street Journal*. Distraidamente, eu me tornara um magnata.

E o que estava me deixando maluco? O que fazia aquilo tudo parecer sem sentido? Ora, o fato de ninguém ligar para a história. Que diabo, ninguém chegava nem a *perguntar* sobre a história, e sabe o que mais? É uma história *muito* boa, posso dizer para mim mesmo. Simples, mas engraçada. Cumpre o que promete. Se leva o leitor a desligar a TV, para mim ela (ou qualquer dos contos na coletânea que se segue) é um total sucesso.

Mas, na esteira de "Bala", os sujeitos engravatados só queriam saber "Como vai indo o conto? Está vendendo bem?". Como dizer a eles que eu não dava porra nenhuma pela *performance* do conto no mercado, que só estava interessado em sua *performance* no coração do leitor? Teria tido êxito ou fracassado ali? Penetrara nos terminais nervosos do consumidor do texto? Causara aquele pequeno *frisson* que é a razão de ser de uma história de terror? Gradualmente, percebi que assistia a outro exemplo de maré criativa, mais um passo dado por outra arte na estrada que pode de fato terminar em extinção. Existe algo estranhamente decadente no fato de alguém ser capa de uma revista importante só porque usou uma rota alternativa para atingir o mercado. Mais esquisito ainda é perceber que todos esses leitores poderiam estar muito mais interessados na novidade da embalagem eletrônica do que no produto propriamente dito. Você quer saber quantos leitores que baixaram "Andando na bala" realmente *leram* o conto? Eu não. Acho que poderia ficar extremamente desapontado.

A publicação eletrônica pode ou não ser a onda do futuro, mas não dou a mínima importância a isso, acredite. Para mim, enveredar por essa estrada foi apenas outro caminho para tentar me manter totalmente envolvido no processo de escrever contos. E a seguir, fazê-los chegar ao maior número possível de pessoas.

Este livro provavelmente acabará nas listas de *best-seller* por algum tempo: tenho tido muita sorte nesse aspecto. Mas, se o leitor o vir lá, pode se perguntar quantos *outros* livros de contos terminam na lista de *best-sellers* em qualquer ano, e até quando os editores publicarão livros que não interessam muito aos leitores. Para mim, contudo, há poucos prazeres tão fantásticos quanto sentar na minha poltrona preferida numa noite fria, com uma xícara de chá quente do lado, escutando o vento lá fora e lendo um bom conto que posso terminar de uma assentada.

Escrevê-los não é tão prazeroso. Da presente coletânea, apenas dois — a história que deu nome ao livro e "A teoria de L.T. sobre os animais de estimação" — foram escritos sem um esforço bem maior do que o resultado relativamente modesto. E, mesmo assim, acho que se tive êxito em manter o frescor do que escrevo, pelo menos para mim, isso se deve à minha recusa em passar um ano sem escrever, no mínimo, um ou dois contos. Não por causa do dinheiro nem exatamente por amor, mas para cumprir uma obrigação. Porque se alguém quer escrever contos, não basta *pensar* em escrevê-los. *Não* é como andar de bicicleta. É mais como exercitar-se numa academia: a opção é usar o corpo ou perdê-lo.

Ver esses contos aqui reunidos é um grande prazer para mim; espero que o seja para você também. Se quiser me dizer algo a respeito, use o *www.stephenking.com*. Há também outra coisa que pode fazer por mim (e por você): se estas histórias o agradarem, compre outra coletânea. Por exemplo, *Sam the Cat*, de Matthew Klam, ou *The Hotel Eden*, de Ron Carlson. São apenas dois dos escritores que fazem um bom trabalho por aí e, apesar de estarmos oficialmente no século XXI, esses autores o fazem no velho modo de sempre, uma palavra de cada vez. O formato no qual possam aparecer não modifica tal verdade. Se a situação que descrevi o interessa, leitor, apóie esses autores. O melhor modo de dar apoio, na realidade, não mudou muito: *leia os contos deles.*

Gostaria de agradecer a algumas pessoas que leram minhas histórias: Bill Buford, na revista *The New Yorker*; Susan Moldow, na editora Scribner; Chuck Verrill, que vem editando boa parte do meu trabalho há vários anos; Ralph Vicinanza, Arthur Greene, Gordon Van Gelder e Ed Ferman, em *The Magazine of Fantasy and Science Fiction*; Nye Willden, em *Cavalier*; e ao falecido Robert A.W. Lowndes, que comprou aquele primeiro conto em 1968. E também — fundamentalmente — à minha mulher Tabitha, que continua a ser meu Leitor Constante preferido. Todas essas pessoas vêm trabalhando para impedir que o conto se torne uma arte perdida. Eu faço o mesmo. Você também, leitor, que compra as histórias e as lê. Você mais do que todos, Leitor Constante. Sempre você.

Stephen King
Bangor, Maine
11 de dezembro de 2001

Sala de autópsia 4

ESTÁ TÃO ESCURO que durante algum tempo — quanto exatamente não sei — penso que ainda estou inconsciente. Então, lentamente, ocorre-me a idéia de que os inconscientes não têm a sensação de movimento no escuro, acompanhada por um tênue som rítmico que só pode ser o de uma roda rangendo. E posso sentir contato, do alto da cabeça aos calcanhares. Além disso, sinto o cheiro de algo que poderia ser borracha ou vinil. Isto não é inconsciência, e há algo também... também *o quê*? Excessivamente *racional* nessas sensações para que isto seja um sonho.

Então o que será?

Quem sou eu?

E o que está me acontecendo?

A roda rangente detém seu ritmo estúpido e eu paro de me mover. Há um som de estalo à minha volta, vindo da coisa que cheira a borracha.

Uma voz:

— Qual delas eles disseram?

Uma pausa.

Segunda voz:

— Quatro, eu acho. É, quatro.

Começamos a nos mover de novo, mas de modo mais lento. Posso ouvir o tênue roçar dos pés agora, provavelmente com sapatos de sola macia, talvez tênis. Os donos das vozes são os donos dos sapatos. Eles me param de novo. Há um choque seguido por um leve uush. Acho que é o som de uma porta pneumática sendo aberta.

O que está acontecendo?, berro, mas o berro só ocorre na minha mente. Meus lábios não se mexem. Posso senti-los — e a língua também, deitada no chão da boca como uma toupeira aturdida —, mas não consigo movê-los.

A coisa em que começo a rodar de novo será uma cama que se move? Sim. Em outras palavras, uma maca sobre rodas. Já tive contato com elas há muito tempo, na desprezível aventurazinha asiática de Lyndon Johnson. Dou-me conta de que estou num hospital, de que algo ruim me aconteceu, como a explosão que quase me castrou há 20 anos, e que vou ser operado. Há um monte de respostas nessa idéia, na maioria sensatas, mas não sinto dor em lugar algum. Exceto pela questão menor de estar desarvorado de medo, sinto-me bem. E se esses homens são atendentes de hospital me empurrando para uma sala de cirurgia, por que não consigo enxergar? Por que não consigo *falar*?

Uma terceira voz:

— Aqui, rapazes.

Meu leito sobre rodas é empurrado numa outra direção, e a pergunta que me martela a cabeça é: *Em que droga de confusão me meti?*

Isso não depende de quem você é?, pergunto a mim mesmo, mas descubro que pelo menos de uma coisa eu sei. Sou Howard Cottrell, um corretor da Bolsa conhecido por alguns dos colegas como Howard, o Conquistador.

Segunda voz (vinda de um ponto acima de minha cabeça):

— Você está muito bonita hoje, doutora.

Quarta voz (fria, de mulher):

— É sempre bom ter o seu aval, Rusty. Pode se apressar um pouco? A babá está me esperando às sete. Marcou de jantar com os pais.

Às sete, às sete. Deve ser de tarde ainda, ou começo da noite, mas aqui está tudo preto, preto como seu chapéu, preto como o cu de uma marmota, preto como a meia-noite na Pérsia, e *o que está acontecendo*? Onde é que eu estive? O que andei fazendo? Por que não estou ocupando os telefones?

Porque é sábado, murmura uma voz lá longe. *Você estava... estava...*

Um som: *UAQUE!* Um som que eu adoro. Um som para o qual eu mais ou menos vivo. O som de... o quê? A ponta de um taco de golfe, claro. Batendo na bola pousada no pino de plástico. Fico em pé e a observo enquanto voa, mergulhando no azul...

Sou agarrado pelos ombros, panturrilhas, e levantado. Isso me assusta terrivelmente e tento gritar. Nenhum som sai de mim... — ou talvez saia um minúsculo guincho, muito menor do que o produzido pela roda lá de baixo. Provavelmente nem mesmo isso. Provavelmente é apenas minha imaginação.

Sou impelido através do ar num envelope de escuridão — *Ei, não me deixem cair, tenho um problema de coluna!*, tento dizer, e mais uma vez não há qualquer movimento nos lábios ou dentes; minha língua continua depositada no chão da boca, a toupeira talvez não esteja só aturdida e sim morta. Agora me ocorre uma idéia horrível que empurra o medo um ponto mais para perto do pânico: e se me abaixarem do lado errado, minha língua escorregar para trás e bloquear a traquéia? Não vou conseguir respirar! É a isso que se referem quando dizem que alguém "engoliu a língua", não é?

Segunda voz (Rusty):

— Vai gostar dele, doutora, ele parece com Michael Bolton.

A médica:

— Quem é esse?

Terceira voz — que parece ser de um rapaz, pouco mais que um adolescente:

— É um cantor de bar branco que quer ser negro. Acho que não é ele.

Um riso acolhe essas palavras e a voz de mulher o acompanha (um pouco em dúvida). Enquanto sou posto no que parece uma mesa acolchoada, Rusty começa uma nova gracinha — aparentemente tem todo um repertório de tiradas espirituosas. Perco esse trecho de hilaridade num jorro de súbito horror. Não vou conseguir respirar se minha língua bloquear a traquéia, é o que acaba de me passar pela cabeça, *mas e se eu não estiver respirando agora?*

E se estiver morto? E se a morte for isto?

Combina. Combina com todo o resto, com um aconchego profilático horrível. A escuridão. O cheiro de borracha. Hoje em dia sou Howard, o Conquistador, corretor *extraordinaire* da Bolsa, terror do Derry Municipal Country Club, *habitué* do que é conhecido nos campos de golfe de todo o mundo como o buraco 19, mas em 1971 participei de uma Equipe de Assistência Médica no Delta do Mekong, um garoto assustado que às vezes acordava com os olhos marejados pelos sonhos com o cachorro da família, e imediatamente reconheço essa sensação, esse cheiro.

Deus do céu, estou num saco de guardar cadáver.

Primeira voz:

— Quer assinar isto, doutora? Lembre de escrever com força, são três cópias.

Ruído de uma caneta arranhando o papel. Imagino o dono da primeira voz segurando uma prancheta para a médica.

Ah, meu Jesus, faça com que eu não esteja morto! Tento gritar e não sai nada.

Mas estou respirando... não estou? Isto é, não consigo sentir que estou respirando, mas os pulmões parecem ok, não latejam nem estão desesperados por ar como quando se nada muito no fundo. Então devo estar bem, não é?

Bem, mas se você estivesse morto, eles não estariam aflitos por ar, estariam? Não — porque os pulmões dos mortos não precisam respirar. Os pulmões dos mortos simplesmente meio que... relaxam.

Rusty:

— O que vai fazer no sábado à noite, doutora?

Mas, se estou morto, como posso ter sensações? Sentir o cheiro deste saco? Como posso ouvir essas vozes, a médica dizendo que no próximo sábado vai dar banho no cachorro que também se chama Rusty, que coincidência, e ouvir todos eles rindo? Se estou morto, por que também não desapareci ou entrei por aquela luz branca de que sempre falam no programa da Oprah?*

Ouço o som áspero de algo rasgando e subitamente *estou* sob a luz branca; é ofuscante como o sol irrompendo por um tecido de nuvens num dia de inverno. Tento apertar os olhos para me proteger dela, mas não adianta. Minhas pálpebras são como persianas com a engrenagem quebrada.

Um rosto se curva sobre mim, bloqueando parte do fulgor, que vem não de algum ofuscante plano astral e sim de uma bateria de luzes fluorescentes lá em cima. O rosto é o de um homem jovem e convencionalmente bonito de uns 25 anos; parece um daqueles fortões dos seriados *Baywatch* ou *Melrose Place* da televisão. Embora perifericamente mais esperto. Exibe um monte de cabelo negro sob a touca cirúrgica verde descuidadamente colocada. Usa o avental cirúrgico também. Seus olhos são de um azul cobalto, o tipo dos olhos pelos quais as moças costumam dar a vida. Uma poeira de sardas lhe colore os malares.

— Nossa — diz ele. É a terceira voz. — Esse cara parece *mesmo* com Michael Bolton! Um pouco mais coroa, talvez... — Ele se debruça mais. Um dos cordões chatos que amarram seu avental cirúrgico verde no pescoço faz cócegas na minha testa. — ...mas, sim. Estou vendo. Ei, Michael, cante alguma coisa.

---

* *The Oprah Winfrey Show*, popular *talk show* norte-americano [N. do E.].

Ajude-me! é o que estou *tentando* cantar, mas só consigo olhar para seus olhos azul-escuros com minha fixidez congelada de morto; só consigo pensar se *estou* morto, se é assim que acontece, se *todos* passam por isso depois que a máquina do corpo pára de bombear. Se ainda estou vivo, como é possível que ele não tenha visto minhas pupilas se contraírem quando a luz as atinge? Mas eu sei a resposta disso... ou penso que sei. Elas *não* se contraíram. Por isso é tão penoso o fulgor ofuscante das lâmpadas fluorescentes.

O laço que amarra o avental cirúrgico faz cócegas em minha testa como uma pluma.

Ajude-me!, grito para o bonitão de *Baywatch*, provavelmente um residente ou talvez apenas um fedelho da faculdade de Medicina. *Ajude-me*, por favor!

Meus lábios nem sequer tremem.

O rosto recua, o laço pára de me fazer cócegas, e toda aquela luz branca atravessa meus olhos indefesos que não podem se desviar, e mergulha no meu cérebro. É uma sensação infernal, uma espécie de estupro. Vou ficar cego se tiver que fixar essa luz por muito tempo, penso, e a cegueira será um alívio.

UAQUE! O som do taco de cabeça de madeira atingindo a bola, mas um pouco desenxabido desta vez, e a sensação nas mãos é ruim. A bola está lá em cima... mas mudando de direção.... desviando-se... desviando-se para....

Merda.

Estou no mato além do campo de golfe.

Agora outro rosto curva-se para dentro de meu campo de visão. A pessoa enverga um avental cirúrgico branco em vez de verde, e exibe um incrível e desleixado chumaço de cabelos cor de laranja. QI nas últimas é a minha primeira impressão. Só pode ser Rusty. Ele mostra um grande sorriso tolo que considero um sorriso de ginásio, o típico sorriso de um garoto com uma tatuagem no bíceps fraco que diz *nascido para puxar e soltar alças de sutiã com um estalo.*

— Michael! — exclama Rusty. — Nossa, você está com uma aparência *óóótima*! É uma honra! *Cante* para nós, garotão! Cante até estourar!

De algum ponto atrás de mim chega a fria voz da doutora, não mais preocupada sequer em fingir que se diverte com aquelas palhaçadas.

— Pare com isso, Rusty. — Então, numa direção ligeiramente diferente. — Qual é a história, Mike?

Mike, o parceiro de Rusty, é a primeira voz, e parece um tanto constrangido por trabalhar com um cara que quer ser comediante quando crescer.

— Foi encontrado no buraco 14 no Campo de Golfe Municipal de Derry. Na verdade, fora do campo, no mato depois dos gramados. Se ele não tivesse acabado de jogar uma partida de duplas, e se não tivessem visto uma de suas pernas para fora do mato, ele estaria agora sendo comido pelas formigas.

Ouço aquele som na mente de novo — *UAQUE!* —, só que dessa vez o som é seguido por outro, muito menos agradável: o roçar do mato baixo enquanto eu o varro com a ponta do taco. *Tinha* que ser o 14, onde se sabe que há sumagre venenoso. Sumagre e...

Rusty ainda está me espiando lá de cima, estúpido e ávido. Não é a morte que o interessa; é minha semelhança com Michael Bolton. Ah, sim, eu sei que ela existe, não tenho me eximido de usá-la com certas clientes. Caso contrário, envelhece logo. E nessas circunstâncias... *meu Deus.*

— O médico que o atendeu? — pergunta a médica. — Foi Kazalian?

— Não — diz Mike, e apenas por um momento ele me olha. Pelo menos uns dez anos mais velho do que Rusty. Cabelo preto com toques grisalhos. Óculos. *Como é possível que nenhuma dessas pessoas veja que não estou morto?* — Na verdade, foi um médico que estava na partida de duplas que o encontrou. Sua assinatura está aqui na página um... está vendo?

Ruído de páginas sendo viradas.

— Puxa, é Jennings. Eu o conheço. Ele fez o exame médico em Noé depois que a arca ancorou no monte Ararat.

Rusty parece não ter entendido a piada, mas mesmo assim ri asperamente no meu rosto. Sinto o cheiro de cebola do seu hálito, uma certa sobra do almoço. Bem, se posso sentir cheiro de cebola, devo estar respirando. *Devo*, não é? Se pelo menos...

Antes que eu possa terminar o pensamento, Rusty debruça-se mais e sinto um jorro de esperança. Ele viu alguma coisa! Viu alguma coisa e vai me fazer uma respiração boca a boca. Deus o abençoe, Rusty! Deus abençoe você e seu hálito de cebola!

Mas o sorriso estúpido não muda, e em vez de colocar a boca na minha, sua mão desliza pelo meu maxilar. Então agarra um dos lados com o polegar e o outro lado com os dedos que sobram.

— Ele está *vivo*! — exclama Rusty. — Ele está *vivo* e vai cantar para O Fã-Clube Michael Bolton da Sala Quatro!

Seus dedos apertam mais — dói de um modo distante, como quando o efeito da Novocaína se dissipa — e começa a mover meu maxilar para cima e para baixo, fazendo os dentes se chocarem. "*Se ela é má-ááá, ele não pode ver*", canta Rusty numa medonha voz atonal que provavelmente faria a cabeça de qualquer cantor afinado explodir. "*Ela não pode fazer nada errr-aadd...*" Minhas arcadas abrem e fecham ante o bruto comando de sua mão; a língua levanta e cai como um cachorro morto na superfície de uma agitada cama d'água.

— Pare com isso! — retruca a médica, parecendo realmente chocada. Talvez sentindo isso, Rusty não pára, continua alegremente. Seus dedos agora beliscam minhas faces, enquanto meus olhos imóveis fixam cegamente um ponto lá em cima.

— *Vira as costas a seu melhor amigo se ela o dei...*

Então ela se aproxima, uma mulher de avental cirúrgico verde com a touca cirúrgica amarrada ao pescoço e pendurada nas costas como o sombreiro de Cisco Kid, cabelo castanho curto penteado para trás, bonita mas severa — mais bonitona que bonita. Agarra Rusty com uma das mãos de unhas curtas e o empurra para longe de mim.

— Ei! — diz Rusty indignado. — Tire as mãos de mim!

— Então tire as mãos *dele*! — diz ela, e não há nenhuma dúvida sobre a raiva em sua voz. — Estou cansada de suas gracinhas de aluno do segundo ano, Rusty, e da próxima vez que começar com isso, vou dar queixa de você.

— Vamos todos nos acalmar — diz o bonitão de *Baywatch*, assistente da doutora. Parece alarmado, como se esperasse que Rusty e a chefe se engalfinhassem ali mesmo. — Vamos pôr uma pedra nisso.

— Por que ela está me sacaneando? — diz Rusty. Ainda tenta se mostrar indignado, mas agora está se lamuriando. Depois, num tom levemente diferente: — Por que você está me sacaneando assim? Está com TPM, é?

A médica, parecendo farta:

— Tire ele daqui.

Mike:

— Vamos, Rusty. Vamos assinar o boletim.

Rusty:

— Tá. E respirar um pouco de ar fresco.

E eu, ouvindo tudo aquilo como se fosse de um rádio.

Os pés deles rangem na direção da porta. Rusty, agora todo amuado e ofendido, pergunta à médica por que não usa uma luz vermelha ou qualquer coisa assim para que as pessoas *saibam*. Sapatos macios rangem pelos ladrilhos. Repentinamente, esse som é substituído pelo som do meu taco afastando as moitas para procurar a desgraçada da bola, onde está ela, não afundou muito, tenho certeza, então onde está ela, Jesus, *detesto* o 14, parece que há sumagre venenoso aí, e com todo esse mato baixo é bem provável que haja...

E então algo me picou, não é? Sim, tenho quase certeza. Na panturrilha esquerda, pouco acima da meia soquete. Uma agulhada quente e viva de dor, perfeitamente concentrada no início e depois se espalhando...

...então a escuridão. Até a maca de rodinhas, aninhado num saco de guardar cadáver fechado com um zíper e escutando Mike ("*Qual delas eles disseram?*") e Rusty ("*Quatro, eu acho. É, quatro.*").

Acho que foi uma cobra, mas talvez ache isso por estar pensando nelas enquanto procurava a bola. Poderia ter sido um inseto, só lembro do fio único de dor e, afinal de contas, que importância tem? O importante aqui é que estou vivo e eles não sabem. É inacreditável, mas não sabem. Claro que tive azar... Conheço o Dr. Jennings, lembro de falar com ele quando nos cruzamos no buraco 11. Um sujeito bastante simpático, mas ambíguo, uma relíquia. A relíquia decretara que eu estava morto. Então Rusty, com seus estúpidos olhos verdes e seu sorriso de sala de detenção, também decretara que eu estava morto. A médica, Sta. Cisco Kid, nem sequer me *olhara* ainda, não para valer. Quando o fizesse, talvez...

— *Detesto* aquele idiota — diz ela quando a porta é fechada. Agora somos só nós três, embora a Sta. Cisco Kid pense que somos só nós dois, claro. — Por que pego sempre os idiotas, Peter?

— Não sei — diz o Sr. *Melrose Place* —, mas Rusty é um caso especial, mesmo nos anais dos idiotas famosos. Morte cerebral ambulante.

Ela ri, e algo provoca um estrépito. Este é seguido por um som que me assusta muito: instrumentos de aço batendo uns contra os outros. Os médicos estão à minha esquerda e, apesar de não poder vê-los, sei o que se preparam para fazer: a autópsia. Preparam-se para me cortar. Pretendem remover o coração de Howard Cottrell e ver se uma válvula queimou ou se um êmbolo pifou.

Minha perna!, grito no interior da cabeça. *Olhem para* minha perna esquerda! *Ali é que está o problema, não no coração!*

Talvez meus olhos tenham se adaptado um pouco, afinal de contas. Agora posso ver, com minha visão mais aguçada, uma armação de aço inoxidável. Parece uma peça gigante de equipamento de dentista, exceto que a coisa no final não é uma broca, é um serrote. De algum ponto lá no fundo, onde o cérebro armazena as trivialidades de que você só precisa se estiver jogando *Show do Milhão* na TV, até o nome me aparece. É um serrote Giglí. É usado para cortar o tampo de seu crânio. Isso depois de arrancarem seu rosto como uma máscara de *Halloween* de criança, cabelo e tudo, claro.

Então lhe extraem o cérebro.

Clink. Clink. Clunk. Uma pausa. A seguir, um *CLANK!* tão alto que eu daria um pulo, se pudesse pular.

— Quer fazer o corte pericárdico? — pergunta ela.

Pete, cauteloso:

— Você quer que eu faça?

Com um tom de voz agradável, o tom de voz de alguém concedendo um favor e uma responsabilidade, a Dra. Cisco responde:

— Acho que sim.

— Muito bem — diz ele. — Vai ajudar?

— Seu confiável co-piloto — diz ela rindo, e pontua o riso com um som de *snique-snique*. É o som de uma tesoura cortando o ar.

Agora o pânico se bate de um lado para o outro, adejando dentro de meu crânio como um bando de estorninhos trancados no sótão. O Vietnã ocorreu há muito tempo, mas vi meia dúzia de autópsias de campo lá — o que os médicos chamavam de "espetáculo ambulante de *post mortem*"— e sei o que Cisco e Pancho querem fazer. A tesoura tem lâminas compridas e afiadas, *muito* afiadas, e a parte para pôr os dedos é bem encorpada. Mesmo assim, é preciso força para usá-la. A lâmina inferior desliza para dentro das tripas como manteiga. A seguir, *snip*, penetra no feixe de nervos no plexo solar e pelo tecido de carne seca de músculos e tendão acima. Então mergulha no esterno. Quando as lâminas se unem em tal momento, elas o fazem com um mastigar forte, quando as partes do osso e a armação das costelas se separam como um par de barris amarrados juntos com cordão forte. Depois a tesoura continua em frente, tesoura que parece muito com as que os açougueiros de supermercado usam para cortar as aves — *snip-CRUNCH, snip-CRUNCH, snip-CRUNCH,* separando osso e cortando músculo, libertando os pulmões, dirigindo-se à traquéia, transformando Howard, o Conquistador, num jantar do Dia de Ação de Graças que ninguém comerá.

Um gemido tênue e lamentoso — isso soa *realmente* como broca de dentista.

Pete:

— Posso...

Dra. Cisco, na verdade parecendo um pouco maternal:

— Não. Esta. — *Snick-snick.* Demonstrando para ele.

Não podem fazer isso, penso. *Não podem me cortar*... Eu vou *SENTIR!*

— Por quê? — pergunta ele.

— Porque é assim que eu quero — diz ela, parecendo um pouco menos maternal. — Quando estiver por sua conta, Peterzinho, vai poder fazer o que quiser. Mas, na sala de autópsia de Katie Arlen, você vai começar com a tesoura pericárdica.

Sala de autópsia. Pronto. Está dito. Queria ficar completamente arrepiado, mas nada acontece, é claro; minha pele continua lisa.

— Lembre-se — diz a Dra. Arlen (que agora está, na verdade, fazendo uma palestra) —, qualquer tolo pode aprender a usar uma máquina de ordenhar... mas o processo manual é sempre melhor. — Há algo vagamente sugestivo em seu tom. — Ok?

— Ok — diz ele.

Eles vão continuar com a coisa. Tenho que fazer algum ruído ou movimento, ou eles realmente vão continuar. Se o sangue fluir ou esguichar ao primeiro golpe da tesoura, eles saberão que algo está errado, mas aí, provavelmente, será tarde demais; aquele primeiro *snip-CRUNCH* já terá acontecido, e minhas costelas estarão encostadas nos braços, o coração pulsando freneticamente até parar dentro da bolsa envernizada de sangue sob as lâmpadas fluorescentes...

Concentro tudo no peito. *Empurro*, ou tento fazê-lo... e algo acontece.

Um som!

Emito um som!

É sobretudo dentro de minha boca fechada, mas posso também ouvi-lo e senti-lo no nariz — um zumbido baixo.

Concentrando-me, reunindo cada parcela de esforço, emito o som de novo, e desta vez ele é um pouco mais forte, vazando para fora do nariz como fumaça de cigarro: *Nnnnnn*... Ele me faz lembrar de um velho programa de TV de Alfred Hitchcock que vi há muito, muito tempo, em que Joseph Cotten, paralisado por um acidente de carro, finalmente é capaz de comunicar aos outros que está vivo deixando cair uma única lágrima.

No mínimo, esse minúsculo gemido de mosquito provou a *mim mesmo* que estou vivo, que não sou apenas um espírito retardando-se no sarcófago de argila do meu próprio corpo.

Concentrando-me num ponto, posso sentir a respiração deslizando pelo nariz e a garganta, substituindo o ar que acabei de exalar, e a seguir solto-a novamente, trabalhando mais arduamente do que trabalhei nos verões para a Lane Construction Company quando era adolescente, trabalhando mais arduamente do que já trabalhei algum dia, porque agora o faço pela minha vida e eles precisam me ouvir, Deus Todo-poderoso, precisam sim.

Nnnnnn...

— Quer ouvir um pouco de música? — a médica pergunta. — Tenho Marty Stuart, Tony Bennett...

Ele emite um som desanimado. Quase não o ouço, e não compreendo logo o que ela está dizendo... o que provavelmente é uma bênção.

— Muito bem — diz ela, rindo. — Também tenho Rolling Stones.

— *Você?*

— Eu. Não sou tão careta quanto pareço, Peter.

— Eu não quis dizer... — Ele parece confuso.

Me ouçam!, grito no interior da minha cabeça, fixando com olhos imóveis a luz branco-gelo. *Parem de tagarelar como gralhas e me ouçam!*

Posso sentir mais ar espremendo-se por minha garganta, e me vem a idéia de que, seja lá o que me aconteceu, pode estar começando a se dissipar... mas é apenas um tênue pisca-pisca na tela de meus pensamentos. Talvez esteja se dissipando, mas em pouquíssimo tempo a recuperação deixará de ser uma opção para mim. Toda a minha energia é dirigida para fazer com que ouçam, e dessa vez *ouvirão*, eu sei.

— Então os Stones — diz ela. — A não ser que você queira que eu saia e compre um CD de Michael Bolton em homenagem ao seu primeiro pericárdico.

— Por favor, não! — exclama ele, e ambos riem.

O som começa a sair, e *está* mais alto desta vez. Não tão alto como eu esperava, mas alto o bastante. Certamente alto o bastante. Eles ouvirão, eles *precisam* ouvir.

Então, exatamente quando começo a empurrar o som pelo nariz como um líquido solidificando-se rapidamente, a sala se enche com o estrondo de uma distorcida guitarra e a voz de Mick Jagger arrebentando as paredes: "*Awww, no, it's only rock and roll, but I LIYYYKE IT*..."

— Diminua! — berra a Dra. Cisco, encobrindo de modo engraçado os outros sons, e em meio a tais ruídos meu próprio som nasal, um zumbidozinho desesperado saindo pelas narinas, é tão audível quanto um sussurro numa fundição.

Agora o rosto da médica curva-se sobre mim mais uma vez e sinto um horror novo quando vejo que está usando um protetor de olhos de plexiglass e uma máscara de tecido na boca. Ela olha por cima do ombro.

— Eu abro ele para você — diz ela a Pete, e se curva com um bisturi cintilando na mão enluvada, curvando-se sobre mim em meio aos trovões de guitarra dos Rolling Stones.

Tento desesperadamente zumbir, mas não adianta. Nem eu próprio consigo me ouvir.

O bisturi paira e então corta.

Guincho internamente, mas não há dor, apenas minha camisa pólo sendo cortada em dois pedaços dos dois lados. Abrindo-se da mesma forma que a armação das minhas costelas depois que Peter, sem saber, fizer seu primeiro corte pericárdico num paciente vivo.

Sou levantado. Minha cabeça pende para trás e, por um momento, vejo Peter de cabeça para baixo, colocando seu próprio protetor de olhos, em pé junto a um balcão de aço, inventariando sua apavorante fileira de instrumentos. Destacando-se entre eles, está a enorme tesoura. Tenho apenas um vislumbre dela, de lâminas cintilando como impiedoso cetim. Então sou largado em decúbito dorsal de novo e minha camisa se foi. Agora estou nu até a cintura. Está frio na sala.

Olhe para o meu peito!, grito para a médica. *Você deve estar vendo que ele sobe e desce, por mais rasa que esteja a minha respiração! Pombas, você é uma especialista, pelo amor de Deus!*

Em vez disso, ela olha pela sala, erguendo a voz para ser ouvida por cima da música. ("*I like it, like it, yes I do*", cantam os Stones, e acho que ouvirei esse coro idiota e fanhoso nos salões do inferno por toda a eternidade.)

— Qual é a sua aposta? Samba-canção ou sunga?

Com uma mistura de horror e fúria, percebo do que estão falando agora.

— Samba-canção! — ele exclama. — Claro! Dá só uma olhada no cara!

Babaca!, quero gritar. *Provavelmente você pensa que qualquer um com mais de 40 anos usa cueca samba-canção! Provavelmente pensa que, quando chegar aos 40, vai...*

A médica desabotoa minha bermuda e abaixa o zíper. Em outras circunstâncias, eu ficaria extremamente feliz que uma mulher tão bonita (um pouco severa, sim, mas mesmo assim bonita) fizesse isso. Hoje, porém...

— Perdeu, Peterzinho — diz ela. — Sunga. Dólar na caixinha.

— No dia do pagamento — diz ele, aproximando-se. Seu rosto está perto do dela; eles olham para mim através da máscara de plexiglass como um par de alienígenas do espaço olhando para um abduzido. Tento fazer com que vejam meus olhos, me vejam *olhando para eles*, mas esses dois idiotas estão olhando para a minha roupa de baixo.

— Aaahh, e é *vermelha* — diz Pete.

— Eu diria mais um rosa-pálido — diz ela. — Levante-o para mim, Peter, ele pesa uma tonelada. Não é de espantar que tenha tido um colapso. Que seja uma lição para você.

Eu estou em forma!, berro para ela. *Provavelmente em melhor forma do que você, sua vaca!*

Meus quadris são repentinamente lançados para cima por mãos fortes. Minhas costas estalam; o som faz meu coração dar um pulo.

— Desculpe, cara — diz Pete, e de repente sinto mais frio do que nunca quando minha bermuda e a sunga vermelha são abaixadas.

— Para cima com um — diz ela erguendo um de meus pés — para cima com outro — diz, erguendo o outro pé. — Fora os mocassins, e fora as meias...

Ela pára abruptamente e a esperança se apossa de mim mais uma vez.

— Pete.

— O que é?

— A rapaziada costuma usar bermudas e mocassins para jogar golfe?

Por trás dela (mas ali fica apenas a fonte, na verdade a música está toda em torno de nós), os Rolling Stones prosseguiram para "Emotional Rescue". "*I will be your knight in shining ahh-mah*", canta Mick Jagger, e cogito quão *funky* ele dançaria com umas três bananas de dinamite de alta potência enfiadas no seu rabo magro.

— Se quer saber, esse cara estava simplesmente *procurando* problema — continua ela. — Pensei que eles usassem esses sapatos especiais, muito feios, muito específicos de golfe, com pequenas saliências nas solas...

— É, mas usá-los não é obrigatório — diz Pete. Ele estende as mãos enluvadas sobre meu rosto virado para cima, enlaça-as e faz os dedos estalarem. Quando os nós dos dedos estalam, desce um borrifo de talco como neve fina. — Pelo menos ainda não. Não é como sapatos de boliche. Se pegarem alguém jogando boliche sem os sapatos de boliche, podem mandar a pessoa para a prisão estadual.

— É mesmo?

— É.

— Quer se encarregar do exame macroscópico?

Não!, guincho eu. *Não, ele é um garoto, o que é que você está FAZENDO?*

Ele a olha como se esse mesmo pensamento lhe tivesse ocorrido.

— Isso... hum... não é estritamente legal, é, Katie? Isto é...

Ela olha em volta enquanto ele fala, examinando a sala de modo caricatural, e começo a perceber uma vibração que pode ser uma notícia muito ruim para mim: severa ou não, acho que Cisco — aliás, Dra. Katie Arlen — tem uma queda pelo Peterzinho de olhos azul-escuros. Deus do céu, eles me içaram paralisado do campo de golfe e me trouxeram para um episódio de *Plantão Médico*, e o episódio desta semana se chama "O amor floresce na Sala de Autópsia 4".

— Puxa — diz ela num rouco sussurrozinho de teatro. — Não vejo ninguém por aqui, só você e eu.

— A fita...

— Ainda não foi ligada — diz ela. — E quando for, estou bem aqui do seu lado a cada passo do processo... tanto quanto alguém vai saber, de qualquer modo. E vou estar, na maior parte. Só quero largar esses gráficos e *slides*. Mas, se você não se sente mesmo à vontade...

Sim!, grito para ele com meu rosto imóvel. *Trate de não se sentir à vontade! NADA à vontade!*

Mas ele tem no máximo 24 anos, e o que vai dizer para essa mulher severa e bonita a seu lado, invadindo o seu espaço de um modo que só pode significar uma coisa? *Não, mamãe, estou com medo?* Além disso, ele quer ir em frente. Vejo seu desejo através do protetor de olhos mexendo-se como um bando de fãs de *rock* acima da idade saltitando com a música dos Stones.

— Bem, na medida em que você me der cobertura se...

— Claro — diz ela. — Às vezes, é preciso arriscar, Peter. E, se precisar mesmo, posso fazer a fita voltar.

Ele parece espantado.

— Você pode fazer isso?

Ela sorri.

— Temos muitos segrrredos na Sala de Autópsia Quatrro, *mein Herr.*

— Aposto que sim — diz ele, sorrindo também. A seguir, sua mão atravessa o meu campo de visão; quando volta, segura um microfone que pende de um fio negro do teto. O microfone parece uma lágrima de aço. Vê-lo ali concretiza todo o horror de um modo inédito. Certamente não vão me cortar, vão? Pete não é nenhum veterano, mas já recebeu formação médica; certamente vai ver as marcas do que seja lá o que me mordeu enquanto eu procurava a bola no mato, e então eles vão pelo menos suspeitar. *Vão ter* que suspeitar.

Mesmo assim, continuo vendo a tesoura com seu impiedoso brilho de cetim — a tesoura de cortar aves que agora ocupa o centro do palco — e continuo pensando se ainda estarei vivo quando Pete retirar meu coração da cavidade do peito e erguê-lo por um momento, pingando, diante de meu olhar trancado, antes de se virar para jogá-lo na bandeja da balança. Acho que seria possível; acho mesmo. Não dizem que o cérebro pode permanecer consciente por até três minutos depois que o coração pára?

— Estou pronto, doutora — diz Peter, e agora parece quase formal. Em algum lugar, a fita está sendo gravada.

O processo da autópsia começou.

— Vamos virar essa panqueca — diz ela animada, e sou erguido com a mesma eficiência. Meu braço direito voa para um lado e cai contra a lateral da mesa, chocando-se com a aba de metal levantada que amassa o bíceps. Dói muito, a dor é quase torturante, mas eu não ligo. Rezo para a aba me cortar a pele, rezo para *sangrar,* algo que cadáveres de confiança não fazem.

— Upa! — diz a Dra. Arlen, que levanta meu braço e o deixa cair contra o corpo.

É do nariz agora que estou mais consciente, já que está achatado contra a mesa. E pela primeira vez meus pulmões emitem uma mensagem de aflição — uma sensação abafada de privação. Minha boca está fechada, o nariz também parcialmente fechado por esmagamento (quanto não posso dizer; não consigo sequer me sentir respirando, na verdade). E se eu sufocar assim?

Então acontece algo que afasta totalmente minha atenção do nariz. Um objeto enorme — dá a impressão de um bastão de beisebol de vidro — é enfiado rudemente pelo meu reto. Uma vez mais tento gritar e só consigo produzir um zumbido tênue e miserável.

— A sonda entrou — diz Peter. — Liguei o cronômetro.

— Boa idéia — diz ela, afastando-se. Dando espaço a ele. Deixando-o fazer o teste de direção com este bebê. Deixando-o fazer o teste de direção *em mim.* A música é diminuída ligeiramente.

— O indivíduo é branco, de 44 anos — diz Peter, falando para o microfone agora, falando para a posteridade. — Seu nome é Howard Randolph Cottrell, residente em Laurel Crest Lane, 1.566, aqui em Derry.

A alguma distância, a Dra. Arlen diz:

— Mary Mead.

Uma pausa. Depois novamente Peter, parecendo um tantinho desconcertado:

— A Dra. Arlen me informa que o indivíduo vive de fato em Mary Mead, que se emancipou de Derry em...

— Chega de aula de história, Pete.

Meu Deus, o que será que enfiaram no meu traseiro? Um termômetro para gado? Se ele fosse um pouco mais comprido, eu sentiria o gosto do bulbo da ponta. E eles não são entusiastas da lubrificação... mas por que seriam? Afinal, eu estou morto.

Morto.

— Desculpe, doutora — diz Peter. Atrapalhado, ele procura o lugar onde parou e finalmente o encontra. — Essa informação é do formulário da ambulância. Originalmente tirada de uma licença de motorista do estado do Maine. O médico que atestou o óbito foi, hum, Frank Jennings. O indivíduo foi declarado morto no próprio local.

Agora é do meu nariz que espero que saia sangue. *Por favor*, digo a ele, *sangre. Mas não sangre apenas. JORRE!*

Ele não obedece.

— A causa da morte pode ter sido um colapso cardíaco — diz Peter. A mão leve roça pelas minhas costas nuas até a fenda de minha bunda. Rezo para que ela remova o termômetro, mas ela não o faz. — A espinha parece intacta, nada anormal detectável.

Nada anormal detectável? *Nada anormal detectável?* O que pensam que sou, porra? Uma mariposa?

Ele levanta a minha cabeça, as pontas dos dedos nos meus malares, e emito desesperadamente um zumbido — *Nnnnnnn* — sabendo que Pete provavelmente não me ouvirá com a guitarra de Keith Richards aos berros, mas esperando que ele possa *sentir* o som vibrando por minhas cavidades nasais.

Mas ele não sente. Em vez disso, vira a minha cabeça de um lado para o outro.

— Nenhum ferimento aparente no pescoço, nenhuma rigidez — diz ele, e fico esperando que solte minha cabeça e meu rosto bata na mesa... *isso* fará o nariz sangrar, a não ser que eu *esteja* realmente morto... mas Pete pousa minha cabeça suavemente, gentilmente, esmagando mais uma vez a ponta do meu nariz e tornando o sufocamento de novo uma possibilidade concreta.

— Nenhum ferimento visível nas costas ou nádegas — diz ele —, embora haja uma antiga cicatriz na parte superior da coxa direita que parece de um ferimento, estilhaço de granada, talvez. É uma cicatriz feia.

Era feia, e *era* estilhaço de granada. O fim da minha guerra. Um morteiro atirado numa área de abastecimento, dois homens mortos e um homem com sorte — eu. A cicatriz é muito mais feia na frente, e num local mais sensível, porém todo o equipamento funciona... ou funcionava, até hoje. Mais um centímetro para a esquerda, e eu talvez tivesse que usar um macaco hidráulico nos momentos íntimos.

Finalmente ele retira o termômetro — ah, Deus Todo-poderoso, o alívio — e na parede posso ver a sombra de Pete segurando o instrumento.

— Trinta e quatro — diz ele. — Puxa, nada mal. Esse cara praticamente podia estar vivo, Katie... Dra. Arlen.

— Lembre-se de onde o encontraram — diz ela do outro lado da sala. A gravação que ouviam estava num intervalo e, por um instante, escutei claramente o tom professoral da médica. — Campo de golfe? Tarde de verão? Se você constatasse 36 graus de temperatura, eu não ficaria surpresa.

— Certo, certo — ele responde, dando a impressão de ter sido castigado. A seguir: — Tudo isso não vai ficar engraçado na fita? — Tradução: *Eu não vou parecer burro na fita?*

— Vai parecer uma situação de aprendizado — disse ela —, o que de fato é.

— Ok, bom. Ótimo.

Seus dedos de borracha se achatam sobre minhas nádegas, depois as soltam e trilham a parte de trás das minhas coxas. Eu ficaria tenso agora, se pudesse ficar tenso.

Perna esquerda, envio a mensagem para ele. *Perna esquerda, Peterzinho, panturrilha esquerda, não vê?*

Ele deve ver, precisa ver, porque eu posso sentir a coisa, latejando como uma ferroada de abelha ou talvez uma injeção dada por uma enfermeira desajeitada, alguém que aplica a injeção no músculo em vez de pegar a veia.

— O indivíduo é realmente um bom exemplo de como não se deve jogar golfe de bermudas — diz Pete, e me descubro desejando que ele tivesse nascido cego. Diabo, talvez ele *tivesse* nascido cego, pelo menos está parecendo. — Vejo picadas de insetos de vários tipos, picadas de bicho-de-pé, arranhões...

— Mike disse que o encontraram no mato do campo de golpe — acrescenta Arlen. Ela faz um barulho infernal; parece lavar louça numa cafeteria em vez de estar praticando taxidermia. — Meu palpite é que ele teve um infarte quando procurava a bola.

— Ahn-ahn...

— Continue, Peter, você está indo bem.

Acho essa afirmação extremamente discutível.

— Ok.

Mais cutucadas e sondagens. Suaves. Talvez suaves demais.

— Há picadas de mosquito na panturrilha esquerda aparentemente infectadas — diz ele, e embora seu toque continue suave, desta vez a dor é um enorme latejar que me faria gritar se eu pudesse emitir qualquer som que não fosse o zumbido em tom baixo. Ocorre-me subitamente que minha vida pode depender do tamanho da fita dos Rolling Stones que estão ouvindo... sempre imaginando que *seja* uma fita e não um CD que toca direto. Se ela acabar antes de me cortarem... se eu conseguir zumbir alto o suficiente para que ouçam antes que um deles ponha o outro lado da fita...

— Posso querer examinar essas picadas depois da autópsia macroscópica — diz ela —, se bem que, se estivermos certos sobre o coração, não vai haver necessidade. Ou... quer que eu as examine agora? Está preocupado com elas?

— Não, são nitidamente picadas de mosquito — diz o idiota da aldeia. — São maiores do lado esquerdo. Ele recebeu cinco... sete... oito... nossa, quase uma dúzia só na perna esquerda.

— Ele esqueceu o Repelente dos Bosques em casa.

— O repelente não é nada, ele esqueceu a digitalina — diz Pete, e eles dão uma simpática risada. Humor de sala de autópsia.

Desta vez ele me vira sozinho, provavelmente contente em usar aqueles músculos de Rapaz Sarado desenvolvidos em academias, escondendo as picadas de cobra e de mosquito por ali, camuflando-as. Estou olhando fixo a bateria de luzes fluorescentes mais uma vez. Pete recua um passo e sai do meu campo de visão. Ouço um zunido. A mesa começa a se inclinar, e eu sei por quê. Quando me cortarem, os fluidos escorrerão para os pontos de recolhimento na base. Montes de amostras para o laboratório estadual em Augusta, se alguma dúvida for levantada pela autópsia.

Concentro toda a vontade e todo o esforço para fechar os olhos enquanto Pete olha para o meu rosto, mas não consigo produzir um tique sequer. Eu queria 18 buracos de golfe na tarde de sábado, e em vez disso me transformei em Branca de Neve com cabelo no peito. E não consigo parar de pensar no que sentirei quando aquela tesoura de cortar aves se enfiar por meu ventre adentro.

Pete segura uma prancheta. Depois de consultá-la, deixa-a de lado e, a seguir, fala ao microfone. Sua voz está um pouco menos pomposa agora. Ele acaba de fazer o diagnóstico mais medonhamente errado de sua vida, mas não sabe. Então, começa a se aquecer.

— Estou iniciando a autópsia às 17h49 do dia 20 de agosto de 1994, sábado.

Ergue meus lábios e examina os dentes como um homem pensando em comprar um cavalo. A seguir, puxa meu maxilar para baixo.

— Boa cor — diz ele —, e nenhuma petéquia nas faces. — A melodia do momento está sumindo nos alto-falantes e escuto um clique quando Pete pisa no pedal que interrompe a fita da gravação. — Cara, esse sujeito podia estar vivo *mesmo*!

Tento freneticamente emitir um zumbido, mas, no mesmo instante, a Dra. Arlen deixa cair algo que soa como uma comadre.

— Bem que ele gostaria — diz rindo. Pete ri também, e desta vez desejo que tenham um câncer inoperável que dure muito tempo.

Pete desce as mãos rapidamente pelo meu corpo, apalpando-me o peito ("Nenhuma equimose, inchação ou outros sinais exteriores de parada cardíaca", ele diz, uma surpresa e tanto, porra), e então me apalpa.

Eu arroto.

Ele me fixa com os olhos arregalados, a boca um pouco aberta. Mais uma vez tento desesperadamente zumbir, sabendo que ele não vai escutar por causa da "Start Me Up", mas pensando que talvez, por causa do arroto, ele finalmente esteja pronto para ver o que está bem na sua frente...

— Peça desculpas, Howie — diz a vaca da Dra. Arlen por trás de mim e dá uma risadinha. — É melhor ter cuidado, Pete, esses arrotos *post mortem* são os piores.

Ele abana o ar na frente de seu rosto teatralmente, depois volta ao que está fazendo. Mal toca a minha virilha, embora note que a cicatriz na parte de trás da perna direita continua até a frente.

Mas você perdeu a grande, penso, *talvez porque esteja um pouco acima do lugar para onde está olhando. Não é importante, meu chapinha de* Baywatch, *mas você também não percebeu que AINDA ESTOU VIVO, e ISSO é importante!*

Ele continua recitando ao microfone, parecendo cada vez mais à vontade (parecendo até mesmo um médico de seriado de TV), e sei que sua parceira atrás de mim, a Pollyanna da comunidade médica, acha que não vai precisar voltar a fita *nessa* parte do exame. O garoto está fazendo um ótimo trabalho, se a gente esquecer que o primeiro corte pericárdico dele vai ser num sujeito vivo.

Finalmente, ele diz:

— Acho que estou pronto para continuar, doutora. — Mas parece hesitante.

Ela se aproxima, olha brevemente para mim e aperta o ombro de Pete.

— Ok — diz. — Vá em frente!

Agora estou tentando pôr a língua para fora. O simples gesto de insolência infantil seria suficiente... e me parece que posso sentir uma leve sensação de formigamento bem dentro dos lábios, a sensação que se tem quando finalmente o efeito de uma forte dose de Novocaína começa a se dissipar. E estou sentindo uma contração? Não, é só a minha mente querendo sentir...

Sim! *Sim!* Mas uma contração é tudo e, quando tento pela segunda vez, nada acontece.

Enquanto Pete pega a tesoura, os Rolling Stones passam para "Hang Fire".

Ponham um espelho na frente do meu nariz!, grito para eles. *Vai embaçar, vocês vão ver! Não podem fazer pelo menos isso?*

Snick, snick, snickety-snick.

Pete movimenta a tesoura, e a luz desliza por toda a lâmina. Pela primeira vez, tenho certeza, certeza mesmo, de que essa charada louca vai percorrer o caminho inteiro até o fim. O diretor não vai congelar o quadro. O juiz não vai parar a luta no décimo *round.* Não vamos fazer uma pausa para uma mensagem de nossos patrocinadores. Peterzinho vai mergulhar a tesoura nas minhas tripas enquanto fico deitado aqui, desamparado, e então me abrirá como um pacote vindo pelo correio.

Ele olha hesitante para a Dra. Arlen.

Não!, uivo, minha voz reverberando pelas paredes escuras do crânio, mas de modo algum saindo pela boca. *Não, por favor, não!*

Ela faz um movimento afirmativo com a cabeça.

— Vá em frente. Vai se sair bem.

— Ahn... quer desligar a música?

Sim! Sim, desligue!

— Está incomodando você?

Sim! Está incomodando sim! Já o perturbou tanto que ele acha que o paciente está morto!

— Bem...

— Claro — diz ela, e some do meu campo de visão. Um instante depois, Mick e Keith finalmente se foram. Tento produzir o zumbido com o nariz e descubro uma coisa horrível: agora não consigo fazer nem aquilo. Estou apavorado. O medo trancou minhas cordas vocais. Posso apenas olhar fixamente, enquanto ela se junta a ele, e os dois me contemplam lá de cima, coveiros olhando para um túmulo aberto.

— Obrigado — diz ele. Então respira profundamente e ergue a tesoura. — Iniciando o corte pericárdico.

Ele abaixa a tesoura lentamente. Eu a vejo... eu a vejo... e então ela desaparece do meu campo de visão. Um longo momento depois, sinto o frio do aço aninhar-se contra a parte superior do meu ventre nu.

Peter olha em dúvida para a médica.

— Tem certeza de que você não...

— Quer se especializar nesse campo ou não, Peter? — pergunta ela com alguma aspereza.

— Você sabe que sim, mas...

— Então corte.

Ele concorda com a cabeça, apertando os lábios. Eu fecharia os olhos se pudesse, mas é claro que não posso sequer fazer isso; posso apenas reunir as forças contra a dor que está a um ou dois segundos de distância agora — reunir as forças contra a lâmina de aço.

— Cortando — diz ele, curvando-se para a frente.

— Espere um segundo! — exclama ela.

A covinha causada pela pressão imediatamente abaixo do meu plexo solar diminui um pouco. Pete olha a médica surpreso, aborrecido, talvez com alívio porque o momento crucial foi adiado...

Sinto a mão dela, enluvada de borracha, envolver meu pênis como se pretendesse me bater uma punheta bizarra, Sexo Seguro com o Morto, e então ela diz:

— Você deixou escapar esta aqui, Pete.

Ele se inclina para a frente, examinando o que ela descobriu — a cicatriz na minha virilha, bem no alto da coxa direita, uma elevação vidrada e sem poros na carne.

A mão da médica ainda segura meu pau tirando-o do caminho, faz apenas isso; no que lhe diz respeito, poderia estar da mesma forma segurando uma almofada do sofá para que outro possa ver o tesouro que ela descobriu ali embaixo — moedas, uma carteira perdida, talvez o camundongo que o gato matou e que você não conseguiu encontrar —, mas alguma coisa está acontecendo.

Meu Deus do céu que acode as causas perdidas — *alguma coisa está acontecendo.*

— E olhe — diz ela. Seu dedo alisa agradavelmente uma linha que atravessa a lateral do meu testículo direito. — Olhe essas cicatrizes na linha do cabelo. Puxa, seus testículos devem ter inchado até quase o tamanho de um *grapefruit.*

— Sorte ele não ter perdido um ou os dois.

— Pode apostar o seu... aposte o seu você-sabe-o-quê — diz ela, e solta aquele riso suavemente sugestivo de novo. Sua mão enluvada afrouxa-se, move-se, depois empurra firmemente para baixo, tentando aumentar a área de visão. Ela está fazendo por acaso o que você pode pagar 25 ou 30 pratas para ser feito de propósito... em outras circunstâncias, claro. — É um ferimento de guerra, acho eu. Me dá aquela lupa, Pete.

— Mas eu não devia...

— Só um segundo — diz ela. — *Ele* não vai a lugar nenhum. — A médica está totalmente absorvida no que descobriu. Sua mão ainda está em mim, ainda pressiona para baixo, e o que aconteceu parece estar acontecendo *ainda,* mas talvez eu esteja enganado. *Devo* estar enganado ou Pete o veria, ela *perceberia...*

A Dra. Arlen se curva para a frente e agora posso ver apenas suas costas cobertas de tecido verde, com os laços de sua touca cirúrgica pendurados como esquisitos rabinhos de porco. Ah, minha nossa, posso sentir sua *respiração* em mim lá embaixo.

— Note a irradiação para fora — diz a médica. — Foi um ferimento causado por explosão de algum tipo, provavelmente há dez anos pelo menos, podíamos checar seu registro militar...

A porta se abre bruscamente. Pete lança uma exclamação de surpresa. A Dra. Arlen não, mas sua mão se contrai involuntariamente, ela está me apertando de novo e de repente o que está acontecendo é uma variação infernal da velha fantasia da Enfermeira Travessa.

— *Não cortem ele!* — grita alguém, e a voz é tão alta e oscilante por causa do medo que quase não reconheço Rusty. — *Não cortem, tinha uma cobra na bolsa de golfe dele e ela picou Mike!*

Com os olhos arregalados e a boca aberta, os dois viram-se para Rusty. A mão da Dra. Arlen ainda me agarra, mas ela tem tão pouca noção disso, pelo menos no momento, quanto Peterzinho de estar agarrando o peito esquerdo de sua roupa. A impressão é que foi *ele* quem teve o equipamento dilapidado.

— O que... o que é que você... — começa Pete.

— Derrubou o cara totalmente! — balbucia Rusty. — Ele vai ficar bem, acho, mas não consegue falar! Uma cobrazinha marrom que eu nunca vi em minha vida se escondeu por ali e ainda está lá agora, mas o importante não é isso! Acho que ela já picou o sujeito que trouxemos para cá. Eu acho... porra, doutora, o que está fazendo? Alisando o cara para ele viver de novo?

A Dra. Arlen olha ao redor, aturdida, inicialmente sem entender o que Rusty está falando... até perceber que segura agora um pênis quase totalmente em ereção. E enquanto grita — grita e arranca a tesoura das mãos frouxas e enluvadas de Pete —, eu me vejo pensando novamente no antigo programa de Alfred Hitchcock.

Pobre do velho Joseph Cotten, penso.

Ele só podia *chorar.*

NOTA POSTERIOR

Um ano já se passou desde minha experiência na Sala de Autópsia 4. Recuperei-me completamente, embora a paralisia fosse tão renitente quanto assustadora; só um mês depois comecei a recobrar os movimentos mais sutis dos dedos das mãos e dos pés. Ainda não posso tocar piano, mas, afinal de contas, nunca pude fazer isso. É uma piada, e não vou me desculpar por ela. Acho que nos primeiros três meses após a minha desagradável aventura, a capacidade de brincar forneceu uma margem exígua mas vital entre a sanidade e uma espécie de colapso nervoso. Se você jamais sentiu a ponta de uma tesoura de autópsia lhe sondando a barriga, não sabe o que quero dizer.

Cerca de duas semanas depois que escapei por um triz, uma mulher na Rua Dupont ligou para a polícia de Derry queixando-se de um "fedor horrível" vindo da casa vizinha. A casa pertencera a um bancário solteirão chamado Walter Kerr. A polícia encontrou a casa vazia... isto é, vazia de vida humana. No porão, foram descobertas mais de 60 cobras de variedades diferentes. Cerca da metade delas morrera de fome e desidratação — mas muitas estavam extremamente vivas... e eram extremamente perigosas. Várias eram bastante raras, e uma pertencia a uma espécie considerada extinta desde meados do século XX, segundo o herpetologista consultado.

Kerr não apareceu para trabalhar no Derry Community Bank a 22 de agosto, dois dias depois de eu ser mordido e um dia depois de a reportagem com a manchete HOMEM PARALISADO ESCAPA DE AUTÓPSIA MORTAL chegar à imprensa. Num determinado ponto da reportagem, citavam minhas palavras dizendo que eu ficara "rígido de medo".

Havia uma cobra para cada gaiola no jardim zoológico do porão de Kerr, exceto uma. A gaiola vazia não tinha nenhuma inscrição, e a cobra que pulara da minha bolsa de golfe jamais foi encontrada (os atendentes da ambulância a tinham empacotado com o meu "cadáver" e praticado jogadas curtas de golfe no estacionamento da ambulância). A toxina na minha corrente sangüínea — a mesma encontrada num grau muito menor na corrente sangüínea do servente Mike Hopper — foi documentada, mas nunca identificada. Examinei muitas fotos de cobras no ano passado e encontrei pelo menos uma que poderia provocar total paralisia em humanos. É a *boomslang* peruana, uma víbora peçonhenta supostamente extinta desde a década de 1920. A Rua Dupont fica a menos de 800 metros do Campo de Golfe Municipal de Derry. A maior parte da área entre os dois locais é composta de matagal baixo e terrenos baldios.

Uma nota final. Katie Arlen e eu namoramos durante quatro meses, de novembro de 1994 a fevereiro de 1995. Numa decisão mútua, rompemos por incompatibilidade sexual.

Eu ficava impotente quando ela não usava luvas de borracha.

—

Em determinado momento, acho que todo escritor de histórias de terror tem que lidar com o tema do enterro prematuro. No mínimo porque tal medo é muito difundido. Quando eu tinha uns sete anos, o programa mais assustador da TV era o Alfred Hitchcock Presents, *e o* AHP *mais assustador — meus amigos e eu concordamos totalmente — foi aquele em que Joseph Cotten se fere num acidente de carro. Na realidade, fere-se tão gravemente que os médicos o dão como morto. Não conseguem ouvir sequer um batimento cardíaco nele. Estão prestes a efetuar a autópsia — em outras palavras, cortá-lo ainda vivo e gritando por dentro — quando o homem consegue chorar uma lágrima para mostrar que não morreu. É tocante, mas o tocante geralmente não faz parte do meu repertório habitual. Quando tratei do tema, ocorreu-me um método mais — poderei dizer* moderno? *— de manifestar vida, e o resultado foi o presente conto. Uma nota final com relação à cobra: duvide-o-dó que exista um réptil como a* boomslang *peruana, mas numa das extravagâncias de Miss Marple, Dame Agatha Christie* de fato *menciona uma* boomslang *africana. Gostei tanto da palavra* (boomslang, *não* africana) *que tive que colocá-la nesta história.*

O homem de terno preto

SOU AGORA UM homem muito velho, e o que conto a seguir aconteceu quando eu tinha apenas nove anos de idade. Foi no verão de 1914, um ano depois de meu irmão Dan morrer no oeste e três anos antes de a América entrar na Primeira Guerra Mundial. Jamais contei a alguém o que ocorreu na bifurcação do rio naquele dia, e jamais contarei... não com a boca, pelo menos. Mas resolvi escrever a história neste livro que deixarei na mesinha junto à minha cama. Atualmente não consigo escrever por muito tempo, minhas mãos tremem demais e quase não tenho força. Mas acho que não será tão longo.

Um dia, alguém pode encontrar o que escrevi. Acho isso provável, já que é da natureza humana ler um livro com o título de DIÁRIO, depois da morte do dono. Então, sim — minhas palavras provavelmente serão lidas. Uma questão mais interessante é se alguém acreditará nelas ou não. Possivelmente não, mas isso não importa. Não estou interessado em que acreditem em mim, e sim em liberdade. Descobri que escrever pode dar liberdade. Por 20 anos, escrevi uma coluna chamada "Há muito tempo e bem longe" para o *Call* de Castle Rock, e sei que às vezes funciona deste modo — o que se escreve às vezes nos abandona para sempre, como velhas fotos deixadas ao sol brilhante que vão desbotando até o branco total.

Rezo por esse tipo de libertação.

Um homem com mais de 90 anos deveria estar bem além dos terrores da infância. Entretanto, enquanto as enfermidades vão subindo lentamente por mim como ondas lambendo cada vez mais de perto um castelo construído despreocupadamente na areia, aquele rosto terrível se torna cada vez mais nítido em minha mente. Fulgura como uma estrela sombria nas constelações da minha infância. O que posso ter feito ontem, a quem vi aqui no quarto deste abrigo para idosos, o que terei dito a eles e eles a mim... essas coisas desapareceram, mas o rosto do homem de terno preto se torna cada vez mais nítido, cada vez mais próximo, e lembro de cada uma de suas palavras. Não quero pensar nele, mas não posso evitá-lo, e às vezes, à noite, meu velho coração bate com tanta força e tão rápido que parece prestes a se despedaçar. Portanto, desenrosco a tampa da caneta-tinteiro e forço minha velha mão trêmula a escrever esta história sem sentido no diário que uma de minhas bisnetas — não consigo lembrar seu nome com certeza, pelo menos não neste instante, mas começa com S — me deu no último Natal. Ainda não escrevi nada nele, mas vou fazê-lo agora. Vou escrever a história de como conheci o homem de terno preto à margem do rio Castle numa tarde do verão de 1914.

A cidade de Motton era um mundo diferente naqueles dias — mais diferente do que posso explicar. Era um mundo sem aviões zumbindo lá no alto, um mundo quase sem carros e caminhões, onde os céus não eram cortados em pistas e fatias por linhas de energia acima de nossas cabeças.

Não havia nem uma estrada pavimentada na cidade inteira, e o distrito comercial consistia do Armazém Geral de Corson, Provisões para Cavalos & Ferragens de Thut, a Igreja Metodista em Christ's Corner, a escola, a prefeitura e o Harry's Restaurant a uns 800 metros dali, chamado por mamãe, com infalível desdém, de "a casa da bebida".

A diferença principal, entretanto, estava no modo como as pessoas viviam — a que ponto eram *isoladas*. Não sei se os nascidos na segunda metade do século XX podem acreditar nisso, embora talvez digam que sim por uma questão de educação para com gente velha como eu. Um dos motivos daquele isolamento era a ausência de telefones no oeste do Maine. O primeiro só seria instalado dali a cinco anos e, quando nossa casa recebeu um aparelho, eu já tinha 19 anos e estava prestes a entrar para a Universidade do Maine em Orono.

Mas isso é apenas a ponta do *iceberg*. O médico mais próximo ficava em Casco, e apenas uma dúzia de casas povoava o que se podia chamar de cidade. Não havia vizinhança (nem sei se conhecíamos a palavra, embora tivéssemos um verbo — *vizinhar* — que descrevia as funções da igreja e os bailes em granjas) e os campos abertos fossem mais a exceção do que a regra. Fora da cidade, as casas eram propriedades rurais isoladas umas das outras, e de dezembro a meados de março nos amontoávamos nos bolsões de calor do fogão a que chamávamos famílias, ouvindo o vento na chaminé e esperando que ninguém ficasse doente, quebrasse uma perna ou tivesse uma idéia ruim, como a do lavrador em Castle Rock que esquartejara a mulher e os filhos invernos atrás e dissera ao tribunal que fizera aquilo obrigado pelos fantasmas. Naqueles dias antes da Grande Guerra, a maior parte de Motton era composta de bosques e brejos, locais escuros e extensos cheios de alces americanos, mosquitos, serpentes e segredos. Naqueles dias, havia fantasmas por toda parte.

O que estou contando aconteceu num sábado. Meu pai me deu uma lista de tarefas para fazer, inclusive algo que teria cabido a Dan, se ainda fosse vivo. Dan era o meu único irmão e morrera depois de ser picado por uma abelha. Já se passara um ano e mamãe ainda não acreditava nisso; ela dizia que fora outra coisa, *tinha* que ser, que nunca ninguém morrera por picada de abelha. Quando Mama Sweet, a mulher mais idosa do Auxílio das Senhoras Metodistas, tentou contar a ela — no jantar da igreja no inverno anterior — que o mesmo acontecera a seu tio preferido no ano de 1873, mamãe tapou os ouvidos com as mãos, levantou e saiu do subsolo da igreja. Desde então, jamais voltou, e nada que papai dissesse a fez mudar de idéia. Ela afirmou que a igreja era assunto liquidado, e que se tivesse que ver Helen Robichaud (o verdadeiro nome de Mama Sweet) de novo, lhe arrancaria os olhos com um bofetão. Não poderia evitá-lo.

Naquele dia, papai determinou que eu trouxesse lenha para o fogão, capinasse o mato dos feijões e pepinos, retirasse o feno do galpão com o forcado, pegasse duas jarras de água para colocar na despensa gelada e raspasse a tinta velha do telhado do depósito o máximo que pudesse. Depois eu poderia pescar, disse ele, se não me incomodasse em ir sozinho — ele tinha que falar com Bill Eversham sobre algumas vacas. Respondi que não me incomodava e papai sorriu, como se dissesse que aquilo não o surpreendia muito. Ele me dera uma vara de bambu na semana anterior — não porque fosse meu aniversário ou coisa assim, mas porque às vezes gostava de me dar coisas — e eu estava louco para experimentar a vara no rio Castle, de longe o riacho mais recheado de trutas em que já pesquei.

— Mas não entre muito no bosque — disse ele. — Não depois da bifurcação.

— Está bem.

— Prometa.

— Prometo, pai.

— Agora prometa à sua mãe.

Estávamos em pé no alpendre dos fundos; eu me dirigia com as jarras d'água para o pequeno telheiro perto do rio onde refrigerávamos as coisas, quando papai me deteve. Então virou-me para que eu encarasse mamãe, junto à bancada de mármore e ao forte sol da manhã que entrava pela janela dupla sobre a pia. Um cacho do cabelo dela escorregara sobre a testa e tocava-lhe a sobrancelha — está vendo como me lembro de tudo? A luz brilhante transformava o pequeno cacho em filamentos de ouro, e isso me deu vontade de correr para abraçá-la. Naquele instante, eu a vi como uma mulher, eu a vi como papai deveria vê-la. Lembro que usava um vestido caseiro com pequenas rosas estampadas e que amassava pão. Nosso *terrier* escocês preto, Candy Bill, estava junto dela, alerta, olhando para cima à espera de que algo caísse. Mamãe me encarou.

— Prometo — disse eu.

Ela sorriu. Mas do modo preocupado como sorria desde que papai carregara Dan do campo oeste até em casa. Ele entrara soluçando e de peito nu, pois havia tirado a camisa para cobrir o rosto de Dan, que inchara e mudara de cor. *Meu filho!,* ele chorava. *Ah, olha só o meu filho! Jesus, olha só meu filho!* Lembro como se fosse ontem. Foi a única vez em que ouvi papai invocar o nome do Senhor em vão.

— Promete o quê, Gary? — perguntou ela.

— Prometo que não estou indo pra cima da bifurcação.

— *Além* da bifurcação.

— Além.

Ela me olhou paciente e silenciosa enquanto suas mãos trabalhavam a massa, que tinha agora uma aparência macia e sedosa.

— Prometo que não vou além da bifurcação, mãe.

— Obrigada, Gary. E lembre-se que a gramática serve para a escola e para aqui fora também.

— Certo, mãe.

Candy Bill seguiu-me enquanto eu cumpria minhas tarefas, e sentou entre meus pés enquanto eu engolia o almoço correndo; olhava-me com a mesma atenção com que olhara mamãe enquanto ela amassava o pão. Mas quando peguei a vara de bambu nova, minha velha e lascada cesta de pesca e saí para o pátio, Candy Bill parou na poeira junto a um velho rolo de ripas usadas como anteparo de neve e ficou observando. Chamei-o, mas ele não me obedeceu. Latiu uma ou duas vezes, como se me dissesse para voltar, mas foi só.

— Então fique — disse eu, fingindo não dar importância. Mas eu dava sim, pelo menos um pouco. Candy Bill *sempre* ia pescar comigo.

Mamãe veio até a porta e me olhou, a mão esquerda levantada para proteger os olhos. Ainda posso vê-la assim, e é como olhar para a foto de alguém que depois se tornou infeliz, ou morreu de repente.

— Lembre-se do que seu pai disse, Gary!

— Pode deixar, mãe.

Ela deu adeus. Eu respondi. Então virei as costas e fui me afastando.

Poderoso e quente, o sol me martelou a nuca nos primeiros 400 metros, mais ou menos. Em seguida, mergulhei no bosque, onde uma dupla sombra caía sobre a estrada, deixando o ar frio e cheirando a pinheiro; podia-se ouvir o vento assobiando por entre o profundo bosque atapetado de agulhas. Caminhei com a vara no ombro como os garotos faziam então, segurando com a outra mão a cesta de pesca como se fosse a valise ou a maleta de amostras de um vendedor. Cerca de uns três quilômetros bosque adentro ao longo da estrada, que na verdade era apenas um sulco duplo com uma faixa relvada na corcova central, comecei a ouvir o cochicho apressado e ansioso do rio Castle. Pensei nas trutas com os dorsos brilhantes salpicados de manchas, os ventres de um branco puro, e meu coração palpitou mais forte.

A corrente fluía sob uma pequena ponte de madeira, e as margens que levavam até a água eram íngremes e cobertas de mato. Fui descendo laboriosamente e com cautela, segurando onde podia e firmando os calcanhares. Parecia que eu deixara o verão para trás e voltara a meados da primavera. O frio erguia-se suavemente da água, assim como um cheiro verde que parecia limo. Quando cheguei à beira d'água, fiquei imóvel durante um tempo, respirando profundamente o cheiro de limo, observando as libélulas circularem e os insetos roçarem o rio. Então, mais distante, vi uma truta saltar em direção a uma borboleta — uma grande e boa truta de riacho, talvez de uns 35 centímetros de comprimento — e lembrei que não viera apenas para apreciar a paisagem.

Caminhei ao longo da margem seguindo a corrente e molhei a linha pela primeira vez, com a ponte ainda sendo vista rio acima. Algo retesou a ponta da vara uma ou duas vezes e comeu a isca, mas era muito matreiro para minhas mãos de nove anos — ou talvez não bastante faminto para ser descuidado — e então prossegui.

Parei em dois ou três outros lugares antes de chegar ao ponto onde o rio Castle se bifurca, rumando a sudoeste para Castle Rock, e a sudeste, para o distrito de Kashwakamak. Num desses locais, peguei a maior truta que já pescara na vida, uma beleza que media 50 centímetros da cabeça à cauda na reguazinha que eu trazia na cesta. Era uma truta-de-riacho monstro, mesmo para aqueles tempos.

Se eu a tivesse aceito como um presente bastante bom para um dia de pescaria e ido embora, não estaria escrevendo estas linhas (que vão se revelando mais extensas do que imaginei), mas não o fiz. Em vez disso, peguei a minha presa e ali mesmo, como papai me ensinara, limpei-a, coloquei-a sobre o mato seco no fundo da cesta e a cobri de mato úmido. Então, continuei a pescar. Com nove anos, eu achava que pegar uma truta-de-riacho de 50 centímetros não era tão fantástico, embora lembre de ter ficado surpreso de a vara não ter quebrado quando eu, sem rede e sem perícia, icei a truta e puxei-a para mim num arco desajeitado, a cauda espadanando.

Dez minutos depois, fui para o local onde o rio se dividia naquela época (ele já desapareceu; onde outrora corria o rio Castle há um conjunto de casas geminadas e também uma escola do distrito, e se há um rio, ele flui na escuridão), em torno de uma enorme rocha cinzenta mais ou menos do tamanho da nossa privada fora da casa. Havia uma agradável planície ali, macia e coberta de relva, debruçando-se para o que papai e eu chamávamos de Ramo Sul. Agachei-me, joguei a linha na água e quase imediatamente puxei uma bela truta arco-íris. Não tinha o tamanho de minha truta-de-rio — só uns 30 centímetros, mais ou menos — mas, mesmo assim, era um bom peixe. Limpei-a antes que as barbatanas parassem de mexer, guardei-a na cesta e novamente joguei a linha na água.

Desta vez não houve nenhuma mordida imediata. Assim, deitei-me ali, olhando a faixa azul do céu que podia ver ao longo do curso do rio. Nuvens flutuavam de oeste para leste, e tentei imaginar com que se pareciam. Vi um unicórnio, depois um galo e a seguir um cachorro que lembrava Candy Bill. Estava esperando a próxima, quando cochilei.

Ou talvez tenha dormido, não sei ao certo. Só sei que um puxão na linha, tão forte que quase me arrancou a vara da mão, foi o que me trouxe de volta à tarde. Sentei segurando a vara e, de repente, notei que algo pousara na ponta do meu nariz. Envesguei os olhos e vi uma abelha. Senti o coração morrer dentro do peito e, por um horrível segundo, tive a certeza de que ia molhar as calças.

O puxão na linha voltou, desta vez mais forte. No entanto, ainda que eu continuasse agarrando a vara para que não fosse puxada para o rio e talvez levada pela corrente (acho que tive presença de espírito até para deter a linha com o indicador), não fiz nenhum esforço para puxar a presa para fora d'água. Toda a minha atenção, horrorizada, fixava-se na gorda coisa preta e amarela que usava meu nariz como local de descanso.

Lentamente, estiquei o lábio inferior e soprei para cima. A abelha se agitou um pouco, mas continuou no lugar. Soprei de novo e ela se mexeu novamente... mas desta vez parecia também impaciente; não ousei mais soprar com medo de que ela perdesse totalmente as estribeiras e me picasse. Estava excessivamente perto de mim para que eu pudesse ver com nitidez o que fazia, mas era fácil imaginá-la comprimindo o ferrão numa de minhas narinas e disparando o veneno bem na direção de meus olhos. E de meu cérebro.

Ocorreu-me uma idéia terrível: a de que aquela fosse a mesma abelha que matara meu irmão. Eu sabia que não era verdade, e não só porque abelhas que fabricam mel provavelmente não vivem mais de um ano (a não ser talvez as rainhas — quanto a estas, eu não tinha certeza). Aquilo não podia ser verdade porque abelhas morrem quando picam, e mesmo aos nove anos eu sabia disso. Seus ferrões são farpados, o que faz com que elas se dilacerem quando tentam se afastar depois da picada. Mesmo assim, a idéia continuou martelando. Aquela era uma abelha especial, uma abelha-demônio, e voltara para liquidar o último dos filhos de Albion e Loretta.

E outra coisa: eu já fora mordido por abelhas antes e, embora as picadas talvez inchassem mais do que o habitual (não posso dizer com certeza), nunca morri por causa delas. Acontecera apenas com meu irmão, uma terrível armadilha montada para ele por sua própria susceptibilidade, uma armadilha da qual eu de algum modo escapara. Mas, enquanto eu envesgava os olhos até doerem num esforço para focalizar a abelha, a lógica não existia. Era a *abelha* que existia, apenas isso, a abelha que matara meu irmão, matara-o de tal maneira que meu pai abaixara as tiras do macacão para tirar a camisa e cobrir com ela o rosto inchado e ingurgitado de Dan. Mesmo nas profundezas de sua dor, ele fizera aquilo, pois não quisera que a mulher visse no que se transformara o filho. Agora a abelha voltara e me mataria. Me mataria e eu ia morrer em convulsões na margem do rio, espadanando como uma truta-de-riacho depois que lhe tiram o anzol da boca.

Enquanto eu continuava ali tremendo, à beira do pânico e prestes a simplesmente dar um pulo e fugir para algum lugar, ouvi um barulho atrás de mim. Era áspero e peremptório como um tiro de pistola, mas eu sabia que não era tiro: alguém batera palmas uma vez. Diante disso, a abelha cambaleou e caiu no meu colo. Ficou ali sobre a calça com as patas para cima e o ferrão transformado num fio negro e inofensivo contra o velho e gasto cotelê marrom. Notei imediatamente que estava morta como um prego. No mesmo instante, a vara deu outro arranco — ainda mais forte — e quase a perdi novamente.

Agarrei-a com as duas mãos e puxei-a com uma força estúpida que teria feito papai pôr as mãos na cabeça, se tivesse visto. Uma truta arco-íris, bem maior do que a que eu já pegara, saiu da água torcendo-se num *flash* molhado, borrifando finas gotas de água com os filamentos da cauda. Parecia uma daquelas fotos românticas de pescaria que costumavam pôr nas capas de revistas masculinas como *True* e *Man's Adventure* nos anos 1940 e 1950. Naquele momento, entretanto, capturar um peixe grande era a última coisa em que eu pensava, e mal notei quando a linha rebentou e o peixe caiu de novo no rio. Virei a cabeça para ver quem batera palmas. Havia um homem em pé lá em cima, no limite das árvores. Tinha o rosto muito comprido, pálido e estreito, e seu cabelo escuro penteado para trás seguindo o formato do crânio era repartido com rigoroso cuidado do lado esquerdo. O homem, muito alto, vestia um terno preto completo, com colete, e eu soube imediatamente que não era um ser humano porque seus olhos tinham o vermelho alaranjado das chamas de um fogão à lenha. Não estou me referindo às iris; ele não *tinha* íris, nenhuma pupila também, e certamente nenhum branco dos olhos. Seus olhos eram totalmente da cor laranja — um laranja que mudava e bruxuleava. E é tarde demais para não dizer exatamente o que pretendo, não é? Ele pegava fogo por dentro, e seus olhos eram como as pequenas vigias transparentes que se vêem às vezes nas portas dos fogões.

Minha bexiga se soltou, e o gasto cotelê marrom onde jazia a abelha morta ficou de um marrom mais escuro. Eu mal tinha noção do que acontecera, e não conseguia tirar os olhos do homem me olhando do alto da margem, o homem que saíra de 50 quilômetros de bosques do Maine ocidental sem trilha, num bom terno preto e sapatos bicudos de couro cintilante. Eu podia ver a corrente do relógio que lhe atravessava o colete brilhar ao sol de verão. Não havia sequer uma agulha de pinheiro no homem. E ele sorria.

— Ora, um garoto pescador! — exclamou numa voz agradável e suave. — Imagine só! Já nos conhecemos, garoto pescador?

— Olá, senhor — disse eu. Minha voz não tremeu, mas também não parecia a minha e sim de alguém mais velho. Como a de Dan, talvez. Ou até a de meu pai. E eu só pensava que talvez ele me deixasse ir embora se eu fingisse não ter notado o que ele era. Se fingisse não ver as chamas fulgurando e dançando onde deveriam estar seus olhos.

— Salvei você de uma picada péssima — disse ele. E então, para meu horror, desceu até a margem onde eu estava sentado com a abelha morta no colo úmido e uma vara de bambu nas mãos sem nervos. Seus sapatos urbanos de sola lisa deveriam ter escorregado no mato baixo que cobria a margem íngreme, mas não o fizeram. E vi que também não deixavam vestígios atrás de si. Onde seus pés tocavam — ou pareciam ter tocado — não havia um único graveto quebrado, folha amassada ou marca de pegada.

Mesmo antes de ele chegar até mim, reconheci o aroma que cozinhava em sua pele sob o terno — o cheiro de fósforo queimado. O cheiro de enxofre. O homem de terno preto era o Diabo. Saíra dos bosques profundos entre Motton e Kashwakamak e agora estava em pé ao meu lado. Com o canto do olho, pude ver uma mão tão pálida como a de um boneco à janela de uma loja. Seus dedos eram horrivelmente longos.

Ele se agachou ao meu lado, os joelhos dobrados como os de um homem normal. No entanto, quando moveu as mãos e as fez pender entre os joelhos, vi que seus dedos compridos não terminavam numa unha e sim numa garra longa e amarela.

— Você não respondeu à minha pergunta, garoto pescador — disse ele com sua voz suave. Agora que lembro disso, acho que sua voz era como a daqueles anunciantes de rádio nos shows de grandes orquestras que viriam anos depois, aqueles que vendiam certos tônicos e Ovomaltine.

— Já nos conhecemos?

— Por favor, não me faça mal — murmurei, numa voz tão baixa que eu mesmo quase não consegui ouvi-la. Estava com mais medo do que posso descrever, mais medo do que tenho vontade de lembrar... mas lembro. Lembro sim. Sequer me passou pela cabeça a esperança de estar sonhando, mas, se eu fosse mais velho, poderia ter passado. Mas eu não era mais velho; tinha nove anos, e reconhecia a verdade quando ela se agachava ao meu lado. Conhecia a diferença entre um falcão e um serrote de mão, como papai teria dito. O homem que saíra do bosque naquele sábado de verão era o Diabo, e no interior dos buracos vazios de seus olhos o cérebro dele queimava.

— Ah, estou sentindo o cheiro de alguma coisa? — perguntou, como se não tivesse me ouvido... embora eu soubesse que ouvira. — Estou sentindo o cheiro de algo... molhado?

Inclinou-se para mim com o nariz empinado, como alguém que quer cheirar uma flor. E notei uma coisa horrível: à medida que a sombra de sua cabeça viajava pela margem, a relva debaixo dela amarelava e morria. Ele abaixou a cabeça na direção da minha calça e cheirou. Os olhos fulgurantes meio fechados, como se ele inalasse um cheiro sublime e quisesse se concentrar apenas nisso.

— Ah, que mau! — exclamou ele. — Adoravelmente mau! — E a seguir cantarolou: — Opala! Diamante! Safira! Jade! Sinto o cheiro da limonada do Gary! — Então jogou-se de costas na pequena planície e riu selvagemente. Era o riso de um lunático.

Pensei em correr, mas minhas pernas pareciam estar a léguas do meu cérebro. Mas eu não chorava; molhara as calças como um bebê, mas não chorava. Estava assustado demais para chorar. Subitamente, soube que ia morrer, e provavelmente de forma dolorosa, mas o terrível é que isso poderia não ser o pior.

O pior podia vir mais tarde. *Depois* que eu estivesse morto.

Ele sentou subitamente, o cheiro de fósforos queimando evolando-se de seu terno e fazendo com que a náusea me subisse à garganta. Ele me olhou solenemente com seu estreito rosto branco e seus olhos ardentes, mas também com um ar de riso. Tinha sempre um ar de riso.

— Más notícias, garoto pescador. Eu trouxe más notícias.

Eu só podia olhá-lo — o terno preto, os bonitos sapatos pretos, os longos dedos brancos que terminavam em garras.

— Sua mãe morreu.

— Não! — gritei. Pensei nela fazendo pão, no cacho em sua testa que apenas lhe tocava a sobrancelha, o forte sol matinal que a banhava, e o terror me varreu de novo... mas desta vez não por mim. Pensei na imagem que vi quando saí de casa, mamãe em pé à porta da cozinha com a mão protegendo os olhos, e como ela me parecera naquele momento a foto de alguém que se espera ver de novo, mas que nunca mais se consegue ver. — Não, você está mentindo! — gritei.

Ele sorriu — o sorriso triste, paciente, do homem que é acusado falsamente com freqüência.

— Acho que não — disse. — Foi o mesmo que aconteceu com seu irmão, Gary. Uma abelha.

— Não, não é verdade — disse eu e então *comecei* a chorar. — Ela é velha, tem 35 anos, e se uma picada de abelha pudesse matar ela como matou Danny, ela teria morrido há muito tempo, você é um canalha mentiroso!

Eu chamara o Diabo de canalha mentiroso. De certo modo, eu tinha consciência disso, mas a maior parte da minha mente fora invadida pela enormidade do que ele dissera. Minha mãe morta? Era o mesmo que dizer que um novo oceano tomara o lugar das Montanhas Rochosas. Mas acreditei nele. Em algum nível, acreditei totalmente nele, como de algum modo sempre acreditamos na pior coisa que se pode imaginar.

— Entendo o seu sofrimento, garotinho pescador, mas esse argumento em especial não se sustenta. — Falava num falso tom de consolo que era horrível, enlouquecedor, sem remorso ou piedade. — Alguém pode passar a vida inteira sem ver um tordo, sabe, mas isso não significa que ele não existe. Sua mãe...

Um peixe pulou abaixo de nós. O homem de terno preto franziu a testa e lhe apontou um dedo: a truta teve uma convulsão no ar, curvando o corpo tão energicamente que por uma fração de segundo pareceu tentar morder a própria cauda. Quando caiu de novo no rio Castle, estava morta, flutuando na corrente. Bateu na grande rocha cinzenta onde as águas se dividiam, girou duas vezes no redemoinho que se formava ali e a seguir flutuou para longe na direção de Castle Rock. Enquanto isso, o terrível estranho novamente pousara os olhos ardentes em mim, os lábios arreganhados exibindo a minúscula fileira de dentes agudos num sorriso de canibal.

— Sua mãe passou a vida toda sem ser picada por uma abelha — disse ele. — Mas então, menos de uma hora atrás na verdade, uma abelha entrou pela janela da cozinha enquanto ela tirava o pão do forno e o colocava na bancada para esfriar.

— Não, não vou ouvir isso, não vou ouvir isso, *não vou*!

Ergui as mãos e tapei as orelhas. Ele afunilou os lábios como se fosse assobiar e soprou suavemente na minha direção. Foi apenas um pequeno sopro, mas o fedor era absolutamente medonho — esgotos entupidos, privadas que jamais haviam conhecido uma borrifada de desinfetante, galinhas mortas depois de uma enchente.

Minhas mãos deslizaram pelo rosto.

— Ótimo — disse ele. — Você precisa escutar isso, Gary; precisa escutar, meu garotinho pescador. Foi sua mãe quem passou essa fraqueza mortal para seu irmão Dan; você recebeu um pouco dela, mas também teve a proteção de seu pai, o que o pobre Dan, de algum modo, perdeu. — Afunilou os lábios de novo, só que desta vez emitiu um *tsk tsk*, um ruidozinho cruelmente engraçado, em vez de soprar a respiração nojenta em cima de mim. — Então, embora eu não goste de falar mal dos mortos, é quase um caso de justiça poética, não é? Afinal de contas, ela matou seu irmão Dan do mesmo modo como se tivesse apontado a arma para a cabeça dele e puxado o gatilho.

— Não — murmurei. — Não é verdade.

— Eu lhe asseguro que é — disse ele. — A abelha entrou pela janela e pousou no pescoço de sua mãe, que lhe deu um tapa antes mesmo de saber o que fazia... *você* foi mais esperto do que ela, não foi, Gary?... e a abelha a picou. Sua mãe sentiu a garganta fechar imediatamente. É o que acontece com gente alérgica ao veneno de abelha. A garganta fecha e eles se afogam no ar aberto. Foi por isso que o rosto de Dan estava tão inchado e roxo. Foi por isso que seu pai o cobriu com a camisa.

Olhei fixamente para ele, incapaz de falar. As lágrimas escorriam pelo meu rosto. Não queria acreditar nele, aprendera na igreja que o Diabo é o pai das mentiras, mas *acreditei* mesmo assim. Acreditei que ele tinha estado no nosso quintal, espiando pela janela da cozinha enquanto mamãe caía de joelhos segurando a garganta inchada e Candy Bill dançava à sua volta, latindo esganiçadamente.

— Ela fez ruídos maravilhosamente pavorosos — disse o homem de terno preto, pensativo — e arranhou muito o rosto, acho eu. Seus olhos se esbugalharam como os de uma rã. Ela chorou. — O homem fez uma pausa e acrescentou: — Ela chorou enquanto morria, não foi delicado da parte dela? E aqui está a coisa mais linda: depois que ela morreu... depois que já estava no chão há uns 15 minutos, sem nenhum som por ali a não ser o palpitar do fogão, e com a pequena haste do ferrão da abelha ainda espetada no pescoço... tão pequena, tão pequena... sabe o que Candy Bill fez? O patifezinho lambeu as lágrimas dela. Primeiro de um lado... depois do outro.

Ele fitou a corrente por um momento, o rosto triste e pensativo. Então virou-se para mim e a expressão de consternação desapareceu como um sonho. Seu rosto era tão frouxo e ávido quanto o de um cadáver cuja causa da morte fora a fome. Seus olhos fulguravam. Entre os lábios pálidos, eu podia ver os dentinhos agudos.

— Estou morrendo de fome — disse abruptamente. — Vou matar você, dilacerá-lo e comer suas tripas, garotinho pescador. O que acha?

Não, tentei dizer, *por favor, não*, mas nenhum som saiu da minha garganta. Eu sabia que ele queria fazer aquilo. Queria mesmo.

— É que estou tão *faminto* — disse ele, petulante e provocativo. — E de qualquer forma, você não vai querer viver sem sua preciosa mãe, acredite. Porque seu pai é o tipo de homem que vai precisar de algum buraco quente para enfiar a coisa, e se o único disponível for o seu, então terá que servir, não há dúvida. Vou salvar você dessa situação desagradável, desse desconforto. Além disso, você vai para o Céu, pense nisso. As almas assassinadas *sempre* vão para o Céu. Assim, nós dois estaremos servindo a Deus nesta tarde, Gary. Não é simpático?

Ele esticou novamente as mãos compridas e pálidas para mim, e sem pensar no que fazia eu abri a tampa da minha cesta, revirei o conteúdo até o fundo e tirei de lá a truta monstruosa que pescara antes — aquela com que eu deveria ter me contentado. Estendi-a cegamente para ele, os dedos no talho vermelho do ventre cujas entranhas eu removera, enquanto o homem de terno preto ameaçava remover as minhas. Os olhos vidrados do peixe fixavam-se sonhadoramente em mim, o anel dourado em volta do centro escuro me fazendo lembrar a aliança de mamãe. E naquele momento eu a vi deitada no caixão, o sol refletindo-se na aliança, e então soube que era verdade — ela fora picada por uma abelha, afogara-se no ar tépido da cozinha cheirando a pão, e Candy Bill lambera as lágrimas moribundas nas faces inchadas.

— Peixe grande! — gritou o homem de terno preto numa voz gutural e cobiçosa. — *Ah, peeixe graande!*

Ele o arrebatou de minha mão e enfiou-o na boca, que se abriu mais do que a de qualquer ser humano. Muitos anos depois, quando eu já tinha meus 65 anos (sei que a idade era essa porque foi no verão em que me aposentei como professor), fui ao New England Aquarium e finalmente vi um tubarão. Quando se abriu, a boca do homem de terno preto era como a boca do tubarão, e senti o calor cozinhando lá dentro me atingir o rosto, a mesma súbita onda de calor como quando um pedaço de lenha seca pega fogo na lareira. E aquele calor também não foi imaginação minha, sei que não porque, pouco antes de ele enfiar a cabeça da truta de 50 centímetros entre os maxilares escancarados, vi as escamas nas laterais do peixe se erguerem e se encresparem como pedaços de papel flutuando sobre um incinerador aberto.

Ele fez o peixe deslizar para dentro como a espada de um engolidor de espadas num espetáculo ambulante. Não mastigou, e seus olhos flamejantes esbugalharam-se como num esforço. O peixe foi entrando, entrando, e a garganta do homem ficando volumosa enquanto o alimento descia através do esôfago. Então o homem de terno preto começou a chorar... mas lágrimas de sangue, um sangue escarlate e espesso.

Acho que foi a visão daquele sangue que trouxe meu corpo de volta. Não sei por quê, mas acho que a razão foi esta. Levantei de um pulo como um boneco de mola libertado da caixa e, com a vara de bambu ainda na mão, fugi margem acima, curvado para a frente e agarrando-me aos ásperos capins com a mão livre, num esforço para subir mais rapidamente a ribanceira.

Ele emitiu um ruído estrangulado, furioso — o som de qualquer homem com a boca excessivamente cheia — e só olhei para trás quando cheguei ao alto. Ele vinha no meu encalço, a parte de trás do terno esvoaçando, a corrente de ouro do relógio cintilando e tremeluzindo ao sol. A cauda do peixe ainda se projetava de sua boca, e eu sentia o cheiro do resto da trutra assando no forno daquela garganta.

O homem estendeu as mãos tentando me segurar com suas garras, e voei pelo alto da margem. Depois de uns 100 metros mais ou menos, consegui usar minha voz e passei a gritar — gritar de medo, claro, mas também de sofrimento por minha bela mãe morta.

Ele veio atrás de mim. Eu ouvia ramos se quebrando e moitas sendo empurradas, mas não olhei para trás de novo. Abaixei a cabeça, semicerrei os olhos para protegê-los das moitas e dos galhos baixos da margem do rio e corri o mais rápido que pude. A cada passo, esperava sentir as mãos do homem de terno preto caindo nos meus ombros, puxando-me de volta para um quente abraço final.

Isso não aconteceu. Algum tempo depois — não podia ser mais de cinco ou dez minutos, acho eu, mas deu a impressão de eternidade —, vi a ponte através de folhas e pinheiros. Ainda gritando, mas já sem fôlego, soando como uma chaleira quase esturricada de tão seca, alcancei a segunda margem, mais íngreme, e disparei por ela acima.

A meio caminho do alto, um escorregão me fez cair de joelhos, e olhei por cima do ombro. Vi o homem de terno preto quase nos meus calcanhares, o rosto branco torcido numa convulsão de fúria e avidez. Suas faces estavam sujas das lágrimas de sangue, e a boca de tubarão pendia aberta como uma dobradiça.

— *Garoto pescador!* — rosnou ele, e correu pela margem atrás de mim, agarrando meu pé com a mão comprida. Eu me soltei, virei-me e joguei nele a vara de pescar. Ele a repeliu facilmente, mas de algum modo ela se emaranhou em seus pés e ele caiu de joelhos. Não esperei para ver mais; virei e corri como um raio para o alto da ribanceira. Quase escorreguei lá de cima, mas consegui agarrar uma das escoras de apoio que percorriam a ponte por baixo e me salvei.

— Você não pode escapar, garoto pescador! — gritou o homem de terno preto atrás de mim. Parecia furioso, mas também era como se estivesse rindo. — É preciso mais do que um pouco de truta para me satisfazer!

— Me deixe em paz! — gritei. Agarrei o parapeito da ponte e me ergui até ela num atrapalhado sobressalto, enchendo as mãos de farpas e batendo a cabeça com tanta força nas tábuas quando aterrissei ali que vi estrelas. Rolei de barriga para baixo e comecei a me arrastar. Levantei pouco antes do final da ponte, tropecei uma vez, recuperei o ritmo e então comecei a correr. Corri como só os garotos de nove anos conseguem correr — que é como o vento. Meus pés pareciam tocar no chão somente a cada três ou quatro passadas, e tanto quanto sei, isso pode ter sido verdade. Corri reto pelo sulco deixado na estrada pelas rodas do lado direito, corri até que as têmporas latejassem e os olhos pulsassem nas órbitas, corri até sentir uma fisgada no lado esquerdo, das costelas à axila, corri até sentir um gosto de sangue e aparas de metal na garganta. Quando não consegui mais correr, cambaleei e parei. Então olhei para trás, ofegando e soprando como um cavalo com pulmoeira. Tinha certeza de que o veria em pé bem atrás de mim com seu elegante terno preto, a cintilante corrente do relógio atravessando frouxamente o colete e nenhum fio de cabelo fora do lugar.

Mas ele desaparecera. Na estrada que se estendia na direção do rio Castle, entre a massa escura de pinheiros e espruces, não havia ninguém. E mesmo assim eu o sentia por perto naquele bosque, observando-me com seus olhos incendiados, exalando o cheiro de fósforo queimado e de peixe assando.

Eu me virei e comecei a andar tão rápido quanto podia, mancando um pouco — sofrera distensões musculares nas duas pernas, e quando saí da cama no dia seguinte estava tão dolorido que quase não conseguia andar. Mas não notei tais coisas naquele momento. Continuei olhando por cima do ombro, precisando verificar repetidamente se a estrada atrás de mim continuava vazia. Constatei que continuava a cada vez que olhei, mas essas olhadelas para trás aumentavam ainda mais o meu medo, em vez de diminuí-lo. Os pinheiros davam a impressão de estarem mais escuros e maciços, e continuei a imaginar o que jazia atrás das árvores que marchavam ao lado da estrada — longos e emaranhados corredores de floresta, fossos-armadilhas que podiam quebrar uma perna, ravinas onde qualquer coisa poderia viver. Até aquele sábado de 1914, eu achava que o pior que a floresta podia conter eram ursos.

Agora sabia que não.

Cerca de um quilômetro e meio estrada acima, pouco além do lugar onde ela saía do bosque e se unia à estrada Geegan Flat, vi meu pai caminhando em minha direção e assobiando "The Old Oaken Bucket". Ele carregava sua vara de pesca, aquela com o chique carretel para recolher linha, comprada numa loja de departamentos. Na outra mão, levava sua cesta de pesca, em cuja alça mamãe bordara uma fita quando Dan ainda estava vivo. DEDICADO A JESUS, dizia a fita. Eu caminhava, mas, quando vi papai, comecei a correr de novo e a gritar *Papai! Papai! Papai!* com todas as forças dos meus pulmões, cambaleando, as pernas frouxas e cansadas como um marinheiro bêbado. Sua expressão de surpresa ao me reconhecer poderia ser engraçada em outras circunstâncias, mas não naquelas. Deixou cair a vara e a cesta na estrada sem olhá-las e correu para mim. Nunca vi papai correr mais rápido em toda a sua vida; quando nos encontramos, só um milagre impediu que o impacto nos nocauteasse; bati com o rosto na fivela do seu cinto com tanta força que isso me provocou um pequeno sangramento pelo nariz. No entanto, só reparei nisso mais tarde. Naquele momento, apenas estendi os braços e abracei papai com todas as minhas forças. Agarrei-o e esfreguei meu rosto quente contra a barriga dele, cobrindo sua velha camisa azul de trabalho com sangue, lágrimas e muco.

— O que foi, Gary? O que aconteceu? Você está bem?

— Mamãe morreu! — solucei. — Encontrei um homem no bosque e ele me disse! Mamãe morreu! Foi picada por uma abelha, inchou do mesmo modo que Dan e morreu! Está no chão da cozinha e Candy Bill... lambeu as l-l-lágrimas... do seu... do seu...

Rosto era a última palavra que eu precisava dizer, mas meu peito arfando aos repelões não permitiu. Senti as lágrimas correrem de novo pelas minhas faces, fazendo o espantado e assustado rosto de papai borrar-se em três imagens superpostas. Comecei a uivar — não como uma criança que esfolou o joelho, mas como um cão que viu algo ruim ao luar — e papai apertou a minha cabeça contra a sua barriga de novo. Libertei-me de sua mão e olhei por cima do ombro. Queria ter certeza de que o homem de terno preto não estava ali. Nem sinal dele; a estrada serpenteando para o bosque estava completamente vazia. Prometi a mim mesmo que jamais voltaria àquela estrada, nunca mais, fosse qual fosse o motivo, e acho agora que a melhor bênção de Deus às Suas criaturas cá embaixo é o fato de elas não poderem prever o futuro. Saber que eu palmilharia aquela estrada até o rio apenas duas horas mais tarde teria me tirado a razão. Naquele momento, contudo, sentia-me aliviado por ver que ainda estávamos sós. Então pensei em mamãe — minha bela mãe que morrera — e apertei de novo o rosto contra a barriga de papai, berrando mais um pouco.

— Gary, escute — disse ele alguns momentos depois. Continuei chorando. Ele deixou que eu prosseguisse por mais um tempo e então estendeu a mão, levantando-me o queixo para que pudéssemos nos encarar. — Sua mãe está bem.

Fitei-o com as lágrimas deslizando, sem acreditar nele.

— Não sei quem lhe disse o contrário, ou que patife nojento ia querer assustar um garoto, mas juro por Deus que sua mãe está bem.

— Mas... mas ele disse...

— Não importa o que disseram. Voltei de Eversham mais cedo do que pensava... ele não quer vender vaca nenhuma, é só conversa... e vi que tinha tempo para alcançar você. Peguei a vara, a cesta, e sua mãe fez uns dois sanduíches de geléia para nós. Com o pão que acabou de fazer ainda quente. Então ela estava bem meia hora atrás, Gary, e ninguém que veio por este lado tem uma notícia diferente, garanto a você. Não em meia hora. — Ele olhou por cima do meu ombro. — Que homem era esse? Onde está? Vou procurá-lo e lhe dar uma sova que ele não vai esquecer.

Pensei mil coisas em dois segundos — pelo menos deu essa impressão —, mas o último pensamento foi o mais poderoso: se papai encontrasse o homem de terno preto, acho que a sova não seria dada pelo papai. Ou que ele fosse embora.

Lembrei novamente dos compridos dedos brancos que terminavam em garras.

— Gary?

— Acho que não me lembro — disse eu.

— Você estava lá onde o rio se divide? Naquela pedra grande?

Nunca pude mentir para meu pai quando ele fazia uma pergunta direta — nem para salvar sua vida nem a minha.

— Lembro sim, mas não vá lá. — Agarrei o seu braço com as duas mãos e puxei-o com força. — Por favor, não vá. Era um homem apavorante. — Uma inspiração me ocorreu, fulminante como um relâmpago: — Acho que estava armado.

Ele me olhou pensativo.

— Talvez não fosse um homem — disse, erguendo a voz um pouco na última palavra e transformando-a quase numa pergunta. — Filho, quem sabe você adormeceu enquanto pescava e teve um pesadelo? Como os que teve com Danny no inverno passado?

Eu *tive* tido um monte de sonhos ruins com Dan no inverno passado, sonhos em que eu abria a porta do armário ou do escuro galpão de sidra cheirando a fruta e o via em pé ali, olhando para mim com seu rosto roxo de estrangulado. Acordara de muitos desses sonhos gritando, acordando meus pais também. Eu dormira na margem do rio por algum tempo — cochilara, de qualquer modo —, mas não sonhara, e tinha certeza de que acordara pouco antes de o homem bater palmas e matar a abelha. Estava certo de que não sonhara com ele como sonhara com Dan, embora meu encontro com ele já parecesse uma espécie de sonho, como acho que sempre acontece com algo sobrenatural. Mas se papai achava que o homem existia apenas na minha mente, talvez fosse melhor. Melhor para ele.

— É, pode ser — disse eu.

— Bem, vamos voltar para pegar sua vara e sua cesta.

Então começou a andar na direção do rio. Puxei-o freneticamente pelo braço para detê-lo de novo.

— Depois — disse eu. — Por favor, papai. Preciso ver mamãe com meus próprios olhos.

Ele pensou um pouco e concordou com a cabeça.

— É, acho que precisa.

Voltamos à fazenda juntos, papai com a vara de pescar no ombro como se fosse um amigo meu, eu carregando sua cesta e nós dois comendo os sanduíches feitos com o pão de mamãe e geléia de frutas silvestres.

— Pescou alguma coisa? — perguntou ele enquanto avistávamos a granja.

— Pesquei. Uma arco-íris. Bem grandinha — *E uma truta-de-riacho muito maior*, pensei comigo mesmo. *Maior do que qualquer uma que já vi, para dizer a verdade, mas não a guardei para mostrar, papai, eu a dei ao homem de terno preto para que ele não me comesse. E funcionou... por um triz.*

— Só isso? Nada mais?

— Depois que peguei essa, dormi. — Não era de fato uma resposta, mas também não era mentira.

— Uma sorte você não ter perdido a vara. Não perdeu, não é, Gary?

— Não, pai — respondi com muita relutância. Mentir sobre aquilo não ia adiantar, mesmo se eu conseguisse inventar uma mentira fantástica, não se ele estava decidido a voltar para pegar minha cesta, de qualquer modo, e eu via por sua expressão que estava.

Mais adiante, Candy Bill saiu correndo pela porta de trás, latindo esganiçadamente e sacudindo o traseiro para a frente e para trás como fazem os *terriers* escoceses quando estão contentes. Não pude mais ficar quieto: esperança e ansiedade borbulhavam em minha garganta como espuma. Corri para casa, ainda agarrado à cesta de papai e ainda acreditando bem no fundo que ia encontrar mamãe no chão da cozinha, morta, o rosto inchado e roxo como o de Dan quando papai, chorando e gritando o nome de Jesus, trouxera-o do campo oeste.

Mas ela estava diante da bancada de mármore e tão bem como antes, cantarolando de boca fechada ao debulhar ervilhas numa tigela. Ela me olhou primeiro surpresa e depois com medo, ao notar meus olhos arregalados e meu rosto pálido.

— O que foi, Gary? O que aconteceu?

Não respondi, apenas corri para ela e a cobri de beijos.

— Não se preocupe, Lo, ele está bem — disse papai quando entrou. — Só teve um daqueles pesadelos no riacho.

— Deus queira que seja o último — disse ela, e me abraçou mais apertado, enquanto Candy Bill dançava à nossa volta com seu latido esganiçado.

— Não precisa voltar comigo se não quiser, Gary — disse papai, embora tivesse deixado claro que eu devia voltar e enfrentar o meu medo, como acho que as pessoas diriam hoje. Isso está muito bem com coisas temíveis, mas de faz-de-conta; porém, duas horas não haviam mudado muito a minha certeza de que o homem de terno preto era real. Mas eu não conseguiria convencer papai do fato. Acho que nunca houve um garoto de nove anos que conseguisse convencer o pai de ter visto o Diabo de terno preto sair do bosque.

— Eu vou — decidi. Saíra de casa para me juntar a ele antes que partisse, reunindo toda a coragem para me pôr em movimento, e agora estávamos perto do cepo de cortar carne e legumes no pátio lateral, não longe da pilha de lenha.

— O que está escondendo atrás das costas? — perguntou papai.

Fui mostrando o objeto aos poucos. Eu ia com meu pai, esperando que o homem de terno preto e com o cabelo repartido para a esquerda reto como uma flecha tivesse ido embora... se não, eu queria estar preparado. Tão preparado quanto possível, de qualquer modo. Levava na mão a Bíblia da família e mostrei-a. Tinha resolvido levar só o Novo Testamento, que eu ganhara por decorar a maioria dos salmos na competição de quinta à noite da Associação da Juventude (consegui oito, embora a maioria deles, à exceção do 23º, tenha sumido da minha cabeça em uma semana), mas achei que o pequeno Testamento de capa vermelha talvez fosse insuficiente para enfrentar o próprio Diabo, mesmo com as palavras de Jesus sublinhadas em tinta vermelha.

Papai olhou a velha Bíblia inchada de fotos e documentos da família e achei que fosse me mandar guardá-la novamente, mas não o fez. Uma expressão de dor e solidariedade passou pelo seu rosto, e ele balançou a cabeça concordando.

— Muito bem. Sua mãe sabe que você pegou isso?

— Não, pai.

Ele concordou com a cabeça de novo.

— Então vamos torcer para ela não perceber antes da gente voltar. Vamos indo. E não a deixe cair.

Cerca de meia hora depois, estávamos na margem olhando para o local onde o rio Castle se bifurcava, e o lugar plano onde eu encontrara o homem de olhos vermelho-alaranjados. Segurava minha vara de pesca — recolhera-a debaixo da ponte — e encontrara minha cesta um pouco mais abaixo, no lugar plano. A tampa de vime estava levantada. Papai e eu ficamos olhando para baixo por muito tempo em silêncio.

Opala! Diamante! Safira! Jade! Sinto o cheiro da limonada do Gary! O homem recitara seu desagradável poeminha e se atirara de costas no chão, rindo como uma criança que descobriu ter coragem suficiente para dizer palavras sujas como merda ou mijo. Lá embaixo, o local plano era tão verde e viçoso como qualquer lugar do Maine alcançado pelo sol no início de julho... a não ser onde o estranho deitara. Ali, a relva morta e amarela desenhava o formato de um homem.

Olhei para baixo e vi que estendia para a frente a volumosa Bíblia da família, com os dois polegares brancos de tanto apertarem a capa. Era assim que Norville, o marido de Mama Sweet, segurava um galho bifurcado de salgueiro para sondar a existência de água.

— Fique aqui — disse papai afinal, e derrapou obliquamente margem abaixo, enfiando os sapatos no solo rico e macio e estendendo os braços para manter o equilíbrio. Fiquei onde estava, esticando a Bíblia rigidamente para a frente como uma forquilha de salgueiro, o coração batendo selvagemente. Não sei se tive a sensação de ser observado naquele momento; o medo era grande demais para permitir qualquer sensação, exceto o desejo de estar bem longe daquele local e daquele bosque.

Papai curvou-se, farejou o lugar onde a relva morrera e fez uma careta. Eu conhecia o cheiro que ele estava sentindo: algo como fósforo queimado. Então ele agarrou a minha cesta e voltou depressa para a margem lá em cima. Rapidamente virou a cabeça para trás para assegurar-se de que não vinha nada o seguindo. Não vinha nada. Quando me entregou a cesta, a tampa ainda pendia aberta das pequenas e engenhosas dobradiças de couro. Olhei lá dentro e vi apenas dois punhados de mato.

— Pensei que tivesse pego uma truta arco-íris — disse papai —, mas pode ter sido um sonho também.

Algo na voz dele me picou.

— Não, pai. Eu peguei uma.

— Bem, é certo como dois e dois são quatro que ela não espadanou para fora da cesta se foi estripada e limpa. E você não ia pôr um peixe na cesta sem fazer isso, não é, Gary? Eu lhe ensinei como é o certo.

— Ensinou, pai, mas...

— Então, se a truta não foi sonho e se estava morta na cesta, alguma coisa deve ter comido ela — disse papai, olhando rapidamente para trás de novo, os olhos bem abertos como se ouvisse algo mover-se no bosque. Eu não estava exatamente surpreso ao ver gotas de suor na sua testa como grandes jóias claras.

— Vamos dar o fora daqui — disse papai.

Eu estava de pleno acordo. Voltamos pela margem até a ponte, andando rapidamente e sem falar. Ao chegarmos lá, papai ajoelhou-se e examinou o local onde tínhamos encontrado a minha vara de pescar. Havia outra mancha de relva morta ali, e o chinelo de mulher que se via no chão estava todo marrom e enroscado como se crestado por um grande jorro de calor. Enquanto papai fazia isso, examinei a minha cesta vazia.

— Ele deve ter voltado e comido o outro peixe também — disse eu.

Papai me olhou.

— *Outro* peixe!

— É, pai. Não contei, mas eu tinha pego uma truta-de-riacho também. Uma grande. Aquele sujeito estava faminto demais, estava mesmo. — Quis continuar a falar; as palavras chegaram aos meus lábios, mas não consegui.

Fomos subindo para a ponte e ajudamos um ao outro até o parapeito. Papai pegou minha cesta, espiou seu interior e atirou-a no rio. Aproximei-me a tempo de vê-la espalhar água ao se chocar com a corrente e flutuar para longe como um barco, deslizando cada vez mais rio abaixo, enquanto a água esguichava pela tessitura do vime.

— Cheirava mal — disse papai, mas não me encarou e sua voz parecia estranhamente defensiva. Foi a única vez em que o ouvi falar desse modo.

— É sim, pai.

— Vamos dizer à sua mãe que não conseguimos achar a cesta. Se ela perguntar. Se não perguntar, não dizemos nada.

— É, não dizemos não.

Ela não perguntou e nós não dissemos nada.

Aquele dia no bosque ocorreu há 81 anos, e em muitos desses anos nem lembrei do que aconteceu... pelo menos, não acordado. Como qualquer homem ou mulher que já viveu na superfície da Terra, não posso falar de meus sonhos com certeza. Mas agora estou velho, e parece que sonho acordado. As doenças escalam meu ser como ondas que logo atingirão o abandonado castelo de areia feito por uma criança. As lembranças também vêm subindo, fazendo-me recordar os antigos versos que diziam num determinado trecho: "Deixe-os em paz/ Que voltarão logo mais/ Abanando a cauda lá atrás." Lembro das refeições que comi, dos jogos que joguei, das meninas que beijei no vestiário da escola quando brincávamos de salada mista, dos meninos que eram meus camaradas, a primeira bebida que tomei, o primeiro cigarro que fumei (atrás do chiqueiro de Dicky Hammer) e que me fez vomitar. Entretanto, de todas as lembranças, a do homem de terno preto é a mais forte, e fulgura em sua própria luz espectral e assombrada. Ele era real, ele era o Diabo, e naquele dia eu fui a sua missão ou o seu acaso. Sinto cada vez com mais força que escapar dele foi sorte — *apenas* sorte, e não a intercessão do Deus que tenho cultuado e ao qual louvei com hinos por toda a minha vida.

Aqui no meu quarto neste abrigo para idosos, e no castelo de areia desmoronando que é o meu corpo, digo a mim mesmo que não preciso temer o Diabo — tive uma vida boa e amável, e não preciso temê-lo. Às vezes, recordo a mim mesmo que fui eu e não meu pai quem afinal convenceu mamãe a voltar à igreja mais tarde naquele verão. No escuro, porém, tais pensamentos não têm poder para confortar ou tranqüilizar. No escuro, uma voz sussurra que o garoto de nove anos que eu fui também nada fizera para ter motivos para temer justificadamente o Diabo... e, no entanto, o Diabo aparecera. E no escuro, às vezes ouço essa voz diminuir ainda mais, baixar a tons inumanos. *Peixe grande!*, murmura ela numa cobiça abafada, e todas as verdades do mundo moral caem por terra ante sua fome. *Peeixe graande!*

O Diabo me apareceu certa vez, muito tempo atrás; e se viesse de novo agora? Estou velho demais para correr; não consigo nem ir e voltar do banheiro sem o meu andador. Também não tenho mais uma grande truta-de-riacho para suborná-lo, mesmo por alguns momentos; sou velho e minha cesta de pesca está vazia. E se ele voltar e me encontrar assim?

E se ele ainda estiver com fome?

—

Meu conto favorito de Nathaniel Hawthorne é "Young Goodman Brown". Acho que é um dos dez melhores já escritos por um norte-americano. "O homem de terno preto" é uma homenagem a esse conto. Quanto aos detalhes, um amigo contou-me certo dia que seu avô acreditava — acreditava *de fato — ter visto o Diabo no bosque, na virada do século XIX para o XX. O avô contara que o Diabo saíra do bosque e começara a conversar com ele exatamente como um homem normal. Enquanto falavam, o avô percebeu que o homem vindo do bosque tinha olhos de um vermelho flamejante e cheirava a enxofre. Certo de que o Diabo o mataria se percebesse que ele descobrira a verdade, o avô de meu amigo fez o máximo para conversar normalmente até poder fugir. Meu conto originou-se dessa história. Escrevê-lo não foi uma diversão, mas fui em frente mesmo assim. Às vezes, as histórias gritam com tanta força para serem contadas que as escrevemos apenas para calar sua boca. Considero o produto acabado uma trivial história folclórica escrita em linguagem prosaica, certamente a quilômetros do conto de Hawthorne de que eu gostava tanto. Quando* The New Yorker *pediu para publicá-la, fiquei chocado. Quando a história ganhou o primeiro prêmio no concurso O. Henry do Melhor Conto de 1996, achei que alguém cometera um equívoco (o que não me impediu de aceitar o prêmio). A resposta do leitor, de um modo geral, foi positiva também. Este conto é a prova de que os escritores são freqüentemente os piores juízes daquilo que escrevem.*

Tudo o que você ama lhe será arrebatado

ERA UM MOTEL NA Rodovia Interestadual 80 a oeste de Lincoln, Nebraska. A neve que havia começado no meio da tarde desbotara o virulento amarelo do letreiro até um tom pastel mais suave à medida que a luz morria no anoitecer de janeiro. O vento aumentava, com o toque de amplificação vazia só encontrado na parte plana do centro do país, geralmente no inverno. Significava agora apenas desconforto, mas se uma grande nevasca desabasse naquela noite — os meteorologistas pareciam não chegar a uma conclusão —, a rodovia seria fechada pela manhã. Isso não era nada para Alfie Zimmer.

Pegou sua chave com um homem de colete vermelho e impeliu o carro para o final do longo edifício de concreto. Atuando há 20 anos como vendedor no Meio-oeste, formulara quatro regras básicas para garantir sua noite de sono. Primeiro, sempre reserve um quarto com antecedência. Segundo, trate de reservá-lo num motel franqueado, se possível — Holiday Inn, Ramada Inn, Comfort Inn, motel. Terceiro, sempre peça um quarto no final do corredor. Dessa forma, o pior que pode lhe acontecer é ter um grupo de vizinhos barulhentos. E por último, peça um quarto que comece com o número um. Aos 44 anos, Alfie era velho demais para foder as putas que atendiam os motoristas de caminhão, comer filé de frango frito ou carregar a bagagem escada acima. Nos dias que correm, os quartos do primeiro andar são geralmente reservados aos não-fumantes. Alfie ficava neles e fumava mesmo assim.

Alguém ocupara a vaga na frente do quarto 190. Todas as vagas ao longo da construção estavam ocupadas. Alfie não ficou surpreso. Podia-se fazer uma reserva, dar um sinal, mas, caso se chegasse tarde (tarde num dia como esse era depois das quatro da tarde), tinha-se que estacionar e andar. Os carros pertencentes à turma que chegara cedo estavam estacionados junto à construção e às portas amarelo-brilhantes numa longa fileira, com as janelas já cobertas por uma leve camada de neve.

Alfie dobrou a esquina e estacionou com o nariz do Chevrolet apontando para a branca extensão do campo de algum agricultor, nadando nas profundezas cinzentas do fim do dia. No ponto mais distante que a vista alcançava, podia ver as fagulhas de luz de uma fazenda. Lá, eles estariam reunidos. Aqui fora, o vento soprava com dureza suficiente para balançar o carro. A neve passava por ali patinando, obliterando por alguns momentos as luzes da fazenda.

Alfie era um homem grande, de rosto vermelho e uma respiração ruidosa de fumante. Usava sobretudo porque as pessoas gostavam disso num vendedor. Não um paletó. Lojistas vendiam para pessoas que usavam paletós e bonés de marcas comerciais, mas não compravam delas. No banco ao seu lado, estava a chave do quarto — uma chave verdadeira, não um cartão magnético —, presa a um losango de plástico verde. No rádio, Clint Black cantava "Nothin' but the Tail Lights", uma música *country*. Lincoln tinha agora uma estação FM de *rock*, mas o *rock-and-roll* não parecia a música ideal para Alfie. Não aqui, onde ainda se podiam ouvir na AM velhos zangados condenando o mundo ao inferno.

Desligou o motor, botou a chave do 190 no bolso e verificou se o seu caderno de notas ainda estava lá. Seu velho companheiro. "Salve os judeus russos", recordou. "Ganhe prêmios valiosos."

Saiu do carro e uma rajada de vento atingiu-o com força, empurrando-o para trás e fazendo sua calça desfraldar-se em torno das pernas. Surpreso, Alfie riu ao modo pedregoso dos fumantes.

Suas amostras estavam na mala do carro, mas ele não ia precisar delas naquela noite. Não, não naquela noite, de modo nenhum. Pegou a valise e a pasta no banco de trás, fechou a porta e apertou o botão preto do controle remoto. Isso trancou todas as portas. O botão vermelho, que o dono do carro deveria apertar se fosse assaltado, disparava um alarme. Alfie nunca sofrera um assalto. Seu palpite era que poucos vendedores de alimentos de *gourmet* eram assaltados, especialmente nessa parte do país. Havia um mercado para alimentos de *gourmet* em Nebraska, Iowa, Oklahoma e Kansas; até nas Dakotas, embora muitos não acreditassem nisso. Alfie saíra-se muito bem, especialmente nos últimos dois anos, quando passara a conhecer os mais profundos nichos do mercado. É verdade que o mercado desse tipo de comida jamais se igualaria ao de fertilizantes, por exemplo, cujo cheiro podia sentir mesmo agora no vento de inverno congelando-lhe o rosto e deixando-o com um tom vermelho mais escuro.

Ficou onde estava um pouco mais, esperando que o vento diminuísse. Quando isso ocorreu, Alfie pôde ver de novo as fagulhas de luz. A fazenda. Seria possível que por trás daquelas luzes a mulher de um agricultor estivesse, naquele exato minuto, aquecendo uma panela de Sopa de Ervilhas Cottager, uma torta do Pastor Cottager ou, quem sabe, um Frango Francês? Sim. Seria possível, sem sombra de dúvida. Enquanto o marido assistia ao primeiro noticiário da noite, com os pés calçados só de meias sobre um banquinho, ouvindo a distância o filho brincando com um *videogame*; já sua filha estaria na banheira, mergulhada até o queixo num perfumado banho de espuma, o cabelo preso com uma fita e lendo *A Bússola Dourada*, de Philip Pullman, ou mesmo um Harry Potter, os livros favoritos de Carlene, a filha de Alfie. A união total de uma família girando suavemente em sua órbita por trás das fagulhas de luz. Contudo, entre eles e a beira desse estacionamento havia uns dois quilômetros de campo branco e plano, à luz fugitiva de um céu baixo entorpecido pela estação. Por um breve momento, Alfie imaginou-se entrando naquele campo com seus sapatos urbanos, a pasta numa das mãos e a valise na outra, caminhando pelos sulcos congelados e finalmente chegando, batendo. A porta seria aberta e ele sentiria o cheiro da sopa de ervilha, o bom cheiro forte, e ouviria o meteorologista da TV na outra sala dizendo: "Mas agora observem esse sistema de baixa pressão passando sobre as Rochosas."

E o que diria Alfie à mulher do agricultor? Que dera uma passadinha para jantar? Ele a aconselharia a salvar os judeus russos, a ganhar prêmios valiosos? Começaria dizendo "Senhora, segundo o que li recentemente, tudo o que a senhora ama lhe será arrebatado"? Seria um bom começo de conversa, certamente despertaria o interesse dela pelo desconhecido viajante que acabara de atravessar o campo leste de seu marido para bater na porta deles. E quando ela o convidasse a entrar para que ele falasse mais sobre aquilo, Alfie poderia abrir a pasta e lhe dar uns dois livros de amostras dizendo que, quando descobrisse a marca Cottager de iguarias *gourmet* para servir rápido, ela certamente ia querer aderir aos prazeres mais sofisticados de Ma Mère. Por falar nisso, gostava de caviar? Muitos gostavam, mesmo em Nebraska.

Congelando. Ali em pé e congelando.

Ele virou as costas ao campo e às fagulhas de luz na outra extremidade e caminhou para o motel apoiando os pés cuidadosamente para não se estatelar no chão. Bem sabia que isso já acontecera. Esparramara-se em 50 estacionamentos de motéis. Na realidade, acontecera, sobretudo, antes, e ele considerava isso pelo menos parte do problema.

Havia uma marquise ali, o que lhe permitiu sair da neve. Uma máquina de Coca-Cola exibia um letreiro que dizia USE O TROCO CORRETO. Havia também uma máquina de fazer gelo e uma máquina Snax com tabletes de guloseimas variadas e diversos tipos de batatas fritas por trás de cachos de metal como molas de colchão. Não havia nenhum USE O TROCO CORRETO na máquina Snax. Do quarto à esquerda daquele onde Alfie pretendia se matar, ele podia ouvir o noticiário, mas este soaria melhor na casa da fazenda lá longe, tinha certeza. O vento uivava com força, fazendo a neve girar em torno dos sapatos urbanos de Alfie. Ele entrou no quarto, acendeu a luz tocando no interruptor à esquerda e fechou a porta.

Conhecia aquele quarto, o quarto de seus sonhos. Quadrado, de paredes brancas. Numa delas via-se o quadro de um garoto com chapéu de palha, dormindo, segurando uma vara de pescar. O tapete verde que forrava o chão consistia em meio centímetro de uma felpuda substância sintética. Estava frio ali, naquele instante, mas, quando Alfie aumentasse o aquecimento no painel de controle, o lugar se aqueceria rápido. Provavelmente ficaria quente demais. A bancada que percorria a extensão de uma parede continha uma tevê. No alto da tevê, um pedaço de cartolina exibia as palavras FILMES A UM TOQUE!

As colchas dourado-brilhantes cobrindo as duas camas gêmeas tinham sido enfiadas sob os travesseiros e então puxadas por cima deles, que davam a impressão de cadáveres de crianças. Na mesa entre as camas havia uma Bíblia, um guia dos canais de tevê e um telefone cor de carne. Perto da segunda cama ficava a porta do banheiro. Quando se acendiam as luzes do quarto, o ventilador passava a funcionar também. Querendo-se luz, recebia-se o ventilador de quebra. Não tinha outro jeito. A lâmpada era fluorescente, com fantasmas de moscas mortas aprisionados dentro dela. Sobre a bancada ao lado da pia havia uma chapa elétrica, uma chaleira também elétrica e pequenos pacotes de café instantâneo. O cheiro que pairava no ar era uma mistura de um desagradável produto de limpeza com mofo das cortinas do chuveiro. Alfie conhecia tudo aquilo. Sonhara com tudo, até com o tapete verde, o que era fácil; não havia nenhuma façanha nisso. Pensou em ligar o aquecimento, mas isso também produziria um ruído chacoalhante. Além do mais, que utilidade teria?

Desabotoou o sobretudo e colocou a valise no chão junto à cama mais próxima do banheiro. Depositou a pasta em cima da colcha dourada. Sentado, com as abas do casaco espalhando-se como a saia de um vestido, abriu a pasta e folheou vários impressos, catálogos e formulários de pedidos. Finalmente encontrou a arma, um revólver Smith & Wesson calibre .38. Colocou-o sobre os travesseiros na cabeceira da cama.

Depois que acendeu um cigarro e estendeu a mão para o telefone, lembrou do caderno de notas. Achou-o no bolso direito do casaco, o velho caderno de espiral comprado por um dólar e 49 *cents* em Omaha ou Sioux City, ou quem sabe Jubilee, Kansas. A capa amassada, e qualquer inscrição que já tivesse carregado, estava totalmente apagada. Algumas páginas haviam se soltado parcialmente da espiral, mas todas elas ainda estavam lá. Alfie vinha carregando esse caderno de notas por quase sete anos, desde a época em que vendia aparelhos para leitura de Códigos de Barra de Produtos para a Simonex.

Havia um cinzeiro na prateleira sob o telefone. Naquela região, alguns quartos de motel ainda tinham cinzeiros, mesmo no primeiro andar. Alfie o pescou, colocou o cigarro no descanso e abriu o caderno de notas. Folheou as páginas escritas com 100 canetas diferentes (e alguns lápis), parando para ler uma ou outra anotação. Uma delas dizia: "Chupei o pau de Jim Morrison c/ meu biquinho de rapaz (LAWRENCE, KANSAS)." Os banheiros eram cheios de grafites homossexuais, na maioria tediosos e repetitivos, mas "biquinho de rapaz" era bastante bom. Outro era "Albert Gore é minha puta preferida (MURDO, SOUTH DAKOTA)."

A última página, mais para o final do caderno, tinha apenas duas frases. "Não masque o Chiclete Jontex, ele tem gosto de borracha (AVOCA, IOWA)." E: "Cocozinho soltinho, você é piradinho (PAPILLION, NEBRASKA)." Alfie era louco por esta.

Remexeu as coisas no bolso interno do casaco, apalpando papéis, um velho tíquete de pedágio, um vidro de pílulas — que deixara de tomar — e finalmente achando a caneta que sempre escondia no meio da miscelânea. Hora de registrar as descobertas de hoje. Duas boas na mesma área de descanso para motoristas, uma sobre o mictório que ele usara, a outra escrita à caneta na margem do mapa ao lado da máquina de guloseimas Hav-A-Bite. (A Snax, que na opinião dele tinha uma linha de produtos superior, por algum motivo não detinha mais a franquia nas áreas de descanso para motoristas da I-80 já havia uns quatro anos.) Naqueles dias, Alfie passava às vezes duas semanas e uns cinco mil quilômetros sem ver nada de novo, ou sequer uma variação viável de algo velho. Agora, duas coisas num só dia. Duas no *último* dia. Como uma espécie de presságio.

Sua caneta tinha a inscrição ALIMENTOS COTTAGER, ARTIGOS DE PRIMEIRA! em dourado, junto ao logotipo, uma cabana de telhado de colmo com a fumaça saindo pela chaminé elegantemente torta.

Sentado na cama e ainda de sobretudo, Alfie curvou-se compenetrado sobre o velho caderno de notas, fazendo a própria sombra cair na página. Abaixo de "Não masque o Chiclete Jontex" e "Cocozinho soltinho, você é piradinho", Alfie acrescentou "Salve os judeus russos, ganhe prêmios valiosos (WALTON, NEBRASKA)" e "Tudo o que você ama lhe será arrebatado (WALTON, NEBRASKA)". Hesitou. Raramente acrescentava notas, preferindo que suas descobertas brilhassem sozinhas. A explicação transformava o exótico em mundano (ou assim ele passara a achar; nos anos iniciais, fizera anotações com muito mais liberdade), mas às vezes um pé de página parecia mais esclarecedor do que desmistificante.

Olhou fixamente para a segunda entrada — "Tudo o que você ama lhe será arrebatado (Walton, Nebraska)" —, traçou uma linha de cinco centímetros acima do fim da página e escreveu.

Guardou a caneta no bolso, imaginando por que alguém continuaria a fazer algo quando tudo estava tão perto de terminar. Não encontrou qualquer resposta. Mas é claro que a pessoa continuava a respirar também. Não poderia parar sem uma cirurgia radical.

O vento soprava em rajadas. Alfie olhou brevemente na direção da janela, onde a cortina (também verde, mas de um tom diferente do tapete) fora fechada. Se ele a abrisse, veria cadeias de luzes na Interestadual 80, cada conta brilhante assinalando seres dotados de sentimentos correndo no tráfego da rodovia. Então Alfie olhou novamente o caderno. Pretendia fazer aquilo, sem dúvida. Isso era... bem...

— Respirar — disse e sorriu. Pegou o cigarro do cinzeiro, fumou, pousou-o novamente no descanso, folheando mais uma vez o caderno. As entradas rememoravam milhares de paradas de caminhão, restaurantes-cabanas que serviam frango à beira das estradas e áreas de descanso para motoristas nas rodovias, da mesma forma que certas canções no rádio lembram especificamente um lugar, uma época, a pessoa com quem se estava, o que se bebia, o que se pensava.

"Aqui sentado, de coração partido, tentei cagar mas dei um estampido." Todos conheciam esta, mas uma variação interessante no restaurante Double D Steak em Hooker, Oklahoma, dizia: "Aqui sentado, me sinto perdido, tentando cagar o feijão comido. Sei que vou soltar uma carga a toda, espero apenas que eu não exploda." E de Casey, Iowa, onde a Rodovia Estadual 25 cruzava a Interestadual 80: "Mamãezinha me fez uma putinha." Ao que alguém acrescentara numa caligrafia muito diferente: "Se eu der a lã, ela me faz uma?".

Alfie começara a coleção quando vendia os aparelhos para a leitura de códigos, anotando vários trechos de grafites no caderno inicialmente sem saber por que o fazia. Eram apenas divertidos, ou desconcertantes, ou os dois ao mesmo tempo. Entretanto, pouco a pouco, ficara fascinado com essas mensagens da Interestadual, onde as únicas outras comunicações eram faróis baixos, quando se rodava por ali sob a chuva, ou talvez alguém de mau humor fazendo um gesto obsceno quando se passava pela pista espalhando neve. Ele começara gradualmente a enxergar — ou talvez apenas a esperar — que as inscrições poderiam ser algo significativo. Por exemplo, a inarticulada fúria de "1.380 Avenida Oeste mate minha mãe Tire as Jóias da Peste".

Ou essa outra, clássica: "Aqui estou, no mano a mano, fazendo nascer um outro texano." Ok, quebrou um pouco no final, mas isso de certo modo aumenta sua possibilidade de ser lembrada, deu-lhe aquele toque mnemônico final. Muitas vezes ele pensara em voltar a estudar, fazer alguns cursos, revirar todo aquele negócio de metrificação e rimas. Saber o que estava falando em vez de andar na corda bamba da intuição. Da escola, só lembrava de modo claro o pentâmetro iâmbico: "Ser ou não ser, eis a questão." Na verdade, vira isso num lavatório masculino na I-70, onde alguém acrescentara: "A verdadeira questão é quem foi o seu pai, idiota."

E aqueles tercetos, como se chamavam? Trocaicos? Alfie não sabia. O fato de poder descobrir não parecia mais importante, mas podia descobrir, sim. Aquilo era ensinado, não se tratava de segredo nenhum.

Ou se considerasse a variação que vira por todo o país: "Aqui sento eu, no cagador, parindo do Maine um soldado em flor." Era sempre o Maine. Pouco importava onde se estivesse, era sempre um soldado da força estadual do Maine, e por quê? Porque nenhum outro estado americano combinaria metricamente. O Maine era o único dos 50 estados cujo nome consistia em uma única sílaba. Mesmo assim, era em tercetos: "Aqui sento eu, no cagador."

Pensara em escrever um livro. Um livro pequeno. O primeiro título que lhe ocorreu fora "Não olhe, você está mijando nos seus sapatos", mas não se pode pôr um nome desses num livro. Não. Muito menos esperar que alguém o colocasse à venda numa livraria. Além disso, aquele título era leve, raso. Com o passar dos anos, convencera-se de que tinha nas mãos algo significativo, e não uma coisa rasa. Finalmente, resolveu adaptar a frase do banheiro na área de descanso para motoristas nos arredores de Fort Scott, Kansas, na Rodovia 54. "Eu matei Ted Bundy: o código de trânsito secreto das rodovias da América." Por Alfred Zimmer. O título dava uma impressão misteriosa e agourenta, quase erudita. Mas Alfie não o aproveitara. E embora visse por todo o país "Se eu der a lã, ela me faz uma?" acrescentado à "Mamãezinha me fez uma putinha", jamais comentara (ao menos por escrito) a surpreendente falta de solidariedade, o tom "então se vire" da resposta. E que tal "O Bezerro de Ouro é o Rei de Nova Jersey"? Por que Nova Jersey tornava o negócio engraçado e o nome de outro estado provavelmente não? Até a tentativa de explicar isso parecia meio arrogante. Afinal de contas, ele era apenas um homem comum, com um emprego de um homem comum. Ele vendia coisas. No momento, uma linha de refeições congeladas.

E agora, claro... agora...

Alfie deu outra tragada no cigarro, amassou-o e ligou para casa. Não esperava encontrar Maura, e não a encontrou. A gravação da própria voz dele atendeu, terminando com o número de seu telefone celular. Isso ajudaria muito, já que o telefone celular estava no porta-malas do Chevrolet, quebrado. Nunca tivera sorte com esses aparelhos.

Depois do bipe, Alfie disse: "Oi, sou eu. Estou em Lincoln e está nevando. Não se esqueça do prato que você ia levar para mamãe. Ela vai ficar esperando. Ela perguntou pelos cupons do Red Ball. Sei que você acha ela doida em relação a isso, mas faça a vontade dela, Ok? Mamãe está velha. Diga a Carlene que papai manda um beijo." Fez uma pausa e a seguir acrescentou, pela primeira vez em cinco anos: "Eu te amo."

Desligou. Quis fumar outro cigarro — nenhuma preocupação com câncer no pulmão agora —, mas resolveu não fazê-lo. Pôs o caderno de notas aberto na última página ao lado do telefone. Pegou a arma e abriu o cilindro. Totalmente carregada. Fechou o cilindro com um movimento do punho e colocou o cano curto na boca. Seu gosto era de óleo e metal. Então pensou: "Aqui ESTOU eu, pronto a sair da sala, planejando engolir a merda de uma bala." Alfie sorriu em volta do cano. Aquela era horrível. Nunca a anotaria no caderno.

Então outro pensamento lhe ocorreu. Colocou a arma de novo na trincheira no travesseiro, puxou o telefone para perto e mais uma vez ligou para casa. Esperou que sua voz recitasse o inútil número do telefone celular e disse: "Sou eu de novo. Não esqueça de levar Rambo ao veterinário depois de amanhã, Ok? E também da ração medicinal à noite. Ela ajuda os quadris dele, mesmo. Tchau."

Desligou e pegou a arma de novo. Antes de poder enfiá-la na boca, seus olhos caíram sobre o caderno de notas, aberto nas últimas quatro entradas. Franziu a testa e abaixou a arma. A primeira coisa que alguém atraído pelo tiro ia ver seria seu corpo morto, jogado na cama mais perto do banheiro, a cabeça pendurada sangrando no tapete verde. Mas a segunda seria o caderno, aberto na última página escrita.

Alfie imaginou o tira, alguém da polícia estadual de Nebraska que jamais seria um tema de banheiro graças à rigidez da métrica, lendo aqueles últimas frases, talvez virando o velho e gasto caderno em sua direção com a ponta da caneta. Ele leria as primeiras três entradas — "Chiclete Jontex", "Cocozinho soltinho", "Salve os judeus russos" — e as descartaria como loucura. Leria a última linha, "Tudo o que você ama lhe será arrebatado", e chegaria à conclusão de que o morto recuperara um pouco a razão no final, o suficiente para escrever um bilhete de suicídio razoavelmente sensato.

Alfie não gostou da idéia de que pudessem considerá-lo maluco (um exame mais profundo do carderno, com frases como "Medger Evans* está vivo e bem na Disneylândia", só confirmaria tal impressão). Não era maluco, e as coisas que anotara pelos anos afora também não eram doidas. Tinha certeza disso. E se estivesse errado, se suas notas fossem um palavrório de lunático, tinham que ser examinadas com mais atenção ainda. Por exemplo, a que dizia não olhe, você está mijando nos seus sapatos era humor? Ou um rugido de raiva?

Pensou em se livrar do caderno de notas no vaso sanitário, mas sacudiu a cabeça. Acabaria de joelhos e com as mangas arregaçadas tentando puxar o diabo da coisa para fora. Enquanto o ventilador rangia e o zumbido da lâmpada fluorescente se fazia ouvir. E embora a imersão pudesse borrar parte da tinta, não borraria tudo. Além disso, o caderno de notas estava com ele havia tanto tempo, viajara no seu bolso por tantos quilômetros planos e vazios do Meio-oeste que Alfie detestava a idéia de fazê-lo desaparecer com a descarga.

A última página, então? Certamente uma página amassada em forma de bola desceria por ali. Mas eles (havia sempre um eles) descobririam as outras páginas, provas nítidas de uma mente desequilibrada. E diriam: "Foi sorte o cara não ter aparecido numa escola com um AK-47 e levado um bando de crianças com ele." E isso acompanharia Maura como uma lata atada na cauda de um cachorro. "Você soube do marido dela?", as pessoas se perguntariam no supermercado. "Matou-se num motel. Deixou um caderno de notas cheio de coisas malucas. Foi sorte não *tê-la* matado." Bem, ele podia ser um pouco duro nesse assunto, afinal de contas, Maura era adulta. Por outro lado, Carlene... Carlene estava...

Alfie olhou o relógio. Carlene estava naquele momento no seu jogo de basquete. Suas colegas de time diriam as mesmas coisas que as mulheres no supermercado, só que cochichadas e acompanhadas pelas congelantes risadinhas dos adolescentes. Olhos cheios de contentamento e horror. Isso seria justo? Não, claro que não, mas também não havia nada de justo no que acontecera a ele. Às vezes, ao se perambular pela rodovia, viam-se grandes anéis de borracha retirados dos pneus recauchutados de caminhoneiros autônomos. Era assim que se sentia agora: usado e batendo o pino. As pílulas pioravam as coisas, clareando a mente o bastante para que se visse a enrascada colossal em que se estava.

— Mas não sou maluco — disse Alfie. — Isso não faz com que eu seja maluco.
— Não. Na verdade, ser maluco podia ser até melhor.

Pegou o caderno de notas, fechou-o como fizera com o cilindro da .38 e pôs-se a tamborilar na perna com os dedos. Aquilo era ridículo.

Ridículo ou não, incomodava-o. Do mesmo modo que, quando estava em casa, achar que tinha deixado o fogão aceso o incomodava tanto que acabava levantando para

* Ativista político negro norte-americano, assassinado na década de 1960 [N. do E.].

verificar. Mas isso aqui era pior. Porque adorava as frases no caderno de notas. Reunir os grafites — pensar nos grafites — fora seu verdadeiro trabalho nos últimos anos, e não vender aparelhos para leitura de códigos de preços ou refeições congeladas não muito melhores que Swansons ou Freezer Queens em fantasiosos pratos que iam ao microondas. A exuberância amalucada de "Hellen Quevedo fodeu o próprio dedo", por exemplo. Mesmo assim, o caderno de notas poderia ser um verdadeiro constrangimento quando ele estivesse morto. Seria como se alguém se enforcasse no *closet* por acidente ao experimentar um novo modo de tocar punheta e fosse encontrado com as cuecas arriadas e cocô nos tornozelos. Algumas coisas do caderno de notas poderiam aparecer no jornal, junto com a foto de Alfie. Há tempos ele teria rechaçado esta idéia. Mas como fazer isso no momento atual, quando até jornais dos estados mais religiosos do país especulavam rotineiramente sobre um sinal no pênis do presidente?

Queimá-lo, então? Não, isso dispararia a porra do detector de fumaça.

Colocá-lo atrás do quadro na parede? O quadro do garotinho com a vara de pescar e chapéu de palha?

Alfie ponderou, concordando lentamente com a cabeça. Não era de modo nenhum uma idéia ruim. O caderno poderia ficar ali por anos. Então, algum dia no futuro distante, cairia de onde estava. Alguém — talvez um hóspede ou mais provavelmente uma arrumadeira — o pegaria e o folhearia com curiosidade. Que reação teria essa pessoa? Choque? Divertimento? Ou apenas coçaria a cabeça, intrigada? Alfie esperava que fosse a última. Porque as coisas no caderno de notas eram intrigantes. "Elvis matou a Rainha das Bocetas", escrevera alguém em Hackberry, Texas. "Serenidade é ser careta", opinara alguém em Rapid City, Dakota do Sul. E abaixo disso, alguém escrevera, "Não, burro, serenidade = $(va)^2 + b$, sendo v = serenidade, a = satisfação, e b = compatibilidade sexual".

Atrás do quadro, então.

Alfie estava no meio da sala quando lembrou das pílulas no bolso do casaco. E havia outras no porta-luvas do carro, de tipos diferentes, mas para a mesma coisa. Eram remédios receitados, mas não do tipo que o médico dava se você estivesse... bem... muito animado. Então os tiras revistariam o quarto minuciosamente em busca de drogas de outro tipo, e, quando tirassem o quadro da parede, o caderno cairia no tapete verde. As frases nele pareceriam até piores, até mais loucas, por causa do esforço para escondê-lo.

E os tiras leriam a última frase como um bilhete de suicídio simplesmente porque *era* a última coisa escrita. E pouco importava o lugar em que Alfie deixasse o livro, isso aconteceria com tanta certeza como a merda no rabo da América, como escrevera certa vez um poeta de pedágio do East Texas.

— Se o acharem — disse ele, e de repente a resposta lhe ocorreu.

A neve se tornara mais espessa e o vento soprava com mais força agora. As fagulhas de luz do outro lado do campo haviam desaparecido. Ao lado do carro coberto de neve na beira do estacionamento, Alfie sentia o casaco ondulando à sua frente. Na fazenda, todos estariam assistindo à tevê agora. O bando todo. Isto é, se o prato da antena parabólica não tivesse voado de cima do celeiro. Voltando à própria casa, sua mulher e sua filha estariam chegando do jogo de basquete de Carlene. Maura e Carlene viviam num mundo que pouco tinha a ver com as interestaduais, os quiosques de sanduíches derrubados pelo vento nos acostamentos e o som de caminhões de carga passando a 120, 130 e até a 140 quilômetros por hora como um gemido de radar. Não estava se queixando (ou esperava não estar); apenas sublinhava a situação. "Não há ninguém aqui, mesmo se responder", escrevera alguém numa parede de privada em Chalk Level, Missouri. Às vezes havia sangue nos banheiros das áreas para motoristas, geralmente em pouca quantidade. Certa vez, contudo, ele vira uma bacia encardida com bastante sangue sob um espelho de aço bem arranhado. Alguém teria notado aquilo? Alguém comunicava coisas assim às autoridades?

Em algumas áreas de descanso para motoristas, o boletim metereológico era fornecido constantemente através de alto-falantes por uma voz que para Alfie parecia assombrada; uma voz fantasmagórica percorrendo as cordas vocais de um cadáver. Em Candy, Kansas, na Rota 283, em Ness County, alguém escrevera "Preste atenção, eu estou à porta e bato", ao que outro acrescentara: "Se você não for dos Correios, vá embora, Menino Mau."

Alfie continuou na beira da calçada, ofegando um pouco graças ao ar excessivamente frio e cheio de neve. Na mão esquerda, segurava o caderno de notas quase dobrado. Afinal de contas, não havia necessidade de destruí-lo. Simplesmente o atiraria no campo leste de John, o agricultor, na parte oeste de Lincoln. O vento o ajudaria. O caderno poderia voar uns seis metros, e o vento o empurraria aos trancos ainda mais longe antes que alcançasse finalmente um sulco do terreno e fosse coberto. Ficaria enterrado ali durante todo o inverno, por muito tempo ainda depois de o corpo de Alfie ter sido despachado para casa. Na primavera, John, o agricultor, chegaria até aquele lado do campo com o trator, a música de Patty Lovelace, George Jones ou mesmo de Clint Black saindo da cabine, e passaria com o veículo sobre o caderno sem vê-lo, fazendo-o desaparecer no esquema das coisas. Sempre supondo que houvesse um. "Relaxe, tudo isso é apenas o ciclo da limpeza", escrevera alguém ao lado do telefone pago na I-35 não longe de Cameron, Missouri.

Alfie ergueu o caderno para jogá-lo fora, mas abaixou a mão novamente. A verdade é que detestava se separar dele. Esta era a questão básica, como todo o mundo sempre falava. Mas agora as coisas estavam ruins. Ergueu o braço de novo e abaixou-o outra vez. Em seu desalento e indecisão, começou a chorar sem perceber. O vento assobiava em torno dele a caminho de Deus sabe onde. Alfie tinha uma clara noção de que não podia continuar vivendo assim nem um dia mais. E sabia também que um tiro na boca seria mais fácil do que mudar sua vida. Muito mais fácil do que lutar para escrever um livro que provavelmente poucos leriam (se é que alguém o faria). Levantou o braço de novo, recuou a mão com o caderno até a orelha como um jogador de beisebol preparando-se para lançar a bola e imobilizou-se. Então lhe ocorreu uma idéia: contaria até 60, e se durante a contagem as luzes da fazenda surgissem de novo, ele tentaria escrever o livro.

Para escrever um livro assim, pensou, teria que começar dizendo como era medir a distância em quilômetros percorridos, e falar da própria amplidão da terra, e do barulho do vento quando se saía do carro numa daquelas áreas de descanso para motoristas em Oklahoma ou Dakota do Norte. O vento ali quase formava palavras. Teria que explicar o silêncio, e como os banheiros sempre cheiravam a mijo e aos incríveis peidos ocos dos viajantes que haviam partido, e como naquele silêncio as vozes nas paredes começavam a falar. As vozes dos que haviam escrito as frases e seguido adiante. Contar a história doeria, mas se o vento amainasse e as fagulhas de luz da fazenda aparecessem de novo, Alfie a escreveria de qualquer maneira.

Caso contrário, jogaria o caderno no campo, voltaria ao quarto 190 (à esquerda da máquina Snax) e atiraria em si mesmo como havia planejado.

Ou uma coisa ou outra. Ou uma coisa ou outra.

Começou a contar até 60 em silêncio, esperando para ver se o vento ia amainar.

—

Gosto de dirigir. E sou especialmente viciado nessas longas retas interestaduais onde não se vê nada a não ser pradarias dos dois lados e uma área de descanso para motoristas feita de concreto a cada 60 quilômetros, mais ou menos. Os banheiros das áreas de descanso estão sempre cheios de grafites, alguns muito extravagantes e esquisitos. Comecei a colecionar essas comunicações vindas do nada, registrando-as num caderno de notas de bolso, peguei outras da Internet (há dois ou três sites *dedicados a elas), e finalmente encontrei a história da qual faziam parte. É esta. Não sei se é boa ou não, mas tive um carinho especial por seu solitário protagonista, e realmente espero que as coisas tenham acabado bem para ele. No primeiro rascunho, acabavam. Mas Bill Buford, de* The New Yorker, *sugeriu um final mais ambíguo. Provavelmente estava certo, mas bem que podíamos fazer uma oração pelos Alfie Zimmers deste mundo.*

A morte de Jack Hamilton

QUERO DEIXAR UMA coisa bem clara desde o começo: não houve ninguém na Terra como meu camarada Johnnie Dillinger, exceto Melvin Purvis, do FBI. Purvis era o braço direito de J. Edgar Hoover, que detestava Johnnie com todas as forças. As outras pessoas — bem, Johnnie tinha jeito para fazer com que elas gostassem dele, só isso. E sabia botar todo mundo rindo. Deus acaba fazendo tudo dar certo no final, costumava dizer. Como é possível não gostar de um cara com essa filosofia?

Mas o pessoal não quer deixar um homem desses morrer. Vocês ficariam surpresos com a quantidade de gente que até hoje diz que não foi Johnnie o homem derrubado pelos federais ao lado do Biograph Theater em Chicago, a 22 de julho de 1934. Afinal de contas, o encarregado de caçar Johnnie foi Melvin Purvis, que, além de mau, era um grande bobalhão (do tipo que tentaria mijar de uma janela sem lembrar de abri-la primeiro). De mim, vocês também não ouvirão coisa melhor sobre ele. Como eu odiava aquele veadinho embonecado! Como todos o odiávamos!

Escapamos de Purvis e de seus agentes do FBI depois do tiroteio em Little Bohemia, Wisconsin — todos nós! O maior mistério do ano foi como aquela bicha desgraçada conservou o emprego. Certa vez, Johnnie disse: "Provavelmente J. Edgar não consegue um boquete tão bom de uma dama." Como rimos! Tudo bem, no final Purvis pegou Johnnie, mas só depois de armar uma emboscada fora do Biograph e atirar em Johnnie pelas costas enquanto ele fugia através do beco. Johnnie desabou na sujeira e no cocô de gato, disse "Que tal isso?" e morreu.

O pessoal ainda não acredita. Johnnie era bonito, dizem eles, quase um artista de cinema. O sujeito que os agentes derrubaram a tiros fora do Biograph mostrava um rosto gordo, todo inchado e estufado como uma salsicha cozida. Johnnie só tinha 31 anos, dizem eles, e o bandido que os tiras alvejaram naquela noite parecia ter 40, fácil! Além disso (e aqui a voz deles baixa num sussurro), todos sabiam que John Dillinger tinha um pau do tamanho de uma mangueira. O sujeito que Purvis emboscou perto do teatro só tinha os 15 centímetros padrão. E havia também a questão da cicatriz no lábio dele. A gente pode vê-la tão nítida como a luz do dia nas fotos do necrotério (como aquela em que um bestalhão segura todo solene a cabeça de meu velho chapa, como se dissesse ao mundo de uma vez por todas que o Crime Não Compensa). A cicatriz corta a lateral do bigode de Johnnie. Ora, todos sabem que John Dillinger nunca teve uma cicatriz assim, diz o pessoal; é só olhar qualquer outro retrato dele, e Deus sabe que há milhares.

Até um livro diz que Johnnie não morreu — que continuou vivendo muito tempo depois de seus companheiros de fuga e acabou no México, morando numa fazenda e agradando a um determinado número de *señoras* e *señoritas* com sua avantajada ferramenta. O livro afirma que meu velho chapa morreu em 20 de novembro de 1963 — dois dias antes de Kennedy — na idade madura de 60 anos, e não foi nenhuma bala federal que o levou e sim um colapso cardíaco banal, e que John Dillinger morreu na cama.

Uma história simpática, mas que não é verdadeira.

O rosto de Johnnie parece maior naquelas últimas fotos porque ele realmente engordara. Era do tipo que come quando está nervoso, e depois que Jack Hamilton morreu, em Aurora, Illinois, Johnnie sentiu que era o próximo. Ele disse isso no próprio poço para onde levamos o pobre e velho Jack.

Quanto à sua ferramenta — bem, eu conhecia Johnnie desde que nos encontramos no Reformatório Pendleton, em Indiana. Eu o vi vestido e despido, e Homer Van Meter está aqui para lhes dizer que a dele era de bom tamanho, mas não especialmente fantástica. (Vou contar quem tinha uma ferramenta grande, se quiserem saber: Dock Barker — o filhinho da mamãe! Ah!)

O que me leva à cicatriz no lábio direito de Johnnie, aquela que vocês podem ver dividindo seu bigode nas fotos em que ele está no necrotério. O motivo para a cicatriz não aparecer em nenhum dos outros retratos é que ele só se machucou daquele modo perto do fim. Aconteceu em Aurora, enquanto nosso velho camarada Jack (Red) Hamilton estava morrendo. É isso que quero contar: como Johnnie Dillinger arranjou aquela cicatriz no lábio superior.

Eu, Johnnie e Red Hamilton escapamos do tiroteio de Little Bohemia pela janela da cozinha, nos fundos, fugindo para as bandas do lago, enquanto Purvis e seus idiotas ainda despejavam chumbo na frente da casa. Cara, espero que o alemão dono do lugar tenha feito seguro! O primeiro carro que encontramos era de um casal idoso vizinho, e não pegou. Tivemos mais sorte com o segundo — o Ford cupê de um carpinteiro que morava um pouco adiante. Johnnie o pôs no banco do motorista, e ele foi nosso chofer por um bom pedaço de volta a St. Paul. Depois foi convidado a descer — o que fez de muito boa vontade — e eu assumi.

Cruzamos o Mississípi uns 30 quilômetros rio abaixo a partir de St. Paul e, embora os tiras locais estivessem espreitando o que chamavam de Quadrilha Dillinger, acho que a gente teria se saído bem se Jack Hamilton não tivesse perdido o chapéu enquanto fugia. Ele suava como um porco — sempre fazia isso quando estava nervoso — e quando encontrou um trapo no banco de trás do carro do carpinteiro, esticou-o como uma espécie de corda e amarrou-o na cabeça, estilo índio. Foi isso que chamou a atenção dos tiras estacionados no lado do Wisconsin da ponte Spiral quando passamos por eles; então vieram atrás de nós para dar uma espiada melhor.

Nosso fim poderia ter sido ali mesmo, mas Johnnie sempre teve uma sorte do cão — de qualquer modo, até o Biograph. Johnnie pôs um caminhão de gado bem entre nós e eles, e os tiras não conseguiram passar.

— Pé na tábua, Homer! — Johnnie grita para mim. Ele estava no banco de trás, e num raro bom humor, pelo tom da voz. — Vá em frente!

Eu obedeci e deixamos o caminhão de gado na poeira, com aqueles tiras presos atrás dele. Até logo, mamãe, escrevo quando arranjar trabalho. Ah!

Quando parecia que tínhamos deixado eles para trás de vez, Jack disse: "Diminui, seu pateta desgraçado... não tem sentido a gente ser pego por excesso de velocidade."

Então baixei para 60 quilômetros e, por uns 15 minutos, tudo estava ótimo. Conversávamos sobre Little Bohemia, imaginando se Lester (a quem chamavam de Baby Face) teria escapado, quando de repente se ouviram os estalos de rifles e pistolas, e o som de balas ricocheteando do pavimento. Eram os tiras caipiras da ponte. Eles nos alcançaram, arrastando-se com facilidade nos últimos 100 metros, e agora estavam perto o suficiente para atirar nos pneus — provavelmente não tinham certeza absoluta, mesmo no momento, de que aquele era Dillinger.

Não ficaram em dúvida por muito tempo. Johnnie quebrou a janela de trás com a coronha da pistola e começou a responder ao fogo. Eu esmaguei o acelerador de novo e botei o Ford a 80, que era como a velocidade do vento naqueles dias. Não havia muito tráfego, mas o que havia eu ultrapassei como pude — pela esquerda, pela direita, pela vala. Por duas vezes, senti as rodas do lado do motorista levantarem, mas não capotamos. Nada como um Ford quando se trata de fugir. Certa vez, Johnnie escreveu ao próprio Henry Ford. "Quando estou num Ford, posso fazer qualquer um comer poeira", disse ele a Mr. Ford, e, sem sombra de dúvida, nós empoeiramos os caras naquele dia.

Mas pagamos um preço. Ouvimos aquele ruído de *spink! spink! spink!*, o pára-brisa rachou e uma bala — tenho certeza que era uma .45 — caiu morta sobre o painel. Parecia um grande besouro preto.

Jack Hamilton estava no banco do carona. Ele pegou do chão sua submetralhadora e checava o tambor, pronto para se debruçar na janela, imagino eu, quando se ouviu de novo aquele ruído *spink!* Jack disse: "Ah, canalha! Fui atingido!". A bala deve ter entrado pela janela quebrada de trás, e como não atingiu Johnnie e foi pegar no Jack, não sei.

— Tudo bem? — gritei. Eu estava pendurado ao volante como um macaco e provavelmente dirigia como um. Ultrapassei um caminhão de Laticínios Coulee à direita, buzinando o tempo todo, berrando para aquele filho-da-puta de fazendeiro de roupa branca sair do meu caminho. — Jack, você está bem?

— Estou bem, estou ótimo! — disse ele, e projetou-se para fora da janela quase até a cintura, segurando a submetralhadora. No início, porém, o caminhão de leite estava no caminho. Eu podia ver o motorista pelo espelho, boquiaberto conosco com seu chapeuzinho. Quando olhei para Jack, enquanto ele se inclinava para fora, pude ver um buraco, tão nítido e redondo como se tivesse sido desenhado a lápis, no meio de seu sobretudo. Não havia sangue, apenas o pequeno buraco negro.

— Deixa pra lá, Jack, ultrapasse o filho-da-puta! — gritou Johnnie para mim.

Obedeci. Ganhamos talvez uns 800 metros sobre o caminhão de leite, e os tiras ficaram presos lá atrás o tempo todo, porque havia uma mureta de um lado e uma fila de tráfego muito lento vindo da outra direção. Viramos bruscamente, fazendo uma curva fechada, e, por um momento, tanto o caminhão de leite quanto o carro da polícia sumiram de vista. De repente, à direita, surgiu uma estrada de cascalho coberta de mato.

— Ali! — Jack arquejou, encostando-se de novo no banco, mas eu já estava entrando na estrada de cascalho.

Era um velho caminho para carros. Rodei uns 80 metros, subi uma pequena elevação e desci do outro lado, terminando numa casa de fazenda que parecia vazia há muito tempo. Desliguei o motor. Todos saímos e ficamos atrás do carro.

— Se eles vierem, vamos fazer um espetáculo — disse Jack. — Eu não vou para nenhuma cadeira elétrica como Harry Pierpont.

Mas ninguém apareceu, e depois de uns dez minutos voltamos ao carro e rodamos lenta e cuidadosamente para a estrada principal. Foi nesse instante que vi algo de que não gostei.

— Jack, você está sangrando pela boca — disse eu. — Cuidado ou vai sujar a camisa.

Ele enxugou a boca com o dedão da mão direita, olhou o sangue nele e me deu um sorriso que ainda vejo em meus sonhos: grande, amplo e apavorado.

— Mordi a parte de dentro da bochecha — disse ele. — Estou bem.

— Tem certeza? — perguntou Johnnie. — Você parece estranho.

— Não consigo respirar muito fundo — disse Jack. Limpou a boca com o dedão de novo e havia menos sangue agora. Isso pareceu satisfazê-lo. — Vamos sair daqui, porra.

— Volte na direção da ponte Spiral, Homer — disse Johnnie, e gostei que ele tivesse dito isso. Nem todas as histórias sobre Johnnie Dillinger são verdadeiras, mas ele sempre podia achar o caminho de casa mesmo quando já não tinha casa nenhuma, e eu sempre confiei nele.

Mais uma vez estávamos rodando numa velocidade perfeitamente legal, tipo páro-co-indo-à-reunião, quando Johnnie viu um posto de gasolina Texaco e me disse para virar à direita. Pouco depois, estávamos em estradas rurais de cascalho, Johnnie gritando esquerdas e direitas, embora todas as estradas parecessem a mesma para mim: apenas sulcos no chão entre esgotados campos de milho. As estradas estavam lamacentas, e havia ainda restos de neve em alguns dos campos. De vez em quando havia algum garoto nos vendo passar. Jack estava ficando cada vez mais quieto. Perguntei como estava indo e ele disse "Estou bem".

— Sim. Bom, quando os tiras nos esquecerem um pouco, vamos levar você para alguém dar uma olhada — disse Johnnie. — E vamos mandar remendar o seu casaco também. Com esse buraco nele, parece até que alguém atirou em você! — Ele riu, eu também. Até Jack riu. Johnnie sempre conseguia animar a gente.

— Acho que não foi profundo — disse Jack, exatamente quando desembocávamos na Rota 43. — Não estou mais sangrando pela boca... olha. — Voltou-se para mostrar a Johnnie o dedo que agora só exibia uma mancha marrom-avermelhada. Mas, quando se virou de novo para a frente, o sangue jorrou de sua boca e seu nariz.

— Foi bastante profundo — disse Johnnie. — A gente vai cuidar disso. Se você ainda está podendo falar, é porque deve estar bem.

— Claro — disse Jack. — Estou bem. — Sua voz estava mais sumida do que nunca.

— Bem como dois e dois são cinco — eu disse.

— Ah, cale a boca, seu pateta — disse ele, e todos rimos. Eles riram muito de mim. Era tudo muito engraçado.

Cerca de cinco minutos depois que voltamos à estrada principal, Jack desmaiou, desabando contra a janela; um fio de sangue escorreu do canto de sua boca e manchou o vidro. Parecia um mosquito que acaba de ser esmagado por um tapa depois de ter jantado — vinho espalhado por toda parte. Jack ainda tinha o trapo na cabeça, agora entortado. Johnny tirou-o e limpou com ele o sangue do rosto de Jack. Este resmungou e ergueu as mãos como se fosse empurrar Johnnie, mas elas caíram novamente em seu colo.

— Os tiras devem ter passado a notícia pelo rádio — disse Johnnie. — Se formos a St. Paul, estamos liquidados. É o que eu acho. E você, Homer?

— O mesmo — disse eu. — Então sobra o quê? Chicago?

— É. Só que primeiro temos que nos livrar do carro. Agora os tiras já devem ter a placa. Mesmo se não tiverem, esse carro não trouxe sorte. É um pé-frio desgraçado.

— E Jack?

— Jack ficará bem — ele disse, e eu sabia que não devia falar mais sobre o assunto.

Paramos um quilômetro e meio adiante. Johnnie atirou no pneu dianteiro do Ford pé-frio, enquanto Jack se apoiava no capô com uma aparência pálida e doente.

Quando precisávamos de um carro, a tarefa de pedir carona era sempre minha. “Gente que não pararia para nós vai parar para você”, disse Johnnie certa vez. “Por que será?”

Harry Pierpont respondeu a ele. Era a época em que formávamos ainda o Bando Pierpont, e não o Bando Dillinger. “Porque ele parece um Homer”, disse Harry. “Nunca ninguém pareceu tanto um Homer quanto Homer Van Meter.”

Todos rimos, e agora ali estava eu fazendo aquilo de novo, e desta vez era importante de fato. Um caso de vida ou morte, mesmo.

Três ou quatro carros passaram e fingi que estava trocando o pneu. Um caminhão de fazenda foi o seguinte, mas era lento e pesado demais. Além disso, havia alguns caras atrás. O motorista diminuiu a marcha:

— Precisa de ajuda, amigo?

— Tudo bem — respondi. — Estou abrindo o apetite para o almoço. Pode ir em frente.

Ele riu e continuou o caminho. Os caras atrás também acenaram.

A seguir foi outro Ford, totalmente sozinho na estrada. Acenei para pararem, ficando numa posição em que eles não poderiam deixar de ver o pneu arriado. Além disso, dei um sorriso para eles. Aquele grandão que diz sou só um Homer desamparado no acostamento.

Deu certo. O Ford que parou conduzia uma família, homem, mulher e um bebê gordo.

— Parece que está com um pneu furado, companheiro — disse o homem. Usava terno e sobretudo, ambos limpos, mas não o que se chamaria de classe A.

— Bem, não dá para ver o tamanho do estrago — disse eu — quando só a traseira está arriada, fica difícil.

Ainda ríamos disso como se fosse uma novidade, quando Johnnie e Jack saíram do meio das árvores empunhando as armas.

— Fique onde está, parceiro — disse Jack. — Ninguém vai se machucar.

O homem encarou Jack, encarou Johnnie e olhou para Jack de novo. Então seus olhos voltaram a Johnnie e ele abriu a boca. Vi aquilo acontecer mil vezes, mas sempre me divertia.

— Você é Dillinger! — arquejou e ergueu as mãos.

— Prazer em conhecê-lo, amigo — disse Johnnie e apertou uma das mãos do homem no ar. — Pode abaixar as patas, por favor.

Exatamente quando ele o fazia, apareceram dois ou três carros do tipo camponês-vai-à-cidade, gente sentada reta como vara em seus velhos sedãs enlameados. Parecíamos apenas um grupo de pessoas no acostamento, preparando-se para uma festinha de trocar pneus.

Enquanto isso, Jack foi até o novo Ford, desligou o motor e pegou as chaves. Naquele dia, o céu estava branco, como se repleto de chuva ou neve, mas o rosto de Jack estava ainda mais branco.

— Como se chama, senhora? — perguntou Jack à mulher. Ela usava um comprido casaco cinzento e um boné de marinheiro bem bonitinho.

— Deelie Francis — disse ela. Tinha olhos grandes e escuros como ameixas. — Meu marido é Roy. Vocês vão nos matar?

Johnnie olhou-a com severidade:

— Somos o Bando Dillinger, Sra. Francis, e nunca matamos ninguém. — Johnnie fazia sempre questão de frisar isso. Harry Pierpont costumava rir dele e lhe perguntar por que desperdiçava fôlego, mas acho que Johnnie tinha razão. Esse é um dos motivos pelos quais ele será lembrado muito depois daquela bicha de chapéu ser esquecida.

— Tudo bem — disse Jack. — Só roubamos bancos, e mesmo assim nem a metade do que dizem. E quem é o rapazinho bonito? — Acariciou o garoto sob o queixo. Que o garoto era gordo não havia dúvida; parecia o Bolinha.

— É o Buster — disse Deelie Francis.

— Bem, ele é um guri normal, não é? — sorriu Jack. Havia sangue em seus dentes. — Que idade ele tem? Uns três?

— Só dois e meio — disse a Sra. Francis orgulhosamente.

— É mesmo?

— É, mas ele é grande para a idade. O senhor está bem? Parece tão pálido. E está com sangue nos...

Johnnie falou:

— Jack, pode pôr aquele ali atrás das árvores? — Apontou para o velho Ford do carpinteiro.

— Claro — disse Jack.

— Com pneu arriado e tudo?

— Quer apostar? Só que... estou com uma sede horrível. Madame... Sra. Francis... tem aí algo que eu possa beber?

Ela se virou e se curvou — não era fácil, segurando aquela criança imensa — e pegou uma garrafa térmica no banco de trás.

Outros dois carros passaram devagar. O pessoal dentro deles acenou, e nós respondemos. Eu dei um sorriso tão grande, que quase rachei ao meio, tentando parecer um Homer comum. Estava preocupado com Jack e não sabia como ele podia se agüentar em pé, sem falar em abrir a garrafa térmica e mamar o que havia lá dentro. Chá gelado, disse ela, mas ele pareceu não ouvir. Quando devolveu a garrafa térmica à mulher, as lágrimas desciam pelo rosto dele. Jack agradeceu e ela perguntou se ele estava bem.

— Agora estou — disse Jack. Entrou no Ford pé-frio e rodou para dentro das moitas, o carro sacolejando para cima e para baixo sobre o pneu em que Johnnie havia atirado.

— Por que não atirou num pneu de trás, seu desgraçado? — Jack parecia zangado e sem fôlego. Então enfurnou o carro atrás das árvores, fora de vista, e voltou andando lentamente, olhando para os pés, como um velho caminhando no gelo.

— Muito bem — disse Johnnie. Encontrara um pé de coelho no molho de chaves de Francis e brincava com ele de um modo que me mostrou que o outro jamais veria seu Ford de novo. — Bem, somos todos amigos aqui, então vamos dar um passeiozinho.

Johnnie sentou ao volante e Jack no banco do carona. Eu me espremi no banco de trás com os Francis, tentando fazer com que o fedelho me desse um sorriso.

— Quando chegarmos à próxima cidadezinha — disse Johnnie à família no banco de trás —, vamos deixar vocês com dinheiro suficiente para a passagem de ônibus para onde quiserem. Vamos levar o carro, mas teremos cuidado e, se ninguém fizer buracos de bala nele, vocês o receberão intacto. Um de nós vai telefonar para dizer onde ele está.

— Ainda não temos telefone — disse Deelie como um lamento. Parecia o tipo de mulher que precisava de um tabefe de duas em duas semanas para continuar com os peitos para cima. — Estamos na lista, mas o pessoal da companhia telefônica é mais devagar do que uma tartaruga manca.

— Bem, então — disse Johnnie, com bom humor e nem um pouco perplexo — ligamos para os tiras e eles entram em contato com vocês. Mas se vocês abrirem o bico, não vão receber o carro inteiro.

Francis concordou com a cabeça como se acreditasse em cada palavra. Provavelmente acreditava. Afinal de contas, aquele era o Bando Dillinger.

Johnnie parou na Texaco, pôs gasolina e comprou refrigerantes para todos. Jack tomou um com sabor de uva como se estivesse morrendo de sede no deserto, mas a mulher deixou Porquinho tomar apenas um gole. O garoto estendeu as mãos para a garrafa e berrou.

— Ele não pode tomar isso antes do almoço — disse a mãe para Johnnie. — Será que você não entende?

Jack apoiava a cabeça contra o vidro da janela do banco da frente, de olhos fechados. Achei que tinha desmaiado de novo, mas ele disse:

— Faz esse fedelho calar a boca ou eu mesmo faço.

— Acho que você esqueceu de quem é este carro — disse ela, toda altiva.

— Dá o refrigerante a ele, sua vaca — disse Johnnie ainda sorrindo, mas com um sorriso diferente. A cor desapareceu do rosto da mulher. E foi assim que Porquinho conseguiu seu refrigerante, com ou sem almoço. Trinta quilômetros adiante, nós os deixamos nos arredores de uma cidadezinha e continuamos nosso caminho para Chicago.

— O homem que se casa com uma mulher assim merece o que recebe — observou Johnnie —, e vai receber coisa à beça.

— Ela vai chamar a polícia — disse Jack, ainda sem abrir os olhos.

— Não vai não — Johnnie parecia confiante como sempre. — Não vai desperdiçar o níquel. — E tinha razão. Vimos apenas dois guardas antes de entrar em Chi, ambos indo na outra direção, e nenhum deles diminuiu para dar uma espiada em nós. Era a sorte de Johnnie. Quanto a Jack, bastava olhar para ele para saber que seu estoque de sorte estava acabando rápido. Quando chegamos ao anel rodoviário, Jack delirava, falando com a mãe.

— Homer! — disse Johnnie, com a expressão que costumava fazer para me divertir. Como uma garota flertando.

— O quê! — disse eu, retribuindo imediatamente a expressão de flerte.

— Não podemos ir para lugar nenhum. Isso é pior do que St. Paul.

— Vá para o Murphy's — disse Jack sem abrir os olhos. — Quero uma cerveja gelada. Estou com sede.

— Murphy's — disse Johnnie. — Sabe, não é uma má idéia.

O Murphy's era um *saloon* irlandês no South Side. Chão de serragem, dois *barmen*, três seguranças, moças amigáveis junto ao bar e um quarto lá em cima onde se podia tê-las. Mais quartos nos fundos, onde as pessoas às vezes se encontravam ou ficavam fora de circulação por um ou dois dias. Conhecíamos quatro lugares como aquele em St. Paul, mas apenas dois em Chi. Estacionei o Ford dos Francis na viela. Johnnie estava no banco de trás com nosso amigo delirante — ainda não estávamos preparados para chamá-lo de amigo moribundo —, a cabeça de Jack apoiada em seu ombro.

— Entre e diga a Brian Mooney para vir aqui fora — disse Johnnie.

— E se ele não estiver lá?

— Então não sei — ele respondeu.

— Harry! — gritou Jack, possivelmente chamando por Harry Pierpont. — Aquela puta que você me arrumou me passou uma gonorréia desgraçada!

— Vá em frente — disse Johnnie a mim, passando a mão nos cabelos de Jack como uma mãe.

Bem, Brian Mooney estava lá — era novamente a boa sorte de Johnnie — e conseguimos um quarto por aquela noite, embora custasse 200 dólares, o que era bastante caro, considerando-se que dava para a viela e o banheiro ficava no final do corredor.

— Rapazes, vocês estão visados demais — disse Brian. — Mickey McClure teria posto vocês na rua imediatamente. Os jornais e o rádio só falam em Little Bohemia.

Jack sentou-se no catre do canto, pegou um cigarro e um chope gelado. O chope o trouxe maravilhosamente à vida; era quase o mesmo homem de novo.

— Lester escapou? — perguntou ele a Mooney. Olhei-o enquanto falava e vi uma coisa terrível. Quando ele deu uma tragada no Lucky e inalou, uma pequena baforada saiu pelo buraco nas costas de seu sobretudo como um sinal de fumaça.

— Você quer dizer Baby Face? — perguntou Mooney.

— Acho melhor não chamá-lo assim na frente dele — disse Johnnie sorrindo. Estava mais feliz agora que Jack tinha voltado a si, mas não vira aquele jorro de fumaça saindo das costas de seu amigo. Eu também gostaria de não ter visto.

— Ele atirou num monte de tiras e fugiu — disse Mooney. — Pelo menos um morreu, ou dois. De qualquer modo, isso só torna a coisa pior. Vocês podem ficar aqui esta noite, mas vão ter que partir até amanhã à tarde.

Ele saiu. Johnnie esperou alguns segundos, depois esticou a língua na direção da porta como um garotinho. Eu ri — Johnnie podia sempre me fazer rir. Jack tentou rir também, mas parou. Doía muito.

— Hora de tirar o seu casaco e ver como está isso, parceiro — disse Johnnie.

Levamos cinco minutos. Quando finalmente ele ficou apenas com a camiseta que usava sob a camisa, nós três estávamos ensopados de suor. Por quatro ou cinco vezes, tive que cobrir a boca de Jack com a mão para abafar os ruídos que fazia. Fiquei com os punhos ensangüentados.

Havia apenas uma rosa de sangue no forro de seu sobretudo, mas metade da camisa branca empapara-se de vermelho e a camiseta estava totalmente ensopada. No lado esquerdo, pouco abaixo da omoplata, havia um caroço com um buraco no meio, como um pequeno vulcão.

— Chega — disse Jack, chorando. — Chega, por favor.

— Tudo bem — disse Johnnie, acariciando os cabelos de Jack de novo. — Já terminamos. Pode deitar agora. Durma. Você precisa descansar.

— Não posso — disse ele. — Dói demais. Ah, Deus, se você soubesse como dói! E quero outra cerveja. Estou com sede. Onde está Harry, onde está Charlie?

Achei que falava de Harry Pierpont e Charlie Makley — Charlie botara Harry e Jack para fora, quando estes eram só dois pirralhos.

— Lá se vai de novo — disse Johnnie. — Ele precisa de um médico, Homer, e você vai encontrar um.

— Jesus, Johnnie, isto aqui não é a minha cidade.

— Não importa. Se eu sair, você sabe o que vai acontecer. Vou escrever alguns nomes e endereços.

Acabou sendo apenas um nome e um endereço e, quando cheguei lá, foi tudo para nada. O médico (um enrolador de pílulas cuja missão era fazer abortos e fornecer um preparado de ácido que apagava impressões digitais) havia embarcado numa morte feliz com seu próprio láudano dois meses antes.

Ficamos naquele quarto ordinário atrás do Murphy's por cinco dias. Mickey McClure apareceu e tentou nos pôr para fora, mas Johnnie conversou com ele com aquele seu jeito — quando Johnnie ligava o charme, era quase impossível lhe dizer não. Além disso, nós pagávamos. Na quinta noite, o aluguel era de 400, e estávamos proibidos de mostrar a cara até no bar por medo de que alguém nos visse. Ninguém o fez e, tanto quanto sei, os tiras jamais descobriram onde estávamos durante aqueles cinco dias no final de abril. Imagino quanto Mickey McClure ganhou com o negócio — mais de mil pratas. Já tínhamos roubado bancos em que conseguíramos menos.

Acabei falando com meia dúzia de aborteiros e uma dúzia de cirurgiões plásticos de quinta categoria. Não houve um só que quisesse examinar Jack. Vocês atraíram muita atenção, disseram. Foi o pior momento de tudo, e mesmo agora detesto pensar nisso. Digamos apenas que eu e Johnnie descobrimos o que Jesus sentiu quando Pedro negou-O três vezes no Jardim de Getsêmani.

Durante um tempo, Jack entrou e saiu do delírio, até que finalmente passou a ficar nele quase o tempo todo. Falava da mãe, de Harry Pierpoint e depois de Boobie Clark, um veado famoso de Michigan City que todos conhecíamos.

— Boobie tentou me beijar — disse Jack certa noite, repetidamente, até eu achar que ia acabar maluco. Mas Johnnie não se importou. Ficava sentado ao lado de Jack no catre, alisando seu cabelo. Ele cortara um quadrado de tecido na camiseta de Jack em torno do buraco de bala e pincelava-o repetidamente com mercúrio-cromo; mas a pele já ficara verde-acinzentada, e do buraco saía um cheiro estranho. Só uma pequena lufada, mas era o suficiente para deixar nossos olhos cheios d'água.

— Isso é gangrena — disse Mickey McClure numa das vezes em que veio recolher o aluguel. — Ele está liquidado.

— Está nada — disse Johnnie.

Mickey inclinou-se para a frente, as mãos gordas nos joelhos gordos. Cheirou a respiração de Jack como um tira diante de um bêbado e então recuou.

— É melhor vocês acharem um médico rápido. O cheiro disso num ferimento é ruim. O cheiro disso na respiração de um homem... — Mickey sacudiu a cabeça e saiu.

— Ele que se foda — disse Johnnie a Jack, ainda alisando seu cabelo. — O que é que ele sabe?

Mas Jack não respondeu. Estava dormindo. Algumas horas mais tarde, depois que Johnnie e eu tínhamos ido dormir, Jack estava na beira do catre vociferando contra Henry Claudy, o diretor da prisão em Michigan City. Eu-Deus Claudy, costumávamos chamá-lo, porque ele era sempre Eu-Deus farei isso e Eu-Deus farei aquilo. Jack estava gritando que ia matar Claudy se ele não nos deixasse sair. Isso fez alguém socar a parede, berrando para Jack calar a boca.

Johnnie sentou perto de Jack e falou com ele, acalmando-o de novo.

— Homer? — disse Jack depois de um tempo.

— O que é, Jack?

— Você faz o truque com as moscas?

Fiquei surpreso por ele lembrar.

— Bem, eu faria isso de boa vontade, mas não há moscas aqui. A estação das moscas ainda não começou por estas bandas.

Numa voz baixa e rouca, Jack cantou "Pode haver moscas em cima de vocês, mas não há moscas em cima de mim. Certo, Chummah?".

Eu não tinha a menor idéia de quem era Chummah, mas concordei com a cabeça e lhe dei uns tapinhas no ombro. Estava quente e grudento.

— Certo, Jack.

Ele tinha grandes círculos roxos debaixo dos olhos e saliva seca nos lábios. Já estava perdendo peso. Eu podia sentir o cheiro, também. O cheiro de mijo, que não era tão ruim, e o cheiro da gangrena, que era. Mas Johnnie nunca demonstrou sentir um cheiro ruim.

— Plante bananeira para mim, John — pediu Jack. — Como costumava fazer.

— Um minuto — disse Johnnie, servindo um copo d'água para Jack. — Beba isso primeiro. Vai umedecer o seu chiado. Depois vou ver se ainda consigo atravessar o quarto de cabeça para baixo. Lembra quando eu corria desse modo na fábrica de camisas? Depois que corri até o portão, eles me prenderam no buraco.

— Eu lembro — disse Jack.

Johnnie não queria andar de cabeça para baixo naquela noite. Quando ele segurou o copo d'água junto à boca de Jack, o pobre patife já voltara a dormir com a cabeça no ombro de Johnnie.

— Ele vai morrer — disse eu.

— Vai nada — disse Johnnie.

Na manhã seguinte, perguntei a Johnnie o que íamos fazer. O que podíamos fazer.

— Consegui mais um nome do McClure. Joe Moran. McClure diz que ele foi mensageiro no rapto Bremer. Se ele curar Jack, vale mil dólares para mim.

— Tenho 600 — disse eu. E os daria, mas não por Jack Hamilton, que já estava além dos médicos; o que Jack precisava mesmo era de um pastor. Eu o fazia por Johnnie Dillinger.

— Obrigado, Homer — disse ele. — Volto em uma hora. Enquanto isso, cuide do bebê.

Mas Johnnie tinha uma aparência lúgubre. Sabia que se Moran não nos ajudasse, teríamos que sair da cidade. E isso significava levar Jack de volta a St. Paul e tentar lá. E sabíamos o que provavelmente significaria voltar para lá num Ford roubado. Era primavera de 1934 e nós três — eu, Jack e especialmente Johnnie — estávamos na lista de "inimigos públicos" de J. Edgar Hoover.

— Bem, boa sorte — disse eu. — Vejo você nas tirinhas de jornal.

Ele saiu. Vaguei por ali. Eu me sentia completamente enjoado daquele quarto. Era como estar de volta a Michigan City, só que pior. Porque, quando você está em cana, eles já fizeram tudo de ruim que podiam fazer contigo. Naquele esconderijo nos fundos do Murphy's, as coisas sempre podiam piorar.

Jack resmungou, e então adormeceu de novo.

Havia uma cadeira perto do catre, com uma almofada. Peguei a almofada e sentei ao lado de Jack. Eu achava que a coisa não levaria muito tempo. E, quando Johnnie voltasse, eu teria apenas que dizer que o pobre Jack respirara pela última vez e partira. A almofada teria voltado à cadeira. Na verdade, seria um favor a Johnnie. A Jack também.

— Estou te vendo — disse Jack de repente. Vou dizer a vocês, isso me apavorou completamente.

— Jack! — disse eu, apoiando os cotovelos na almofada. — Como vai indo?

Seus olhos se fecharam.

— Faça o truque... com as moscas — disse ele e adormeceu de novo. Mas ele acordou no momento certo: caso contrário, Johnnie teria encontrado um homem morto naquela cama.

Quando Johnnie finalmente voltou, praticamente derrubou a porta. Eu puxei a arma. Ele riu ao vê-la.

— Deixe o berro de lado, amigo, e guarde os problemas na velha maleta!

— O que houve?

— Vamos sair daqui, é isso. — Ele parecia cinco anos mais jovem. — Já era tempo, não acha?

— É.

— Enquanto estive fora, ele ficou bem?

— Ficou. — A almofada na cadeira trazia bordada a inscrição VEJO VOCÊ EM CHICAGO.

— Nenhuma mudança?

— Nenhuma mudança. Para onde vamos?

— Aurora. É uma cidadezinha ao norte do estado. Vamos nos mudar para a casa de Volney Davis e a garota dele. — Johnnie se debruçou sobre o catre. O cabelo vermelho de Jack, que já era fino, começara a cair. Tinha ficado no travesseiro, e dava pra ver o cocuruto da cabeça dele, branco como a neve. — Está ouvindo, Jack? — gritou Johnnie. — Estamos visados agora, mas isso vai passar rápido! Entende?

— Plante bananeira como Johnnie Dillinger costumava fazer — disse Jack, sem abrir os olhos.

Ainda sorrindo, Johnnie piscou o olho para mim:

— Ele entende. Só não está acordado, sabe?

— Claro — eu disse.

Na corrida para Aurora, Jack sentou-se apoiado na janela, a cabeça voando e a seguir batendo contra o vidro cada vez que passávamos por um buraco grande. Resmungando, ele mantinha uma longa conversa com gente que eu não conseguia ver. Quando já estávamos fora de cidade, eu e Johnnie tivemos que abrir as janelas. Caso contrário, seria difícil agüentar aquele cheiro. Jack estava apodrecendo de dentro para fora, mas não morria. Eu já tinha ouvido dizer que a vida é frágil e passa rápido, mas não acredito; seria melhor que fosse.

— Aquele Dr. Moran é um bebê chorão — disse Johnnie quando já estávamos no bosque, com a cidade atrás de nós. — Cheguei à conclusão que não queria nenhum sujeito assim trabalhando no meu parceiro. Mas não ia embora sem nada. — Johnnie sempre viajava com uma pistola .38 enfiada no cinto. Então ele a sacou, mostrando-a para mim como deve tê-la mostrado para o Dr. Moran. — Eu disse: "Se eu não puder levar nada mais, Doc, vou ter que levar a sua vida." Ele viu que eu estava falando sério, e chamou alguém. Volney Davis.

Concordei com a cabeça como se o nome significasse algo para mim. Descobri depois que Volney era do bando de Ma Barker. Um sujeito bastante simpático. Dock Barker também. Chamavam a garota de Volney de Rabbits [Coelho] porque ela fugira da prisão algumas vezes cavando um buraco. Ela era a melhor do grupo. Nota dez. Rabbits pelo menos procurou ajudar o pobre e embaraçoso Jack. Nem um dos outros ajudou — nem os enroladores de pílulas, nem os aborteiros, os caras de artista, e certamente não o Dr. Joseph (Bebê Chorão) Moran.

Naquela época, os Barker estavam fugindo depois de um seqüestro malfeito; Ma já tinha partido e chegara à Flórida. O esconderijo em Aurora não era grande coisa — quatro aposentos, nenhuma eletricidade, uma privada do lado de fora, nos fundos —, mas era melhor do que o *saloon* do Murphy's. E como eu disse, a garota de Volney pelo menos tentou fazer alguma coisa em nossa segunda noite lá.

Ela colocou lampiões de querosene em volta da cama, e então esterilizou uma faca afiada numa panela de água fervendo.

— Se quiserem vomitar — disse ela para nós —, segurem até que eu acabe.

— Vamos ficar bem — disse Johnnie. — Não é, Homer?

Concordei com a cabeça, mas estava enjoado mesmo antes de ela começar. Deitado de barriga para baixo, a cabeça de lado, Jack murmurava alguma coisa. Dava a impressão de que não parava nunca. Qualquer quarto em que estivesse estava cheio de gente que só ele podia ver.

— Espero que sim — disse Rabbits —, porque depois que eu começar, não tem volta. — Ergueu os olhos, viu Dock em pé à porta. Volney Davis também. — Vá embora, Baldy — disse ela para Dock —, e leve o grande chefe com você. — Volney Davis era tão índio quanto eu, mas o chamavam assim de brincadeira porque nascera na Nação Cherokee. Um juiz o havia condenado a três anos por roubar um par de sapatos e foi assim que Davis entrou para uma vida de crimes.

Volney e Dock saíram. Quando já tinham ido, Rabbits virou Jack e cortou um X nele, pressionando de tal modo que eu mal consegui olhar. Eu segurava os pés de Jack, e Johnnie tentava confortá-lo, mas não adiantava muito. Quando Jack começou a gritar, Johnnie cobriu sua cabeça com um pano de prato e disse a Rabbits para ir em frente, enquanto ele afagava a cabeça de Jack o tempo todo e lhe dizia que não se preocupasse, que tudo ficaria bem.

Aquela Rabbits. Dizem que elas são frágeis, mas não havia nada de frágil naquela ali. Suas mãos nem tremiam. Sangue, parte dele preto e coagulado, jorrou do lugar afundado onde ela cortou. Quando cortou mais fundo, o pus saiu. Parte dele era branco, mas havia grandes pedaços verdes que pareciam melecas. Aquilo era ruim. Mas quando Rabbits chegou ao pulmão, o cheiro era mil vezes pior. Não poderia ter sido pior na França durante os ataques de gás.

Jack arquejava em grandes aspiradas sibilantes. Podíamos ouvi-las em sua garganta, e no buraco das costas também.

— É melhor se apressar — disse Johnnie. — Ele está com um vazamento na mangueira de ar.

— Não me diga — disse ela. — A bala está no pulmão. Trate de segurar seu amigo, bonitão.

Na verdade, Jack não se debatia muito. Estava fraco demais. O som do ar espremendo-se para dentro e para fora continuava cada vez mais difícil. Fazia mais calor ali que no inferno, com todos aqueles lampiões dispostos em torno do catre, e o fedor do óleo quente era quase tão forte quanto o da gangrena. Eu queria ter lembrado de abrir uma janela antes de começarmos, mas agora era tarde demais.

Rabbits tinha um conjunto de pinças, mas não conseguia introduzi-las no buraco. "Fodam-se!", exclamou ela, jogando-as para o lado, e então enfiou os dedos no buraco sangrento procurando até encontrar a bala que estava lá, puxou-a e jogou-a no chão. Johnnie curvou-se para pegá-la, mas ela disse:

— Pode pegar seu suvenir mais tarde, bonitão. Por enquanto, segure Jack.

E continuou o trabalho, colocando gaze na bagunça que tinha feito.

Johnnie ergueu o pano de prato e espiou.

— Bem na hora — disse ele com um sorriso. — O velho Red Hamilton está um pouquinho azul.

Ouvimos um carro lá fora. Podiam ser os tiras, mas, até onde eu sabia, não havia nada a fazer.

— Aperte essas duas partes juntas — disse-me Rabbits, e apontou para o buraco com a gaze. — Não sou grande coisa como costureira, mas acho que posso dar meia dúzia de pontos.

Eu não queria pôr a mão em nada perto daquele buraco, mas não ia dizer não a ela. Fechei as duas bordas, e mais pus aguado escorreu para fora quando o fiz. Meu diafragma se apertou e comecei a fazer aquele barulho de *gurk gurk*. Não consegui evitá-lo.

— Ora — disse ela, meio sorrindo. — Se você é bastante homem para puxar o gatilho, é bastante homem para lidar com um buraco. — Então ela costurou Jack com grandes pontos... na realidade, socando a agulha nele. Depois dos dois primeiros, não consegui olhar.

— Obrigado — Johnnie disse a ela quando a coisa terminou. — Quero que saiba que vou cuidar de você por isso.

— Não tenha muitas esperanças — disse Rabbits. — Eu não daria a ele uma chance em 20.

— Agora ele vai se safar — disse Johnnie.

Então Dock e Volney entraram correndo. Atrás deles estava outro membro do bando — Buster Daggs ou Draggs, não lembro direito. Seja como for, ele dera um telefonema no serviço telefônico que usavam na cidade, e disse que os federais andaram ocupados em Chicago, prendendo todos que consideravam ligados ao seqüestro Bremer, que tinha sido o último grande trabalho do Bando Barker. Um dos sujeitos que eles pegaram era John J. (Boss) McLaughlin, um pomposo figurão da máquina política de Chicago. Outro era o Dr. Joseph Moran, também conhecido como o Bebê Chorão.

— Moran vai entregar este lugar, é certo como dois e dois são quatro — disse Volney.

— Talvez isso tudo nem seja verdade — Johnnie falou. Jack estava inconsciente agora. Seu cabelo vermelho espalhava-se no travesseiro como pequenos pedaços de arame. — Talvez seja só um boato.

— É melhor não acreditar nisso — disse Buster. — Quem me contou foi Timmy O'Shea.

— Quem é Timmy O'Shea? O limpa-rabo do papa? — falou Johnnie.

— É o sobrinho de Moran — disse Dock, e isso meio que encerrou a questão.

— Sei o que está pensando, bonitão — disse Rabbits a Johnnie —, e pode parar de pensar agora mesmo. Se puser esse sujeito num carro e chacoalhar com ele por essas estradas de dentro até St. Paul, amanhã de manhã ele estará morto.

— Pode deixar ele aqui — disse Volney. — Se os tiras aparecerem, vão ter que cuidar dele.

Johnnie ficou ali, o suor escorrendo do rosto. Parecia cansado, mas estava sorrindo. Johnnie sempre foi capaz de achar um sorriso.

— Vão cuidar dele, certo, mas não vão levar Jack para um hospital. É mais provável que ponham um travesseiro no rosto dele e sentem em cima. — Isso me deu um sobressalto, vocês entendem por quê.

— Bem, é melhor decidir — disse Buster —, porque eles vão cercar essa espelunca no raiar do dia. Vou dar o fora.

— Todos vão — disse Johnnie. — Você também, Homer. Eu vou ficar aqui com Jack.

— Bem, que diabo — disse Dock. — Então eu fico também.

— Por que não? — disse Volney Davis.

Buster Daggs ou Draggs olhou-os como se estivessem loucos, mas sabe do que mais? Não fiquei nem um pouco surpreso. Aquele era exatamente o efeito que Johnnie exercia nas pessoas.

— Vou ficar também — disse eu.

— Bem, eu vou embora — disse Buster.

— Ótimo — disse Dock. — Leve Rabbits com você.

— Uma ova que vai levar — palpitou Rabbits. — Estou com vontade de cozinhar.

— Você pirou? — perguntou-lhe Dock. — É uma hora da manhã, e você está mergulhada em sangue até os cotovelos.

— Pouco me importa a hora, e sangue é só lavar — disse ela. — Vou fazer para vocês o maior café-da-manhã que já comeram, rapazes... ovos, *bacon*, biscoitos, molho, batatas fritas.

— Adoro você, case comigo — disse Johnnie, e todos nós rimos.

— Ah, que diabo — emendou Buster. — Se tem café-da-manhã, vou ficar por aqui.

Foi assim que todos nós acabamos ficando naquela casa de fazenda em Aurora, prontos para morrer por um homem que já estava — gostasse Johnnie ou não — a caminho da saída. Fizemos uma barricada na porta da frente com um sofá e algumas cadeiras, e na porta de trás com o fogão a gás, que, de qualquer modo, não funcionava. Só o fogão à lenha funcionava. Eu e Johnnie pegamos nossas submetralhadoras no Ford, e Dock pegou mais algumas no sótão. E também um caixote de granadas, um morteiro e um caixote de cartuchos. Aposto que o Exército não tinha tantas armas nessas paragens quanto nós. Ah, ah!

— Bem, pouco me importa quantos deles a gente vai pegar, contanto que o filho-da-puta do Melvin Purvis seja um deles — disse Dock.

Quando Rabbits realmente pôs a bóia na mesa, já era quase a hora de os lavradores comerem. Estabelecemos turnos, dois homens sempre vigiando o longo caminho de carros. Buster deu o alarme uma vez e todos voamos para nossos lugares, mas era apenas um caminhão de leite na estrada principal. Os federais não vieram. Podiam chamar isso de má informação; eu a chamava de sorte de John Dillinger.

Nesse meio tempo, Jack estava em seu caminho não-tão-alegre de ruim para pior. No meio da tarde seguinte, até Johnnie reconhecia que Jack não poderia ir muito longe, embora não o expressasse em alto e bom som. Me senti mal foi pela mulher. Rabbits viu mais pus saindo por entre os grandes pontos pretos que dera e começou a chorar. Ela chorou por muito tempo. Era como se tivesse conhecido Jack Hamilton a vida toda.

— Não importa — disse Johnnie. — Levante o queixo, beleza. Você fez o melhor possível. Além disso, ele ainda pode melhorar.

— Foi porque eu tirei a bala com os dedos — disse ela. — Nunca deveria ter feito isso. Eu sabia.

— Não, não foi isso — disse eu. — Foi a gangrena. Ele já estava com gangrena.

— Besteira — Johnnie olhou para mim com cara feia. — Uma infecção talvez, mas não gangrena. Não há gangrena nenhuma agora.

Podia se sentir o cheiro dela no pus. Não havia nada a dizer.

Johnnie ainda olhava para mim.

— Lembra de como Harry chamava você quando estávamos em Pendleton?

Concordei com a cabeça. Harry Pierpont e Johnnie foram sempre grandes amigos, mas Harry nunca gostou de mim. Se não fosse por Johnnie, ele jamais teria me aceitado no bando, que era ainda o Bando Pierpont, para começo de conversa. Harry achava que eu era um bobo. Isso era outra coisa que Johnnie jamais admitiria nem comentaria. Johnnie queria que todos fossem amigos.

— Quero que vá lá fora e arrebanhe alguns insetos grandinhos — disse Johnnie —, exatamente como fazia quando estava na esteira em Pendleton. Uns zumbidores grandes. — Quando ele pediu isso, eu soube que afinal reconhecera que Jack estava acabado.

Harry Pierpont me chamava de Garoto-Mosca no Reformatório Pendleton, quando éramos todos garotos e eu costumava chorar até dormir com a cabeça debaixo do travesseiro para os guardas não escutarem. Bem, Harry seguiu em frente e foi frito no estado de Ohio, portanto talvez eu não fosse o único bobo.

Na cozinha, Rabbits cortava legumes para o jantar, enquanto algo estava sendo frito no fogão. Perguntei se tinha linha e ela disse que eu sabia muito bem que sim, pombas, não estava ao lado dela quando costurara meu amigo? Eu sei, respondi, mas aquela era preta e eu queria branca. Meia dúzia de pedaços, um tamanho assim. E estiquei meus dedos indicadores colocando uma distância de uns 20 centímetros entre eles. Ela quis saber o que eu ia fazer. Respondi que, se estava curiosa, podia assistir dali mesmo, da janela por cima da pia.

— Não tem nada ali, só a privada — disse ela. — Não tenho nenhum interesse em assistir enquanto faz suas necessidades, Sr. Van Meter.

Havia uma bolsa pendurada na porta da despensa. Rabbits vasculhou-a, tirou de lá um carretel de linha branca e me cortou seis pedaços dela. Agradeci gentilmente e perguntei se tinha um Band-Aid. Ela retirou alguns da gaveta ao lado da pia — porque estava sempre cortando os dedos, disse ela. Peguei os Band-Aids e encaminhei-me para a porta.

Fui para Pendleton por bater carteiras na linha ferroviária central de Nova York com aquele mesmo Charlie Makley — mundo pequeno, não é? Ah! De qualquer modo, quando se trata de manter os garotos maus ocupados, o reformatório em Pendleton, Indiana, é cheio de recursos. Eles tinham uma lavanderia, uma oficina de carpintaria e uma fábrica de roupas onde os patetas faziam camisas e calças, principalmente para os guardas do sistema penal de Indiana. Alguns a chamavam de camisaria; outros, de *cumisaria*. Foi o que me coube — e lá conheci tanto Johnnie quanto Harry Pierpont. Johnnie e Harry nunca tiveram nenhum problema para "fazer a cota do dia" , mas eu estava sempre fazendo dez camisas a menos, ou cinco pares de calça a menos, sendo obrigado a ficar em pé numa esteira. Os guardas achavam que eu me atrasava por ficar bancando o palhaço por ali. Harry pensava o mesmo. A verdade é que eu era lento e desajeitado — o que Johnnie pareceu entender. Por *isso* é que eu ficava me distraindo.

Se a pessoa não alcançava sua cota, tinha que passar o dia seguinte na casa da guarda, onde havia uma esteira de junco de 60 centímetros quadrados. Tinha que se despir completamente, exceto as meias, e ficar ali o dia todo. Se pisasse fora da esteira uma vez, batiam em seu traseiro com um remo. Se pisasse duas, um guarda o segurava enquanto outro o espancava. Pisando uma terceira vez do lado de fora, você ficava uma semana na solitária. Podia beber toda a água que quisesse, mas isso era um truque, pois só o deixavam ir ao banheiro uma vez no decorrer do dia. Se você fosse pego ali em pé com mijo escorrendo pela perna, ganhava um espancamento e uma viagem para o buraco.

Era tedioso. Tedioso em Pendleton, tedioso em Michigan City, a prisão de Eu-Deus para garotões. Uns caras contavam histórias entre si. Outros cantavam. Outros faziam listas de todas as mulheres com quem iam trepar quando saíssem.

Eu aprendia a laçar moscas.

Uma privada é um lugar danado de bom para laçar moscas. Fiquei em posição do lado de fora da porta, fazendo laçadas nos pedaços de linha que Rabbits me deu. Depois disso, a única coisa a fazer era não me mexer muito. Essas eram as habilidades que aprendi na esteira, e delas a gente não esquece.

Não foi preciso muito tempo. As moscas estão por aí no início de maio, mas são lentas. E qualquer um que ache impossível laçar uma mutuca... bem, só posso dizer que se alguém quiser um desafio, tente mosquitos.

Fiz três arremessos e peguei a primeira mosca. Aquilo não era nada; havia vezes na esteira em que toda a manhã se passava antes que eu pegasse a primeira. Logo depois que eu a peguei, Rabbits exclamou:

— O que está fazendo, pelo amor de Deus? É mágica?

A distância, *parecia* mágica. É preciso imaginar como ela via a coisa a 20 metros de distância: um homem em pé junto a uma privada joga um pedacinho de linha para o nada, tanto quanto se pode ver — mas, em vez de deslizar para o chão, o fio permanece em pleno ar! Estava preso a uma mutuca de bom tamanho. Johnnie teria visto isso, mas Rabbits não tinha os olhos de Johnnie.

Cheguei ao final da linha e prendi-o na maçaneta da porta da privada com o Band-Aid. Então fui atrás de outra mosca. E de outra. Rabbits aproximou-se para espiar mais de perto, e eu lhe disse que podia continuar ali se ficasse quieta; ela tentou, mas ficar quieta não era o seu forte. Finalmente tive que dizer que assim ela espantava a caça, e mandei-a para dentro.

Trabalhei junto à privada por uma hora e meia — tempo suficiente para que deixasse de sentir aquele cheiro. Depois, a temperatura começou a esfriar, e minhas moscas ficaram preguiçosas. Peguei cinco. Pelos padrões de Pendleton, era um rebanho e tanto, embora não tão grande para um cara em pé junto a um cagadouro. De qualquer modo, tive que entrar antes que ficasse frio demais para elas voarem.

Quando voltei atravessando lentamente a cozinha, Dock, Volney e Rabbits estavam rindo e batendo palmas. O quarto de Jack ficava no outro lado da casa, fantasmagórico e na obscuridade. Foi por isso que eu pedira linha branca em vez de preta. Eu parecia conduzir balões invisíveis através de um punhado de fios. Embora se pudesse ouvir as moscas zumbindo — todas furiosas e perturbadas, como qualquer outra coisa que foi capturada e não sabe como.

— Macacos me mordam — disse Dock Barker. — Falo sério, Homer. Macacos me mordam até sangrar. Onde aprendeu a fazer isso?

— No Reformatório Pendleton.

— Quem te ensinou?

— Ninguém. Num determinado dia, eu fiz.

— Por que elas não embaralham os fios? — perguntou Volney, os olhos grandes como pires. Aquilo me divertiu pra valer.

— Sei lá — disse eu. — Cada qual voa em seu espaço e nunca cruza o espaço da outra. É um mistério.

— Homer! — berrou Johnnie do outro quarto. — Se pegou as moscas, venha logo!

Atravessei a cozinha pastoreando os insetos por suas guias como um bom caubói de moscas, e Rabbits tocou meu braço.

— Tenha cuidado — disse ela. — Seu camarada está morrendo e isso está deixando seu outro camarada maluco. Ele vai ficar melhor... depois... mas, nesse momento, não é seguro.

Eu sabia disso melhor do que ela. Quando Johnnie punha o coração numa coisa, quase sempre conseguia obtê-lo. Mas não desta vez.

Jack apoiava-se nos travesseiros com a cabeça no canto e, embora com o rosto branco como papel, estava lúcido outra vez. Ele ia acabar melhorando, como acontece com as pessoas às vezes.

— Homer! — disse ele, animadíssimo. Então viu os fios e riu: era um riso esganiçado e assobiado, nem um pouco normal. E imediatamente Jack começou a tossir, tossir e rir ao mesmo tempo. Saiu sangue de sua boca, parte dele salpicou em minhas linhas. — Exatamente como em Michigan City! — disse ele e bateu na perna. Então saiu mais sangue, que escorreu pelo seu queixo e pingou na camiseta. — Exatamente como nos velhos tempos! — Ele tossiu de novo.

O rosto de Johnnie tinha uma aparência terrível. Notei que gostaria que eu saísse do quarto antes de Jack desmoronar; ao mesmo tempo, sabia que isso não importava porra nenhuma, e se o jeito de Jack morrer feliz era olhar um punhado de moscas de privada amarradas numas linhas, então que fosse.

— Jack, você precisa ficar quieto — eu disse.

— Nah, eu estou bem — respondeu, sorrindo e sibilando. — Traz elas para cá! Traz elas para cá que eu quero ver! — Mas, antes de poder dizer mais alguma coisa, estava tossindo de novo, curvado sobre os joelhos dobrados, os lençóis borrifados de sangue fazendo poças entre eles.

Olhei para Johnnie e ele concordou com a cabeça. Seu pensamento já fora adiante. Fez um sinal para que eu me aproximasse. Andei lentamente, com os fios na mão, flutuando, apenas linhas brancas na obscuridade. E Jack muito excitado para saber que estava tossindo pela última vez.

— Solte elas — disse ele, numa voz úmida e rouca que mal consegui entender. — Eu me lembro...

Então, soltei as linhas. Por um ou dois segundos, elas ficaram emboladas no fundo — grudadas no suor da minha palma — e a seguir se afastaram, retas e esticadas no ar. De repente, pensei em Jack em pé na rua depois do trabalho no banco de Mason City. Ele disparava sua submetralhadora, dando cobertura enquanto eu, Johnnie e Lester empurrávamos os reféns para o carro de fuga. As balas voavam à sua volta e, embora ele sofresse um ferimento, dava a impressão que viveria para sempre. Agora estava deitado com os joelhos para cima num lençol cheio de sangue.

— Puxa, olhem só! — disse ele, quando as linhas brancas se ergueram sozinhas.

— E isso não é tudo — disse Johnnnie. — Veja isso. — Então deu um passo para a porta da cozinha, virou-se e fez uma reverência. Estava sorrindo, mas era o sorriso mais triste que eu já vira. Fazíamos o melhor que podíamos; não era possível dar a ele uma última ceia, era? — Lembra de como eu costumava andar de cabeça para baixo na fábrica de camisas?

— Sim! Não esqueça o discurso — disse Jack.

— Senhoras e senhores! — disse Johnnie. — Agora, no centro da arena, para seu prazer e surpresa, John Herbert Dillinger! — Ele pronunciou o "G" com dureza, como seu pai o pronunciava, como ele mesmo o fazia antes de ficar tão famoso. Então bateu palmas uma vez e mergulhou para a frente, apoiando-se nas mãos. Buster Crabbe não poderia ter feito melhor. Suas calças escorregaram até os joelhos, mostrando a parte de cima das meias e as canelas. Moedas escorregaram de seu bolso e correram pelo assoalho. Ele começou a andar pelo chão daquela forma, flexível como sempre, cantando "Tra-ra-ra-boom-de-ay!" o mais alto que sua voz podia alcançar. As chaves do Ford roubado também caíram de seu bolso. Jack ria naqueles grandes arrancos roucos — como se estivesse resfriado — e Dock Barker, Rabbits e Volney, todos amontoados à porta, também riam. Gargalhavam. Rabbits bateu palmas e gritou "Bravo! Bis!". Acima de minha cabeça, os fios brancos ainda flutuavam, apenas afastando-se um pouco de cada vez. Eu estava rindo junto com os outros, quando vi o que ia acontecer.

— Johnnie! — gritei. — Johnnie, cuidado com a arma! Cuidado com a arma!

Era a droga do .38 que ele levava enfiado no cinto, e que estava caindo agora.

— Ahn? — disse ele, e então ela caiu no chão e disparou. Uma .38 não é a arma mais barulhenta do mundo, mas foi suficientemente barulhenta naquele quarto dos fundos. E o clarão foi bastante forte. Dock berrou, e Rabbits gritou. Johnnie não disse nada, apenas teve um sobressalto completo e caiu de cara. Seus pés desceram com um choque, quase atingindo os pés do catre em que Jack Hamilton estava morrendo. Então ficou ali. Corri para ele, afastando os fios brancos.

No início, pensei que ele estivesse morto, porque quando o virei havia sangue em sua boca e rosto. Depois ele sentou. Enxugando o rosto, olhou para o sangue e depois para mim.

— Puta merda, Homer, eu atirei em mim mesmo?

— Acho que sim — respondi.

— É sério?

Antes que eu dissesse que não sabia, Rabbits me empurrou para o lado e limpou o sangue de Johnnie com seu avental. Ela o olhou atentamente por um ou dois segundos, e então disse:

— Você está bem. É só um arranhão. — Só mais tarde vimos, quando ela pincelou-o com iodo, que, na verdade, eram dois arranhões. A bala cortou a pele sobre o lábio do lado direito, voou talvez uns cinco centímetros no ar e a seguir cortou-o de novo no rosto bem ao lado do olho. Então cravou-se no teto, não sem antes acertar uma de minhas moscas. Sei que é difícil acreditar nisso, mas é verdade, juro. A mosca desabou no chão e ficou ali deitada, num montículo de linha branca, sem que dela tivesse sobrado algo a não ser um par de pernas.

— Johnnie? Acho que tenho más notícias para você, parceiro — disse Dock. Não precisou falar o que era. Jack ainda estava sentado, mas com a cabeça tão curvada para a frente que o cabelo tocava o lençol entre seus joelhos. Enquanto examinávamos Johnnie para ver se se ferira seriamente, Jack morrera.

Dock disse para levarmos o corpo para um poço de cascalho cerca de três quilômetros mais adiante, na estrada, pouco depois da linha do trem de Aurora. Rabbits pegou uma garrafa de soda cáustica debaixo da pia e nos entregou.

— Sabe o que fazer com isto, não é? — perguntou ela.

— Claro — disse Johnnie. Tinha um Band-Aid esticado no lábio superior, no local onde seu bigode não mais crescia ultimamente. Parecia não ouvir e não nos olhava nos olhos.

— Ajude-o a fazer isso, Homer. — Ela esticou o polegar na direção do quarto onde Jack estava deitado, embrulhado no lençol ensangüentado. — Se descobrirem aquele ali e o identificarem antes de vocês sumirem, as coisas vão ficar piores para vocês. Para nós também, provavelmente.

— Você nos acolheu quando ninguém mais acolheria — disse Johnnie, — e não vai se arrepender.

Ela sorriu para ele. As mulheres quase sempre ficavam caidinhas por Johnnie. Eu achava que aquela ali era uma exceção, porque era muito pão-pão-queijo-queijo, mas agora vi que não era. Simplesmente ficava na dela porque sabia não ser grande coisa no departamento da aparência. Além disso, quando um monte de homens armados estão amontoados como estávamos, uma mulher com a cabeça no lugar não provocaria confusão entre eles.

— Quando vocês voltarem, já teremos ido embora — disse Volney. — Ma fala sempre da Flórida, ela está de olho num local em Lago Weir...

— Cale a boca, Vol — interrompeu-o Dock, dando uma forte cutucada no seu ombro.

— Seja como for, vamos sair daqui — disse ele, esfregando o lugar dolorido. — Vocês deviam dar o fora também. Levem sua bagagem. Nem parem na volta. As coisas podem mudar depressa.

— Ok — Johnnie concordou.

— Pelo menos, ele morreu feliz — disse Volney. — Morreu rindo.

Fiquei em silêncio. De repente, bateu-me a noção de que Red Hamilton — meu velho companheiro de fuga — estava realmente morto. Isso me deixou tremendamente triste. Voltei o pensamento para a bala que apenas arranhara Johnnie (e que em vez de matá-lo liquidara uma mosca), pensando que isso me animaria. Mas não, só me fez sentir pior.

Dock apertou a minha mão, depois a de Johnnie. Estava pálido e sombrio.

— Não sei como acabamos assim, esta é que é a verdade — disse. — Quando era garoto, eu só queria ser um engenheiro de estrada de ferro, porra.

— Bem, vou lhe dizer uma coisa — disse Johnnie. — Não temos que nos preocupar. Deus acaba fazendo tudo dar certo no final.

Levamos Jack para sua última viagem embrulhado num lençol manchado de sangue e o empurramos para o banco de trás do Ford roubado. Johnnie rodou conosco até o outro lado do poço, aos solavancos e sacolejos (quando se trata de atravessar um terreno acidentado, prefiro um Terraplane a um Ford em qualquer momento). Depois, ele deligou o motor e tocou o Band-Aid no lábio.

— Gastei o que sobrava da minha sorte hoje, Homer. Agora eles vão me pegar.

— Não diz isso — falei.

— Por que não? É verdade. — O céu acima de nós estava branco e cheio de chuva. Calculei que teríamos uma lamacenta pancada de água entre Aurora e Chicago (Johnnie decidira que devíamos voltar para lá, porque os federais estariam esperando que aparecêssemos em St. Paul). Em algum lugar, os corvos crocitavam. O único outro som era o tique-toque do motor esfriando. Pelo espelho, eu continuava olhando para o corpo embrulhado no banco de trás. Podia ver as saliências dos cotovelos e joelhos, os salpicos de um vermelho puro onde ele se curvara, tossindo e rindo, no final.

— Olhe isso aqui, Homer — disse Johnnie e apontou para o .38 enfiado no cinto. Então ele rodou o molho de chaves de Francis com as pontas dos dedos, onde as impressões iam se restaurando apesar de todo o seu esforço. Havia quatro ou cinco chaves no molho junto de uma do Ford. E aquele pé de coelho da sorte. — A coronha da arma bateu nele quando caiu — disse, balançando a cabeça afirmativamente. — Atingiu meu próprio talismã. Agora, minha sorte se foi. Vamos, me ajude com isso.

Arrastamos Jack para o declive de cascalho. Então Johnnie pegou a garrafa de soda cáustica. Ela trazia uma grande caveira marrom e ossos cruzados no rótulo.

Johnnie ajoelhou e retirou o lençol.

— Pegue os anéis dele — disse, e eu os tirei. Johnnie os colocou no bolso. Acabamos conseguindo 45 dólares por eles em Calumet City, embora Johnnie jurasse por todos os deuses que o menor tinha um diamante verdadeiro.

— Agora, estenda as mãos dele.

Obedeci, e Johnnie derramou uma tampa de soda cáustica na ponta de cada dedo de Jack. Ali estava um conjunto de impressões digitais que jamais voltariam. Então ele se inclinou para o rosto de Jack e beijou-o na testa.

— Detesto fazer isso, Red, mas sei que você faria o mesmo comigo, se fosse o contrário.

Então derramou a soda cáustica nas faces, boca e sobrancelhas de Jack. A coisa assobiou, borbulhou e ficou branca. Quando começou a devorar suas pálpebras fechadas, eu me afastei. Claro que nada disso adiantou coisa alguma; o corpo foi encontrado por um lavrador em busca de uma carga de cascalho. Uma matilha de cães derrubara a maioria das pedras com que cobrimos Jack e comeu o que sobrara de suas mãos e rosto. Quanto ao resto dele, havia bastantes cicatrizes para que os tiras o identificassem como Jack Hamilton.

Foi o fim da sorte de Johnnie, sem dúvida. Cada movimento que fez depois disso — até aquela noite em que Purvis e suas bichas de insígnia pegaram ele no Biograph — foi um movimento ruim. Poderia Johnnie ter levantado as mãos naquela noite e se rendido? Acho que não. Purvis pretendia matá-lo de um modo ou de outro. Foi por isso que os federais nunca contaram aos tiras de Chicago que Johnnie estava na cidade.

Jamais esquecerei como Jack riu quando eu lhe trouxe moscas presas nas linhas. Era um bom sujeito. Na maioria, todos eles eram — bons sujeitos que haviam entrado para o ramo errado de trabalho. E Johnnie era o melhor do lote. Nunca ninguém teve um amigo mais leal. Roubamos mais um banco juntos, o Merchants National em South Bend, Indiana. Lester Nelson juntou-se a nós naquele trabalhinho. Saindo da cidade, parecia que todos os matutos de Indiana estavam descarregando chumbo em cima de nós, e mesmo assim escapamos. Mas, para quê? Estávamos esperando mais de 100 mil dólares, o suficiente para mudarmos para o México e vivermos como reis. Terminamos com uns nojentos 20 mil, a maior parte em centavos e notas sujas de dólar.

Deus acaba fazendo tudo dar certo no final, disse Johnnie a Dock Barker pouco antes de nos separarmos. Fui criado como cristão — admito que me afastei um pouco ao longo da jornada — e acredito no seguinte: a gente faz o que pode, mas tudo bem; aos olhos de Deus, nenhum de nós é muito melhor do que moscas amarradas em fios, e o que importa é quanta luz solar o sujeito pode espalhar ao longo do caminho. A última vez que vi Johnnie Dillinger foi em Chicago, e ele ria de alguma coisa que eu disse. Isso é bom o bastante para mim.

—

Quando garoto, eu era fascinado pelas histórias dos fora-da-lei da era da Depressão, um interesse que provavelmente chegou ao auge com o notável filme de Arthur Penn, Bonnie e Clyde — uma rajada de balas. *Na primavera de 2000, tornei a ler a história daquela época,* The Dillinger Days (A Era Dillinger), *de John Toland, e fiquei especialmente impressionado com a história de como o parceiro de Dillinger, Homer Van Meter, aprendeu sozinho a laçar moscas no Reformatório Pendleton. A morte lenta de Jack "Red" Hamilton é um fato documentado; claro que minha história sobre o que aconteceu no esconderijo de Dock Barker é pura imaginação... ou mito, se o leitor gostar mais desta palavra. Eu gosto.*

Na câmara da morte

ERA UMA CÂMARA da morte, Fletcher soube logo que a porta se abriu. O chão fora revestido de uma cerâmica industrial cinzenta e as paredes, de descolorida pedra branca, exibiam aqui e ali manchas mais escuras que poderiam ser de sangue — sangue certamente fora derramado no aposento. As luzes do teto eram protegidas por armações de arame. Mais ou menos no meio da sala via-se uma comprida mesa de madeira atrás da qual sentavam-se três pessoas. Diante da mesa, uma cadeira vazia esperava Fletcher. Ao lado dela, um pequeno carrinho continha um objeto coberto com um pedaço de pano, como um escultor cobriria sua obra incompleta entre uma e outra jornada de trabalho.

Fletcher foi meio conduzido, meio arrastado para a cadeira destinada a ele. Soltou-se da mão do guarda que o agarrava e se deixou girar. Se parecia mais ofuscado do que estava realmente, mais chocado e desatento, tudo bem. Achava que suas chances de sair algum dia daquela sala no subsolo no Ministério da Informação eram talvez uma ou duas em 30, e mesmo isso podia ser uma estimativa otimista. Fossem quais fossem, não pretendia diminuí-las ainda mais dando a impressão de ainda estar alerta. Seu olho inchado, nariz aumentado e lábio inferior ferido podiam ajudá-lo nisso; da mesma forma que a crosta de sangue em torno da boca, como um cavanhaque vermelho-escuro. De uma coisa tinha certeza: se *saísse*, os outros — o guarda e os três sentados no tribunal atrás da mesa — estariam mortos. Fletcher era repórter de um jornal e nunca matara nada maior que um marimbondo, mas se tivesse que fazê-lo para fugir dali, ele o faria. Pensou na irmã, em seu retiro. Pensou na irmã nadando num rio de nome espanhol. Pensou na luz cintilando na água ao meio-dia, luz móvel de rio, brilhante demais para se olhar. Eles estenderam as mãos para a cadeira diante da mesa. O guarda empurrou o repórter para ela com tanta força que Fletcher quase foi derrubado.

— Cuidado, não é assim que se faz, nada de acidentes — disse um dos homens atrás da mesa. Era Escobar falando com o guarda em espanhol. À esquerda de Escobar, sentava-se o outro homem, e à direita uma mulher de uns 60 anos. A mulher e o outro homem eram magros, ao passo que Escobar era gordo e oleoso como uma vela barata.

Parecia um mexicano de filme. Esperava-se que ele dissesse: "Distintivos? *Distintivos?* Nós não precisamos de nenhuma droga de distintivos!"* No entanto, aquele era o ministro-chefe da Informação. Às vezes ele transmitia a parte em inglês do boletim meteorológico na estação de televisão da cidade. Quando o fazia, recebia invariavelmente correspondência de fãs. De terno, ele não parecia oleoso, apenas gorducho. Fletcher sabia de tudo isso. Havia feito três ou quatro reportagens sobre Escobar, que era pitoresco. Era também, segundo os boatos, um entusiasta da tortura. *Um Himmler da América Central,* pensou Fletcher, surpreso ao descobrir que o senso de humor da pessoa — mesmo que rudimentar — podia funcionar mesmo estando ela numa situação aterrorizante.

— Algemas? — perguntou o guarda também em espanhol, e apresentou um par de algemas de plástico. Fletcher tentou manter seu olhar de ofuscada incompreensão. Se o algemassem, estaria perdido. Poderia pôr de lado aquela chance em 30, ou mesmo uma em 300.

Escobar virou-se brevemente para a mulher à sua direita. Esta, de rosto muito moreno, tinha cabelos pretos com surpreendentes toques de branco, e que escorriam para trás e para cima como se soprados por uma ventania. Seu cabelo lembrou a Fletcher Elsa Lanchester em *A Noiva de Frankenstein.* Agarrou-se a essa semelhança com uma ferocidade próxima do pânico, do mesmo modo como se agarrara ao pensamento da luz brilhante no rio, ou de sua irmã rindo com as amigas enquanto caminhavam para a água. Ele queria imagens, não idéias. Imagens eram artigos de luxo agora, assim como idéias não eram algo bom num lugar como aquele. Num lugar como aquele, você só tem idéias erradas.

A mulher fez a Escobar um pequeno sinal de cabeça concordando. Fletcher a vira pelo edifício, sempre com vestidos sem forma como o que usava agora. Ela estivera com Escobar com tanta freqüência, que permitira a Fletcher imaginar que fosse sua secretária, assistente pessoal, talvez mesmo sua biógrafa — Deus sabe que homens do tipo Escobar têm egos bastante grandes para justificar tais acessórios. Agora Fletcher cogitava se teria entendido a situação ao contrário o tempo todo, se ela, na verdade, é que seria a chefe *dele.*

De qualquer modo, o sinal de cabeça pareceu satisfazer Escobar. Quando se voltou para Fletcher, estava sorrindo. E quando falou, foi em inglês.

— Não seja tolo, pode guardá-las. O Sr. Fletcher só está aqui para nos ajudar em algumas questões. Logo estará voltando a seu país — Escobar suspirou profundamente para mostrar como lastimava o fato — ...mas, enquanto isso, ele é um honrado hóspede.

Nós não precisamos de nenhuma droga de algema, pensou Fletcher.

A mulher, que parecia a Noiva de Frankenstein muito bronzeada, inclinou-se para Escobar e sussurrou rapidamente com a mão em concha. Ele concordou com a cabeça, sorrindo.

— É claro, Ramón, que se nosso hóspede tentasse fazer alguma tolice ou um movimento agressivo, você teria que dar uns tiros nele. — A seguir, ele rolou de rir, um riso de gorducho de tevê, e repetiu o que dissera em espanhol, para que Ramón entendesse

---

* Citação do filme *O Tesouro de Sierra Madre,* de John Houston. Um bando de ladrões mexicanos aproxima-se de Humprey Bogart e seu grupo dizendo ser *federales.* Quando Bogart pede seus distintivos, o chefe do bando, interpretado por Alfonso Bedoya, diz a frase citada. Essa passagem foi satirizada em inúmeros filmes, sendo o mais famoso deles *Banzé no Oeste,* de Mel Brooks. [N. do E.]

tanto quanto Fletcher. Ramón fez um aceno de cabeça, concordando, colocou de novo as algemas no cinto e recuou, saindo do ângulo de visão de Fletcher.

Escobar voltou a atenção para o americano. De um bolso de sua *guayabera* decorada com folhagens e papagaios, retirou um maço vermelho e branco: Marlboro, o cigarro preferido dos povos do Terceiro Mundo em toda parte.

— Fuma, Sr. Fletcher?

Fletcher estendeu a mão para o maço, que Escobar colocara na beira da mesa, depois a recolheu. Deixara de fumar três anos atrás, e imaginou que poderia voltar ao hábito de novo se realmente saísse dessa — tomar bebidas pesadas também, provavelmente —, mas naquele momento não tinha necessidade ou ânsia de um cigarro. Só tinha desejado que vissem seus dedos trêmulos, apenas isso.

— Talvez mais tarde. Neste momento, um cigarro poderia...

Poderia o quê? Para Escobar, não tinha importância: ele apenas concordou com a cabeça compreensivamente e deixou o maço vermelho e branco onde estava, na beirada da mesa. Fletcher teve uma súbita e aflitiva visão de si mesmo parando numa banca de jornal na Rua 43 e comprando um maço de Marlboro. Um homem livre comprando um veneno feliz numa rua de Nova York. Ele disse a si mesmo que, se saísse dessa, faria isso. E o faria como alguns vão a peregrinações a Roma ou Jerusalém depois de terem o seu câncer curado ou a sua visão restaurada.

— Os homens que lhe fizeram isso — Escobar indicou o rosto de Fletcher com o ondular de uma mão não muito limpa — foram disciplinados. Mas nem tanto, e eu mesmo vou até o limite, como o senhor vai ver. Aqueles homens são patriotas, como nós aqui. Como o senhor também, Sr. Fletcher, não?

— Acho que sim. — Sua tarefa era parecer agradável e assustado, um homem que diria qualquer coisa a fim de sair dali. A tarefa de Escobar era ser apaziguante, convencer o homem na cadeira que seu olho inchado, o lábio ferido e os dentes afrouxados não significavam nada: tudo aquilo era um mal-entendido que logo seria resolvido e, quando o fosse, ele estaria livre para ir embora. Ainda tentavam enganar um ao outro mesmo ali, na câmara da morte.

Escobar voltou a atenção para Ramón, o guarda, e falou num espanhol rápido. O espanhol de Fletcher não era bastante bom para entender tudo, mas não se podia passar quase cinco anos naquela capital de bosta sem aprender um vocabulário razoável: o espanhol não era a mais difícil das línguas, como tanto Escobar quanto sua amiga, a Noiva de Frankenstein, sem dúvida sabiam.

Escobar perguntou se as coisas de Fletcher haviam sido guardadas na mala e se a saída dele do Hotel Magnificent fora registrada: *Sí*. Escobar quis saber também se havia um carro esperando fora do Ministério da Informação para levar o Sr. Fletcher ao aeroporto quando o interrogatório terminasse. *Sí*, na esquina da Rua Cinco de Maio.

Escobar virou-se e disse:

— O senhor entende o que eu pedi a ele? — O *entende* de Escobar saía *entene*, e Fletcher pensou de novo nas aparições de Escobar na tevê. *Baixa bressão? Não precisamos de nenhuma droga de baixa bressão.*

— Pergunto se sua saída do quarto foi registrada, embora agora, depois de todo esse tempo, provavelmente ele pareça mais um apartamento para o senhor, não? E também se há um carro para levá-lo ao aeroporto quando terminarmos a nossa conversa. — Só que a palavra que ele usou não foi conversa.

— Não é? — Disse, como se não pudesse acreditar na própria sorte. Ou assim Fletcher esperava.

— O senhor estará no primeiro vôo Delta de volta a Miami — disse a Noiva de Frankenstein, falando sem um traço de sotaque espanhol. — Seu passaporte lhe será devolvido assim que o avião tiver tocado em solo americano. O senhor não será prejudicado ou mantido aqui, Sr. Fletcher, se cooperar com nossas investigações, mas está sendo deportado, vamos ser claros em relação a isso. Expulso. Vai receber o que os americanos chamam de um chute.

Ela era muito mais suave do que Escobar. Fletcher achou divertido ter pensado que ela fosse assistente do outro. *E você se diz repórter*, pensou. Claro que, se fosse só um repórter, o homem do *Times* na América Central, não estaria no subsolo do Ministério da Informação, onde as manchas na parede pareciam suspeitamente com sangue. Tinha deixado de ser repórter uns 16 meses atrás, mais ou menos na época em que conhecera Núñez.

— Entendo — disse Fletcher.

Escobar pegara um cigarro, acendendo-o com um Zippo folheado a ouro. Havia um falso rubi num dos lados do Zippo.

— Está pronto para ajudar em nossas investigações, Sr. Fletcher?

— Eu tenho escolha?

— Sempre se tem escolha — disse Escobar —, mas acho que o senhor pisou na bola no nosso país, não? É assim que vocês dizem, pisou na bola?

— Mais ou menos — disse Fletcher. Pensou: *Você precisa se defender do desejo de acreditar neles. É natural querer acreditar, e provavelmente é natural também querer contar a verdade, especialmente depois que você foi agarrado diante de seu café favorito e espancado por homens cheirando a feijão requentado, mas dar a eles o que eles querem não vai ajudá-lo. É nisso que tem que se fixar, a única idéia que serve para alguma coisa num lugar como este. O que eles dizem não significa nada. O que importa é o que carregam naquele carrinho, a coisa debaixo do pano. O que importa é o cara que ainda não disse nada. E as manchas nas paredes, claro.*

Escobar inclinou-se para a frente com uma aparência séria.

— O senhor nega que nos últimos 14 meses deu determinada informação a um homem chamado Tomás Herrera, que por sua vez a transmitiu para um certo rebelde comunista chamado Pedro Núñez?

— Não — disse Fletcher. — Não nego. — Para sustentar adequadamente o seu lado naquela charada... a charada que se resumia na diferença entre as palavras *conversa* e *interrogatório*, ele deveria agora justificar, tentar explicar. Como se alguém na história do mundo tivesse ganho alguma discussão política num local como aquele. Mas não cabia a ele fazer isso. — Embora tenha sido por mais tempo que isso. Quase um ano e meio ao todo, eu acho.

— Pegue um cigarro, Sr. Fletcher. — Escobar abriu uma gaveta e puxou de seu interior uma pasta fina.

— Ainda não. Obrigado.

— Ok — Escobar pronunciou *ho-kei*, claro. Quando ele anunciava o tempo na tevê, os rapazes na sala de edição às vezes inseriam a foto de uma mulher de biquíni sobre o mapa do tempo. Quando a via, Escobar ria e agitava as mãos, dando tapinhas no próprio peito. As pessoas gostavam disso. Era cômico, do mesmo modo que o som de *ho-kei*. E o som de *droga de distintivo*!

Escobar abriu a pasta, o cigarro plantado no meio da boca, a fumaça subindo para os olhos. Era como se viam os velhos fumando nas esquinas por ali, os que ainda usavam chapéu de palha, sandálias e calças brancas largas. Então Escobar sorriu, mantendo os lábios fechados para que o Marlboro não lhe caísse da boca, mas mesmo assim sorrindo. Pegou uma lustrosa foto em preto-e-branco da pasta fina e a fez deslizar até Fletcher.

— Aqui está o seu amigo Tomás. Não está muito bonito, está?

Era um instantâneo em alto contraste de um rosto inteiro e lembrou a Fletcher as fotos de fotógrafo quase famoso dos jornais dos anos 1940 e 1950, um que gostava de chamar a si próprio de Weegee. Era o retrato de um morto de olhos abertos. O *flash* refletira neles, dando-lhes uma espécie de vida. Não havia sangue, apenas uma marca e nenhum sangue, mas mesmo assim se via que o homem estava morto. No cabelo penteado, ainda se notavam as marcas do pente, e os olhos mostravam pequenas luzes que na verdade eram apenas reflexos de luzes. Percebia-se imediatamente que o homem estava morto.

A marca na têmpora esquerda parecia uma queimadura de pólvora em forma de cometa, mas sem nenhum buraco de bala, nenhum sangue, e o crânio não estava deformado. Mesmo uma pistola de baixo calibre como uma .22, disparada suficientemente de perto para deixar na pele uma queimadura de pólvora, teria deformado o crânio.

Escobar pegou a foto, guardou-a na pasta, fechou-a e sacudiu os ombros como se dissesse *Está vendo? É isso que acontece.* Quando sacudiu os ombros, a cinza do seu cigarro caiu na mesa. Escobar a varreu para o chão de linóleo cinzento com a lateral de sua mão gorda.

— Na realidade, não queremos aborrecê-lo — disse ele. — Por que iríamos querer isso? Este país é pequeno. Somos pessoas pequenas num país pequeno. *The New York Times* é um jornal grande num país grande. Temos nosso orgulho, claro, mas também temos nosso... — Deu uma batidinha na têmpora com um dedo. — Está vendo?

Fletcher concordou com a cabeça. Continuava vendo Tomás. Mesmo com a foto novamente dentro da pasta, ele podia ver Tomás, as marcas do pente em seu cabelo escuro. Ele comera a refeição que a mulher de Tomás cozinhara, sentara-se no chão e assistira a desenhos animados com a filha mais nova de Tomás, uma menininha de uns cinco anos. Desenhos de Tom e Jerry, com o pouco diálogo em espanhol.

— Não queremos aborrecê-lo — dizia Escobar enquanto a fumaça do cigarro subia, dividindo-se em seu rosto, ondulando por suas orelhas —, mas durante muito tempo nós o estivemos observando. O senhor não nos via... talvez porque o senhor fosse tão grande e nós tão pequenos, mas nós o observávamos. Sabemos que sabe o que Tomás sabe, e assim fomos até ele. Tentamos pegá-lo para que dissesse o que sabe para não precisarmos aborrecer o senhor, mas ele não contou. Finalmente pedimos a Heinz para fazê-lo falar. Heinz, mostre ao Sr. Fletcher como tentou fazer Tomás falar, quando ele estava bem aí onde o Sr. Fletcher está sentado agora.

— Tudo bem — disse Heinz. Falava inglês com um sotaque anasalado de Nova York. Era careca, a não ser por uma orla de cabelo à volta das orelhas. Usava óculos pequenos. Escobar parecia um mexicano de filme, a mulher parecia Elsa Lanchester em *A Noiva de Frankestein* e Heinz um ator de comercial de tevê, o que explicava por que Excedrin era melhor para sua dor de cabeça. Ele contornou a mesa e foi até o carrinho, lançando a Fletcher um olhar ao mesmo tempo velhaco e conspiratório; então, retirou o pano que cobria a parte superior do carrinho.

A máquina que surgiu tinha mostradores e luzes, no momento ainda apagados. Inicialmente, Fletcher pensou que fosse um detector de mentiras — fazia um certo sentido —, mas na frente do rudimentar painel de controle e conectado à lateral da máquina por um grosso fio preto havia um objeto com uma empunhadura de borracha. Parecia um estilete ou uma espécie de caneta-tinteiro. Mas não tinha nenhuma pena. A coisa terminava numa rombuda ponta de aço.

Abaixo da máquina, uma prateleira continha uma bateria de carro com a inscrição DELCO. Revestimentos de borracha isolavam os terminais da bateria e deles saíam fios que se ligavam à parte posterior da máquina. Não, não era um detector de mentiras. Se bem que, para aquela gente, talvez fosse.

Heinz falou rispidamente, com o prazer de quem gosta de explicar o que faz.

— Na realidade, é muito simples, é apenas uma modificação do dispositivo usado pelos neurologistas para ministrar choques elétricos em pessoas que sofrem de neurose unipolar. Só que este aqui aplica um choque muito mais forte. Descobri que a dor na verdade é de importância secundária. A maioria das pessoas nem lembra da dor. 'O que as deixa ansiosas para falar é uma aversão ao processo. Pode-se chamar a isso praticamente de atavismo. Algum dia quero escrever um estudo sobre isso.

Heinz segurou o estilete pela empunhadura de borracha isolante e levantou-o até os olhos.

— Isso pode ser encostado nas extremidades... no torso... na genitália, claro... mas também pode ser inserido em locais onde... perdoe a crueza... o sol jamais brilha. Um homem cuja merda foi eletrificada jamais esquece, Sr. Fletcher.

— Vocês fizeram isso com Tomás?

— Não — disse Heinz e recolocou o estilete cuidadosamente na frente do gerador de choque. — Ele recebeu uma descarga de meia potência na mão, apenas para lhe mostrar o que estava enfrentando. E quando mesmo assim recusou-se a discutir El Cóndor...

— Isso não tem importância — a Noiva de Frankenstein interrompeu-o.

— Perdão. Quando mesmo assim ele não contou o que queríamos saber, apliquei-lhe o bastão na têmpora e lhe dei outro choque sob medida. Cuidadosamente medido, pode ter certeza, meia potência, nem um pouquinho mais. Ele teve uma convulsão e morreu. Acho que pode ter sido epilepsia. Sabe se ele tinha um histórico de epilepsia, Sr. Fletcher?

Fletcher sacudiu a cabeça.

— Mas acredito que foi isso. A autópsia revelou que não havia nada de errado no coração dele. — Heinz fechou a mão de dedos compridos e olhou para Escobar.

Retirando o cigarro da boca, Escobar o fitou, deixou-o cair no chão de ladrilhos cinzentos e esmagou-o com o pé. Então olhou para Fletcher e sorriu.

— Muito triste, claro. Agora vou lhe fazer algumas perguntas, Sr. Fletcher. Muitas delas, digo-lhe francamente, são as que Tomás Herrera se recusou a responder. Espero que não se recuse. Gosto do senhor. O senhor fica aí muito digno, não chora, não implora ou urina nas calças. Sei que só faz aquilo em que acredita. Isso é patriotismo. Portanto, vou lhe dizer, meu amigo, é bom que responda às minhas perguntas rapidamente e diga a verdade. O senhor não vai querer que Heinz use a máquina dele.

— Eu disse que ajudaria vocês — falou Fletcher. A morte mais próxima agora do que as luzes do teto em suas ardilosas gaiolas de arame. A dor, infelizmente, mais próxima ainda. E quão perto estaria Núñez, El Cóndor? Mais perto do que aqueles três imaginavam, mas não o suficiente para ajudá-lo. Se Escobar e a Noiva de Frankenstein tivessem esperado mais dois dias, talvez até mais 24 horas... mas não o tinham feito, e ali estava ele na câmara da morte. Agora veria de que fibra era feito.

— Disse sim, e é melhor que tenha dito a verdade — acrescentou a mulher muito claramente. — Nós não estamos brincando, *gringo*.

— Sei que não — disse Fletcher numa voz suspirante e trêmula.

— Você quer aquele cigarro agora, acho eu — disse Escobar e, quando Fletcher sacudiu a cabeça em negativa, Escobar pegou ele próprio um cigarro, acendeu-o e pareceu meditar. Finalmente ergueu os olhos, o cigarro plantado no meio da boca como o último que fumara. — Núñez vem logo? — perguntou. — Como o Zorro naquele filme?

Fletcher concordou com a cabeça.

— Logo quando?

— Não sei. — Fletcher tinha a noção aguda de Heinz em pé junto à máquina infernal, com as mãos de dedos finos enlaçadas na frente dele, parecendo pronto para falar sobre analgésicos a uma sugestão. Também tinha noção de Ramón em pé à direita, na borda de sua visão periférica. Podia não ver, mas adivinhava que a mão de Ramón estaria na coronha da pistola. A pergunta seguinte foi disparada:

— Quando ele vier, vai atacar a guarnição nas colinas de El Cándido, a guarnição de St. Thérese ou vem direto para a cidade?

— A guanição de St. Thérese — disse Fletcher.

Ele virá para a cidade, dissera Tomás, enquanto a esposa e a filha assistiam a desenhos animados, sentadas no chão lado a lado e comendo pipoca de uma tigela branca com borda azul. Fletcher lembrava da borda azul, podia vê-la claramente. Lembrava de tudo. *Ele virá direto ao coração. Nada de ficar brincando. Ele atacará o coração, como se mata um vampiro.*

— Não vai querer a rede de tevê? — perguntou Escobar. — Ou a estação de rádio do governo?

Primeiro a estação de rádio na Civil Hill, dissera Tomás, enquanto os desenhos se desenrolavam. Naquele momento, era o Papa-léguas, sempre sumindo numa pequena nuvem de poeira bem à frente de qualquer dispositivo para pegá-lo que o Coiote usasse, só um som de bipe-bipe e então sumia.

— Não — disse Fletcher. — Me contaram que El Cóndor falou: "Deixem que fiquem tagarelando."

— Ele tem foguetes? Foguetes ar-terra? Helicópteros de ataque?

— Tem. — Era verdade.

— Muitos?

— Não muitos. — Não era verdade. Núñez tinha mais de 60 helicópteros. Havia apenas uma dúzia deles em toda a bosta da Força Aérea do país... aparelhos russos ruins que nunca voavam por muito tempo.

A Noiva de Frankenstein deu um tapinha no ombro de Escobar. Este inclinou-se para ela, que sussurrou algo cobrindo a boca. Nem precisava fazê-lo, porque seus lábios mal se moviam — era uma habilidade que Fletcher associava às prisões. Ele jamais havia estado numa prisão, mas vira isso em filmes. Quando Escobar sussurrou em resposta, encobriu a própria boca com a mão gorda.

Fletcher observou-os e esperou, sabendo que a mulher dizia a Escobar que ele, Fletcher, estava mentindo. Logo Heinz teria mais dados para o seu estudo, *Certas observações preliminares sobre a aplicação e as conseqüências de se elefrificar a merda de interrogados relutantes*. Fletcher descobriu que o terror criara pelo menos duas novas pessoas dentro dele, sub-Fletchers com suas próprias opiniões, inúteis mas bastante poderosas, sobre como isso tudo ia se desenrolar. Um tristonhamente esperançoso, o outro apenas triste. O tristonhamente esperançoso era o Sr.Talvez: talvez eles realmente me soltem, talvez haja realmente um carro parado na esquina da Rua Cinco de Maio, talvez realmente pretendam me expulsar do país, talvez eu realmente esteja aterrissando em Miami amanhã de manhã, assustado mas vivo, com aquilo tudo começando a parecer um sonho ruim.

O outro, o que estava meramente triste, era o Sr. Mesmo Se. Fletcher poderia surpreendê-los dando um golpe súbito — fora derrotado e eles eram arrogantes, então poderia surpreendê-los, é claro.

Mas Ramón atirará em mim se eu fizer isso.

E se ele partisse para cima de Ramón e conseguisse pegar sua arma? Improvável, mas não impossível: o homem era gordo, mais gordo que Escobar pelo menos uns 12 quilos, e chiava quando respirava.

Escobar e Heinz vão cair em cima de mim antes que eu atire, mesmo se eu fizer isso.

Talvez a mulher também; ela conversava sem mover os lábios; poderia saber judô, caratê ou *tae kwon do*, também. E se ele atirasse em todos e conseguisse fugir da sala?

Mesmo se eu conseguir, haverá mais guardas por toda parte... eles ouvirão os tiros e virão correndo para cá.

Claro que salas como aquela geralmente eram à prova de som, por motivos óbvios, mas mesmo se ele subisse as escadas e saísse porta afora até a rua, isso seria só o começo. E o Sr. Mesmo Se estaria correndo com ele todo o caminho, durasse sua corrida o que durasse.

A questão é que nem o Sr. Talvez nem o Sr. Mesmo Se poderiam ajudá-lo; eram apenas distrações, mentiras que sua mente cada vez mais frenética dizia a si mesma. Homens como ele não abriam caminho em salas como aquela na base da palavra. Ele podia também inventar um terceiro sub-Fletcher, o Sr. Talvez Eu Possa, e ir em frente. Nada tinha a perder. Só precisava certificar-se de que eles não soubessem que ele sabia disso.

Escobar e a Noiva de Frankenstein afastaram-se. Escobar pôs o cigarro novamente na boca e sorriu tristemente para Fletcher.

— Amigo, você está mentindo.

— Não — disse Fletcher. — Por que mentiria? Acha que eu não quero sair daqui?

— Não temos nenhuma *idéia* do motivo de sua mentira — disse a mulher com o rosto de lâmina estreita. — Em primeiro lugar, não temos nenhuma idéia do motivo de ter escolhido ajudar Núñez. Alguns sugeriram ingenuidade americana, que, não tenho dúvida, desempenhou seu papel, mas isso não pode ser tudo. Não tem importância. Acho que se pode fazer uma demonstração. Heinz?

Sorrindo, Heinz virou-se para sua máquina e girou um botão. Ouviu-se um zumbido como o que sai de um rádio antigo ao se aquecer e três luzes verdes se acenderam.

— Não — disse Fletcher, tentando levantar, pensando que fingia o pânico muito bem, e por que não? *Estava* em pânico, ou quase. Certamente a idéia de Heinz tocá-lo em qualquer parte do corpo com aquele consolo de aço inoxidável para pigmeus era aterrorizante. Mas outra parte dele, muito fria e calculista, sabia que teria que levar pelo menos um choque. Não tinha consciência de algo tão coerente como um plano, mas sabia que tinha de levar ao menos um choque. O Sr. Talvez Eu Possa insistia em que era preciso.

Escobar fez um aceno de cabeça a Ramón.

— Você não pode fazer isso, sou um cidadão americano e trabalho para *The New York Times*, as pessoas sabem onde estou.

Uma mão pesada pressionou seu ombro esquerdo para baixo, empurrando-o novamente para a cadeira. Ao mesmo tempo, o cano de uma pistola mergulhou fundo em sua orelha direita. A dor foi tão súbita, que pontos brilhantes dançaram freneticamente diante de seus olhos. Quando gritou, o som pareceu abafado; porque um ouvido estava tampado, claro — um ouvido estava tampado.

— Estenda a mão, Sr. Fletcher — disse Escobar e sorria de novo em torno do cigarro.

— A mão direita — disse Heinz. Ele segurou o estilete pela empunhadura de borracha preta como um lápis, com a máquina zumbindo.

Agarrando o braço da cadeira com a mão direita, Fletcher não tinha mais certeza se estava representando — a linha entre a interpretação e o pânico desaparecera.

— Obedeça — disse a mulher inclinando-se, as mãos cruzadas sobre a mesa. Um ponto de luz brilhava em cada uma de suas pupilas, transformando os olhos escuros em unhas polidas. — Obedeça ou não respondo pelas conseqüências.

Fletcher começou a afrouxar os dedos no braço da cadeira, mas antes de levantar as mãos, Heinz fez um movimento brusco para a frente e encostou a ponta do estilete rombudo no dorso da mão esquerda do americano. Aquele provavelmente fora seu alvo o tempo todo — sem dúvida, estava mais perto dele.

Houve um som de estalo, muito tênue, como um graveto se partindo, e a mão esquerda de Fletcher fechou-se num punho tão apertado que as unhas se cravaram na palma. Uma espécie de náusea dançante disparou de seu punho pelo antebraço e o cotovelo trêmulo e finalmente pelo ombro, o lado do pescoço e as gengivas. Fletcher pôde sentir o choque até nos dentes daquele lado ou nas obturações. Deixou escapar um grunhido. Mordeu a língua e foi caindo obliquamente da cadeira. A arma desaparecera de sua orelha e Ramón o segurou. Se não o tivesse feito, Fletcher teria caído no chão de ladrilhos cinzentos.

O estilete foi retirado. Onde tocara, entre o segundo e o terceiro nó do terceiro dedo da mão esquerda de Fletcher, havia um pequeno ponto quente. Foi a única dor verdadeira que sentiu, embora seu braço ainda formigasse e os músculos ainda latejassem. Mesmo assim, fora horrível levar um choque desses. Fletcher sentiu que pensaria seriamente em atirar na própria mãe para evitar outro toque do pequeno consolo de aço. Um atavismo, como o chamara Heinz. Algum dia ele esperava escrever um estudo sobre o assunto.

O rosto de Heinz pairava perto, seus lábios arreganhados e os dentes à mostra num sorriso idiota, os olhos cintilando.

— Como descreveria isso? — perguntou. — Agora, quando a experiência está fresca, como descreveria isso?

— É como morrer — Fletcher murmurou numa voz que não parecia a sua.

Heinz pareceu em êxtase.

— Sim! E olha só, ele se molhou! Não muito, só um pouco, mas sim... e, Sr. Fletcher...

— Saia da frente — disse a Noiva de Frankenstein. — Não seja idiota. Vamos cuidar do nosso negócio.

— E isso foi apenas *um quarto da potência* — disse Heinz num tom de confidência reverente. Então afastou-se e cruzou as mãos novamente.

— Sr. Fletcher, o senhor tem sido mau — censurou Escobar. Tirou a guimba do cigarro da boca, examinou-a e jogou-a no chão.

O cigarro, pensou Fletcher. *Sim, o cigarro*. O choque machucara seriamente seu braço — os músculos ainda se torciam e ele podia ver sangue em sua palma meio fechada —, mas parecia ter revitalizado, refrescado seu cérebro. Era isso que se esperava dos tratamentos de choque, claro.

— Não... quero ajudar...

Mas Escobar sacudiu a cabeça.

— Sabemos que Núñez virá para a cidade. Sabemos que tomará a estação de rádio, se puder... e provavelmente vai poder.

— Por um tempo — disse a Noiva de Frankenstein. — Só por um tempo.

Escobar concordou com a cabeça.

— Só por um tempo. Uma questão de dias, talvez horas. Não causa preocupação. O que importa é darmos ao senhor um pouco de corda, para ver se o senhor faz um laço... e vai fazer.

Fletcher sentou-se ereto na cadeira de novo. Ramón recuara um ou dois passos. Fletcher fitou o dorso da mão esquerda e viu uma pequena mancha ali, como a mancha num dos lados do rosto morto de Tomás na foto. E ali estava Heinz que matara o amigo de Fletcher, sorrindo e talvez pensando sobre o estudo que queria escrever, palavras, diagramas e retratinhos rotulados Fig.1 e Fig. 2 e, por tudo o que Fletcher sabia, Fig. 994.

— Sr. Fletcher?

Fletcher olhou para Escobar e esticou os dedos da mão esquerda. Os músculos daquele braço ainda se contorciam, mas a sensação diminuía aos poucos. Pensou que, quando chegasse a hora, poderia usar o braço. E daí que Ramón atirasse nele? Heinz que experimentasse se sua máquina poderia ressuscitar o morto.

Fletcher assentiu com a cabeça.

— Por que quer proteger esse Núñez? — perguntou Escobar. — Por que quer sofrer para proteger esse homem? Ele fica com a cocaína. Se a revolução dele vencer, vai se proclamar Presidente Vitalício e vender a cocaína para o seu país, Sr. Fletcher. Ele irá à missa aos domingos e foderá suas putas cocainômanas o resto da semana. No final, quem ganha? Talvez os comunistas. Talvez a United Fruit. Não o povo. — Escobar falava baixo. Seus olhos eram suaves. — Ajude-nos, Sr. Fletcher. Por sua livre e espontânea vontade. Não deixe que a gente precise ajudá-lo. Não nos faça puxar os seus cordéis. — Fitava Fletcher com os suaves olhos de *cocker spaniel* encimados pela sobrancelha espessa e única. — O senhor ainda pode tomar o avião para Miami. No caminho, vai querer tomar um drinque, não?

— Sim — disse Fletcher. — Vou ajudá-lo.

— Ah, ótimo. — Escobar sorriu e olhou para a mulher.

— Ele tem mísseis? — perguntou ela.

— Sim.

— Muitos?

— Pelo menos 60.

— Russos?

— Alguns são. Outros vieram em caixotes com inscrições israelenses, mas as inscrições nos próprios mísseis parecem japonesas.

Ela concordou com a cabeça, dando a impressão de estar satisfeita. Escobar estava radiante.

— Onde estão eles?

— Por toda parte. Vocês não podem simplesmente fazer um ataque de surpresa e pegá-los. Pode ser que haja ainda uma dúzia deles em Ortiz. — Fletcher sabia que não era assim.

— E Núñez? — perguntou ela. — El Cóndor está em Ortiz?

Ela estava mais informada do que sua pergunta demonstrava.

— Está na selva. A última vez que eu soube, ele estava na província de Belén. — Isso era mentira. Núñez tinha estado em Cristóbal, um subúrbio da capital, quando Fletcher o vira pela última vez. Provavelmente ele ainda estava lá. Mas se Escobar e a mulher soubessem disso, não teria havido necessidade desse interrogatório. E por que acreditariam que Núñez confiaria seu paradeiro a Fletcher, de qualquer modo? Num país como aquele, onde Escobar, Heinz e a Noiva de Frankenstein eram apenas três de seus inimigos, por que ele confiaria seu endereço a um repórter ianque? *Loco!* Por que, afinal de contas, o jornalista ianque estaria envolvido? Mas eles haviam parado de pensar nisso, pelo menos por enquanto.

— Com quem ele fala na cidade? — perguntou a mulher. — Não com quem ele fode, mas com quem ele fala.

Era a partir dali que ele tinha que se mexer, se ia fazê-lo. A verdade não era mais segura, e eles podiam reconhecer uma mentira.

— Há um homem... — começou Fletcher, depois fez uma pausa. — Posso fumar agora?

— Sr. Fletcher! Mas claro! — Por um momento, Escobar pareceu tão solícito quanto o anfitrião de um jantar. Fletcher achou que não era fingimento. Escobar pegou o maço vermelho e branco, do tipo que qualquer homem ou mulher livre poderia comprar em qualquer quiosque de jornais como o que Fletcher lembrava haver na Rua 43, e sacudiu um cigarro para fora. Fletcher pegou-o, sabendo que poderia estar morto antes que o cigarro queimasse até o filtro, não fazer mais parte desta Terra. Não sentia nada, apenas o latejar cada vez mais fraco dos músculos no braço esquerdo e um estranho sabor de cozimento nas obturações daquele lado da boca.

Pôs o cigarro entre os lábios. Escobar inclinou-se mais para a frente, abriu com um estalo o isqueiro folheado a ouro e produziu uma chama. Fletcher tinha consciência da infernal máquina de Heinz zumbindo como um velho rádio ainda com válvulas. Tinha consciência da mulher sobre a qual viera a pensar, sem qualquer traço de humor, como a Noiva de Frankenstein, olhando-o como nos desenhos o Coiote olhava para o Papa-léguas. Tinha consciência do próprio coração batendo, da memória da sensação circular do cigarro na boca — "um tubo de singular delícia", chamara-a um dramaturgo — e dos batimentos incrivelmente lentos de seu coração. No mês anterior, fora convocado para fazer um discurso depois do almoço no Club Internacional, freqüentado por todos os patetas da imprensa estrangeira, e seu coração batera bem mais rápido então.

A coisa era essa, e daí? Mesmo os cegos encontraram seu caminho dessa forma; mesmo sua irmã, lá perto do rio.

Curvou-se para a chama. A ponta do Marlboro pegou fogo e emitiu um fulgor vermelho. Fletcher tragou profundamente e foi fácil começar a tossir após três anos sem um cigarro; seria mais difícil não tossir. Apoiou-se novamente nas costas da cadeira e acrescentou à tosse um engasgar áspero e rosnado. Começou a sacudir-se todo, abrindo os cotovelos, lançando a cabeça para a esquerda, batendo com os pés. Melhor ainda, lembrou de um velho truque da infância e virou os olhos mostrando só o branco. Enquanto durou isso, não soltou o cigarro.

Fletcher jamais vira um acesso epiléptico real, embora lembrasse vagamente do de Patty Duke em *The Miracle Worker*. Não tinha como saber se os epilépticos faziam a coisa realmente desse modo, mas torcia para que a morte inesperada de Tomás Herrera os ajudasse a ignorar qualquer toque falso em relação ao ato.

— Merda, não de *novo*! — exclamou Heinz num guincho, quase gritando; aquilo poderia ter sido engraçado num filme.

— Agarre ele, Ramón! — berrou Escobar em espanhol. Tentou levantar e bateu com tanta força com as coxas carnudas na mesa que ela se ergueu e caiu novamente com um baque surdo. A mulher não se mexeu, e Fletcher pensou: *Ela suspeita. Acho que não sabe ainda, mas ela é mais esperta do que Escobar, uma tonelada mais esperta, e está suspeitando.*

Seria verdade? Com os olhos rolados para cima, ele só podia ver um fantasma dela, não o suficiente para saber com certeza... mas sabia. Mas que importância tinha isso? As coisas haviam sido postas em movimento, e agora se desenrolariam. E muito rápido.

— *Ramón!* — gritou Escobar. — Não o deixe cair no chão, seu idiota! Não o deixe engolir sua li...

Ramón curvou-se e agarrou os ombros trêmulos de Fletcher, talvez querendo segurar a cabeça dele para trás, talvez querendo ter certeza de que sua língua estava em segurança, não fora engolida (*não* se podia engolir a própria língua, a não ser que esta fosse cortada; Ramón obviamente não assistia *Plantão médico*). Fosse lá o que quisesse, não tinha importância. Quando o rosto de Ramón ficou numa posição em que Fletcher podia atingi-lo, este enfiou a ponta acesa do Marlboro no olho dele.

Ramón guinchou e jogou-se para trás. Sua mão direita subiu até o rosto, onde o cigarro ainda ardendo pendia obliquamente da órbita do seu olho, mas sua mão esquerda continuava no ombro de Fletcher. Agora apertava como um torniquete e, quando Fletcher recuou, Ramón derrubou sua cadeira. Fletcher foi cuspido para fora dela, rolou e levantou-se.

Heinz estava gritando alguma coisa, palavras talvez, mas para Fletcher parecia uma menina de dez anos gritando ante a visão de um ídolo da música — um dos Hansons, talvez. Escobar não fazia barulho nenhum, e isso era ruim.

Fletcher não olhou de novo para a mesa. Não precisava fazê-lo para saber que Escobar avançava para ele. Em vez disso, lançou as duas mãos para a frente, agarrou a coronha do revólver de Ramón e puxou-o de seu coldre. Fletcher achou que Ramón nem se dera conta de que a arma desaparecera. Ele berrava uma enxurrada de palavras em espanhol e apalpava o rosto. Pegou o cigarro mas, em vez de se soltar, ele se partiu, a ponta ardente ainda grudada em seu olho.

Fletcher se virou. Escobar estava lá, já contornando a extremidade da longa mesa, avançando para ele com as mãos gordas estendidas. Escobar não parecia mais o sujeito que às vezes anunciava o tempo na tevê e falava sobre alta pressão.

— Peguem esse ianque filho-da-puta! — cuspiu a mulher.

Fletcher chutou a cadeira derrubada na direção de Escobar, que tropeçou nela. Enquanto ele caía, Fletcher estendeu a arma, ainda segura nas duas mãos, e disparou na cabeça de Escobar. O cabelo dele pulou. Gotas de sangue explodiram de seu nariz, da boca e da parte inferior do queixo, por onde a bala saíra. Escobar caiu sobre o rosto que sangrava. Seus pés tamborilaram no chão de ladrilhos cinzentos. O cheiro de merda subiu de seu corpo moribundo.

A mulher não estava mais na cadeira, mas não tinha nenhuma intenção de se aproximar de Fletcher. Ela correu para a porta, fugindo como um alce com seu disforme vestido preto. Ainda berrando, entre Fletcher e a mulher, Ramón avançava para ele querendo agarrá-lo pelo pescoço, estrangulá-lo.

Fletcher alvejou-o duas vezes, uma no peito e outra no rosto. O tiro no rosto arrancou a maior parte do nariz e da face direita de Ramón, mas o homem grande de uniforme marrom continuou andando assim mesmo, rugindo, o cigarro ainda pendurado no olho, os grandes dedos de salsicha — um deles enfeitado com um anel de prata — se abrindo e fechando.

Ramón tropeçou em Escobar do mesmo modo que este tropeçara na cadeira. Por um momento, Fletcher pensou num famoso desenho mostrando peixes enfileirados, cada qual com a boca aberta para comer o mais próximo e menor. *A cadeia alimentar*, chamava-se o desenho.

Com o rosto para baixo e duas balas no corpo, Ramón estendeu a mão e agarrou o tornozelo de Fletcher. Este se livrou com um safanão e cambaleou, disparando um quarto tiro no teto que fez o pó escorrer para baixo. A sala estava impregnada por um forte cheiro de fumaça agora. Fletcher olhou para a porta e viu que a mulher ainda estava lá, puxando a maçaneta com uma das mãos e mexendo no trinco com a outra, mas sem conseguir abrir. Se ela pudesse fazê-lo, já o teria feito, e estaria agora correndo pelo corredor gritando assassino, assassino, pelas escadas.

— Ei — disse Fletcher. Sentia-se como um cara comum que vai para sua competição de boliche de quinta-feira à noite e ganha a competição. — Ei, sua vaca, olhe para mim.

Ela virou-se e pôs as palmas das mãos contra a porta, como se a sustentasse. Havia ainda um pequeno ponto de luz em seus olhos. Ela começou a dizer, em espanhol, que ele não devia lhe fazer mal; então hesitou e a seguir repetiu a mesma coisa em inglês.

— O senhor não deve me machucar de maneira nenhuma, Sr. Fletcher, eu sou a única que pode lhe garantir um salvo-conduto para sair daqui, e juro por tudo o que é mais sagrado que consigo fazer isso, mas o senhor não deve me machucar.

Por trás deles, Heinz gemia como uma criança apaixonada ou aterrorizada. Agora que Fletcher estava próximo da mulher — a mulher em pé contra a porta da câmara da morte, com as mãos apoiadas na superfície de metal —, ele podia sentir um perfume doce-amargo. Os olhos da mulher eram amendoados e seu cabelo escorria para trás. *Não estamos brincando*, ela lhe dissera, e Fletcher pensou: *Nem eu.*

A mulher viu o anúncio da morte nos olhos dele e pôs-se a falar mais rápido, pressionando com mais força as nádegas, costas e palmas das mãos contra a porta de metal enquanto falava. Era como se acreditasse poder de algum modo dissolver-se no metal e sair inteira do outro lado, se empurrasse bastante. Tinha documentos, disse ela, documentos no nome dele, e lhe daria esses documentos. Também tinha dinheiro, muito dinheiro, ouro também; havia uma conta num banco suíço que ele poderia acessar por computador da casa dela. Ocorreu a Fletcher que no final só podia haver um modo de diferenciar os bandidos dos patriotas: quando viam sua própria morte subindo nos olhos de outra pessoa como a maré, os patriotas faziam discursos. Já os bandidos lhe davam o número de sua conta na Suíça e se ofereciam para colocá-lo *on-line*.

— Cala a boca — disse Fletcher. A não ser que a sala fosse muito à prova de som, uma dúzia de soldados rasos do andar de cima estaria provavelmente a caminho dali agora. Ele não tinha como enfrentá-los, mas aquela ali não ia escapar.

Ela calou a boca, ainda em pé contra a porta, ainda pressionando-a com as palmas das mãos. Ainda com os pontos de luz nos olhos. Que idade teria?, cogitou Fletcher. Sessenta e cinco? E quantos teria matado nesta sala ou em salas como esta? Quantas mortes ordenara?

— Ouça o que eu vou dizer — disse Fletcher. — Está ouvindo?

O que ela ouvia, sem dúvida, eram os sons do resgate se aproximando. *Nem pense nisso,* decidiu Fletcher.

— O cara da meteorologia disse que El Cóndor usa cocaína, que ele é um comunista que dá o rabo, uma puta para a United Fruit, sabe Deus o que mais. Talvez El Cóndor seja algumas coisas assim, talvez não. Não sei e pouco me importa. O que sei e o que me importa é que ele jamais foi encarregado dos soldados que patrulhavam o rio Caya no verão de 1994. Núñez estava em Nova York nessa época. Na Universidade de Nova York. Portanto, não fez parte do bando que encontrou as freiras saindo de La Caya. Eles colocaram as cabeças das três freiras espetadas em varas, à beira d'água. A do meio era minha irmã.

Fletcher atirou nela duas vezes e então a arma de Ramón clicou no vazio. Duas foram suficientes. A mulher foi deslizando porta abaixo, seus olhos brilhantes jamais deixando os de Fletcher. *Era você que devia morrer,* diziam os olhos dela. Sua mão agarrou a própria garganta uma vez, duas vezes, depois se imobilizou. Seus olhos continuaram nos dele por um momento, os olhos brilhantes de um antigo marinheiro com uma imensidão de histórias para contar, e a seguir a cabeça pendeu para a frente.

Fletcher virou-se e começou a andar na direção de Heinz com a arma de Ramón levantada. Enquanto caminhava, percebeu que seu pé direito estava descalço. Olhou para Ramón, ainda inanimado e de cabeça para baixo numa grande piscina de sangue, e ainda agarrando o tênis de Fletcher. Como uma doninha moribunda que se recusasse a soltar uma galinha. Fletcher parou tempo suficiente para calçar o tênis.

Heinz virou-se como se fosse correr, e Fletcher lhe apontou a arma vazia, mas Heinz não parecia ter conhecimento disso. De qualquer modo, talvez lembrasse que não havia lugar nenhum para onde fugir, não ali na câmara da morte. Heinz parou de se mexer e, chorando, apenas fixava a arma que se aproximava e o homem avançando por trás dela.

— Um passo para trás — disse Fletcher e Heinz, ainda chorando, deu um passo para trás.

Fletcher parou na frente da máquina de Heinz. Qual fora a palavra usada por ele? Atavismo, não?

A máquina no carrinho parecia simples demais para um homem com a inteligência de Heinz — três mostradores, um comutador com as palavras ON e OFF (agora na posição OFF), e um reostato ajustado para que a linha branca nele apontasse mais ou menos para as 11 horas. As agulhas nos mostradores estavam no zero.

Fletcher pegou o estilete e o estendeu a Heinz. Ele emitiu um som úmido, sacudiu a cabeça e recuou mais um passo. Seu rosto tentava se controlar e emitia um sorriso de desprezo fulminado pela dor, depois afrouxava de novo. Sua testa estava molhada de suor, e lágrimas lhe escorriam pelo rosto. O segundo passo para trás deixou-o quase sob as lâmpadas engaioladas, e a sombra de Heinz fez uma poça a seus pés.

— Pega isso ou eu te mato — disse Fletcher. — E se recuar outro passo, eu te mato. — Não tinha tempo para aquilo e, de qualquer modo, era errado, mas não conseguia parar. Continuou vendo a foto de Tomás, com os olhos abertos e a pequena marca esfolada como uma queimadura de pólvora.

Soluçando, Heinz pegou o objeto em forma de caneta-tinteiro rombuda, com cuidado para segurá-lo apenas pela isolante empunhadura de borracha.

— Ponha isso na boca — disse Fletcher. — Chupe-o como se fosse um pirulito.

— *Não!* — Heinz gritou com voz chorosa. Sacudiu a cabeça e a água voou de seu rosto que ainda mostrava contorções: tensão e alívio, tensão e alívio. Uma bolha de muco verde na entrada de uma narina se expandia e contraía com a rápida respiração de Heinz, mas não estourou. Fletcher jamais vira algo assim. — *Não, você não pode me obrigar!*

Mas Heinz sabia que ele podia. A Noiva de Frankenstein talvez não tivesse acreditado, e Escobar provavelmente não tivera tempo para acreditar, mas Heinz sabia que não tinha mais direito de recusar. Ele estava na posição de Tomás Herrera, na posição de Fletcher. De certo modo, aquilo era vingança suficiente, mas de outro não era. Saber era um conceito. Conceitos não funcionavam ali. Ali, ver era acreditar.

— Ponha isso na boca ou eu lhe dou um tiro na cabeça — disse Fletcher, e empurrou a arma vazia contra o rosto dele. Heinz encolheu-se com um gemido de terror. Fletcher ouviu sua própria voz abaixar de tom, tornar-se quase confidencial, tornar-se sincera. De certo modo, lembrava-lhe a voz de Escobar. *Estamos tendo uma área de baixa bressão*, pensou ele. *Estamos tendo uma droga de toró.* — Não vou dar um choque em você, se fizer isso rápido. Mas quero que saiba como é.

Heinz olhou fixamente para Fletcher. Seus olhos azuis debruados de vermelho nadavam em lágrimas. Ele não acreditava em Fletcher, claro, o que estava dizendo não fazia sentido, mas Heinz nitidamente queria acreditar mesmo assim, com sentido ou não, porque Fletcher estava oferecendo a possibilidade de vida. Só precisava ser empurrado um único passo adiante.

Fletcher sorriu.

— Faça isso para sua *pesquisa.*

Heinz foi convencido — não totalmente, mas o suficiente para acreditar que Fletcher podia ser o Sr. Talvez Ele Faça o Que Está Dizendo, afinal de contas. E colocou a vara de aço na boca. Seus olhos protuberantes fixavam-se em Fletcher. Abaixo deles e acima do estilete protuberante — que não parecia um pirulito e sim um antigo termômetro — a bolha de muco verde inchava e recuava, inchava e recuava. Ainda apontando a arma para Heinz, Fletcher apertou o comutador no painel de controle passando-o de OFF para ON e acionou o reostato com vontade. A linha branca foi de 11 da manhã para cinco da tarde.

Talvez Heinz tivesse tido tempo para cuspir o estilete, mas, em vez disso, o choque o fez cerrar os lábios em torno do cano de aço inoxidável. O estalo foi mais alto dessa vez, como o de um pequeno galho quebrando em vez de um graveto. Os lábios de Heinz se apertaram ainda mais. A bolha de muco verde em sua narina estourou. Assim como um de seus olhos. Todo o corpo de Heinz pareceu vibrar dentro das roupas. As mãos se curvaram nos pulsos, os dedos compridos se esticando. Suas faces passaram do branco ao cinza-pálido e ao roxo-escuro. Começou a sair fumaça de seu nariz. Seu outro olho pulou do rosto. Acima dos olhos deslocados, havia agora duas órbitas cruas que fixavam Fletcher com surpresa. Uma das faces de Heinz se dilacerara ou derretera. Uma quantidade de fumaça e um forte odor de carne queimada saiu do buraco, e Fletcher observou ali pequenas chamas laranja e azuis. A boca de Heinz pegara fogo, e sua língua queimava como um tapete.

Os dedos de Fletcher ainda estavam no reostato. Girou-o totalmente para a esquerda de novo e então desligou o comutador. As agulhas, que haviam oscilado até chegarem a +50 nos pequenos mostradores, imediatamente caíram em ponto morto. No momento em que a eletricidade o deixou, Heinz esmagou-se contra o chão de ladrilhos cinzentos, com um traço de fumaça saindo da boca enquanto caía. O bastão soltou-se, e Fletcher notou nele pequenos pedaços dos lábios de Heinz. Sentiu um espasmo salgado de vômito na garganta e reagiu fechando-a. Não tinha tempo de vomitar em cima daquilo que fizera com Heinz: poderia fazer isso mais tarde. Mesmo assim, ainda se retardou por um momento, inclinando-se para olhar a boca fumegante e os olhos deslocados de Heinz.

— Como descreve isso? — perguntou ao cadáver. — Agora, quando a experiência ainda está fresca. Como, não tem nada a dizer?

Então Fletcher se virou e atravessou a sala rapidamente, desviando-se de Ramón que gemia, ainda vivo. O ruído era o de um homem tendo um sonho mau.

Fletcher lembrou que a porta fora trancada por Ramón, e a chave pendia do molho em seu cinto. Então voltou ao guarda, ajoelhou-se ao lado dele e puxou o molho de chaves. Quando o fez, Ramón tateou, conseguindo agarrar novamente seu tornozelo. Fletcher descarregou a coronha da arma que segurava na cabeça dele. Por um momento, a mão no seu tornozelo apertou mais ainda, afrouxando em seguida.

Fletcher começou a levantar e pensou: *Ele deve ter mais balas. A arma está descarregada.* Depois viu que não precisava de nenhuma droga de bala, a arma de Ramón já fizera tudo o que podia por ele. Disparar fora daquela sala atrairia os guardas como moscas.

Mesmo assim, apalpou o cinto de Ramón, abrindo a pequena bolsinha de couro até encontrar um carregador. Pôs balas na arma. Não sabia se conseguiria atirar nos guardas, que eram apenas homens como Tomás, homens com famílias para sustentar, mas podia atirar nos oficiais e poupar pelo menos uma bala para si mesmo. Era muito provável que não conseguisse sair do edifício — isso seria como ganhar dois jogos seguidos —, mas jamais seria trazido àquela sala de novo, jamais voltaria a sentar na cadeira junto à máquina de Heinz.

Com o pé, afastou da porta a Noiva de Frankenstein cujos olhos vazios fixavam o teto. Fletcher entendia cada vez melhor que sobrevivera e os outros não. Já estavam esfriando. Na pele deles, galáxias de bactérias já tinham começado a morrer. Eram pensamentos ruins de se ter no subsolo do Ministério da Informação, pensamentos ruins para a mente de um homem que se tornara — talvez por algum tempo, mais provavelmente para sempre — um *desaparecido*. Mesmo assim, não conseguia evitá-los.

A terceira chave abriu a porta. Fletcher meteu a cabeça no corredor — paredes de concreto cinzento, verdes na metade de baixo e de um branco-creme sujo na metade de cima, como as de um velho corredor de escola. Linóleo vermelho desbotado no chão. Não havia ninguém no corredor. A uns dez metros à esquerda, um cãozinho marrom dormia junto à parede, com os pés estremecendo. Fletcher não sabia se o cão sonhava que era perseguido ou se perseguia, mas achou que ele não estaria dormindo se os disparos — ou os gritos de Heinz — tivessem sido ouvidos do lado de fora. *Se eu voltar,* pensou, *escreverei que locais à prova de som são o grande triunfo da ditadura. Contarei ao mundo. Provavelmente não conseguirei voltar, claro, essa escada à direita provavelmente será o mais perto que eu vou chegar da Rua 43, mas...*

Mas lá estava o Sr. Talvez Eu Possa.

Fletcher entrou no corredor e fechou a porta da câmara da morte atrás de si. O cãozinho marrom ergueu a cabeça, olhou para Fletcher e encheu a boca num *uuf* que foi mais um sussurro; a seguir, abaixou a cabeça novamente e voltou ao sono.

Fletcher caiu de joelhos e, com as mãos no chão (uma delas ainda segurava a arma de Ramón), curvou-se e beijou o linóleo. Enquanto o fazia, pensou na irmã — na imagem que lhe ficara dela quando fora para a faculdade oito anos antes de morrer perto do rio. Naquele dia, usava uma saia xadrez vermelha cujo tom não era exatamente igual ao do linóleo desbotado, mas parecido. Parecido o suficiente para quebrar o galho, como diziam.

Fletcher se ergueu do chão. Começou então a caminhar pelo corredor em direção à escada, ao corredor do primeiro andar, à rua, à cidade, à Rodovia 4, às patrulhas, aos bloqueios da estrada, à fronteira, aos pontos de checagem, à água. Os chineses diziam que uma jornada de dois mil quilômetros começava com um único passo.

Vou ver até que ponto consigo ir, pensou Fletcher ao alcançar o começo da escada. *Quem sabe eu mesmo me surpreenda.* Mas já se sentia surpreso de simplesmente estar vivo. Sorrindo, com a arma de Ramón à frente, começou a subir a escada.

Um mês depois, um homem chegou ao quiosque de jornais de Carlo Arcuzzi na Rua 43. Carlo passou por um momento desagradável, achando que o homem ia enfiar uma arma na sua cara e roubá-lo. Eram apenas oito horas da noite e ainda havia luz, e um monte de gente por ali, mas essas coisas impediam alguém de ser *pazzo*? E aquele homem parecia bastante *pazzo* — tão magro que a camisa branca e as calças cinzentas pareciam flutuar em seu corpo, e seus olhos nadavam no fundo de grandes órbitas redondas. Dava a impressão de alguém que acabara de sair de um campo de concentração ou (por algum tremendo equívoco) de um hospício. Quando a mão dele mergulhou no bolso da calça, Carlo Arcuzzi pensou: *Agora ele vai puxar a arma.*

Mas do bolso do homem saiu uma carteira gasta, e da carteira uma nota de dez dólares. Então, num tom perfeitamente normal, o homem de camisa branca e calças cinzentas pediu um maço de Marlboro. Carlo pegou o maço, pôs uma caixa de fósforos no topo do maço e empurrou-os pelo balcão do quiosque. Enquanto o homem abria o maço, Carlo pegou o troco.

— Não — disse o homem quando viu o troco. Pusera um cigarro na boca.

— Não? Não o quê?

— Pode guardar o troco — disse o homem. Ofereceu o maço a Carlo. — Você fuma? Fume um, se quiser.

Carlo olhou desconfiado para o homem de camisa branca e calças cinzentas.

— Não fumo. É um mau hábito.

— Muito mau — concordou o outro. Então acendeu o cigarro e inalou com evidente prazer. Continuou fumando e observando as pessoas do outro lado da rua. Havia moças do outro lado. Os homens sempre olhariam para moças em suas roupas de verão, era a natureza humana. Carlo não considerava mais o cliente maluco, embora ele tivesse deixado o troco dos dez dólares no estreito balcão do quiosque.

O homem magro fumou o cigarro todo até o filtro. Então virou-se para Carlo, oscilando um pouco como se não estivesse acostumado a fumar e o cigarro o deixasse tonto.

— Noite bonita — disse.

Carlo concordou com a cabeça. Estava bonita, sim.

— Temos sorte de estar vivos — disse Carlo.

O outro concordou com a cabeça.

— Todos nós. O tempo todo.

Caminhou até a pequena cesta de lixo junto ao meio-fio e deixou cair nela o maço cheio, à exceção do cigarro fumado.

— Todos nós. O tempo todo — repetiu. E foi embora. Carlo observou-o afastar-se e pensou que, afinal de contas, talvez ele fosse mesmo *pazzo*. Ou talvez não. A maluquice era um estado difícil de definir.

—

Esta é a história levemente kafkiana de uma sala de interrogatório numa versão sul-americana do inferno. Em tais histórias, o interrogado geralmente termina cuspindo tudo e depois sendo morto (ou enlouquecendo). Quis escrever uma com final feliz, por mais irreal que fosse. E aí está.

As Irmãzinhas de Eluria

Se há uma obra-prima na minha vida, provavelmente é a série em sete volumes, ainda não terminada, sobre Roland Deschain de Gilead e sua busca da Torre Negra, que serve como eixo da existência. Em 1996 ou 1997, Ralph Vicinanza (ocasionalmente meu agente e negociador de direitos autorais no exterior) perguntou-me se eu gostaria de contribuir com uma história sobre os verdes anos de Roland para uma imensa antologia de fantasia que Robert Silverberg estava organizando. Concordei com hesitação. Entretanto, como não me ocorresse nenhuma idéia, estava prestes a desistir quando acordei numa determinada manhã pensando em O Talismã, *e o grande pavilhão onde Jack Sawyer vislumbrou pela primeira vez a Rainha dos Territórios. Ao chuveiro (onde invariavelmente o melhor de minha imaginação desponta — acho que é algo ligado ao ventre materno), comecei a visualizar a tenda em ruínas... mas, ainda assim, cheia de mulheres sussurrantes. Fantasmas. Talvez vampiras. Irmãzinhas. Enfermeiras da morte em vez da vida. Compor uma história dessa imagem central foi surpreendentemente difícil. Eu tinha muito espaço para me mover — Silverberg queria romances curtos, não contos curtos —, mas mesmo assim era difícil. Nestes dias, tudo sobre Roland e seus amigos precisa ser longo e também um tanto épico. O que esta história tem a seu favor é que não exige que se tenham lido os romances de* A Torre Negra *para usufruí-la. Por falar nisso, para vocês viciados em* A Torre Negra, *a* Dark Tower, *volume 5, está terminada, todas as 900 páginas. Chama-se* Lobos de Calla.

—

[Nota do autor: Os livros da série *A Torre Negra* começam com Roland de Gilead, o último pistoleiro num mundo arrasado que "está segurando as pontas", perseguindo um mago de túnica preta. Roland vem perseguindo Walter por muito, muito tempo. No primeiro livro do ciclo, finalmente consegue alcançá-lo. Contudo, a presente história ocorre quando Roland ainda está à procura de Walter. S.K.]

I. Terra Plena. A Cidade Vazia. Os Sinos. O Rapaz Morto. A Carroça Virada. O Povo Verde.

Num dia em Terra Plena, tão quente que parecia sugar a respiração do peito antes que se pudesse usá-la, Roland de Gilead chegou aos portões de uma aldeia nas montanhas Desatoya. Viajava sozinho então, e logo estaria viajando a pé também. Nessa última semana, esperara encontrar um médico de cavalos, mas tinha o palpite que um sujeito desses não adiantaria de nada, mesmo que a cidade tivesse um. Sua montaria, um cavalo ruão de dois anos, estava praticamente liquidada.

Os portões da cidade, ainda decorados com as flores de algum festival, permaneciam abertos e acolhedores, mas havia algo errado no silêncio além deles. O pistoleiro não ouvia o clop-clop dos cavalos, nem o rumor das rodas de carroça, nem os gritos de barganha na praça do mercado. O único som que se ouvia era um zumbido baixo dos grilos (algum inseto, de qualquer modo, mais sonoro do que grilos), um som esquisito de batidas em madeira e o tilintar tênue e irreal de pequenos sinos.

Além disso, as flores entrelaçadas ao portão ornamental de ferro batido há muito estavam secas.

Entre os joelhos, Topsy deu dois grandes espirros ocos — *atichum! atichum!* — e cambaleou obliquamente. Roland desmontou, parte por respeito ao cavalo e parte por respeito a si mesmo — não queria quebrar uma perna debaixo de Topsy, se ele escolhesse aquele momento para desistir e partisse a meio galope para a clareira no final de seu atalho.

O pistoleiro de botas empoeiradas e *jeans* desbotados, de pé sob o sol inclemente, alisava o pescoço emaranhado do animal, parando, de vez em quando, para desfazer com os dedos os nós de sua crina, e uma vez para enxotar as minúsculas moscas que se amontoavam nos cantos dos olhos do animal. Que pusessem seus ovos e incubassem suas larvas ali depois que Topsy morresse, mas não antes.

Assim, Roland prestou homenagem ao cavalo da melhor forma que podia, enquanto escutava os distantes sinos irreais e o estranho som de batidas na madeira. Depois de algum tempo, parou e olhou pensativo o portão aberto.

A cruz que o encimava era um tanto incomum, mas, à exceção disso, o portão era um típico exemplo de sua linhagem, um lugar-comum no oeste; não útil, mas tradicional — todas as cidadezinhas pelas quais Roland passara nos últimos dez meses pareciam ter um portão grandioso assim à entrada e outro não tão grandioso à saída. Nenhum fora construído para excluir visitantes; certamente, este também não. Ficava entre dois muros de adobe rosa que desciam num declive de cascalho por uns seis metros dos dois lados da estrada e de repente acabavam. Se o portão fosse fechado com muitas trancas, só exigiria uma curta caminhada para que se contornasse um pedaço ou outro de muro de adobe.

Além do portão, Roland via o que, em muitos aspectos, era uma Rua Principal perfeitamente comum — uma hospedaria, dois *saloons* (um dos quais chamava-se Porco Agitado; a tabuleta do outro estava excessivamente desbotada para poder ser lida), um mercado, uma ferraria, um Salão de Reunião. Havia também uma pequena mas adorável construção de madeira com um modesto campanário com sino lá no alto, uma sólida fundação de pedra bruta na parte de baixo e uma cruz pintada a ouro em suas portas duplas. A cruz, como a do portão, assinalava o lugar como local de culto para os que aderiam ao Homem-Jesus. Não era uma religião comum no Mundo Médio, mas estava longe de ser desconhecida; o mesmo poderia ter sido dito da maioria dos cultos daquela época, inclusive o de Baal, Asmodeus e uma centena de outros. Como tudo mais nesse mundo, a fé tinha ido em frente. Para Roland, o Deus da Cruz era apenas outra religião ensinando que amor e assassinato estavam indissoluvelmente ligados — e que, no final, Deus sempre bebia sangue.

Enquanto isso, prosseguia o zumbido cantante de insetos que pareciam *quase* grilos. O tilintar irreal dos sinos. E aquelas esquisitas batidas na madeira como um punho chocando-se contra uma porta. Ou contra a tampa de um caixão.

Há algo de muito errado aqui, pensou o pistoleiro. *Atenção, Roland; este lugar tem um cheiro avermelhado.*

Atravessou com Topsy o portão enfeitado com as flores mortas e entrou pela Rua Principal. No pátio do mercado, onde os velhos deviam estar reunidos para falar sobre colheitas, política e as loucuras da geração mais jovem, havia uma fileira de cadeiras de balanço vazias. Debaixo de uma delas, como se deixado cair por alguma mão descuidada (e há muito desaparecida), estava um cachimbo de espiga de milho escurecido pelo fogo. O local para amarrar cavalos em frente ao Porco Agitado exibia-se vazio, e as próprias janelas do *saloon* estavam escuras. Uma das portas de vaivém fora arrancada, e estava agora encostada à lateral da construção; a outra pendia enviesada, suas ripas de um verde desbotado borrifadas de algo marrom-avermelhado que, embora pudesse ser tinta, provavelmente não era.

A frente da loja de provisões para cavalos permanecia intacta, como o rosto de uma mulher que não é mais jovem, porém tem acesso a bons cosméticos. Já o celeiro duplo atrás dela era um esqueleto carbonizado. O incêndio devia ter acontecido num dia chuvoso, pensou o pistoleiro, ou o diabo da cidade teria desaparecido totalmente nas chamas; um alegre rodopio e um espetáculo para qualquer um por perto.

À sua direita agora, a meio caminho de onde a rua se abria para a praça da cidade, ficava a igreja, com faixas de relva dos dois lados: uma separando-a do Salão de Reunião, e outra separando-a da pequena casa construída ao lado para o pastor e sua família (isto é, se aquela era uma das seitas de Jesus que permitia a seus xamãs terem esposas e famílias; algumas, claramente administradas por lunáticos, exigiam pelo menos a aparência de celibato). Embora dando a impressão de ressecadas, a maioria das flores nessas faixas de relva ainda estava viva. Assim, o que quer que tivesse esvaziado o lugar, não ocorrera há muito tempo. Uma semana, talvez. Duas no máximo, considerando o calor.

Topsy espirrou de novo — *atichum!* — e abaixou a cabeça com ar de cansaço.

O pistoleiro viu a fonte do tilintar. Acima da cruz nas portas da igreja, uma corda fora esticada fazendo um arco longo e frouxo. Pendendo dela, havia talvez duas dúzias de minúsculos sinos de prata. Havia pouquíssima brisa naquele dia, mas o suficiente para que os sinos jamais se aquietassem... se um vento de verdade passasse a soprar, Roland pensou, o som do tilintar dos sinos seria provavelmente bem menos agradável; muito mais como o movimento estridente de línguas mexericando.

— Alô! — gritou Roland, olhando para o outro lado da rua, onde a *grande* tabuleta de uma fachada falsa anunciava ser ali o Hotel Bons Leitos. — Alô, cidade!

Só os sinos e os insetos cantantes responderam e aquela esquisita batida na madeira. Nenhuma resposta, nenhum movimento... mas havia gente ali. Gente ou *alguma coisa.* Roland estava sendo observado. Os minúsculos pêlos de sua nuca se eriçaram.

Conduzindo Topsy, ele avançou para o centro da cidade, a cada passo levantando a poeira solta da Rua Principal. Quarenta passos adiante, parou em frente a uma construção baixa, assinalada por uma única e curta palavra: LEI. O escritório do xerife (se havia algo assim num lugar tão distante) parecia notavelmente semelhante à igreja — tábuas de madeira exibiam um severo tom marrom-escuro acima de uma fundação de pedra.

Os sinos atrás dele roçaram uns nos outros, sussurrando.

Roland deixou o cavalo no meio da rua e subiu os degraus até o escritório da LEI. Tinha uma noção aguda dos sinos, do sol queimando-lhe o pescoço e do suor escorrendo pelas laterais de seu corpo. A porta estava fechada, mas destrancada. Abriu-a, e então encolheu-se para trás, erguendo um pouco a mão, quando o calor aprisionado jorrou para fora num arquejar sem som. Se todos os edifícios fechados estivessem quentes assim por dentro, cogitou ele, em breve os celeiros de provisões para cavalos não seriam os únicos queimados. Sem nenhuma chuva para deter as chamas (e certamente nenhum Corpo de Bombeiros de voluntários, também), a cidade não ficaria por muito tempo na face da Terra.

Entrou, tentando engolir pequenas doses do ar sufocante em vez de respirá-lo em profundidade. Imediatamente ouviu o zumbido baixo de moscas.

Havia uma única cela, espaçosa e vazia, cuja porta de barras estava aberta. Sapatos imundos feitos de pele, um deles descosturado, jaziam sob um catre manchado com a mesma substância ressecada e marrom-avermelhada vista no Porco Agitado. Era ali que estavam as moscas, arrastando-se sobre a mancha, alimentando-se dela.

Sobre a escrivaninha havia um livro de registros. Roland virou-o para si e leu o que estava gravado na capa vermelha:

REGISTRO DE MÁS AÇÕES & REPARAÇÕES
NOS ANOS DE NOSSO SENHOR
ELURIA

Então, agora ele sabia o nome da cidadezinha, pelo menos — Eluria. Bonito, mas de certo modo agourento também. Mas, dadas as circunstâncias, qualquer nome pareceria agourento, pensou Roland. Virou-se para ir embora e viu uma porta fechada com uma tranca de madeira.

Foi até ela e parou por um momento, sacando um dos grandes revólveres que trazia bem baixo nos quadris. Esperou mais um pouco, a cabeça baixa, pensando (seu velho amigo Cuthbert gostava de dizer que as roldanas na cabeça de Roland giravam lenta mas tremendamente bem), e então destrancou a porta. Ao abri-la, recuou imediatamente, erguendo a arma, à espera de que um corpo (talvez o do xerife de Eluria) caísse para dentro da sala com a garganta cortada e os olhos arrancados, vítima de uma MÁ AÇÃO e precisando de REPARAÇÃO...

Nada.

Bem, meia dúzia de macacões manchados, usados provavelmente por prisioneiros com sentenças longas; dois arcos; uma aljava para flechas; um motor velho e empoeirado; um rifle que certamente disparara pela última vez havia 100 anos e um esfregão... mas, na mente do pistoleiro, tudo aquilo não significava nada. Era apenas um armário de guardados.

Voltou à escrivaninha, abriu o registro e folheou-o. Até as páginas estavam quentes, como se o livro tivesse sido cozinhado. De certo modo, achou que tinha sido. Se a aparência da Rua Principal fosse diferente, poderia ter esperado um grande número de delitos religiosos registrados, mas não ficou surpreso de não encontrar nenhum — se a igreja do Homem-Jesus coexistira com dois *saloons*, o pessoal da igreja devia ser bastante razoável.

O que Roland encontrou foram os habituais delitos menores, e alguns não tão menores — um assassinato, um roubo de cavalo, a Desgraça de uma Senhora (o que provavelmente significava estupro). O assassino fora removido para um lugar chamado Lexingworth para ser enforcado. Roland nunca ouvira falar do local. No final, uma nota dizia *Povo verde enviado a partir daqui.* A entrada mais recente era a seguinte:

12/ Fe /99. Chas. Homem livre, ladrão de gado para ser julgado.

Roland não estava familiarizado com a anotação *12/ Fe/99*, mas como fevereiro estava longe, ele supôs que *Fe* pudesse significar Terra Plena [*Full Earth*]. De qualquer modo, a tinta parecia tão recente quanto o sangue no catre da cela, e o pistoleiro imaginou que aquele Chas. Homem livre, ladrão de gado encontrara uma luz no fim do túnel.

Saiu do prédio, mergulhando novamente no calor e no som rendilhado dos sinos. Topsy olhou-o apaticamente e abaixou a cabeça de novo, como se houvesse algo na poeira da Rua Principal que o cavalo pudesse pastar. Na verdade, como se fosse querer pastar novamente algum dia.

O pistoleiro pegou as rédeas, com elas deu uma lambada no *jeans* completamente desbotado e continuou a percorrer a rua. O som de batidas na madeira ficava cada vez mais alto, à medida que Roland caminhava (não colocara a arma no coldre ao sair do escritório da LEI, nem se dera ao trabalho de guardá-la agora). Enquanto ia se aproximando da praça da cidade, que deveria ter abrigado o mercado de Eluria em tempos mais normais, ele afinal notou movimento.

Na outra extremidade da praça havia um longo bebedouro para cavalos aparentemente feito de pau-ferro (o que alguns chamavam de "sequóia" por ali), dando a impressão de ter sido alimentado em tempos mais felizes por um enferrujado cano de aço que se projetava, agora sem água, acima da extremidade sul do bebedouro. Pairando sobre um dos lados desse oásis municipal, mais ou menos na sua metade, havia uma perna vestida com uma calça de um tom cinza-desbotado terminando numa bota de caubói muito mastigada.

O mastigador era um cachorro grande, talvez dois tons mais cinzento do que a calça de veludo cotelê. Em outras circunstâncias, Roland imaginou, o vira-lata teria arrancado a bota há muito tempo, mas talvez o pé e o tornozelo tivessem inchado dentro dela. De qualquer modo, o cão estava prestes a eliminar o obstáculo mastigando-o vigorosamente, agarrando a bota e sacudindo-a para a frente e para trás. De vez em quando, o salto da bota colidia com a lateral de madeira do bebedouro, produzindo nova batida oca. Afinal de contas, parece que o pistoleiro não se equivocara tanto ao pensar em tampas de caixão.

Por que o cão não recua alguns passos, pula dentro do bebedouro e investe contra o homem?, cogitou Roland. *Como não sai nenhuma água do cano, ele não precisa ter medo de se afogar.*

Topsy soltou outro espirro oco e cansado e, quando o cão deu umas guinadas por ali em resposta, Roland entendeu por que ele fazia as coisas do modo mais difícil. Uma de suas pernas dianteiras fora quebrada e emendada de maneira torta. Andar devia ser um esforço para ele, pular estava fora de questão. O animal tinha no peito uma mancha de pêlos brancos sujos e, saindo dessa mancha, pêlos negros formavam mais ou menos uma cruz. Um Cão-Jesus, esperando por um lugar na comunhão da tarde.

Entretanto, o rosnado que começou a sair de seu peito não tinha nada de religioso, assim como o rolar de seus olhos remelentos. O cão levantou o lábio superior numa trêmula expressão escarninha, revelando uma afiada fileira de dentes.

— Dá o fora — disse Roland. — Enquanto pode.

O cão recuou até que seu traseiro se apertasse contra a bota mastigada. Fitava cheio de medo o recém-chegado, mas demonstrando nitidamente que defenderia seu terreno. O revólver na mão de Roland não significava nada para ele. O pistoleiro não se surpreendeu — imaginou que o cachorro jamais tivesse visto um revólver, não tinha idéia de que era mais do que uma espécie de bastão, algo que só poderia ser atirado uma vez.

— Vai embora depressa, agora — disse Roland, mas, mesmo assim, o cão não se moveu.

Ele devia ter atirado — o cão não tinha nenhuma valia para si próprio, e um animal que adquiriu o gosto de carne humana não poderia ter valia para ninguém —, mas, de algum modo, não quis atirar. Matar o único ser ainda vivo naquela cidade (isto é, além dos insetos cantantes) parecia um convite à má sorte.

Disparou na poeira perto da pata da frente do cachorro, a pata boa. O som esmagou-se contra o dia quente, silenciando temporariamente os insetos. Aparentemente, o cão *podia* correr, embora num trote oblíquo que machucou os olhos de Roland... e um pouco seu coração também. O cão parou no outro lado da praça, junto a uma carroça virada (parecia haver mais sangue seco derramado no lado do fretador), e olhou para trás. Emitiu um uivo desesperado que eriçou ainda mais os pêlos da nuca de Roland. Então o animal virou-se, contornou a carroça destruída e coxeou pela alameda que se abria entre dois estábulos. O caminho para o portão dos fundos de Eluria, imaginou Roland.

Ainda conduzindo seu cavalo moribundo, o pistoleiro atravessou a praça para o bebedouro de pau-ferro e espiou lá dentro.

O dono da bota mastigada não era um homem e sim um rapaz que começara a ganhar estatura de homem — e teria sido bem grande, avaliou Roland, mesmo pondo-se de lado o efeito do inchaço causado pela imersão, por um período indeterminado, em 20 centímetros de água tremulando sob o sol de verão.

Os olhos do rapaz, agora apenas bolas leitosas, fixavam cegamente o pistoleiro, como os olhos de uma estátua. Seus cabelos pareciam brancos como os de um velho, embora isso fosse efeito da água; provavelmente fora louro. Suas roupas eram as de um caubói, apesar de não poder ter muito mais de 14 ou 16 anos. Em seu pescoço, cintilando na água turva que se tornava aos poucos um ensopado de carne sob o sol de verão, havia um medalhão de ouro.

Roland mergulhou a mão na água, sem vontade, mas sentindo uma certa obrigação de fazê-lo. Agarrou o medalhão e puxou-o, rebentando a corrente; então içou a coisa pingando até o ar.

Esperava ver um *sigul** do Homem-Jesus, o que era chamado crucifixo ou cruz — mas, em vez disso, um pequeno retângulo parecendo de ouro puro pendia da corrente. Gravado nele havia as seguintes palavras:

James
Amado pela família. Amado por DEUS.

Roland, cuja repugnância quase o impedira de enfiar a mão na água poluída (se fosse mais jovem, jamais teria conseguido), ficou contente por tê-lo feito. Poderia jamais esbarrar com alguém que tivesse amado o rapaz, mas sabia o suficiente de *ka*** para achar que isso pudesse ocorrer. De qualquer modo, era a atitude certa. Da mesma forma que seria certo dar ao rapaz um enterro decente... isto é, presumindo que pudesse tirar o corpo do bebedouro sem que ele se desmantelasse dentro das roupas.

Roland ponderava a respeito, tentando equilibrar seu dever nessas circunstâncias com o crescente desejo de sair da cidade, quando Topsy finalmente morreu.

O animal caiu com um estalo dos arreios e um último gemido ao atingir o chão. Roland virou-se e viu oito pessoas caminhando para ele em fileira, como atiradores que esperam abater pássaros ou tanger caça menor. A pele deles era de um verde ceroso. Criaturas com uma pele assim fulgurariam no escuro como fantasmas. Era difícil dizer a que sexo pertenciam, e que importância isso teria — para eles ou para qualquer pessoa. Eram lentos mutantes, caminhando com a curvada deliberação de cadáveres reanimados por alguma mágica misteriosa.

A poeira abafara o som de seus pés como um tapete. Com o cão enxotado, eles poderiam muito bem ter chegado a uma distância de ataque se Topsy não tivesse feito a Roland o favor de morrer num momento tão oportuno. Nenhuma arma que Roland pudesse ver; seguravam bastões. Pernas de cadeiras e de mesas, na maior parte, mas Roland viu que uma delas parecia mais fabricada do que aproveitada de algo — tinha uma cerda de pregos enferrujados que se projetavam, e ele suspeitou que tivesse pertencido outrora a um segurança do bar, possivelmente o que montava guarda no Porco Agitado.

---

* Marca de identificação como, por exemplo, a suástica para os nazistas na Segunda Guerra Mundial. [N. do. E.]

** *Ka* faz parte de toda uma idéia de "destino" criada pelo autor da série *A Torre Negra*, em que *ka-tet* representa as pessoas com as quais temos de encontrar obrigatoriamente durante a vida para completarmos um destino. [N. do E.]

Roland ergueu a pistola, apontando para o sujeito no centro da fila. Agora ouvia o arrastar dos pés e a inalação bloqueada e úmida da respiração deles. Como se todos tivessem o peito tomado por gripes severas.

Saíram das minas, provavelmente, pensou Roland. *Havia minas de rádio em algum lugar por ali. Isso explicaria a pele deles. Por que será que o sol não os mata?*

Então, enquanto Roland observava, o sujeito no final da fileira — uma criatura cujo rosto tinha uma aparência de cera de vela derretida — *morreu*... ou desmoronou. Ele (Roland tinha certeza de que era um homem) ajoelhou-se com um grito baixo de duende, procurando a mão da coisa que caminhava a seu lado — algo com uma cabeça careca e encaroçada, e feridas vermelhas fervilhando no pescoço. Esta criatura não prestou atenção ao companheiro caído, mas mantinha os olhos opacos presos em Roland, cambaleando em passos desiguais com seus companheiros que haviam restado.

— Parem onde estão! — disse Roland. — Cuidado comigo, se quiserem ver o final do dia! Muito cuidado comigo!

Falava principalmente para o do centro, que usava um antigo suspensório vermelho sobre farrapos de camisa, e um imundo chapéu-coco. O cavalheiro tinha apenas um olho bom, que espiava o pistoleiro com uma cobiça tão horrível quanto inequívoca. A que estava ao lado de Chapéu-coco (Roland acreditava tratar-se de uma mulher, com os pendentes vestígios dos seios por baixo do colete) atirou nele a perna de cadeira que segurava. A trajetória foi correta, mas o míssil caiu uns dez metros à frente do alvo.

Roland engatilhou o revólver e atirou de novo. Dessa vez, a poeira deslocada pela bala ricocheteou para cima, cobrindo os restos esfarrapados dos sapatos de Chapéu-coco, em vez de a perna manca de um cachorro.

O povo verde não fugiu como o cachorro, mas parou, fixando Roland com uma expressão de cobiça obtusa. Teria o povo de Eluria terminado nos estômagos dessas criaturas? Roland não podia acreditar nisso... embora soubesse perfeitamente que as criaturas ali não tinham qualquer escrúpulo em relação ao canibalismo. (E talvez na realidade não fosse canibalismo; como podiam coisas como aquelas serem consideradas humanas, fosse lá o que pudessem ter sido no passado?) Eram lentos demais, estúpidos demais. Se tivessem ousado voltar à cidade depois que o xerife os expulsara, teriam sido queimados ou apedrejados até a morte.

Sem pensar no que fazia, querendo apenas liberar a outra mão para sacar a segunda arma se as aparições não se mostrassem razoáveis, Roland enfiou o medalhão que retirara do garoto morto no bolso do *jeans*, empurrando para dentro dele a corrente arrebentada de elos finos.

Os seres continuavam a olhá-lo fixamente, com suas sombras estranhamente torcidas alongando-se atrás de si. O que fazer agora? Dizer a eles que voltassem para o lugar de onde tinham saído? Roland não sabia se o fariam e, de qualquer modo, decidira que os preferia num lugar em que pudesse vê-los. Pelo menos agora não havia mais a questão de ficar para enterrar o garoto chamado James; esse dilema fora resolvido.

— Fiquem onde estão — ele falou num tom baixo, começando a recuar. — O primeiro que se mover...

Antes que pudesse terminar, um deles — uma criatura de peito avantajado e boca protuberante de sapo e o que pareciam guelras dos lados da papada do pescoço — investiu para a frente, tagarelando numa voz estridente e peculiarmente débil. Poderia ter sido uma espécie de riso. Ele brandia o que aparentemente era uma perna de piano.

Roland disparou. O peito do Sr. Sapo escavou-se numa reentrância como um telhado de má qualidade. Ele recuou, correndo vários passos para trás, tentando recuperar o equilíbrio e agarrando o peito com a mão que não segurava a perna de piano. Seus pés, calçados com chinelos de veludo vermelho sujo, com artelhos revirados para cima, embaralharam-se um no outro, e ele caiu, emitindo o som esquisito de um gargarejo solitário. Soltou o bastão, rolou para um lado, tentou levantar e voltou a cair de costas na poeira. O sol brutal fulgurava em seus olhos abertos e, enquanto Roland observava, brancos novelos de vapor começaram a sair da pele da criatura, que rapidamente perdia o tom verde subjacente. Ouviu-se também um som de assobio, como uma cusparada na chapa de um fogão quente.

Pelo menos poupa explicações, pensou Roland, e varreu os outros com os olhos.

— Muito bem, ele foi o primeiro a se mexer. Quem quer ser o segundo?

Aparentemente, nenhum queria. Apenas continuaram ali, observando Roland, sem avançar para ele... mas também sem recuar. Roland pensou (como fizera com o cachorro-cruz) que deveria matá-los enquanto estavam ali, apenas sacar sua outra arma e ceifá-los. Seria tarefa de segundos, e uma brincadeira de criança para suas mãos talentosas, mesmo se algum fugisse. Mas não ia fazer isso. Não a frio, assim. Não era um matador desse tipo... ainda não, pelo menos.

Muito lentamente, começou a recuar, primeiro contornando o bebedouro, depois colocando-o entre si próprio e os outros. Quando Chapéu-coco andou um passo para a frente, Roland não deu aos outros a chance de imitá-lo; atirou na poeira da Rua Principal, a dois centímetros de distância do pé de Chapéu-coco.

— Este é o último aviso — disse, ainda em voz baixa. Não fazia idéia se o entendiam, nem ligava para isso. Tinha um palpite de que sacavam sua melodia bastante bem. — A próxima bala que eu disparar vai direto no coração de alguém. E o negócio é o seguinte: vocês ficam e eu vou. Vocês têm essa chance. Se me seguirem, todos vocês vão morrer. Está quente demais para brincadeiras e eu perdi minha...

— Buu! — gritou uma voz áspera e aquosa por trás dele. Havia um inequívoco tom de diversão nela. Roland viu uma sombra crescer da sombra da carroça de carga derrubada, aonde ele estava quase chegando agora, e só teve tempo de entender que outra criatura verde estivera escondida ali.

Quando começou a se virar, um bastão atingiu seu ombro, entorpecendo-lhe o braço direito até o pulso. Manteve a arma firme e disparou uma vez, mas a bala entrou numa das rodas da carroça, amassando um dos raios de madeira, fazendo-a girar em seu eixo com um som alto e pedregoso. Por trás dele, ouviu o povo verde emitir gritos roucos enquanto avançava pela rua.

A coisa que saíra de debaixo da carroça virada era um monstro com duas cabeças subindo do pescoço, uma delas com o rosto deformado e caído como o de um cadáver. A outra, embora tão verde quanto a primeira, era mais viva. Lábios grossos abriam-se num sorriso animado, enquanto ele levantava o bastão para atacar de novo.

Roland sacou com a mão esquerda — a que não estava entorpecida e distante. Teve tempo para disparar uma bala no sorriso do fora-da-lei, atirando a coisa para trás num chuveiro de sangue e dentes, o bastão voando de seus dedos frouxos. Então os outros caíram em cima de Roland com bastonadas e pancadas.

O pistoleiro conseguiu evitar os dois primeiros golpes e, por um momento, achou que poderia contornar a parte de trás da carroça, dar meia-volta e ir à luta com as suas armas. Claro que poderia fazer isso. Claro que sua busca pela Torre Negra não iria terminar na rua batida pelo sol de uma cidadezinha do faroeste chamada Eluria, nas mãos de meia dúzia de seres de pele verde em mutação lenta. Certamente *ka* não poderia ser tão cruel.

Mas Chapéu-coco atingiu-o com um golpe perverso com a lateral da mão, e Roland caiu, chocando-se com a roda traseira da carroça que girava lentamente, em vez de contorná-la. Enquanto engatinhava, esforçando-se para virar, tentando fugir dos golpes que choviam sobre ele, viu que havia agora muito mais do que meia dúzia de criaturas. Percorrendo a rua na direção da praça da cidade, estavam pelo menos 30 homens e mulheres verdes. Não era um clã e sim a droga de uma *tribo*. E em plena luz quente do dia! Segundo a experiência de Roland, mutantes lentos eram criaturas que amavam a escuridão, quase como cogumelos com cérebro, e ele jamais vira um desse tipo. Eles...

O de colete vermelho era do sexo feminino. Seus seios oscilando sob o sujo colete vermelho foi a última visão nítida de Roland, enquanto as criaturas agrupavam-se em torno e acima dele, desancando-o com os bastões. O bastão cravejado de pregos desceu na parte de baixo do tornozelo direito de Roland, afundando nele suas estúpidas e enferrujadas presas. O pistoleiro tentou novamente erguer uma das grandes armas (sua visão estava sumindo agora, mas isso não ajudaria as criaturas se ele conseguisse atirar; sempre fora o mais talentoso deles — Jamie DeCurry certa vez declarara que Roland conseguia atirar com uma venda nos olhos porque tinha olhos nos dedos), mas ela foi chutada de sua mão, caindo na poeira. Embora o pistoleiro ainda pudesse sentir a coronha lisa como sândalo da arma, achou, contudo, que não estava mais lá.

Podia sentir o cheiro deles — o cheiro rico e podre da carne em decadência. Ou eram apenas suas próprias mãos, quando as levantou num esforço fraco e inútil para proteger a cabeça? As mãos que mergulhara na água poluída onde flutuavam flocos e tiras de pele do corpo morto?

Os bastões continuavam batendo nele, chocando-se contra seu corpo inteiro, como se o povo verde quisesse não só espancá-lo até a morte mas amaciá-lo também. E enquanto Roland afundava na escuridão achando que ia morrer, ouvia os insetos cantando, os latidos do cão que poupara e o bimbalhar dos sinos pendurados na porta da igreja. Tais sons misturavam-se numa música estranhamente doce. Então isso também desapareceu e a escuridão devorou tudo.

II. Subindo. Suspenso. Beleza Branca. Dois Outros. O Medalhão.

A volta do pistoleiro ao mundo não foi como voltar à consciência depois de um golpe, o que já lhe acontecera várias vezes antes, e também não foi como acordar de um sonho. Foi como se erguer.

Estou morto, pensou ele em algum momento durante esse processo... quando o poder de pensar foi parcialmente restaurado nele. *Morto e nascendo para qualquer vida que houvesse depois da morte. Deve ser isso. O canto que ouço é o canto das almas mortas.*

A escuridão total cedeu ao cinza-escuro das nuvens de chuva, depois ao cinza mais claro do nevoeiro. Iluminando-se até a claridade uniforme do espesso nevoeiro momentos antes de o sol irromper. E através de tudo havia aquela sensação de subida, como se ele tivesse sido preso em uma suave mas poderosa corrente de ar ascendente.

Como a sensação de subida começasse a diminuir, e a claridade por trás das pálpebras aumentasse, Roland finalmente começou a acreditar que ainda estava vivo. Foi o canto que o convenceu disso. Nada de almas mortas, nem do celestial cortejo de anjos descrito, às vezes, pelos pregadores do Homem-Jesus, mas apenas aqueles insetos. Um pouco como grilos, mas de canto mais doce. Os que tinha ouvido em Eluria.

Com tal pensamento, Roland abriu os olhos.

Sua crença em que ainda estava vivo passou por um teste severo, pois viu-se pendurado num mundo de branca beleza — seu primeiro e aturdido pensamento foi de que estava no céu, flutuando numa nuvem de bom tempo. Em torno dele ouvia-se o canto agudo dos insetos. E agora escutava o bimbalhar dos sinos também.

Tentou virar a cabeça e oscilou numa espécie de arreio que estalava. O suave canto dos insetos, como grilos na relva no fim do dia em sua casa em Gilead, hesitou e quebrou o ritmo. Quando isso ocorreu, o que parecia uma árvore de dor cresceu nas costas de Roland. Ele não tinha idéia do que poderiam ser aqueles galhos ardentes, mas o tronco era certamente sua espinha. Uma dor muito mais mortal afundou-se na parte inferior de uma das pernas — em sua confusão, não conseguiu saber qual. *Foi onde o bastão com os pregos me atingiu*, pensou. E mais dor lhe percorreu a cabeça. Seu crânio dava a impressão de um ovo mal quebrado. Roland gritou, mal podendo acreditar que o áspero crocitar que ouviu saísse de sua própria garganta. Pensou também ter ouvido, muito tênue, o latido do cão-cruz, mas isso certamente era sua imaginação.

Estou morrendo? Terei acordado mais uma vez no próprio fim?

Subitamente, a mão de alguém alisou sua testa. Ele podia senti-la, mas não vê-la — dedos passando por sua pele, fazendo uma pausa aqui e ali para massagear uma saliência ou uma ruga. Delicioso como um gole de água fria num dia quente. Começou a fechar os olhos e então uma idéia terrível lhe ocorreu: e se aquela mão fosse verde, e sua dona estivesse usando um esfarrapado colete vermelho sobre os seios pendentes?

E se fosse? O que você poderia fazer?

— Silêncio, homem — disse a voz de uma mulher... ou a voz de uma garota. Certamente a primeira pessoa em que Roland pensou foi Susan, a garota de Mejis, a que se dirigira a ele como *vós*.

— Onde... onde...

— Silêncio, não se mexa. É cedo demais.

A dor nas costas de Roland estava diminuindo agora, mas a imagem da dor como uma árvore permanecia, pois sua própria pele parecia se mover como folhas numa brisa leve. Como era possível aquilo?

Deixou passar essas perguntas — deixou passar todas as perguntas — e concentrou-se na pequena e fria mão alisando sua testa.

— Silêncio, homem bonito, que o amor de Deus esteja sobre você. Contudo, você está bastante machucado. Fique quieto. Cure-se.

O cão cessara de latir (se é que chegara a latir), e Roland tornou-se consciente daquele baixo som de estalo novamente. Lembrava-lhe cordas amarrando um cavalo ou coisa semelhante

(*cordas de enforcado*)

e ele não gostou de pensar nisso. Agora acreditava que podia sentir pressão sob as coxas, sob as nádegas e talvez... sim... nos ombros.

Não estou numa cama, de modo nenhum. Acho que estou acima de uma cama. Como é possível?

Imaginou que podia estar numa grande tipóia. Lembrou que certa vez, quando garoto, um sujeito fora suspenso daquele modo no consultório do médico de cavalos por trás do Grande Salão. Um ajudante de estábulo que se queimara demais com querosene para poder deitar numa cama. O homem morrera, mas não cedo o bastante: por duas noites, seus guinchos tinham enchido o doce ar de verão dos Campos de Reunião.

Será que estou queimado, apenas um carvão de pernas pendendo de tiras?

Uns dedos tocaram o meio de sua testa, desfazendo numa massagem a tensão que se formava ali. E foi como se a dona da mão tivesse lido seus pensamentos, recolhendo-os com as pontas dos dedos espertos e consoladores.

— Estaremos bem, se Deus quiser — disse a voz que pertencia à mão. — Mas o tempo pertence a Deus, não a você.

Não, ele teria dito se pudesse. *O tempo pertence à Torre.*

Então Roland afundou de novo, e tão suavemente como subira, afastando-se da mão e dos sons irreais dos insetos que cantavam e dos sinos tilintando. Houve um intervalo que pode ter sido sono ou talvez inconsciência, mas Roland não chegou a afundar até o final.

Num determinado ponto, ele pensou ter ouvido a voz da garota, embora não pudesse ter certeza, porque dessa vez estava alteada de fúria, ou medo, ou ambos. "Não!", gritou ela. "Você não pode tirar isso dele e sabe disso! Vá em frente e pare de falar no assunto, ande!"

Quando ele voltou à consciência pela segunda vez, não estava mais forte no corpo, no entanto sentia-se um pouco mais ele mesmo na mente. O que viu quando abriu os olhos não foi o interior de uma nuvem, mas no início aquela mesma frase — *beleza branca* — lhe ocorreu. Em alguns aspectos, era o lugar mais bonito que Roland já vira em sua vida... em parte porque ainda *tinha* uma vida, claro, mas sobretudo porque era tão encantado e apaziguante.

Roland estava numa enorme sala, alta e comprida. Quando finalmente virou a cabeça — cautelosamente, bem cautelosamente — para medir o lugar como podia, achou que este deveria ter pelo menos uns 200 metros de uma extremidade à outra. Era uma construção estreita, mas sua altura dava uma sensação de um fantástico arejamento.

Não havia paredes ou tetos como aqueles com que estava familiarizado e era como estar numa vasta tenda. Acima de Roland, o sol brilhava e difundia sua luz pelos ondulantes painéis de fina seda branca, transformando-os nos drapeados brilhantes que ele inicialmente tomara por nuvens. Abaixo desse dossel sedoso, a sala era tão cinzenta quanto o crepúsculo. As paredes, também de seda, tremulavam como velas numa brisa tênue. Penduradas de cada painel de parede, cordas frouxas sustentavam pequenos sinos. Estes apoiavam-se contra o tecido e tocavam num uníssono baixo e encantador, como sinos de vento, quando as paredes tremulavam.

Uma passagem percorria a longa sala até o centro; de cada lado dela viam-se filas de leitos guarnecidos de limpos lençóis e imaculados travesseiros, todos brancos. Havia talvez 40 leitos na outra extremidade da passagem, todos vazios, e mais 40 no lado de Roland. Dois deles estavam ocupados, um logo à sua direita. O sujeito...

É o rapaz. O que estava no bebedouro.

A idéia arrepiou Roland e o fez estremecer de um modo desagradável e supersticioso. Espiou mais atentamente o rapaz adormecido.

 Não pode ser. Você está aturdido, é isso. Não pode ser.

Contudo, um exame mais atento impediu-o de descartar a idéia. Certamente parecia o rapaz do bebedouro, provavelmente doente (por que outro motivo estaria num lugar daqueles?), mas longe de estar morto; Roland podia ver o peito do outro subindo e descendo lentamente, e o estremecimento ocasional dos dedos que pendiam ao lado da cama.

Você não deu uma olhada nele boa o suficiente para ter certeza de coisa alguma, e depois de alguns dias naquele bebedouro, nem a própria mãe teria certeza de reconhecer o filho.

Mas Roland, que não tinha mãe, sabia que a coisa não era tão simples. Também sabia que vira o medalhão de ouro no pescoço do rapaz. Pouco antes do ataque do povo verde, ele o retirara do cadáver do jovem e o pusera no bolso. Agora alguém — provavelmente os proprietários do lugar, os que por artes de feitiçaria haviam restaurado a vida do garoto chamado James — o havia tirado de Roland, colocando-o novamente no pescoço do rapaz.

Teria a garota com a mão maravilhosamente fria feito aquilo? Conseqüentemente, teria considerado Roland um espírito maléfico que roubaria os mortos? Não lhe agradou pensar isso. Na verdade, a idéia o fez sentir-se pior do que a possibilidade de o corpo inchado do jovem caubói ter voltado ao seu tamanho normal e depois se reanimado.

Mais abaixo na passagem daquele lado, cerca de uma dúzia de leitos adiante do rapaz e dele, o pistoleiro viu um terceiro residente daquela estranha enfermaria. O sujeito parecia ter pelo menos quatro vezes a idade do rapaz, e o dobro da idade de Roland. Tinha uma longa barba, mais cinzenta do que preta, que pendia sobre o peito em duas emaranhadas pontas. Seu rosto era escurecido de sol, bastante enrugado, e empapuçado sob os olhos. Percorrendo sua face esquerda e passando pelo nariz, havia uma marca espessa que Roland pensou ser uma cicatriz. O homem barbado parecia adormecido ou inconsciente — Roland podia ouvi-lo roncando — e estava suspenso acima da cama, sustentado por uma complexa série de correias brancas que cintilavam na obscuridade do ar. Elas se entrecruzavam, fazendo uma série de oitos por todo o corpo do homem. Ele parecia um inseto na teia de alguma aranha exótica. Usava uma roupa de dormir branca e diáfana. Uma das correias passava sob suas nádegas, elevando a virilha de um modo que parecia oferecer o volume de sua genitália ao ar cinzento e irreal. Bem mais abaixo de seu corpo, Roland podia ver as formas sombreadas de suas pernas, parecendo torcidas como velhas árvores mortas. Não gostou de pensar em quantos lugares deviam estar quebradas para ter aquela aparência. E, no entanto, pareciam se mover. Como seria possível, se o homem estava inconsciente? Era um truque da luz, talvez, ou das sombras... talvez a roupa transparente que o homem usava se mexesse na brisa leve, ou...

Roland afastou os olhos, contemplando os ondulantes painéis de seda no alto, tentando controlar as batidas aceleradas do coração. O que viu não fora causado pelo vento, sombra ou qualquer outra coisa. As pernas do homem de algum modo se moviam sem se mover... como Roland parecera sentir suas próprias costas, movendo-se sem se mover. Ignorava o que poderia causar tal fenômeno e queria continuar assim, pelo menos por enquanto.

"Não estou pronto", sussurrou com os lábios muito secos. Fechou os olhos de novo, querendo dormir, querendo não pensar sobre o que as pernas torcidas do homem barbado podiam indicar sobre sua própria condição. Mas...

Mas é melhor ficar pronto.

Era a voz que parecia sempre surgir quando ele tentava deixar para lá um trabalho ou procurava o caminho mais fácil contornando um obstáculo. Era a voz de Cort, seu velho professor. O homem cuja bengala todos eles haviam temido quando garotos. Haviam temido ainda mais sua boca do que sua bengala. Suas zombarias quando estavam fracos, seu desprezo quando se queixavam ou tentavam lamuriar-se de sua sorte.

Você é um pistoleiro, Roland? Se é, é melhor ficar pronto.

Ele abriu os olhos de novo e mais uma vez virou a cabeça para a esquerda. Quando o fez, sentiu algo se movimentar sobre seu peito.

Movendo-se muito lentamente, ergueu a mão direita retirando-a da tipóia que a segurava. Sua dor nas costas acordou e resmungou. Roland parou de se mexer até chegar à conclusão de que a dor não ia piorar (pelo menos, se fosse cuidadoso), depois ergueu a mão até o peito, encontrando uma fazenda finamente tecida. Algodão. Moveu o queixo para seu esterno e viu que usava uma vestimenta de dormir como a do homem barbado.

Estendeu a mão até a gola da roupa e apalpou uma vistosa corrente. Um pouco mais para baixo, seus dedos tocaram uma forma retangular de metal. Achou que sabia o que era, mas tinha que se certificar. Retirou-a, ainda se mexendo com muito cuidado, tentando não comprometer nenhum músculo das costas. Um medalhão de ouro. Desafiou a dor, erguendo-o até ler o que estava gravado em sua superfície:

James
Amado pela família. Amado por Deus.

Enfiou-o novamente para dentro da roupa de dormir e olhou o rapaz adormecido no leito próximo — *deitado* no leito, não sobre ele. O lençol estava puxado até o tórax do rapaz, e o medalhão jazia no imaculado peitoral branco de sua roupa. O mesmo medalhão que Roland usava agora. No entanto...

Roland achou que entendia, e entender foi um alívio.

Olhou de novo para o homem barbado e viu algo tremendamente estranho: a espessa linha de cicatriz no seu rosto e nariz desaparecera. Em seu lugar, agora via-se a marca vermelho-rosada de um ferimento cicatrizando... um corte ou talvez um golpe.

Eu imaginei isso.

Não, pistoleiro, replicou a voz de Cort. *Gente como você não foi feita para imaginar. Como bem sabe.*

O pequeno movimento o cansara de novo... ou talvez fosse pensar que o esgotara. A combinação dos insetos cantantes e os sinos bimbalhando havia produzido algo parecido demais com uma canção de ninar para que se pudesse resistir. Desta vez, ele fechou os olhos e dormiu.

III. Cinco Irmãs. Jenna. Os Médicos de Eluria. O Medalhão. Uma Promessa de Silêncio.

Quando Roland acordou de novo, a princípio tinha certeza de que ainda dormia. Sonhava. Tinha um pesadelo.

Certa vez, na época em que encontrara Susan Delgado e se apaixonara por ela, Roland conhecera uma feiticeira chamada Rhea — a primeira feiticeira verdadeira do Mundo Médio que já vira. Fora ela que causara a morte de Susan, embora Roland tivesse feito a sua parte. Agora, abrindo os olhos e vendo Rhea não apenas uma mas cinco vezes, ele pensou: *Isso é o que dá lembrar dos velhos tempos. Invocando Susan, invoquei Rhea do Cöos também. Rhea e suas irmãs.*

As cinco vestiam hábitos ondulantes tão brancos quanto as paredes e os painéis do teto. Seus rostos senis eram emoldurados por toucas de freira tão brancas quanto as paredes, mas a pele era tão cinzenta e riscada como terra ressequida. Pendendo como talismãs das faixas de seda que prendiam seus cabelos (se de fato tinham cabelo), havia fios de minúsculos sinos que bimbalhavam quando elas se moviam ou falavam. Sobre o peitoral de seus hábitos, imaculados como neve nova, via-se bordada uma rosa vermelho-sangue... o *sigul* da Torre Negra. Vendo isso, Roland pensou: *Não estou sonhando. Essas bruxas são verdadeiras.*

— Ele acordou! — exclamou uma delas com uma voz horripilantemente coquete.

— Ooohh!

— Ooohh!

— Ah!

Elas adejaram como pássaros. A do centro deu um passo à frente e, ao fazer isso, o rosto delas pareceu tremular como as paredes de seda do pavilhão. Elas não eram nem um pouco velhas — de meia-idade talvez, mas não velhas.

Sim. São *velhas. Elas mudaram.*

A que agora assumia o comando era mais alta que as outras, com uma testa ampla e levemente abaulada. Curvou-se para Roland e os sinos que faziam uma franja em sua testa tilintaram. De algum modo, o som o fez sentir-se doente, e mais fraco do que se sentira um momento atrás. Os olhos dela, cor de avelã, eram atentos e talvez ávidos. Ela tocou-lhe o rosto por um momento, e um entorpecimento pareceu espalhar-se ali. Então ela espiou para baixo e uma expressão talvez perturbada contraiu seu rosto. Retirou a mão.

— Acorde, homem bonito. Então acordou. Que bom.

— Quem são vocês? Onde estou?

— Somos as Irmãzinhas de Eluria — disse ela. — Sou Irmã Mary. Está é Irmã Louise, e Irmã Michela, e Irmã Coquina...

— E Irmã Tamra — disse a última. — Uma moça adorável de 21 anos. — Deu uma risadinha. Seu rosto tremulou e, por um momento, era de novo velho como o mundo, com uma pele cinzenta e nariz de gancho. Roland pensou mais uma vez em Rhea.

Elas se aproximaram mais, cercando os complicados arreios que o suspendiam. E quando Roland se encolheu, a dor lancinante percorreu-lhe espinha acima e instalou-se na perna machucada. Ele gemeu. As correias que o seguravam estalaram.

— Aahhh!

— Dói!

— Está doendo!

— Dói tão forte!

Elas se aproximaram ainda mais, como se a dor de Roland as fascinasse. Agora ele sentia o cheiro delas, um cheiro seco e terroso. A que se chamava Michela estendeu a mão...

— Vá embora! Solte-o! Eu já não disse?

Elas pularam para trás ao som dessa voz, sobressaltadas. A Irmã Mary pareceu especialmente aborrecida. Mas recuou, com um último olhar feroz (Roland seria capaz de jurar) para o medalhão no peito dele. Roland enfiara-o novamente sob a roupa ao acordar pela última vez, mas agora o medalhão estava visível.

Uma sexta irmã apareceu, esgueirando-se rudemente entre Mary e Tamra. Esta última talvez fosse a única de 21 anos, de faces enrubescidas, pele lisa e olhos escuros. Seu hábito branco ondulava como um sonho. A rosa vermelha em seu peito destacava-se como uma maldição.

— Vão embora! Deixem-no em paz!

— Aahh, minha *querida*! — exclamou Irmã Louise, rindo e furiosa ao mesmo tempo. — Quer dizer que Jenna, o bebê, se apaixonou por ele?

— É verdade! — disse Tamra, rindo. — O bebê pôs seu coração à venda para ele!

— Ah, então é isso! — concordou Irmã Coquina.

Mary virou-se para a recém-chegada, os lábios numa linha apertada.

— Você não deve se meter nisso, garota atrevida.

— Me meto sim, se achar que devo — replicou Irmã Jenna. Parecia ter mais controle de si mesma agora. Um cacho de cabelo preto escapara de sua touca, fazendo-lhe uma vírgula na testa. — Agora, vão embora. Ele não está a fim de suas brincadeiras e risos.

— Não nos dê ordens — disse Irmã Mary — porque nós nunca brincamos. Você sabe disso, Irmã Jenna.

O rosto da moça suavizou-se um pouco, e Roland viu que ela estava com medo. Isso o fez temer por ela. Por si mesmo também.

— Vão embora — repetiu a moça. — Não é o momento. Não há outros para cuidar?

Irmã Mary pareceu ponderar, enquanto as outras a observavam. Finalmente concordou com a cabeça e sorriu para Roland. Novamente o rosto dela pareceu tremular, como algo visto através de uma névoa de calor. O que ele viu (ou pensou ver) por baixo era horrível e vigilante.

— Fique bem, homem bonito — disse ela a Roland. — Fique um pouquinho conosco e nós o curaremos.

Que escolha tenho?, pensou Roland.

As outras riram, risadinhas de pássaro erguendo-se na obscuridade como fitas. Irmã Michela soprou-lhe até um beijo.

— Vamos, senhoras! — exclamou Irmã Mary. — Vamos deixar Jenna com ele um pouco em memória de sua mãe, a quem amávamos tanto! — E com isso, levou as outras embora, cinco pássaros brancos esvoaçando pela passagem central, as saias movendo-se de um lado para o outro.

— Obrigado — disse Roland, erguendo os olhos para a dona da mão fresca... pois sabia ter sido ela quem o afagara.

Como para provar isso, ela pegou os dedos dele e acariciou-os.

— Elas não querem lhe fazer nenhum mal — disse. Mas Roland viu que ela não acreditava em suas palavras; nem ele. Estava metido numa grande encrenca ali, uma encrenca enorme.

— Que lugar é este?

— O nosso lugar — disse ela simplesmente. — O lar das Irmãzinhas de Eluria. Nosso convento, se quiser.

— Isto não é um convento — Roland olhou além dela para os leitos vazios. — É uma enfermaria, não é?

— Um hospital — ela respondeu, ainda lhe acariciando os dedos. — Servimos os médicos... e eles nos servem. — Fascinado pelo cacho preto sobre a clara testa da moça, Roland o teria acariciado se ousasse esticar a mão para sentir sua textura. Achava-o lindo porque era a única coisa escura em todo aquele branco. Para ele, o branco perdera o encanto. — Somos enfermeiras... ou éramos, antes que o mundo seguisse em frente.

— Vocês são seguidoras do Homem-Jesus?

Ela pareceu surpresa por um momento, quase chocada. Então riu alegremente.

— Não, nós não!

— Se são auxiliares... enfermeiras... onde estão os médicos?

Ela olhou-o mordendo os lábios, como se tentasse resolver alguma coisa. Roland achou sua dúvida muito encantadora e percebeu que, doente ou não, olhava uma mulher *como* mulher pela primeira vez desde que Susan Delgado morrera, e isso fora há muito tempo. O mundo inteiro mudara desde então, e não fora para melhor.

— Gostaria de saber mesmo?

— Sim, claro — disse ele, um pouco surpreso. Um pouco inquieto também. Continuou esperando que o rosto dela tremulasse e mudasse como os rostos das outras, mas isso não aconteceu. Também não havia nela aquele desagradável cheiro de terra e de mortos.

Um momento, acautelou-se. *Não acredite em nada aqui, muito menos em seus próprios sentidos. Ainda não.*

— Acho que você deve saber — disse ela com um suspiro. Este fez tilintar os sinos em sua testa, que eram mais escuros do que os que as outras usavam, não pretos como o cabelo dela, mas da cor do carvão, de certo modo como se tivessem sido defumados em uma fogueira. O som deles, contudo, era da prata mais cristalina. — Prometa que não vai gritar e acordar o pube ali no leito.

— Pube?

— O garoto. Promete?

— Se prometo — disse ele, voltando novamente ao dialeto meio esquecido do Arco Exterior sem ter consciência disso. O dialeto de Susan. — A última vez que gritei foi há muito tempo, beleza.

Ela enrubesceu ainda mais ao ouvir aquilo, e rosas mais naturais e vivas do que a de seu peito estamparam-se em suas faces.

— Não chame de beleza o que não pode ver bem — disse ela.

— Então tire essa touca que está usando.

Ele podia ver perfeitamente o rosto dela, mas queria muito ver o seu cabelo — quase ansiava por ele. Uma inundação total de preto em todo esse branco irreal. Claro que o cabelo podia ser aparado bem curto, as Irmãs de sua ordem podiam usá-lo assim, mas de algum modo ele não lembrou disso.

— Não, isso não é permitido.

— Por quem?

— Pela Grande Irmã.

— A que se chama Mary?

— Sim, sim. — Ela começou a se afastar e então fez uma pausa, olhando para trás por cima do ombro. Em outra garota de sua idade, alguém que fosse tão bonita assim, tal olhadela seria um convite ao flerte. Mas a garota tinha uma expressão séria.

— Lembre de sua promessa.

— Está bem, nenhum grito.

Ela foi até o homem barbado, a saia oscilando. Na obscuridade, lançava apenas uma mancha de sombra nos leitos vazios pelos quais passava. Quando alcançou o homem (que, segundo Roland, estava inconsciente e não apenas dormindo), ela olhou para trás mais uma vez. Roland fez um aceno afirmativo com a cabeça.

Irmã Jenna aproximou-se do homem suspenso no outro lado do leito, de modo que Roland a via através dos laços e voltas da seda branca entretecida. Ela pousou levemente as mãos no lado esquerdo do peito dele, curvou-se... e sacudiu a própria cabeça de um lado para o outro, como se expressasse uma viva negativa. Os sinos de sua testa tocaram agudamente, e Roland mais uma vez sentiu aquele movimento esquisito nas costas, acompanhado por um baixo dedilhar de dor. Era como se tivesse estremecido sem fazê-lo de fato, ou estremecido num sonho.

O que aconteceu a seguir quase lhe extraiu um grito, e ele teve que morder os lábios para contê-lo. Mais uma vez as pernas do homem inconsciente pareceram mover-se sem se mover... porque foi o que estava *em cima* delas que se movera. As canelas peludas, os tornozelos e os pés do homem mostravam-se abaixo da bainha da roupa. Mas agora uma negra onda de insetos os percorriam cantando ferozmente, como uma coluna de exército que canta ao marchar.

Roland lembrou da cicatriz preta atravessando o rosto e o nariz do homem — a cicatriz que desaparecera. Eles eram em maior número, claro. E os insetos estavam em cima do *homem*, também. Por isso ele podia estremecer sem propriamente fazê-lo. Os insetos se espalhavam por suas costas inteiras. *Regalando-se* nele.

Não, ficar sem gritar não era tão fácil quanto Roland pensara.

Os insetos correram para os artelhos suspensos do homem, depois saltaram deles em ondas, como criaturas saltando numa margem e dentro de um local para nadar. Organizaram-se rápida e facilmente no brilhante lençol branco abaixo, e começaram a marchar para o chão num batalhão de 30 centímetros de largura. Roland não conseguia dar uma boa olhada neles, a distância era muito grande e a luz insuficiente, mas achou que tinham talvez o dobro do tamanho de formigas e eram pouco menores do que as gordas abelhas que enxameavam nos canteiros de flor de sua casa.

E cantavam ao marchar.

Mas o homem barbado não. Quando o enxame de insetos que revestia suas pernas começou a diminuir, ele estremeceu e gemeu. A jovem pôs a mão na testa dele e o acalmou, deixando Roland um pouco ciumento mesmo em sua repulsa ante o que via.

E o que via de tão horrível afinal? Em Gilead, sanguessugas haviam sido usadas para tratar de certas doenças — inchaços do cérebro, das axilas e da virilha, basicamente. Quando se tratava de cérebro, as sanguessugas, apesar de feias, certamente eram preferíveis ao próximo passo — a trepanação.

Mesmo assim, *havia* algo detestável neles, talvez porque não os pudesse ver direito, e era horrível imaginá-los por suas costas inteiras enquanto ele pendia ali, desamparado. Mas não cantavam. Por quê? Porque estavam se alimentando? Dormindo? Os dois ao mesmo tempo?

Os gemidos do homem barbado diminuíram. Os insetos afastaram-se pelo chão em direção a uma das paredes sedosas e suavemente ondulantes. Roland perdeu-os de vista nas sombras.

Jenna voltou para ele, com uma expressão ansiosa.

— Você se saiu bem. Mesmo assim, vejo como se sentiu; está no seu rosto.

— Os médicos — disse ele.

— Sim. Seu poder é muito grande, mas... — Ela abaixou a voz. — Acredito que aquele tropeiro está além da ajuda deles. Suas pernas estão um pouco melhores, e os machucados do rosto quase curados, mas ele tem ferimentos que os médicos não podem alcançar. — Fez um gesto com a mão indicando o meio do corpo sugerindo a localização dos ferimentos, se não sua natureza.

— E eu? — perguntou Roland.

— Você foi levado pelo povo verde — disse ela. — Deve ter provocado uma tremenda raiva neles, para não o matarem imediatamente. Em vez disso, o amarraram e arrastaram. Tamra, Michela e Louise estavam lá fora colhendo ervas. Viram o povo verde brincando com você e pediram a eles que parassem, mas...

— Os mutantes sempre obedecem a vocês, Irmã Jenna?

Ela sorriu, talvez contente por ele lembrar seu nome.

— Nem sempre, mas na maioria das vezes. Dessa vez obedeceram, ou você estaria agora na clareira entre as árvores.

— Acho que sim.

— A pele de suas costas foi quase toda esfolada... você estava vermelho da nuca à cintura. Nós sempre tratamos as cicatrizes, mas os médicos foram longe na sua cura. E o canto deles é bastante bonito, não é?

— É — Roland concordou, mas o pensamento daquelas coisas pretas instaladas em suas costas, em sua carne viva, ainda o repugnava. — Tenho que lhe agradecer e o faço de bom grado. O que eu puder fazer por você...

— Então me diga seu nome. Vamos.

— Eu me chamo Roland de Gilead. Eu estava com revólveres, Irmã Jenna. Sabe onde estão?

— Não vi revólver nenhum — ela respondeu, mas desviou os olhos. As rosas de seu rosto floresceram de novo. Ela podia ser bonita e uma boa enfermeira, mas mentia muito mal. Roland ficou contente. Bons mentirosos eram comuns. Por outro lado, a honestidade era rara.

Deixe a inverdade de lado, por hora, disse a si mesmo. *Ela fala isso de medo, acho.*

— Jenna! — O grito veio da sombra profunda na outra extremidade da enfermaria, que hoje parecia ao pistoleiro mais comprida que nunca, e Irmã Jenna pulou, culpada. — Venha! Você já conversou o suficiente para distrair 20 homens! Deixe ele dormir!

— Sim! — gritou ela e virou-se para Roland. — Não deixe que saibam que eu lhe mostrei os médicos.

— Vou fechar o bico, Jenna.

Ela fez uma pausa mordendo novamente os lábios e depois subitamente abaixou a touca, que caiu em sua nuca num suave bimbalhar de sinos. Libertado do confinamento, seu cabelo varreu-lhe as faces como sombras.

— Sou bonita? *Sou?* Diga a verdade, Roland de Gilead... nada de lisonjas. A lisonja tem a duração de uma vela que queima.

— Bonita como uma noite de verão.

O que ela viu no rosto dele pareceu agradá-la mais do que suas palavras, porque ela sorriu radiante. Puxou a touca novamente para cima, enfiando o cabelo rapidamente para dentro dela com rápidas cutucadas dos dedos pequenos.

— Estou decente?

— Tão decente quanto bonita — disse ele. Então, cautelosamente, ergueu um braço e apontou para a testa dela. — Um cacho ficou de fora... bem ali.

— Sim, esse sempre me amola. — Com uma caretinha engraçada, ela enfiou o cacho sob a touca. Roland pensou quanto gostaria de beijar suas faces rosadas... e quem sabe sua boca rosada.

— Está tudo bem — disse ele.

— *Jenna!* — O grito era mais impaciente que nunca. — Meditações!

— Estou indo agora mesmo! — gritou ela, levantando as volumosas saias para voltar. Mas virou-se mais uma vez, com o rosto muito grave e sério agora. — Mais uma coisa — disse quase num sussurro e olhando rapidamente em torno. — O medalhão de ouro que usa... você o usa porque é seu. Entende... James?

— Entendo. — Ele virou um pouco a cabeça para olhar o rapaz adormecido. — Aquele ali é meu irmão.

— Se perguntarem, sim. Dizer qualquer outra coisa iria pôr Jenna numa encrenca séria.

Até que ponto séria, ele não perguntou. De qualquer modo, ela desaparecera, parecendo flutuar ao longo da passagem entre todos os leitos vazios, a saia presa numa das mãos. As rosas haviam fugido de seu rosto, deixando-lhe as faces e a testa cor de cinza. Lembrou-se do olhar ávido no rosto das outras, como haviam se reunido em torno dele num nó estreito... e o modo como seus rostos tremulavam.

Seis mulheres, cinco velhas e uma jovem.

Médicos que cantavam e depois arrastavam-se pelo chão quando dispensados pelo toque de sinos.

E um inverossímil pavilhão hospitalar com 100 leitos talvez, de teto e paredes de seda...

... e com todos os leitos vazios, exceto três.

Ele não compreendia por que Jenna tirara o medalhão do bolso do rapaz morto e o colocara no pescoço dele, Roland, mas imaginou que, se descobrissem o que Jenna fizera, as Irmãzinhas de Eluria poderiam matá-la.

Ele fechou os olhos e o doce canto dos insetos-médicos mais uma vez o fez flutuar para o sono.

IV. Uma Tigela de Sopa. O Rapaz no Leito Próximo. As Enfermeiras Noturnas.

Roland sonhou que um inseto muito grande (um inseto-médico, talvez) voava em torno de sua cabeça e esbarrava repetidamente em seu nariz — colisões mais irritantes do que dolorosas. Ele tentava repetidamente atingir o inseto e, embora suas mãos fossem rápidas em circunstâncias normais, não conseguia pegá-lo. E cada vez que isso acontecia, o inseto dava uma risadinha.

Estou lento porque estou doente, pensou Roland.

Não, porque fui emboscado. Arrastado pelo chão por seres em mutação lenta, e salvo pelas Irmãzinhas de Eluria.

Subitamente ocorreu-lhe a vívida imagem da sombra de um homem saindo das sombras de uma carroça de carga virada; ouviu uma voz áspera e alegre gritar "Buuh!".

Roland acordou com um sobressalto forte o suficiente para balançar seu corpo nas complicadas tiras que o sustentavam. A mulher que estava perto de sua cabeça e que ria dando leves batidinhas com uma colher de madeira no nariz dele recuou com tanta rapidez que a tigela em sua outra mão escorregou.

As mãos de Roland cortaram o ar e foram rápidas como sempre — sua frustração em pegar o inseto fora apenas parte do sonho. Pegou a tigela antes que mais algumas gotas se derramassem. A mulher — Irmã Coquina — olhou para ele com olhos arregalados.

Com o movimento repentino, a dor percorreu de alto a baixo as costas de Roland, mas não chegou nem perto da que ele sentira antes — e não havia movimento algum em sua pele. Talvez os "médicos" estivessem apenas dormindo, mas ele achou que tinham ido embora.

Estendeu a mão para a colher com que Coquina o estivera importunando (descobriu que não ficara nem um pouco surpreso com o fato de que uma delas importunasse um homem adormecido e doente — só teria se surpreendido se fosse Jenna), e ela lhe entregou a colher, os olhos ainda arregalados.

— Como você é rápido! — disse. — Foi como um truque de mágica, e você ainda está acordando!

— Lembre-se disso, *sai* — ele falou, experimentando a sopa. Havia minúsculos pedaços de galinha flutuando nela. Roland provavelmente teria considerado a sopa algo leve demais em outras circunstâncias, mas naquela situação a comida parecia ambrosia. Pô-se a comer avidamente.

— O que está querendo dizer? — perguntou ela. A luz estava muito fraca agora, os painéis da parede exibindo um laranja rosado que sugeria o pôr-do-sol. Sob esta luz, Coquina parecia muito jovem e bonita; mas Roland tinha certeza de que era magia, uma espécie de maquiagem enfeitiçante.

— Nada em especial — disse ele, descartando a colher por ser lenta demais e preferindo levar a própria tigela à boca. Desse modo, tomou a sopa em quatro grandes goles. — Vocês têm sido boas para mim...

— É, temos *mesmo*! — disse ela, indignada.

— E espero que sua bondade não tenha nenhum motivo oculto. Se tiver, Irmã, lembre-se que sou rápido. E eu nem sempre tenho sido bom.

Ela não respondeu, apenas pegou a tigela quando Roland a devolveu. Fez isso com delicadeza, talvez não querendo tocar nos dedos dele, e seus olhos caíram sobre o medalhão novamente escondido sob a roupa de Roland. Ele não disse mais nada; não queria enfraquecer a ameaça implícita lembrando-lhe que quem a fizera estava desarmado, quase nu e suspenso no ar porque suas costas não podiam suportar o peso do corpo.

— Onde está Irmã Jenna? — perguntou ele.

— Oooo — disse Irmã Coquina, erguendo as sobrancelhas. — Nós gostamos dela, não é? Ela faz o nosso coração disparar... — Pôs a mão na rosa que havia em seu peito e tamborilou rapidamente.

— De modo nenhum, de modo nenhum — disse Roland —, mas ela era boa. Duvido que tivesse me importunado com uma colher, como outras fazem.

O sorriso de Irmã Coquina desapareceu. Ela parecia zangada e preocupada.

— Não conte nada disso a Mary, se ela aparecer mais tarde. Você poderia me causar problemas.

— Por que isso deve me importar?

— Posso me vingar de alguém que me causou problemas complicando a vida da pequena Jenna — disse Irmã Coquina. — De qualquer modo, ela está na lista negra da Grande Irmã neste momento. Irmã Mary não gostou nem um pouco do jeito como Irmã Jenna falou com ela sobre você... e também não gostou que Jenna voltasse para nós usando os Sinos Escuros.

Isso acabara de sair de sua boca quando Irmã Coquina tapou com a mão aquele órgão freqüentemente imprudente, como se percebesse que falara demais.

Intrigado com o que ela dissera, mas sem querer demonstrá-lo naquele momento, Roland respondeu:

— Vou ficar calado sobre você, se você não disser nada a respeito de Jenna a Irmã Mary.

Coquina pareceu aliviada.

— Sim, está combinado. — Inclinou-se confidencialmente para a frente. — Ela está na Casa da Meditação. É a pequena caverna no flanco da colina onde temos que ir e meditar quando a Grande Irmã decide que nos comportamos mal. Ela terá que ficar lá e refletir sobre sua imprudência até que Mary a deixe sair. — Fez uma pausa e então disse abruptamente: — Quem é esse aí do lado? Você o conhece?

Roland virou a cabeça e viu que o rapaz estava acordado, e escutava a conversa. Seus olhos eram tão escuros quanto os de Jenna.

— Se eu o conheço? — perguntou Roland, tentando assumir um ar de escárnio. — Como posso não conhecer meu próprio irmão?

— É mesmo? Ele tão jovem e você tão velho? — Irmã Tamra, que dissera ter 21 anos, materializou-se saindo da escuridão. Um momento antes de ela alcançar a cama de Roland, seu rosto era de uma velha repulsiva que deveria estar muito além dos 80 anos... ou dos 90. Então essa imagem tremulou e surgiu mais uma vez a fisionomia gorducha e saudável de uma matrona de 30 anos. A não ser pelos olhos. Eles continuavam de córneas amarelas, grudentos nos cantos e vigilantes.

— Ele é o mais novo e eu sou o mais velho — disse Roland. — Entre nós há outros sete, e 20 anos das vidas de nossos pais.

— Que doçura! E se ele é seu irmão, você sabe o nome dele, não é? Sabe muito bem.

Antes que o pistoleiro se atrapalhasse, o rapaz disse:

— Elas acham que você esqueceu um nome tão simples como John Norman. Como são tolas, hein, Jimmy!

Coquina e Tamra olharam para o rapaz pálido no leito ao lado de Roland, nitidamente zangadas... e nitidamente vencidas. Pelo menos por um tempo.

— Você já lhe deu essa porcaria para comer — disse o rapaz (cujo medalhão indubitavelmente o chamava de *John, Amado pela família. Amado por Deus*). — Por que não vai embora e nos deixa bater um papo?

— Bom! — retrucou Irmã Coquina. — Como gosto da gratidão que reina aqui, vou fazer isso!

— Sou grato pelo que me dão — respondeu Norman, olhando-a com firmeza —, mas não pelo que me tiram.

Tamra bufou, virou-se com força suficiente para que o giro de sua roupa jogasse uma lufada de ar no rosto de Roland, e então pediu licença para ir embora. Coquina permaneceu por um momento.

— Seja discreto, e talvez uma pessoa de quem você gosta mais do que de mim seja posta em liberdade pela manhã, e não daqui a uma semana.

Sem esperar resposta, ela se virou e seguiu Irmã Tamra.

Roland e John Norman esperaram até que estivessem longe e então Norman falou em voz baixa para Roland:

— Meu irmão. Morto?

Roland assentiu com a cabeça.

— Peguei o medalhão para o caso de me encontrar com alguém da família dele. E pertence a você, por direito. Lamento por sua perda.

— Obrigado, *sai.* — O lábio inferior de John Norman tremeu e então se firmou. — Eu sabia que os homens verdes tinham acabado com ele, embora essas velhotas não me dissessem com certeza.

— Talvez as Irmãs não tivessem certeza.

— Tinham, não há dúvida. Elas não dizem muito, mas sabem *demais.* A única um pouco diferente é Jenna. É aquela a quem a velha megera chamou de "sua amiga", não é?

Roland concordou com a cabeça.

— E ela disse algo sobre Sinos Escuros. Eu saberia mais a respeito disso, se querer fosse poder.

— Jenna é especial, sim. Mais como uma princesa, cujo posto não pode ser recusado por ser determinado por linhagem sangüínea diferentemente das outras irmãs. Fico aqui deitado e finjo que estou dormindo... é mais seguro, acho... mas as ouvi falando. Jenna voltou para elas recentemente, e aqueles Sinos Escuros significam algo especial... Mas Mary ainda é quem dá as cartas. Acho que os Sinos Escuros são apenas cerimoniais, como os anéis que os antigos Barões costumavam passar de pai para filho. Foi ela quem colocou o medalhão de Jimmy em você?

— Foi.

— Não o tire do pescoço, não importa o que você faça. — Seu rosto estava tenso, sombrio. — Não sei se é o ouro ou o Deus, mas elas não gostam de se aproximar muito dele. Acho que é a única explicação para o fato de eu ainda estar aqui. — Sua voz baixou quase até um murmúrio. — Elas não são humanas.

— Bem, talvez um pouco tresloucadas e cheias de magias, mas...

— Não! — Com um esforço nítido, o rapaz ergueu-se num cotovelo. Olhou francamente para Roland. — Você está pensando em xamãs ou feiticeiras. Elas não são nem uma coisa nem outra. *Elas não são humanas!*

— Então o que são?

— Não sei.

— Por que está aqui, John?

Falando em voz baixa, John Norman contou a Roland o que sabia ter-lhe acontecido. Ele, seu irmão e quatro outros rapazes que eram rápidos e tinham bons cavalos haviam sido contratados como batedores, cavalgando à frente e atrás, protegendo uma comprida caravana de sete carroças de carga levando mercadorias — sementes, alimentos, ferramentas, correio e quatro noivas encomendadas para a comuna ainda não agregada de Tejuas, uns 300 quilômetros a oeste de Eluria. Os batedores cavalgavam na frente e atrás do comboio de carroças, em rodízio; um irmão cavalgava com cada grupo porque, como Norman explicou, quando estavam juntos brigavam como... bem...

— Como irmãos — sugeriu Roland.

John Norman conseguiu dar um rápido e sofrido sorriso.

— É.

O trio de que John fazia parte vinha cavalgando na retaguarda, cerca de três quilômetros atrás das carroças de carga, quando os mutantes verdes armaram uma emboscada em Eluria.

— Quantas carroças você viu quando chegou lá? — ele perguntou a Roland.

— Uma. Virada.

— Quantos corpos?

— Só o do seu irmão.

John Norman assentiu sombriamente.

— Não o levaram por causa do medalhão, eu acho.

— Os mutantes?

— As Irmãs. Os mutantes não dão a mínima para ouro ou Deus. Mas essas vacas... — Olhou a escuridão, que agora era quase completa. Roland sentiu a letargia se arrastando por ele de novo, mas só mais tarde percebeu que a sopa continha alguma droga.

— E as outras carroças? — perguntou Roland. — As que não foram derrubadas?

— Os mutantes devem ter levado as carroças e as mercadorias — disse Norman. — Eles não ligam para ouro ou Deus; as Irmãs não ligam para mercadorias. É provável que tenham sua própria comida, algo em que eu não gosto de pensar. Coisa nojenta... como aqueles insetos.

Ele e os outros cavaleiros da retaguarda galoparam para Eluria, mas, quando chegaram lá, a luta já havia terminado. Os homens estavam caídos por ali, alguns mortos, mas muitos ainda vivos. Pelo menos duas das noivas encomendadas ainda estavam vivas também. Os sobreviventes capazes de andar estavam sendo tangidos num grupo pelo povo verde — John Norman lembrava muito bem do que usava chapéu-coco e da mulher de colete vermelho esfarrapado.

Norman e os outros dois haviam tentado lutar. Ele vira um de seus companheiros ser atingido por uma flecha, e a seguir não vira mais nada — alguém o acertara na cabeça por trás, e as luzes haviam sumido.

Roland imaginou se quem o emboscara teria gritado "Bu!" antes de atacar, mas não perguntou.

— Quando acordei de novo, estava aqui — disse Norman. — Vi que alguns outros... a *maioria*... estavam cobertos por aqueles malditos insetos.

— Outros? — Roland olhou para os leitos vazios. Na escuridão crescente, eles cintilavam como ilhas brancas. — Quantos foram trazidos para cá?

— Pelo menos 20. Eles se curaram... os insetos os curaram... e então eles foram desaparecendo, um por um. A gente dormia e quando acordava havia mais um leito vazio. Sumiram, um por um, até que só restamos eu e aquele ali.

Fitou solenemente Roland.

— E agora você.

— Norman — a cabeça de Roland estava girando. — Eu...

— Eu acho que sei o que você tem — disse Norman. Parecia falar de muito longe... talvez do outro lado da Terra. — É a sopa. Mas um homem tem que comer. A mulher também. Se ela é uma mulher normal, de qualquer modo. Essas aí não são. Mesmo a Irmã Jenna não é. É simpática, mas não é normal. — Cada vez mais e mais distante. — E ela vai ser como as outras no final. Preste atenção ao que eu digo.

— Não consigo me mover. — Mesmo dizer isso exigia um esforço gigantesco. Era como empurrar rochedos.

— Não. — Norman riu de repente. Um som chocante ecoando na crescente escuridão que enchia a cabeça de Roland. — Não é só remédio para dormir que elas põem na sopa, é remédio para-não-se-mover também. Não há nada errado comigo, irmão... então por que acha que ainda estou aqui?

Norman falava agora não do outro lado da Terra, mas talvez da Lua:

— Acho que nem eu nem você vamos ver o Sol brilhando num pedaço de chão de novo.

Nisso você está errado, Roland tentou replicar, e pensou em outras frases do gênero, mas não conseguiu. Navegava pelo lado escuro da Lua, perdendo todas as palavras no vácuo que encontrou ali.

Mesmo assim, não perdeu totalmente a consciência de si. Talvez a dose do "remédio" na sopa da Irmã Coquina não tivesse sido bem calculada, ou talvez simplesmente nunca tivessem aplicado seu malefício num pistoleiro, e não sabiam que tinham em mãos um deles agora.

Exceto Irmã Jenna, claro — *ela* sabia.

Em algum ponto da noite, vozes murmurando, risadinhas e o toque leve de sinos o acordaram da escuridão onde estivera esperando, não muito adormecido ou inconsciente. Em torno dele, tão constantes que agora raramente os ouvia, estavam os "médicos" cantores.

Roland abriu os olhos. Viu uma luz pálida e incerta dançando no ar negro. As risadinhas e os murmúrios se aproximaram. Ele tentou virar a cabeça e no início não conseguiu. Descansou, reuniu toda a sua força de vontade e tentou de novo. Dessa vez a cabeça virou. Apenas um pouco, mas o suficiente.

Eram cinco Irmãzinhas — Mary, Louise, Tamra, Coquina e Michela. Elas surgiram na comprida passagem da enfermaria escura, rindo juntas como crianças que tivessem saído para brincar, carregando longas velas de cera em castiçais de prata, os sinos nas faixas das toucas com suas carreirinhas prateadas de som. Elas se reuniram à volta do homem barbado. De dentro de seu círculo, um fulgor de velas ergueu-se numa coluna trêmula que morreu antes de chegar à metade do teto sedoso.

Irmã Mary falou rapidamente. Roland reconheceu sua voz, mas não as palavras — não era o falar vulgar nem o alto idioma, mas uma linguagem inteiramente diferente. Uma frase se destacou — *can de lach, mi him en tow* — e ele não tinha idéia do que significava.

Percebeu que agora só conseguia ouvir o bimbalhar dos sinos — os insetos-médicos haviam silenciado.

— *Ras me! On! On!* — exclamou Irmã Mary numa voz poderosa e áspera. As velas se apagaram. A luz brilhando através das asas das toucas ao se reunirem em torno do homem barbado desaparecera, e mais uma vez a escuridão era completa.

Gelado, Roland esperou o que aconteceria a seguir. Tentou flexionar as mãos ou os pés, mas não pôde. Conseguira mover a cabeça talvez uns 15 graus; fora isso, continuava tão paralisado quanto uma mosca cuidadosamente embrulhada e pendurada numa teia de aranha.

Um baixo toque de sinos na escuridão... e a seguir, sons de gente sugando nas trevas. Assim que os ouviu, Roland sabia que os ouviria. Uma parte dele soubera o tempo todo o que eram as Irmãzinhas de Eluria.

Se pudesse erguer as mãos, teria tapado os ouvidos para bloquear os sons. Na situação atual, só podia ficar ali deitado, imóvel, escutando e esperando que parassem.

Por um longo tempo — que pareceu durar para sempre —, elas não pararam. Chupavam e grunhiam como porcos absorvendo a comida meio liquefeita de uma gamela. Houve até um ressonante arroto, seguido por mais risadinhas sussurradas (elas terminaram quando Irmã Mary emitiu uma única e curta palavra — "*Hais!*"). E mais uma vez ouviu-se um grito gemido e baixo — era o homem, Roland teve certeza. Se isso era verdade, foi o último grito que deu na superfície da Terra.

Aos poucos, os sons delas se alimentando começaram a diminuir. Enquanto isso, os insetos voltaram a cantar — primeiro de modo hesitante, depois com mais confiança. Os sussurros e as risadinhas recomeçaram. As velas foram novamente acesas. Roland estava agora deitado com a cabeça virada na outra direção. Não queria que soubessem que vira, e também não sentia mais nenhuma vontade de ver o que ocorria. Vira e ouvira o suficiente.

Mas as risadinhas e os sussurros vinham agora na sua direção. Roland fechou os olhos, concentrando-se no medalhão que jazia contra seu peito. *Não sei se é o ouro ou o Deus, mas elas não gostam de chegar muito perto dele*, dissera John Norman. Era bom lembrar disso enquanto as Irmãzinhas se aproximavam, cochichando e sussurrando em sua estranha língua secreta. O medalhão, porém, parecia uma débil proteção no escuro.

Tenuemente, a uma grande distância, Roland ouviu o latido do cão-cruz.

Enquanto as Irmãs cercavam sua cama, o pistoleiro percebeu que podia sentir o cheiro delas. Era um odor abjeto, desagradável, como de carne estragada. E que outro odor poderiam exalar nessas circunstâncias?

— Um homem tão bonito — disse Irmã Mary, num tom baixo e meditativo.

— Mas usa um *sigul* feio — disse Irmã Tamra.

— Vamos tirá-lo dele! — disse Irmã Coquina.

— E então ganhamos beijos — disse Irmã Coquina.

— Beijos para todas! — exclamou Irmã Michela, com tanto entusiasmo que todas riram.

Roland descobriu que nem *todo* o seu corpo estava paralisado. De fato, parte dele se erguera do sono ante o som das vozes delas e estava agora bem ereto. A mão de uma delas se estendeu por baixo de sua roupa, tocou-lhe o membro rígido, envolveu-o, acariciou-o. Roland permaneceu num horror silencioso, fingindo dormir, quando um jorro quente e úmido foi cuspido dele quase imediatamente. A mão continuou onde estava por um momento, o polegar esfregando para cima e para baixo a haste que murchava. Então soltou-a e deslizou um pouco mais para o alto. Encontrou a umidade empoçada no baixo ventre de Roland.

Risadinhas, suaves como o vento.

Tilintar de sinos.

Roland abriu os olhos o mínimo possível, fitando os rostos envelhecidos rindo dele à luz das velas — olhos cintilantes, faces amarelas, dentes protuberantes que se salientavam do lábio inferior. Irmã Michela e Irmã Louise pareciam estar de cavanhaque agora, mas aquilo certamente não era uma mancha escura de pêlos e sim o sangue do homem barbado.

Mary fez uma concha com a mão, passando-a de Irmã a Irmã; cada uma lambeu da palma de Mary à luz das velas.

O tempo todo Roland ficou de olhos fechados, esperando que elas fossem embora, o que finalmente aconteceu.

Nunca mais vou dormir de novo, pensou ele, e cinco minutos depois esquecera de si e do mundo.

V. Irmã Mary. Uma Mensagem. Uma Visita de Ralph. O Destino de Norman. Irmã Mary de Novo.

Quando Roland acordou era dia claro, o teto de seda lá em cima era de um branco brilhante e ondulava numa brisa suave. Os insetos-médicos cantavam contentes. À esquerda, Norman dormia profundamente e com a cabeça tão virada para o lado que seu rosto, onde a barba ia despontando, apoiava-se no ombro.

Roland e John Norman eram os únicos ali. Ainda mais longe, do mesmo lado da enfermaria, via-se o leito vazio onde o homem barbado estivera, com os lençóis de cima estendidos e nitidamente arrumados, o travesseiro cuidadosamente forrado por uma fronha estalando de fresca. As complicadas tipóias em que seu corpo havia descansado desapareceram.

Roland lembrou das velas — o modo como seu fulgor se tinha combinado e reunido numa coluna, iluminando as Irmãs enquanto elas se juntavam à volta do homem. Dando risadinhas. Seus desgraçados sinos tilintando.

Como se fosse convocada pelos pensamentos de Roland, Irmã Mary apareceu, avançando rapidamente com Irmã Louise em sua esteira. Louise segurava uma bandeja e parecia nervosa. Mary franzia a testa, obviamente não muito bem-humorada.

Ranzinza depois de ter comido tão bem?, Roland pensou. *Que feio, Irmã.*

Ela chegou ao leito do pistoleiro e fitou-o.

— Tenho pouco que lhe agradecer, *sai* — disse ela sem qualquer preâmbulo.

— Eu lhe pedi que agradecesse? — Roland respondeu numa voz que parecia tão empoeirada e pouco usada como as páginas de um velho livro.

Ela não deu atenção.

— Você se juntou com quem sempre foi despudorada e irrequieta, com uma atitude totalmente rebelde. Bem, a mãe dela era igual, e morreu por causa disso não muito depois de devolver Jenna ao lugar adequado a ela. Levante a mão, ingrato.

— Não posso. Não consigo me mover.

— Ah, tolo! Nunca ouviu dizer "não engane sua mãe, a não ser que ela não esteja por perto"? Sei muito bem o que pode ou não fazer. Agora, levante a mão.

Roland levantou a mão direita, tentando fingir mais esforço do que precisava fazer de fato. Pensou que naquela manhã poderia estar suficientemente forte para se libertar daquelas tiras... mas, e depois? Qualquer caminhada pra valer ainda estaria além de suas forças por horas, mesmo sem outra dose de "remédio"... e atrás de Irmã Mary, Irmã Louise destampava uma nova tigela de sopa. Quando Roland olhou a comida, seu estômago roncou.

A Grande Irmã ouviu e deu um pequeno sorriso.

— Mesmo ficar deitado na cama abre o apetite de um homem forte, se é por muito tempo. Você não acha, Jason, irmão de John?

— Meu nome é James. Como você bem sabe, Irmã.

— Sei? — Ela riu raivosamente. — Ah! E se eu chicoteasse sua namoradinha com força bastante e com tempo bastante... até que o sangue escorresse das suas costas como gotas de suor, digamos... eu não arrancaria dela um nome diferente a chicotadas? Ou você não contou a ela na conversinha que tiveram?

— Se tocar nela, eu mato você.

Ela riu novamente. Seu rosto bruxuleou; a boca firme transformou-se em algo semelhante a uma água-viva moribunda.

— Não fale em nos matar, tolo, a não ser que falemos disso com você.

— Irmã, se você e Jenna não têm exatamente a mesma opinião, por que não a liberam dos votos e a deixam seguir o caminho dela?

— Gente como nós jamais pode ser liberada dos votos, nem seguir seu caminho. A mãe dela tentou e depois voltou, moribunda, com a menina doente. Ora, fomos nós que cuidamos de Jenna e a recuperamos depois que a mãe já era apenas poeira na brisa que sopra para o Mundo Final, e como ela nos agradece pouco! Além disso, ela porta os Sinos Escuros, o *sigul* de nossa irmandade. De nossa *ka-tet*. Agora coma... sua barriga diz que você está com fome!

Irmã Louise ofereceu a tigela, mas seus olhos continuaram vagando para a forma do medalhão sob a roupa de Roland. *Você não gosta dele, não é?*, pensou Roland, e então lembrou de Louise à luz de velas, do sangue do fretador em seu queixo, dos olhos senis e ávidos enquanto ela se inclinava para lamber o seu sêmen da mão de Irmã Mary.

Virou a cabeça para o lado.

— Não quero nada.

— Mas você está com fome! — protestou Louise. — Se não comer, James, como vamos fazer suas forças voltarem?

— Mande Jenna vir até aqui. Eu como o que ela trouxer.

Irmã Mary franziu a testa, sombria.

— Não vamos mais vê-la. Ela só foi liberada da Casa da Meditação com a promessa solene de dobrar seu tempo de meditação... e ficar fora da enfermaria. Agora coma, James, ou seja lá quem você for. Tome o que está na sopa ou cortamos você com uma faca e esfregamos os cortes com uma flanela molhada em ungüento para dor. De um modo ou de outro, não faz nenhuma diferença para nós. Faz, Louise?

— Nah — Louise disse. Ela ainda estendia a tigela, de onde saía vapor e um cheiro bom de galinha.

— Mas poderia fazer diferença para você — Irmã Mary sorriu sem humor, desnudando os dentes inusitadamente grandes. — O sangue correndo é arriscado por aqui. Os médicos não gostam disso. Ficam agitados.

Não eram só os insetos que ficavam agitados à vista do sangue, e Roland sabia disso. Também sabia que não tinha escolha quanto à sopa. Pegou a tigela de Louise e tomou lentamente. Daria tudo para apagar a expressão de satisfação no rosto de Irmã Mary.

— Ótimo — disse ela, depois de se certificar que a tigela que ele devolvera estava completamente vazia. A mão de Roland caiu com um baque novamente na tipóia providenciada para isso, já pesada demais para se sustentar. Podia sentir o mundo se desvanecendo novamente.

Irmã Mary inclinou-se, e a ondulante parte superior de seu hábito tocou a pele do ombro direito de Roland. Ele sentiu o cheiro dela, um odor maduro e seco, e teria sentido ânsias de vômito se tivesse forças para tal.

— Tire essa coisa de ouro nojenta de você quando suas forças voltarem... coloque-a no urinol debaixo da cama. O lugar dela é ali. Porque o simples fato de ficar perto de onde ela está faz minha cabeça doer e a garganta fechar.

Falando com um enorme esforço, Roland disse:

— Se quiser, pode tirá-lo. Como posso impedir que faça isso, sua vaca?

Mais uma vez a testa franzida da Irmã transformou-se numa nuvem de trovoada. Roland achou que ela o teria esbofeteado se ousasse tocá-lo tão perto do local onde estava o medalhão. Mas essa capacidade parecia terminar acima da cintura dele.

— Acho que seria melhor você pensar um pouco mais no assunto — disse ela. — Ainda posso mandar chicotear Jenna, se eu quiser. Ela porta os Sinos Escuros, mas eu sou a Grande Irmã. Reflita muito bem nisso.

Foi embora. Irmã Louise a seguiu, lançando um olhar — uma estranha combinação de temor e lascívia — por cima do ombro.

Preciso sair daqui, pensou Roland. *Preciso mesmo.*

Mas, em vez disso, deslizou novamente para a zona escura que não era bem sono. Ou talvez tenha dormido ao menos por um tempo; talvez tenha até sonhado. Mais uma vez, dedos acariciaram seus dedos, e lábios beijaram inicialmente sua orelha e depois sussurraram nela: "Olhe debaixo do travesseiro, Roland... mas não deixe ninguém saber que estive aqui."

Em algum momento posterior, ele abriu os olhos de novo, um pouco esperançoso de ver o rosto jovem e bonito de Irmã Jenna pairando acima dele. E aquela vírgula de cabelo escuro mais uma vez saindo de sua touca. Mas não havia nada. Os drapeados de seda lá em cima estavam mais brilhantes que nunca e, embora fosse impossível saber as horas com alguma precisão, Roland adivinhou que era por volta do meio-dia. Talvez três horas depois de sua segunda tigela de sopa das Irmãs.

No leito ao lado, John Norman ainda dormia, a respiração assobiando em tênues roncos nasais.

Roland tentou erguer a mão e deslizá-la sob o cobertor, mas ela não se mexeu. Conseguiu movimentar a ponta dos dedos, mas foi só. Esperou, acalmando a mente tanto quanto pôde, reunindo paciência. Não foi fácil, até que a paciência surgisse. Continuou pensando no que Norman dissera — que tinha havido 20 sobreviventes da emboscada... pelo menos de início. *Foram sumindo, um por um, até sobrar apenas eu e aquele lá. E agora você.*

A garota não estava ali. Sua mente falou no tom suave e pesaroso de Alain, um de seus velhos amigos, morto já há muitos anos. *Ela não ousaria, não com as outras vigiando. Isso foi apenas um sonho que você teve.*

Entretanto, pensou que talvez tivesse sido mais que um sonho.

Algum tempo depois — a lenta mudança da claridade lá em cima o fez acreditar que se passara uma hora —, Roland experimentou a mão de novo. Dessa vez conseguiu passá-la por baixo do travesseiro estofado e macio, aconchegado na ampla tipóia que sustentava seu pescoço. No início, não encontrou nada, mas, à medida que seus dedos se aprofundaram, ele tocou em algo que parecia um rígido feixe de varetas finas.

Roland fez uma pausa, reunindo um pouco mais de força (cada movimento era como nadar em cola), e então mergulhou a mão um tanto mais. Parecia um buquê morto, amarrado com uma fita.

Ele olhou em volta, certificando-se de que a enfermaria ainda continuava vazia e que Norman dormia; então puxou as varetas sob o travesseiro. Eram seis caules quebradiços, de um verde desbotado, com caniços amarronzados nas pontas. Deles saía um estranho aroma de levedo que lembrou a Roland as expedições que fazia para pedir coisas no início da manhã às cozinhas da Grande Casa quando era criança — expedições que geralmente fazia com Cuthbert. Os caniços estavam amarrados com uma larga fita de seda branca e tinham um cheiro de torrada queimada. Por baixo da fita, havia uma dobra de tecido. Como aparentemente todo o resto naquele lugar amaldiçoado, o tecido era de seda.

Roland ofegava, sentindo gotas de suor na testa. Mas ainda estava sozinho — ótimo. Pegou o pedaço de pano e desdobrou-o. Escrita com esforço em manchadas letras a carvão, havia a mensagem:

MORDISQUE LENTAMENTE AS PONTAS MARRONS. UMA POR HORA.

DEMAIS, CÃIBRAS OU MORTE.

AMANHÃ À NOITE. NÃO PODE SER MAIS CEDO.

TENHA CUIDADO!

Nenhuma explicação, mas Roland achou que elas não eram necessárias. Não tinha outra opção; se continuasse ali, morreria. As Irmãzinhas só precisavam tirar o medalhão dele, e Roland tinha certeza de que Irmã Mary era suficientemente esperta para imaginar um jeito de fazê-lo.

Mordiscou a ponta da cabeça seca de um dos caniços. O sabor não era de modo nenhum como a torrada que pediam na cozinha quando garotos; era amargo na garganta e quente no estômago. Pouco depois da mordiscada, as pulsações de Roland dobraram. Seus músculos acordaram, mas não de modo agradável, como depois de um bom sono; inicialmente pareciam trêmulos e a seguir duros, como se dessem nós. Tal sensação passou rapidamente, e as suas pulsações voltaram ao normal antes que Norman acordasse, mais ou menos uma hora depois. Roland, contudo, entendeu por que o bilhete de Jenna o avisara para dar apenas uma mordidinha de cada vez — o negócio era muito poderoso.

Guardou o buquê de caniços novamente sob o travesseiro, tendo o cuidado de varrer os poucos farelos caídos no lençol. Então usou o polegar para apagar as palavras escritas com esforço a carvão no pedaço de seda. Quando terminou, só havia ali borrões sem sentido. Enfiou o tecido de novo sob o travesseiro.

Quando Norman acordou, ele e o pistoleiro falaram brevemente sobre o lar do jovem batedor — Delain, às vezes conhecido em zombarias como a Toca do Dragão, ou o Paraíso do Mentiroso. Dizia-se que todas as histórias extravagantes originavam-se em Delain. O rapaz pediu a Roland que levasse seu medalhão e o de seu irmão para casa, para seus pais, se fosse possível, e explicasse o que acontecera a James e John, filhos de Jesse.

— Você mesmo vai fazer isso — disse Roland.

— Não. — Norman tentou levantar a mão, talvez para coçar o nariz, e não conseguiu. A mão se ergueu uns 15 centímetros e a seguir caiu novamente na coberta da cama com um pequeno baque. — Acho que não. É uma pena para nós termos nos conhecido assim, sabe... eu gosto de você.

— E eu de você, John Norman. Seria melhor termos nos conhecido de outro modo.

— É. Sem a presença dessas senhoras tão fascinantes.

Ele apoiou a cabeça para dormir de novo pouco depois. Roland nunca mais falou com John Norman... embora certamente ouvisse falar dele. Sim. Roland estava mergulhado no sono acima do leito quando John Norman gritou pela última vez.

Irmã Michela chegou com a sopa da noite exatamente quando Roland sofria o tremor dos músculos e as pulsações galopantes como resultado de sua segunda mordiscada no caniço marrom. Michela fitou o rosto vermelho dele com alguma preocupação, mas teve que aceitar quando Roland a tranqüilizou dizendo que não se sentia febril; ela não conseguiu se obrigar a tocá-lo e avaliar o calor de sua pele por si mesma — o medalhão a mantinha longe.

Junto da sopa havia um pão recheado de carne. O pão parecia couro e a carne dentro dele estava dura, mas mesmo assim Roland devorou tudo avidamente. Michela observava-o com um sorriso complacente, as mãos cruzadas à frente, assentindo com a cabeça de vez em quando. Quando ele terminou, ela pegou sua tigela cuidadosamente, certificando-se de que seus dedos não o tocassem.

— Estamos sarando — disse ela. — Logo você estará no seu caminho de novo, e guardaremos apenas a sua lembrança, Jim.

— É verdade? — perguntou ele calmamente.

Ela apenas o olhou e, tocando o lábio superior com a própria língua, deu uma risadinha e foi embora. Roland fechou os olhos e encostou-se no travesseiro, sentindo a letargia dominá-lo novamente. Os olhos especulativos dela... sua língua furtiva. Vira mulheres olhando assim para galinhas assadas e pernas de carneiro, calculando quando estariam prontas.

O corpo dele queria desesperadamente dormir, mas Roland aferrou-se à consciência pelo que imaginou ser uma hora. Depois pescou um dos caniços debaixo do travesseiro. Com uma nova dose do "remédio para-não-se-mover"no sistema, ele precisava fazer um enorme esforço, e não estava certo se conseguiria fazê-lo se não tivesse retirado o caniço da fita que prendia os outros. Amanhã à noite, dissera o bilhete de Jenna. Se isso significava fugir, a idéia parecia monstruosa. Sentindo-se como estava agora, podia ficar naquela cama até o final dos tempos.

Mordiscou. A energia entrou no seu organismo como um vagalhão, retesando-lhe os músculos e fazendo seu coração bater com força, mas o jorro de vitalidade desapareceu logo depois que veio, enterrado sob a droga mais forte das Irmãs. Roland podia apenas ter esperança... e dormir.

Quando acordou, a escuridão era total, e ele descobriu que podia mover braços e pernas na rede de tipóias quase naturalmente. Puxou um dos caniços sob o travesseiro e mordiscou-o cautelosamente. Ela deixara meia dúzia, e dois deles já haviam sido quase inteiramente consumidos.

Colocou o caule novamente sob o travesseiro e começou a tremer como um cachorro molhado num aguaceiro. *Comi demais*, pensou. *Se não tiver convulsões, é porque tenho sorte...*

O coração dele disparou como um motor em fuga. Então, para piorar as coisas, viu luz de velas na outra extremidade da passagem. Um momento depois, ouviu o roçar dos hábitos das Irmãs e o arrastar de seus chinelos.

Céus, por que agora? Elas vão me ver tremendo, vão saber...

Invocando cada fragmento de seu controle e força de vontade, Roland fechou os olhos, concentrando-se em acalmar os membros espasmódicos. Se pelo menos estivesse na cama em vez de pendurado nessas amaldiçoadas tipóias, que pareciam tremer com sua própria febre a cada movimento!

As Irmãzinhas aproximaram-se mais. A luz das velas fulgurava num tom avermelhado nas pálpebras fechadas de Roland. Naquela noite não havia risadinhas nem sussurros entre elas. Só quando estavam quase em cima de Roland é que este percebeu o estranho entre elas — uma criatura que respirava através do nariz em grandes fungadas úmidas de ar e muco.

O pistoleiro permaneceu de olhos fechados, as grandes contrações e os pulos das pernas e braços sob controle, mas com os músculos ainda dando nós, com câibras latejantes por baixo da pele. Qualquer um que o olhasse atentamente veria imediatamente que algo estava errado com ele. Seu coração disparado como um cavalo chicoteado, certamente elas iriam ver...

Mas não era para ele que olhavam — pelo menos, por enquanto.

— Tira isso dele — disse Irmã Mary. Falava numa versão abastardada da língua vulgar que Roland pouco entendia. — E depois o outro. Vai, Ralph.

— Ocês têm uísh-que? — perguntou o fungador em seu dialeto mais pesado ainda que o de Mary. — Ocês têm t'baco?

— Temos, temos muito uísque e muito fumo, mas só depois que você tirar essas coisas desgraçadas! — Ela estava impaciente. Talvez com medo, também.

Roland virou cuidadosamente a cabeça para a esquerda e abriu os olhos.

Cinco das seis Irmãzinhas de Eluria amontoavam-se em torno do outro lado do leito do adormecido John Norman, as velas levantadas para iluminá-lo. A luz caía também em seus próprios rostos, que teriam dado pesadelos ao homem mais forte. Agora, na calada da noite, seu *glamour* era posto de lado e elas eram apenas antigos cadáveres em hábitos volumosos.

Irmã Mary tinha uma das armas de Roland na mão. Vendo isso, Roland sentiu um jorro brilhante de ódio dela, e prometeu a si mesmo que Mary pagaria pela ousadia.

A coisa em pé junto do leito, estranha como era, parecia quase normal em comparação com as Irmãs. Era uma criatura do povo verde. Roland reconheceu Ralph imediatamente. Levaria muito tempo para esquecer aquele chapéu-coco.

Ralph contornou lentamente o leito de Norman e aproximou-se de Roland, bloqueando momentaneamente a visão que o pistoleiro tinha das Irmãs. O mutante, contudo, prosseguiu até a cabeceira de Roland, expondo as bruxas novamente à fatia de visão do pistoleiro.

O medalhão de Norman estava exposto — o rapaz talvez tivesse acordado por um instante suficiente para retirá-lo de suas roupas, esperando que ele o protegesse melhor assim. Ralph o recolheu com a mão que tinha aparência de gordura derretida. As Irmãs observavam avidamente sob o fulgor de suas velas enquanto o homem verde esticava o medalhão até o fim da corrente... e o soltava de novo. Os rostos das Irmãs expressavam desapontamento.

— Não ligo para essas coisas — disse Ralph com a voz obstruída. — Quero uísh-que! Quero t'baco!

— E vai receber isso — disse Irmã Mary. — O bastante para você e todo o seu clã desprezível. Mas primeiro precisa tirar essa coisa horrível dele! Dos dois! Está entendendo? E não vai ficar nos provocando.

— E se ficar? — perguntou Ralph. Riu com um som gargarejado e sufocado, o riso de alguém morrendo de uma doença má da garganta e dos pulmões. Mas, mesmo assim, Roland ainda gostava mais desse riso do que das risadinhas das Irmãs. — E se ficar, Irmãssinha Mary, cê vai beber o meu sangui? Meu sangui faz ocê cair morta aí onde está se iluminando no escuro!

Mary levantou o revólver do pistoleiro e apontou-o para Ralph.

— Tire o raio daquela coisa, ou quem vai morrer é *você*.

— E na certa vou morrer depois que eu fizer o que ocê quer.

Irmã Mary não respondeu. Com os olhos negros, as outras espiavam Ralph na escuridão.

Ralph abaixou a cabeça, parecendo pensar. Roland suspeitou que seu amigo Chapéu-coco *podia* pensar também. Irmã Mary e suas asseclas podiam não acreditar nisso, mas Ralph *tinha* que ser esperto para sobreviver por tanto tempo. Mas é claro que, quando fora até lá, não pensara nas armas de Roland.

— Smasher não devia ter dado os paus-de-fogo para ocês — disse ele finalmente. — Dar eles e não me contar. Você deram uísh-que a ele? T'baco?

— Não é da sua conta — replicou Irmã Mary. — Tire aquela coisa de ouro do pescoço dele agora mesmo, ou eu atiro no que sobrou do seu cérebro.

— Está bem — disse Ralph. — Como ocê quiser, *sai.*

Mais uma vez, ele esticou o braço e pegou o medalhão de ouro com a mão derretida. Fez isso lentamente; o que aconteceu depois, aconteceu rápido. Ele deu um puxão, rebentando a corrente e arremessando o ouro na escuridão sem fazer pontaria. Com a outra mão, afundou as compridas unhas denteadas no pescoço de John Norman, dilacerando-o.

O sangue jorrou da garganta do rapaz num fluxo direto do coração, mais negro do que vermelho à luz das velas, e ele emitiu um único grito borbulhante. As mulheres gritaram — mas não de horror. Gritaram como mulheres num frenesi de excitação. O homem verde foi esquecido, Roland foi esquecido, tudo foi esquecido, exceto o sangue da vida jorrando da garganta de John Norman.

Elas deixaram cair as velas. Mary deixou cair o revólver de Roland do mesmo modo acidental e descuidado. A última coisa que o pistoleiro viu enquanto Ralph voava para sumir nas sombras (o uísque e o fumo ficam para outra ocasião, deve ter pensado Ralph, naquela noite era melhor se concentrar em salvar a própria vida) foi as Irmãs curvando-se para a frente a fim de aproveitarem o melhor que podiam o fluxo, antes que secasse.

Roland jazia na escuridão, os músculos tremendo, o coração batendo com força, escutando as harpias se alimentarem do rapaz deitado na cama a seu lado. Aquilo pareceu durar para sempre. Ao terminarem, as Irmãs tornaram a acender as velas e foram embora murmurando.

Quando a droga na sopa sobrepujou mais uma vez a dos caniços, Roland ficou grato... contudo, pela primeira vez desde que chegara ali, seu sono foi assombrado.

No sonho, ele fitava o corpo inchado no bebedouro da cidade, pensando na frase de um livro com a inscrição REGISTRO DE MÁS AÇÕES & REPARAÇÕES. *Povo verde enviado a partir daqui*, lera, e talvez o povo verde *tivesse* sido enviado a partir dali, mas então uma tribo pior tinha aparecido. As Irmãzinhas de Eluria, elas se chamavam. E, um ano depois, podiam ser as Irmãzinhas de Tejuas, ou de Kambero, de alguma outra aldeia no longínquo oeste. Elas vinham com seus sinos e seus insetos... de onde? Quem saberia? Isso importava?

Uma sombra desceu ao lado dele na água espumante do bebedouro. Roland tentou virar e encará-la, mas não conseguiu; estava imobilizado. Então uma mão verde agarrou-lhe o ombro e fez Roland girar. Era Ralph. Seu chapéu-coco estava colocado para trás e o medalhão de John Norman, agora vermelho de sangue, pendia de seu pescoço.

— Buu! — gritou Ralph, os lábios esticados num sorriso sem dentes. Ele ergueu um grande revólver com uma gasta coronha de sândalo. Engatilhou-o...

...e Roland acordou num repelão, tremendo todo, a pele molhada e gelada ao mesmo tempo. Olhou para o leito à esquerda, vazio, com os lençóis puxados para cima e enfiados cuidadosamente sob o colchão, o travesseiro descansando dentro da fronha branca como a neve. De John Norman, nenhum sinal. O leito poderia estar vazio há anos.

Roland via-se sozinho agora. Que Deus o ajudasse, era o último paciente das Irmãzinhas de Eluria, as doces e pacientes Irmãs hospitaleiras. O último ser humano ainda vivo naquele lugar terrível, o último com sangue quente fluindo nas veias.

Ali suspenso, Roland fechou o medalhão de ouro na mão e olhou através da passagem a longa fileira de leitos vazios. Depois de algum tempo, puxou um dos caniços debaixo do travesseiro e mordiscou.

Quando Mary chegou 15 minutos depois, o pistoleiro pegou a tigela trazida por ela com uma demonstração de fraqueza que, na verdade, não sentia. Dessa vez era mingau de aveia em vez de sopa... mas Roland não tinha dúvida de que o ingrediente básico ainda era o mesmo.

— Como está com boa aparência esta manhã, *sai* — disse a Grande Irmã. Ela própria parecia bem... não havia nenhum tremular que denunciasse a antiga *wampir* escondida dentro dela. Ela havia ceado bem, e sua refeição a deixara forte. O estômago de Roland revolveu-se ante esse pensamento. — Vai estar de pé logo logo, eu lhe asseguro.

— Isso é besteira — disse Roland, falando num resmungo pouco natural. — Se me puser em pé, vai ter que me apanhar do chão logo depois. Estou começando a pensar se não estão pondo alguma coisa na comida.

Ela riu alegremente daquilo.

— Ora, vocês rapazes! Sempre ansiosos para pôr a culpa de sua fraqueza na conspiração de uma mulher! Como vocês têm medo de nós... sim, bem lá no fundo de seus corações de meninos, vocês têm medo!

— Onde está meu irmão? Sonhei que havia uma confusão com ele na noite passada, e agora estou vendo a cama dele vazia.

O sorriso dela estreitou-se. Seus olhos cintilaram.

— Ele pareceu febril e teve um acesso. Nós o levamos para a Casa da Meditação, que no passado já foi mais de uma vez um refúgio contra doenças contagiosas.

Vocês o levaram foi para o túmulo, pensou Roland. *Talvez aquilo seja uma Casa da Meditação*, sai, *mas, de um modo ou de outro, pouco se saberia.*

— Sei que você não é irmão daquele rapaz — disse Mary, observando-o comer. Roland já podia sentir a substância escondida no mingau drenando suas forças mais uma vez. — *Sigul* ou não *sigul*, sei que não é irmão dele. Por que mente? É um pecado contra Deus.

— O que a faz pensar isso, *sai*? — perguntou Roland, curioso de ver se ela mencionaria as armas.

— A Grande Irmã sabe das coisas. Por que não confessar, Jimmy? A confissão é boa para a alma, dizem.

— Mande-me Jenna para passar o tempo e talvez eu lhe conte — disse ele.

A estreita lâmina de sorriso desapareceu do rosto da Irmã Mary como palavras escritas a giz numa tempestade.

— Por que quer falar com uma pessoa dessas?

— Ela é gentil — disse Roland. — Diferente de algumas.

Os lábios dela se fecharam sobre os dentes grandes demais.

— Você não vai mais vê-la, tolo. Você a deixou agitada, deixou mesmo, e eu não vou mais admitir isso.

Ela se virou para ir embora. Ainda fingindo estar fraco e procurando não exagerar (representar nunca fora o seu forte), Roland estendeu a tigela de mingau.

— Não quer ficar com isso?

— Ponha-a na cabeça e use-a como gorro, não dou a mínima. Ou enfie no seu rabo. Você vai falar antes de eu terminar com você, tolo... vai falar até eu pedir que cale a boca, e aí vai implorar para falar um pouco mais!

Com isso, afastou-se majestosamente, erguendo a saia do chão. Roland ouvira dizer que coisas como a Irmã Mary não podiam sair à luz do dia, e aquela parte das velhas histórias era certamente mentirosa. Mas outra parte parecia quase verdadeira; uma forma indistinta e amorfa mantinha-se junto dela, correndo ao longo da fileira de leitos vazios à direita, mas Irmã Mary não fazia nenhuma sombra real.

VI. Jenna. Irmã Coquina. Tamra, Michela, Louise. O Cão-cruz. O Que Aconteceu nas Sálvias.

Aquele foi um dos dias mais longos da vida de Roland. Cochilou, mas nunca profundamente; os caniços faziam seu trabalho, e ele começara a acreditar que, com a ajuda de Jenna, realmente pudesse sair dali. E havia a questão das suas armas — talvez ela pudesse ajudar naquilo também.

Passou as lentas horas pensando nos velhos tempos — em Gilead e seus amigos, no enigma que quase conseguira acertar numa das Feiras da Terra Plena. No final, outro ganhara o ganso, mas ele sem dúvida tivera sua chance. Pensou nos pais, pensou em Abel Vannay, que galgara seu caminho ao longo de uma vida de gentil bondade, e em Eldred Jonas, que galgara seu caminho ao longo de uma vida de maldade... até que Roland o derrubara da sela num bonito dia no deserto.

Como sempre, pensou em Susan.

Se você me ama, então me ame, dissera ela... e assim fizera ele.

Assim fizera ele.

Desse modo o tempo passou. Em intervalos de cerca de uma hora, ele pegava um caniço debaixo do travesseiro e o mordiscava. Agora os músculos não tremiam tanto quando a substância entrava em seu organismo, nem o coração batia tão ferozmente. A substância nos caniços não precisava mais lutar contra o remédio das irmãs com tanta ferocidade, pensou Roland; os caniços estavam vencendo.

A claridade difusa do sol moveu-se através do teto de seda branca do pavilhão, e pelo menos a obscuridade que sempre parecia pairar no nível do leito começou a sumir. A parede oeste da longa sala florescia com os tons rosa-laranja do pôr-do-sol.

Foi Irmã Tamra quem lhe trouxe o jantar naquela noite — sopa e outro pão recheado de carne, depositando também um lírio do deserto ao lado da mão dele. Sorriu ao fazê-lo, com as faces coloridas. Todas tinham boas cores nos rostos naquele dia, como sanguessugas que se empanturraram quase ao ponto de estourar.

— De sua admiradora, Jimmy — disse. — Ela é tão carinhosa com você! O lírio significa "Não esqueça minha promessa". O que lhe prometeu ela, Jimmy, irmão de Johnny?

— Que viria me ver de novo e que conversaríamos.

Tamra riu tanto que os sinos em sua testa tilintaram. Entrelaçou as mãos num perfeito êxtase de alegria.

— Doce como mel! Ah, sim! — Inclinou o olhar sorridente para Roland. — É triste que tal promessa não possa ser cumprida. Você nunca mais a verá, bonitão. — Ela pegou a tigela e levantou-se, ainda sorrindo. — A Grande Irmã decidiu. Por que não tira esse feio *sigul* de ouro?

— Acho que não vou tirar.

— Seu irmão tirou o dele... olhe! — Ela apontou e Roland viu o medalhão de ouro caído bem longe na passagem, onde fora atirado por Ralph.

Irmã Tamra o olhou ainda sorrindo.

— Chegou à conclusão de que o medalhão também o estava deixando doente e jogou-o fora. Você deve fazer o mesmo, se for esperto.

— Acho que não — Roland repetiu.

— Bem — disse ela como despedida, e deixou-o com os leitos vazios tremulando nas sombras que aumentavam.

Apesar do sono crescente, Roland esperou que as cores quentes sangrando através da parede oeste da enfermaria esfriassem até virarem cinza. Então mordiscou outro caniço e sentiu uma força — força real, não um latejante substituto que fazia o coração disparar — florescer em seu corpo. Olhou para o medalhão cintilando à última luz e prometeu silenciosamente a John Norman que o entregaria, juntamente com o outro, aos parentes dele, se *ka* quisesse que os encontrasse em suas viagens.

Sentindo-se totalmente confortável em termos mentais pela primeira vez naquele dia, o pistoleiro cochilou. Ao despertar, a escuridão era total. Os insetos-médicos cantavam com uma estridência extraordinária. Ele puxara um caniço debaixo do travesseiro e começara a mordiscá-lo, quando uma voz fria disse:

— A Grande Irmã tinha razão. Você vem guardando segredos.

O coração de Roland quase parou. Olhando em torno, viu Irmã Coquina levantando do chão. Enquanto ele cochilava, ela se arrastara para debaixo do leito à direita dele para observá-lo.

— Onde conseguiu isso? — perguntou ela. — Foi...

— Ele conseguiu isso de mim.

Coquina virou-se. Jenna caminhava pela passagem em direção a eles. Seu hábito desaparecera. Ainda usava a touca com a franja de sinos na testa, mas a ponta dela tocava nos ombros de uma simples camisa xadrez. Além disso, usava *jeans* e arranhadas botas de deserto. Tinha algo nas mãos. Embora estivesse escuro demais para Roland ter certeza, achou...

— *Você* — murmurou Irmã Coquina com um ódio infinito. — Quando eu contar à Grande Irmã...

— Você não vai contar nada a ninguém — disse Roland.

Se ele tivesse planejado fugir das tipóias que o envolviam, sem dúvida teria se saído bem mal. Como sempre, porém, o pistoleiro se dava melhor quando pensava menos. Seus braços ficaram livres num instante, assim como a perna esquerda. Mas a perna direita torcia-se presa à altura do tornozelo, fazendo-o pender com os ombros na cama e a perna no ar.

Coquina virou-se para ele, silvando como um gato, os lábios arreganhados mostrando dentes finos como agulhas, os dedos esticados. Suas unhas pareciam agudas e denteadas.

Roland agarrou o medalhão e jogou-o na direção dela. Ela se encolheu, ainda silvando, e virou-se de novo para Irmã Jenna num súbito movimento de saias.

— Você vai ver, seu monstro que se mete onde não deve! — exclamou numa voz baixa e áspera.

Roland lutou para liberar a perna, mas não conseguiu. Estava firmemente presa, a droga da tipóia enrolada à volta de seu tornozelo como um laço.

Jenna ergueu as mãos e ele viu que tinha razão: ela segurava seus revólveres nos coldres, pendendo de dois cinturões que ele usara em Gilead depois do último incêndio.

— Atire nela, Jenna! Atire nela!

Em vez disso, ainda segurando as armas nos coldres, Jenna sacudiu a cabeça como fizera no dia em que Roland a convencera a abaixar a touca para que pudesse ver o seu cabelo. Os sinos emitiram um tom agudo que pareceu penetrar na cabeça do pistoleiro como uma lança.

Os Sinos Escuros. O *sigul* do *ka-tet* delas. O que...

O som dos insetos-médicos subiu até um grito esganiçado entre os caniços, sinistro como o som dos sinos usados por Jenna. Agora não havia nada doce neles. As mãos de Irmã Coquina hesitaram a caminho da garganta de Jenna; a própria Jenna não estremecera ou piscara.

— Não! — sussurrou Coquina. — Você não *pode fazer isso*!

— Já *fiz* — disse Jenna, e Roland viu os insetos. Ele vira um batalhão descendo das pernas do homem barbado, mas o que via agora saindo das sombras era um exército para liquidar todos os exércitos; se fossem homens em vez de insetos, poderiam ser mais do que todos os homens que já portaram armas na longa e sangrenta história do Mundo Médio algum dia.

Mas a visão deles avançando pelas tábuas da passagem não era o que Roland sempre lembraria, nem o que assombraria seus sonhos por mais de um ano; era o modo como cobriam as *camas*, que iam se tornando negras duas a duas em ambos os lados da passagem, como pares de luzes retangulares e indistintas se apagando.

Coquina guinchou e pôs-se a sacudir a cabeça, tocando seus próprios sinos. O som que faziam era tênue e sem sentido, comparado ao som agudo dos Sinos Escuros.

Mesmo assim, os insetos marchavam, escurecendo o chão, enegrecendo os leitos.

Jenna passou voando por Irmã Coquina que guinchava, deixou as armas de Roland caírem ao lado dele e deu um forte puxão na tipóia torcida. Roland libertou sua perna.

— Venha — disse ela. — Eu os pus em movimento, mas ficar com eles pode ser uma coisa diferente.

Os guinchos de Irmã Coquina agora não eram de horror e sim de dor. Os insetos a haviam encontrado.

— Não olhe — disse Jenna, ajudando Roland a ficar em pé. Ele achara que nunca em sua vida ficara tão contente de estar nessa posição. — Venha. Precisamos nos apressar... ela vai alertar as outras. Coloquei suas botas e roupas ao lado do atalho para fora daqui... levei o máximo delas que pude. Como você está? Sente-se forte?

— Graças a você. — Quanto tempo continuaria forte, Roland não sabia... e naquele momento não era uma questão importante. Viu Jenna pegar dois dos caniços... com a luta de Roland para escapar das tipóias, eles se haviam espalhado pela cabeceira da cama... então Jenna e Roland saíram correndo pela passagem, afastando-se dos insetos e de Irmã Coquina, cujos gritos agora estavam diminuindo.

Roland afivelou as armas e atou-as na perna sem diminuir o passo.

Passaram apenas por três leitos de cada lado antes de alcançarem a entrada da tenda... e então ele viu que *era* uma tenda e não um vasto pavilhão. As paredes e o teto de seda eram lona esfiapada, fina o suficiente para deixar entrar a luz de uma lua em quarto crescente. E os leitos não eram de modo nenhum leitos, e sim fileiras duplas de catres em mau estado.

Roland se virou e viu uma corcova negra contorcendo-se no chão onde estivera Irmã Coquina. E foi assaltado por uma idéia desagradável.

— Esqueci o medalhão de John Norman! — Uma aguda sensação de remorso, quase de luto, perpassou-o como o vento.

Jenna enfiou a mão no bolso do *jeans* e puxou-o para fora. O medalhão cintilou ao luar.

— Peguei-o do chão.

Roland não sabia o que o deixava mais contente — se ver o medalhão ou vê-lo na mão dela. Isso significava que ela não era como as outras.

No entanto, como se quisesse desfazer essa noção antes que criasse raízes muitos firmes nele, Jenna disse:

— Fique com ele, Roland... não posso segurá-lo mais. — E, quando ele o pegou, viu inequívocas marcas de queimadura nos dedos da moça.

Ele segurou a mão dela e beijou-a.

— Obrigada, *sai* — disse Jenna, e ele viu que ela chorava. — Obrigada, querido. Ser beijada tão carinhosamente vale qualquer dor. Agora...

Roland acompanhou o movimento dos olhos dela. Luzes fugidias desciam por um atalho rochoso. Além delas, ele viu a construção onde as Irmãzinhas viviam — não um convento e sim uma *hacienda* arruinada que parecia ter mil anos de idade. Havia três velas. Quando se aproximaram, Roland viu que eram apenas três irmãs. Mary não estava entre elas.

Ele sacou as armas.

— Oooo, aqui temos um pistoleiro! — disse Louise.

— Um homem *assustador*! — disse Michela.

— E ele encontrou sua dama assim como seus paus-de-fogo! — disse Tamra.

— Sua puta-putinha! — disse Louise.

Risos raivosos. Sem medo... pelo menos das armas *dele*.

— Abaixe as armas — disse Jenna a ele e, quando olhou, viu que ele já o havia feito.

Enquanto isso, as outras tinham se aproximado.

— Ooo, vejam, ela chora! — disse Tamra.

— Ela tirou o hábito! — disse Michela. — Talvez chore pelos votos que quebrou.

— Por que as lágrimas, docinho? — disse Louise.

— Porque ele beijou meus dedos queimados — disse Jenna. — Nunca fui beijada antes. Isso me fez chorar.

— Ooooo!

— A-do-rá-vel!

— Depois ele vai enfiar a coisa dele nela! Mais *a-do-rá-vel* ainda!

Jenna suportou suas zombarias sem qualquer sinal de raiva. Quando terminaram, ela disse:

— Vou com ele. Saiam da frente.

Elas abriram a boca, o riso contrafeito desaparecendo no choque.

— Não! — murmurou Louise. — Está maluca? Você sabe o que vai acontecer!

— Não, e nem vocês sabem — disse. — Mesmo assim, não me importo. — Ela se virou e esticou a mão para a entrada do antigo hospital. Era de um desbotado tecido verde-oliva ao luar, com uma velha cruz vermelha desenhada no teto. Roland imaginou em quantas cidades as Irmãs haviam estado com essa tenda, tão pequena e comum do lado de fora, tão enorme e gloriosamente obscurecida do lado de dentro. Quantas cidades e por quantos anos.

Agora, enchendo a boca da tenda numa língua brilhante e negra estavam os insetos-médicos. Haviam parado de cantar. Seu silêncio era terrível.

— Fiquem de lado, ou faço com que se lancem sobre vocês — disse Jenna.

— Você nunca faria isso! — exclamou Irmã Michela numa voz baixa e horrorizada.

— Sim. Já os lancei em Irmã Coquina. Ela é parte do remédio deles, agora.

O ofegar delas era um vento gelado passando por árvores mortas. Nem toda a consternação era dirigida a suas próprias e preciosas peles. O que Jenna fizera estava nitidamente além da compreensão das Irmãs.

— Então você está danada — disse Irmã Tamra.

— Quem são vocês para falar em danação! Fiquem de lado.

Elas o fizeram. Roland passou por elas e elas se encolheram para longe dele... mas se encolheram ainda mais para longe dela.

— Danada? — perguntou ele depois que deixaram a *hacienda* para trás e chegaram ao caminho além dela. A lua em quarto crescente cintilava acima de um aglomerado de rochas caídas. Ante sua luz, Roland pôde ver uma pequena abertura baixa na escarpa, e adivinhou que era a caverna chamada pelas Irmãs de Casa da Meditação. — O que quiseram dizer?

— Não tem importância. Agora só temos que nos preocupar com Irmã Mary. Não gosto do fato de que ainda não a tenhamos visto.

Ela tentou caminhar mais rápido, mas ele agarrou o braço dela e virou-a. Ainda podia ouvir o canto dos insetos, mas tenuemente; estavam deixando o lugar das Irmãs para trás. Eluria também, se a bússola em sua cabeça ainda funcionava; Roland achou que a cidade ficava na outra direção. A casca seca da cidade, emendou.

— O que quiseram dizer?

— Talvez coisa nenhuma. Não me pergunte, Roland... de que adianta? Está feito, a ponte está queimada. Não posso voltar. Nem faria isso, se pudesse. — Ela olhou para baixo mordendo o lábio e, quando levantou os olhos, Roland viu novas lágrimas escorrendo pelo seu rosto. — Eu fiz refeições com elas. Às vezes não conseguia evitar, do mesmo modo que você tomava aquela sopa desgraçada, por mais que soubesse o que havia nela.

Roland lembrou de John Norman dizendo *Um homem tem que comer... a mulher também.* Ele assentiu com a cabeça.

— Não descerei mais aquela estrada. Se tem que haver danação, que seja minha a escolha, não delas. Minha mãe teve boa intenção em me trazer de volta para cá, mas estava errada. — Olhou-o timidamente, as lágrimas descendo... mas encarou-o. — Seguirei ao seu lado em sua estrada, Roland de Gilead. Por tanto tempo quanto puder, ou pelo tempo que você me quiser.

— Você é bem-vinda a partilhar o meu caminho — disse ele. — E eu me sinto...

Abençoado por sua companhia. Mas, antes de poder terminar a frase, uma voz falou de dentro do luar e das sombras à frente deles, onde o atalho finalmente subia, saindo do vale estéril e rochoso onde as Irmãzinhas exerciam seus feitiços.

— É um dever triste deter uma fuga tão bonita, mas tenho que fazer isso.

Irmã Mary saiu das sombras. Seu belo hábito branco com a brilhante rosa vermelha revertera ao que era realmente: a mortalha de um cadáver. Encapuzado em suas dobras sujas estava um rosto enrugado e caído de onde espiavam dois olhos negros. Pareciam tâmaras podres. Abaixo deles, expostos pelo sorriso da coisa, cintilavam quatro grandes incisivos.

Sobre a pele esticada da testa de Irmã Mary, os sinos tilintaram... mas não os Sinos Escuros, pensou Roland. Era isso.

— Fique longe — disse Jenna. — Ou eu lanço os *can tam* contra você.

— Não — disse Irmã Mary, aproximando-se —, não lança não. Eles não se afastam tanto dos outros. Sacuda a cabeça e tilinte esses sinos desgraçados até que eles caiam, mas mesmo assim eles não virão.

Jenna fez como ela sugeriu, sacudindo a cabeça furiosamente de um lado para o outro. Os Sinos Escuros tocaram penetrantemente, mas sem aquele tom extra, quase psíquico, que entrara na cabeça de Roland como uma lança. E os insetos-médicos... o que Jenna chamara de *can tam*... não vieram.

Sorrindo ainda mais (Roland achava que a própria Mary não estava completamente certa de que eles não viriam até a experiência ser feita), a mulher-cadáver bloqueou o caminho deles, parecendo flutuar acima do chão. Seus olhos bruxulearam na direção dele.

— E abaixe isso — disse ela.

Roland olhou para a mão que empunhava uma das armas. Não lembrava de tê-la sacado.

— A não ser que esteja abençoada ou mergulhada no líquido sagrado de alguma seita... sangue, água, sêmen... não pode prejudicar alguém como eu, pistoleiro. Pois sou mais sombra que substância... e, mesmo assim, igual àqueles como você.

A Irmã pensou que Roland atiraria, de qualquer modo; ele viu isso nos olhos dela, que diziam: *Esses paus-de-fogo são tudo o que você tem. Sem eles, você pode muito bem voltar à tenda que sonhamos à sua volta, preso nas tipóias e esperando o nosso prazer.*

Em vez de atirar, ele guardou o revólver no coldre e avançou para ela com as mãos estendidas. Irmã Mary emitiu um grito sobretudo de surpresa, mas não foi longo; os dedos de Roland cravaram-se em sua garganta e sufocaram o som antes que começasse.

O toque de sua carne era obsceno — parecia não apenas vivo, mas *múltiplo,* nas mãos de Roland, como se tentasse arrastar-se para longe. Ele podia senti-la correndo como líquido, *fluindo*, e a sensação era mais horrível do que pudesse descrever. Mesmo assim, ele apertou com mais força, determinado a sufocá-la até a morte.

Então surgiu um lampejo azul (não no ar, pensou ele depois, e sim em sua cabeça, um único relâmpago quando ela desencadeou uma breve mas poderosa tempestade cerebral), e as mãos dele voaram para longe do pescoço dela. Por um momento, os olhos ofuscados de Roland viram grandes sulcos molhados na carne cinzenta de Mary — sulcos no formato das mãos dele. Então foi atirado para trás, batendo no amontoado rochoso às suas costas e escorregando, e sua cabeça atingiu uma rocha saliente, dura o bastante para provocar um segundo e menor lampejo de luz.

— Não, homem bonito — disse ela fazendo uma careta, rindo com seus terríveis olhos opacos. — Você não consegue sufocar seres como eu, e vou pegar você lentamente por sua impertinência... vou cortá-lo em pequenas tiras e em 100 lugares para saciar minha sede! Mas primeiro vou cuidar dessa garota sem votos... e tirar esses sinos desgraçados dela, também.

— Venha e veja se é capaz! — gritou Jenna com uma voz trêmula, sacudindo a cabeça de um lado para outro. Os Sinos Escuros tilintaram zombeteiramente, provocantemente.

O sorriso-careta de Mary se extinguiu.

— Ah, sou sim — disse por entre os dentes. Então escancarou a boca. Ao luar, suas presas cintilavam nas gengivas como agulhas de osso enfiadas numa almofada vermelha. — Sou capaz e...

Ouviu-se um rosnado acima deles, que foi aumentando e se estilhaçou numa rodada de latidos. Mary virou-se para a direita e, um instante antes que a coisa pulasse da rocha onde estava, Roland pôde ver a atônita perturbação no rosto da Grande Irmã.

A coisa atirou-se sobre ela, apenas uma forma escura contra as estrelas, pernas esticadas como um morcego esquisito. Mas, mesmo antes que se chocasse contra a criatura, atacando-a no peito acima dos braços meio erguidos e enterrando os dentes na garganta dela, Roland soube exatamente do que se tratava.

Quando a forma derrubou-a de costas, Irmã Mary emitiu um guincho inarticulado que penetrou na cabeça de Roland como os próprios Sinos Escuros. Ele cambaleou, arquejando. A coisa em forma de sombra dilacerou Irmã Mary, as patas da frente plantadas nos dois lados de sua cabeça, as patas traseiras na mortalha-túmulo acima do peito, onde estivera a rosa.

Roland agarrou Jenna, que contemplava a Irmã caída com um paralisado fascínio.

— Vamos! — gritou ele. — Antes que essa coisa resolva morder você também!

O cão não deu importância a eles quando Roland passou puxando Jenna. Arrancara quase totalmente a cabeça de Mary.

A carne da Irmã parecia estar mudando — decompondo-se, provavelmente —, mas fosse lá o que estivesse acontecendo, Roland não queria vê-lo, nem queria que Jenna o visse.

Meio caminhando, meio correndo, chegaram ao topo da crista e ali fizeram uma pausa para respirar, as cabeças baixas ao luar, as mãos enlaçadas, ambos arquejando com dificuldade.

Os grunhidos e rosnados lá embaixo haviam cessado, mas ainda eram tenuemente audíveis, quando Irmã Jenna ergueu a cabeça e perguntou a Roland:

— O que foi isso? Você sabe... vi em seu rosto que sabe. E como essa coisa pôde atacá-la? Todas temos poder sobre os animais, mas Mary é quem tem... quem tinha... o maior poder.

— Não sobre aquele. — Roland lembrou do infeliz rapaz no leito próximo a ele. Norman não sabia por que o medalhão mantinha as Irmãs a distância... se era o ouro ou o Deus. Roland agora conhecia a resposta. — Era um cachorro. Apenas um cão sem dono. Eu o vi na praça antes que o povo verde me derrubasse e me levasse para as Irmãs. Acho que os outros animais que puderam fugir já fugiram, mas não aquele. De algum modo, ele sabia que não precisava ter medo das Irmãzinhas de Eluria. Levava o sinal do Homem-Jesus no peito. Seu pêlo era negro e branco, apenas um acidente de nascença, imagino. De qualquer modo, agora está tudo terminado para ela. Eu sabia que ele estava espreitando por ali; ouvi-o latindo duas ou três vezes.

— Por quê? — sussurrou Jenna. — Por que ele apareceu? Por que ficou? E por que a atacou assim?

Roland de Gilead respondeu como sempre fazia e como sempre faria quando tais perguntas inúteis e perturbadoras fossem feitas:

— Foi *ka*. Vamos. Vamos para o mais longe possível deste lugar antes de nos escondermos durante o dia.

O mais longe possível era no máximo 12 quilômetros... provavelmente bem menos, pensou Roland, enquanto os dois afundavam num atalho de sálvias de cheiro doce sob uma rocha saliente. Oito, talvez. Era o próprio Roland quem os tornava mais lentos; isto é, os resíduos do veneno na sopa. Quando se tornou claro para ele que não podia prosseguir sem ajuda, pediu a Jenna um dos caniços. Ela recusou, dizendo que a substância junto ao exercício a que ele não estava mais acostumado poderia estourar seu coração.

— Além do mais, elas não vão nos seguir — disse Jenna, enquanto deitavam à margem de um pequeno promontório. — As que sobraram... Michela, Louise, Tamra... estarão fazendo as malas para se mudar. Elas sabem a hora de ir embora quando precisam. Por isso as Irmãs sobreviveram por tanto tempo. *Nós* sobrevivemos. Somos fortes em certos aspectos, mas fracas em muitos outros. A Irmã Mary esqueceu-se disso, e sua arrogância a liquidou tanto quanto o cachorro-cruz, eu acho.

Ela escondera não apenas as botas e roupas de Roland depois do topo do monte, mas a menor das duas bolsas dele também. Quando começou a se desculpar por não ter trazido seu colchonete de dormir e a bolsa maior (ela tentara, mas eram muito pesados), Roland a fez calar-se com um dedo nos lábios. Considerava um milagre ter tudo aquilo ao seu dispor. Além disso (não falou, mas talvez ela soubesse mesmo assim), as armas eram os únicos objetos que realmente importavam. As armas de seu pai, e do pai de seu pai, até os dias de Arthur Eld, quando sonhos e dragões ainda caminhavam pela Terra.

— Você vai ficar bem? — perguntou ele quando se instalaram. A lua desaparecera, mas a aurora só viria dali a três horas pelo menos. Estavam rodeados pelo doce cheiro da sálvia, um cheiro púrpura, pensou, agora e sempre. Já podia sentir as sálvias formando uma espécie de tapete mágico sob ele, que logo o faria flutuar para o sono. Jamais se sentira tão cansado.

— Não sei, Roland. — disse ela. Mas, mesmo naquele momento, ele achou que ela sabia. A mãe de Jenna a trouxera de volta no passado. Nenhuma outra mãe traria a filha de volta para ali. E ela alimentara-se com as outras, tomara a comunhão das Irmãs. *Ka* era uma roda; era também uma rede da qual ninguém escapava.

Mas ele estava cansado demais para pensar... e de que serviria pensar, afinal de contas? Como dissera ela, a ponte fora queimada. Ele adivinhou que, mesmo se voltassem ao vale, só encontrariam a caverna que as Irmãs chamavam de Casa da Meditação. As Irmãs sobreviventes teriam empacotado sua tenda de pesadelos e seguido em frente, apenas um som de sinos e insetos cantores movendo-se pela brisa, tarde da noite.

Fitando-a, ele ergueu a mão que parecia pesada e tocou o cacho que mais uma vez atravessava a testa de Jenna.

Ela riu sem jeito.

— Esse daí sempre escapa. É rebelde como a dona.

Jenna levantou a mão para enfiar o cacho novamente na touca, mas Roland segurou-a antes que ela pudesse fazê-lo.

— É lindo — disse ele. — Negro como a noite e tão lindo como sempre.

Sentou-se com esforço; o cansaço percorria-lhe o corpo como mãos macias. Roland beijou o cacho e Jenna fechou os olhos, suspirando. Ele a sentiu tremer sob seus lábios. A pele da testa dela era muito fria; a curva escura do cacho era macia como seda.

— Puxe a touca para trás, como você fez antes — disse ele.

Ela obedeceu sem falar. Por um momento, ele apenas a fitou. Jenna devolveu-lhe o olhar gravemente, sem deixar os olhos de Roland. Ele acariciou os cabelos dela, sentindo seu peso macio (como chuva, pensou, chuva com peso), depois segurou-lhe os ombros e beijou-a nas duas faces. Então afastou-se por um momento.

— Você me beijaria como um homem beija uma mulher, Roland? Na boca?

— Sim.

E como pensara em fazer quando estava deitado na tenda-enfermaria de seda, ele beijou os lábios de Jenna. Ela respondeu ao seu beijo com a desajeitada doçura de quem nunca beijara antes, exceto talvez nos sonhos. Roland pensou em fazer amor com ela — já se passara muito, muito tempo, e ela era linda —, mas adormeceu ainda beijando-a.

Sonhou com o cachorro-cruz latindo na grande paisagem aberta. Roland seguiu-o, querendo ver a fonte de sua agitação, e logo a localizou. Na extremidade distante da planície ficava a Torre Negra, sua pedra escurecida pela fumaça erguendo-se em silhueta contra a bola opaca e laranja do sol poente, as temíveis janelas erguendo-se numa espiral. O cachorro parou ante aquela visão e começou a uivar.

Sinos — peculiarmente agudos e tão terríveis como uma condenação — puseram-se a tocar. Sinos Escuros, ele sabia, mas seu tom era tão claro quanto a prata. Ante esse som, as janelas escuras da Torre fulguravam com uma luz vermelha mortal — o vermelho de rosas envenenadas. Um grito de dor insuportável ergueu-se na noite.

O sonho desvaneceu-se num instante, mas o grito continuou, passando a um gemido. Essa parte era real — tão real quanto a Torre, ruminando ali no próprio término do Mundo Final. Roland voltou à claridade da aurora e ao cheiro púrpura e suave da sálvia do deserto. Sacara as duas armas e estava de pé antes de perceber completamente que acordara.

Jenna desaparecera. Suas botas vazias estavam ao lado da bolsa dele, e a pouca distância Roland viu o *jeans* de Jenna no chão, desinflado como uma pele de cobra abandonada, com a camisa intrigantemente enfiada nas calças. Perto das roupas, ele notou a touca vazia, com a franja de sinos caída no chão empoeirado. Achou, por um momento, que estavam tocando, equivocando-se com o som que ouvira inicialmente.

Não eram sinos, mas insetos. Os insetos-médicos que cantavam nas sálvias, lembrando um pouco grilos, porém mais doces.

— Jenna?

Nenhuma resposta... a não ser que os insetos estivessem respondendo. Pois o canto parou subitamente.

— Jenna?

Nada. Apenas o vento e o cheiro de sálvia.

Sem pensar no que fazia (refletir, como representar, não era o forte de Roland), ele se curvou, pegou a touca e sacudiu-a. Os Sinos Escuros tocaram.

Por um momento, não aconteceu nada. Depois, mil pequenas criaturas escuras apressaram-se a sair das sálvias, juntando-se sobre a terra gretada. Roland pensou no batalhão marchando ao lado do leito do fretador e deu um passo para trás. Depois manteve sua posição. Já que, como via, os insetos estavam mantendo a deles.

Achou que entendera. Parte dessa compreensão vinha de sua lembrança do toque na carne de Irmã Mary... como parecera *diversa,* não uma coisa só, mas muitas. Parte disso era o que ela dissera: *Eu me alimentei com elas.* Coisas desse tipo nunca morriam... mas podiam *mudar.*

Os insetos tremiam, uma nuvem escura deles cobrindo a terra branca e empoeirada.

Roland sacudiu novamente os sinos.

Um tremor percorreu os insetos numa onda sutil, e então eles começaram a adquirir um formato. Hesitaram, inseguros de como continuar, reagruparam-se, começaram de novo. Depois desenharam a letra C, uma das Grandes Letras, na brancura da areia entre os floridos e lilases tufos de sálvia.

No entanto, não era exatamente uma letra, como viu o pistoleiro; era um cacho.

Começaram a cantar, e para Roland era como se cantassem o seu nome.

Os sinos caíram de sua mão sem nervos e, quando atingiram o chão e tilintaram ali, a massa de insetos se dividiu, correndo em várias direções. Roland pensou em chamá-los de volta — tocar os sinos de novo poderia fazer isso —, mas para quê? Com que objetivo?

Não me pergunte, Roland. Está feito, a ponte foi queimada.

Mesmo assim, ela viera a ele uma última vez, impondo sua vontade sobre mil diversas partes que deviam ter perdido a capacidade de pensar quando o todo perdera a coesão... e mesmo assim ela *pensara* de algum modo — o suficiente para produzir aquela forma. Quanto esforço teria sido necessário?

Os insetos se espalhavam cada vez mais amplamente, alguns desaparecendo entre as sálvias, outros rolando pelos lados de uma rocha saliente, despejando-se nas fendas onde talvez esperariam terminar o calor do dia.

Então desapareceram... *Ela* desaparecera.

Roland sentou-se no chão e pôs as mãos no rosto. Achou que poderia chorar, mas, aos poucos, o impulso passou. Quando levantou a cabeça, seus olhos estavam secos como o deserto ao qual chegaria depois, ainda seguindo o rastro de Walter, o homem de preto.

Se tiver que haver danação, dissera ela, *que seja minha a escolha, não delas.*

Ele próprio conhecia um pouco da danação... e tinha idéia de que a lição apenas começava.

Jenna lhe trouxera a bolsa contendo o fumo. Ele enrolou um cigarro e, acocorado, fumou-o até a guimba fulgurante, olhando as roupas vazias dela, lembrando o olhar firme em seus olhos escuros. Lembrando as marcas da queimadura causada pela corrente do medalhão em seus dedos. Mesmo assim, Jenna o pegara, desafiando a dor, porque sabia que ele o queria. Roland agora usava os dois medalhões no pescoço.

Quando o sol estava a pino, o pistoleiro prosseguiu para oeste. Depois encontraria outro cavalo, ou uma mula, mas, por enquanto, estava contente em andar. Fora assombrado o dia inteiro por um som de campainha, de canto, um som como o de sinos. Por várias vezes parou e olhou em torno, certo de que veria uma forma escura flutuando sobre o chão, acossando-o como as sombras de nossas melhores e piores lembranças, mas nada disso apareceu. Ele estava só, entre as colinas baixas do território a oeste de Eluria.

Completamente só.

Tudo é eventual

Certo dia, me veio do nada a nítida imagem de um rapaz jogando moedas por uma grade de esgoto em frente a uma pequena casa nos arredores da cidade em que morava. Eu só tinha essa imagem, mas era tão nítida — e tão estranhamente perturbadora — que tive que escrever um conto sobre ela. O conto surgiu suavemente e sem nenhuma hesitação, dando razão à minha idéia de que contos são artefatos: não coisas feitas, criadas por nós (e pelas quais possamos receber créditos), mas objetos preexistentes que desencavamos.

—

I

AGORA TENHO UM bom emprego e nenhuma razão para ficar de bode. Chega de ficar zanzando por aí com os cabeças-ocas do supermercado Supr Savr, controlando o pátio onde ficam os carrinhos e sendo amolado por idiotas como Skipper. No momento em que falo, Skipper já está comendo capim pela raiz, mas, se há uma coisa que aprendi em meus 19 anos neste planeta Terra, é que não podemos relaxar. Há Skippers por toda parte.

Também chega de sair na patrulha da *pizza* em noites chuvosas, dirigindo meu velho Ford com o amortecedor ruim, congelando a alma com a janela aberta e uma bandeirinha italiana espetada numa vareta de metal. Como se alguém em Harkerville fosse bater continência. Pizza Roma. Gorjetas de 25 *cents* de gente que nem enxerga você, porque ainda está pensando nos jogos de futebol na tevê. Acho que dirigir para a Pizza Roma foi o fundo do poço. De lá para cá, até dei uma volta num jato particular. Então, como é que as coisas podem estar ruins?

"É isso que dá sair da escola sem um diploma", dizia Mamãe durante meu período de entregador. E "Você fará isso *pelo resto da sua vida*". A boa e velha Mamãe. E assim por diante, até que realmente pensei em lhe escrever uma daquelas cartas especiais. Como disse, aquilo foi o fundo do poço. Sabe o que o Sr. Sharpton me falou naquela noite em seu carro? "Isso não é apenas um emprego, Dink, é uma aventura." E tinha razão. Podia estar errado em qualquer outra coisa, mas nisso estava certo.

Acho que você está pensando no meu salário nesse famigerado emprego. Bem, tenho que dizer que não dá muito dinheiro, é melhor ficar sabendo logo. Mas um emprego não é só ganhar dinheiro ou progredir. Foi o que o Sr. Sharpton me disse. Um verdadeiro emprego tem a ver com benefícios adicionais, ele disse. Aí é que está o poder.

Sr. Sharpton. Só o vi uma vez, ao volante de seu grande e velho Mercedes-Benz, mas às vezes uma vez só já basta.

Veja isso do modo que quiser. De qualquer modo, mesmo.

II

TENHO UMA CASA, Ok? Minha própria casa. Este é o benefício número um. Às vezes ligo para Mamãe para perguntar como vai sua perna encrencada, jogar conversa fora, mas nunca a convidei para vir aqui, apesar de Harkervile ficar só a uns 100 quilômetros de distância e Mamãe estar praticamente se roendo de curiosidade. Nem tenho que visitar ela, a não ser que eu queira. Na maioria das vezes, não quero. Se você conhecesse minha mãe, também não ia querer. Sentar naquela sala enquanto ela fala sobre todos os parentes e se queixa da perna inchada não é mole. Eu também não tinha notado como a casa cheira a bosta de gato até sair de lá. Nunca vou ter um animalzinho de estimação. Animais de estimação são muito caros de se manter.

Na maior parte do tempo, eu fico aqui. Só tem um quarto, mas mesmo assim é uma excelente casa. *Eventual*, como Pug costumava dizer. Ele era o único cara de quem eu gostava no supermercado. Quando queria dizer que alguma coisa era realmente boa, Pug nunca dizia que ela era incrível, como a maioria das pessoas; ele dizia que a coisa era eventual. Não é engraçado? O velho Pugmeister. Imagino como estará ele. Bem, eu acho. Mas não posso ligar para ele e me certificar. Posso ligar para Mamãe, e tenho um número de emergência se alguma coisa der errado algum dia, ou se achar que alguém está se intrometendo onde não é chamado, mas não posso bater um fio para nenhum dos meus velhos amigos (como se qualquer deles, além de Pug, ligasse a mínima para Dinky Earnshaw). Regras do Sr. Sharpton.

Mas isso não tem importância. Vamos voltar à minha casa aqui em Columbia City. Quantos caras de 19 anos que largaram a escola você conhece que têm casa própria? E um carro novo? É só um Honda, é verdade, mas os primeiros três números do odômetro ainda estão zerados, e essa é a parte importante. Tem um toca-fitas e um CD, e eu não afundo o rabo no assento ao volante pensando se o diabo da coisa vai pegar, como sempre fazia com o Ford do qual Skipper debochava. O Idiotamóvel, como ele o chamava. Por que há tantos Skippers no mundo? É isso que eu fico imaginando.

Ganho *algum* dinheiro, por falar nisso. Mais do que o suficiente para suprir minhas necessidades. Saca só. Assisto a um seriado de televisão enquanto almoço, e nas quintas-feiras, lá pela metade do programa, escuto o estalo na fenda da correspondência. Não faço nada então, não esperam que eu faça. Como o Sr. Sharpton disse, "as regras são deles, Dink".

Apenas continuo assistindo ao resto do meu programa. Os acontecimentos melhores das novelas sempre acontecem nos fins de semana — assassinatos nas sextas-feiras, trepadas nas segundas —, mas mesmo assim assisto até o final todos os dias. Tenho um cuidado especial em ficar na sala até o final nas quintas. Nas quintas não vou nem à cozinha para tomar mais um copo de leite. Quando o seriado acaba, desligo a tevê por um tempo — Oprah Winfrey vem a seguir, detesto o programa dela, ficar ali sentado falando besteira é para o povão — e vou até a entrada.

No chão, debaixo da fenda da correspondência, há sempre um envelope branco comum, fechado. Sem nada escrito na frente. Dentro dele tem 14 notas de cinco dólares ou sete notas de dez . É o meu dinheiro para a semana. Faço com ele o seguinte: vou ao cinema duas vezes, sempre à tarde, quando custa só quatro dólares e meio. Total: nove dólares. No sábado, encho o tanque do meu Honda, o que sai geralmente por uns sete dólares. Não dirijo muito. Não estou investido nisso, como o Pug diria. Então, até aqui, estou em 16 dólares. Como fora umas quatro vezes, no McDonald's, no café da manhã (*eggsburguer*, café, duas porções de batatas *sautês*) ou no jantar (Quarteirão com queijo, que se danem aquelas bostas dos Mc especiais, queria saber que imbecil bolou aqueles sanduíches?). Uma vez por semana, visto uma calça esportiva de algodão e uma camisa social e vejo como a outra metade vive. Faço uma refeição bacana num lugar como o Outback ou o Friday's, o que me custa cerca de 25 dólares, e agora já estou em 41 dólares. Então posso ir ao News Plus e comprar uma ou duas revistas de sacanagem, nada demais, só o habitual como *Playboy* ou *Penthouse*. Tentei tirar essas revistas no QUADRO DE AVISOS DO DINKY, mas não consegui. Essas eu mesmo posso comprar, e elas não desaparecem no dia de faxina ou coisa assim, mas não ficam *visíveis*, se você percebe aonde quero chegar, como acontece com a maioria das outras coisas. Acho que os que fazem a limpeza para o Sr. Sharpton não gostam de sacanagem. Além disso, não consigo acessar esses negócios de sexo na Internet. Já tentei, mas de alguma maneira está bloqueado. Geralmente é fácil lidar com coisas assim — a gente passa por baixo ou contorna os bloqueios, se não der para *backear* direto —, mas aí é outra história.

Não quero me estender no assunto, mas não consigo ligar para disk-sexo também. O discador automático funciona, claro, e se eu quiser ligar para uma figura ao acaso, em qualquer parte do mundo, e desembuchar com a figura por algum tempo, tudo bem. Isso funciona. Mas disk-sexo não rola. Dá ocupado. Tudo bem. Segundo a minha experiência, pensar em sexo é como coçar brotoeja. Só se consegue espalhar o negócio. Além disso, sexo não é lá grande coisa, pelo menos para mim. Está ali, mas não é *eventual*. Mesmo assim, considerando o que estou fazendo, esse pequeno toque de caretice é meio esquisito. Quase engraçado... só que perdi o senso de humor em relação ao assunto, eu acho. E em relação a alguns outros também.

Bem, vamos voltar ao orçamento.

Se eu comprar uma *Playboy*, são quatro pratas e já estou em 45 dólares. Com parte do dinheiro que sobrou, posso comprar um CD, apesar de não precisar fazer isso, ou uma ou duas barras de chocolate (sei que não devia, porque a minha pele estoura de espinhas, mesmo eu quase não sendo mais um adolescente). Penso em pedir uma *pizza* ou comida chinesa às vezes, mas é contra as regras da TransCorp. Além do que eu me sentiria esquisito fazendo isso, como um membro da classe opressora. Lembre-se que já fui entregador de *pizza*. Sei o emprego nojento que é. Mesmo assim, se eu pudesse pedir, o cara da *pizza* não iria embora *desta* casa com uma gorjeta de 25 *cents*. Eu lhe daria cinco pratas e faria seus olhos se iluminarem.

Mas você começa a perceber o que estou querendo dizer com não precisar de um monte de dinheiro vivo, não é? Quando a manhã de quinta surge de novo, geralmente ainda tenho no mínimo oito pratas, e, às vezes, até 20. O que faço com as moedas é jogar elas no bueiro em frente à minha casa. Sei que se os vizinhos vissem isso, eles teriam um surto (larguei a escola no ginásio, mas não por ser burro, muito obrigado), então eu levo para fora o saco de lixo com os jornais (e às vezes com uma *Penthouse* ou *Playboy* enterradas no meio da pilha, não fico com essa bosta em casa por muito tempo, quem ficaria?), e enquanto o coloco no meio-fio, abro a mão com o troco e lá se vai ele pela grade do bueiro. Tlinc-tlinc-tlinc-splash. Como o truque de um mágico. Num momento você está vendo, no outro não. Um dia aquele ralo vai entupir, eles vão mandar verificar e o cara vai achar que ganhou na loteria, porra, a não ser que uma enchente ou coisa parecida empurre todas as moedas para a usina de tratamento de esgoto, ou seja lá para onde vai aquilo tudo. Mas aí já estarei longe. *Não* vou passar minha vida em Columbia City, isso eu posso dizer. Vou embora, e rápido. De um modo ou de outro.

Com as notas é mais fácil. Enfio elas pelo triturador de lixo da cozinha, e pronto. Outro truque de mágica, abracadabra, dinheiro vira alface. Você provavelmente acha que é muito esquisito fazer o dinheiro escorrer pelo triturador da pia. No início, eu também achava. Mas a gente se acostuma com praticamente tudo depois de fazer a coisa por algum tempo, e, além disso, há sempre outros 70 dólares entrando pela fenda da correspondência. A regra é simples: nada de malocar a grana. Termine a semana duro. Além disso, não estamos falando de milhões, só de oito ou dez dólares por semana. Um troquinho de nada, mesmo.

III

O QUADRO DE AVISOS do dinky é outro benefício adicional. Anoto o que quero durante a semana e consigo tudo que peço (a não ser revistas de sacanagem, como já disse). Talvez um dia eu fique entediado com isso, mas neste momento é como ter Papai Noel em casa o ano todo. Anoto principalmente compras de armazém, como qualquer um faz no seu quadro a giz na cozinha, mas não só compras de armazém, de jeito nenhum...

Por exemplo, posso escrever "novo vídeo do Bruce Willis", ou "novo CD do Weezer", ou algo assim. Tem uma história engraçada a respeito do CD do Weezer, já que estamos falando nisso. Um dia fui a uma loja de CDs numa sexta-feira depois do meu cineminha (sempre vou à sessão da tarde de sexta, mesmo se não há nada que eu queira ver, porque é quando os faxineiros vêm), só para matar o tempo lá dentro porque chovia, o que acabou com meus planos de ir até o parque. Enquanto eu olhava os novos lançamentos, um garoto perguntou ao balconista sobre o novo CD do Weezer. O balconista disse que o CD só estaria à venda dali a uns dez dias, mas eu já tinha o CD desde a sexta anterior.

É como digo, benefícios adicionais.

Se anoto "camisa esporte" no QUADRO DE AVISOS, a coisa está lá quando eu volto para casa na noite de sexta, sempre num dos bonitos tons de terra que eu gosto tanto. Se anoto "novo *jeans*" ou "calça de algodão", recebo. E tudo da Gap, que é onde eu mesmo vou quando tenho grana. Se quero um determinado tipo de loção de barba ou colônia, escrevo o nome no QUADRO DE AVISOS e ela está na bancada do banheiro quando chego em casa. Eu não namoro, mas sou louco por colônia. Vá entender.

Vou contar uma coisa que você vai achar engraçada, aposto. Uma vez anotei "Quadro de Rembrandt" no QUADRO DE AVISOS. Então passei a tarde no cinema e caminhando no parque, vendo as pessoas namorando e os cachorros abocanhando bolas lançadas no ar, pensando como seria eventual se os faxineiros de fato trouxessem o meu próprio Rembrandt, porra. Pense só, um genuíno *Old Master* na parede de uma casa no bairro Sunset Knoll, em Columbia City. Isso não seria totalmente eventual?

E de certo modo aconteceu. Meu Rembrandt estava pendurado na parede da sala quando cheguei em casa, acima do sofá onde ficavam os palhaços de veludo. Meu coração batia a 200 por minuto quando atravessei a sala e fui até ele. Quando cheguei perto, vi que era apenas uma cópia... sabe, uma reprodução. Fiquei desapontado, mas não muito. Quer dizer, *era* um Rembrandt. Mas não um Rembrandt *original.*

Outra vez escrevi "Fotos autografadas de Nicole Kidman" no QUADRO DE AVISOS. Acho Nicole a atriz mais bonita que existe, tenho o maior tesão por ela. E, quando cheguei em casa naquele dia, tinha um instantâneo dela, de publicidade, preso na geladeira por dois desses ímãs em forma de legume. Ela estava no balanço do *Moulin Rouge.* E daquela vez a coisa era pra valer. Sei disso pelo modo como estava assinado: "Para Dinky Earnshaw, com amor & beijos de Nicole."

Ah, meu bem. Ah, doçura.

Vou lhe dizer uma coisa, meu amigo... se eu trabalhasse duro e quisesse mesmo, poderia ter um verdadeiro Rembrandt na minha parede algum dia. Com certeza. Num emprego desses, só há um caminho: o que sobe. De certo modo, é isso que assusta.

IV

NUNCA TENHO QUE fazer lista de compras de mercado. Os faxineiros sabem do que eu gosto — as refeições congeladas da Stouffer, principalmente aquele negócio que se cozinha dentro do plástico, que eles chamam de tirinhas de carne ao molho branco e que Mamãe sempre chamou de titica na bandeja, morangos congelados, leite integral, filés de hambúrguer pré-moldados que só se precisa pôr na frigideira quente (detesto lidar com carne crua), pudins, os que vêm nos copos plásticos (é ruim para a minha pele, mas adoro eles), comida comum desse tipo. Se quero algo especial, anoto no QUADRO DE AVISOS DO DINKY.

Certa vez, pedi uma torta de maçã feita em casa, especificando que *não* podia ser do supermercado e, quando voltei ao escurecer, minha torta estava na geladeira com o resto das compras da semana. Só que não estava embrulhada, mas numa travessa azul. Foi assim que eu soube que tinha sido feita em casa. No início, hesitei um pouco em comer a torta, já que não fazia idéia de onde vinha, mas cheguei à conclusão de que estava sendo bobo. Na verdade, a gente não sabe de onde vem a comida do supermercado. Quer dizer, imaginamos que seja Ok porque está embrulhada, ou vem numa lata, ou "duplamente selada para a sua proteção", mas alguém pode ter pego naquilo com as mãos sujas *antes* de ser duplamente selada. Ou dado grandes espirros melecados nela, ou até limpado o rabo com ela. Não quero ser grosseiro, mas é verdade, não? O mundo está cheio de gente estranha, e um monte não vale nada. Tenho experiência disso, pode acreditar.

Seja como for, provei a torta e estava deliciosa. Comi metade dela na sexta-feira à noite e o resto no sábado de manhã, enquanto estava em Cheyenne, Wyoming. Passei a maior parte do sábado à noite no banheiro, cagando as tripas por causa de todas aquelas maçãs, acho eu, mas não liguei. A torta valeu a pena. "Como a mamãe costumava fazer" é o que as pessoas dizem, mas não podem estar falando da minha mãe. Mamãe não sabe nem cozinhar um ovo.

V

NUNCA TIVE QUE escrever roupa de baixo no QUADRO DE AVISOS. A cada cinco semanas mais ou menos, as velhas cuecas desapareciam e lá estavam outras Zorbas novinhas em folha na minha cômoda, quatro pacotes com três peças cada ainda em suas embalagens de plástico. Duplamente seladas para a minha proteção, ah-ah. Papel higiênico, sabão para lavar roupa, sabão para lavar louça, nunca tive que anotar nada dessas porcarias. Elas simplesmente apareciam.

Muito eventual, não acha?

VI

NUNCA VI OS faxineiros, assim como nunca vi o cara (ou talvez seja uma garota) que entrega as 70 pratas toda quinta-feira enquanto assisto ao meu programa. Eu nunca quis ver os sujeitos. Por um lado, porque não preciso. Por outro — tá bem, é porque tenho medo deles. Da mesma forma que tive medo do Sr. Sharpton em seu grande Mercedes cinzento na noite em que me encontrei com ele.

Não almoço em casa nas sextas-feiras. Assisto ao programa de tevê e depois ando pela cidade no meu carro. Compro um hambúrguer no McDonald's, vou a um cinema e dou um pulo no parque se o tempo estiver legal. Gosto do parque. É um bom lugar pra gente pensar, e nesses dias tenho um monte de coisas para pensar.

Se o tempo está ruim, vou ao *shopping*. Agora que os dias estão ficando mais curtos, penso em ir ao boliche de novo. Pelo menos vou ter alguma coisa para fazer nas sextas à tarde. Eu costumava ir lá de vez em quando com Pug.

Eu meio que sinto falta do Pug. Gostaria de poder ligar para ele só para desembuchar, contar um pouco do que anda acontecendo. Como sobre esse tal Neff, por exemplo.

Bem, cospe para cima pra ver se cai na testa.

Quando estou fora, os faxineiros limpam minha casa de parede a parede, de alto a baixo — lavam os pratos (embora eu seja muito bom nisso), o chão, as roupas sujas, mudam os lençóis, colocam toalhas limpas, renovam o estoque da geladeira, conseguem qualquer negócio que esteja escrito no QUADRO DE AVISOS. É como viver num hotel com o serviço de camareira mais eficiente (sem falar em eventual) do mundo.

Só não mexem muito no estúdio junto da sala de jantar. Conservo o lugar bem escuro, as persianas sempre abaixadas, e eles não levantam as persianas nem para deixar entrar uma réstea de claridade, como fazem no resto da casa. O estúdio também nunca cheira a *spray* de limão, apesar de os outros cômodos federem a limão nas noites de sexta. Às vezes é tão forte que tenho acessos de espirro. Não é uma alergia; é mais uma demonstração de protesto nasal.

Alguém passa o aspirador no chão e esvazia o cesto de lixo, mas ninguém tira do lugar os papéis que deixo na escrivaninha, por mais bagunçados e nojentos que estejam. Uma vez coloquei um pedacinho de fita adesiva nos vãos da gaveta da escrivaninha e, quando voltei de noite, a fita ainda estava lá, intacta. Não guardo nada supersecreto naquela gaveta, só queria saber.

Além disso, se o computador e o *modem* estão ligados quando saio, continuam assim quando volto, o VDT mostrando um dos protetores de tela (geralmente o das pessoas fazendo alguma coisa por trás das persianas no edifício alto, porque é o meu favorito). Se elas estão apagadas quando saio, estarão iguais quando volto. Eles não mexem com o estúdio de Dinky.

Pode ser que os faxineiros também tenham um certo medo de mim.

VII

RECEBI O TELEFONEMA que mudou minha vida exatamente quando achei que a combinação entre Mamãe e as entregas para a Pizza Roma iam me deixar maluco. Sei que isso parece muito melodramático, mas nesse caso é verdade. O telefonema aconteceu na minha noite de folga. Mamãe tinha saído com as amigas dela para jogar bingo na Reserva, todas fumando como uma chaminé e sem dúvida rindo todas as vezes que o sujeito tirava a pedra B-12 e dizia "Muito bem, senhoras, é hora de tomar suas vitaminas". Eu estava assistindo a um filme do Clint Eastwood na TNT e querendo estar em qualquer outro lugar do planeta Terra. Até em Saskatchewan.

O telefone tocou e pensei, ah, é o Pug, só pode ser. Então atendi com a minha voz mais suave, dizendo "Você ligou para uma Igreja Pentecostal qualquer, sucursal de Harkerville, reverendo Dinky falando".

— Sr. Earnshaw? — disse uma voz que eu nunca tinha ouvido antes, mas que não parecia nem um pouco desconcertada ou intrigada com o meu besteirol. Eu, no entanto, tinha ficado sem jeito o bastante por nós dois. Já notou que quando a gente faz alguma coisa desse tipo ao telefone, tenta ser bacana quando atende, nunca é a pessoa que a gente espera que fosse? Soube de uma moça que atendeu o telefone dizendo "Oi, é a Helen, e quero que você me coma pra valer" porque tinha certeza de que era o namorado. Mas era o pai dela. Essa história provavelmente é inventada, como a dos jacarés nos esgotos de Nova York (ou as cartas da *Penthouse*), mas você sacou o que eu quero dizer.

— Ah, desculpe — disse eu, atrapalhado demais para me perguntar como é que o dono daquela estranha voz sabia que o reverendo Dinky era também o Sr. Earnshaw, isto é, Richard Ellery Earnshaw. — Pensei que fosse outra pessoa.

— Eu *sou* outra pessoa — disse a voz e, embora eu não risse naquele momento, ri depois. O Sr. Sharpton era outra pessoa mesmo. Seriamente, eventualmente outra pessoa.

— O que deseja? — perguntei. — Se quiser falar com a minha mãe, vou ter que dar o recado, porque ela está...

— ...jogando bingo, eu sei. De qualquer modo, eu quero falar mesmo com o senhor. Quero lhe oferecer um emprego.

Durante um momento, fiquei surpreso demais para dizer qualquer coisa. Então me ocorreu que aquilo poderia ser um trote.

— Eu já tenho emprego. Lamento.

— Entregar *pizza*? — disse ele, parecendo achar graça. — Bem, acho que sim. Se chama isso de emprego.

— Quem é o senhor?

— Eu me chamo Sharpton. E agora chega de conversa mole, como provavelmente o senhor diria. Posso chamá-lo de Dink?

— Claro. Posso chamá-lo de Sharpie?

— Pode me chamar do que quiser, mas ouça.

— Estou ouvindo. — E estava. Por que não? Afinal, o filme na tevê, *Meu nome é Coogan*, não era um dos melhores de Clint.

— Quero lhe fazer a melhor oferta de emprego que você já teve, e a melhor que terá provavelmente. Não é só um emprego, Dink, é uma aventura.

— Puxa, onde é que ouvi isso antes? — Eu estava com uma tigela de pipoca no colo e joguei um punhado delas na boca. A coisa estava ficando engraçada.

— Outros prometem, eu cumpro. Mas seria melhor que pudéssemos conversar pessoalmente. Pode se encontrar comigo?

— Você é bicha?

— Não. — Mais um vez ele parecia ter achado graça, o suficiente para que eu acreditasse no que dizia. E eu já estava com o rabo preso, como dizem, desde que atendera o telefone daquele modo espertinho. — Minha orientação sexual não tem nada a ver com isso.

— Então por que está puxando o meu saco? Não conheço *ninguém* que ligaria para mim às nove e meia da noite para me oferecer um emprego, porra.

— Me faça um favor. Largue o telefone um minuto e dê uma espiada na sua porta da frente.

Cada vez mais maluco. Mas o que é que eu tinha a perder? Fiz o que ele disse e achei um envelope no chão. Alguém o tinha enfiado pela fenda da correspondência enquanto eu assistia a Clint Eastwood perseguir Don Stroud pelo Central Park. O primeiro envelope de muitos, embora eu não soubesse disso então, é claro. Abri o envelope e sete notas de dez dólares caíram na minha mão. E também um bilhete.

Isso pode ser o começo de uma carreira fantástica!

Voltei para a sala, ainda olhando o dinheiro. Pode imaginar o quanto aquilo tudo era esquisito? Quase sentei em cima da tigela de pipoca. No último segundo, vi a tigela, botei-a de lado e me joguei no sofá. Peguei o telefone esperando que o Sr. Sharpton tivesse sumido, mas ele ainda estava lá.

— O que que é isso? — perguntei. — Para que essas 70 pratas? Vou ficar com elas, mas não estou te devendo nada. Eu não lhe *pedi* nada, porra.

— O dinheiro é todo seu — disse Sharpton —, sem compromisso. Mas vou lhe dizer uma coisa em segredo, Dink... um emprego não é só dinheiro. Um verdadeiro emprego tem a ver com benefícios adicionais. Aí é que está o poder.

— Tá bom...

— É sim. E só peço que se encontre comigo e ouça um pouco mais. Vou lhe fazer uma oferta que mudará a sua vida, se você aceitar. Vai abrir a porta para uma *nova* vida. Embora eu deva ser honesto e diga que provavelmente você não vai ter todas as *respostas* que gostaria de ter.

— E se eu resolver ir embora?

— Eu lhe darei um aperto de mão, um tapinha nas costas e lhe desejarei boa sorte.

— Quando é que você quer se encontrar comigo? — Parte de mim... a maior parte... ainda achava tudo aquilo uma brincadeira, mas a opinião de uma minoria começava a se formar. Por um lado, havia o dinheiro, que significava duas semanas de gorjetas dirigindo para a Pizza Roma, se os negócios estivessem bons. Mas foi principalmente o modo como Sharpton falava. Ele parecia ter freqüentado a escola... e não me refiro à Faculdade Estadual do Cu do Judas em Van Drusen. Na verdade, que mal podia haver? Desde o acidente de Skipper, não havia ninguém no planeta Terra que quisesse se meter comigo de um modo perigoso ou doloroso. Bem, Mamãe talvez, eu acho, mas sua única arma era a boca... e ela não fazia brincadeiras elaboradas assim. Além disso, eu não conseguia ver Mamãe dando adeus a 70 dólares. Não quando ainda havia um jogo de bingo nas proximidades.

— Esta noite — disse ele. — Agora mesmo, na verdade.

—Tudo bem, por que não? Apareça. Acho que se você jogou um envelope cheio de notas de dez dólares na minha porta, não precisa que eu lhe diga o endereço.

— Não na sua casa. Encontro você no estacionamento do Supr Savr.

Meu estômago despencou vertiginosamente como um elevador com os cabos cortados, e a conversa deixou de ter a mínima graça. Podia ser que isso tudo fosse uma espécie de armação — talvez até com tiras na jogada. Disse a mim mesmo que ninguém sabia sobre o Skipper, os tiras menos ainda, mas meu Deus do céu. Havia a carta; Skipper podia ter deixado a carta por aí. Não havia nada nela que se pudesse entender (a não ser o nome da irmã dele, mas há milhões de Debbies no mundo), assim como ninguém poderia entender as coisas que escrevi na calçada do lado de fora do pátio da Sra. Bukowski... ou era isso que eu achava antes da droga do telefonema. Mas quem poderia ter absoluta certeza? E você sabe o que dizem sobre consciência pesada. Eu não me sentia exatamente *culpado* em relação a Skipper, não na ocasião, mas, mesmo assim...

— O Supr Savr é o tipo do lugar esquisito para uma entrevista de emprego, não acha? Principalmente quando está fechado desde as oito da noite.

— É por isso que ele é bom, Dink. Privacidade num lugar público. Vou estacionar junto do pátio onde estão os carrinhos. Você vai reconhecer o carro... é um Mercedes grande, cinzento.

— Vou reconhecer o carro porque vai ser o único — disse eu, mas ele já tinha desligado.

Pus o telefone no gancho e coloquei o dinheiro no bolso quase sem perceber o que estava fazendo. Eu suava ligeiramente pelo corpo todo. A voz ao telefone queria encontrar comigo junto do pátio onde estão os carrinhos, onde Skipper tinha tantas vezes implicado comigo. Onde uma vez ele amassara meus dedos entre dois carrinhos do supermercado, rindo quando eu gritava. Ter os dedos amassados dói para burro. Duas das unhas ficaram pretas e caíram. Foi quando resolvi tentar a carta, e os resultados tinham sido inacreditáveis. Mesmo assim, se o fantasma de Skipper Brannigan estava no pedaço, o lugar mais provável onde iria perambular à procura de novas vítimas para torturar seria este pátio. Era possível que a voz ao telefone não tivesse escolhido o lugar por acaso. Tentei dizer a mim mesmo que era besteira, que coincidências acontecem o tempo todo, mas eu não acreditava nisso. O Sr. Sharpton sabia sobre o Skipper. De algum modo, ele sabia.

Estava com medo de me encontrar com ele, mas não tinha escolha. Se não descobrisse nada mais, pelo menos descobriria o quanto ele sabia. E a quem podia contar.

Levantei, vesti o casaco (estávamos no início da primavera e as noites eram frias — parece que as noites sempre são frias no oeste da Pensilvânia) e saí. Então voltei e deixei um bilhete para Mamãe. "Saí com uns colegas", escrevi. "Vou estar de volta lá pela meia-noite." Eu pretendia voltar bem *antes* da meia-noite, mas o bilhete me pareceu uma boa idéia. Eu não pensei muito no porquê, não naquele momento, mas posso confessar agora: se algo me acontecesse, algo ruim, eu queria ter certeza de que Mamãe chamaria a polícia.

VIII

HÁ DOIS TIPOS DE medo — pelo menos, esta é a minha tese. Há o medo-TV, e há o medo-verdadeiro. Acho que na maior parte da nossa vida sofremos o medo-TV. Como quando esperamos o resultado de um exame de sangue, ou quando voltamos a pé da biblioteca para casa no escuro e pensamos que uns caras mal-encarados podem estar ali na moita. Não ficamos com medo-verdadeiro dessas porcarias porque no fundo sabemos que os exames de sangue estarão bons e que não haverá nenhum cara mal-encarado na moita. Por quê? Porque coisas assim só acontecem às pessoas na tevê.

Quando vi aquele grande Mercedes cinzento, o único carro em quase um acre de estacionamento vazio, senti o medo-verdadeiro pela primeira vez desde aquele dia, no depósito com Skipper Brannigan. Aquela vez foi o mais perto que cheguei de realmente mergulhar nesse tipo de medo.

O carrão do Sr. Sharpton estava iluminado pelas lâmpadas de mercúrio amarelas do estacionamento, um grande Bochemóvel, no mínimo um 450 e provavelmente um 500. O tipo de carro que custava 25 mil naqueles dias. Ali parado junto ao pátio onde ficam os carrinhos (agora quase vazio, todos os carrinhos já trancados em segurança do lado de dentro, exceto um pobre e velho triciclo aleijado), com seus faróis traseiros ligados, vapor branco subindo no ar e o motor ronronando como um gato adormecido.

Fui de carro até ele, o coração batendo devagar, mas com força, e sentindo na boca um gosto de cobre. Eu queria simplesmente pisar no acelerador do meu Ford (que naqueles dias cheirava a *pizza* de pimentão) e dar o fora dali bem rápido, mas não conseguia me livrar de uma voz dizendo que o cara sabia sobre o Skipper. Eu podia retrucar dizendo que não havia nada a saber, que Charles "Skipper" Brannigan tinha sofrido um acidente ou se suicidara, os tiras não tinham certeza se fora uma coisa ou outra (é claro que não conheciam Skipper muito bem; do contrário, teriam atirado a idéia de suicídio imediatamente pela janela — caras como Skipper não se apagam de jeito nenhum, não aos 23 anos), mas isso não impediu a voz de gritar que eu estava encrencado, alguém tinha percebido a coisa, alguém pegara a carta e sacara o que acontecera.

Aquela voz não tinha a lógica a seu lado, nem precisava. Tinha bons pulmões e uma lógica que vencia no grito. Estacionei ao lado do Mercedes paradão e desci o vidro do meu carro. A janela do Mercedes desceu também. Olhamos um para o outro, eu e o Sr. Sharpton, como velhos amigos encontrando-se num *Drive-In*.

Não lembro muito dele agora. É esquisito, se a gente leva em conta todo o tempo que passei pensando nele desde aquela época, mas é verdade. Só lembro que ele era magro e que estava de terno, um terno bom, embora julgar um negócio desses não seja o meu ponto forte. Mesmo assim, o terno me fez relaxar um pouco. Acho que inconscientemente eu tinha a idéia de que terno significava negócios, e *jeans* e camiseta, farra.

— Olá, Dink — disse ele. — Eu sou Sharpton. Venha até aqui e sente-se.

— Por que a gente não fica assim? — perguntei. — Podemos conversar pela janela. As pessoas vivem fazendo isso.

Ele olhou para mim e não disse nada. Depois de alguns segundos, desliguei o Ford e saí. Não sei exatamente por que fiz isso, mas fiz. Estava mais assustado que nunca, vou te contar. Com medo-verdadeiro. Verdadeiro como a verdade. Talvez tenha sido por isso que ele conseguiu que eu fizesse o que queria.

Fiquei entre os dois carros por um minuto, olhando para o pátio dos carrinhos e pensando em Skipper. Ele era alto, com o cabelo louro e ondulado penteado para trás, tinha espinhas e lábios vermelhos como uma moça de batom. Ele dizia "Ei, Dinky, vamos ver o seu Pinky", ou "Ei, Dinky, quer chupar o meu Pinky?". Sabe, essas gracinhas nojentas. Às vezes, quando estávamos juntando os carrinhos, ele me perseguia com um deles e me atropelava os calcanhares gritando "Rmmmm! Rmmmm! Rmmmm!", como na porra de uma corrida de automóvel. Por uma ou duas vezes, ele me derrubou. No intervalo do jantar, se eu estivesse com a comida no colo, ele dava um encontrão em mim com toda a força para ver se derrubava alguma coisa no chão. Você sabe do que estou falando, tenho certeza. Era como se ele ainda tivesse a mesma idéia de diversão daqueles garotos entediados que ficam sentados nas últimas fileiras da sala de aula.

Eu usava rabo-de-cavalo no trabalho, as regras do supermercado obrigavam a gente a prender o cabelo se estivesse comprido, e às vezes Skipper aparecia por trás de mim, agarrava o elástico que prendia o meu cabelo e o arrancava. Às vezes, ele ficava preso no meu cabelo e o repuxava. Às vezes, rebentava e batia no meu pescoço com um estalo. A coisa chegou a tal ponto que eu levava dois ou três elásticos extras no bolso quando ia trabalhar. Eu tentava não pensar no motivo de estar fazendo aquilo, e por que agüentava a coisa. Se fizesse isso, provavelmente ia começar a me odiar.

Certa vez me virei quando ele puxava o elástico, e ele deve ter visto algo no meu rosto, porque o sorriso de provocação foi substituído por outro. O primeiro sorriso não mostrava os dentes, mas o novo sim. Foi bem ali no depósito, onde a parede norte está sempre fria porque faz fronteira com o compartimento das carnes. Skipper levantou os punhos. Os outros caras ficaram por ali com seus almoços, olhando para nós, e eu sabia que nenhum deles me ajudaria. Nem mesmo Pug, que tem 1,62m e uns 50 quilos. Skipper comeria ele como se fosse uma barra de chocolate, e Pug sabia disso.

— Vamos, bundão — disse Skipper com aquele sorriso. O elástico arrancado do meu cabelo pendia rebentado entre seus dedos como a lingüinha vermelha de um lagarto. — Como é, quer brigar comigo? Tudo bem, bundão, eu brigo com você.

O que eu queria era perguntar por que ele cismava comigo, por que eu o irritava, por que ele tinha que fazer isso com *quem quer que fosse*. Mas ele não ia responder. Caras como Skipper nunca respondem. Só querem arrebentar os dentes do outro. Portanto, em vez disso, eu apenas sentei e peguei meu sanduíche de novo. Se tentasse brigar com o Skipper, ele provavelmente me mandaria para o hospital. Comecei a comer, mas tinha perdido o apetite. Ele me olhou por mais um ou dois segundos e achei que ia me pegar de qualquer maneira. Mas então ele abriu os punhos. O elástico rebentado caiu no chão ao lado de um caixote de alfaces desmantelado. "Seu lixo", disse Skipper. "Seu fodido lixo *hippie* de cabelo comprido." Então se afastou. Alguns dias depois disso, ele amassou meus dedos entre dois carrinhos no Korral, e mais alguns dias depois, Skipper estava deitado no cetim, na Igreja Metodista, com o órgão tocando. Mas foi ele mesmo quem provocou. Pelo menos, era o que eu pensava então.

— Uma viagenzinha pela Alameda da Memória? — perguntou o Sr. Sharpton, e isso me empurrou de volta para o presente. Eu estava entre o carro dele e o meu, em pé próximo do pátio dos carrinhos onde Skipper nunca mais esmagaria os dedos de alguém.

— Não sei do que está falando.

— Isso não tem importância. Pule para cá, Dink, e vamos ter uma conversinha.

Abri a porta do Mercedes e entrei. Cara, que cheiro. Era de couro, mas não apenas couro. Você conhece o cartão Pode-Sair-da-Cadeia, do jogo Monopólio? Quando você é bastante rico para ter um carro com o cheiro do Mercedes cinzento do Sr. Sharpton, deve ter um cartão Pode-Sair-de-Tudo-quanto-é-Lugar.

Inspirei profundamente, prendi a respiração, soltei e disse:

— Isso é eventual.

O Sr. Shapton riu, as faces recém-barbeadas cintilando às luzes do painel. Ele não perguntou o que eu queria dizer; ele sabia.

— Tudo é eventual, Dink. Ou pode ser, para a pessoa certa.

— O senhor acha?

— Eu *sei*. — Nem um fiapo de dúvida na voz dele.

— Gosto da sua gravata. — Disse isso só para dizer alguma coisa, mas era verdade também. A gravata não era o que eu chamaria de eventual, mas era legal. Sabe esse tipo de gravata que tem caveiras, dinossauros, pequenos tacos de golfe ou coisas assim nela toda? A dele tinha espadas espalhadas por toda ela, uma mão firme segurando cada uma.

Ele riu e passou a mão pela gravata, tipo alisando.

— É a minha gravata da sorte — disse. — Quando a ponho, sinto-me que nem o rei Arthur. — O sorriso morreu em seu rosto pouco a pouco e percebi que ele não estava brincando. — O rei Arthur juntando os melhores homens que existiram. Cavaleiros para sentar com ele à Távola Redonda e refazer o mundo.

Isso me deu um calafrio, mas tentei não demonstrar.

— O que quer de mim, Art? Que eu o ajude a procurar o Santo Graal, ou sei lá como chamam aquilo?

— A gravata não faz do homem um rei — disse ele. — Sei disso, caso você esteja pensando no assunto.

Eu me mexi, pouco à vontade.

— Bem, eu não estava tentando menosprezar o senhor...

— Não tem importância, Dink. Mesmo. A resposta à sua pergunta é que eu sou parte caçador de recompensas, parte caçador de talentos e parte destino personificado. Cigarro?

— Não fumo.

— Isso é bom, você vai viver mais. Os cigarros são assassinos. Por que outra razão as pessoas os chamariam de arromba-peito?

— Nessa o senhor me pegou.

— Espero que sim — disse o Sr. Sharpton, acendendo o cigarro. — Espero sinceramente que sim. Você é artigo de primeira categoria, Dink. Duvido que acredite nisso, mas é verdade.

— Que oferta é essa que o senhor falou?

— Conte o que aconteceu a Skipper Brannigan.

Bum, meu maior medo tinha se concretizado. Ele não podia saber, *ninguém* podia, mas de algum modo ele descobrira. Fiquei ali me sentindo entorpecido, o coração acelerado e a língua grudada no céu da boca como se estivesse colada lá.

— Vamos, conte. — Sua voz parecia vir de uma longa distância, como uma onda curta de rádio tarde da noite.

Recuperei a língua. Precisei me esforçar, mas consegui botar ela no lugar certo.

— Eu não fiz nada. — Minha própria voz parecia chegar na mesma horrível onda curta. — Skipper teve um acidente, só isso. Estava voltando para casa de carro e saiu da estrada. O carro capotou e caiu no rio Lockerby. Acharam água nos pulmões dele, então acho que se afogou, pelo menos tecnicamente, mas deu no jornal que ele teria morrido de qualquer modo, provavelmente. A maior parte da cabeça dele foi arrancada com a capotagem, ou é isso que o povo diz. E alguns dizem que não foi um acidente, que ele se matou, mas eu não engulo essa. Skipper estava... estava se divertindo muito com a vida para se matar.

— Sim. Você era parte dessa diversão, não era?

Eu não disse nada, mas meus lábios tremeram e meus olhos se encheram de lágrimas.

O Sr. Sharpton estendeu a mão e a pôs no meu braço. Era o tipo de coisa que a gente espera de um sujeito velho feito ele, sentado ali no grande carro alemão num estacionamento deserto, mas, quando me tocou, eu soube que não era isso, que ele não estava dando em cima de mim. Era bom ser tocado daquele modo. Até então eu não sabia como estava triste. Às vezes a gente não sabe, porque a coisa está toda ali em volta. Abaixei a cabeça. Não abri o berreiro ou coisa assim, mas as lágrimas correram pelo meu rosto. As espadas em sua gravata dobraram, depois triplicaram de número.

— Se está pensando que eu sou um tira, não se preocupe. E eu lhe dei dinheiro... isso estragaria qualquer acusação que pudesse sair disso. Mas, mesmo que eu fosse um tira, ninguém acreditaria no que realmente aconteceu com o jovem Brannigan, de qualquer modo. Nem se você confessasse numa rede de tevê. Acha que acreditariam?

— Não — sussurrei. Então, mais alto: — Agüentei muita coisa. Até que não consegui agüentar mais. Ele me fez fazer aquilo, ele mesmo provocou a coisa.

— Conte o que aconteceu — disse o Sr. Sharpton.

— Escrevi uma carta para ele. Uma carta especial.

— É, muito especial mesmo. E o que você escreveu nela para que só funcionasse para ele?

Eu sabia o que ele estava querendo dizer, mas havia mais ali. Quando você personaliza as cartas, aumenta o poder delas. Elas ficam não só perigosas como letais.

— O nome da irmã dele — disse eu. Acho que foi quando cedi completamente. — A irmã dele, Debbie.

IX

SEMPRE TIVE ALGO, uma espécie de dom, e sabia disso, mas não como usar o negócio, como se chamava ou o que significava. E eu meio que sabia que tinha que manter a coisa secreta, porque os outros não tinham aquilo. Achei que podiam me pôr no circo se descobrissem. Ou na prisão.

Lembro que uma vez — muito vagamente, eu devia ter três ou quatro anos, é uma das minhas primeiras lembranças — eu estava em pé olhando o pátio lá fora por uma janela suja. Havia um cepo de cortar lenha e uma caixa de correio com uma bandeira vermelha, e então deve ter sido na época em que morávamos na casa da tia Mabel, no campo. Foi lá que moramos depois que meu pai fugiu. Mamãe arranjou um emprego na Padaria Fina de Harkerville e nos mudamos de novo para a cidade depois, quando eu tinha uns cinco anos. Sei que estávamos morando na cidade quando comecei a ir à escola. Sei disso por causa do cachorro da Sra. Bukowski, eu tinha que passar pelo puto do canibal cinco dias por semana, um bóxer com uma orelha branca. Nunca vou esquecer daquele cachorro, por falar em Alameda da Memória.

Seja como for, eu estava olhando para fora e havia umas moscas zumbindo na parte de cima da janela, você sabe como elas fazem. Eu não gostava do som, mas nem com uma revista enrolada eu podia alcançar o alto, para dar uma pancada nelas ou enxotá-las. Então, em vez disso, desenhei dois triângulos no vidro da janela empurrando a sujeira com a ponta do dedo, e fiz um círculo especial para segurar os triângulos. E assim que fiz aquilo, assim que fechei o círculo, as moscas — eram quatro ou cinco — caíram mortas no parapeito da janela. Eram grandes como confeitos — os que têm gosto de alcaçuz. Peguei uma e olhei, mas não era muito interessante; então a soltei no chão e continuei olhando pela janela.

Coisas assim aconteciam de tempos em tempos, mas nunca de propósito, nunca porque eu fizesse elas acontecerem. A primeira vez que lembro de fazer algo totalmente de propósito — quer dizer, antes de Skipper — foi quando usei essa coisa no cachorro da Sra. Bukowski. A Sra. Bukowski morava na esquina da nossa rua, quando alugamos uma casa na Avenida Dugway. Seu cachorro era mau e perigoso, toda criança do West Side tinha medo daquele filho-da-puta de orelha branca. A Sra. Bukowski deixava ele amarrado em seu pátio lateral — quer dizer, *acorretado* no pátio lateral — e o nojento latia para todos que passavam. Não um latido inofensivo, como o de alguns cachorros, mas do tipo que diz *Se eu pudesse ter você aqui perto ou se eu pudesse ir até aí, arrancaria seu saco, garotão.* Certa vez, o cachorro se soltou e mordeu o menino que entregava os jornais. O cachorro de qualquer outro provavelmente teria sido liquidado, mas o filho da Sra. Bukowski era chefe de polícia, e de algum modo ajeitou a coisa.

Eu detestava tanto aquele cachorro como detestei Skipper. De certo modo, acho que ele *era* Skipper. E eu tinha que passar pela casa da Sra. Bukowski para ir à escola, a não ser que me desviasse da esquina e fosse chamado de veado, e ficava aterrorizado de ver como o vira-lata corria até o final da corda, latindo com tanta força que a espuma voava de seus dentes e seu focinho. Às vezes, ele esticava a corda até o final com tanta força que chegava a se levantar, *tooiiing,* o que pode ter parecido engraçado para algumas pessoas, mas nunca para mim; eu tinha medo que a corda (não uma corrente, mas um velho pedaço de corda comum) rebentasse um dia e o desgraçado pulasse a cerca baixa de madeira entre o pátio da Sra. Bukowski e a Avenida Dugway, e me rasgasse a garganta.

Então, um dia, acordei com uma idéia. Quer dizer, ela estava bem ali diante de mim. Acordei com ela do mesmo modo que algumas vezes acordava com um grande e latejante tesão. Era um sábado bem cedo, o tempo estava bonito, e eu não tinha que ir a lugar algum que me obrigasse a passar pela casa da Sra. Bukowski se eu não quisesse, mas naquele dia eu *quis.* Saí da cama e me vesti o mais rápido que pude. Fiz tudo rápido porque não queria perder a idéia de vista. Eu perderia — como a gente perde depois os sonhos com que acorda (ou a ereção com que acorda, se quiser ser grosso) —, mas naquele momento estava tudo na minha cabeça, claro como água: palavras cercadas por triângulos e arabescos por cima deles, círculos especiais para unir toda a porcaria... dois ou três, sobrepondo-se para dar uma força extra.

Eu praticamente voei pela sala (Mamãe ainda dormia, eu ouvia seus roncos, e o uniforme rosa da padaria estava pendurado no cano do chuveiro) e entrei na cozinha. Mamãe tinha um pequeno quadro-negro junto ao telefone para anotar números e lembretes para si mesma — QUADRO DE AVISOS DE MAMÃE em vez de QUADRO DE AVISOS DE DINKY, você diria — e parei para surrupiar o pedaço de giz rosa pendurado num barbante ao lado dele. Guardei o giz no bolso e saí. Lembro da manhã linda que fazia, fria mas não gelada, o céu tão azul que parecia ter sido lavado de ponta a ponta, sem muita gente na rua ainda, a maioria do pessoal dormindo mais um pouco, como todo mundo gosta de fazer no sábado quando pode.

O cachorro da Sra. Bukowski não estava dormindo. De jeito nenhum, porra. Aquele cachorro acreditava firmemente em "servir bem, para servir sempre". Ele me viu chegando através da cerca de madeira e jogou-se até o final da corda com a mesma força de sempre, talvez com uma força até maior, como se alguma parte do seu obtuso cerebrozinho de cão soubesse que era sábado e que eu não tinha nada para fazer ali. Ele atingiu o final da corda, *tooiinng,* e voltou direto para trás. Mas estava em pé de novo num segundo, esticando sua corda e latindo daquele sufocante modo estou-sendo-estrangulado-mas-não-ligo. Acho que a Sra. Bukowski estava acostumada àquele som, talvez até *gostasse* dele, mas sempre me espantei que os vizinhos o agüentassem.

Não prestei nenhuma atenção naquele dia. Estava excitado demais para ficar com medo. Pesquei o giz do bolso e me ajoelhei. Por um segundo, pensei que a coisa toda tivesse sumido de minha cabeça, e isso era ruim. Senti o desespero e a tristeza tentando me dominar e pensei: Não, não, não deixa, não deixa, Dinky, lute contra. Escreve qualquer coisa, mesmo que seja apenas FODA-SE O CACHORRO DA SRA. BUKOWSKI.

Mas não escrevi isso. Desenhei aquela forma, acho que era um *sankofite.* Uma forma esquisita, mas que era a *certa,* porque destrancou todo o resto. Minha cabeça se inundou com a coisa. Era maravilhoso, mas ao mesmo tempo assustador, porque era demais, porra. Durante uns cinco minutos, fiquei ajoelhado na calçada, suando como um porco e escrevendo como um demônio louco. Escrevi palavras de que nunca ouvira falar e desenhei formas que nunca tinha visto — formas que *ninguém* nunca tinha visto: não só *sankofites,* mas também *japps, fouders* e *mirks.* Escrevi e desenhei até estar coberto de pó cor-de-rosa quase até o cotovelo direito, e o pedaço de giz de Mamãe virar uma pedrinha na minha mão. O cachorro da Sra. Bukowski não morreu como as moscas, latiu para mim o tempo todo e provavelmente recuou, correu por toda a extensão da corda uma vez ou duas, mas não reparei. Eu estava num frenesi total. Jamais poderia descrever aquilo nem num milhão de anos, mas aposto que é assim que sentem os grandes músicos como Mozart e Eric Clapton quando estão escrevendo sua música, ou os pintores quando conseguem pôr na tela o seu melhor trabalho. Se alguém tivesse aparecido, eu não teria dado bola. Porra, se o próprio cachorro da Sra. Bukowski arrebentasse a corda, pulasse a cerca e se agarrasse no meu traseiro, é possível que eu também não lhe desse a mínima bola.

Foi eventual, cara. Foi tão eventual que nem consigo contar, porra.

Ninguém *apareceu,* embora alguns carros passassem e as pessoas neles talvez imaginassem o que aquele garoto estava fazendo ali, o que estaria desenhando na calçada, e o cachorro da Sra. Bukowski continuava latindo. No final, percebi que tinha que tornar a coisa mais forte, e o jeito era fazer isso só com o cachorro. Como não sabia o nome dele, escrevi BÓXER com o último toco do giz, fiz um círculo em volta da palavra e então desenhei uma flecha no fundo do círculo apontando para o resto. Fiquei tonto; minha cabeça latejava como quando a gente termina uma prova superdifícil, ou quando a gente vê tevê por tempo demais. Achei que ia ficar doente... mas, mesmo assim, me senti totalmente eventual.

Olhei para o cachorro — que ainda estava vivo como sempre, latindo e tipo se empinando nas patas traseiras quando a corda acabava —, mas isso não me aborreceu. Voltei para casa me sentindo muito bem mentalmente. Sabia que o cachorro da Sra. Bukowski já era. Da mesma forma que um bom pintor sabe quando pintou um bom quadro, ou um bom escritor sabe quando escreveu uma boa história. Quando o negócio está certo, acho que a gente sabe, ponto final. Você fica com a cabeça leve.

Três dias depois, o cachorro estava comendo capim pela raiz. Soube da história da melhor fonte possível quando se trata de cachorros maus e idiotas: o carteiro do bairro, um sujeito chamado Shermerhorn. Ele contou que o bóxer da Sra. Bukowski por algum motivo começou a correr em volta da árvore em que ficava amarrado e, quando chegou ao final da corda (ah-ah, final da corda), não conseguiu voltar. Como a Sra. Bukowski estava fazendo compras naquela hora, não pôde ajudar. Quando chegou em casa, encontrou o cachorro embaixo da árvore no pátio, sufocado, mortinho da silva.

A escrita na calçada ficou ali por uma semana mais ou menos; então choveu forte e de tudo aquilo só restou uma mancha cor-de-rosa. Mas até chover, a coisa estava bem nítida. E vi com meus próprios olhos que enquanto ela estava nítida ninguém andava por cima dela. Crianças a caminho da escola, senhoras indo a pé para o centro, o carteiro Shermerhorn — todos contornavam o que estava escrito no chão. Acho que nem sabiam por que faziam isso. E ninguém também nunca falou a respeito, tipo "Por que essa porcaria estranha está escrita na calçada?", ou "O que será um negócio desses?". (Um *founder*, *dimbulb*.) Era como se nem vissem que a coisa estava ali. Mas parte deles deve ter visto. Do contrário, por que teriam se desviado da escrita?

X

NÃO CONTEI TUDO isso ao Sr. Sharpton, mas contei o que ele queria saber sobre Skipper. Eu tinha chegado à conclusão de que podia confiar nele. Talvez aquela minha parte secreta soubesse que podia confiar nele, mas acho que não. Acho que foi apenas o jeito com que ele pôs a mão no meu braço, como um pai. Não que eu tenha pai, mas posso imaginar.

Além do mais, como ele disse — mesmo se fosse um tira e me prendesse, juiz e júri nenhum iam acreditar que Skipper Brannigan tinha perdido o controle do carro e saído da estrada por causa de uma carta recebida de mim. Especialmente uma carta cheia de palavras absurdas e símbolos inventados por um entregador de *pizza* que levara bomba em geometria na escola. *Duas vezes.*

Quando terminei, um comprido silêncio ficou no lugar das minhas palavras. Finalmente Sr. Sharpton disse:

— Ele mereceu. Você sabe disso, não sabe?

E por alguma razão isso provocou tudo. A represa estourou e eu chorei como um bebê. Devo ter chorado por uns 15 minutos ou mais. O Sr. Sharpton me abraçou e me puxou contra o peito, e eu molhei a lapela de seu terno. Se alguém tivesse passado de carro e nos visto, teria pensado que éramos duas bichas, mas ninguém passou. Só eu e ele estávamos ali debaixo das lâmpadas amarelas de mercúrio, junto ao pátio dos carrinhos. Yipi-yip-yo, é bom se acostumar, senhor carrinho de compras, cantava Pug, o Supr Savr vai ser o seu novo lar. Nós ríamos até chorar.

Finalmente consegui desligar a torneira. O Sr. Sharpton me passou um lenço e eu enxuguei os olhos.

— Como soube? — perguntei. Minha voz parecia profunda e esquisita, como uma sirene de nevoeiro.

— Depois que a pessoa é descoberta, só é necessário um trabalho muito simples de detetive.

— Mas como é que fui descoberto?

— Temos algumas pessoas... uma dúzia mais ou menos ao todo... que procuram rapazes e moças como você, e que podem de fato percebê-los, Dink. Como certos satélites no espaço podem ver reatores nucleares e usinas de energia. Vocês aparecem em amarelo. Como chamas de fósforos, foi como o descobridor em questão descreveu para mim. — Ele sacudiu a cabeça e deu um sorriso irônico. — Eu gostaria de ver algo assim pelo menos uma vez na vida. Ou poder fazer o que você faz. Claro, eu também gostaria de ter um dia... um dia só já seria bom... em que pudesse pintar como Picasso ou escrever como Faulkner.

Fiquei de boca aberta.

— É verdade? Há pessoas que podem *ver*...

— Sim. São nossos cães de caça. Elas percorrem o país... e todos os outros países... procurando esse brilhante fulgor amarelo, pontas de fósforos na escuridão. A moça em questão estava na Rodovia 90, na realidade ia pegar um pequeno avião em Pittsburgh de volta para casa, quando viu você. Ou sentiu você. Ou seja lá o que fazem. Os descobridores, na verdade, não conhecem muito a si próprios, da mesma forma que você não sabe o que fez a Skipper. Sabe?

— O quê...

Ele ergueu a mão.

— Eu lhe disse que você não teria todas as respostas... isso é algo que terá que decidir na base do que sente, não do que sabe... mas posso lhe dizer umas duas coisas. Para começar, Dink, eu trabalho para uma companhia chamada Trans Corporation. Nosso trabalho é livrar o mundo dos Skipper Brannigans... dos grandes, aqueles que fazem a mesma coisa que o Skipper, mas em grande escala. A sede da companhia é em Chicago e temos um centro de treinamento em Peoria... onde você passará uma semana, se aceitar a minha proposta.

Eu não disse nada naquele momento, mas já sabia que ia aceitar a sua proposta. Fosse qual fosse, eu ia aceitar.

— Você é um transístor, meu jovem amigo. É melhor se acostumar com a idéia.

— E que idéia é essa?

— Uma característica. Há pessoas em nossa organização que pensam que o que você tem... o que você pode fazer... é um talento, ou uma capacidade, ou até uma espécie de defeito, mas estão enganados. O talento e a capacidade nascem da característica. A característica é geral, o talento e a capacidade são específicos.

— Vai ter que falar mais simples. Eu larguei a escola.

— Eu sei — disse ele. — Também sei que saiu não porque era burro, saiu porque não se ajustou. Nisso você é como todos os outros transístores que conheci. — Ele riu do jeito áspero como as pessoas riem quando não estão realmente achando graça. — Todos os 21. Agora ouça, e não banque o bobo. A criatividade é como uma mão no final do braço. Mas uma mão tem muitos dedos, não é?

— Bem, pelo menos cinco.

— Pense nesses dedos como capacidades. Uma pessoa criativa pode escrever, pintar, esculpir ou elaborar fórmulas matemáticas; pode dançar, cantar ou tocar um instrumento musical. Esses são os dedos, mas a criatividade é a mão que dá vida a eles. E todas as mãos são basicamente as mesmas... a forma segue a função... todas as pessoas criativas são as mesmas até onde os dedos se articulam.

"A Trans é como a mão também. Às vezes seus dedos são chamados de premonição, a capacidade de ver o futuro. Às vezes têm também a capacidade de ver o passado. Temos um rapaz que sabe quem matou John F. Kennedy, e não foi Lee Harvey Oswald; na verdade, foi uma mulher. Há a capacidade da telepatia, pirocinese, telempatia e sabe Deus quantas outras mais. *Nós* não sabemos, certamente; é um novo mundo, e mal começamos a explorar seu primeiro continente. Mas a Trans é diferente da criatividade de um modo vital: é muito mais rara. Uma pessoa em 800 é o que os psicólogos ocupacionais chamam de dotada. Acreditamos que possa haver apenas um transístor em cada oito *milhões* de pessoas."

Isso tirou a minha respiração — a idéia de ser apenas um em oito mihões tiraria a respiração de *qualquer um*, não é?

— São cerca de 120 em cada *bilhão* de pessoas comuns — disse ele. — Achamos que não pode haver mais de três mil dos chamados transístores no mundo inteiro. Nós os estamos encontrando um a um. É um trabalho lento. A capacidade de sentir tem um nível muito baixo, mas por enquanto só temos mais ou menos uma dúzia de descobridores, e cada um recebe muito treinamento. É uma vocação difícil... mas também tremendamente compensadora. Estamos encontrando transístores e pondo-os para trabalhar. É o que queremos fazer com você, Dink: pô-lo para trabalhar. Queremos ajudá-lo a sintonizar o foco do seu talento, afiá-lo e usá-lo para a melhoria de toda a humanidade. Você não vai poder mais ver seus velhos amigos... descobrimos que não há risco maior para a segurança do que um velho amigo... e também não há exatamente uma montanha de dinheiro nisso, pelo menos no começo, mas há uma montanha de satisfação, e o que vou lhe oferecer é apenas o primeiro degrau do que pode ser uma escada muito alta.

— Não esqueça dos benefícios adicionais — disse eu, levantando a voz na última palavra para transformar a frase numa pergunta, se o Sr. Sharpton quisesse encará-la dessa forma.

Ele sorriu e deu um tapinha no meu ombro.

— Está certo — disse ele. — Os famosos benefícios adicionais.

Então comecei a ficar animado. Minhas dúvidas não haviam desaparecido, mas estavam se derretendo.

— Me conte sobre o emprego — disse eu, o coração batendo com força, mas agora sem medo. — Me faça uma oferta que eu não possa recusar.

E foi exatamente o que ele fez.

XI

TRÊS SEMANAS DEPOIS, eu entrava num avião pela primeira vez na vida — e que maneira de perder o cabaço! O único passageiro num Lear 35, ouvindo o Counting Crows derramando-se dos alto-falantes quadrafônicos com uma Coca na mão, observando o altímetro subir até 42 mil pés. É mais que uma milha mais alto que a maioria dos jatos comerciais voa, me disse o piloto. E uma viagem tão macia como o fundo das calcinhas de uma moça.

Passei uma semana em Peoria, e fiquei com saudades de casa. Com saudades *mesmo.* Aquilo me surpreendeu pra burro. Umas duas noites chorei até dormir. Tenho vergonha de dizer isso, mas como até agora disse a verdade, não quero começar a mentir ou deixar coisas de fora.

Senti menos falta foi de Mamãe. Você pode pensar que éramos ligados, como se fosse "nós contra o mundo", como dizem, mas minha mãe nunca foi muito amorosa ou calorosa. Não me batia na cabeça ou apagava cigarros nas minhas axilas ou coisas assim, mas e daí? Grande droga. Eu nunca tive filho nenhum e então não posso dizer com certeza, mas acho que ser um grande pai ou mãe tem a ver com o que você *deixou* de fazer com o seu fedelho levado. Mamãe sempre foi mais ligada aos amigos do que a mim, e à sua viagem semanal ao salão de beleza e às noites de sexta no bingo. Sua grande ambição na vida era ganhar um bingo de 20 números e voltar para casa num Monte Carlo novinho em folha. Também não estou morrendo de pena de mim por isso. Estou só contando como era.

O Sr. Sharpton ligou para Mamãe e avisou que eu fora escolhido para participar do curso de treinamento avançado em computador como estagiário da Trans Corporation, um negócio especial para rapazes sem diploma e com potencial. Dava para acreditar de fato naquela história. Fui um estudante de matemática de merda e ficava quase totalmente paralisado nas aulas de inglês, nas quais se espera que você fale, mas minhas relações com os computadores da escola sempre foram boas. Na verdade, mesmo que eu não goste de me gabar (e nunca deixei nenhum dos professores saber desse pequeno segredo), eu podia programar anéis em torno do Sr. Jacubois e Sra. Wilcoxen. Nunca liguei muito para jogos de computador — eles são estritamente para cabeças-ocas, na minha humilde opinião —, mas eu podia *hackear* as senhas como um filho-da-puta maluco. Às vezes, Pug aparecia para me ver fazendo aquilo.

— Não acredito — disse uma vez. — Você manda ver legal com essa coisa, cara.

Sacudi os ombros.

— Qualquer bobo pode descascar a maçã. Mas é preciso ser homem de verdade para comer o miolo.

Mamãe acreditou na coisa (ela faria mais perguntas se soubesse que a Trans Corporation estava me despachando para Illinois num jato particular, mas não sabia), e eu não senti tanta falta dela assim. Mas senti falta de Pug e de John Cassiday, que era nosso outro amigo dos dias do supermercado. John toca baixo numa banda *punk*, usa um *piercing* de ouro na sobrancelha esquerda e tem quase todos os discos do catálogo da Subpop. Chorou quando Kurt Cobain comeu capim pela raiz. Também não tentou esconder ou pôr a culpa na alergia. Disse apenas: "Estou triste porque Kurt morreu." John é eventual.

E sentia falta de Harkerville. Perverso, mas verdadeiro. Estar no centro de treinamento em Peoria de certo modo era como nascer de novo, e acho que nascer sempre dói.

Achei que poderia encontrar algumas outras pessoas como eu — se isso fosse um livro ou um filme (ou apenas um episódio do *Arquivo X*), eu teria encontrado uma gata legal com peitinhos jeitosos e a capacidade de fechar portas com o poder da mente —, mas isso não aconteceu. Tenho certeza de que havia outros transístores em Peoria quando eu estava lá, mas o Dr. Wentworth e as outras pessoas que dirigiam o lugar nos deixaram cuidadosamente separados. Certa vez, perguntei por quê, mas recebi uma resposta vaga. Foi quando comecei a perceber que nem todos que tinham TRANSCORP impresso na camisa ou andavam por ali com pranchetas da TransCorp eram meus chapas, ou queriam ser o meu Papi perdido.

E a coisa se resumia em matar gente; era para isso que eu estava sendo treinado. O pessoal em Peoria não falava do negócio o tempo todo, mas ninguém tentava dourar a pílula também. Eu tinha que lembrar que os alvos eram caras ruins, ditadores, espiões, assassinos que matavam em série e, como o Sr. Sharpton disse, as pessoas faziam isso nas guerras o tempo todo. Além do mais, não era algo pessoal. Nenhuma arma, nenhuma faca, nenhum garrote. Nunca fiquei borrifado de sangue.

Como já disse, nunca mais vi o Sr. Sharpton — pelo menos até aqui —, mas falei com ele todos os dias que passei em Peoria, e isso aliviava bastante a estranheza e a dor. Falar com ele era como colocar uma compressa fria na testa. Ele me deu seu número na noite em que conversamos no Mercedes, dizendo que eu ligasse a qualquer hora. Mesmo às três da manhã, se eu me sentisse perturbado. Uma vez fiz exatamente isso. Quase desliguei quando o telefone tocou pela segunda vez, porque as pessoas podem dizer ligue a qualquer hora, mesmo às três da manhã, e na verdade não esperam que você faça isso. Mas agüentei firme. Estava com saudades de casa, sim, mas era mais do que isso. O lugar não era exatamente o que eu tinha esperado, e eu queria dizer isso ao Sr. Sharpton. Ver como é que ele recebia a coisa.

Ele atendeu na terceira chamada e, embora desse a impressão de estar sonolento (que surpresa, né?), não pareceu irritado. Falei com ele que algumas coisas que estavam fazendo ali eram muito esquisitas. O teste com aqueles *flashes*, por exemplo. Disseram que era um teste para epilepsia, mas...

— Dormi bem no meio dele, e quando acordei estava com dor de cabeça e foi difícil pensar. Sabe como me senti? Um arquivo depois de ter sido remexido por alguém.

— O que quer dizer, Dink? — perguntou o Sr. Sharpton.

— Acho que me hipnotizaram.

Uma breve pausa.

— Talvez tenham feito isso. É *provável.*

— Mas por quê? Para quê? Estou fazendo tudo o que pedem, então por que iam querer me hipnotizar?

— Não conheço todas as rotinas e procedimentos deles, mas acho que estão programando você. Colocando um monte de material de organização nos níveis inferiores de sua mente para que não tenham que drogar a parte consciente... e talvez estragar sua capacidade especial quando fizerem isso. É o mesmo que programar um disco rígido de computador, tão sinistro quanto.

— Mas o senhor não tem certeza?

— Não... como disse, treinamentos e testes não fazem parte do meu escopo. Mas vou dar alguns telefonemas e o Dr. Wentworth ligará para você. Pode ser até que seja o caso de um pedido de desculpas. Se for o caso, Dink, pode ter certeza de que será suavizado. Nossos transístores são muito raros e valiosos para serem aborrecidos desnecessariamente. Há mais alguma coisa?

Pensei um pouco e disse que não. Então agradeci e desliguei. Dizer que eu achava que tinha sido drogado também esteve na ponta da minha língua... assim como minha suspeita de que tinham me dado algo para levantar o meu ânimo e me ajudar a superar a saudade de casa, mas no final das contas resolvi não amolar o Sr. Sharpton com aquilo. Bolas, eram três horas da manhã, e se tivessem me dado algo, provavelmente era para o meu próprio bem.

XII

O DR. WENTWORTH VEIO me ver no dia seguinte — era o Grande Xamã — e *de fato* se desculpou. Foi totalmente simpático a respeito do assunto, embora tivesse uma expressão, não sei, como se talvez o Sr. Sharpton tivesse ligado para ele dois minutos depois que desliguei e lhe dado uma espinafração daquelas.

O Dr. Wentworth me levou para um passeio pelo gramado dos fundos — verde, ondulante e quase perfeito no final da primavera — e disse que lamentava por não me manter "por dentro". O teste de epilepsia *era* de fato um teste de epilepsia, disse ele (e uma tomografia computadorizada também), mas, uma vez que induzia a maioria das pessoas a um estado hipnótico, geralmente o aproveitavam para dar certas "instruções básicas". No meu caso, foram instruções sobre os programas de computador que eu estaria usando em Columbia City. O Dr. Wentworth me perguntou se eu tinha outras perguntas. Menti e disse que não.

Você provavelmente acha isso esquisito, mas não é. Quer dizer, tive uma trajetória escolar comprida e desagradável que terminou três meses antes da formatura. Tive professores de quem gostava assim como outros que detestava, mas nunca tive nenhum em quem confiasse totalmente. Eu era o tipo do garoto que sempre sentava no fundo da sala se a disposição dos lugares não fosse em ordem alfabética, e nunca participei dos debates da turma. Na maioria das vezes, dizia "Ahn?" quando era chamado, nem cavalos selvagens teriam arrancado uma pergunta de mim. O Sr. Sharpton foi o único cara que conheci capaz de sacar qual era a minha, e o velho Wentworth com sua careca, olhos agudos e os pequenos óculos sem aro não era um Sr. Sharpton. Para mim era mais fácil imaginar vacas voando para o sul no inverno do que pensar em me abrir para aquele pateta, sem falar em chorar no seu ombro.

Porra, de qualquer modo, eu não sabia mais o que perguntar. Em boa parte do tempo, eu gostava de Peoria, e estava animado com as perspectivas à frente — novo emprego, nova casa, nova cidade. As pessoas eram ótimas comigo ali. Até a comida era ótima — bolo de carne, galinha frita, *milk-shakes*, tudo o que eu gostava. Ok, eu não gostava dos testes, daquelas melecas que a gente tinha que fazer com uma caneta óptica da IBM, e às vezes me sentia idiota, como se tivessem posto algo no meu purê de batatas (às vezes eu também me sentia superestimulado), e houve outros momentos — pelo menos dois — em que eu tive certeza de ter sido hipnoptizado de novo. Mas e daí? Quer dizer, isso era tão importante depois de você ter sido perseguido no estacionamento de um supermercado por um maníaco que ria, imitando o barulho de um automóvel e tentando atropelar você com um carrinho de compras?

XIII

TIVE OUTRA CONVERSA por telefone com o Sr. Sharpton que devo mencionar. Aconteceu um dia antes de minha segunda viagem de avião, para Columbia City, onde um cara esperava com as chaves da minha nova casa. Eu já sabia sobre os faxineiros e a regra-básica-sobre-dinheiro — começar toda semana duro, terminar toda semana duro — e sabia também a quem telefonar no local se tivesse um problema. (Qualquer problema grande, eu ligaria para o Sr. Sharpton, que é tecnicamente meu "controle".) Eu tinha mapas, uma lista de restaurantes, endereços das salas de cinema e o *shopping*. Tinha uma conexão com tudo, a não ser com a coisa mais importante.

— Sr. Sharpton, não sei o que fazer — disse eu. Conversava com ele do telefone perto da lanchonete. Meu quarto tinha telefone, mas naquele momento me sentia nervoso demais para sentar, quanto mais deitar. Se eles estavam pondo porcaria na minha comida, naquele dia com certeza a coisa não funcionou.

— Não posso ajudá-lo nisso, Dink — disse ele, calmo como sempre. — Lamento, companheiro.

— Como assim? O senhor *tem* que me ajudar! O senhor me *recrutou*, pombas!

— Vou lhe dar um caso hipotético. Imagine que eu seja o presidente de uma faculdade com boas dotações. Sabe o que são *boas dotações*?

— Montes de grana. Não sou burro, já disse.

— Disse sim. Eu peço desculpas. De qualquer forma, digamos que eu, o presidente Sharpton, use parte do monte de grana da minha escola para contratar um grande romancista como escritor-residente, ou um grande pianista para ensinar música. Isso me daria o direito de dizer ao romancista o que escrever ou ao pianista o que compor?

— Provavelmente não.

— *Absolutamente* não. Mas, digamos que eu o fizesse. Se eu dissesse ao romancista "Escreva uma comédia sobre Betsy Ross caindo na farra com George Washington na Parada Gay", você acha que ele poderia fazer isso?

Não consegui deixar de rir. O Sr. Sharpton tinha algo que desarmava a gente.

— Talvez — respondi. — Especialmente se o senhor desse um bônus para o cara.

— Ok, mas mesmo que ele tapasse o nariz e cuspisse o romance, este provavelmente seria muito ruim. Porque gente criativa não está sempre no controle das coisas. E quando fazem seu melhor trabalho, *raramente* estão no controle. Estão apenas rolando por ali, de olhos fechados, berrando *iupi*!

— O que tudo isso tem a ver comigo? Olhe, Sr. Sharpton, quando tento imaginar o que vou fazer em Columbia City, só vejo um tremendo vazio. Ajudando pessoas, diz o senhor. Tranformando o mundo num lugar melhor. Livrando o mundo dos Skippers. Tudo isso é ótimo, só que *eu não sei como fazer isso*!

— Vai saber — disse ele. — Quando a hora chegar, você vai saber.

— O senhor disse que Wentworth e seus rapazes iam ajustar o foco do meu talento, afiariam ele. Mas eles só me fizeram um monte de testes estúpidos e eu me senti como se estivesse de novo na escola. Está *tudo* no meu subconsciente? Está *tudo* no disco rígido?

— Confie em mim, Dink — disse ele. — Confie em mim, e confie em você mesmo.

Então foi o que fiz. Mas ultimamente as coisas não têm andado muito bem. De modo nenhum.

Aquele Neff desgraçado — tudo de ruim começou com ele. Gostaria de nunca ter visto o seu retrato. E se eu *tivesse* que ver um retrato, preferiria um em que ele não estivesse sorrindo.

XIV

NA MINHA PRIMEIRA semana em Columbia City, eu não fiz nada. Quero dizer absolutamente zero. Não cheguei nem a ir ao cinema. Quando os faxineiros apareceram, fui ao parque, sentei num banco e senti como se o mundo inteiro me observasse. Quando chegou a hora de me livrar do dinheiro extra na quinta-feira, terminei rasgando mais de 50 dólares no triturador de lixo. E lembre-se que, naqueles dias, fazer isso ainda era novo para mim. Isso é que é se sentir *esquisito* — cara, você não faz idéia. Enquanto eu estava ali ouvindo o motor debaixo da pia dilacerando o dinheiro, continuava pensando em Mamãe. Se Mamãe estivesse ali e visse o que eu estava fazendo, provavelmente correria atrás de mim com uma faca de açougueiro para me fazer parar. Aquilo ali era uma dúzia de jogos de bingo de 20 números, descendo direto pelo ralo da cozinha.

Dormi pessimamente naquela semana. De vez em quando eu ia para o pequeno estúdio — não queria, mas meus pés me arrastavam até lá. Como eles dizem, os assassinos sempre voltam ao local do crime, acho. Seja como for, à porta, olhava para a tela escura do computador, para o *modem* da Aldeia Global, e ficava suando de culpa, constrangimento e medo. Mesmo o jeito da mesa, tão arrumada e limpa, sem um único papel ou bilhete nela, me fazia suar. Eu quase podia ouvir as paredes murmurando coisas como "Nah, nada está acontecendo aqui" e "Quem é esse imbecil, o instalador de TV a cabo?".

Eu tinha pesadelos. Num deles, a campainha da porta toca e, quando abro, dou de cara com o Sr. Sharpton com um par de algemas.

— Estenda os pulsos, Dink. Pensamos que você era um transístor, mas obviamente estávamos errados. Às vezes acontece.

— Não, eu *sou* um transístor — dizia eu. — Sou um transístor, só preciso de um pouco mais de tempo para me aclimatar. Lembre-se que nunca fiquei longe de casa antes.

— Você já teve cinco anos — continua ele.

Fico atônito. Não posso acreditar. Mas parte de mim sabe que é verdade. Parece que foram dias, mas foram de fato *cinco anos*, porra, e eu não liguei o computador no pequeno estúdio uma só vez. Se não fosse pelos faxineiros, a mesa do computador teria três centímetros de poeira.

— Estenda as mãos, Dink. Pare de tornar isso difícil para nós dois.

— Não vou fazer isso, e o senhor não pode me obrigar.

Então ele olha para trás e quem aparece na escada, senão Skipper Branningan. Está usando seu boné vermelho de náilon, só que nele está costurado TRANSCORP em vez de SUPR SAVR.

— Você achou que tinha feito alguma coisa comigo, mas não fez — diz Skipper. — Você não podia fazer nada a ninguém. Você é só um lixo *hippie*.

— Vou colocar essas algemas nele — diz o Sr. Sharpton a Skipper. — Se ele me causar qualquer problema, atropele-o com um carrinho de compras.

— Totalmente eventual — diz Skipper, e acordo meio na cama, meio caído no chão, gritando.

XV

ENTÃO, UNS DEZ dias depois que me mudei, tive outro sonho. Não lembro o que foi, mas deve ter sido bom porque eu sorria ao acordar. Podia sentir o sorriso no rosto, um grande sorriso feliz, como quando acordei com a idéia sobre o cachorro da Sra. Bukowski. Quase o mesmo.

Vesti um *jeans* e voltei para o estúdio. Liguei o computador e abri a janela FERRAMENTAS. Havia um programa ali chamado QUADRO DE AVISOS DE DINKY. Fui direto para ele e todos os meus símbolos estavam lá — círculos, triângulos, *japps*, *mirks*, rombóides, *bews*, *smims*, *fouders*, centenas de outros. *Milhares*. Talvez *milhões*. Bem como o Sr. Sharpton tinha dito: um novo mundo, e eu estou no litoral do primeiro continente.

Sei é que de repente a coisa estava *ali* à minha disposição. Eu tinha um grande computador Macintosh para trabalhar, em vez de um pedacinho de giz cor-de-rosa, e só precisava digitar palavras e os símbolos surgiam. Eu estava plugado ao máximo. Quero dizer, meu Deus. Era como ter um rio de fogo queimando no meio da cabeça. Escrevi, chamei símbolos, usei o *mouse* para arrastar tudo para onde tudo deveria ficar. E quando terminou, eu tinha uma carta. Uma das cartas especiais.

Mas uma carta para quem?

Para onde?

Então percebi que não tinha importância. Dando-se alguns toques para personalizar, podia-se mandar a carta para muitas pessoas... embora aquela ali parecesse ter sido escrita mais para um homem do que para uma mulher. Não sei como eu sabia disso, mas sabia. Resolvi começar com Cincinnati só porque foi a primeira cidade que me veio à cabeça. Poderia da mesma forma ter sido Zurique, na Suíça, ou Waterville, no Maine.

Tentei abrir um programa de FERRAMENTAS chamado DINKYMAIL. Antes que o computador me deixasse entrar lá, ele me instruiu para configurar o *modem*. Uma vez que o *modem* estava funcionando, o computador quis um código de área 312. O 312 é Chicago, e imagino que, no que diz respeito à companhia telefônica, todas as minhas mensagens de computador vêm da sede da TransCorp. Pouco me importava; isso era o negócio deles. Eu tinha encontrado o meu negócio e estava cuidando do assunto.

```
DINKYMAIL PRONTO
```

Cliquei em LOCAL. Já estava no estúdio há quase três horas, com uma pausa apenas para dar uma rápida mijada, e podia sentir o meu próprio cheiro, suando e fedendo como um macaco numa estufa. Não liguei. Gostava do cheiro. Estava me divertindo como nunca. Estava delirando, caralho.

Digitei CINCINNATI e cliquei EXECUTE.

```
NENHUMA LISTA PARA CINCINNATI,
```

disse o computador. Ok, nenhum problema. Tente Columbus — mais próximo de casa, de qualquer modo. E sim, pessoal! Aqui temos um bingo.

DOIS REGISTROS NA LISTA DE COLUMBUS

Havia dois números de telefone. Cliquei no de cima, curioso e com um certo medo do que poderia pular dali. Mas não foi um dossiê, um perfil ou — Deus me livre — uma foto. Havia uma única palavra.

MUFFIN.

O quê?

Mas então eu descobri. Muffin era o animal de estimação do Sr. Columbus. Provavelmente um gato. Cliquei minha carta especial novamente, transpus dois símbolos e apaguei um terceiro. Então acrescentei MUFFIN no alto, com uma flecha apontando para baixo. Pronto. Perfeito.

Pensei em quem seria o dono de Muffin, ou o que tinha feito ele para justificar a atenção da TransCorp, ou exatamente o que ia acontecer com ele. Não. A idéia de que meu condicionamento em Peoria poderia ser parcialmente responsável por esse desinteresse também jamais passou pela minha cabeça. Eu estava fazendo o que tinha que fazer, só isso. Fazendo o que tinha que fazer e feliz como um pinto no lixo.

Liguei para o número na tela. O alto-falante do computador estava ligado, mas não ouvi nenhum alô, apenas o ruidoso canto de acasalamento de outro computador. Tudo bem. A vida é mais fácil quando você subtrai o elemento humano. Então é como naquele filme, *Almas em chamas,* planando sobre Berlim em seu confiável B-52, olhando através de seu confiável visor de bombardeiro Norden e esperando o momento certo de apertar o confiável botão. Você pode ver nuvens de fumaça ou telhados de fábricas, mas nenhuma pessoa. Os caras que lançaram as bombas dos B-52 não precisaram ouvir os gritos das mães cujos filhos tinham acabado de ser reduzidos a vísceras, e também não precisaram ouvir ninguém dizendo alô. Um bom negócio.

Depois de ouvir um pouquinho, desliguei o alto-falante, de qualquer modo. Achei que estava me distraindo.

MODEM ENCONTRADO,

o computador lampejou, e a seguir

PROCURA DE E-MAIL S/N.

Digitei S e esperei. Dessa vez a espera foi maior. Acho que o computador estava voltando a Chicago de novo, e pegando o que precisava para abrir o *e-mail* do Sr. Columbus. Mesmo assim, uns 30 segundos depois, o computador estava de volta com

E-MAIL ENCONTRADO.
ENVIAR DINKYMAIL S/N.

Digitei S absolutamente sem hesitar. O computador lampejou

ENVIANDO DINKYMAIL

e a seguir

DINKYMAIL ENVIADO.

Isso foi tudo. Nenhum fogo de artifício.
Mas fico pensando no que aconteceu com Muffin.
Você sabe. Depois.

XVI

NAQUELA NOITE, liguei para o Sr. Sharpton e disse:

— Estou trabalhando.

— Isso é bom, Dink. Grande notícia. Está se sentindo melhor? — Calmo como sempre. O Sr. Sharpton é como o tempo no Taiti.

— Estou — disse eu. O fato era que me sentia bem-aventurado. Foi o melhor dia da minha vida. Dúvidas ou não, preocupações ou não, ainda digo isso. O dia mais eventual da minha vida. Era como ter um rio de fogo na cabeça, *um rio de fogo, porra.* Entende?

— Está se sentindo melhor, Sr. Sharpton? Aliviado?

— Estou feliz por você, mas não posso dizer que estou aliviado porque...

— ... em primeiro lugar, o senhor nunca se preocupou.

— Você resumiu a coisa.

— Em outras palavras, tudo é eventual.

Ele riu. Ele sempre ri quando eu digo isso.

— Está certo, Dink. Tudo é eventual.

— Sr. Sharpton?

— O que é?

— O senhor sabe que os *e-mails* nunca são totalmente seguros. Qualquer um que realmente queira pode invadir o negócio.

— Você envia uma sugestão para que o destinatário apague a mensagem de todos os arquivos, não é?

— Sim, mas não posso garantir totalmente que ele vá fazer isso.

— Mesmo se não fizerem, nada pode acontecer a alguém que esbarre por acaso com a coisa, não é? Porque a mensagem é... personalizada.

— Bem, pode dar uma dor de cabeça na pessoa, mas só isso.

— E a própria mensagem ia parecer uma bobajada.

— Ou um código.

Ele riu com vontade das minhas palavras.

— Eles que tentem invadir, hein, Dinky? Eles que tentem!

Suspirei.

— É.

— Vamos conversar sobre algo mais importante, Dink... qual foi a *sensação?*

— *Maravilhosa*, porra.

— Ótimo. Não questione uma sensação maravilhosa, Dink. Jamais questione.

E desligou.

XVII

ÀS VEZES, TENHO que enviar cartas de verdade — imprimir as coisas que eu taco no CADERNO DE NOTAS DE DINKY, enfiar num envelope, lamber os selos e despachar a coisa para alguém em algum lugar. Professora Ann Tevitch, Universidade de Novo México em Las Cruces. Sr. Andrew Neff, a/c *The New York Post*, Nova York, Nova York. Billy Unger, General Delivery, Stovington, Vermont. Só nomes, mas que eram ainda mais perturbadores do que os números de telefone. Mais *pessoais* do que os números de telefone. Era como ver rostos nadarem até você por um segundo dentro de seu visor de bombardeiro Norden. Quero dizer, que coisa alucinada, não? Você está a 25 mil pés, nenhum rosto é permitido ali, mas mesmo assim às vezes surge alguém por um ou dois segundos.

Pensei em como um professor de universidade poderia se dar bem sem um *modem* (ou um cara cujo endereço era a porra de um jornal de Nova York, por falar nisso), mas nunca pensei demais. Não era obrigado a isso. Vivemos num mundo moderno, mas cartas não *precisam* ser enviadas por computador, afinal de contas. Ainda há o correio-lesma. E o negócio de que eu realmente precisava estava sempre no banco de dados. O fato de que Unger tivesse um carro modelo Thunderbird 1957, por exemplo. Ou que Ann Tevitch amasse alguém — talvez o marido, talvez o filho, ou o pai — chamado Simon.

E gente como Tevitch e Unger eram exceções. A maioria das pessoas que procurei e com quem entrei em contato era como aquela primeira pessoa em Columbus — totalmente equipadas para o século XXI. `ENVIANDO DINKYMAIL, DINKYMAIL ENVIADO`, muito bão, adeusinho, boneco.

Eu poderia ter continuado assim por muito tempo, talvez para sempre — vasculhando o banco de dados (não há nenhum horário a cumprir, nenhuma lista de cidades e alvos principais; estou completamente por minha conta... a menos que toda essa merda esteja *também* no meu subconsciente, bem no fundo do disco rígido), indo ao cinema de tarde, usufruindo o silêncio sem Mamãe de minha casinha e sonhando com o próximo passo escada acima, só que acordei certo dia com tesão. Trabalhei mais ou menos por uma hora vasculhando a Austrália, mas não adiantou — meu pinto continuou superando o meu cérebro, digamos assim. Fechei o computador e fui ao News Plus para ver se encontrava uma revista com mulheres bonitas de *lingerie*.

Quando cheguei lá, um cara lendo o *Dispatch* de Columbus ia saindo. Eu mesmo nunca li o jornal. Por que ter esse trabalho? É a mesma porcaria de sempre, ditadores explorando pessoas mais fracas do que eles, homens de uniforme espancando bolas de futebol, políticos beijando bebês e puxando sacos. Na maior parte, histórias sobre os Skipper Brannigans do mundo, na verdade. E eu não teria notado essa reportagem nem que a visse por acaso no suporte de jornais ao entrar, porque ela estava na parte de baixo da primeira página, debaixo da dobra. Mas aquele pateta saiu de lá com o jornal aberto e o rosto enterrado nele, porra.

Embaixo do canto direito vi o retrato sorridente de um sujeito de cabelos brancos, fumando um cachimbo. Parecia um idiota bem-humorado, provavelmente irlandês, com aquelas ruguinhas no canto dos olhos e as sobrancelhas espessas. O título por cima da foto — não era um título grande, mas dava para ler — dizia O SUICÍDIO DE NEFF AINDA INTRIGA E ENTRISTECE OS COLEGAS.

Por um ou dois segundos, pensei em não entrar no News Plus naquele dia, não estava a fim de mulheres de *lingerie*, afinal de contas, talvez fosse para casa e tirasse uma soneca. Se eu entrasse, provavelmente pegaria um número do *Dispatch*, não conseguiria evitar, e não tinha certeza se queria saber mais do que já sabia sobre aquele cara que parecia um irlandês... o que era absolutamente nada, como eu disse logo para mim mesmo, porra. Neff não era um nome tão esquisito, afinal de contas, só quatro letras, não era como Shittendookus ou Horecake, deve haver milhares de Neffs, se a gente considerar o país de costa a costa. Aquele sujeito não tinha que ser o Neff que eu conhecia, o que gostava dos discos de Frank Sinatra.

De qualquer modo, seria melhor ir embora e voltar no dia seguinte. No dia seguinte, o retrato do sujeito com o cachimbo teria sumido. No dia seguinte, o retrato ali seria de outra pessoa, no canto direito inferior da primeira página. Gente sempre morre, certo? Gente que não é *superstar* ou coisa assim, só famosa o suficiente para ter o retrato ali no canto direito inferior da primeira página. E às vezes as pessoas ficavam intrigadas com aquilo, do mesmo modo que o pessoal em Harkerville tinha ficado com a morte de Skipper — sem nenhum álcool no sangue, com a noite clara, a estrada seca, e sem ser do tipo suicida.

Entretanto, o mundo está cheio de mistérios assim, e às vezes é melhor não resolver. Às vezes, as soluções não são muito eventuais, sabe.

Mas a força de vontade nunca foi o meu forte. Nem sempre consigo ficar longe do chocolate, mesmo que saiba que minha pele não gosta dele, e também não consegui ficar longe do *Dispatch* de Columbus naquele dia. Entrei e comprei o jornal.

Voltando para casa, tive uma idéia engraçada: a de que eu não queria um jornal com o retrato de Andrew Neff na página da frente no meu lixo. Os caras que recolhiam o lixo vinham num caminhão da cidade, e certamente não tinham — não *podiam* ter — nada a ver com a TransCorp, mas...

Tinha um programa que eu e Pug gostávamos de assistir num verão quando éramos garotos: o *Golden Years*. Você provavelmente não lembra dele. Seja como for, havia um sujeito naquele programa que costumava dizer "Perfeita paranóia é perfeita consciência". Era o seu lema. E eu tipo acreditava naquilo.

De qualquer modo, fui ao parque em vez de voltar para casa. Sentei num banco, li a reportagem e, quando terminei, enfiei o jornal numa caçapa de lixo por lá. Não gostei de fazer isso, mas pô — se o Sr. Sharpton tivesse posto um cara me seguindo e checando cada coisinha que eu jogasse fora, eu estaria completamente fodido de qualquer modo.

Não havia dúvida de que Andrew Neff, de 62 anos e colunista do *Post* desde 1970, se matara. Tomou um monte de pílulas o que provavelmente teria resolvido a coisa, mas ainda entrou na banheira, pôs um saco plástico na cabeça e completou a noite cortando os pulsos. Ali estava um homem que não queria saber de conselhos.

Mas não deixou nenhum bilhete, e a autópsia não encontrou qualquer sinal de doença. Seus colegas recusaram a idéia de Alzheimer, ou mesmo de um começo de caduquice. "Até o dia em que morreu, era o cara mais esperto que já conheci", disse um sujeito chamado Pete Hamill. "Poderia ter ido ao *Show do Milhão* sem precisar pedir ajuda aos universitários. Não tenho idéia do motivo que levou Andy a fazer semelhante coisa." Hamill disse também que uma das "encantadoras esquisitices" de Neff era sua completa recusa em participar da revolução informática. Nada de *modem* pra ele, nenhum *laptop* com processador de texto, nenhum verificador manual de ortografia da Franklin Electronic Publishers. Não tinha sequer um aparelho de CD em seu apartamento, disse Hamill; Neff afirmava, talvez meio brincando, que CDs eram obra do demônio. Adorava o Sinatra, mas só em vinil.

Hamill e vários outros diziam que Neff era um homem infalivelmente animado, até a tarde em que escreveu sua última coluna, foi para casa, tomou um copo de vinho e então se matou. Uma das colunistas de variedades do *Post*, Liz Smith, disse que dividira um pedaço de torta com Neff pouco antes de ir embora naquele dia, e que Neff parecera "um tantinho distraído, mas fora isso, estava bem".

Distraído, certo. Com a cabeça cheia de *fouders*, *bews* e *smims*, você ficaria distraído também.

Neff, continuava a reportagem, fora de certo modo uma anomalia no *Post*, que aferra-se a uma visão mais conservadora da vida — acho que não chegam a recomendar diretamente a cadeira elétrica para o pessoal que recebe o seguro-desemprego por mais de três anos, mas *sugerem* que ela sempre é uma opção. Acho que Neff era o liberal da casa. Ele escrevia uma coluna chamada "Eneff Is Eneff", em que defendia mudanças no modo como Nova York tratava as mães solteiras adolescentes, sugeria que talvez o aborto nem sempre fosse assassinato, argumentava que os alojamentos de baixa renda nos bairros periféricos eram uma máquina que perpetuava o ódio. Pouco antes de morrer, ele vinha escrevendo colunas sobre o tamanho das Forças Armadas, e se perguntava por que achávamos, como país, ser preciso continuar derramando dólares ali, quando não sobrara basicamente ninguém com quem lutar, exceto os terroristas. Afirmava que seria melhor gastarmos dinheiro criando empregos. E os leitores do *Post*, que teriam crucificado qualquer outra pessoa que defendesse tais idéias, adoravam quando Neff punha aquilo preto no branco. Porque ele era engraçado, charmoso. E talvez porque fosse irlandês e tivesse beijado a Blarney Stone.*

E foi mais ou menos isso. Voltei a pé para casa, mas em algum ponto do caminho peguei um desvio e acabei andando até o centro da cidade. Caminhava em ziguezague, descendo os bulevares e cortando por estacionamentos, pensando o tempo todo em Andrew Neff entrando na banheira e colocando um saco plástico na cabeça. Um saco grande, tipo quatro litros, mantém todas as suas sobras com um frescor de supermercado.

Neff era engraçado e encantador, e eu o matara. Ele abrira minha carta e ela, de algum modo, penetrara em sua cabeça. Segundo o que eu tinha lido no jornal, as palavras especiais e os símbolos devem ter levado três dias para pirar o sujeito ao ponto de ele engolir as pílulas e entrar na banheira.

Ele mereceu aquilo.

Foi o que o Sr. Sharpton disse de Skipper, e talvez tivesse razão... daquela vez. Mas será que Neff merecia? Será que tinha podres que eu desconhecia, talvez gostasse de menininhas daquele outro jeito, ou se drogasse, ou perseguisse gente fraca demais para revidar, como Skipper me perseguira com o carrinho de compras?

---

*Pedra localizada no Castelo de Blarney, na Irlanda. De acordo com a lenda, quem a beija recebe o dom da eloqüência e do carisma [N. da T.]

Queremos ajudá-lo a usar seu talento para melhorar toda a humanidade, tinha dito o Sr. Sharpton, e é claro que isso não significava apagar um cara porque ele acha que o Departamento de Defesa gasta dinheiro demais em bombas inteligentes. Bosta paranóica desse tipo é estritamente para filmes com Steven Seagal e Jean-Claude Van Damme.

Então tive uma idéia ruim — uma idéia assustadora.

Talvez a TransCorp não quisesse que Neff morresse porque ele tinha escrito aquele negócio.

Talvez quisessem que ele morresse porque as pessoas — as pessoas erradas — começariam a *pensar* no que ele escrevia.

— Isso é maluquice — eu disse alto, e uma mulher, vendo a vitrine de uma loja, virou-se e arregalou os olhos para mim.

Cheguei à biblioteca pública lá pelas duas horas, com as pernas doendo e a cabeça latejando. Continuei vendo Neff na banheira, com seus enrugados mamilos de velho, o cabelo branco no peito e seu bonito sorriso desaparecido, substituído por aquela vaga expressão de alienígena do Planeta X. Continuava vendo o cara colocar um saco plástico na cabeça, cantarolando de boca fechada uma melodia de Sinatra ("My Way", talvez), enquanto o enfiava bem apertado, e depois olhava através dele, como espiamos por uma janela embaçada, para que pudesse ver o corte dos pulsos. Eu não queria ver aquele negócio, mas não conseguia parar. Meu visor de bombardeiro tinha se transformado num telescópio.

Eles tinham uma sala de computador na biblioteca, e a gente podia acessar a Internet por um preço bem razoável. Tive que conseguir um cartão da biblioteca, mas tudo bem. É bom ter um cartão de biblioteca, nunca é demais ter cartões de identificação.

Encontrar Ann Tevitch e o relato de sua morte só me custou três dólares. Com uma sensação de afundamento, vi que a história começava no canto embaixo à direita da primeira página, o Cantão Oficial dos Defuntos, e então pulei para a página dos obituários. A professora Tevitch tinha sido uma moça bonita, loura, 37 anos. Na foto, ela segurava os óculos na mão, como se quisesse que soubessem que usava óculos... mas que também vissem que tinha olhos bonitos. Isso me deixou triste e culpado.

Sua morte era surpreendentemente parecida com a de Skipper — ela chegara em casa, vinda do escritório na UNM, pouco depois do anoitecer, talvez um pouco apressada porque era a sua vez de fazer o jantar, mas que diabo, com boas condições para dirigir e grande visibilidade. Seu carro — placa personalizada DNA FAN, por acaso eu soube — tinha se desviado da estrada, capotado e aterrissado numa vala. Ela ainda estava viva quando alguém viu os faróis e a encontrou, mas nunca houve muita esperança; seus ferimentos eram graves demais.

Não havia álcool nenhum no organismo dela e seu casamento era sólido (nenhum filho, pelo menos, graças a Deus pelos pequenos favores), então a idéia de suicídio era forçada. Ann Tevitch parecia ter boas expectativas para o futuro, tinha até falado em comprar um computador para comemorar uma nova bolsa de pesquisa. Ela se recusava a ter um computador pessoal desde 1988 mais ou menos; perdera dados valiosos quando um em que trabalhara deu pau, e desde então passara a desconfiar de tais máquinas. Ela usava o do departamento quando era obrigada a fazer isso, mas era só.

O veredicto do legista fora morte acidental.

A professora Ann Tevitch, bióloga clínica, estava mergulhada na pesquisa avançada sobre AIDS na Costa Oeste. Outro cientista, este da Califórnia, disse que a morte de Ann poderia atrasar a pesquisa sobre a cura da doença por cinco anos. "Ela era um elemento-chave", disse ele. "Inteligente sim, mas mais do que isso... ouvi um dia alguém se referir a ela como 'uma coordenadora nata', uma boa descrição de Ann, o tipo de pessoa que mantinha a união do grupo. Sua morte é uma grande perda para as dúzias de pessoas que a conheciam e amavam, e uma perda maior ainda para a sua causa."

Billy Unger também foi bastante fácil de encontrar. Seu retrato vinha no alto da página do *Weekly Courant* de Stovington e não lá embaixo, no Cantão dos Defuntos, mas talvez porque não havia muita gente famosa em Stovington. Unger era o general William "Roll Em" Unger, que recebera a Estrela de Prata e a Estrela de Bronze na Coréia. Foi subsecretário de Defesa (Reformulação da Aquisição) na administação Kennedy, e um dos falcões realmente importantes daquela época. Matem os russos, bebam o sangue deles, mantenham a América segura para a Parada do Dia de Ação de Graças da Macy's, esse tipo de coisa.

Então, na época em que Lyndon Johnson começou a mandar mais gente para a Guerra do Vietnã, Billy Unger sofreu uma mudança na mente e no coração. Começou a escrever cartas para os jornais e deslanchou sua carreira de articulista dizendo que lidávamos com a guerra de modo errado. Depois, afirmou que era um erro os americanos estarem no Vietnã. Então, por volta de 1975, chegou ao ponto de dizer que *todas* as guerras eram erradas. Isso conquistou a simpatia da maior parte do pessoal de Vermont.

Billy Unger teve sete mandatos na legislatura estadual, começando em 1978. Quando um grupo de democratas progressistas pediu a ele para concorrer ao Senado americano em 1996, ele disse que queria "ler um pouco e pensar nas suas opções". Deduziu-se que ele estaria pronto para uma carreira política nacional em 2000, 2002, no mais tardar. Estava ficando velho, mas o pessoal de Vermont gosta de caras velhos, acho eu. O ano de 1996 passou sem que Unger fosse candidato a coisa alguma (possivelmente porque sua mulher tinha morrido de câncer) e, antes de 2002 aparecer, Unger já estava de barriga cheia de tanto comer capim pela raiz.

Um grupo pequeno mas leal em Stovington afirmava que a morte de Roll Em tinha sido um acidente, que os que recebem uma Estrela de Prata não pulam do telhado quando *perderam* a mulher para o câncer no ano anterior ou coisa assim, mas o resto das pessoas sublinhou que o cara não estava consertando as telhas, claro — não de pijama e às duas horas da manhã.

O veredicto foi suicídio.

Sim. Certo. Até parece.

XVIII

SAÍ DA BIBLIOTECA e achei que ia para casa, mas, em vez disso, voltei ao mesmo banco do parque. Fiquei ali até que o sol começasse a sumir e quase todas as crianças e os cachorros brincando com discos plásticos já tivessem ido embora. E apesar de estar há três meses em Columbia City, isso era o máximo que eu fazia na rua. Acho isso triste. Pensei que fosse viver a vida inteira ali, finalmente me afastando de Mamãe e vivendo a minha vida, mas tudo que eu fazia era morgar o dia inteiro.

Se certas pessoas estivessem me vigiando, poderiam cogitar sobre o motivo da mudança de rotina. Então levantei, voltei para casa, fervi um saquinho daquela porcaria pronta e liguei a tevê. Eu tinha tevê a cabo, o pacote completo, inclusive os canais de cinema, e nunca vira uma só conta. Que beleza, não é? Liguei no canal Cinemax. Rutger Hauer representava um cego lutador de caratê. Sentei no sofá sob o meu falso Rembrandt e fiquei assistindo. Não vi o filme, mas comi minha gororoba e olhei para a tevê.

Pensei em coisas. Num colunista de jornal que tinha idéias liberais e leitores conservadores. Numa pesquisadora da AIDS que tinha uma importante função de coordenar outros pesquisadores da AIDS. Em velhos generais que mudavam de opinião. Pensei no fato de só conhecer aqueles três nomes porque não tinham *modem* nem *e-mail*.

Havia outras coisas em que pensar, também. Tipo como se podia hipnotizar um cara talentoso, ou drogá-lo, ou talvez até expô-lo a outros caras talentosos a fim de impedir que fizesse as perguntas erradas ou fizesse as coisas erradas. Tipo como você podia impedir com certeza que um cara tão talentoso não fugisse, mesmo se por acaso ele despertasse para a verdade. Você armaria a coisa para que ele levasse uma existência praticamente sem dinheiro... uma vida em que a regra número um era não malocar qualquer grana extra, nem trocado no bolso. Que tipo de cara talentoso toparia uma coisa dessas? Alguém ingênuo, com poucos amigos e quase nenhuma auto-estima. Um cara que venderia a talentosa alma a você por algumas compras de armazém e 70 pratas por semana, porque acha que é isso que vale.

Eu não queria pensar em nada disso. Tentei me concentrar em Rutger Hauer fazendo aquelas divertidas besteiradas de carateca cego (Pug teria dado gargalhadas se estivesse lá, aposto) para não ter que pensar nas outras coisas.

Duzentos, por exemplo. Havia um número em que eu não queria pensar. Duzentos. 10 x 20, 40 x 5. CC, para os antigos romanos. Eu tinha apertado o botão que trazia a mensagem `DINKYMAIL ENVIADO` para minha tela pelo menos 200 vezes.

E me ocorreu — pela primeira vez, como se estivesse finalmente acordando — que eu era um assassino. Um assassino *em massa*.

Sem dúvida. Trocando em miúdos, é isso.

Bom para a humanidade? Mau para a humanidade? Indiferente para a humanidade? Quem faz esses julgamentos? O Sr. Sharpton? Seus patrões? Os patrões de seus patrões? E isso tem importância?

Cheguei à conclusão de que isso tinha tanta importância quanto uma trepada na gaiola de um coelho. Cheguei também à conclusão de que não poderia ficar tempo demais me lamentando (mesmo comigo mesmo) de ter sido drogado, hipnotizado ou sofrido algum tipo de controle mental. A verdade é que eu vinha fazendo aquilo porque adorava a sensação que tinha ao escrever as cartas especiais, a sensação de ter um rio de fogo no meio da cabeça.

E eu vinha fazendo aquilo principalmente porque podia.

— Não é verdade — eu disse... mas não alto. Sussurrei entre dentes. Eles provavelmente não têm grampos por aqui, tenho certeza, mas é melhor ter cuidado.

Comecei a escrever isto... e o que é isto? Talvez seja um relatório. Comecei a escrever este relatório mais tarde naquela noite... na verdade, assim que o filme do Rutger Hauer acabou. Mas escrevo num caderno de notas, não no meu computador, e no velho inglês comum. Nada de *sankofites*, *bews* ou *smims*. Há um ladrilho solto no chão, debaixo da mesa de pingue-pongue no subsolo. É onde guardo o meu relatório. Acabo de dar uma espiada para ver como comecei. *Agora tenho um bom emprego*, escrevi, *e nenhuma razão para mau humor*. Que coisa idiota. Mas claro que qualquer bobo que consiga tapar o sol com a peneira pode passar assoviando por um cemitério.

Quando fui para a cama naquela noite, sonhei que estava no estacionamento no Supr Savr. Pug estava lá, usando sua insígnia vermelha e um chapéu como o de Mickey Mouse em *Fantasia* — o filme em que Mickey banca o Aprendiz de Feiticeiro. Na metade do estacionamento, os carrinhos de compras se alinhavam numa fileira. Pug levantava a mão, depois abaixava. Cada vez que fazia isso, um carrinho começava a rolar sozinho, ganhando velocidade, disparando pelo estacionamento até se chocar com a lateral de tijolos do supermercado. Ficavam amontoados lá, uma cintilante pilha de metal e rodas. Pela primeira vez na vida, Pug não sorria. Eu quis perguntar o que estava fazendo e o que significava aquilo, mas é claro que eu sabia.

— Ele tem sido bom para mim — eu disse a Pug no sonho. Estava me referindo ao Sr. Sharpton, claro. — Ele tem sido muito, muito eventual mesmo.

Pug virou-se totalmente para mim e eu vi então que não era Pug. Era Skipper, e sua cabeça tinha sido amassada até as sobrancelhas. Pedaços de crânio grudavam-se num círculo, dando a impressão de que ele usava uma coroa de ossos.

— Você não está olhando por um visor de bombardeiro — disse Skipper e sorriu. — Você *é* o visor. Que tal, Dinkster?

Acordei no quarto escuro, suando, com as mãos na boca para não gritar. Portanto, concluí que não gostava muito daquilo.

XIX

VOU LHE CONTAR, escrever isso tem sido um triste aprendizado. Tipo ei, Dink, bem-vindo ao mundo real. A imagem de triturar notas de dólar no ralo da cozinha é a que mais me ocorre quando penso no que vem acontecendo, mas sei que é apenas porque é mais fácil pensar em moer dinheiro (ou atirá-lo pela grade do bueiro) do que pensar em moer gente. Às vezes eu me detesto, às vezes tenho medo pela minha alma imortal (se é que eu tenho uma), e às vezes fico só constrangido. Confie em mim, disse o Sr. Sharpton, e foi o que eu fiz. Quer dizer, dãã, até que ponto você pode ser pateta? Digo a mim mesmo que sou apenas uma criança, da idade dos garotos que tripulavam os B-52 em que penso às vezes, que garotos têm permissão para serem patetas. Mas será que isso é verdade quando há vidas em jogo?

E ainda continuo fazendo a coisa, claro.

Sim.

No início, pensei que não podia, da mesma forma que os garotos de *Mary Poppins* não podiam flutuar à volta da casa quando perderam os pensamentos felizes... mas eu pude. E depois que eu sentava na frente do computador e o rio de fogo começava a correr, eu estava perdido. Entende (pelo menos espero que entenda), para isso é que fui posto no planeta Terra. Podem me censurar por fazer o que me dá aquele toque final, o que me completa?

Resposta: absolutamente sim.

Mas não consigo parar. Às vezes digo a mim mesmo que continuo porque, se parar — talvez até por um dia —, eles vão saber que eu compreendi a coisa, e os faxineiros vão fazer uma parada não prevista. Só que dessa vez o que vão limpar vai ser *eu*. Mas esta não é a razão. Faço a coisa porque sou apenas mais um viciado, como um cara fumando *crack* num beco, ou uma garota dando um pico no braço. Faço a coisa pela bosta do barato, porra, e porque quando estou trabalhando no CADERNO DE NOTAS DE

DINKY, tudo é eventual. É como estar preso numa armadilha de açúcar. E é tudo culpa daquele estúpido que saiu do News Plus com o *Dispatch* aberto, porra. Se não fosse por ele, eu só estaria vendo edifícios mergulhados no nevoeiro. Gente nenhuma, só alvos.

Você é o visor do bombardeiro, Skipper tinha dito no meu sonho. *Você é o visor do bombardeiro, Dinkster.*

É verdade. Sei disso. Horrível, mas é verdade. Sou apenas mais um instrumento, apenas a lente pela qual o *verdadeiro* bombardeador olha. Apenas o botão que ele aperta.

Que bombardeiro, você pergunta?

Ora, vamos, caia na real.

Pensei em ligar para ele, que tal a maluquice? Mas talvez não seja maluquice. "Ligue a qualquer hora, Dink, mesmo às três da manhã." Foi o que o homem disse, e tenho certeza de que falava sério — pelo menos nisso o Sr. Sharpton não estava mentindo.

Pensei em ligar para ele e dizer "Quer saber o que mais dói, Sr. Sharpton? Aquilo que o senhor disse sobre como eu poderia tornar o mundo melhor ao livrá-lo de pessoas como Skipper. A verdade é que *vocês* são como Skipper".

Certo. E eu sou o carrinho de compras com que eles perseguem os outros, rindo, gritando e fazendo sons de corrida de automóvel. Além disso, meu trabalho é barato... uma pechincha. Até agora, já matei mais de 200 pessoas, e o que é que isso custou à TransCorp? Uma casinha numa cidade de terceira categoria em Ohio, 70 dólares por semana e um automóvel Honda. Mais tevê a cabo. Não quero esquecer isso.

Fiquei algum tempo ali, olhando para o telefone, depois o deixei de lado novamente. Não poderia dizer nada daquilo. Seria o mesmo que colocar um saco plástico na minha cabeça e cortar os pulsos.

Então, o que é que eu vou fazer?

Ah, meu Deus, o que é que eu vou fazer?

XX

JÁ SE PASSARAM DUAS semanas desde a última vez que tirei este caderno de debaixo do ladrilho no subsolo e escrevi nele. Por duas vezes escutei a batida da fenda da correspondência nas quintas-feiras, durante o programa *As the World Turns,* e fui ao vestíbulo pegar o meu dinheiro. Assisti a quatro filmes, todos à tarde. Por duas vezes moí dinheiro no triturador da cozinha e joguei as moedas pela grade do bueiro, escondendo a mão por trás do saco de lixo azul, enquanto o colocava no meio-fio. Um dia fui ao News Plus pensando em comprar um número da *Variations* ou da *Forum,* mas o *Dispatch* tinha uma manchete que mais uma vez liquidou qualquer tesão que eu pudesse ter: PAPA MORRE DE ATAQUE DO CORAÇÃO NA MISSÃO DE PAZ.

Eu tinha feito aquilo? Não, a reportagem dizia que ele morrera na Ásia, e eu só vinha trabalhando com o Noroeste americano naquelas últimas semanas. Mas eu poderia ter feito aquilo. Se estivesse xeretando pelo Paquistão na semana anterior, provavelmente eu *teria* sido o culpado.

Duas semanas vivendo num pesadelo.

Então, esta manhã, algo entrou pela fenda da correspondência. Não era uma carta, recebi apenas três ou quatro (todas de Pug, mas agora ele parou de escrever e sinto muita falta dele), mas um folheto de propaganda da Kmart que se abriu no exato momento em que eu jogava ele no lixo. E algo deslizou lá de dentro, um bilhete escrito em letras de imprensa. VOCÊ QUER CAIR FORA? dizia. EM CASO POSITIVO, MANDE A MENSAGEM *"DON'T STAND SO CLOSE TO ME" É A MELHOR CANÇÃO DO POLICE.*

Meu coração batia com força e rapidamente como no dia em que cheguei em casa e vi a gravura de Rembrandt acima do sofá onde ficavam os palhaços de veludo.

Por baixo da mensagem, alguém desenhara um *fouder*. Era inofensivo ali sozinho, mas olhar para ele fez toda a saliva da minha boca secar. Era uma verdadeira mensagem, o *fouder* provava isso, mas quem mandara a mensagem? E como o emissário sabia de mim?

Entrei no estúdio lentamente, a cabeça baixa, pensando. Uma mensagem enfiada numa circular de publicidade. Escrita à mão e posta dentro de uma circular de publicidade. Isso significava alguém próximo. Alguém na cidade.

Liguei o computador e o *modem*. Acessei a Biblioteca Pública de Columbia City, onde se pode navegar barato... e em relativo anonimato. Qualquer coisa que eu mandasse passava pela TransCorp em Chicago, mas não tinha importância. Eles não iriam suspeitar de coisa alguma. Não se eu tivesse cuidado.

E se houvesse alguém lá do outro lado, claro.

Havia. Meu computador conectou-se com o computador da biblioteca e um *menu* lampejou na tela. Por um momento, outra coisa lampejou na minha tela também.

Um *smim*.

No canto inferior direito. Apenas um bruxuleio.

Mandei a mensagem sobre a melhor canção do Police e acrescentei um pequeno toque próprio no Cantão dos Defuntos: um *sankofite*.

Eu poderia escrever mais — as coisas tinham começado a acontecer, e acredito que logo estarão acontecendo muito rápido —, mas acho que não seria seguro. Até agora, só falei de mim mesmo. Se continuasse, ia ter que falar de outras pessoas. Mas *há* mais duas coisas que quero dizer.

Primeiro, que lamento pelo que fiz — até pelo que fiz a Skipper. Eu apagaria aquilo, se pudesse. Não sabia o que estava fazendo. Sei que é uma desculpa esfarrapada, mas é a única que tenho.

Segundo, decidi escrever mais uma carta especial... a mais especial de todas.

Tenho o endereço do Sr. Sharpton. E tenho algo até melhor: a lembrança de como ele alisava sua gravata da sorte enquanto estávamos no grande e caro Mercedes. O jeito amoroso como ele passava a mão nas espadas de seda. Portanto, você vê que sei o suficiente sobre ele. Sei exatamente o que acrescentar em sua carta, como fazer com que se torne eventual. Posso fechar os olhos e ver uma palavra flutuando na escuridão por trás das pálpebras — flutuando ali como fogo negro, mortal como uma flecha disparada no cérebro, e é a única palavra que importa:

EXCALIBUR.

A Teoria de L.T. Sobre Animais de Estimação

Se eu tivesse um conto predileto nesta coletânea, seria "L.T.". Que eu me lembre, ele se originou numa coluna "Querida Abby" *em que Abby opinava que um animal de estimação é o pior presente que se pode dar a alguém. Por um lado, quem o dá imagina que o animal e quem o recebe vão se dar bem; imagina também que alimentar um animal duas vezes por dia e limpar sua sujeira (dentro e fora de casa) era o que você estava louco para fazer. Se bem me lembro, ela chamava o ato de presentear com animais de estimação de "um exercício de arrogância". Acho a afirmação um pouco excessiva. Minha mulher me deu um cachorro quando fiz 40 anos, e Marlowe — um corgi que tem agora 14 anos e um olho só — vem sendo tratado desde então como um membro da família. Durante cinco desses anos, também tivemos um gato siamês meio maluco chamado Pearl. Foi quando eu observava Marlowe e Pearl se relacionarem — o que eles faziam com cauteloso respeito — que comecei a pensar na história de um casal cujos animais de estimação deixavam marcas não em seus respectivos donos, mas no outro membro do casal. Diverti-me muito trabalhando nela, e toda vez que sou convocado a fazer a leitura de um conto, é este que escolho, supondo sempre que eu tenha os 50 minutos necessários para fazê-lo. Ele provoca risos, e eu gosto disso. Gosto ainda mais da inesperada mudança de tom, que se afasta do humor e envereda pela tristeza e o horror, o que ocorre perto do fim. Quando isso acontece, as defesas do leitor estão abaixadas e a recompensa emocional do conto é um pouco mais alta. Para mim, essa recompensa é o que importa. Quero fazer você rir ou chorar ao ler uma história... ou as duas coisas ao mesmo tempo. Em outras palavras, quero o seu coração. Se a sua intenção é aprender algo, vá para o colégio.*

—

MEU AMIGO L.T. RARAMENTE FALA de como a sua mulher desapareceu, ou de como é provável que esteja morta, mais uma vítima do Homem do Machado. No entanto, gosta de contar como a mulher o abandonou. Faz isso com o movimento certo dos olhos, como se dissesse "Ela me enganou, rapazes... barba, cabelo e bigode!". Às vezes conta a história para um bando de homens sentados numa das plataformas de descarregamento atrás da fábrica, almoçando ele também algo preparado por si mesmo — nenhuma Lulubelle em casa para fazer isso por ele atualmente. Em geral riem quando ele conta a história, que sempre termina com A Teoria de L.T. Sobre Animais de Estimação. Bolas, *eu* geralmente rio. É uma história engraçada, mesmo se a gente conhece o fim dela. Não que algum de nós o conheça — não completamente.

— Eu me mandei às quatro, como sempre — dizia L.T. — e então fui ao Deb's Den para umas cervejas, exatamente como em quase todos os dias. Joguei um pouco no fliperama e fui para casa. Foi quando as coisas ficaram diferentes. Quando a pessoa levanta de manhã, não tem a mínima idéia do quanto a sua vida pode estar mudada ao pousar de novo a cabeça no travesseiro, à noite. "Você não conhece o dia ou a hora", diz a Bíblia. Acredito que esta frase seja sobre a morte, mas ela se ajusta a todo o resto, rapazes. Todo o resto neste mundo. A gente nunca sabe quando está bebendo a última gota.

"Quando cheguei em casa, vi que a porta da garagem estava aberta e o pequeno Subaru que ela tinha trazido quando nos casamos desaparecera, mas no momento não achei aquilo estranho. Ela estava sempre indo de carro para algum lugar — para um brechó ou algum lugar do gênero — e deixando a porcaria da porta da garagem aberta. Eu lhe dizia 'Lulu, se continuar fazendo isso por muito tempo, alguém vai se aproveitar. Vai entrar e roubar um ancinho ou um saco de adubo, ou até o cortador de grama. Que diabo, até um Adventista do Sétimo Dia que acabou de sair da faculdade e faz sua jornada de boas ações roubará se você puser tentação suficiente no seu caminho. E ele é a pior pessoa para ser tentada, porque é mais sensível a isso do que o resto de nós.' Seja como for, Lulu sempre dizia 'Vou melhorar, L.T., pelo menos vou tentar, vou mesmo, meu bem'. E *tentava* melhorar; só escorregava de vez em quando, como qualquer pecador comum.

"Estacionei do lado para que ela pudesse guardar o carro dela ao voltar e fechei a porta da garagem. Então entrei pela cozinha e verifiquei que a caixa de correspondência estava vazia, e a correspondência em cima da bancada. Portanto, ela deve ter ido embora depois das 11, porque o correio não chega antes dessa hora.

"Bem, Lucy estava bem ali na porta, chorando como fazem os gatos siameses... gosto daquele choro, acho bonitinho, mas Lulu sempre o detestou, talvez porque pareça um bebê chorando e ela não quer nada com bebês. 'Para que eu ia querer um fedelho levado?', dizia ela.

"Que Lucy estivesse junto à porta não tinha nada de incomum também. A gata me adorava. E ainda adora, agora que já tem dois anos. Nós a tínhamos desde o último ano em que fomos casados. Por aí. Parece impossível acreditar que Lulu já foi embora há um ano, e só estávamos juntos há três, para começo de conversa. Mas Lulubelle era um tipo que causava impressão nos outros. Lulubelle tinha o que eu chamo de qualidade de estrela. Sabem quem ela me lembra? Lucille Ball. Pensando bem, acho que foi por isso que batizei a gata de Lucy, embora não me lembre de ter pensado nisso na época. Pode ter sido o que chamam de associação subconsciente. Ela entrava numa sala... quero dizer, Lulubelle, não a gata... e de certo modo iluminava o lugar. Quando uma pessoa assim vai embora, você não consegue acreditar e continua esperando que ela volte.

"Então, lá estava a gata. Para começar, seu nome era Lucy, mas Lulubelle detestava tanto o comportamento da siamesa que passou a chamá-la de Pirada, e o nome pegou. Mas Lucy não era maluca, só queria ser amada. Queria ser amada mais do que qualquer outro animal que já tive na vida, e tive alguns deles.

"Seja como for, entrei na casa, peguei a gata no colo e paparIquei-a um pouco. Ela subiu no meu ombro e ficou ali, ronronando e falando naquela linguagem siamesa. Depois de verificar a correspondência na bancada, pus as contas na cesta e fui à geladeira pegar algo para Lucy comer. Sempre tenho uma lata de comida de gato na geladeira, coberta por uma folha de papel laminado. Evita que Lucy se agite e fique enfiando as unhas no meu ombro quando ouve o abridor de lata. Gatos são espertos, vocês sabem. Muito mais espertos que cachorros. São diferentes de outras maneiras também. É possível que a maior divisão do mundo não se dê entre homens e mulheres, e sim entre os que gostam de gato e os que gostam de cachorro. Algum de vocês, empacotadores de carne de porco, já pensou nisso?

"Lulu ficava furiosa com o fato de haver uma lata de comida de gato na geladeira, mesmo coberta com papel laminado. Dizia que isso dava gosto de atum velho a tudo, mas eu não cedia. Na maioria das coisas eu aceitava o jeito dela, mas o negócio de comida de gato foi um dos poucos em que de fato lutei pelos meus direitos. De qualquer modo, aquilo não tinha nada a ver com comida de gato e sim com a *gata*. Lulu simplesmente não gostava de Lucy, só isso. A gata era dela, mas Lulu não gostava de Lucy.

"Seja como for, fui à geladeira e vi o bilhete ali, preso com um ímã em forma de legume. Era de Lulubelle. Se bem me lembro, dizia o seguinte:

"'Querido L.T. — estou deixando você, meu bem. A não ser que volte cedo, quando você ler este bilhete já terei ido embora há muito tempo. Acho que não vai chegar cedo, você nunca chegou em todo o tempo que estivemos casados, mas pelo menos sei que vai ler isto praticamente assim que entrar, porque a primeira coisa que sempre faz quando chega em casa não é procurar por mim e dizer 'Olá, meu bem, cheguei' e me dar um beijo, e sim ir à geladeira e pegar o que sobrou daquela lata nojenta de comida de gato e dar de comer à Pirada. Pelo menos assim eu sei que você não vai ficar chocado quando subir e vir que o meu quadro da Última Ceia de Elvis sumiu e que minha metade do *closet* está praticamente vazia, e não vai pensar que fomos roubados por um ladrão que gosta de roupas de mulher (diferentemente de alguns que só se importam com o que está por baixo delas).

"'Fico irritada com você às vezes, meu bem, mas ainda acho que você é doce e amável, e sempre será meu docinho de coco e meu bolinho de açúcar, não importa aonde nossos caminhos possam levar. É que cheguei à conclusão de que não fui talhada para ser a mulher de um empacotador de presuntada. Não digo isso de um modo presunçoso. Cheguei mesmo a ligar para o Fale que eu Escuto na semana passada quando lutava com essa decisão, acordada noite após noite (e ouvindo você roncar, cara, não quero magoá-lo, mas como você ronca!), e me deram a seguinte mensagem: 'Uma colher quebrada pode virar um garfo.' No início, eu não entendi, mas não desisti dela. Não sou esperta como alguns (ou como alguns *pensam* que são), mas eu *elaboro* as coisas. O melhor moinho mói lenta mas tremendamente bem, mamãe costumava dizer, e eu triturei a frase que me disseram como um moedor de pimenta num restaurante chinês, pensando até tarde da noite enquanto você roncava e sem dúvida sonhava com quantos focinhos de porco poderia enfiar numa lata de presuntada. E me ocorreu que a frase de como uma colher quebrada pode virar um garfo é uma bela coisa a se considerar. Porque um garfo tem dentes. E esses dentes podem ter que se separar, como você e eu agora, mas, mesmo assim, eles têm o mesmo cabo. Como nós. Somos seres humanos, L.T., e podemos amar e respeitar um ao outro. Apesar de todas as brigas que tivemos por causa do Frank e da Pirada, na maior parte do tempo conseguimos nos dar bem. Mas chegou a hora de buscar minha sorte em outros caminhos que não são seus, e cutucar o grande assado da vida com um trinchante diferente. Além do mais, sinto falta da minha mãe.'"

(Não posso dizer com certeza se tudo isso estava mesmo no bilhete que L.T. achou na geladeira; não parece muito provável, tenho que admitir, mas nesse ponto já havia muitos homens morrendo de rir pelos corredores — ou pelo menos na plataforma de descarga — e de fato *parecia* Lulubelle, isso eu posso testemunhar.)

"'Por favor, não tente me seguir, L.T., e embora eu vá estar na casa de mamãe, e sei que você tem o número de lá, eu agradeceria se você não ligasse ou esperasse eu ligar para você. Com o tempo ligarei, mas por enquanto tenho muito o que pensar, e apesar de ter conseguido me sair bem disso, não estou ainda 'fora do nevoeiro'. Suponho que mais tarde eu vá pedir para me divorciar de você, e acho que é justo lhe dizer isso. Nunca fui alguém de sustentar uma falsa esperança, e acho melhor 'contar a verdade e exorcizar o demônio'. Por favor, lembre-se que faço isso com amor, e não com ódio e ressentimento. E, por favor, guarde o que me disseram e que agora digo a você: uma colher quebrada pode ser um garfo disfarçado. Com todo o amor, Lulubelle Simms.'"

L.T. fazia uma pausa nesse momento, deixando os outros digerirem o fato de que Lulubelle voltara a assinar com o nome de solteira, e rolava os olhos daquele modo que só ele conseguia fazer. Então lhes contava o P.S. que a mulher acrescentara no bilhete.

"'Levei Frank comigo e deixei Pirada para você. Achei que provavelmente você ia querer isso. Amor, Lulu.'"

Se a família L.T. DeWitt era um garfo, Pirada e Frank eram os outros dois dentes dele. Se não era (e falando por mim mesmo, sempre achei que o casamento era mais parecido com uma faca — do tipo perigoso, com duas bordas aguçadas), Pirada e Frank podiam resumir tudo o que dera errado na união de L.T. e Lulubelle. Porque, vejam só — embora Lulubelle tivesse comprado Frank para L.T. (primeiro aniversário de casamento) e L.T. comprado Lucy, logo transformada em Pirada, para Lulubelle (segundo aniversário de casamento), cada um terminou com o animal de estimação do outro quando Lulu largou o casamento.

— Ela me comprou aquele cachorro porque eu gostava do que aparece em *Frasier** — diria L.T. — É um *terrier*, mas não lembro agora como chamam aquela espécie. Jack alguma coisa. Jack Sprat? Jack Robinson? Jack o quê, mesmo? Sabem quando uma coisa está na ponta da língua?

Alguém diria a ele que o cachorro em *Frasier* era um *terrier* Jack Russell e L.T. concordaria enfaticamente com a cabeça.

— Isso mesmo! Certo! Exatamente! Era isso que o Frank era, um *terrier* Jack Russell. Mas querem saber a verdade nua e crua? Daqui a uma hora já esqueci isso de novo... vai ficar no meu cérebro, mas como algo atrás de uma pedra. Daqui a uma hora estarei dizendo a mim mesmo: "Como era mesmo que o cara disse que o Frank era? Um *terrier* Jack Handle? Jack Rabbit? É parecido com isso, sei que é parecido." E assim por diante. Por quê? Acho que é porque eu detestava aquele escrotinho. Aquele rato que latia. Aquela máquina de cagar revestida de pêlo. Detestei o bicho desde a primeira vez que botei os olhos nele. Pronto. Eu o pus para fora e estou contente. E sabem do que mais? Frank sentia o mesmo por mim. Foi ódio à primeira vista.

"Sabe como alguns homens treinam o cachorro para trazer os chinelos para eles? Além de não me trazer os chinelos, Frank *vomitava* neles. A primeira vez em que fez isso, meti o pé direito bem dentro do chinelo. Foi como enfiar o pé em tapioca quente com alguns caroços extras. Não o vi fazer isso, mas minha teoria é que ele esperou fora do quarto até ver que eu estava chegando... *espreitando* do lado de fora da porta do quarto, porra... depois entrou, descarregou no meu chinelo e então se escondeu debaixo da cama para assistir ao espetáculo. Cachorro desgraçado. Melhor amigo do homem uma ova. Depois disso, eu quis levar ele para o canil, tirar a coleira e tudo, mas Lulu deu um verdadeiro ataque. Quem ouvisse podia pensar que ela havia me encontrado na cozinha dando uma lavagem intestinal no cachorro.

"'Se você levar o Frank para o canil, pode me levar também' disse ela, começando a chorar. 'É isso que você pensa dele e é isso que você pensa de mim. Para você, somos só um aborrecimento de que você quer se livrar. Esta é a verdade nua e crua.' E ia por aí afora, ah, meu Deus, ah, meu Deus, meus sais, e assim por diante.

"'Ele vomitou no meu chinelo', eu disse.

"'Porque vomitou no seu chinelo, vamos cortar a cabeça dele?', disse ela. 'Ah, meu bem, se você pudesse se ouvir.'

"'Ah, é? Enfie o pé num chinelo cheio de vômito de cachorro e veja se *gosta*.' Fui ficando irritado com aquilo.

"Mas ficar zangado com ela nunca adiantou coisa alguma. Na maioria das vezes, se eu tinha o rei, Lulu tinha o ás. Se eu tinha o ás, Lulu tinha o trunfo. Além disso, a mulher vai numa *escalada*, porra. Se alguma coisa acontecia e eu ficava irritado, ela ficava furiosa. Se eu ficava furioso, ela enlouquecia. Se eu enlouquecia, ela acionava a porra de um alerta vermelho máximo e esvaziava o armazém de mísseis. Estou falando que arrasava a porra da Terra. A maioria das brigas não valia a pena. Só que quase todas as vezes que a gente começava a brigar, eu esquecia disso.

"E ela continuava: 'Ó, meu Deus. Docinho de coco enfiou o pezinho num pouquinho de cuspe.' Nesse ponto tentei interferir e disse a ela que não era verdade, cuspe é como baba, cuspe não tem que ter esses grandes *pedaços*, porra, mas ela não me deixava dizer

*Popular seriado norte-americano, transmitido no Brasil por um canal de tevê por assinatura. [N. do E.]

uma palavra. Naquele ponto, ela já singrava o mar em velocidade de cruzeiro, com as velas enfunadas e deitando sabedoria pelo ladrão.

"'Deixe eu lhe dizer uma coisa, meu bem', continuava ela. 'Um pouco de baba no chinelo é coisa sem importância. Vocês homens cansam minha beleza. Tente ser mulher de vez em quando, Ok? Tente ser a que sempre acaba com o traseiro na pocinha de porra, ou a que vai ao banheiro no meio da noite e o cara deixou a droga da tábua do vaso levantada e você molha sua coisa naquela água gelada. Um pequeno mergulho pelada no meio da noite. Provavelmente o cara também não apertou a descarga do vaso, os homens pensam que a Fada da Urina chega às duas da manhã e cuida disso, e lá está você com a racha no mijo, e nota de repente que seus *pés* também estão nele, você está chapinhando por ali num monte de poças de xixi, pois os caras pensam que têm uma pontaria de Cisco Kid com aquela coisa, mas a maioria não acerta merda nenhuma, bêbados ou sóbrios, e borrifam o chão inteiro em volta do vaso antes de começarem o evento principal, porra. Venho convivendo com isso a vida toda, meu bem... um pai, quatro irmãos, um ex-marido e mais alguns companheiros de apartamento que não são da sua conta nesta altura do campeonato... e você está pronto para mandar o pobre Frank para a câmara de gás porque aconteceu de ele uma vez deixar um refluxo de baba no seu chinelo.'

"'Meu chinelo *forrado de pele*', digo, mas é apenas um tirozinho na água. Se existe algo que aprendi vivendo com Lulu, e talvez seja para meu crédito, é que sempre soube quando estava derrotado. Quando eu perdia, era conclusivo, porra. Uma coisa que eu não ia dizer de modo nenhum, ainda que tivesse certeza, era que o cachorro vomitara no meu chinelo de propósito, do mesmo modo que mijava na minha cueca de propósito se eu esquecesse de pô-la na cesta antes de sair para o trabalho. Ela podia largar as calcinhas e os sutiãs desde o inferno até Harvard, e fazia isso, mas se eu deixasse um único par de meias no canto, quando chegava em casa descobria que o merdinha do *terrier* tinha dado um banho de limonada nelas. Mas eu podia lá contar isso? Lulu teria marcado imediatamente um psiquiatra para mim. Faria isso mesmo *sabendo que era verdade*. Caso contrário, teria que levar o que eu estava dizendo a sério, e não queria fazer isso. Ela adorava Frank, sabe, e Frank adorava ela. Eram como Romeu e Julieta ou Rocky e Adrian.*

"Frank vinha até a poltrona dela enquanto assistíamos à TV, deitava no chão ao seu lado e punha o focinho sobre o seu sapato. Ficava assim a noite inteira, olhando para Lulu amorosamente, cheio de alma, e com o traseiro apontado na minha direção para que, se ele expelisse gases, eu recebesse o total benefício da coisa. Ele adorava Lulu e ela o adorava. Por quê? Só Deus sabe. O amor é um mistério para todos, exceto para os poetas, acho eu, e ninguém com a cabeça no lugar pode entender coisa alguma do que eles escrevem. Acho que a maioria deles não consegue se entender nas raras ocasiões em que acordam pra cuspir.

"Mas Lulubelle nunca me deu aquele cachorro para que fosse dela, vamos deixar isso bem claro. Sei que alguns fazem essas coisas... o sujeito dá à mulher uma viagem a Miami porque quer ir para lá, ou a mulher dá ao marido uma esteira para andar porque acha que ele devia fazer algo para diminuir a pança... mas não foi um negócio desse tipo. Estávamos loucamente apaixonados um pelo outro no início; sei que eu estava apaixonado por ela, e aposto minha vida que ela estava caída por mim. Não, ela comprou aquele

*Referência ao casal do filme *Rocky — um Lutador*. [N. do E.]

bicho porque eu sempre ria muito do cachorro no *Frasier*. Ela queria me ver feliz, só isso. Não sabia que Frank ia ficar totalmente de quatro por ela, ou ela por ele, assim como não sabia que o cão ia desgostar tanto de mim que vomitar no meu chinelo ou mastigar a barra da cortina do meu lado da cama seria o ponto alto do seu dia."

L.T. olhava sem sorrir para os homens sorridentes em torno, mas rolava os olhos para o céu com aquela expressão intencionalmente sofrida, fazendo os homens rirem de novo em antecipação. Geralmente eu ria também, apesar do que sabia sobre o Homem do Machado.

— Nunca fui odiado antes por homem ou animal — dizia ele — e aquilo me inquietava; aquilo me inquietava o tempo todo. Tentei ficar amigo de Frank... primeiro por minha causa, depois pelo fato de Lulu ter me dado o cachorro... mas não funcionou. Pelo que sei, ele pode ter tentado fazer a mesma coisa... como se vai saber, tratando-se de um cachorro? Se fez isso, não funcionou para ele também. Então li na *Cães e Cia*, acho eu, que um animal de estimação é simplesmente o pior presente que se pode dar a alguém, e concordo com isso. Quer dizer, mesmo se você gosta do animal e ele de você, pense no que esse presente quer dizer. "Olhe, querida, estou lhe dando um presente maravilhoso, uma máquina que come numa ponta e defeca na outra, e vai funcionar durante 15 anos, é pegar ou largar, porra. Feliz Natal." Mas em geral isso você só pensa *depois*, entende?

"Acho que nos esforçamos ao máximo, eu e Frank. Afinal de contas, embora a gente se odiasse muito, nós dois amávamos Lulubelle. Acho que é por isso que, apesar de às vezes rosnar para mim se eu me sentava perto dela no sofá durante *Murphy Brown* ou qualquer outro programa, de fato ele nunca me mordeu. Mesmo assim, costumava me deixar maluco. Só pela *audácia* de aquela pequena bola de pêlos e olhos rosnar para mim.

"'Olha só, ele está rosnando para mim', dizia eu.

"Ela alisava a cabeça dele como jamais alisara a minha, a não ser que tivesse tomado umas e outras, e dizia que aquilo era apenas uma versão canina do ronronar do gato. Que ele estava feliz em estar conosco, em passar uma noite tranqüila em casa. Mas eu lhes digo uma coisa: nunca tentei afagá-lo quando ela não estava por perto. Dei comida a ele algumas vezes e nunca lhe taquei um chute (mas estaria mentindo se dissesse que não tive vontade de fazê-lo em certos momentos), mas nunca tentei afagar a cabeça dele. Acho que ele teria avançado em mim e então a gente teria passado a se dar bem. Quase como dois caras vivendo com a mesma garota bonita. *Ménage à trois* é como chamam isso no "Forum" da *Penthouse*. Nós dois amávamos Lulu e ela amava nós dois, mas, com o tempo, comecei a perceber que os pratos da balança se desequilibravam e ela havia começado a amar Frank um pouco mais do que a mim. Talvez porque ele nunca respondesse e nunca vomitasse nos chinelos *dela*, e com Frank a droga da tábua do vaso nunca é problema porque ele vai lá fora. Isto é, a menos que eu esqueça um *short* no canto ou debaixo da cama."

Neste ponto, L.T. ou acabava o café gelado na garrafa térmica, ou estalava os dedos, ou fazia as duas coisas. Era o seu modo de dizer que o primeiro ato terminara e que o segundo ato estava prestes a começar.

— Então, num determinado sábado, Lulu e eu fomos ao *shopping*. Ficamos só andando por ali, como as pessoas fazem, e passamos por uma loja de animais de estimação perto da J.C. Penney. Havia um bando de gente na frente da vitrine. "Ah, vamos ver", disse Lulu, então fomos dar uma espiada.

"O cenário da vitrine era uma árvore artificial com galhos nus e grama de mentira, e lá estavam os gatinhos siameses, meia dúzia deles perseguindo-se entre si, subindo na árvore, batendo nas orelhas uns dos outros.

"'Ah, eles não são as coisas mais lindinhas que existem?', exclamou Lulu. 'Ah que coisinhas mais lindas, Deus do céu! Olhe, meu bem, olhe!'

"'Estou olhando', disse eu, pensando comigo mesmo que tinha acabado de encontrar o que queria dar para Lulu no nosso aniversário. E isso foi um alívio. Eu queria lhe dar algo muito especial, algo que realmente a abalasse, porque as coisas não vinham tão bem entre nós no último ano. Lembrei de Frank, mas não estava muito preocupado com ele; gatos e cachorros sempre brigam nos desenhos animados, mas na vida real geralmente se dão bem, de acordo com a minha experiência. Geralmente se dão melhor do que as pessoas. Especialmente quando está frio lá fora.

"Para encurtar um pouco uma história longa, comprei um deles e dei a ela de aniversário. Comprei uma coleira de veludo para o filhote e coloquei um cartão nela. 'ALÔ, Sou LUCY!', dizia o cartão. 'Com amor de L.T.! Feliz segundo aniversário!'

"Vocês provavelmente sabem o que vou contar agora, não é? Certo. Foi exatamente como o diabo do *terrier* Frank de novo, só que ao contrário. No início, eu estava feliz como pinto no lixo com Frank, e Lulubelle estava igualmente feliz com Lucy. Levantava ela no alto, falando com ela como se fosse uma criança, 'Ah, minha pequerruchinha, minha gracinha, quem é a coisa mais linda da mamãe', e coisas assim... até que Lucy deu um grande miado e uma patada no nariz de Lulubelle. Com as unhas de fora. A seguir, fugiu e se escondeu embaixo da mesa da cozinha. Lulu riu como se fosse a coisa mais engraçada que já lhe acontecera, o tipo do negócio que uma gatinha podia fazer, mas vi que ela estava ofendida.

"Então entrou Frank, que estava dormindo em nosso quarto, embaixo da cama do lado de Lulu, mas como Lulu dera um pequeno guincho com a patada da gata, ele saiu de lá para ver que confusão era aquela. Avistou Lucy imediatamente debaixo da mesa e foi até ela, farejando o linóleo onde ela havia estado.

"'Faz eles pararem, meu bem, faz eles pararem, eles vão se engalfinhar', disse Lulubelle. 'Frank vai matar a gata.'

"'Espere um minuto', disse eu. 'Vamos ver o que acontece.'

"Lucy arqueou o dorso como fazem os gatos mas não recuou, esperando que Frank se aproximasse. Lulu avançou para separá-los apesar do que eu tinha dito (ouvir não era exatamente o forte de Lulu), mas peguei-a pelo pulso, segurando-a. É melhor deixar que eles resolvam entre eles, quando é possível. É sempre melhor. E mais rápido.

"Bem, Frank foi para a beira da mesa, meteu o nariz embaixo dela e começou a emitir aquele som baixo do fundo da garganta. 'Deixe eu ir lá, L.T., tenho que pegá-la', disse Lulubelle. 'Frank está rosnando para ela.'

"'Não está não', disse eu. 'Está ronronando. Sei que é isso porque é igual a todas as vezes em que ele ronronou para mim.'

"Ela me lançou um olhar de ferver água fria, mas não disse nada. As únicas vezes nos três anos em que fomos casados que consegui ter a última palavra foi sempre em relação a Frank e Pirada. É estranho, mas é verdade. Qualquer outro assunto, Lulu me torrava a paciência de tanto falar. Mas quando se tratava dos bichos, parecia que ela nunca conseguia retaliar. Isso a deixava maluca.

"Frank enfiou um pouco mais a cabeça debaixo da mesa e Lucy lhe deu uma patada no focinho exatamente como dera em Lulubelle... só que, quando fez isso com

Frank, ela não mostrou as garras. Achei que Frank partiria para cima dela, mas que nada. Deu só uma bufada e foi embora. Não com medo, foi mais como se pensasse 'Ah, tudo bem, então é *isso*'. Voltou à sala e deitou-se na frente da tevê.

"E esse foi todo o confronto que houve entre eles. Dividiam o território de modo parecido como Lulu e eu o dividíamos no último ano que passamos juntos, quando as coisas estavam ficando ruins; o quarto era de Frank e Lulu, a cozinha minha e de Lucy (só que, no Natal, Lulubelle já a chamava de Pirada) e a sala era território neutro. Nós quatro passamos muitas noites lá no último ano, a Pirada no meu colo, Frank com o focinho no sapato de Lulu, nós humanos no sofá. Lulubelle lia um livro e eu via a *Roletrando* ou *Flash*.

"A gata não quis nada com ela desde o primeiro dia. De vez em quando, a gente podia imaginar que Frank pelo menos *tentava* se dar bem comigo. Sua natureza sempre vencia essa tentativa no final, e ele mastigava um de meus tênis ou dava outra mijada numa cueca, mas às vezes parecia estar se esforçando. Lambia minha mão e talvez me desse um sorriso. Mas geralmente era quando eu tinha alguma coisa na mão de que ele quisesse um naco.

"Mas os gatos são diferentes. Um gato não puxa o saco de ninguém mesmo se é de seu interesse fazer isso. Um gato não consegue ser hipócrita. Se tivéssemos mais pregadores parecidos com gatos, os Estados Unidos seriam um país religioso novamente. Se um gato gosta de você, você sabe. Se não gosta, você também sabe. Pirada jamais gostou um tiquinho de Lulu, e deixou isso bem claro desde o início. Quando eu lhe dava comida, Lucy se esfregava nas minhas pernas ronronando enquanto eu pegava a colher e enchia a tigela dela. Quando Lulu a alimentava, Lucy sentava no meio da cozinha, na frente da geladeira, observando Lulu. E só ia até a tigela quando Lulu saía da cozinha. Isso deixava Lulu doida. 'Essa gata pensa que é a Rainha de Sabá', dizia. Nessa época, já não usava mais a linguagem que se usa com crianças para falar com Lucy. Desistira de pegar Lucy, também. Se ela fizesse isso, geralmente saía com o pulso arranhado.

"Bem, tentei fingir que gostava de Frank e Lulu tentou fingir que gostava de Lucy, mas Lulu desistiu de fingir muito mais cedo do que eu. Talvez nenhuma das duas, a gata e a mulher, conseguisse ser hipócrita. Acho que Lucy não foi o único motivo que fez Lulu partir... bem, sei que não foi... mas tenho certeza de que ajudou Lulubelle a tomar a decisão final. Animais de estimação podem viver muito tempo, vocês sabem. Então, o presente que comprei para Lulu no nosso segundo aniversário foi realmente a gota que fez o copo derramar. Diga isso à *Cães e Cia*.

"A linguagem da gata talvez fosse o mais difícil para Lulu, que não conseguia suportá-la. Certa noite, Lulubelle me disse: 'Se essa gata não parar de dar esses uivos, L.T., acho que vou bater nela com uma enciclopédia.'

"'Isso não é uivo', disse eu. 'É conversa.'

"'Bem, então gostaria que ela parasse de conversar', respondeu Lulu.

"Lucy então pulou no meu colo e ficou em silêncio. Ela sempre fazia isso, a não ser por um pequeno e suave ronronar. Um ronronado *mesmo*. Cocei-a entre as orelhas, o que ela gosta, e por acaso ergui os olhos. Lulu voltou a fitar seu livro, mas, antes de fazê-lo, o que eu vi era realmente ódio. Não por mim. Por Pirada. Jogar uma enciclopédia nela? Lulu parecia querer pôr a gata entre *duas* enciclopédias e espremer até a morte.

"Às vezes, Lulu entrava na cozinha, pegava a gata da mesa e a expulsava de lá com violência. Certa vez, perguntei se já me vira fazer isso com Frank... ele subia na cama, sempre do lado dela, e deixava aqueles chumaços nojentos de pêlo branco. Quando eu disse isso, Lulu deu uma espécie de sorriso. Bem, pelo menos mostrou os dentes. 'Se você algum dia tentar fazer isso, vai ficar com dois ou três dedos a menos, provavelmente', disse ela.

"Às vezes, Lucy *era* de fato uma Pirada. Gatos são de veneta e às vezes ficam maníacos; qualquer pessoa que já teve um sabe disso. Os olhos deles aumentam e ficam brilhantes e ferozes, suas unhas aparecem e eles saem correndo pela casa; às vezes se levantam nas patas traseiras e empinam, boxeando o ar como se lutassem com alguma coisa que os humanos não conseguem ver. Certa noite, quando tinha mais ou menos um ano, Lucy entrou num estado desses... umas três semanas antes que eu chegasse em casa e descobrisse que Lulubelle tinha ido embora.

"Seja como for, Lucy veio correndo da cozinha, usou o assoalho de madeira como pista derrapante, pulou por cima de Frank e escalou rapidamente as cortinas da sala com as unhas, pata sobre pata, deixando uns bons buracos no tecido, com farrapos pendurados. Depois empoleirou-se no alto do trilho, olhando fixamente a sala com seus olhos azuis arregalados e alucinados, estalando a ponta da cauda de um lado para o outro.

"Frank apenas pulou um pouco e voltou a pousar o focinho no sapato de Lulubelle, que estava mergulhada no livro e levou um baita susto com a gata. Quando a olhou, pude novamente ver um ódio absoluto em sua expressão.

"'Muito bem, agora chega', disse ela. 'Acabou a farra. Vamos encontrar uma boa casa para essa vaquinha de olhos azuis, e se a gente não conseguir alguém que queira uma siamesa de raça pura, vamos levar essa gata para o abrigo dos animais. Já agüentei o bastante.'

"'Como assim?', perguntei.

"'Você está cego? Olhe o que ela fez nas minhas cortinas! Estão cheias de buracos!'

"'Se quer ver cortinas com buracos', disse eu, 'por que não sobe e dá uma olhada na cortina do meu lado da cama? A parte de baixo dela está toda esfarrapada. Porque *Frank* mastiga as pontas.'

"'Isso é diferente', disse ela, olhando-me feroz. 'É diferente e você sabe disso.'

"Bem, eu não ia deixar aquilo passar. De modo nenhum.

"'Você só acha isso diferente porque gosta do cachorro que me deu e não gosta da gata que eu lhe dei', respondi. 'Mas vou lhe dizer uma coisa, Sra. DeWitt: se levar a gata para o abrigo dos animais por rasgar as cortinas da sala na terça, na quarta eu lhe garanto que levo o cachorro para o abrigo dos animais por mastigar as cortinas do quarto. Entendeu?'

"Ela me olhou e começou a chorar. Jogou o livro em cima de mim e me chamou de canalha, um canalha *malvado*. Tentei segurá-la, fazer com que ficasse parada o suficiente para que eu *tentasse* fazer as pazes... se é que havia um jeito de fazer as pazes sem recuar, o que eu não pretendia fazer naquele momento... mas ela soltou o braço e saiu correndo da sala, com Frank no seu encalço. Eles subiram as escadas e a porta do quarto bateu.

"Dei a ela uma meia hora para esfriar a cabeça e subi. A porta do quarto ainda estava fechada e, quando a abri, vi que empurrava Frank. Eu poderia afastá-lo, mas seria um trabalho lento, com ele estendido no chão e rosnando alto para mim. E quando digo *rosnando*, meus amigos, é rosnando mesmo, e não a porra de um *ronronado*. Se eu entrasse lá, acho que ele teria tentado solenemente me castrar na hora. Dormi no sofá naquela noite, pela primeira vez.

"Mais ou menos um mês depois, Lulubelle foi embora."

Se L.T. tivesse ajustado bem o horário de sua história (na maioria das vezes ele fazia isso, a prática é amiga da perfeição), a sineta avisando da volta ao trabalho na W.S. Hepperton Processed Meats Plant of Ames, Iowa, teria tocado naquele ponto, poupando-o de qualquer pergunta dos novatos (os outros, mais escolados, já sabiam que era melhor não perguntar), se L.T. e Lulubelle tinham se reconciliado, ou se ele sabia onde ela estava hoje, ou — a pergunta de um milhão de dólares — se ela e Frank ainda estavam juntos. Nada como a sineta da volta-ao-trabalho para evitar as perguntas mais constrangedoras da vida.

— Bem — dizia L.T., guardando sua garrafa térmica, levantando e se espreguiçando. — Tudo isso me levou a criar o que eu chamo de A Teoria de L.T. DeWitt Sobre Animais de Estimação.

Os homens o olhavam à espera, exatamente como eu na primeira vez em que escutei a grande frase, mas eles sempre acabavam se sentindo abandonados, da mesma forma que eu; uma história boa como aquela merecia um final melhor, mas L.T. nunca mudava.

— Se seu cachorro e seu gato estão se dando melhor do que você e sua mulher — dizia — é melhor considerar a possibilidade de chegar em casa uma noite e encontrar um bilhete de despedida na porta da geladeira.

Ele contava muito esta história, como eu já disse, e, quando veio à minha casa certa noite para jantar, ele a contou à minha mulher e à minha cunhada. Minha mulher convidara Holly, que se divorciara havia quase dois anos, para que o número de rapazes e moças ficasse equilibrado. Tenho certeza de que foi só isso, porque Roslyn jamais gostara de L.T. DeWitt. A maioria das pessoas gosta, a maioria das pessoas o aceita como as mãos recebem água morna, mas Roslyn nunca foi como a maioria das pessoas. Ela não gostava da história do bilhete na geladeira nem da história dos animais de estimação — eu via que ela não gostava, embora risse nos momentos certos. Holly... porra, não sei. Nunca fui capaz de dizer o que aquela garota pensava. Na maior parte do tempo, ficava ali com as mãos no colo, sorrindo como Mona Lisa. Mas daquela vez foi minha culpa e admito isso. L.T. não queria dizer, mas eu meio que o incitei, porque o jantar estava tão quieto, só o tilintar dos talheres e copos, e eu quase podia sentir minha mulher não gostando de L.T. Parecia sair dela em ondas. E se L.T. tinha podido sentir o *terrier* Jack Russell não gostando dele, provavelmente estava sentindo minha mulher fazendo o mesmo. De qualquer modo, foi isso que imaginei.

Então ele contou a história principalmente para me agradar, acho eu, e rolou os olhos para os lugares certos como se dissesse "Puxa, ela me enganou direitinho, não é?", e minha mulher dava uma risadinha aqui e ali — os risinhos pareciam tão falsos para mim como o dinheiro do jogo Banco Imobiliário — e Holly dava seu sorrisinho de Mona Lisa com as pálpebras abaixadas. Fora isso, o jantar correu muito bem e, quando terminou, L.T. disse a Roslyn que ele a agradecia por "uma refeição das Arábias" (seja lá o que isso for) e ela lhe disse que voltasse quando quisesse, ela e eu gostávamos de ver seu rosto por ali. Isso era uma mentira da parte dela, mas duvido que já tenha havido algum jantar na história do mundo em que não se dissessem algumas mentiras. Portanto, tudo correu bem, pelo menos até eu o levar de carro para casa. L.T. começou a falar dizendo que dentro de uma semana mais ou menos faria um ano que Lulubelle fora embora, o quarto aniversário deles, que tem presente de flores se você é da velha-guarda e aparelhos elétricos se você é moderninho. Então ele disse que a mãe de Lulubelle — em cuja casa a filha jamais chegou — ia colocar uma lápide com o nome de Lulubelle no cemitério local. "Sra. Simms diz que temos que encarar que Lulu morreu", disse L.T. e irrompeu em pranto. Fiquei tão chocado que quase saí do raio da estrada.

Ele chorou tanto que, quando meu choque diminuiu, comecei a ficar com medo de que toda aquela dor trancafiada lhe causasse um derrame ou o rompimento de um vaso sangüíneo fatal, uma coisa assim. Ele balançava para a frente e para trás no banco e batia com as mãos abertas no painel do carro. Era como se houvesse um ciclone desencadeado dentro dele. Finalmente parei no acostamento da estrada e comecei a dar uns tapinhas reconfortantes no ombro dele, podia sentir seu calor através da camisa, tão quente que parecia cozinhar.

— Vamos, L.T., chega.

— Sinto falta dela — falou, com uma voz tão rouca de lágrimas que mal pude entender. — Tanto, tanto, droga. Vou para casa e não há ninguém lá, só a gata, chorando sem parar, e em pouco tempo eu também estou chorando, nós dois chorando enquanto eu encho o prato dela com a porcaria nojenta que ela come.

Virou o rosto congestionado de lágrimas para mim. Olhar para ele era mais do que eu podia suportar, mas mesmo assim *suportei*; senti que *precisava* fazer isso. Afinal de contas, quem tinha feito ele contar a história de Lucy, Frank e o bilhete na geladeira naquela noite? Não foi Mike Wallace ou Dan Rather, quanto a isso não havia dúvida. Portanto, fiquei olhando para ele, mas não ousei abraçá-lo, com medo de aquele tufão de alguma forma pulasse dele para mim, mas continuei lhe dando tapinhas tranqüilizadores no braço.

— Acho que ela está viva em algum lugar — disse ele. Sua voz parecia espessa e aquosa, mas havia nela um fraco e miserável desafio. Ele não estava me dizendo algo em que acreditava e sim em que queria acreditar, tenho certeza.

— Bem, pode acreditar nisso — falei. — Não há nenhuma lei em contrário, há? Se tivessem encontrado o corpo dela, seria diferente.

— Gosto de pensar que ela está em Nevada, cantando em algum pequeno hotel-cassino — disse ele. — Não em Vegas ou Reno, ela não teria sucesso numa cidade grande, mas em Winnemucca ou Ely eu sei que poderia conseguir. Um lugar desses. Ela simplesmente viu um aviso de PRECISA-SE DE CANTORA e desistiu de voltar para a casa da mãe. Que diabo, as duas se davam mal pra burro, pelo menos era o que Lu costumava dizer. E ela *sabia* cantar. Não acho que fosse ótima, mas era boa. A primeira vez que a vi, ela estava cantando na sala de estar do Marriot Hotel. Em Columbus, Ohio. Há outra possibilidade...

Ele fez uma pausa e então continuou em voz baixa.

— A prostituição é legal em Nevada, você sabe. Não em todos os condados, mas na maioria deles. Ela pode estar trabalhando num desses puteiros ou termas de lá. Muitas mulheres têm um quê de puta dentro delas. Lu tinha. Não estou dizendo que ela tenha me corneado, ou ficasse dando por aí, portanto não posso dizer como sei, mas sei. Ela... sim, ela pode estar num desses lugares.

Parou com os olhos distantes, talvez imaginando Lulubelle numa cama no quarto dos fundos de um puteiro em Nevada, Lulubelle usando apenas meias de náilon, ordenhando o pau duro de algum caubói desconhecido, enquanto do outro aposento vinha o som de Steve Searle e os Dukes cantando "Six Days on the Road" ou de uma tevê ligada. Lulubelle puteando mas viva, sem que o pequeno Subaru que a levou para o casamento, agora abandonado no acostamento da estrada, tivesse algum significado. Aos olhos de um animal, aparentemente tão atentos, ele geralmente não significaria nada.

— Posso acreditar nisso se eu quiser — disse ele, esfregando os olhos inchados com a lateral dos punhos.

— Claro que pode, L.T. — disse eu. O que os homens sorridentes que ouviam a história contada por L. T. enquanto almoçavam achariam desse homem trêmulo de faces pálidas, olhos vermelhos e pele quente?

— Que droga, eu *acredito* nisso — disse ele. Hesitou e depois repetiu: — Eu *acredito* mesmo.

Quando voltei, Roslyn estava deitada lendo, com as cobertas puxadas até o peito. Holly fora para casa enquanto eu saíra para levar L.T. Logo descobri a razão do mau humor que Roslyn demonstrava naquele momento. A mulher com o sorriso de Mona Lisa ficara bem encantada com meu amigo, talvez até fascinada por ele. E minha mulher definitivamente não aprovara.

— Como é que ele perdeu a carteira de motorista? Bebendo, não foi? — perguntou, respondendo ela própria antes que eu pudesse falar.

— Bebendo, sim. OUI. — Sentei no meu lado da cama e tirei os sapatos. — Mas isso foi mais ou menos há seis meses, e se ele continuar na linha por mais dois meses, vai recebê-la de volta. Acho que vai conseguir. Ele freqüenta os AA, sabe?

Minha mulher grunhiu, claramente pouco impressionada. Tirei a camisa, cheirei minhas axilas, pendurei a camisa novamente no *closet.* Eu a usara apenas por uma hora ou duas, só ao jantar.

— Sabe — disse minha mulher —, acho espantoso que a polícia não tenha vigiado L.T. mais de perto depois que a mulher desapareceu.

— Fizeram algumas perguntas a ele, mas só para conseguirem o máximo de informações. Nunca entrou em questão ele ter feito a coisa, Ros. Nunca suspeitaram dele.

— Ah, você tem tanta certeza.

— Na verdade, tenho sim. Sei algumas coisas. Lulubelle ligou para a mãe de um hotel do Colorado no dia em que foi embora, e depois ligou novamente para ela de Salt Lake City, no dia seguinte. E estava bem. Eram dois dias de semana, e L.T. estava na fábrica. Também estava na fábrica no dia em que encontraram o carro dela estacionado naquela estrada de ranchos perto de Caliente. Ele só pode ter matado a mulher se conseguiu se transportar magicamente de um lugar para outro com um piscar dos olhos. Mas ele não faria isso, amava Lulubelle.

Ela grunhiu. Esse odioso som de ceticismo que ela às vezes emite ainda me dá vontade, mesmo após 30 anos de casamento, de berrar que ela pare, ou dá ou desce, diga o que quer ou se cale. Dessa vez pensei em contar a ela como L.T. tinha chorado, que chorara como se um ciclone soprasse dentro dele, dilacerando tudo. Pensei em contar, mas não contei. As mulheres não confiam nas lágrimas dos homens. Elas podem dizer o contrário, mas no fundo não confiam mesmo.

— Talvez você mesma devesse ligar para a polícia — disse eu. — Ofereça a eles um pouco de sua ajuda especializada. Sublinhe as coisas que eles deixaram de fora, exatamente como Angela Lansbury em *Assassinato por escrito.*

Pus as pernas para dentro da cama. Ela apagou a luz. Ficamos deitados na escuridão e, quando ela falou de novo, seu tom era mais suave.

— Não gosto dele. Só isso. Não gosto e nunca gostei.

— É. Acho que isso está claro.

 — E não gostei do jeito como ele olhou para Holly.

O que significava, como descobri posteriormente, que não tinha gostado do jeito de Holly olhar para ele. Isto é, quando não estava olhando para o próprio prato.

— Prefiro que você não o convide mais para jantar — disse ela.

Fiquei quieto. Era tarde e eu estava cansado. Fora um dia duro e uma noite mais dura ainda. A última coisa que eu queria era ter uma discussão com minha mulher quando eu estava cansado e ela preocupada. Esse é o tipo de discussão em que um dos dois vai acabar passando a noite no sofá. E o único modo de parar uma discussão dessas é ficar quieto. Num casamento, as palavras são como chuva. E a terra de um casamento está cheia de valas e arroios que podem se tornar rios furiosos num piscar de olhos. Os terapeutas acreditam na fala, mas a maioria deles é divorciada ou *gay*. O silêncio é o melhor amigo do casamento.

Silêncio.

Após algum tempo, minha melhor amiga virou para o lado dela, para longe de mim e para onde ela vai quando finalmente desiste do dia. Fiquei acordado um pouco mais, pensando num pequeno carro empoeirado que talvez tivesse sido branco, com a frente enfiada numa vala ao lado de uma estrada de ranchos no deserto de Nevada e não muito longe de Caliente. A porta do motorista ainda aberta, o espelho retrovisor arrancado e caído no chão, o banco da frente empapado de sangue e palmilhado pelos animais que tinham vindo farejar ou dar uma provadinha.

Naquela parte do mundo havia um homem — sempre pensam que seja um homem, quase sempre é — que esquartejara cinco mulheres, cinco em três anos, principalmente durante a época em que L.T. estava vivendo com Lulubelle. Quatro das mulheres estavam de passagem. De algum modo ele fazia com que parassem, depois as retirava do carro delas, estuprava-as, desmembrava-as com um machado e as deixava um pouco adiante para os urubus, os corvos e as doninhas. A quinta mulher era a idosa esposa de um rancheiro. A polícia chama esse assassino de o Homem do Machado. Enquanto escrevo isso, o Homem do Machado não foi capturado nem matou de novo. Se Cynthia Lulubelle Simms DeWitt foi a sexta vítima do Homem do Machado, foi a última também — pelo menos até agora. Contudo, há ainda algum questionamento a respeito de ela ter sido ou não sua sexta vítima. Se não na maioria das cabeças, a pergunta existe na parte da mente de L.T. que ainda se permite ter esperanças.

O sangue no banco não era humano, fato que a Perícia do Estado de Nevada levou apenas cinco horas para determinar. O trabalhador de rancho que encontrou o Subaru de Lulubelle viu uma nuvem de pássaros circulando a uns 800 metros de distância, e lá chegando não encontrou uma mulher esquartejada e sim um cachorro esquartejado. Pouco restou dele senão ossos e dentes; os predadores e carniceiros já tinham se banqueteado, e não tem muita carne em um *terrier* Jack Russel, para princípio de conversa. O Homem do Machado definitivamente pegou Frank; pode-se especular sobre o destino de Lulubelle, mas não dá para ter certeza.

Talvez ela esteja viva, pensei. Cantando "Tie a Yellow Ribbon" no The Jailhouse em Ely, ou "Take a Message to Michael" na The Rose of Santa Fe, em Hawthorne. Apoiada por um trio de vozes. Velhos tentando parecer mais jovens, de coletes vermelhos e gravatas de cordão preto. Ou talvez ela esteja distribuindo boquetes em caubóis da GM em Austin ou Endover — curvando-se para a frente até que seus seios se achatem contra as coxas debaixo de um calendário mostrando tulipas na Holanda; agarrando nádegas e mais nádegas flácidas e pensando sobre o que ver na tevê naquela noite, quando seu turno terminar. Talvez Lulubelle tivesse apenas parado no acostamento da estrada e ido embora a pé. Tem gente que faz isso. Eu sei, e provavelmente você também. Tem gente que simplesmente pensa "fodam-se" e vai embora a pé. Talvez ela tivesse deixado Frank para trás pensando que apareceria alguém para lhe dar um bom lar, só que quem apareceu foi o Homem do Machado e...

Mas não. Eu conheci Lulubelle e, palavra de honra, não consigo vê-la abandonando um cachorro para provavelmente torrar até a morte ou morrer de fome no ermo... Especialmente um cachorro que ela adorava, como Frank. Não, L.T. não tinha exagerado nisso; eu vi os dois juntos e sei.

Ela pode ainda estar viva em algum lugar. Tecnicamente falando, pelo menos, L.T. tem razão. Só porque não consigo imaginar um roteiro que partisse daquele carro com a porta aberta pendurada e o espelho retrovisor caído no chão e o cachorro morto e bicado pelos corvos duas elevações adiante, só porque não consigo imaginar um roteiro que levasse daquele lugar perto de Caliente a outro lugar onde Lulubelle canta ou costura ou faz boquetes em caminhoneiros, segura e anônima, não quer dizer que tal roteiro não exista. Como eu disse a L.T., não é o mesmo que tivessem encontrado o *corpo* dela; encontraram apenas o *carro* dela, e os restos do cachorro um pouco longe do carro. A própria Lulubelle poderia estar em qualquer parte. Acho que isso é possível.

Não consegui dormir e fiquei com sede. Levantei, entrei no banheiro e tirei as escovas de dentes do copo que mantemos junto à pia. Enchi-o d'água. Então sentei na tampa fechada do vaso, bebi a água e pensei no som que os gatos siameses fazem, aquele choro esquisito, como deve ser agradável se você os ama, como deve soar como a volta ao lar.

O Vírus da Estrada vai para o norte

Tenho realmente o quadro descrito neste conto, não é muito estranho? Minha mulher o viu e achou que eu gostaria dele (ou pelo menos teria alguma reação a ele), e deu-o a mim de presente de aniversário ou Natal, não me lembro mais. Lembro de fato é que meus três filhos não gostaram dele, dizendo que os olhos do motorista os seguiam enquanto eles andavam pelo meu escritório, onde eu pendurara o quadro (quando pequeno, meu filho Owen também ficava assustado com um retrato de Jim Morrison). Gosto de histórias sobre retratos que mudam, *e finalmente escrevi esta sobre o meu quadro. A outra vez que me lembro de querer escrever uma história sobre um quadro real foi "A casa da rua Maple", baseada num desenho preto-e-branco feito por Chris Van Allsburg. Essa história está em* Pesadelos e Paisagens Noturnas. *Também escrevi um romance sobre um quadro que muda. Seu título é* Rose Madder, *e é provavelmente o mais lido de meus romances (nenhum filme foi feito). No romance, o Vírus da Estrada se chama Norman.*

—

RICHARD KINNELL NÃO TEVE MEDO quando viu pela primeira vez o quadro na liquidação de garagem em Rosewood.

Ficou fascinado por ele e sentiu que tivera sorte em encontrar algo que podia ser muito especial, mas medo não. Só mais tarde lhe ocorreu ("quando já era tarde demais", como poderia ter escrito num de seus romances extraordinariamente bem-sucedidos) que se sentira da mesma forma em relação a certas drogas ilegais quando jovem.

Fora a Boston para participar de uma conferência do PEN/Nova Inglaterra intitulada "A Ameaça da Popularidade". Pode-se contar com o PEN para propor tais temas, descobrira Kinnell; de certo modo, era reconfortante. Dirigiu os 420 quilômetros de Derry até lá, em vez de ir de avião, porque chegara a um impasse na trama do último livro e queria algum tempo sossegado para resolver o problema.

Na conferência, participou de uma mesa-redonda em que pessoas das quais se esperava um maior conhecimento a respeito perguntaram-lhe onde obtinha suas idéias, e se ele próprio já se assustara com elas. Saiu da cidade pelo caminho da Ponte Tobin, depois pegou a Rota 1. Nunca ia pela auto-estrada quando estava com problemas na cabeça; a auto-estrada o embalava, deixando-o quase num sonambulismo sem sonhos. Descansava, mas não era muito criativo. No entanto, o tráfego pára-e-anda da estrada costeira atuava como um grão de areia na ostra — criava uma boa quantidade de atividade mental... e às vezes até uma pérola.

Não que seus críticos usassem essa palavra. Num número da *Squire* do ano passado, Bradley Simons começara sua resenha de *Nightmare City* da seguinte maneira: "Richard Kinnell, que escreve como Jeffrey Dahmer [o assassino que devorava as vítimas] cozinha, sofreu um novo acesso de vômito a distância e batizou a mais recente massa ejetada de *Nightmare City*."

A Rota 1 levou-o por Revere, Malden, Everett e pela costa até Newburyport. Além de Newburyport e ao sul da fronteira Massachusetts-New Hampshire, ficava a atraente cidadezinha de Rosewood. Cerca de mais ou menos um quilômetro e meio do centro da cidade, Kinnell viu uma variedade de artigos de aparência barata espalhados pelo gramado de um chalé de dois andares estilo Cape Cod. Apoiada num fogão elétrico cor de abacate havia, uma tabuleta que dizia LIQUIDAÇÃO DE GARAGEM. Estacionados dos dois lados da estrada, os carros criavam um desses engarrafamentos que os viajantes não-encantados com a mística da liquidação de garagem amaldiçoam por todo o caminho. Kinnell gostava dessas liquidações, especialmente das caixas de velhos livros que às vezes se encontravam nelas. Rodou pelo engarrafamento, estacionou o Audi na frente da fila de carros que apontavam para o Maine e New Hampshire, e depois voltou a pé.

Mais ou menos uma dúzia de pessoas circulava no gramado da frente coberto de coisas do chalé azul-e-cinzento. Uma grande televisão ficava à esquerda do caminho de cimento, as pernas plantadas em quatro cinzeiros de papel que não protegiam absolutamente o gramado. Em cima dela via-se um cartaz com as palavras FAÇA UMA OFERTA — VOCÊ PODE FICAR SURPRESO. Um fio elétrico alongado por uma extensão saía da tevê e entrava pela porta da frente aberta. Diante da televisão, sentada numa cadeira no gramado, uma mulher gorda protegia-se sob um guarda-chuva com a palavra CINZANO impressa nos gomos coloridos. Ao lado dela, havia uma mesa de jogo com uma caixa de charutos em cima, um bloco de papel e outro cartaz feito à mão. O cartaz dizia TUDO EM DINHEIRO VIVO, TODAS AS VENDAS DEFINITIVAS. Na tevê ligada e sintonizada numa novela vespertina, dois jovens bonitos pareciam prestes a fazer sexo totalmente inseguro. A mulher gorda lançou um olhar a Kinnell e voltou à tevê. Fitou a tela por um momento e então olhou-o novamente. Dessa vez, sua boca estava ligeiramente aberta.

Ah, uma fã, pensou Kinnell, procurando a caixa de bebida cheia de livros em edição popular que certamente estaria em algum lugar por ali.

Não achou nenhum livro em edição popular, mas viu o quadro, apoiado contra uma tábua de passar e mantido seguro por duas cestas de plástico de lavanderia. A respiração de Kinnell parou na garganta. Ele quis o quadro instantaneamente.

Avançou com uma displicência que considerou exagerada e ajoelhou-se na frente dele. Era uma aquarela tecnicamente muito boa, mas Kinnell não se importou com isso; a técnica não o interessava (um fato que os críticos de seu próprio trabalho já tinham percebido). O que apreciava nas obras de arte era o *conteúdo*, e quanto mais inquietante melhor. O quadro diante dele tinha uma alta posição nesse departamento. Kinnell ajoelhou-se entre as duas cestas, onde se empilhava uma miscelânea de pequenos objetos domésticos, e deixou seus dedos escorregarem sobre o vidro na frente da pintura. Olhou em torno rapidamente, procurando outros quadros como aquele, mas não viu nenhum — só a habitual coleção de arte de liquidação de garagem de livros infantis e imagens religiosas.

Ele olhou novamente para a aquarela emoldurada e em sua cabeça já estava ajeitando a valise no banco de trás do Audi para poder aninhar a pintura confortavelmente na mala do carro.

A pintura mostrava um rapaz sentado ao volante de um carro potente — talvez um Grand Am ou um GTX, de qualquer modo um carro de capota móvel — atravessando a Ponte Tobin ao pôr-do-sol. A capota estava abaixada, o que transformava o carro preto numa espécie de conversível. O braço esquerdo do rapaz, dobrado, apoiava-se na porta; seu pulso direito pendia displicentemente sobre o volante. Por trás do jovem, o céu era uma massa cor de equimose formada de amarelos e tons de cinza, com veios cor-de-rosa. O jovem tinha cabelos louros e lisos que caíam sobre sua testa baixa. Sorria, e seus lábios entreabertos mostravam dentes que não eram de modo nenhum dentes e sim presas.

Ou talvez sejam afiados nas pontas, pensou Kinnell. *Talvez ele seja um canibal.*

Gostava daquilo; gostava da idéia de um canibal atravessando a Ponte Tobin ao pôr-do-sol, num Grand Am. Sabia o que a maior parte do público na mesa-redonda do PEN teria pensado — *Ah, sim, grande quadro para Rich Kinnell; provavelmente vai querê-lo para inspiração, uma pluma para excitar sua velha e cansada garganta em mais um acesso de vômito a distância* —, mas a maior parte daquele pessoal ignorava o que era arte, pelo menos no sentido em que o trabalho dele se situava; além disso, paparicavam e acalentavam a própria ignorância como certas pessoas inexplicavalmente paparicam e acalentam cachorrinhos estúpidos e mal-humorados que latem para as visitas e às vezes mordem o calcanhar do garoto que entrega o jornal. Não fora atraído pela pintura porque escrevia histórias de terror; escrevia essas histórias porque era atraído por coisas como aquela pintura. Seus fãs lhe mandavam coisas — principalmente quadros — e ele jogava a maioria fora, não porque fossem ruins como arte e sim porque eram tediosos e previsíveis. Um fã de Omaha lhe enviara uma pequena escultura de cerâmica mostrando a cabeça de um macaco gritando de horror e projetando-se de uma porta de geladeira; aquela peça ele guardara. Fora executada sem perícia, mas com uma justaposição inesperada que acionara alguma coisa em Kinnell. Aquela pintura ali tinha a mesma natureza, embora fosse melhor. *Muito* melhor.

Enquanto estendia a mão para ela, querendo pegá-la imediatamente, colocá-la debaixo do braço e anunciar sua intenção de comprá-la, uma voz falou por trás dele:

— O senhor não é Richard Kinnell?

Ele deu um pulo e virou-se. A mulher gorda estava atrás dele, tapando a maior parte da paisagem próxima. Ela retocara o batom antes de se aproximar e agora sua boca transformara-se num sorriso sanguinolento.

— Sou sim — disse ele sorrindo.

Os olhos dela caíram sobre o quadro.

— Eu devia saber que o senhor ia direto para esse — disse com um sorriso afetado. — Combina tanto.

— É, não é? — disse ele, e sorriu como uma celebridade. — Quanto a senhora quer por ele?

— Quarenta e cinco dólares. Vou ser honesta com o senhor: ele começou custando 70 dólares, mas, como ninguém gosta dele, fez-se um abatimento. Se o senhor voltar amanhã, provavelmente vai poder comprar o quadro por 30. — O sorriso afetado crescera a proporções assustadoras. Kinnell podia ver pequenas gotas de saliva cinzenta nas covinhas nos cantos da boca esticada da mulher.

— Acho que não quero arriscar — disse ele. — Vou lhe dar um cheque agora mesmo.

O sorriso afetado continuava a aumentar; a mulher parecia agora uma grotesca paródia de John Waters.* Divine representando Shirley Temple.

— Na verdade, não deveria aceitar cheques, mas *tudo bem* — disse ela, com o tom de uma adolescente finalmente consentindo em fazer sexo com o namorado. — Mas enquanto estiver com a caneta na mão, pode dar um autógrafo para minha filha? Ela se chama Robin.

— Que nome bonito — disse Kinnel automaticamente. Pegou o quadro e seguiu a mulher gorda novamente à mesa de jogo. Na tevê perto dela, os jovens lascivos haviam sido temporariamente deslocados por uma mulher mais velha engolindo flocos de farelo.

— Robin lê todos os seus livros — disse a mulher gorda. — Onde é que o senhor arranja todas essas idéias malucas, Deus do céu?

— Não sei — Kinnell respondeu, sorrindo mais largamente que nunca. — Elas simplesmente aparecem. Não é estranho?

Judy Diment, a mulher que tomava conta da liquidação, morava na casa ao lado. Quando Kinnell lhe perguntou se sabia quem era o artista, ela respondeu que sim, claro; Bobby Hastings pintara o quadro e também fora o motivo de ela estar vendendo as coisas dos Hastings.

— Esta foi a única pintura que ele não queimou. Pobre Iris! É dela que mais tenho pena. Acho que George não se importava muito, de fato. E *sei* que ele não entendeu por que ela quis vender a casa. — Girou os olhos no rosto grande e suado com a velha expressão você-pode-imaginar. Pegou o cheque de Kinnell quando ele o destacou do talão, dando-lhe o bloco onde anotava todos os itens que vendia e os preços que obtivera por eles. — Dedique a Robin — disse ela. — Pode pôr uma dedicatoriazinha bem doce? — O sorriso afetado reapareceu, como um velho conhecido por cuja morte a gente ansiava.

— Ahn-ahn — disse Kinnell, e escreveu sua mensagem padrão de agradecimento-por-ser-uma-fã. Após 25 anos de autógrafos, não precisava mais prestar atenção à própria mão ou pensar no que escrevia. — Conte sobre o quadro e os Hastings.

---

*Diretor de cinema norte-americano conhecido pelo mau gosto de seus filmes. Sua obra mais célebre, *Pink Flamingos*, tem como protagonista o transformista Divine. [N. do E.]

Judy Diment dobrou as mãos rechonchudas como uma mulher prestes a narrar sua história favorita.

— Bobby tinha apenas 23 anos quando se matou nesta primavera. Acredita? Era do tipo gênio torturado, sabe, mas ainda morava na casa dos pais. — Seus olhos rolaram, perguntando novamente a Kinnell se podia acreditar naquilo. — Devia ter umas 70, 80 pinturas, além de todos os cadernos de esboços. Lá no subsolo. — Ela apontou com o queixo para o chalé, depois olhou para o quadro do maligno rapaz atravessando de carro a Ponte Tobin ao pôr-do-sol. — Iris, a mãe de Bobby, disse que a maioria deles era muito ruim, muito pior do que este. Coisas de deixar o cabelo em pé. — Abaixou a voz até um sussurro, dando uma olhadela para uma mulher examinando os talheres desfalcados dos Hastings e uma boa coleção de velhos copos de plástico do McDonald's com o tema do filme *Querida, encolhi as crianças.* — A maioria tinha coisas de sexo.

— Ah, não — disse Kinnell.

— Ele fez os piores depois que passou a tomar drogas — continuou Judy Diment. — Depois que morreu... ele se enforcou no subsolo onde pintava... encontraram mais de 100 daquelas garrafinhas onde vendem cocaína em forma de *crack.* As drogas não são horríveis, Sr. Kinnell?

— São mesmo.

— Seja como for, acho que ele finalmente chegou ao final da corda, sem trocadilho. Levou todos os esboços e pinturas para o quintal... a não ser essa aqui, eu acho... e queimou tudo. Então se enforcou no subsolo. No bilhete que prendeu na camisa dizia: "Não consigo mais suportar o que está acontecendo comigo." Não é horrível, Sr. Kinnell? Não é a coisa mais medonha que já ouviu?

— Sim — disse Kinnell de modo bastante sincero. — Com certeza.

— Como eu disse, acho que George continuaria morando na casa, se fosse feita a sua vontade. — Ela pegou a folha de papel com o autógrafo para Robin, segurou-a junto ao cheque de Kinnell e sacudiu a cabeça, como se a semelhança de assinaturas a surpreendesse. — Mas os homens são diferentes.

— São?

— Ah sim, muito menos sensíveis. No final da vida, Bobby Hastings era só pele e osso, sujo o tempo todo... a gente podia sentir o cheiro dele... e usava a mesma camiseta dia sim, dia não. Tinha um retrato do Led Zeppelin nela. Seus olhos estavam vermelhos, ele tinha uns pêlos irregulares no rosto que não se podia chamar de barba e suas espinhas estavam voltando, como se ele fosse um adolescente novamente. Mas ela o amava, porque amor de mãe passa por cima de todas essas coisas.

A mulher que examinara os talheres e os copos aproximou-se com um jogo americano com motivo de *Guerra nas Estrelas.* A Sra. Diment recebeu cinco dólares por ele, anotou cuidadosamente a venda em seu bloco, abaixo de UMA DÚZ. DE PEGADORES DE PANELA & DESCANSOS DE MESA VARIADOS e a seguir virou-se de novo para Kinnell.

— Eles foram para o Arizona, para ficar com o pessoal da Iris. Sei que George está procurando trabalho em Flagstaff... ele é projetista... mas não sei se já encontrou. Se encontrou, é provável que a gente nunca mais os veja em Rosewood. Iris mostrou tudo o que queria que eu vendesse e disse que eu poderia ficar com 20 por cento pelo meu trabalho. Vou mandar um cheque pelo resto. Não será muito. — Ela suspirou.

— O quadro é ótimo — disse Kinnell.

— É uma pena que ele tenha queimado o resto, porque a maioria desses outros negócios é aquela mesma merda de sempre de liquidação de garagem, com o perdão da má palavra. O que foi?

Kinnell virara o quadro. Havia um pedaço de fita adesiva colado atrás dele.

— Acho que é um título.

— Diz o quê?

Ele pegou o quadro pelas laterais e levantou-o para que ela pudesse ler por si mesma. Isso deixou o quadro no nível dos olhos de Kinnell, que o estudou avidamente, mais uma vez fascinado pela esquisitice pouco sofisticada do tema: jovem ao volante de um carro potente, jovem com um sorriso mau e astuto revelando as pontas aguçadas de dentes ainda mais malévolos.

Combina, pensou ele. *Nunca um título combinou tanto com um quadro como este.*

— *O Vírus da Estrada vai para o norte* — leu ela. — Não notei isso quando meus rapazes estavam trazendo as coisas para fora. O senhor acha que é o título?

— Deve ser. — Kinnell não conseguia tirar os olhos do sorriso do jovem louro. *Eu sei algo*, dizia o sorriso. *Algo que você nunca saberá.*

— Bem, a gente tem que acreditar que o sujeito que fez isso estava mergulhado nas drogas — disse ela, parecendo aborrecida, verdadeiramente aborrecida, conforme pensou Kinnell. — Não é de espantar que se matasse e partisse o coração da mãe.

— Eu também tenho que ir para o norte — disse Kinnell, pondo o quadro debaixo do braço. — Obrigado por...

— Sr. Kinnell, posso ver sua carteira de motorista? — Aparentemente ela não via nada de irônico nem divertido no pedido. — Preciso anotar o número no verso do seu cheque.

Kinnell abaixou o quadro para pegar a carteira.

— Certo. Claro.

A mulher que comprara o jogo americano com motivo de *Guerra nas Estrelas* dera uma parada para assistir a um pouco da novela na tevê antes de voltar para o carro. Então relanceou os olhos para o quadro que Kinnell apoiara nas canelas.

— Argh — disse ela. — Quem ia querer uma coisa velha e feia assim? Eu ficaria impressionada cada vez que apagasse a luz.

— E que problema há nisso? — perguntou Kinnell.

Trudy, a tia de Kinnell, morava em Wells — uns dez quilômetros ao norte da fronteira Maine-New Hampshire. Kinnell enveredou pela saída que circundava a torre de água de Wells, de um verde brilhante e com o engraçado aviso MANTENHA O MAINE VERDE, TRAGA DINHEIRO em letras enormes. Cinco minutos depois, entrava no caminho de carros da cuidada casinha de bonecas de tia Trudy. Por aqui, nada de tevê afundando no gramado apoiada em cinzeiros de papel, só as amigáveis flores de tia Trudy. Kinnell precisava urinar, não quisera parar numa área de descanso para motoristas quando poderia ir para a casa da tia, mas também queria saber de todas as novas fofocas da família. Tia Trudy trocaria em miúdos o melhor delas; era para as fofocas o que o Zabar's era para *delicatessen*. Além disso, claro, Kinnell queria lhe mostrar sua nova aquisição.

Ela saiu da casa para ir ao encontro dele, abraçou-o e cobriu seu rosto com os beijinhos de passarinho de que tinha a patente, os mesmos que o faziam estremecer quando criança.

 — Quer ver uma coisa? — perguntou ele. — Vai fazer sua meia-calça estourar.

— Que pensamento encantador — disse ela, segurando os cotovelos com as palmas das mãos e olhando divertida para o sobrinho.

Kinnell abriu a mala do carro e pegou seu novo quadro. A aquarela afetou a tia sim, mas não como ele esperara. A cor desapareceu totalmente de seu rosto — ele nunca vira algo semelhante em toda a sua vida.

— É horrível — disse ela numa voz composta, controlada. — Detesto. Acho que posso ver o que o atraiu nele, Richie, mas o que você faz brincando, ele faz de verdade. Ponha isso de novo na mala, como um bom garoto. E quando chegar ao rio Saco, por que não pára ali perto e joga o quadro na água?

Ele engoliu em seco. Os lábios de tia Trudy estavam firmemente apertados para não tremerem, e agora suas mãos compridas e finas não apenas seguravam os cotovelos mas os agarravam, como se isso a impedisse de voar para longe. Naquele momento, ela pareceu ter não 61 anos, mas sim 91.

— Titia? — disse Kinnell com hesitação, sem saber ao certo o que estava acontecendo. — Titia, o que é?

— *Isso* — desvencilhando a mão direita, ela apontou para o quadro. — Estou surpresa que um homem cheio de imaginação como você não sinta isso com mais força.

Bem, ele sentia *alguma coisa*, obviamente; caso contrário, jamais teria pego o talão de cheques. No entanto, o que tia Trudy sentia era algo diferente... ou algo a *mais*. Ele virou o quadro (enquanto o segurava para que a tia o visse, o lado com a fita adesiva do título ficara voltado para ele) e olhou-o novamente. O que viu atingiu-o no peito e no ventre como dois socos sucessivos.

O quadro *mudara*, esse era o soco número um. Não muito, mas mudara nitidamente. O sorriso do jovem louro era mais amplo, revelando mais dentes enfileirados de canibal. Seus olhos se apertavam mais também, dando-lhe uma expressão mais astuta e má do que antes.

O grau de um sorriso... a visão de dentes aguçados alargando-se ligeiramente... os olhos oblíquos e apertados... são coisas bastante subjetivas. É possível a pessoa se equivocar sobre isso, e certamente ele não tinha estudado a pintura antes de comprá-la. Além do mais, havia a distração imposta pela Sra. Diment, capaz de deixar maluco um frade de pedra.

Mas havia também o soco número dois, e este *não era* subjetivo. Na escuridão da mala do Audi, o jovem louro virara o braço esquerdo, o que se apoiava na porta, para que Kinnell pudesse ver a tatuagem que ficara escondida antes. Era um punhal, envolvido por uma vinha, com uma ponta sanguinolenta. Nas palavras abaixo dela, Kinnell pôde distinguir MORTE ANTES, e achava que não era preciso ser um romancista de sucesso para imaginar a palavra escondida. MORTE ANTES DA DESONRA era, afinal de contas, exatamente o tipo de coisa que um viajante mensageiro da má sorte como aquele poderia ter no braço. *E um ás de espadas no outro*, pensou Kinnell.

— Você detesta ele, não é, titia? — perguntou.

— Detesto — disse ela, e agora ele viu algo ainda mais surpreendente: ela se afastara dele, fingindo olhar para a rua (sonolenta e deserta sob o sol quente da tarde) para não ter que olhar o quadro. — Na verdade, eu *o abomino*. Agora guarde isso e vamos entrar. Aposto que está precisando ir ao banheiro.

Tia Trudy recuperou seu *savoir-faire* quase na mesma hora em que a aquarela foi guardada na mala do carro. Os dois conversaram sobre a mãe de Kinnell (Pasadena), a irmã dele (Baton Rouge) e a ex-mulher, Sally (Nashua). Sally era uma pirada que dirigia um abrigo para animais dentro de um *trailer* duplo, e publicava dois boletins por mês. *Sobreviventes* estava cheio de informações astrais e histórias supostamente verdadeiras do mundo dos espíritos; *Visitantes* continha relatos de pessoas que haviam se encontrado com alienígenas. Kinnell não ia mais a convenções de fãs que se especializavam em fantasia e horror. Uma Sally na vida era suficiente.

Quando Tia Trudy levou-o de volta ao carro, eram quatro e meia e ele recusara o obrigatório convite para jantar.

— Se for agora, posso fazer a maior parte do caminho de volta com a luz do dia.

— Ok — disse ela. — Desculpe se fui tão má com o seu quadro. Claro que você gosta dele, você sempre gostou de suas... excentricidades. Só que bateu em mim de modo errado. Aquele rosto *horrível*. — Estremeceu. — Como se a gente olhasse para ele... e ele para nós.

Kinnell sorriu e beijou-lhe a ponta do nariz.

— Você tem muita imaginação também, querida.

— Claro, é de família. Tem certeza de que não quer usar o banheiro de novo antes de ir?

Ele sacudiu a cabeça.

— Não foi por isso que eu parei, na verdade.

— Não? Por que então?

Kinnell sorriu.

— Porque você sabe quem vai ser mau e quem vai ser bom. E não tem medo de dizer o que sabe.

— Vá em frente, anda — disse a tia, empurrando-o pelos ombros mas nitidamente gostando do que ouvira. — Se eu fosse você, ia querer chegar em casa rápido. Não gostaria de ter aquele sujeito mau viajando atrás de *mim* no escuro, mesmo dentro da mala. Nossa, viu os dentes dele? Argh!

Ele entrou na auto-estrada, trocando o cenário pela velocidade, e rodou até um posto de gasolina antes de resolver dar outra olhada no quadro. Parte do desconforto da tia passara para ele como um germe, mas não queria ver aquilo como um problema. O problema era a sua percepção de que o retrato mudara.

No posto, tinha-se o habitual rango de *gourmet* — hambúrgueres McDonalds, sorvetes Kibon — e nos fundos havia uma pequena área para piqueniques e para se passear com o cachorro, cheia de lixo. Kinnell estacionou junto a uma *van* com placa de Missouri e respirou profundamente. Viajara de carro para Boston a fim de matar alguns *gremlins* na trama do novo livro, o que era bastante irônico. Passara a viagem elaborando o que diria na mesa-redonda se certas perguntas duras fossem atiradas sobre ele, mas nenhuma o fora — depois que descobriam que ele desconhecia a origem de suas idéias e que às vezes se assustava consigo mesmo, só queriam saber como conseguir um agente.

E agora, na volta, ele só pensava no danado do quadro.

Teria mudado? Em caso positivo, se o braço do jovem louro tivesse se mexido o suficiente para que Kinnell conseguisse ler a tatuagem parcialmente escondida, então poderia escrever uma coluna para uma das revistas de Sally. Bolas, uma série em quatro partes. Mas, por outro lado, se o quadro *não* tivesse mudado, então... o quê? Estaria sofrendo de alucinações? Tendo um colapso nervoso? Isso era besteira. Sua vida estava em ordem e ele se sentia bem. Pelo menos se *sentira,* até que seu fascínio pelo quadro tivesse começado a se misturar com outra coisa, algo mais escuro.

— Ah, foda-se, você viu errado da primeira vez — disse alto ao sair do carro. Bem, era possível. Era possível. Não seria a primeira vez que sua mente lhe estragava as percepções. Aquilo também era parte do que ele fazia. Às vezes sua imaginação ficava um pouco... bem...

— Infestada — disse Kinnell, abrindo a mala do carro. Retirou o quadro da mala e examinou-o. Foi durante os dez segundos em que o olhou sem lembrar de respirar que se sentiu genuinamente assustado com a coisa, assustado como quando se ouve um súbito chocalhar nas moitas, assustado como quando se vê um inseto que pode picá-lo se você o provocar.

Agora, o motorista louro ria dele insanamente — sim, *dele,* Kinnell tinha certeza — com aqueles aguçados dentes de canibal expostos até as gengivas. Seus olhos expressavam ferocidade e riam ao mesmo tempo. E a Ponte Tobin desaparecera, assim como a silhueta do horizonte de Boston. Assim como o pôr-do-sol. Agora era quase noite na pintura, o carro e seu alucinado motorista iluminados por uma única lâmpada de rua emitindo um fulgor amanteigado na estrada e nos cromados do carro. Para Kinnell, era como se o carro (tinha certeza que era um Grand Am) estivesse na orla de uma pequena cidade na Rota 1, e sabia com segurança que conhecia aquela cidade — rodara por ela poucas horas atrás.

— Rosewood — murmurou. — É Rosewood, tenho certeza.

O Vírus da Estrada dirigia-se para o norte, tudo bem, saindo na Rota 1 exatamente como ele, Kinnell. O braço esquerdo do louro ainda se apoiava na porta, mas girara novamente para a posição original de modo que Kinnel não podia mais ver a tatuagem. Mas sabia que estava lá, não é? Sim, sem dúvida nenhuma.

O jovem parecia um fã do Metallica que tivesse fugido de um manicômio judiciário.

— Jesus — sussurrou Kinnell, e a palavra parecia vir de algum outro lugar, não dele. A força subitamente escorreu de seu corpo como água de um balde de fundo esburacado, e ele sentou pesadamente no meio-fio que separava o estacionamento da área de passear com o cachorro. Subitamente entendeu que aquela era a verdade de que toda a sua ficção carecera, era assim que as pessoas reagiam quando se viam diante de algo que não tinha nenhum sentido racional. Era como se você estivesse sangrando até a morte, só que no interior da cabeça.

— Não é de espantar que o sujeito que pintou isso tenha se matado — disse lugubremente, ainda olhando fixamente o quadro, o sorriso feroz, os olhos ao mesmo tempo astuciosos e estúpidos.

Tinha um bilhete preso na camisa dele, dissera Sra. Diment. *"Não consigo suportar o que está acontecendo comigo." Não é horrível, Sr. Kinnel?*

Era horrível, sem sombra de dúvida.

Horrível *mesmo.*

Levantou, agarrando o quadro pela parte de cima, e andou a passos lentos pela área dos cachorros, olhando diretamente para a frente à procura de dejetos caninos. Não olhava para o quadro. Sentia as pernas trêmulas e pouco confiáveis, mas elas pareciam agüentá-lo bem. À frente, perto do cinturão de árvores nos fundos da área de serviço, havia uma coisinha bonita de *short* branco e vermelho que passeava com um *cocker spaniel.* Ela começou a sorrir para Kinnell, mas logo viu alguma coisa em seu rosto que fez o sorriso desaparecer. A moça dirigiu-se rapidamente para a esquerda. O *cocker* não queria ir com tanta pressa, mas ela o puxou, engasgado, atrás de si.

Os insignificantes pinheiros por trás da área de serviço estendiam-se em declive até um pedaço de terra pantanosa que fedia a decomposição vegetal e animal. O tapete de agulhas de pinheiro era uma zona nuclear bombardeada pelo lixo da estrada: embalagens de hambúrgueres, copos de papel de refrigerante, guardanapos, latas de cerveja, garrafas de bebida vazias, pontas de cigarro. Kinnell viu um preservativo usado jogado ali como um caracol morto, junto a uma calcinha rasgada com a palavra TERÇA-FEIRA bordada naquela letra redondinha de menina.

Agora que ele estava ali, arriscou outro olhar para o quadro. Convocou suas forças para novas mudanças — mesmo para a possibilidade de que a pintura estivesse em movimento, como um filme numa tela —, mas não notou nenhuma. Não era obrigatório, percebeu Kinnell, o rosto do jovem louro era suficiente. O sorriso louco de pedra. Os dentes pontiagudos. O rosto dizia *Ei, velho, saca só. Não quero mais saber da porra da civilização. Sou um representante da verdadeira geração X, o próximo milênio está bem aqui atrás do volante desta máquina possante.*

A reação inicial de tia Trudy à pintura tinha sido aconselhar Kinnell a jogá-la no rio Saco. Titia estava certa. O Saco ficara a uns 30 quilômetros para trás, mas...

— Isso vai servir — disse ele. — Acho que vai servir muito bem.

Ergueu o quadro sobre a cabeça, como alguém segurando um troféu esportivo para os fotógrafos depois do jogo, e então atirou-o pelo declive abaixo. O quadro quicou duas vezes, a moldura soltando chispas ao preguiçoso sol do final da tarde, e então bateu contra uma árvore. A face de vidro espatifada. A pintura caiu no chão e deslizou para o declive seco acarpetado de agulhas de pinheiro como para o matadouro. Aterrissou no solo úmido e esponjoso, um canto da moldura sobressaindo de um espesso tufo de caniços. Fora isso, não havia mais nada visível senão os estilhaços de vidro, e Kinnell pensou que combinava muito bem com o resto do lixo.

Virou-se e voltou para o carro, já pegando sua colher de pedreiro mental. Emparedaria esse incidente no próprio nicho especial... e lhe ocorreu ser isso provavelmente o que a maioria das pessoas fazia quando esbarrava com uma coisa dessas. Mentirosos ou gente que queria aparecer escreviam suas fantasias para periódicos como *Sobreviventes* e as chamavam de verdade; os que se deparavam com fenômenos ocultos autênticos ficavam em silêncio e usavam suas colheres de pedreiro. Porque quando rachaduras desse tipo apareciam, era preciso fazer algo a respeito; senão, podiam se alargar e cedo ou tarde tudo desmoronaria.

Kinnell levantou os olhos e viu que a coisinha bonita o observava apreensivamente do que considerava uma distância segura. Quando ela o viu olhando também, virou-se e caminhou para o edifício do restaurante, mais uma vez arrastando o *cocker spaniel* e tentando impedir que seus próprios quadris oscilassem.

Você acha que estou maluco, não é, menina bonita?, pensou Kinnell. Viu que deixara a tampa do porta-malas aberta como uma boca. Fechou-a com um baque. *Mas não estou maluco. De modo nenhum. Só cometi um pequeno equívoco, só isso. Parei numa liquidação de garagem quando deveria ter seguido em frente. Qualquer um poderia ter feito isso. Você poderia ter feito isso. E aquele quadro...*

— Que quadro? — perguntou Rich Kinnell à noite quente de verão, tentando sorrir. — Não vejo quadro nenhum.

Deslizou para trás do volante e ligou o motor do Audi. Examinando o mostrador de combustível, viu que caíra a menos da metade. Precisaria de gasolina antes de ir para casa, mas pensou em encher o tanque um pouco mais adiante. Naquele momento, só queria colocar um punhado de quilômetros — quanto mais quilômetros, melhor — entre ele e a pintura descartada.

Uma vez fora dos limites da cidade de Derry, a Rua Kansas tornou-se a Estrada Kansas. Quando esta se aproxima dos limites da cidade (uma área que atualmente é campo aberto), ela se torna a Alameda Kansas. Não muito depois, a Alameda Kansas passa entre dois marcos de pedra. O alcatrão dá lugar ao cascalho. O que era uma das ruas mais agitadas do centro de Derry, 13 quilômetros a leste dali, tornou-se um caminho de carros que leva a uma colina rasa, e em enluaradas noites de verão bruxuleia como um poema de Alfred Noyes. No alto da colina fica a bonita e angulosa estrutura de uma granja de madeira com janelas que refletem a luz, um estábulo transformado em garagem e uma antena parabólica voltada para as estrelas. Para Richard Kinnell, era o seu lar. Naquela noite, estacionou na frente dela com uma sensação de fatigada satisfação. Tinha a impressão de que se passara uma semana desde que acordara no hotel em Boston Harbor às nove horas daquele manhã.

Chega de liquidações de garagem, pensou olhando a lua. *Chega de liquidações de garagem para sempre. Amém.*

Começou a andar para a casa. Deveria guardar o carro na garagem antes de entrar, mas que isso fosse para o diabo. O que queria naquele instante era uma bebida, uma refeição leve — algo que pudesse ser aquecido ao microondas — e então dormir. De preferência sem sonhos. Não via a hora de deixar aquele dia para trás.

Enfiou a chave na fechadura, girou e apertou 3817 para silenciar o alarme contra ladrão. Acendendo a luz do vestíbulo, passou pela porta, fechou-a atrás de si e começou a virar. Quando notou o que havia na parede onde até dois dias atrás estivera sua coleção de capas de livro emolduradas, ele gritou. Gritou mentalmente. De sua boca saiu apenas uma áspera exalação de ar. Ouviu um baque e um pequeno tilintar sem tom quando as chaves caíram de sua mão no carpete a seus pés.

O Vírus da Estrada vai para o norte não estava mais no mato acidentado por trás da área de serviço do posto de gasolina.

Estava pendurado no vestíbulo de sua casa.

E o quadro mudara novamente. O carro estava agora estacionado no caminho de carros da liquidação de garagem. As mercadorias ainda se espalhavam por toda parte — objetos de vidro, mobília e miscelâneas de cerâmica (cães de cerâmica fumando cachimbo, bebês de traseiro nu engatinhando, peixes Betta), mas agora cintilavam sob a luz da mesma lua com rosto de caveira navegando no céu da casa de Kinnell. A tevê estava lá também, ainda ligada, lançando sua própria radiância pálida na grama e no que havia à sua frente, próximo a uma cadeira de jardim derrubada. Judy Diment deitava-se de costas e não estava mais inteira. Após um momento, Kinnell viu o resto. Sobre a tábua de passar roupa, os olhos mortos de Judy fulguravam como moedas de 50 *cents* ao luar.

As luzes traseiras do Grand Am eram uma mancha de tinta rosa-avermelhada. Era a primeira vez que Kinnell olhava a parte de trás do carro. Escrito nela em inglês arcaico havia três palavras: O VÍRUS DA ESTRADA.

Faz todo o sentido do mundo, pensou Kinnell num torpor. *Não ele, seu carro. Mas para um sujeito como aquele, provavelmente não há muita diferença.*

— Isso não está acontecendo — sussurrou. Mas estava. Talvez não acontecesse a alguém um pouco menos aberto a tais coisas, mas *estava* acontecendo. E enquanto

Kinnell olhava atentamente a pintura, descobriu-se lembrando o pequeno aviso na mesa de jogo de Judy Diment. TUDO EM DINHEIRO VIVO, dizia (embora ela tivesse aceito o cheque *dele*, apenas acrescentando o número da carteira de motorista como segurança). E o aviso dizia outra coisa também.

TODAS AS VENDAS DEFINITIVAS.

Kinnell passou pelo quadro e entrou na sala. Sentia-se um estranho em seu próprio corpo, e teve a impressão de que parte de sua mente tateava à procura da colher de pedreiro que usara antes. Parecia tê-la perdido.

Ligou a tevê, depois o sintonizador da Toshiba pousado em cima dela. Ele podia sentir o quadro no vestíbulo o tempo todo, empurrando sua cabeça por trás. O quadro que de certo modo o vencera ali.

— Deve conhecer um atalho — disse Kinnell. E riu.

Não conseguira ver muito do louro nessa versão do quadro, mas havia uma mancha por trás do volante que provavelmente era ele. O Vírus da Estrada terminara seu negócio em Rosewood. Era hora de continuar para o norte. Próxima parada...

Kinnell baixou uma pesada porta de aço sobre esse pensamento, cortando-o antes de poder vê-lo todo.

— Afinal de contas, eu poderia estar imaginando tudo isso — disse para a sala vazia. Em vez de confortá-lo, o tom trêmulo e rouco de sua voz assustou-o mais ainda. — Isso poderia ser... — Mas não conseguiu terminar. Tudo que lhe ocorreu foi uma velha canção, embrulhada no estilo pseudo-*bip* de algum clone de Sinatra do início dos anos 50: *Isso pode ser o começo de algo GRANDE...*

A melodia, emitida pelo som estéreo da tevê, não era Sinatra e sim Paul Simon, num arranjo para cordas. Os tipos brancos de computador sobre a tela azul disseram BEM-VINDO ÀS NOTÍCIAS POR TELETIPO DA NOVA INGLATERRA. Abaixo disso havia instruções, mas Kinnell não precisava lê-las: era um viciado em notícias por teletipo e conhecia o manejo de cor. Digitou o número de seu MasterCard, e depois 508.

— Você solicitou o Notícias por Teletipo para (ligeira pausa) as áreas central e norte de Massachusetts — disse a voz de robô. — Muito obrigad...

Kinnell largou novamente o telefone no gancho e ficou olhando para o logotipo do Notícias por Teletipo da Nova Inglaterra, estalando os dedos nervosamente.

— Vamos — disse ele. — Vamos, vamos.

Então a tela bruxuleou e o fundo azul tornou-se verde. As palavras começaram a descer falando de um incêndio em Taunton. Isso foi seguido pelo último escândalo nas corridas de cachorro, e então o boletim meteorológico para aquela noite — clara e suave. Kinnell começava a relaxar, começava a cogitar se realmente vira o que pensara ter visto ao entrar no vestíbulo ou se aquilo fora uma ilusão de óptica induzida pela viagem quando a tevê deu um *bip* esganiçado e as palavras ÚLTIMAS NOTÍCIAS apareceram. Kinnel leu as frases que desciam.

19/AGO/20:40 UMA MULHER DE ROSEWOOD FOI BRUTALMENTE ASSASSINADA AO FAZER UM FAVOR A UMA AMIGA AUSENTE. JUDITH DIMENT FOI SELVAGEMENTE DESMEMBRADA ATÉ A MORTE NO GRAMADO DA CASA DA VIZINHA, ONDE ESTIVERA REALIZANDO UMA LIQUIDAÇÃO DE GARAGEM. NENHUM GRITO FOI OUVIDO, SENDO A SRA. DIMENT ENCONTRADA APENAS ÀS OITO HORAS, QUANDO UM VIZINHO DO OUTRO LADO DA RUA APARECEU PARA SE QUEIXAR DO SOM ALTO DA TELEVISÃO. O VIZINHO, MATTHEW GRAVES, DISSE QUE A SRA. DIMENT FOI DECAPITADA. "SUA CABEÇA ESTAVA NA TÁBUA DE PASSAR ROUPA", DISSE. "FOI A COISA MAIS HORRÍVEL QUE JÁ VI NA VIDA." GRAVES DISSE QUE NÃO OUVIRA NENHUM RUÍDO DE LUTA, SÓ A TEVÊ E, POUCO ANTES DE

ENCONTRAR O CORPO, UM CARRO BARULHENTO, POSSIVELMENTE EQUIPADO COM UM SILENCIADOR, ACELERANDO AO SE AFASTAR DA VIZINHANÇA PELA ROTA 1. ESPECULAÇÃO DE QUE TAL VEÍCULO POSSA PERTENCER AO ASSASSINO...

Mas não era especulação; era um fato concreto.

Respirando forte mas sem ofegar, Kinnell voltou apressadamente ao vestíbulo. Ainda lá, o quadro mudara mais uma vez. Agora exibia dois círculos de um branco ofuscante — os faróis — com o volume escuro do carro agigantando-se por trás deles.

Ele está em movimento agora, pensou Kinnell, e tia Trudy *estava* no alto da lista em sua mente agora — a doce tia Trudy que sempre sabia quem era mau e quem era bom. Tia Trudy que morava em Wells, a não mais de 64 quilômetros de Rosewood.

— Deus, por favor, Deus, faça com que ele vá pela estrada da costa — disse Kinnell, estendendo a mão para o quadro. Era imaginação sua ou os faróis pareciam mais longínquos agora, como se o carro se movesse ante seus olhos... mas furtivamente, como o ponteiro dos minutos movendo-se num relógio de bolso? — Faça com que ele vá pela estrada da costa, por favor.

Arrancou o quadro da parede e correu de volta à sala com ele. A tela de metal da lareira estava no lugar, claro; seria preciso que se passassem pelo menos dois meses antes que um fogo fosse necessário ali. Kinnell afastou-a para um lado e atirou o quadro ali, quebrando o vidro da frente — que ele já quebrara uma vez, no posto de gasolina — contra o cão da lareira. Então cambaleou para a cozinha, cogitando o que faria se isso também não funcionasse.

Tem que funcionar, pensou. *Vai funcionar porque é preciso, e só existe isso.*

Abriu os armários da cozinha e passou a mão por eles, fazendo espirrar a aveia, um recipiente de sal, derramando o vinagre. A garrafa quebrou sobre a bancada e atacou o nariz e os olhos de Kinnell com seu cheiro agudo.

Ali não estava. O que ele queria não estava ali.

Disparou para a copa, olhou atrás da porta — apenas um balde de plástico e uma vassoura — e a seguir na prateleira perto do secador. Lá estava ele, perto dos isqueiros.

Fluido de isqueiro.

Pegou-o e correu de volta, dando uma olhada no telefone da parede da cozinha quando corria. Queria parar, queria ligar para tia Trudy. Ela não questionaria a credibilidade dele; se seu sobrinho predileto ligasse e lhe dissesse para sair da casa, sair da casa *imediatamente*, ela o faria... mas, e se o jovem louro a seguisse? A perseguisse?

Kinnell atravessou a sala correndo e parou na frente da lareira.

— Deus — sussurrou ele. — Deus, não.

A pintura sob o vidro estilhaçado não mostrava mais os faróis. Agora mostrava o Grand Am numa curva fechada da estrada que só podia ser uma rampa de saída. O luar brilhava como cetim líquido no flanco escuro do carro. Ao fundo, via-se uma torre de água, com palavras facilmente legíveis à luz da lua. MANTENHA O MAINE VERDE, TRAGA DINHEIRO.

Kinnell não atingiu a pintura com o primeiro borrifo do fluido; suas mãos tremiam muito e o líquido aromático simplesmente escorreu pela parte intacta do vidro, manchando a parte de trás do carro do Vírus. Respirou profundamente, mirou e espremeu de novo. Dessa vez o fluido de isqueiro saiu num jato pelo buraco denteado feito por um dos cães da lareira e escorreu pela pintura, transformando um pneu Goodyear numa lágrima fuliginosa.

Kinnell pegou um dos fósforos de hotel do jarro no parapeito da lareira, acendeu-o e enfiou-o através do buraco no vidro. A pintura pegou fogo imediatamente, as chamas ondulando para cima e para baixo pelo Grand Am e pela torre de água. O vidro que sobrou na moldura ficou negro, e então quebrou-se num chuveiro de cacos flamejantes. Kinnell esmagou-os sob o tênis, retirando-os antes que pusessem fogo no tapete.

Foi ao telefone e ligou para tia Trudy sem perceber que chorava. No terceiro sinal, a máquina eletrônica da tia atendeu. "Alô", dizia ela, "sei que dizer esse tipo de coisa encoraja os assaltantes, mas fui a Kennebunk para assistir ao novo filme de Harrison Ford. Se você pretende invadir a casa, por favor não leve meus porcos de porcelana. Se quiser deixar um recado, faça-o depois do bipe."

Kinnell esperou e então, mantendo a voz tão controlada quanto possível, disse: "É Richie, tia Trudy. Ligue para mim quando voltar, está bem? Por mais tarde que seja."

Desligou, olhou para a tevê e ligou para o Notícias por Teletipo de novo, dessa vez assinalando o código de área do Maine. Enquanto os computadores na outra extremidade da linha processavam seu pedido, Kinnell voltou e usou um atiçador para bater na coisa enegrecida e torcida na lareira. O fedor era medonho — e comparado a ele, o cheiro do vinagre entornado era um prado de flores —, mas Kinnell descobriu que não ligava a mínima. O quadro se fora completamente, reduzido a cinzas, e isso fez tudo valer a pena.

E se ele voltar?

— Não vai voltar — disse Kinnell, pondo o atiçador no lugar e voltando à tevê. — Tenho certeza que não.

Mas, a cada novo conjunto de notícias que descia pelo vídeo, Kinnel levantava para verificar. O quadro reduzira-se a cinzas na lareira... e não havia nenhuma notícia de mulheres idosas assassinadas na área Wells-Saco-Kennebunk do estado. Kinnell continuou assistindo, quase esperando ver UM GRAND AM EM ALTA VELOCIDADE CHOCOU-SE COM UM CINEMA DE KENNEBUNK ESTA NOITE, MATANDO PELO MENOS DEZ, mas nada disso apareceu.

Às quinze para as onze o telefone tocou. Kinnell pegou-o rapidamente.

— Alô?

— É Trudy, querido. Você está bem?

— Estou ótimo.

— Não parece — disse ela. — Sua voz está tremendo e... estranha. O que é que está havendo? O que é? — E então, deixando-o gelado mas sem surpreendê-lo realmente: — É aquele quadro de que você gostou tanto, não é? Aquele quadro desgraçado!

De certa forma, o fato de ela poder adivinhar tanto o acalmou... e ficou aliviado em saber que ela estava bem, claro.

— Bem, talvez — disse ele. — Tive calafrios de medo por todo o caminho de volta e então queimei o quadro na lareira.

Você sabe que ela vai descobrir sobre Judy Diment, advertiu uma voz dentro dele. *Ela não tem um rastreador de satélite de 20 mil dólares, mas assina o* Union Leader *e isso vai para a primeira página. Ela vai somar dois e dois e saber que são quatro. De burra não tem nada.*

Sim, sem dúvida, era verdade, mas outras explicações poderiam esperar até a manhã seguinte, quando ele poderia estar um pouco menos maluco... quando poderia achar um modo para pensar no Vírus da Estrada sem perder o juízo... e quando começasse a ter certeza de que aquilo de fato terminara.

— Ótimo! — disse ela enfaticamente. — Espalhe as cinzas dele também! — Fez uma pausa e acrescentou em voz baixa. — Você estava preocupado comigo, não é? Porque me mostrou o quadro.

— Um pouco, sim.

— Mas está se sentindo melhor agora?

Ele apoiou as costas e fechou os olhos. Era verdade, sentia-se melhor.

— Ahn-ahn. Que tal o filme?

— Ótimo. Harrison Ford fica maravilhoso de farda. Agora, ele devia tirar aquele caroço do queixo.

— Boa-noite, tia Trudy. A gente se fala amanhã.

— Se fala?

— Sim — disse ele. — Acho que sim.

Kinnell desligou, foi até a lareira de novo e espalhou as cinzas com o atiçador. Podia ver um pedacinho do pára-choque e uma aba denteada da estrada, mas só. Aparentemente, o fogo é que tinha sido necessário o tempo todo. Geralmente não era com ele que se matavam os emissários sobrenaturais do mal? Claro que sim. Ele próprio o usara algumas vezes, sobretudo em *The Departing*, seu romance que se passa na estação de trem mal-assombrada.

— É, realmente — disse ele. — Queime, meu bem, queime.

Pensou em preparar o drinque que se prometera, depois lembrou da garrafa de vinagre derramada (que agora provavelmente estaria empapando a aveia derrubada — que lembrança). Em vez disso, decidiu simplesmente que iria para o andar de cima. Num livro — um livro de Richard Kinnell, por exemplo — o sono estaria fora de questão depois do que acabara de acontecer.

Na vida real, ele pensou que poderia dormir muito bem.

Na verdade, cochilou ao chuveiro, encostando-se na parede com o cabelo cheio de xampu e a água lhe batendo no peito. Estava novamente na liquidação de garagem, e a tevê sobre os cinzeiros de papel transmitia Judy Diment. Sua cabeça voltara ao lugar, mas Kinnell podia ver o trabalho primitivo da costura industrial do legista circulando a garganta de Judy como um colar medonho. "Agora a atualização do Notícias por Teletipo da Nova Inglaterra", disse ela, e Kinnell, que sempre tivera sonhos vívidos, pôde ver de fato os pontos no pescoço de Judy esticarem e relaxarem enquanto ela falava. "Bobby Hastings pegou *todas* as pinturas dele e queimou-as, inclusive a sua, Sr. Kinnell... e ela *é* sua, como tenho certeza que sabe. Todas as vendas são definitivas, o senhor leu o aviso. Ora, devia ficar contente por eu ter aceitado o seu cheque."

Queimou todas as pinturas dele, sim, claro que fez isso, pensou Kinnell em seu sonho aquático. *Bobby Hastings não pudera agüentar o que estava acontecendo com ele, dizia seu bilhete, e, quando se chega a esse ponto da festa, não se pára para ver se se quer salvar uma determinada obra da fogueira. Só que você pôs algo especial dentro de* O Vírus da Estrada vai para o norte*, não pôs, Bobby? E é provável que tenha sido totalmente por acidente. Você era talentoso, posso ver isso de imediato, mas talento não tem nada a ver com o que está acontecendo naquele quadro.*

"Algumas coisas são danadas para sobreviver", dizia Judy Diment na tevê. "Por mais *arduamente* que a gente tente se livrar delas, continuam voltando. Continuam voltando como vírus."

Kinnell esticou a mão e mudou de canal, mas aparentemente não havia nada em todos os canais senão o *The Judy Diment Show.*

"Pode-se dizer que ele abriu um buraco no subsolo do universo", dizia ela agora. "Bobby Hastings, quero dizer. E foi isso que saiu. Simpático, não é?"

Os pés de Kinnell escorregaram. Não o suficiente para fazê-lo cair completamente, mas o suficiente para acordá-lo.

Abriu os olhos e contraiu-se ante a imediata ferroada do sabão (o xampu escorrera pelo seu rosto em espessos riachinhos enquanto ele cochilara), e Kinnell pôs as mãos em concha sob o jorro d'agua para lavá-los. Fez isso uma vez e estendia as mãos para repetir o gesto, quando ouviu alguma coisa. Um som surdo e áspero.

Não seja idiota, disse a si mesmo. *O que você está ouvindo é o chuveiro. O resto é só imaginação. Sua imaginação burra e supertreinada.*

Mas não era.

Kinnell esticou a mão e fechou o registro.

O som surdo continuou, baixo e poderoso. Vinha do lado de fora.

Kinnell saiu do chuveiro e atravessou o quarto no segundo andar, pingando. Ainda tinha suficiente xampu nos cabelos para dar a impressão de que haviam embranquecido enquanto ele dormia — como se o sonho com Judy Diment os tivesse deixado brancos.

Por que fui parar naquela liquidação de garagem?, perguntou-se, mas não teve resposta. Achava que ninguém tinha.

O som surdo cresceu à medida que Kinnell se aproximou da janela que dava para a entrada da garagem, cintilando ao luar de verão como num poema de Alfred Noyes.

Quando afastou a cortina e olhou para fora, viu-se imediatamente pensando na ex-mulher, Sally, a quem ele conhecera na Convenção Mundial de Fantasia de 1978. Sally, a que agora publicava dois boletins em sua casa-*trailer,* um chamado *Sobreviventes* e o outro *Visitantes.* Olhando para a entrada da garagem, esses dois títulos chegaram juntos à mente de Kinnell, como uma imagem dupla num estereóptico.

Ele tinha um visitante que era definitivamente um sobrevivente.

O Grand Am estava parado em frente à casa, o nevoeiro branco de seus dois canos de descarga cromados subindo no ar parado da noite. As letras em inglês arcaico na parte de trás do carro eram perfeitamente legíveis. A porta do lado do motorista estava aberta, mas isso não era tudo; a luz descendo pelos degraus da varanda sugeria que a porta da casa também estava aberta.

Esqueci de trancá-la, pensou Kinnell, enxugando o sabão da testa com a mão agora insensível. *Esqueci de religar o alarme contra ladrão também... não que isso tivesse feito muita diferença para um sujeito como aquele.*

Bem, Kinnell pensou que podia ter feito o sujeito desviar-se de tia Trudy para ele, e isso já era alguma coisa, embora naquele momento esse pensamento não fosse muito reconfortante.

Sobreviventes.

O rumor surdo e macio do grande motor, no mínimo um 442 com carburador, provavelmente, e injeção eletrônica.

Virou-se lentamente nas pernas que tinham perdido qualquer sensação, nu com a cabeça ensaboada, e viu o quadro sobre a cama, exatamente como sabia que veria. Nele, o Grand Am estava parado na sua entrada de garagem com a porta do motorista aberta e duas plumas de fumaça erguendo-se dos canos de descarga cromados. Daquele ângulo podia ver também sua própria porta da frente aberta, e a forma de um homem alto projetando-se no vestíbulo.

Sobreviventes.

Sobreviventes e *visitantes*.

Agora ouvia pés subindo as escadas. Eram passos pesados, e Kinnell soube sem precisar ver que o jovem louro usava botas de motociclista. Pessoas com a tatuagem MORTE ANTES DA DESONRA no braço sempre usavam botas de motociclista, da mesma forma que fumavam Camels sem filtro. Tais coisas eram como uma lei federal.

E a faca. Ele estaria levando uma faca comprida e afiada — mais para machete, na verdade, o tipo de arma que poderia decapitar uma pessoa num único golpe.

E estaria sorrindo, mostrando os dentes de canibal.

Kinnell *conhecia* essas coisas. Afinal de contas, era um cara com imaginação.

Não precisava que ninguém lhe fizesse um desenho.

— Não — suspirou, subitamente consciente de sua nudez, subitamente congelando por toda a pele. — Não, vá embora. — Mas os passos continuavam vindo, claro que sim. Não se pode dizer a um sujeito como aquele para ir embora. Não funcionava; não se esperava que a história terminasse assim.

Kinnell podia ouvir os passos se aproximando do alto da escada. Lá fora, o Grand Am continuava emitindo um rumor surdo ao luar.

Os pés desciam o corredor agora, saltos gastos de botas raspando a encerada madeira de lei.

Uma terrível paralisia tomara conta de Kinnell. Sacudiu-a com esforço e deu um salto para a porta do quarto, querendo trancá-la antes que a coisa pudesse chegar ali, mas escorregou numa poça de água ensaboada e caiu de costas no chão de tábuas de carvalho. E o que viu quando a porta foi aberta e as botas de motociclista atravessaram o quarto até onde ele estava, nu e ensaboado, foi o quadro pendurado na parede acima de sua cama, o quadro do Vírus da Estrada parado na frente da sua casa com a porta do motorista aberta.

E viu as costas arredondadas do banco do motorista cheias de sangue. *Acho que eu vou sair*, pensou Kinnell, e fechou os olhos.

Almoço no Café Gotham

Certo dia em Nova York, passei por um restaurante muito simpático. Dentro dele, o maître *conduzia um casal à sua mesa, e esse casal discutia. O* maître *me viu observando e deu-me o que foi provavelmente a piscadela mais cínica do universo. Voltei ao meu hotel e escrevi esta história. Nos três dias em que foi elaborada, fiquei totalmente dominado por ela. Para mim, a causa do seu sucesso não é o* maître *maluco e sim a relação fantasmagória do casal se divorciando. Ao seu próprio modo, eles são mais malucos do que o* maître*. Muito mais.*

—

CERTO DIA, CHEGUEI DA CASA DE corretagem onde eu trabalhava e encontrei uma carta — na verdade, um bilhete — da minha mulher na mesa da sala de jantar. Dizia que estava me deixando, que queria se divorciar, que o advogado dela entraria em contato comigo. Sentei na cadeira à mesa da cozinha lendo e relendo o bilhete, incapaz de acreditar no que lia. Após algum tempo, fui até o quarto e examinei o *closet.* Todas as roupas dela haviam desaparecido, a não ser um par de calças de moletom e uma malha de algodão que alguém lhe dera de brincadeira, com as palavras LOURA E RICA na frente, escritas com lantejoulas.

Voltei à mesa da sala de jantar (que ficava na verdade numa ponta da sala de estar; era um apartamento com apenas quatro aposentos) e li as seis frases de novo. Eram as mesmas, mas ver o *closet* do quarto meio vazio me obrigara a acreditar no que diziam. Era um bilhete gelado: nada de "Com amor", ou "Boa sorte", ou mesmo "Lembranças" no final. O máximo de calor a que chegava era "Cuide-se". Pouco abaixo, ela rabiscara seu nome, Diane.

Entrei na cozinha e enchi um copo com suco de laranja, mas ele escorregou da minha mão. O suco se espalhou pelas partes inferiores dos armários e o copo quebrou. Sabia que me cortaria se tentasse recolher os cacos — minhas mãos tremiam —, mas peguei-os mesmo assim e me cortei em dois lugares, nada profundo. Continuava pensando naquilo como uma brincadeira e então percebi a seriedade da coisa. Diane não era do tipo que brincava. O fato é que eu não vira a situação se formar, não tive uma pista sequer. Não sabia se isso queria dizer que eu era burro ou insensível. Enquanto os dias passavam e fui pensando nos últimos seis ou oito meses do meu casamento de dois anos, percebi que tinha sido as duas coisas.

Naquela noite, liguei para a família de Diane em Pound Ridge e perguntei se ela estava. "Está, e não quer falar com você", disse sua mãe. "Não torne a ligar." O telefone emudeceu no meu ouvido.

Dois dias depois, no trabalho, recebi um telefonema de William Humboldt, o advogado de Diane. Depois de se certificar que falava realmente com Steven Davis, ele começou a me tratar por Steve. É um pouco difícil de acreditar, mas foi de fato o que aconteceu. Advogados são muito bizarros.

Humboldt avisou-me que eu receberia "documentos preliminares" no início da semana seguinte, e sugeriu que eu preparasse "um esboço geral preliminar das contas para dissolver a corporação doméstica vigente". Aconselhou-me também a não fazer quaisquer "movimentos fiduciários repentinos", sugerindo que eu guardasse todos os recibos de itens comprados, mesmo os sem importância, durante essa "passagem financeiramente difícil". Por último, sugeriu que eu contratasse um advogado.

— Quer escutar um minuto? — perguntei. Estava sentado à minha mesa com a cabeça baixa e a mão esquerda apoiada na testa, os olhos fechados para não ver a brilhante órbita cinza do computador. Eu andava chorando à beça e meus olhos pareciam arenosos.

— Claro — disse ele. — Com prazer, Steve.

— Tenho duas coisas a falar. Primeiro, o senhor quer dizer "preparativos para dissolver seu casamento" e não "preliminar para dissolver a corporação doméstica vigente"... e se Diane pensa que vou tentar trapaceá-la e tirar o que é dela, está enganada.

— Sim — disse Humboldt, não indicando acordo, mas que entendia o meu ponto de vista.

— Segundo, o senhor é o advogado *dela*, não meu. E noto que está me chamando pelo meu primeiro nome de modo paternalista e insensível. Faça isso de novo e vou desligar na sua cara. Faça isso na minha frente e é bem provável que eu lhe dê um murro.

— Steve... Sr. Davis... Não pensei...

Desliguei na cara dele. Foi a primeira coisa que me deu algum prazer desde que encontrara o bilhete na sala de jantar, com as três chaves do apartamento segurando o papel.

Naquela tarde, liguei para um amigo meu, advogado, e ele me recomendou um amigo que fazia divórcios. O advogado de divórcios era John Ring e marquei uma consulta com ele para o dia seguinte. Saí do escritório o mais tarde que pude, cheguei em casa e fiquei andando de um lado para o outro durante algum tempo. Então resolvi ir ao cinema, mas não consegui encontrar nada que quisesse ver; tentei a televisão, também não achei nada e andei um pouco mais por ali. Em determinado momento, vi que estava no quarto, em frente à janela aberta e 14 andares acima da rua, jogando fora todos os meus cigarros, até o velho maço mofado de Viceroys no fundo da gaveta de cima da mesa, um maço que provavelmente estava lá há dez anos ou mais — em suma, um tempo em que eu não tinha idéia da existência de uma criatura chamada Diane Coslaw no mundo.

Embora eu fumasse entre 20 e 40 cigarros por dia há 20 anos, não lembro de qualquer decisão repentina de largar o fumo, nem de nenhuma opinião interior dissidente — nem mesmo uma sugestão mental de que aquele momento, dois dias depois de ter sido abandonado, não era o ideal para deixar de fumar. Simplesmente varejei pela janela um pacote cheio, um pacote pela metade e os dois ou três maços pela metade que encontrei por ali, jogando tudo na escuridão da noite. Então fechei a janela (nunca me ocorreu que poderia ter sido mais eficiente jogar o usuário em vez do produto: *isso* nunca estivera em questão), deitei na cama e fechei os olhos. Ao adormecer, pensei que o dia seguinte seria o pior da minha vida. Ocorreu-me também que provavelmente eu estaria fumando de novo lá pelo meio-dia. Estava certo quanto ao primeiro palpite e errado quanto ao segundo.

Os dez dias seguintes — quando passava pelo pior período da abstenção física da nicotina — foram difíceis e em geral desagradáveis, mas talvez não tão ruins como pensava que seriam. E embora eu vivesse prestes a fumar dúzias — não, centenas — de vezes, não fumei. Em certos momentos, achei que ficaria louco se não fumasse um cigarro e, quando passava por fumantes na rua, eu tinha vontade de gritar para eles *Me dá isso aqui, filho-da-puta, isso é meu!,* mas não o fiz.

Para mim, os piores momentos eram tarde da noite. Acho (mas não tenho certeza, todos os processos de pensamento da época em que Diane foi embora estão muito toldados na minha mente) que eu tinha a impressão de que dormiria melhor deixando de fumar, mas não era verdade. Em certas madrugadas, ficava acordado até as três, as mãos cruzadas sob o travesseiro, olhando para o teto, escutando as sirenes e o ruído surdo dos caminhões rumando para o centro. Nesses momentos, eu pensava no mercadinho coreano aberto 24 horas do outro lado da rua, quase em frente ao meu edifício. Pensava em suas lâmpadas fluorescentes, tão brilhantes que eram quase como uma experiência de morte e ressurreição, e como a luz se derramava pela calçada entre as armações que dali a uma hora os jovens coreanos com chapéus de papel branco começariam a encher de frutas. Pensava no homem idoso atrás do balcão, também coreano, também com um chapéu de papel, e na formidável prateleira de cigarros por trás dele, tão grande quanto as tábuas de pedra trazidas por Charlton Heston do monte Sinai em *Os dez mandamentos.* Pensava em me vestir, ir até lá e comprar um maço de cigarros (ou talvez nove ou dez), sentar perto da janela e fumar um Marlboro atrás do outro enquanto o céu clareava no leste e o sol surgia. Nunca o fiz, mas em muitas manhãs bem cedo ia dormir contando marcas de cigarro em vez de ovelhas: Winston... Winston 100s... Virginia Slims... Doral... Merit... Merit 100s... Camel... Camel Filters... Camel Lights.

Posteriormente — quando comecei a enxergar os últimos três ou quatro meses de meu casamento sob uma luz mais clara —, passei a entender que minha decisão de deixar de fumar naquela época talvez não fosse tão irrefletida quanto parecia, e estava longe de ser mal escolhida. Não sou um homem brilhante nem corajoso, mas aquela decisão pode ter sido as duas coisas. Certamente é possível; às vezes nos elevamos acima de nós mesmos. Seja como for, a decisão me deu algo concreto sobre o que acampar nos dias que se seguiram à partida de Diane; deu à minha infelicidade um vocabulário que de outro modo ela não teria.

Sem dúvida tenho cogitado que deixar de fumar desempenhou um papel no que aconteceu no Café Gotham naquele dia, e tenho certeza de que há alguma verdade nisso. Mas quem pode prever tais coisas? Ninguém pode conhecer o resultado final de suas ações, e poucos chegam a tentar fazê-lo; a maioria de nós faz o que faz para prolongar o prazer de um momento ou parar a dor. E mesmo quando agimos pelos motivos mais nobres, do último elo da corrente freqüentemente pinga o sangue de alguém.

Humboldt ligou-me de novo duas semanas depois da noite em que eu bombardeara a Rua Oitenta e Três com meus cigarros, e dessa vez ele me chamou apenas de Sr. Davis. Agradeceu-me pelas cópias dos vários documentos que eu lhe tinha enviado através do Sr. Ring e disse que chegara a hora de "nós quatro" nos reunirmos num almoço. *Nós quatro* significava Diane. Eu não a via desde o dia em que se fora, e mesmo naquela manhã eu não a vira de fato; ela estava dormindo, o rosto enterrado no travesseiro. Nem chegara a falar com ela. Meu coração acelerou-se e senti o latejar do pulso segurando o telefone.

— Há uma série de detalhes que precisam ser resolvidos, e inúmeros arranjos a serem discutidos. Chegou a hora de pôr esse processo em andamento — disse Humboldt. Deu uma risadinha gorda no meu ouvido, como um repulsivo adulto dando guloseimas a uma criança. — É sempre melhor deixar passar algum tempo antes de reunir os constituintes, um período de esfriamento, mas na minha opinião uma reunião face a face neste momento facilitaria...

— Deixe ver se eu entendi. O senhor está sugerindo...

— Um almoço — disse ele. — Depois de amanhã? Pode arranjar horário na sua agenda? — *Claro que pode*, dizia sua voz. *Só para vê-la de novo... sentir o mais leve toque da sua mão. Hein, Steve?*

— Não tenho nada marcado para o almoço de terça, de qualquer modo, portanto não há problema. Devo levar o meu advogado?

O riso gordo apareceu de novo, vibrando no meu ouvido como se tivesse acabado de sair de um molde de gelatina.

— Sim, imagino que o Sr. Ring gostaria de ser incluído.

— Tem em mente algum lugar determinado? — Por um momento, pensei em quem pagaria aquele almoço, e sorri ante a minha ingenuidade. Tateei o bolso em busca de um cigarro e em vez disso enfiei a parte sob a unha do polegar num palito. Recuei, retirei o palito do bolso e examinei a ponta em busca de sangue, mas não vi nenhum e coloquei o palito na boca.

Humboldt tinha dito algo que eu perdera. A visão do palito havia me lembrado novamente que eu flutuava sem fumaça nas ondas do mundo.

— Como?

— Perguntei se o senhor conhece o Café Gotham, na Rua Cinqüenta e Três — disse ele, agora parecendo um tanto impaciente. — Entre Madison e Park.

— Não, mas posso encontrá-lo.

— Ao meio-dia?

— Meio-dia está bem — disse eu, e pensei em lhe dizer que sugerisse a Diane que usasse o vestido verde com as manchinhas pretas e fenda lateral. — Vou checar isso com o meu advogado. — Eu não via a hora de deixar de usar aquela frasezinha odienta e pomposa.

— Faça isso e me ligue se houver algum problema.

Liguei para John Ring, que emitiu ohs e ahs suficientes para justificar seus honorários (não ultrajantes, mas consideráveis) e disse que uma reunião iria bem "naquele momento".

Desliguei, instalei-me novamente diante do computador e cogitei como é que poderia encontrar-me com Diane de novo sem ao menos um cigarro de antemão.

Na manhã do dia marcado para o almoço, John Ring ligou dizendo que não poderia ir e que eu teria que cancelar.

— É a minha mãe — disse ele, parecendo mortificado. — Ela caiu do diabo da escada e quebrou o quadril. Lá em Babylon. Estou indo agora para a estação tomar o trem. — Falava no tom de quem vai atravessar o deserto de Gobi em cina de um camelo.

Pensei por um segundo manipulando um novo palito, com dois outros já esfrangalhados junto ao computador. Precisava ter cuidado com isso; podia imaginar facilmente meu estômago cheio de farpinhas aguçadas. Notei que a substituição de um mau hábito por outro parece quase inevitável.

— Steven? Você está aí?

— Estou. Lamento por sua mãe, mas vou manter o almoço.

Ele suspirou e, quando falou, parecia tão solidário quanto mortificado.

— Entendo que queira vê-la, e é por isso que você tem que ter muito cuidado, e não cometer erro nenhum. Você não é Donald Trump e ela não é Ivana, mas isso aqui também não é nada automático que chega pelo correio registrado. Você tem se saído muito bem, Steven, especialmente nos últimos cinco anos.

— Eu sei, mas...

— E por trêêês desses anos — Ring usava agora sua voz de tribunal como um casaco — Diane Davis não era sua esposa nem companheira de domicílio nem, por mais que se estique a imaginação, sua colaboradora no casamento. Ela era apenas Diane Coslaw, de Pound Ridge, e não surgia diante de você jogando pétalas de rosas ou tocando uma trombeta.

— Não, mas eu quero vê-la. — E o que eu estava pensando o teria deixado zangado: queria ver se ela ia usar o vestido verde com as manchinhas pretas, porque ela sabia muito bem que era o meu predileto.

Ele suspirou de novo.

— Não posso discutir isso ou vou perder o trem. Só tem outro às dez horas.

— Vá pegar o seu trem.

— Eu vou, mas primeiro vou fazer um esforço para você entender. Uma reunião dessas é como uma justa medieval. Os advogados são os cavaleiros; os clientes estão reduzidos, por enquanto, a escudeiros com a lança de *Sir* Advogado numa das mãos e as rédeas do cavalo na outra. — Seu tom sugeria que aquela era uma velha imagem, e bastante apreciada. — E você está me dizendo que, já que eu não posso estar lá, vai pular no meu pangaré e galopar até o outro sujeito, sem lança, armadura, escudo e provavelmente nem sequer um suporte atlético.

— Quero ver Diane — disse eu. — Quero ver como está, qual é a sua aparência. Ora, sem você lá, talvez Humboldt nem queira falar.

— Ah, não seria simpático? — deu um risinho cínico. — Não vou conseguir convencer você, vou?

— Não.

— Tudo bem, então quero que você siga algumas instruções. Se eu descobrir que não as seguiu e que você está atrapalhando os trabalhos, posso achar que é melhor eu desistir do caso. Está escutando?

— Estou.

— Ótimo. Não grite com ela, Steven. Esta é a instrução número um. Está escutando bem *isso*?

— Estou. — Eu não ia gritar com ela. Se podia deixar de fumar dois dias depois de ela ter me deixado, e me mantive firme na decisão, eu achava que podia passar 100 minutos e três pratos sem chamá-la de vaca.

— Não grite com ele, esta é a número dois.

— Ok.

— Não diga só Ok. Sei que não gosta dele e ele também não gosta muito de você.

— Ele nunca me viu. Como pode ter uma opinião a meu respeito, boa ou má?

— Deixa de ser burro — disse ele. — O sujeito está sendo *pago* para ter uma opinião, é por isso. Portanto, diga Ok como se concordasse mesmo.

— Ok como se eu concordasse mesmo.

— Assim é melhor. — Mas *ele* não disse aquilo como se achasse isso de fato, e sim como quem está consultando o relógio.

— Não entre em questões importantes — disse ele. — Não discuta arranjos financeiros, nem na base de "O que você acha se eu sugerisse isso". Se ele ficar irritado e perguntar por que você manteve o almoço se não ia falar de detalhes práticos, diga o que me disse, que queria ver sua mulher de novo.

— Ok.

— E se forem embora nesse momento, você consegue agüentar?

— Consigo. — Não sabia se conseguiria ou não, mas achei que sim, e sabia que Ring queria pegar o trem.

— Como advogado... *seu* advogado... estou lhe dizendo que esse lance é idiota, e que, se isso repercutir no tribunal, vou pedir um recesso só para arrastar você para fora e lhe dizer no corredor o que já lhe disse. Entendeu?

— Sim. Dê lembranças à sua mãe.

— Talvez esta noite — disse Ring, e agora parecia rolar os olhos para o céu. — Não vou poder dar uma palavra com ela até de noite. Tenho que correr, Steven.

— Ok.

— Espero que ela lhe dê um bolo.

— Sei que espera.

Ele desligou e foi ver a mãe em Babylon. Quando o vi alguns dias depois, havia entre nós algo insuportável demais para ser comentado, embora eu ache que teríamos conversado sobre aquilo se nos conhecêssemos melhor. Li isso em sua expressão da mesma forma que ele o leu na minha — a consciência de que se sua mãe não tivesse caído e quebrado o quadril, Ring poderia estar tão morto quanto William Humboldt.

Fui a pé do meu edifício ao Café Gotham, saindo às 11h15 e chegando ao restaurante às 11h45. Cheguei cedo para minha própria paz de espírito — para certificar-me de que o lugar estava lá onde Humboldt dissera, em outras palavras. É assim que sou e sempre fui.

Logo que nos casamos, Diane chamava isso de "meu traço obsessivo", mas acho que no final ela possuía uma noção melhor a respeito. Não confio facilmente na competência dos outros, só isso. Compreendo que é uma característica chatíssima, e sei que isso deixava Diane maluca, mas ela nunca pareceu perceber que eu também não gostava dessa característica. Mas algumas coisas levam mais tempo para mudar que outras. E algumas você não consegue mudar nunca, por mais que tente.

O restaurante estava exatamente no lugar que Humboldt disse que estaria, assinalado por um toldo verde com as palavras CAFÉ GOTHAM. Uma silhueta branca de edifícios da cidade percorria as vidraças de suas janelas. Parecia ser a última moda de Nova York. Também não parecia nada surpreendente, apenas um dos cerca de 800 restaurantes caros que se apinhavam na *midtown*.

Com o local do encontro localizado e a mente temporariamente em descanso (pelo menos sobre isso; eu estava tenso como o diabo por ver Diane de novo, e desejando loucamente um cigarro), subi a Madison e entrei numa loja de malas por 15 minutos. Ficar apenas espiando as vitrines não era bom; se Diane e Humboldt passassem por ali, poderiam me ver. Diane certamente me reconheceria pelos ombros e pela gola do sobretudo, mesmo por trás, e eu não queria que soubessem que eu chegara cedo. Achei que poderia parecer carente. Então entrei.

Comprei um guarda-chuva de que não precisava e saí da loja ao meio-dia em ponto no meu relógio, sabendo que poderia passar pela porta do Café Gotham às 12h05. O lema do meu pai era: Se você precisa estar lá, apareça cinco minutos antes. Se eles precisam que *você* esteja lá, apareça cinco minutos depois. Eu chegara a um ponto em que não sabia quem precisava do quê ou por quê, ou por quanto tempo, mas o lema do meu pai parecia o caminho mais seguro. Se o encontro fosse apenas com Diane, acho que teria chegado pontualmente.

Não, isso provavelmente é uma mentira. Acho que se o encontro fosse só com Diane, eu teria entrado no restaurante às 11h45, quando chegara de fato, e esperaria por ela.

Fiquei sob o toldo por um momento, olhando para dentro. O lugar era iluminado e anotei isso a seu favor. Meu desagrado por restaurantes escuros onde não se pode ver o que se está comendo ou bebendo é imenso. As paredes do lugar eram brancas e exibiam vibrantes desenhos impressionistas. Não se podia dizer o que eram, mas isso não tinha importância; com suas cores primárias e pinceladas largas e exuberantes, os desenhos nos atingiam os olhos como cafeína visual. Procurei Diane e vi uma mulher que podia ser ela, sentada a meio caminho da sala comprida, junto à parede. Mas eu não tinha certeza, pois ela estava de costas e eu não tenho o dom de reconhecer as pessoas sob circunstâncias difíceis. Mas o homem careca e corpulento com quem estava sentada certamente parecia um Humboldt. Respirei profundamente, abri a porta do restaurante e entrei.

Há duas fases de abstenção de fumo e estou convencido de que a segunda é que causa a maioria das recidivas. A abstenção física dura de dez dias a duas semanas; a partir daí, a maioria dos sintomas como suores, dores de cabeça, contrações nos músculos, latejamento nos olhos, insônia, irritabilidade desaparecem. O que se segue é um período de abstenção muito mais longo. Tais sintomas podem incluir depressão suave a moderada, luto, alguns graus de *ahedonia* (em outras palavras, linha zero emocional), esquecimento e até mesmo uma espécie de dislexia transitória. Li sobre esse negócio todo. Depois do que aconteceu no Café Gotham, achei muito importante que eu me mantivesse informado.

Você diria que o meu interesse no assunto situava-se entre a Terra dos Hobbies e o Reino da Obsessão, acho eu.

O sintoma mais comum da fase dois da abstenção é uma sensação de suave irrealidade. A nicotina melhora a transferência sináptica e a concentração — amplia a estrada de informação do cérebro, em suma. Não é um grande empurrão, e também não é necessária para se pensar com sucesso (embora a maioria dos fumantes viciados pense o contrário), mas, quando você abandona o cigarro, é deixado com a sensação — uma sensação *difusa*, no meu caso — de que o mundo adquiriu uma textura decididamente etérea. Por muitas vezes, parecia-me que as pessoas, carros e os sinais na calçada estavam, na verdade, passando por mim numa tela que se movia, uma coisa controlada por ocultos trabalhadores braçais de teatro acionando enormes manivelas e fazendo girar enormes carretéis. Era também como estar suavemente drogado o tempo todo, porque a sensação era acompanhada pela impressão de desamparo e exaustão moral, uma sensação de que as coisas tinham simplesmente que tomar o rumo que estavam tomando, por bem ou por mal, porque você (era de mim que eu estava falando, claro) estava tão ocupado em *não fumar* que não podia fazer mais coisa nenhuma.

Não sei ao certo até que ponto tudo isso está relacionado ao que aconteceu, mas sei que existe *alguma* relação, pois tive certeza de que algo estava errado com o *maître* praticamente assim que o vi, e logo que ele falou comigo.

Ele era alto, talvez tivesse uns 45 anos, esbelto (pelo menos com seu *smoking*; com roupas comuns, provavelmente teria parecido magricela), de bigode. Tinha na mão um cardápio revestido de couro. Em suma, parecia com milhões de *maîtres* em milhões de restaurantes chiques de Nova York. A não ser pela gravata-borboleta, que estava torta, e por sua camisa que tinha um borrão pouco acima do lugar onde o paletó era abotoado. Parecia molho ou uma bolha de gelatina escura. Além disso, várias mechas do seu cabelo espetavam-se desafiadoramente atrás, fazendo-me lembrar do Alfafa nos filmes antigos dos *Batutinhas*. Isso quase me fez rir — eu estava muito nervoso — e tive que morder os lábios para não fazê-lo.

— Pois não, senhor — disse ele quando me aproximei da recepção. Todos os *maîtres* de Nova York têm sotaque, mas nunca algum que se possa identificar completamente. Uma moça que namorei em meados dos anos 80, dotada de senso de humor (juntamente — e infelizmente — com o hábito bem cultivado de consumir droga), me disse certa vez que todos eles eram criados numa ilhazinha, daí todos falarem a mesma língua.

— Que língua? — perguntei.

— Esnobês — disse ela e riu.

Esse pensamento me ocorreu quando olhei por cima da recepção para a mulher que eu vira de fora — tinha quase certeza de que era Diane — e tive que morder os lábios novamente. Em conseqüência disso, o nome de Humboldt surgiu parecendo um espirro meio sufocado.

A testa alta e pálida do *maître* se contraiu e seus olhos mergulharam nos meus. Eu tinha achado que eram castanhos quando me aproximei da recepção, mas agora pareciam pretos.

— Perdão, senhor? — perguntou. Soou como *pahdan, senhah*, e parecia na verdade dizer *Foda-se, Jack*. Seus dedos compridos, pálidos como a testa, como dedos de concertista, tamborilaram nervosamente na capa do cardápio. A borla pendurada que saía dela parecia um marcador de livro meio idiota indo para a frente e para trás.

— Humboldt — disse eu. — Mesa para três. — Descobri que não conseguia tirar os olhos da sua gravata-borboleta, tão torta que o lado esquerdo quase lhe roçava o queixo, e daquela mancha na camisa a rigor, branca como a neve. Agora que eu estava mais perto, não parecia molho ou gelatina; parecia sangue parcialmente seco.

Ele consultava o livro de reservas, o tufo rebelde na parte de trás de seu cabelo ondulando de um lado para outro acima do resto do cabelo penteado todo para trás. Seu couro cabeludo era visível através das marcas dos dentes do pente, e uma poeira de caspa polvilhava-lhe os ombros do *smoking*. Ocorreu-me que um bom chefe de garçons poderia ter despedido um subordinado arrumado de modo tão desmazelado.

— Ah, sim, *monsieur*. — Ele encontrara o nome. — Sua mesa é... — Começou a erguer os olhos e parou abruptamente. Sua expressão se tornou ainda mais aguda, se isso era possível, enquanto ele olhava para o chão atrás de mim. — O senhor não pode trazer o cachorro aqui para dentro — disse bruscamente. — Quantas vezes já lhe disse que não pode trazer esse *cachorro* aqui para dentro!

Não gritava exatamente, mas falava tão alto, que vários comensais próximos a seu púlpito-recepção pararam de comer e olharam em torno, curiosos.

Olhei em torno também. Ele fora tão enfático, que eu esperava ver um cachorro atrás de mim, mas não havia nenhum. Certamente não havia nenhum cachorro por ali. Ocorreu-me então, não sei por quê, que ele estava falando do meu guarda-chuva, que talvez, na ilha dos *maîtres*, *cachorro* fosse um termo de gíria para guarda-chuva, especialmente quando carregado por um cliente num dia em que aparentemente a chuva fosse improvável.

Olhei novamente para o *maître* e vi que ele já começara a se afastar da mesa, levando o cardápio. Ele deve ter sentido que eu não o seguia, pois olhou para trás por cima do ombro, as sobrancelhas ligeiramente erguidas. No seu rosto, agora só havia uma polida interrogação — *Não vem,* monsieur? — e eu fui. Sabia que havia algo de errado com ele, mas fui. Não podia desperdiçar tempo ou esforço para descobrir o que havia com o *maître* de um restaurante onde eu jamais havia estado e aonde provavelmente jamais iria de novo; já tinha que lidar com Humboldt e Diane e encarar o fato de não fumar; o *maître* do Café Gotham teria que cuidar de seus próprios problemas, inclusive do cachorro.

Diane olhou em volta e no início só vi em seu rosto e seus olhos uma gelada polidez. Então, por baixo disso, vi (ou pensei ter visto) raiva também. Tivemos inúmeras discussões em nossos últimos três ou quatro meses juntos, mas eu não conseguia lembrar de ter visto algum dia esse tipo de raiva oculta que sentia nela agora, raiva que tentava esconder sob a maquiagem e o vestido novo (azul, sem manchinhas nem fenda lateral) e um novo penteado. O homem corpulento com ela disse algo, Diane estendeu a mão e tocou-lhe o braço. Quando ele se virou para mim, começando a levantar, vi outra coisa no rosto dela: medo. Além de raiva, Diane estava com medo de mim. E embora ela não tivesse dito uma só palavra, eu já estava furioso com ela. Tudo em sua expressão era negativo; se ela usasse um cartaz na testa dizendo FECHADO ATÉ AVISO POSTERIOR, o efeito seria o mesmo. Achei que eu merecia coisa melhor.

— *Monsieur* — disse o *maître*, puxando a cadeira à esquerda de Diane. Eu quase não o ouvi, e certamente qualquer pensamento sobre seu comportamento excêntrico e a gravata torta deixara minha cabeça. Acho que até mesmo a lembrança do cigarro sumira pela primeira vez desde que eu deixara de fumar. Só conseguia pensar na cuidadosa compostura do rosto de Diane, e me espantar que mesmo com a raiva que sentia em seu rosto eu ainda a quisesse tanto que sentia dor ao olhá-la. A ausência pode fazer com que se goste mais ou não, mas certamente alivia o olho.

Também achei tempo para cogitar se vira de fato o que pensara ter visto. Raiva? Sim, era possível e mesmo provável. Em primeiro lugar, se ela não estivesse com raiva de mim, pelo menos até certo ponto, não teria ido embora. Mas medo? Por que, pelo amor de Deus, Diane teria medo de mim? Nunca encostei um dedo nela. Bem, acho que levantei a voz durante algumas discussões, mas ela fizera o mesmo.

— Bom apetite, *monsieur* — disse o *maître*, de algum outro universo, aquele em que o pessoal de serviço geralmente fica, somente pondo a cabeça para fora quando nós os chamamos, porque precisamos de algo ou queremos reclamar.

— Sr. Davis, eu sou Bill Humboldt — disse o homem que acompanhava Diane. Estendeu a mão grande que parecia avermelhada e áspera. Apertei-a brevemente. O resto dele era tão grande quanto sua mão, e seu rosto largo exibia o tipo de congestionamento que os bebedores habituais geralmente têm depois da primeira bebida do dia. Devia ter quarenta e tais, ainda a uns dez anos de distância da época em que suas faces pendentes se transformariam em papadas.

— Prazer — disse eu, sem pensar mais no que estava dizendo do que no *maître* com a mancha na camisa, só querendo que os cumprimentos terminassem para eu me voltar para a bonita loura de pele rosa-e-creme, os lábios rosa-pálido e a figura cuidada e esbelta. A mulher que gostava de sussurrar, não havia muito tempo, "Vem vem vem" na minha orelha, enquanto segurava-se no meu traseiro como numa sela.

— Onde está o Sr. Ring? — perguntou Humboldt, olhando em torno (um pouco teatralmente, pensei).

— O Sr. Ring está a caminho de Long Island. A mãe dele caiu e quebrou o quadril.

— Ah, que maravilha — disse Humboldt. Pegou o martíni meio terminado à sua frente e esvaziou-o até que a azeitona com o palito descansasse contra seus lábios. Cuspiu-a de volta, depois abaixou o copo e olhou para mim. — E aposto que posso adivinhar o que ele lhe disse.

Ouvi suas palavras, mas não prestei atenção. Por enquanto, Humboldt não era mais importante que um pouco de estática num programa de rádio que você quer muito escutar. Em vez disso, olhei para Diane. Era realmente fantástico que ela estivesse mais elegante e bonita do que antes. Como se tivesse aprendido coisas — sim, mesmo só duas semanas depois da separação e morando com Ernie e Dee Dee Coslaw em Pound Ridge — que eu jamais poderia saber.

— Como vai, Steve? — perguntou ela.

— Bem. Não tão bem, na verdade. Tenho sentido sua falta.

Apenas um vigilante silêncio por parte de *madame* saudou essa frase. Apenas seus grandes olhos azuis pousados em mim. Certamente nenhuma frase de resposta, nada de *Também senti sua falta.*

— E deixei de fumar. Isso também arrasou com a minha paz de espírito.

— Conseguiu finalmente? Que bom para você.

Senti outro lampejo de raiva, dessa vez um lampejo realmente forte, com o tom polidamente distante de Diane. Como se eu pudesse não estar lhe dizendo a verdade, mas pouco importava se eu não estivesse. Ela havia discutido comigo sobre cigarro todos os dias por dois anos — como iam me dar câncer, como iam dar câncer *nela*, como nem pensaria em ficar grávida até que eu parasse, portanto eu podia poupar o fôlego que pretendesse gastar *naquele* assunto — e agora de repente isso não importava, já que eu não tinha mais importância.

— Temos negócios a resolver — disse Humboldt. — Isto é, se você não se incomodar.

Uma dessas grandes pastas quadradas de advogado estava no chão, perto dele. Humboldt pegou-a com um grunhido, depositou-a na cadeira onde meu advogado estaria sentado se a mãe não tivesse quebrado o quadril, e começou a abri-la, mas deixei de prestar atenção a isso naquele momento. O fato é que eu me *importava* com Diane. Também não era uma questão de cautela, e sim uma questão de prioridades. Senti uma gratidão instantânea por Ring ter sido chamado para longe. Isso certamente tornava as coisas mais simples.

Olhei para Diane e disse:

— Quero tentar de novo. Podemos nos reconciliar? Há alguma chance disso?

A expressão de absoluto horror no rosto dela esmagou até as esperanças que eu nem sabia que tinha. Em vez de responder, ela olhou para Humboldt.

— Você disse que não íamos falar sobre isso! — Sua voz era trêmula e acusatória. — Você disse que essa questão nem ia surgir!

Humboldt pareceu um pouco agitado. Sacudiu os ombros e deu uma olhadela breve a seu copo vazio de martíni, antes de voltar a olhar Diane. Acho que lamentou não ter pedido um duplo.

— Eu não sabia que o Sr. Davis ia participar desta reunião sem o advogado. O senhor deveria ter me ligado, Sr. Davis. Já que não fez isso, sinto ser necessário informá-lo que Diane não concordou com esta reunião com qualquer intuito de reconciliação. Sua decisão de querer o divórcio é definitiva.

Ele a olhou brevemente buscando uma confirmação e a obteve. Ela sacudiu a cabeça, concordando enfaticamente. Seu rosto consideravelmente mais vivo do que quando sentei não mostrava o congestionamento que associo com o embaraço.

— Não há dúvida que é — disse ela e vi novamente seu olhar furioso.

— Por quê, Diane? — Detestei o tom de queixume de minha voz, quase como o balido de uma ovelha, mas não havia porra nenhuma que eu pudesse fazer a respeito. — *Por quê?*

— Ah, meu Deus. Está dizendo mesmo que não sabe?

— Estou...

Seu rosto mostrava-se mais colorido do que nunca, o fluxo agora subindo até as têmporas.

— Não, você provavelmente não sabe. Não é típico? — Pegou o copo d'água e derramou dois centímetros do líquido na toalha da mesa por causa do tremor de sua mão. Eu tive uma lembrança imediata, quero dizer vapt vupt, do dia em que Diane fora embora, e de como eu deixara cair o copo de suco de laranja no chão e como advertira a mim mesmo que não recolhesse os cacos até minhas mãos terem parado de tremer, e como pegara os cacos mesmo assim e me cortara.

— Parem, isso é contraproducente — disse Humboldt. Parecia um monitor de *playground* tentando impedir uma escaramuça antes que começasse, mas seus olhos varriam os fundos da sala, procurando nosso garçom ou qualquer garçom que pudessem atrair. Naquele determinado momento, ele estava muito menos interessado em nós do que em conseguir o que os britânicos gostam de chamar de "a outra metade".

— Eu só quero saber — comecei.

— O que o senhor quer *saber* não tem nada a ver com o motivo de estarmos aqui — disse Humboldt, e por um momento pareceu tão brusco e alerta quanto provavelmente era ao sair da escola com o diploma na mão.

— Sim, certo, até que enfim — disse Diane com uma voz urgente e frágil. — Até que enfim não é sobre o que você quer ou precisa.

— Não sei o que isso significa, mas estou pronto para ouvir — disse eu. — Poderíamos tentar um conselheiro matrimonial, não sou contra isso se talvez...

Ela ergueu as mãos na altura dos ombros, as palmas para fora:

— Ah, meu Deus, o Machão virou Nova Era. — A seguir, deixou cair novamente as mãos no colo. — Depois de todas as vezes que você cavalgou para o poente, ereto na sela. Diz que não é isso, Joe.

— Parem — disse Humboldt. Olhou de sua cliente para o futuro-ex-marido dela (ia acontecer, sem dúvida; mesmo a leve irrealidade causada por *não-fumar* não podia me esconder uma verdade tão evidente naquele momento). — Mais uma palavra de um dos dois e vou encerrar este almoço. — Deu um sorrisinho tão perversamente fabricado que o achei perversamente cativante. — E ainda nem sabemos quais são os pratos do dia.

Isso — a primeira menção à comida desde que nos reuníramos — foi pouco antes de as coisas ruins começarem a acontecer, e lembro do cheiro de salmão de uma das mesas próximas. Naquelas duas semanas em que eu deixara de fumar, meu olfato aguçara-se tremendamente, mas não considero isso uma bênção tão grande assim, especialmente no que diz respeito ao salmão. Sempre gostei dele, mas agora não posso suportar seu cheiro, sem falar no sabor. Para mim, salmão cheira a dor, medo, sangue e morte.

— Ele começou — disse Diane amuada

Você *começou,* foi você *que foi embora*, pensei, mas guardei o pensamento para mim. Estava claro que Humboldt pretendia fazer o que dissera; pegaria Diane pela mão e iria embora com ela do restaurante se começássemos aquela merda de *não-não-fiz, sim-você-fez* da hora do recreio na escola. Nem a perspectiva de outra bebida o seguraria ali.

— Ok — disse eu suavemente... e tive que me esforçar muito para conseguir o tom suave, acredite. — Eu comecei. E o que mais? — Claro que eu sabia; papéis, papéis, papéis. Provavelmente a única satisfação que eu ia tirar daquela lamentável situação era dizer a eles que não ia assinar coisa alguma, nem mesmo examinar coisa alguma, a conselho do meu advogado. Dei uma olhadela para Diane novamente, mas ela fitava o prato vazio e o cabelo escondia-lhe o rosto. Senti um forte impulso de agarrá-la pelos ombros e sacudi-la dentro do vestido azul novo como um seixo dentro de uma cabaça. *Você acha que está nisso sozinha?*, berraria para ela. *Acha que está nisso sozinha? Bem, o Homem de Marlboro tem notícias para você, benzinho... você é uma vaca teimosa, auto-indulgente e...*

— Sr. Davis? — disse Humboldt polidamente.

Encarei-o.

— Então o senhor está aí — disse ele. — Achei que o tínhamos perdido de novo.

— De modo nenhum — disse eu.

— Ótimo. Fantástico.

Ele tinha vários maços de papel na mão, unidos por clipes de cores diferentes — vermelho, azul, amarelo, roxo. Eles combinavam bem com os desenhos impressionistas nas paredes do restaurante. Ocorreu-me que eu viera muito pouco preparado para a reunião, e não apenas porque meu advogado estava no trem para Babylon. Diane tinha seu vestido novo; Humboldt tinha sua pasta caminhão da Brinks, além dos documentos unidos por clipes de papel com um código de cores; eu tinha apenas um guarda-chuva novo num dia ensolarado. Olhei para ele ao meu lado (nunca passou pela minha cabeça checá-lo) e vi que ainda estava com a etiqueta de preço pendurada no cabo.

A sala tinha um cheiro maravilhoso, como a maioria dos restaurantes desde que o fumo foi banido de suas dependências — um cheiro de flores, vinho, café fresco, chocolate e doces —, mas o cheiro que eu sentia mais nitidamente era o de salmão. Lembro de pensar que cheirava muito bem, e que eu provavelmente o comeria. Lembro também de pensar que se eu pudesse comer numa reunião daquele tipo, provavelmente poderia comer em qualquer lugar.

— Tenho aqui alguns formulários que darão ao senhor e à Sra. Davis mobilidade financeira, ao mesmo tempo que asseguram que nenhum dos dois tenha acesso injusto aos fundos que ambos acumularam com trabalho árduo — disse Humboldt. — Tenho também notificações preliminares ao tribunal que precisam ser assinadas pelo senhor, e formulários que nos permitam colocar seus títulos e letras do Tesouro numa conta sob curadoria até que a atual situação dos senhores seja resolvida pelo tribunal.

Abri a boca para dizer que não ia assinar nada, e se isso significava o encerramento da reunião, tudo bem, mas não consegui emitir uma palavra. Antes que pudesse fazê-lo, fui interrompido pelo *maître*. Ele falava e gritava ao mesmo tempo, o que tento descrever a seguir, mas um monte de *e* emitidos juntos não transmite a qualidade daquele som. Era como se a barriga do homem estivesse cheia de vapor, com um assobio de chaleira preso em sua garganta.

— *Aquele cachorro... Eeeeee!... Eu lhe falei mais de uma vez sobre o cachorro... Eeeee!... Em todo esse tempo não consigo dormir... Eeeee!... Ela diz corta seu rosto, aquela babaca... Eeeee!... Como você me provoca!... Eeeeee!... e agora você traz esse cachorro aqui... Eeeeee!*

Um silêncio caiu imediatamente sobre a sala. Os comensais ergueram os olhos atônitos da comida ou de suas conversas para a figura magra, pálida e vestida de negro que atravessava furtivamente a sala, a cabeça esticada para a frente e as longas pernas de cegonha abrindo-se como uma tesoura. A gravata-borboleta do *maître* fizera agora um giro de 90 graus da posição normal, parecendo os ponteiros de um relógio indicando seis horas. Com as mãos cruzadas nas costas enquanto andava, e inclinado ligeiramente para a frente a partir da cintura, ele me fazia pensar num desenho de meu livro de literatura do primeiro grau, a ilustração de Ichabod Crane, um infeliz professor da escola em que Washington Irving tinha estudado.

Era para mim que o *maître* estava olhando enquanto se aproximava. Eu tinha meus olhos fixos sobre ele, quase hipnotizado — era como um daqueles sonhos em que se descobre que não se estudou para o exame, ou que se está completamente nu num jantar na Casa Branca em nossa própria homenagem — e eu poderia ter continuado assim se Humboldt não tivesse se mexido.

Ouvi sua cadeira raspar o chão ao recuar e olhei-o. Ele havia levantado, o guardanapo seguro frouxamente numa das mãos. Parecia surpreso, mas também furioso. De repente, percebi duas coisas: que ele estava bêbado, muito bêbado na verdade, e que encarava o que estava acontecendo como uma mancha tanto em sua hospitalidade quanto em sua competência. Ele escolhera o restaurante, afinal de contas, e agora veja só — o mestre-de-cerimônias tinha pirado.

— *Eeeee!... eu te ensino! Pela última vez eu te ensino...*

— Ah, meu Deus, ele molhou as calças — murmurou a mulher numa mesa próxima. Sua voz era baixa, mas perfeitamente audível no silêncio, enquanto o *maître* recuperava o fôlego para gritar de novo, e vi que estava certa. O gancho das calças a rigor do homem estava ensopado.

— Olhe aqui, seu idiota — disse Humboldt, virando-se para encará-lo. O *maître* avançou a mão esquerda escondida atrás das costas, armada com a maior faca de açougueiro que eu já vira na vida, com uns 60 centímetros de comprimento e a parte superior da lâmina ligeiramente abaulada, como o alfange num velho filme de pirata.

— *Cuidado!* — berrei para Humboldt, e, numa mesa junto à parede, um homem muito magro e de óculos sem aro deu um grito, lançando um punhado de fragmentos marrons de comida mastigada na toalha à sua frente.

Humboldt parecia não ter ouvido o meu berro nem o grito do homem, e se dirigia ao *maître* com uma expressão furiosa.

— Você jamais vai me ver nesse lugar de novo, se é esse o modo — começou Humboldt.

— *Eeeeee! EEEEEEEE!* — gritou o *maître*, brandindo a faca de açougueiro no ar e produzindo um som sibilante como uma frase sussurrada. O ponto parágrafo foi o som da lâmina enterrando-se na face direita de William Humboldt. O sangue explodiu da ferida num furioso borrifo de gotinhas minúsculas. Elas decoraram a toalha de mesa num pontilhado em forma de leque e vi claramente (jamais o esquecerei) uma gota vermelho-viva cair no meu copo d'água e mergulhar até o fundo com um filamento rosado como uma cauda esticando-se para trás. Parecia um girino ensangüentado.

A face de Humboldt se abriu, revelando seus dentes e, enquanto ele tapava com a mão o ferimento gotejante, vi algo branco-rosado no ombro de seu paletó cinza-escuro. Só quando a coisa toda terminou é que percebi que deveria ser o lobo da orelha dele.

— *Diga isso nos seus ouvidos!* — gritou furiosamente o *maître* para o advogado de Diane, que sangrava com a mão tampando a face. Exceto pelo sangue jorrando entre os dedos, Humboldt parecia estranhamente com Jack Benny no cinema. — *Chame disso seus amigos odiosos e intriguentos da rua.... infeliz... Eeeeee!... AMANTE DE CACHORRO!*

Agora outras pessoas gritavam, a maioria ante a visão do sangue. Humboldt era um homem grande e estava sangrando como um porco. Eu podia ouvir o sangue caindo no chão como água de um cano quebrado, e a frente de sua camisa agora estava vermelha. Sua gravata vermelha tornara-se preta.

— Steve? — disse Diane. — *Steven?*

Um homem e uma mulher almoçavam à mesa atrás dela, ligeiramente à esquerda. De repente o homem — de uns 30 anos e bonitão no estilo George Hamilton — levantou-se de um pulo e correu para a frente do restaurante.

— *Troy, não vá sem mim!* — gritou sua companheira, mas Troy nem chegou a olhar para trás. Esquecera totalmente o livro da biblioteca que ele devia devolver, ou como prometera fazer o polimento do carro.

Se a sala estava paralisada — não posso dizer de fato se estava ou não, ainda que eu tenha visto muito e lembre de tudo —, aquele lance rompeu a paralisia. Houve mais gritos e outras pessoas se levantaram. Várias mesas foram derrubadas. Copos e porcelana espatifaram-se no chão. Vi um homem com o braço em torno de sua companheira passar rapidamente por trás do *maître*; a mão dela apertava o ombro dele como uma garra. Por um momento, seus olhos encontraram os meus, e eram tão vazios quanto os de um busto grego. Seu rosto estava de uma palidez mortal, quase como o de uma bruxa, por causa do terror.

Tudo pode ter acontecido em dez segundos, ou 20. Lembro disso como uma série de fotos ou fotogramas, mas não dentro de uma extensão de tempo específica. O tempo deixou de existir para mim no momento em que Alfafa, o *maître*, revelou a mão esquerda que estava atrás das costas e eu vi a faca de açougueiro. Durante esse tempo, o homem de *smoking* continuava a cuspir uma algaravia de palavras em sua linguagem especial de *maître*, a que minha antiga namorada chamava de esnobês. Parte da linguagem realmente *era* numa língua estrangeira, parte em inglês, mas completamente sem sentido, e parte em uma língua surpreendente... quase enfeitiçante. Parte dela eu não conseguia lembrar. O que conseguia, acho que jamais esquecerei.

Humboldt cambaleou para trás, ainda segurando a face lacerada. Suas pernas chocaram-se com a cadeira e ele se sentou pesadamente. *Parece alguém que acaba de saber que foi deserdado*, pensei. Ele começou a se virar para Diane e para mim, os olhos arregalados e chocados. Tive tempo de ver as lágrimas que escorriam deles antes de o *maître* segurar o cabo da faca de açougueiro com as duas mãos e enterrá-la no meio da cabeça de Humboldt. O golpe produziu um som como se alguém batesse numa pilha de toalhas com uma bengala.

— Buu! — gritou Humboldt. Tenho certeza de que sua última palavra no planeta Terra foi "buu". Então seus olhos lacrimejantes rolaram para cima mostrando o branco e ele caiu sobre o próprio prato, varrendo a louça da mesa para o chão com uma das mãos. Enquanto isso acontecia, o *maître*, agora com o cabelo todo eriçado na parte de trás da cabeça, desenterrou a longa faca do crânio de Humboldt. O sangue borrifou da cabeça ferida numa cortina vertical, atingindo a frente do vestido de Diane. Ela levantou as mãos com as palmas viradas para fora mais uma vez, agora mais por horror do que exasperação, deu um guincho e cobriu os olhos com as mãos borrifadas de sangue. O *maître* não prestou nenhuma atenção a ela. Em vez disso, virou-se para mim.

— Aquele seu cachorro — disse ele, falando num tom quase de conversa. Não demonstrava absolutamente nenhum interesse ou mesmo conhecimento das pessoas que gritavam aterrorizadas e corriam por trás dele em direção às portas. Seus olhos eram muito grandes e escuros. Achei novamente que pareciam castanhos, mas havia círculos negros em torno das íris. — Aquele seu cachorro é tão furioso. Nem todos os rádios de Coney Island ganham daquele cachorro, seu filho-da-puta.

Eu estava com o guarda-chuva na mão e não consigo lembrar, por mais que tente, quando o peguei. Deve ter sido quando Humboldt ficou transfixado pela noção de que sua boca fora aumentada uns 20 centímetros, mas não consigo lembrar. Lembro do homem que parecia George Hamilton voando para a porta, e sei que seu nome era Troy porque foi assim que a companheira de mesa o chamou, mas não lembro de pegar o guarda-chuva comprado na loja de malas. Entretanto, eu *estava* com ele na mão, a etiqueta de preço pendurada no meu punho e, quando o *maître* curvou-se como numa reverência e brandiu a faca na minha direção — pretendendo, acho eu, enterrá-la em minha garganta —, ergui o guarda-chuva e deixei-o cair em seu pulso, como um professor de antigamente batendo num aluno rebelde.

— Ud! — grunhiu o *maître* quando a mão foi bruscamente empurrada para baixo e a lâmina dirigida à minha garganta mergulhou na mesa através da toalha ensopada de vermelho. Mas ele se manteve firme e puxou a faca da mesa. Se eu tivesse tentado dar outro golpe na mão que segurava a faca, tenho certeza de que não teria acertado, mas não o fiz. Mirei no rosto dele e desferi-lhe uma pancada excelente — excelente para um golpe dado com um guarda-chuva — na lateral da cabeça. Quando o fiz, o guarda-chuva se abriu com um pop e a precisão de um ato de comédia pastelão.

Mas não achei nada engraçado. A abertura do guarda-chuva o escondera completamente de mim enquanto ele cambaleava para trás com a mão livre voando para o local atingido, e não gostei de não conseguir vê-lo. Na verdade, isso me aterrorizava. Não que eu não estivesse aterrorizado antes.

Agarrei Diane pelo pulso e arrastei-a. Ela veio sem uma palavra, deu um passo na minha direção e tropeçou nos saltos altos, caindo desajeitadamente em meus braços. Eu tinha consciência de seus seios empurrando-se contra mim, da umidade quente sobre eles.

— *Eeeee! Seu maluco!* — gritou o *maître*, ou talvez tenha me chamado de "macuco". Sei que isso não deve ter importância, mas mesmo assim geralmente me parece que tem. Tarde da noite, as pequenas questões me perseguem tanto quanto as grandes. — *Seu canalha malucão! Todos esses rádios! Shhh-do-do! Foda-se o primo Brucie! FODA-SE VOCÊ!*

Começou a andar em torno da mesa em nossa direção (a área atrás dele estava completamente vazia agora, e parecia um bar de filme de faroeste depois de uma briga) e esbarrou no meu guarda-chuva ainda sobre a mesa, com a parte de cima aberta projetando-se para o lado. O guarda-chuva caiu na frente dele e, enquanto ele o afastava com um chute, firmei Diane, novamente e puxei-a para a outra extremidade da sala. A porta da frente não parecia um bom rumo; provavelmente era muito distante e, ainda que pudéssemos chegar até lá, estava obstruída por pessoas assustadas que gritavam. Se ele quisesse a mim — ou a nós dois —, não teria nenhuma dificuldade em nos pegar e trinchar como dois perus.

— *Insetos! Seus insetos!... Eeeeee!... Aqui para o seu cachorro, pronto! Aqui para o seu cachorro que late!*

— *Faz ele parar!* — gritou Diane. — *Ah, meus Deus, ele vai nos matar, faz ele parar!*

— *Eu desintegro vocês, abominações!* — Ele estava mais perto agora. O guarda-chuva não o tinha segurado por muito tempo, com certeza. — *Eu desintegro vocês e todas as suas putas!*

Vi três portas, duas delas uma em frente à outra, numa pequena reentrância onde havia um telefone público. Os toaletes dos homens e das mulheres. Não servia. Mesmo se fossem toaletes individuais com trancas nas portas, não ia adiantar. Um maluco daquele não teria problema algum em arrancar uma fechadura de banheiro dos parafusos e nós não poderíamos correr para lugar nenhum.

Arrastei Diane para a terceira porta e enfiei-me pelo lugar, caindo num mundo de ladrilhos verdes e limpos, com uma forte luz fluorescente, cromados cintilantes e vaporosos odores de comida. O cheiro de salmão dominava. Humboldt jamais teria a chance de perguntar pelos pratos do dia, mas eu provavelmente sabia o que tinha sido um deles.

Em pé ali, um garçom equilibrava uma bandeja carregada na palma da mão, a boca aberta e os olhos arregalados. Ele parecia Gimpel, o Bobo, na história de Isaac Singer.

— O que — disse ele, e então empurrei-o para o lado. A bandeja voou longe, com pratos e vidros espatifando-se contra a parede.

— Ei! — berrou um homem. Era enorme e usava uma túnica branca, uma bandana vermelha ao pescoço e um chapéu branco de *chef* como uma nuvem. Ele segurava uma concha da qual pingava um molho marrom. — Ei, não podem entrar aqui assim!

— Temos que sair — disse eu. — Ele é maluco. Ele está...

Então tive uma idéia para explicar mais rápido e pus a mão no seio esquerdo de Diane por um momento, sobre a fazenda ensopada de seu vestido. Foi a última vez que a toquei intimamente, e não sei se foi bom ou não. Estendi a mão para o *chef*, mostrando-lhe a palma suja com o sangue de Humboldt.

— Deus do céu — disse ele. — Aqui. Lá atrás.

Naquele instante, a porta por onde entramos escancarou-se de novo e o *maître* entrou numa fúria, os olhos alucinados, o cabelo todo espetado como a pele de um porco-espinho que se encolhesse numa bola. Ele olhou em torno, viu o garçom, descartou-o. Então me viu e correu para mim.

Voei para a frente de novo, arrastando Diane, empurrando cegamente a barriga macia do *chef*. Passamos por ele, a frente do vestido de Diane deixando uma mancha de sangue na túnica branca do cozinheiro. Vi que ele não vinha conosco, que em vez disso se virava para o *maître*, e eu quis lhe avisar, dizer que não adiantava, que era a pior idéia do mundo e provavelmente seria a última que ele teria, mas não houve tempo.

— Ei! — gritou o *chef*. — Ei, Guy, o que é isso? — Pronunciou o nome do *maître* com um sotaque francês, e então não disse mais coisa alguma. Ouviu-se um baque surdo, pesado, que me fez pensar no som da faca enterrando-se no crânio de Humboldt. A seguir, o cozinheiro gritou, um som aquoso. Este foi seguido por um ruído espesso e líquido que assombra meus sonhos. Não sei o que era nem quero saber.

Arrastei Diane por uma estreita passagem entre dois fogões, o que jogou sobre nós uma onda surda e furiosa de calor. Havia uma porta no final, fechada por duas pesadas trancas de aço. Estendi a mão para a tranca de cima e então ouvi Guy, o *maître* do inferno, vindo atrás de nós, balbuciando.

Eu queria continuar insistindo, queria acreditar que podia abrir a porta e sair antes que ele pudesse chegar ao meu alcance, mas parte de mim — a que estava determinada a viver — sabia que isso não seria possível. Empurrei Diane contra a porta, fiquei na frente dela numa manobra protetora que deve remontar à Idade do Gelo e encarei o *maître*.

Ele veio correndo pela estreita passagem entre os fogões com a faca na mão esquerda e levantou-a acima da cabeça. Sua boca aberta arreganhava-se mostrando dentes encardidos e gastos. Qualquer esperança de ajuda que eu poderia ter de Gimpel, o Bobo desapareceu. Ele estava agachado contra a parede ao lado da porta que dava para o restaurante, os dedos enterrados profundamente na boca fazendo-o parecer mais com o idiota da aldeia do que nunca.

— *Esquecer de mim você não devia!* — gritou Guy, parecendo Yoda em *Guerra nas estrelas*. — *Seu cão odioso!... Sua música alta, tão sem harmonia!... Eeeee!... Como é que você...*

Sobre um dos bicos de gás da frente do fogão, do lado esquerdo, havia uma grande panela. Peguei-a e tasquei-a nele. Só uma hora depois percebi como queimara a mão fazendo aquilo; fiquei com a palma toda empolada e com outras bolhas nos meus três dedos do meio. A panela saiu do bico de gás inclinada e virou em pleno ar, dando um banho em Guy da cintura para baixo com o que parecia milho, arroz e uns nove litros de água fervendo.

Ele gritou, cambaleou para trás e pôs a mão que não segurava a faca no outro fogão, quase em cima da chama amarela-azulada do gás sob uma frigideira onde cogumelos que vinham sendo preparados agora viravam carvão. Ele gritou de novo, dessa vez num registro tão alto que feriu meus ouvidos, e levantou a mão até os olhos, como se não acreditasse que ela estivesse ligada ao seu corpo.

Olhei à minha direita e vi um pequeno nicho de equipamento de limpeza ao lado da porta — Vidrex, Clorox e Sapólio numa prateleira, uma vassoura com um espanador posto sobre seu cabo como um chapéu, e um esfregão num balde de aço com um rodo ao lado.

Quando Guy veio na minha direção novamente, segurando a faca com a mão que não estava vermelha e inchando como a câmara-de-ar de um pneu, agarrei o cabo do esfregão, usei-o para empurrar o balde de rodinhas na minha frente e investi contra o *maître*. Guy recuou a parte superior do corpo, mas manteve os pés fincados no chão com um sorrisinho peculiar. Parecia um cachorro que esquecera temporariamente como rosnar. Segurando a faca à sua frente, fez vários passes místicos com ela. As lâmpadas fluorescentes do teto bruxulearam liquidamente na lâmina... isto é, onde não havia uma camada de sangue. Guy parecia não sentir qualquer dor na mão queimada, nem nas pernas, embora elas tivessem sido banhadas com água fervendo, as calças do *smoking* salpicadas de arroz.

— Sodomita podre — disse Guy, fazendo seus gestos misteriosos. Era como um cruzado preparando-se para entrar na batalha, caso se possa imaginar um cruzado de *smoking* salpicado de arroz. — Vou te matar como fiz com teu nojento cachorro latidor.

— Não tenho cachorro — disse eu. — Não *posso* ter cachorro. Está no contrato.

Acho que foi a única coisa que eu disse durante todo o pesadelo; e não tenho certeza de ter falado *alto*. Pode ter sido apenas um pensamento. Atrás do *maître*, eu via o *chef* tentando levantar. Uma de suas mãos agarrava a maçaneta da grande geladeira da cozinha e a outra grudava-se à túnica manchada de sangue, dilacerada na altura da barriga numa grande boca roxa. O *chef* fazia o possível para manter as tripas dentro do corpo, mas era uma batalha perdida. Uma alça do intestino, brilhante e arroxeada, já pendia para fora, pousada no seu lado esquerdo como uma horrível corrente de relógio.

Guy me atiçou com a faca. Contra-ataquei atirando-lhe o balde, e ele recuou. Puxei o balde para mim de novo e parei, com as mãos no cabo do esfregão, pronto para atirar o balde se o atacante se movesse. Minha própria mão latejava, e eu sentia o suor escorrendo pelo rosto como óleo quente. Por trás de Guy, o cozinheiro tinha conseguido se levantar. Lentamente, como um inválido recuperando-se de uma séria operação, ele começou a palmilhar o caminho pelo corredor em direção a Gimpel, o Bobo. Desejei-lhe sorte.

— Destranque a porta — eu disse a Diane.

— O quê?

— As trancas da *porta*. Destranque.

— Não posso me mover — disse ela, chorando tanto que mal pude entendê-la. — Você está me esmagando.

Afastei-me um pouco para a frente para lhe dar espaço. Guy arreganhou os dentes para mim e ameaçou novamente investir com a faca, fazendo-a recuar depois com seu sorrisinho nervoso, enquanto eu voltei a empurrar contra ele o balde nas rodinhas guinchantes.

— Seu piolhento imundo — disse ele. Parecia um homem discutindo as chances de um time esportivo no próximo campeonato. — Vamos ver se agora vai deixar o rádio tocando alto, fedorento. Vai pensar duas vezes, não vai? *Boink!*

Ele investiu e bati nele com o balde. Mas dessa vez ele não recuou tanto, e percebi que estava se enchendo de audácia. Ele pretendia partir para mim logo. Eu sentia os seios de Diane contra as minhas costas cada vez que ela ofegava. Ela continuava ali, sem se virar para destrancar a porta.

— Abra a porta — disse eu, falando com o canto da boca como um presidiário. — Levante a droga das trancas, Diane.

— Não consigo — ela soluçou. — Não consigo, não tenho nenhuma força nas mãos. Faz ele parar, Steve, não fique aí falando com ele, faz ele *parar*.

Ela estava me deixando louca, estava mesmo.

— Vá lá e destranque a porta, Diane, ou eu vou ficar de lado e deixar...

— *EEEEEEEEE!* — gritou Guy e investiu apunhalando, brandindo a faca.

Joguei o balde-esfregão para a frente com toda a força que podia, e dei uma rasteira no *maître*. Ele uivou e desceu a faca num golpe longo e desesperado. Um pouco mais perto e teria cortado a ponta do meu nariz. Então aterrissou estatelado nos joelhos abertos, com o rosto no espremedor de esfregão ao lado do balde. Perfeito! Mirei o esfregão na nuca de Guy. Os cordões espalharam-se pelos seus ombros no paletó preto como a peruca de uma feiticeira. Seu rosto foi enfiado dentro do espremedor. Agarrei o cabo deste com a mão livre e apertei. Gay guinchou de dor, o som abafado pelo esfregão.

— *DESTRANQUE ESSA PORTA!* — gritei para Diane. — *DESTRANQUE ESSA PORTA, SUA VACA INÚTIL. DESTRANQUE...*

PAK! Algo duro e pontudo enfiou-se em minha nádega esquerda. Cambaleei para a frente com um berro — mais surpresa que dor, acho eu, embora *doesse*. Apoiei-me num joelho e soltei o cabo do espremedor. Guy recuou e soltou a cabeça dos filamentos do esfregão ao mesmo tempo, respirando tão alto que dava a impressão de latir. Mas isso não o deixara muito mais lento; desferiu uma facada contra mim logo que se desvencilhou do balde. Recuei, sentindo a lâmina cortar o ar junto ao meu rosto.

Só quando me levantei num esforço é que percebi o que acontecera, o que Diane fizera. Dei uma olhadela rápida para ela por cima do ombro. Ela me olhou também, desafiadoramente, as costas apertadas contra a porta. Tive um pensamento maluco: ela *queria* me ver morto. Talvez tivesse até planejado tudo. Encontrara um *maître* maluco e...

Os olhos dela se arregalaram.

— *Cuidado!*

Virei a tempo de vê-lo desferir o golpe. As laterais do seu rosto estavam num vermelho-vivo, exceto pelas grandes manchas brancas feitas pelos buracos de drenagem do espremedor. Investi contra ele com o esfregão, mirando sua garganta, mas atingindo-lhe o peito. Ele parou de avançar e minha investida realmente o fez recuar um passo. O que aconteceu então foi pura sorte. Ele escorregou na água do balde derrubado e caiu com força, batendo a cabeça nos ladrilhos. Sem pensar e quase sem ter consciência do que eu gritava, arrebatei a frigideira com os cogumelos do fogão e a desci com toda a força que pude no rosto virado para cima de Guy. Houve um baque surdo, seguido por um silvo horrível (mas piedosamente breve), enquanto a pele de seu rosto e testa ferviam.

Eu me virei, empurrei Diane para o lado e destranquei a porta. A luz do sol me atingiu como um martelo, assim como o cheiro do ar. Não lembro de outro ar com melhor cheiro, nem quando era criança, no primeiro dia das férias de verão.

Agarrei o braço de Diane e puxei-a para fora, saindo num corredor estreito margeado por latas de lixo com cadeados. No final dessa estreita fenda de pedra, como uma visão do céu, estava a Rua Cinqüenta e Três com o displicente tráfego nas duas direções. Olhei através da porta da cozinha. Deitado de costas, Guy tinha os cogumelos carbonizados à volta da cabeça como um diadema. A frigideira escorregara para o lado, revelando um rosto vermelho e inchado de bolhas. Um dos olhos do *maître* estava aberto, mas olhava para as luzes fluorescentes sem ver. Por trás dele, via-se a cozinha vazia. Uma poça de sangue no chão e marcas de mãos ensangüentadas no esmalte branco da porta da imensa geladeira onde se podia entrar, mas tanto o *chef* quanto Gimpel, o Bobo tinham sumido.

Bati a porta com força e apontei para o corredor.

— Vá em frente.

Ela não se mexeu, apenas me olhou.

Empurrei-a ligeiramente pelo ombro esquerdo.

— Vá!

Ela ergueu a mão como um guarda de trânsito, sacudiu a cabeça e apontou um dedo para mim.

— Não me toque!

— O que é que você vai fazer? Atiçar seu advogado contra mim? Acho que ele está morto, meu bem.

— Não fique me protegendo desse modo. Não ouse fazer isso. E não me toque, Steve, estou avisando.

A porta da cozinha se escancarou. Num movimento, sem pensar, mas apenas num movimento, fechei a porta com uma batida de novo. Ouvi um grito abafado — eu não sabia se de raiva ou de dor, e não ligava — antes de a porta fechar-se com um clique. Apoiei-me nela e firmei os pés.

— Quer ficar aqui e discutir a coisa? — perguntei. — Ele ainda está bem vivo, pelo som. — Guy deu um novo golpe na porta. Eu a segurei e a seguir fechei-a com toda a força. Esperei que tentasse de novo, mas ele não o fez.

Diane me dirigiu um longo olhar, feroz e incerto, e começou a andar pelo corredor com a cabeça baixa e o cabelo escorrendo dos dois lados da nuca. Continuei com as costas contra a porta até Diane chegar a três quartos do caminho para a rua, depois me afastei, vigiando a porta cautelosamente. Ninguém saiu, mas achei que isso não garantia nenhuma paz de espírito. Arrastei uma lata de lixo para a frente da porta e fui atrás de Diane, correndo.

Quando cheguei à entrada do corredor, Diane não estava mais ali. Olhei para a direita na direção da Madison e não a vi. Olhei para a esquerda e lá estava ela, descendo lentamente a Rua Cinqüenta e Três numa diagonal, a cabeça ainda baixa e o cabelo ainda pendendo como cortinas dos lados do rosto. Ninguém prestava nenhuma atenção a ela; na frente do Café Gotham, pessoas espiavam pelas janelas envidraçadas do restaurante como ante o tanque de tubarões no Aquário da Nova Inglaterra na hora da alimentação. Sirenes se aproximavam, muitas sirenes.

Atravessei a rua, estiquei a mão para o ombro de Diane e pensei melhor. Em vez disso, resolvi chamá-la pelo nome.

Ela se virou, os olhos toldados de horror e choque. A frente de seu vestido se tornara um sinistro babador roxo. Ela fedia a sangue e adrenalina transpirada.

— Me deixe em paz — disse. — Não quero te ver nunca mais, Steve.

— Você ferrou comigo — disse eu. — Você ferrou comigo e quase me fez ser assassinado. A nós dois. Não dá para acreditar em você, Diane.

— Eu queria ferrar você pelos últimos 14 meses — disse ela. — Nem sempre se pode escolher o momento para realizar os sonhos, podemos...

Esbofeteei seu rosto. Não pensei em fazê-lo, apenas fiz, e poucas coisas na minha vida adulta me deram tanto prazer. Tenho vergonha disso, mas cheguei muito longe nesta história para mentir, mesmo por omissão.

Sua cabeça oscilou para trás. Seus olhos se alargaram com o choque e a dor, perdendo a expressão entorpecida e traumatizada.

— Seu canalha! — gritou ela, a mão to cando o rosto. Agora as lágrimas enchiam-lhe os olhos. — Ah, seu *canalha*!

— Eu salvei sua vida — disse eu. — Não percebe isso? Isso não chega até você? *Eu salvei sua vida, porra.*

— Seu filho-da-puta — murmurou ela. — Seu filho-da-puta controlador, crítico, mesquinho, convencido, cheio de si. Eu te odeio.

— Você me escutou? Se eu não fosse um filho-da-puta convencido e mesquinho, agora você estaria morta.

— Se não fosse por você, eu nem estaria ali, para começo de conversa — disse ela, enquanto os três primeiros carros da polícia chegavam berrando pela Rua Cinqüenta e Três e paravam em frente ao Café Gotham. Os tiras saíram deles como palhaços num ato circense. — Se algum dia me tocar de novo, eu arranco seus olhos, Steve — disse ela. — Fique longe de mim.

Tive que prender as mãos nas axilas. Elas queriam matar Diane, estender-se, agarrar seu pescoço e matá-la.

Ela andou sete ou oito passos e então virou-se para mim. Estava sorrindo. Era um sorriso terrível, mais medonho do que qualquer expressão que eu vira no rosto de Guy, o Garçom Demônio.

— Eu tive amantes — disse ela com seu terrível sorriso. Estava mentindo. A mentira espalhava-se pelo seu rosto, mas isso não fazia as palavras doerem menos. Ela *gostaria* que fosse verdade; isso também se estampava em seu rosto. — Três deles no último ano, mais ou menos. Você não era bom na coisa, então achei homens que eram.

Virou-se e desceu a rua como uma mulher que tivesse 65 anos em vez de 27. Fiquei parado, observando-a. Pouco antes de ela chegar à esquina, gritei de novo. Era a única coisa que eu não conseguia superar; estava grudada na minha garganta como um osso de galinha.

— Eu salvei a sua *vida*! A porra da sua *vida*!

Ela deu uma parada na esquina e virou-se para mim. Com o terrível sorriso ainda no rosto.

— Não. Não salvou não.

Então dobrou a esquina. Não a vi mais desde então, embora ache que vá vê-la. Vou vê-la no tribunal, como costumam dizer.

Descobri um mercado no quarteirão seguinte e comprei um maço de Marlboro. Quando voltei à esquina da Madison com a Cinqüenta e Três, esta havia sido bloqueada com aqueles cavaletes azuis que os tiras usam para proteger os locais dos crimes e as rotas das paradas. Meia dúzia de veículos de resgate chegou — um bando de ambulâncias, pode-se dizer. O *chef* foi o primeiro a entrar, inconsciente, mas aparentemente vivo. Seu breve aparecimento ante os fãs na Rua Cinqüenta e Três foi seguido por um cadáver dentro de um saco em cima de uma maca — Humboldt. A seguir veio Guy, bem amarrado a uma maca e olhando fixa e alucinadamente à sua volta, enquanto era colocado na parte traseira de uma ambulância. Acho que por um momento nossos olhos se encontraram, mas isso provavelmente foi imaginação minha.

Quando a ambulância de Guy partiu, deslizando através de um espaço na barricada providenciado por dois tiras uniformizados, joguei o cigarro que fumava na sarjeta. Não atravessara aquele dia para começar a me matar com cigarro de novo, decidi.

Olhei para a ambulância partindo e tentei imaginar o homem ali dentro morando onde os *maîtres* vivem — Queens ou Brooklyn ou talvez até Rye ou Mamaroneck. Tentei imaginar como seria sua sala de jantar, que quadros teria nas paredes. Não consegui, mas descobri que podia imaginar seu quarto com relativa facilidade, embora não se ele o dividia com uma mulher. Podia vê-lo deitado, acordado mas perfeitamente imóvel, olhando para o teto durante a madrugada, enquanto a lua pendurava-se no céu negro como o olho entreaberto de um cadáver; podia imaginá-lo deitado ali ouvindo o cachorro do vizinho latindo incessante e monotonamente, continuando a fazê-lo até que o som fosse um prego de prata perfurando o cérebro do homem. Imaginei-o deitado não longe de um armário cheio de *smokings* em sacos plásticos de lavagem a seco. Podia vê-los pendurados ali como delinqüentes executados. Cogitei se o *mâitre* teria uma esposa. Em caso positivo, teria ele a matado antes de ir para o trabalho? Lembrei da nódoa em sua camisa e achei que era uma possibilidade. Também pensei no cachorro do vizinho, o que não se calava. E na família do vizinho.

Mas pensei principalmente em Guy, deitado sem dormir por todas as noites em que eu mesmo não dormira, escutando o cachorro da casa ao lado ou na rua, como eu escutara as sirenes e o rumor de caminhões dirigindo-se ao centro. Pensei nele deitado e olhando as sombras que a lua pregava no teto. Pensei naquele grito — *Eeeeee!* — acumulando-se na cabeça dele como gás numa sala fechada.

— Eeeee — disse eu... só para ver como soava. Deixei cair o maço de Marlboro na sarjeta e metodicamente comecei a esmagá-lo com o pé enquanto sentava no meio-fio. — Eeeeee. Eeeeee. Eeeeee.

Um dos tiras em pé junto aos cavaletes olhou para mim.

— Ei, companheiro, quer parar de amolar? — gritou ele. — Estamos com um problema aqui.

Claro que estão, pensei. Todos nós estamos.

Mas não disse nada. Parei de pisar no maço de cigarros já bem amassado e de fazer o barulho. Mas ainda podia ouvi-lo na minha cabeça, e por que não o ouviria? Faz todo o sentido do mundo.

Eeeeee.

Eeeeee.

Eeeeee.

Você só pode dizer o nome daquela sensação em francês

*F*LOYD, O QUE É *aquilo lá? Ah, que merda.*

A voz do homem pronunciando essas palavras era vagamente familiar, mas as palavras em si apenas um retalho desconexo de diálogo, o tipo de coisa que se ouve quando se navega pelos canais com o controle remoto. Não havia ninguém chamado Floyd na vida dela. Mesmo assim, aquilo foi o começo. Antes mesmo que ela visse a menina de avental vermelho, havia aquelas palavras desconexas.

Mas foi a menina quem trouxe aquilo à tona com força.

— Oh-Oh, estou tendo aquela sensação — disse Carol.

A menina de avental vermelho estava acocorada na frente de um mercado campestre chamado Carson's — CERVEJA, VINHO, MANTIMENTOS, ISCA FRESCA, LOTERIA —, o traseiro entre os tornozelos e o vestido-avental vermelho-vivo enfiado entre as coxas, brincando com uma boneca de cabelos amarelos e sujos, arredondada, estofada, sem ossos no corpo.

— Que sensação? — perguntou Bill.

— Aquela que a gente só pode dizer o nome em francês. Me ajuda.

— *Déjà vu* — disse ele.

— Isso — disse Carol e virou-se para olhar a menina mais uma vez. *Ela vai pegar a boneca por uma das pernas*, pensou. *Vai segurá-la de cabeça para baixo por uma perna, o cabelo amarelo pendurado.*

A menina, porém, largara a boneca nos degraus cinzentos e irregulares da loja e passara a olhar para o cachorro preso na traseira de uma caminhonete. Então Bill e Carol Shelton fizeram uma curva na estrada e a loja sumiu de vista.

— Está muito longe? — perguntou Carol.

Bill olhou para ela com uma sobrancelha erguida e a boca fazendo a covinha num dos lados — sobrancelha esquerda, covinha direita, sempre o mesmo. O olhar dizia: *Você pensa que estou achando divertido, mas estou é irritado. Pela nonagésima trilionésima vez no casamento, estou realmente irritado. Mas você não sabe disso, porque só vê uns dois centímetros dentro de mim.*

Ela, contudo, tinha uma visão melhor do que ele percebia; era um dos segredos do casamento. Provavelmente ele teria alguns segredos só seus. E havia também, é claro, os que guardavam juntos.

— Não sei — disse ele. — Nunca estive aqui.

— Mas você tem certeza de que estamos na estrada certa.

— Depois que se passa o elevado e se entra na ilha Sanibel, só há uma — disse ele. — Que atravessa para Captiva e termina lá. Mas, antes disso, chegaremos a Palm House. Prometo.

O arco de sua sobrancelha começou a relaxar, a covinha foi se preenchendo. Ele estava voltando ao que ela chamava de Nível Ótimo. Carol passara a desgostar do Nível Ótimo também, mas não tanto quanto da sobrancelha e da covinha, ou do sarcasmo dele dizendo "Como?", quando se dizia algo que ele considerava estúpido, ou do seu hábito de fazer uma bolsa com o lábio inferior para mostrar reflexão e deliberação.

— Bill, você conhece alguém chamado Floyd?

— Floyd Denning. Ele e eu administrávamos a lanchonete do térreo no Cristo Redentor em nosso último ano lá. Eu lhe contei sobre ele, não? Ele roubou o dinheiro da Coca-cola numa sexta-feira e passou o fim de semana em Nova York com a namorada. Eles o suspenderam e a expulsaram. Por que lembrou dele?

— Não sei — disse ela. Era mais fácil do que explicar que o Floyd com quem Bill freqüentara o ginásio não era o mesmo Floyd com quem a voz em sua cabeça falava. Pelo menos achava que não era.

Você chama isso de segunda lua-de-mel, pensou Carol, olhando para as palmeiras margeando a Rodovia 867, para um pássaro branco que espreitava pelo acostamento como um pregador zangado, e para uma tabuleta que dizia PARQUE SEMINOLE DE VIDA SELVAGEM, TRAGA UM CARRO COM O MÁXIMO QUE PUDER POR DEZ DÓLARES. *Flórida, o Estado do Sol. Flórida, o Estado da Hospitalidade. Sem mencionar Flórida, o Estado da Segunda Lua-de-mel. Flórida, onde Bill e Carol Shelton, a ex-Carol O'Neill, de Lynn, Massachusetts, vieram na primeira lua-de-mel há 25 anos. Só que era do outro lado, o lado do Atlântico, numa pequena colônia de cabanas, e havia baratas nas gavetas da cômoda. Ele não conseguia parar de me tocar. Tudo bem, naqueles dias eu queria ser tocada. Que diabo, eu queria ser incendiada como Atlanta em* E o vento levou, *e ele me incendiou, reconstruiu e incendiou de novo. Agora é bodas de prata. Vinte e cinco anos é prata. E às vezes tenho aquela sensação.*

Eles se aproximavam de uma curva e ela pensou: *Três cruzes do lado direito da estrada. Duas pequenas flanqueando a maior. As pequenas são de madeira compensada. A do meio é de bétula branca e tem um retrato, a minúscula foto do rapaz de 17 anos que perdeu o controle do carro naquela curva numa noite de bebedeira, sua última noite, e foi aquele lugar ali que a namorada dele e suas amigas tinham assinalado...*

Bill fez a curva. Um par de corvos negros, gorduchos e brilhantes, levantou vôo de algo colado no asfalto num fundo de sangue. Os pássaros haviam comido tão bem que Carol não tinha certeza se iam sair do caminho até que o fizeram. Não havia cruzes, nem à esquerda nem à direita. Apenas carniça na estrada, uma marmota ou coisa semelhante agora esmagada sob um carro de luxo que jamais estivera ao norte da Linha Mason-Dixon.

Floyd, o que é aquilo lá?

— O que é que você tem?

— Ahn? — Ela encarou-o perturbada, sentindo-se um pouco fora de si.

— Você está sentada reta como uma vara. Está com dor nas costas?

— Uma dorzinha leve. — Foi encostando aos poucos. — Tive aquela sensação de novo. O *déjà vu.*

— Desapareceu?

— Sim — disse Carol, mentindo. A sensação recuara um pouco, mas era só. Tivera isso antes, embora nunca tão *continuamente.* Aparecia e desaparecia, mas não ia embora. Tinha consciência disso desde que a coisa sobre Floyd começara a martelar sua cabeça — e a seguir a menina de avental vermelho.

Contudo, não sentira algo antes das duas coisas? Na realidade, isso não começara a acontecer quando desciam a escada do Lear 35, no calor martelante do sol de Fort Myers? Ou mesmo antes? Saindo de Boston?

Estavam chegando a um cruzamento. Lá em cima via-se uma luz amarela acendendo e apagando, e ela pensou: *À direita há um terreno com carros usados e um cartaz de aviso do Sanibel Community Theater.*

Então ela pensou: *Não, vai ser como as cruzes que não estavam lá. É uma impressão forte, mas falsa.*

Ali estava o cruzamento. À direita, havia um terreno com carros usados — Palmdale Motors. Carol sentiu um verdadeiro sobressalto com aquilo, uma punhalada de algo mais agudo que inquietação. Disse a si mesma para deixar de ser estúpida. Devia haver terrenos com carros por toda a Flórida e se a pessoa previsse um em cada cruzamento, mais cedo ou mais tarde a lei das probabilidades faria dessa pessoa um profeta. Era um truque que os médiuns vinham usando por centenas de anos.

Além disso, não havia nenhum aviso de teatro.

Mas havia outro cartaz. Era Nossa Senhora, o fantasma de todos os seus dias de infância, estendendo as mãos como no medalhão que a avó de Carol lhe dera em seu décimo aniversário. A avó colocara-o na mão de Carol dizendo "Use sempre isso enquanto crescer, porque os dias difíceis estão chegando". Ela o usara, sem dúvida. No primário de Nossa Senhora dos Anjos, no ginásio e no segundo grau no São Vicente de Paula. Usara a medalha até que seus seios crescessem como milagres comuns, e então em algum lugar, provavelmente na viagem da turma a Hampton Beach, ela a perdera. Butch Soucy fora o garoto, e ela conseguira sentir o gosto do algodão-doce que ele comera.

Maria, naquele medalhão há muito desaparecido, e Maria naquele cartaz tinham exatamente o mesmo olhar, o que fazia a pessoa se sentir culpada de pensamentos impuros mesmo quando só pensava num sanduíche de manteiga de amendoim. Abaixo de Maria o cartaz dizia AS OBRAS DE CARIDADE DE NOSSA SENHORA DA MISERICÓRDIA AJUDAM OS SEM-TETO DA FLÓRIDA — *VOCÊ* NÃO VAI AJUDAR?

Você aí, Maria, qual é a história...

Desta vez, mais de uma voz: muitas vozes de garotas cantando com vozes fantasmas. Eram milagres comuns, e também fantasmas comuns. A pessoa se depara com essas coisas quando fica mais velha.

— O que é que você tem? — Ela conhecia aquela voz, assim como o olhar sobrancelha-e-covinha. O tom de estou-só-fingindo-de-irritado de Bill, o que significava que ele realmente *estava* irritado, ao menos um pouco.

— Nada. — Ela deu a ele o melhor sorriso que pôde.

— Você não parece a mesma. Talvez não devesse ter dormido no avião.

— É, acho que não — disse ela, e não só para ser agradável. Afinal de contas, quantas mulheres ganham uma segunda lua-de-mel na ilha Captiva pelo aniversário de 25 anos do casal? Viagem de ida e volta num Learjet alugado? Dez dias em um daqueles lugares onde o seu dinheiro não servia (pelo menos até que o MasterCard cuspisse a conta no final do mês) e, se você quisesse uma massagem, surgiria uma grande e bonita sueca e amassaria você em sua casa de praia de seis cômodos?

As coisas haviam sido diferentes no começo. Conhecera Bill no baile do colégio no outro lado da cidade e o encontrara de novo na faculdade três anos depois (outro milagre comum). Ele começara trabalhando como zelador no início da vida de casado, pois não havia muitas oportunidades na indústria dos computadores. Era 1973, e os computadores não estavam tendo basicamente nenhum resultado. Os dois moravam num lugar desagradável em Revere, não na praia, mas perto dela, e a noite inteira pessoas subiam a escada para comprar drogas das duas encovadas criaturas que moravam no apartamento em cima deles, e que ouviam incessantemente os estúpidos discos dos anos 60. Carol costumava ficar acordada esperando a gritaria começar e pensando: *Jamais sairemos daqui, vamos ficar velhos e morrer ouvindo Cream and Blue Cheer e os carrinhos do parque de diversão na praia.*

Exausto no final do turno, Bill dormia com o barulho, deitado de lado, às vezes com uma das mãos no quadril de Carol. E, quando a mão não estava lá, Carol geralmente a punha lá, especialmente se as criaturas do andar de cima estivessem discutindo com seus clientes. Bill era tudo o que Carol tinha. Seus pais a haviam praticamente deserdado quando ela se casara com ele. Bill era católico, mas do tipo errado. Vovô perguntara por que ela queria ir embora com aquele rapaz quando qualquer um podia ver que ele era um pobretão, como é que ela podia se apaixonar pelo seu tolo modo de falar, por que queria partir o coração do seu pai. E o que podia ela dizer?

Foi uma longa distância do lugar em Revere até um jato particular voando a 41 mil pés de altitude; uma longa distância até esse carro alugado, que era um Crown Victoria — o que os bons sujeitos nos filmes de gângster invariavelmente chamavam de Crown Vic — rumando para dez dias num lugar onde a conta provavelmente seria... bem, nem queria pensar nisso.

Floyd?... Ah, que merda.

— Carol? O que foi agora?

— Nada — disse ela. Na estrada adiante havia um pequeno bangalô rosa, a varanda ladeada por palmeiras... ver aquelas árvores de cabeças franjadas erguidas contra o céu azul a fez pensar nos Zeros japoneses voando baixo, as metralhadoras sob as asas disparando, tal associação sendo nitidamente o resultado de uma juventude gasta na frente da TV. E enquanto eles passassem, uma mulher negra sairia do bangalô. Enxugaria as mãos num pedaço de toalha rosa e lhes lançaria um olhar sem expressão, gente rica num Crown Vic dirigindo-se a Captiva, sem ter a mínima idéia de que, no passado, Carol Shelton ficava acordada à noite num apartamento de 90 dólares por mês, ouvindo os discos e a venda de drogas do andar de cima, sentindo algo vivo nela, algo que a fazia pensar num cigarro caído por trás das cortinas numa festa, pequeno e invisível mas ardendo lentamente perto do tecido.

— Meu bem?

— Nada, já disse. — Passaram pela casa. Não havia mulher alguma. Um velho, branco, não negro, sentado numa cadeira de balanço, observava-os passar. Usava óculos sem aro e tinha no colo um esfiapado atoalhado cor-de-rosa, do mesmo tom da casa. — Estou bem. Só ansiosa para chegar lá e trocar essa roupa por um *short.*

A mão dele tocou o quadril dela — onde a tocara com tanta freqüência durante aqueles primeiros dias — e então esgueirou-se mais para dentro. Ela pensou em detê-lo (mãos romanas e dedos russos, costumavam dizer), mas não o fez. Afinal de contas, estavam em segunda lua-de-mel. Além disso, isso faria aquela expressão desaparecer.

— Talvez — disse ele — possamos fazer uma pausa. Sabe, depois que o vestido sair e antes de o *short* entrar.

— Acho uma ótima idéia — ela colocou a mão sobre a dele, apertando-a mais contra si. À frente, havia uma tabuleta que diria PALM HOUSE 5KM À ESQUERDA, quando chegassem bastante perto para lê-la.

A placa na verdade dizia *PALM HOUSE 3KM À ESQUERDA*. Além dela havia uma outra, a Virgem Maria de novo, com as mãos estendidas e aquela pequena coroa elétrica que não era exatamente um halo na cabeça. Essa versão dizia AS OBRAS DE CARIDADE DE NOSSA SENHORA DA MISERICÓRDIA AJUDAM OS DOENTES DA FLÓRIDA — *VOCÊ* NÃO VAI *NOS* AJUDAR?

— A próxima deve dizer "Burma Shave"* — falou Bill.

Ela não entendeu o que ele quis dizer, mas era nitidamente uma brincadeira. Então riu. A seguinte diria "As Caridades de Nossa Senhora da Misericórdia ajudam os Famintos da Flórida", mas ela não podia contar isso a Bill. Querido Bill. Querido, apesar de suas expressões às vezes idiotas e as alusões às vezes pouco claras. *Ele provavelmente vai deixar você, e sabe de uma coisa? Se você continuar com isso, é o melhor que pode esperar.* Isso segundo o pai dela. Querido Bill, que provara que naquela única vez, a vez crucial, o julgamento dela fora muito melhor do que o do pai. Ainda estava casada com um homem que sua avó chamara de "o grande fanfarrão". Pagando um preço, é verdade, mas qual era mesmo o velho axioma? Deus diz pegue o que quer... e pague por isso.

Coçou a cabeça distraidamente, vigiando o aparecimento do próximo cartaz de Nossa Senhora da Misericórdia.

Por mais horrível que possa ser, as coisas tinham começado a dar uma virada quando ela perdera o bebê, pouco antes de Bill conseguir um emprego nos Computadores Beach, na Rota 128. Foi nessa época que os primeiros ventos da mudança na indústria começaram a soprar.

Perdeu o bebê de aborto natural — todos acreditavam nisso, exceto talvez Bill. Certamente a família dela acreditara: papai, mamãe, vovó. "Aborto natural" foi a história que contaram, aborto natural era a história mais católica do mundo. *Ei, Maria, qual é a história,* elas haviam cantarolado às vezes quando pulavam corda, sentindo-se ousadas e pecaminosas, as saias de seus uniformes flutuando para cima e para baixo sobre os joelhos machucados. Isso foi no Nossa Senhora dos Anjos, onde a Irmã Annunciata batia nos dedos delas com a régua se as pegasse olhando pela janela durante o Período de Castigo, onde Irmã Dormatilla contava a elas que um milhão de anos era apenas um segundo no interminável relógio da eternidade (e se podia passar a eternidade no Inferno, a maioria das pessoas passava, era fácil acontecer isso). No Inferno, vivia-se para sempre com a pele em fogo e os ossos assando. Agora ela estava na Flórida, num Crown Vic, sentada ao lado do marido com a mão ainda no gancho de suas pernas; o vestido ficaria amarrotado, mas isso não tinha importância, se tirasse aquela expressão do rosto dele, e por que a sensação não *parava*?

---

*Antiga marca de espuma de barbear norte-americana que, nos anos 50, fez grande sucesso graças a seus *slogans*. Cada um dos *outdoors* espalhados pelas auto-estradas continha uma frase de um longo *slogan*. [N. do. E.]

Ela pensou numa caixa de correspondência com RAGLAN pintado na lateral e um decalque da bandeira americana na frente e, embora depois o nome se revelasse Reagan e a bandeira um adesivo do Grateful Dead, a caixa estava lá. Carol pensou num pequeno cachorro preto trotando vivamente ao longo do outro lado da estrada, a cabeça baixa, farejando, e o pequeno cachorro preto estava lá. Pensou novamente no *outdoor* e sim, lá estava ele: AS OBRAS DE CARIDADE DE NOSSA SENHORA DA MISERICÓRDIA AJUDAM OS FAMINTOS DA FLÓRIDA — *VOCÊ* NÃO VAI *NOS* AJUDAR?

Bill estava apontando.

— Ali... está vendo? Acho que é Palm House. Não, não onde está o cartaz, no outro lado. Por que deixam as pessoas colocarem essas coisas ali, afinal de contas?

— Não sei. — Ela coçou a cabeça e caspa negra começou a cair passando por seus olhos. Olhou para os dedos, horrorizada de ver manchas escuras em suas pontas; era como se alguém tivesse acabado de tirar suas impressões digitais.

— Bill? — Ela penteou com a mão o cabelo louro e dessa vez os flocos eram maiores. Viu que não eram flocos de pele e sim flocos de papel. Num deles havia um rosto, espiando do resíduo como um rosto espiando de um negativo estragado.

— *Bill?*

— O quê? O q... — Então uma mudança total ocorreu na voz dele, e isso assustou Carol mais do que o modo como o carro oscilava na estrada. — Meu Deus, bem, o que é que você tem no cabelo?

O rosto parecia o de Madre Teresa. Ou seria só porque ela estava pensando no Nossa Senhora dos Anjos? Carol recolheu-o do vestido, querendo mostrá-lo a Bill, mas ele se desmantelou entre os dedos antes que ela pudesse fazê-lo. Carol virou-se para o marido e viu que os óculos de Bill haviam derretido, juntamente com seu rosto. Um dos olhos dele pulou da órbita e rachou-se como uma uva estourando cheia de sangue.

E eu sabia disso, pensou ela. *Mesmo antes de eu me virar para ele, sabia disso. Porque tive aquela sensação.*

Um pássaro gritava nas árvores. No *outdoor*, Maria estendia as mãos. Carol tentou gritar. Tentou gritar.

— Carol?

Era a voz de Bill, vinda de mil quilômetros de distância. A mão dele apertava agora não o espaço entre as suas pernas, mas o seu ombro.

— Você está bem, amor?

Ela abriu os olhos para o sol brilhante e os ouvidos para o contínuo zumbir dos motores do Learjet. E algo mais — a pressão em seus ouvidos. Ela olhou do rosto levemente preocupado de Bill para o dial abaixo do medidor de temperatura na cabine e viu que ele havia baixado para 28 mil.

— Aterrissagem? — disse ela numa voz indistinta. — Já?

— E rápido, hein? — Ele parecia contente, como se tivesse pilotado em vez de pagar alguém para fazê-lo. — O piloto diz que aterrissaremos em Fort Myers em 20 minutos. Você deu um pulo e tanto, garota.

— Tive um pesadelo.

Ele riu — o riso suave tipo como-você-é-tola que ela passara de fato a detestar.

— Não é permitido nenhum pesadelo em sua segunda lua-de-mel, meu bem. Como foi?

— Não lembro — disse ela, e era verdade. Havia apenas fragmentos: Bill com os óculos derretidos escorrendo pelo rosto, e um dos três ou quatro versinhos proibidos que elas cantarolavam na quinta e na sexta séries. Era *Ei, Maria, qual é a história*... e então alguma coisa, alguma coisa. Não conseguia lembrar do resto. Podia lembrar de *Tra-tai-da-dai, eu vi o bilro do papai*, mas não conseguia lembrar de nenhuma sobre Maria.

Maria ajuda os doentes da Flórida, pensou ela, sem nenhuma idéia do que significava o pensamento, e nesse momento houve um bipe quando o piloto ligou a luz de apertar o cinto. Tinham iniciado a descida final. *A zoeira alucinada vai começar*, pensou, apertando o cinto.

— Você não se lembra mesmo? — perguntou ele, apertando o próprio cinto. O pequeno jato atravessou uma nuvem com alguns sacolejos, um dos pilotos na cabine fez um ajuste menor e a viagem suavizou-se de novo — Porque geralmente, logo depois que acorda, você ainda lembra. Mesmo dos ruins.

— Lembro de Irmã Annunciata, do Nossa Senhora dos Anjos. Período de castigo.

— Bem, *isso* é um pesadelo.

Dez minutos depois, o trem de aterrissagem desceu com um gemido e um baque surdo. Cinco minutos depois, eles aterrissaram.

— Eles deviam tirar logo o carro do avião — disse Bill, já iniciando a chatice Tipo A. Ela não gostou, mas, pelo menos, não a detestava tanto quanto detestava o riso suave e o repertório de olhares paternalistas dele. — Espero que não tenha havido um problema.

Não tinha, pensou ela, e a sensação varreu-a com força. *Vou vê-lo pela minha janela em apenas dois ou três segundos. É seu carro de férias totais na Flórida, a droga de um grande Cadillac branco, ou talvez seja um Lincoln*...

E lá vinha ele sim, o que provava isso? Bem, pensou ela, provava que, às vezes, quando se tem um *déjà vu*, o que se pensa que vai acontecer acontece mesmo. Não era um Caddy nem um Lincoln afinal de contas, e sim um Crown Victoria — o que os gângsters nos filmes de Martin Scorsese sem dúvida chamariam de um Crown Vic.

— Ôoo — disse ela, quando Bill a ajudou a descer a escada do avião. O sol quente a fez sentir-se tonta.

— O que foi?

— Nada. Tive um *déjà vu*. Acho que é resto do meu sonho. Aquele tipo de coisa: já estivemos aqui antes.

— É o fato de estar num lugar estranho, só isso — disse ele, e beijou o seu rosto. — Vamos, a zoeira alucinada vai começar.

Foram para o carro. Bill mostrou a carteira de motorista à jovem que tirara o carro do avião. Carol viu-o examinar as pernas da moça e então assinar o documento na prancheta que lhe era estendida.

Ela vai deixar a prancheta cair, pensou Carol. De tão forte agora, a sensação era como estar num brinquedo do parque de diversões que vai rápido demais; você percebe imediatamente que está deixando a Terra da Diversão e entrando no Reino da Náusea. *Vai deixá-la cair, Bill dirá "Opa" e vai pegá-la do chão para ela, dando uma olhada mais de perto em suas pernas.*

Mas a mulher da Hertz não deixou cair a prancheta. Uma *van* branca, de cortesia, apareceu para levá-la de volta ao terminal da Butler Aviation. Ela deu a Bill um último sorriso — ignorara completamente Carol — e abriu a porta do carro do lado do passageiro. Então deu um passo para a frente e escorregou.

— Opa — disse Bill e segurou-a pelo cotovelo, firmando-a. Ela sorriu para ele, que deu às pernas bem torneadas dela um olhar de adeus. Carol ficou ali, junto à crescente pilha da bagagem deles, pensando *Ei, Maria*...

— Sra. Shelton? — era o co-piloto que trazia a última bolsa, contendo o estojo com o *laptop* de Bill, e parecia preocupado. — A senhora está bem? Está tão pálida.

Bill ouviu-o e desviou os olhos da *van* branca que partia, preocupado. Se os sentimentos mais fortes de Carol sobre Bill fossem seus únicos sentimentos sobre Bill, agora que já tinham 25 anos de casados, ela o teria deixado quando decobrira sobre a secretária, uma falsa loura jovem demais para lembrar o *slogan* da Clairol que começava dizendo "Se eu tivesse apenas uma vida para viver". Mas havia outros sentimentos. Havia amor, por exemplo. Amor ainda. Do tipo que as garotas com o uniforme da escola católica não suspeitavam, uma espécie resistente e antipática demais para morrer.

Além disso, não era apenas o amor que mantinha duas pessoas juntas. Havia os segredos, e o preço que se pagava por mantê-los.

— Carol? — perguntou ele. — Benzinho? Tudo bem?

Ela pensou em lhe dizer que não, que não estava bem, estava se afogando. Mas conseguiu sorrir.

— É o calor, só isso. Estou meio tonta. Me leva para o carro e liga o ar-condicionado. Vou melhorar.

Bill a pegou pelo cotovelo (*Aposto que você não está de olho nas minhas pernas*, pensou Carol. *Você sabe o que tem no final delas, não é?*) e conduziu-a ao Crown Vic como se Carol fosse uma mulher muito velha. Quando a porta estava fechada e o ar frio sendo bombeado sobre seu rosto, ela de fato começou a se sentir um pouco melhor.

Se a sensação voltar, vou contar a ele, pensou Carol. *Vou ter que contar, é forte demais. Não é normal.*

Bem, o *déjà vu* nunca era normal, achava ela — e sim algo parte sonho, parte química (tinha certeza de que lera isso, talvez num consultório médico em algum lugar, enquanto esperava que o ginecologista sondasse sua racha de 52 anos) e parte o resultado de uma falha elétrica no cérebro, fazendo com que experiências novas fossem identificadas como dados antigos. Um buraco temporário na canalização, água quente e fria se misturando. Fechou os olhos e rezou para que a sensação fosse embora.

Ah, Maria concebida sem pecado, rogai por nós que recorremos a vós. Por favor, sem voltar às aulas de catecismo. Isso deviam ser umas férias, e não...

Floyd, o que é aquilo lá? Ah, que merda! Ah, QUE MERDA!

Quem era Floyd? O único Floyd que Bill conhecia era Floyd Dorning (ou talvez fosse Darling), o garoto com quem administrara a lanchonete, o que fugira para Nova York com a namorada. Carol não conseguia lembrar quando Bill lhe contara sobre o rapaz, mas sabia que ele contara.

Deixe disso, garota. Não há nada aqui para você. Bata a porta no nariz de todos os pensamentos desse tipo.

E isso funcionou. Houve um sussurro final — *qual é a história* — e então ela era apenas Carol Shelton a caminho de Captiva Island, a caminho de Palm House com o marido, o famoso criador de *softwares*, a caminho das praias e dos drinques com rum, e do som de uma banda de metais tocando "Margaritaville".

Passaram por um mercado Publix. Passaram por um velho negro tomando conta de um quiosque de frutas à beira da estrada — ele a fez pensar em atores dos anos 30 e fitas que se viam no canal de filmes clássicos, um negro cordato dos velhos tempos, de macacão e um chapéu de palha com uma copa redonda. Bill batia papo com ela, que respondia. Estava ligeiramente surpresa que a menina que usara o medalhão de Maria todos os dias dos dez aos 16 anos tivesse se tornado essa mulher com o vestido de Donna Karan — que o casal desesperado no apartamento de Revere fosse esse rico par de meia-idade, rodando por uma luxuriante alameda de palmeiras — mas era ela e eram eles sim. Certa vez, na época de Revere, Bill voltara para casa bêbado e ela batera nele, tirando sangue de seu rosto. No passado, Carol tivera medo do inferno e se deitara meio drogada numa mesa ginecológica pensando *Estou danada, cheguei à danação. Um milhão de anos, e isso é apenas o primeiro segundo do relógio.*

Pararam à cabine de pedágio da rodovia e Carol pensou: *O homem do pedágio tem uma marca de nascença vermelha no lado esquerdo da testa, misturada com a sobrancelha.*

Não havia nenhuma marca — o homem do pedágio era um sujeito comum de seus quarenta e tantos ou cinqüenta e poucos, cabelos grisalhos cortados à escovinha, óculos de aro de tartaruga, o tipo do sujeito que diz "Tenham umas boas férias, okaai?". Mas a sensação começou a voltar, e Carol percebeu que agora as coisas que pensava conhecer ela realmente conhecia, no início nem todas, mas depois, no momento em que se aproximaram do mercadinho do lado direito da Rota 41, quase tudo.

O nome do mercado é Corson's e há uma meninazinha na frente usando um avental vermelho, pensou Carol. *Ela tem uma boneca, uma coisinha suja de cabelos amarelos que deixou nos degraus da loja para poder olhar um cachorro na parte de trás de uma caminhonete.*

O mercado se chamava de fato Carson's, não Corson's, mas tudo o mais era o mesmo. Enquanto o Crown Vic branco passava, a meninazinha de avental vermelho virou o rosto solene na direção de Carol, um rosto de menina do campo, embora Carol não soubesse o que uma garota do interior, com sua suja boneca de cabelos amarelos, pudesse estar fazendo naquela área turística de gente rica.

É aqui que eu pergunto a Bill se é muito longe, só que não farei isso, porque tenho que romper esse ciclo, essa rotina. Preciso fazê-lo.

— É muito longe? — perguntou. *Ele diz que só há uma estrada, não podemos nos perder. Promete que chegaremos a Palm House sem qualquer problema. E por falar nisso, quem é Floyd?*

A sobrancelha de Bill se ergueu. A covinha ao lado da boca surgiu.

— Depois que se sai da rodovia e se entra na ilha Sanibel, só há uma estrada. — Carol mal o ouviu. Ele ainda falava sobre a estrada, o marido que passara um safado fim de semana na cama com a secretária dois anos atrás, arriscando tudo o que haviam feito e construído, Bill usando sua outra cara, sendo o Bill que a mãe de Carol avisara que partiria seu coração. E mais tarde Bill tentando dizer a ela que não pudera evitar, ela querendo gritar *Eu já matei uma criança por você, o embrião de uma criança, de qualquer modo. Qual é o preço disso? E é isso que eu recebo em troca? Chegar à casa dos 50 e descobrir que meu marido transou com a garota Clairol?*

Diga a ele!, ela gritou. *Faça-o parar, obrigue-o a fazer algo que a liberte... mude alguma coisa, mude tudo! Você pode fazer isso... se pôde subir naquela cama ginecológica, pode fazer qualquer coisa.*

Mas ela não podia fazer nada, e tudo começou a passar mais rápido. Os dois corvos superalimentados levantaram vôo do almoço atropelado na estrada. Bill perguntou por que Carol estava sentada daquele jeito, se era câibra, e ela respondera que sim, uma câibra nas costas, mas que estava melhorando. Sua boca tagarelava sobre o *déjà vu* como se ela não estivesse se afogando nele, e o Crown Vic avançava como um daqueles sádicos carrinhos de parque de diversões em Revere Beach. Palmdale Motors vinha à direita. E à esquerda? Uma espécie de aviso sobre o teatro da comunidade local, uma produção de *Ó Marieta.*

É Maria, não Marieta. Maria, mãe de Jesus, mãe de Deus, ela estende as mãos...

Carol fez um grande esforço para dizer ao marido o que acontecia, porque o Bill certo estava ao volante, o Bill certo ainda podia ouvi-la. O amor de um casal tinha a ver com ser ouvido.

Nada saiu. Em sua mente, a avó dizia: "Todos os dias difíceis estão chegando." Em sua mente, uma voz perguntava a Floyd o que era aquilo, depois dizia "Ah, que merda", e depois *gritava* "Ah, que merda!".

Olhou para o velocímetro e viu que estava calibrado não em quilômetros por hora e sim em milhares de pés: estavam a 28 mil pés e descendo. Bill lhe dizia que ela não devia ter dormido no avião, e ela concordava.

Uma casa rosa começava a aparecer, pouco mais que um bangalô, margeada de palmeiras que pareciam as que se vêem nos filmes da Segunda Guerra Mundial, copas emoldurando Learjets surgindo com suas metralhadoras flamejando...

Flamejando. Ardentes. Imediatamente, a revista que ele está segurando transforma-se numa tocha. Santa Maria, mãe de Deus, você aí, Maria, qual é a história...

Passaram pela casa. O velho sentado à varanda os viu passar, as lentes de seus óculos sem aro cintilaram ao sol. A mão de Bill estabelecera uma cabeça de ponte no quadril de Carol. Ele disse algo sobre como poderiam fazer uma pausa para se refrescarem entre a tirada do vestido dela e a colocação do *short*, e ela concordou, embora jamais fossem chegar a Palm House. Iam descer e descer por aquela estrada, como se fossem feitos para o Crown Vic branco e o Crown Vic para eles, eternamente e para sempre, amém.

O *outdoor* seguinte dizia PALM HOUSE 3KM. Além dele, havia o outro dizendo que as obras de caridade de Nossa Senhora da Misericórdia ajudavam os doentes da Flórida. Vocês as ajudariam?

Agora que era tarde demais, Carol começava a entender. Começava a ver a luz do mesmo modo que podia ver o sol subtropical tirando fagulhas da água à esquerda. Cogitando quantos erros cometera na vida, quantos pecados, se você gosta da palavra, Deus sabe que os pais dela e sua avó certamente gostavam, pecado isso e pecado aquilo, e use o medalhão entre essas coisas que crescem em você e que atraem os olhos dos rapazes. E anos depois, deitada com o novo marido nas noites quentes de verão, sabia que uma decisão tinha que ser tomada, sabia que o relógio estava correndo, a guimba do cigarro se consumindo, e lembrava de tomar a decisão, sem falar alto com Bill acerca disso, porque sobre certas coisas se podia silenciar.

Coçou a cabeça, e flocos pretos passaram por seu rosto girando. No painel de instrumentos do Crown Vic, o velocímetro congelou-se em 16 mil pés e depois estourou, mas Bill pareceu não notar.

Lá vinha uma caixa de correspondência com um adesivo do Grateful Dead grudado na frente; lá vinha um pequeno cachorro preto com a cabeça baixa, trotando atarefadamente, e nossa, como sua cabeça coçava, flocos pretos flutuando no ar como detritos radioativos, e o rosto de madre Teresa espiando de um deles.

AS CARIDADES DE NOSSA SENHORA AJUDAM OS FAMINTOS DA FLÓRIDA — *VOCÊ* NÃO VAI *NOS* AJUDAR?

Floyd. O que é aquilo lá? Ah, que merda.

Ela tem tempo de ver algo grande. E de ler a palavra DELTA.

— Bill? *Bill?*

A resposta dele, suficientemente clara, mas vindo do outro lado do universo:

— Meu Deus, meu bem, o que é que você tem no *cabelo*?

Ela recolheu o resíduo remanescente do rosto de Madre Teresa do colo e estendeu-o a Bill, a versão mais velha do homem com quem casara, o fodedor de secretárias com quem casara, o homem que, apesar disso, a resgatara da turma que pensava que se podia viver para sempre no paraíso desde que se acendessem muitas velas, se usasse *blazer* azul e se cantarolassem apenas os versinhos permitidos quando se pulasse corda. Deitada com aquele homem numa noite quente de verão enquanto drogas eram negociadas no andar de cima, e o Iron Butterfly cantava "In-A-Gadda-Da-Vida" pela nonagésima bilionésima vez, ela perguntara o que ele achava que acontecia depois da morte. Quando seu personagem na peça sai de cena. Ele a tomara nos braços e ficara assim com ela, enquanto Carol ouvia o som áspero, dissonante, da rua principal lá na praia, e o choque dos carrinhos no parque de diversões e Bill...

Os óculos de Bill estavam derretidos no seu rosto. Um olho pulara da órbita. Sua boca era um buraco sangrento. Nas árvores, um pássaro chorava, um pássaro *gritava*, e Carol começou a gritar com ele, estendendo o fragmento carbonizado do papel com o retrato de Madre Teresa, gritando, observando as faces dele ficarem negras, e sua testa enxamear, e seu pescoço abrir-se como um bócio envenenado, gritando, ela estava gritando, e em algum lugar o Iron Butterfly cantava "In-A-Gadda-Da-Vida" e ela gritava.

— Carol?

Era a voz de Bill, a mil quilômetros de distância. Sua mão estava sobre ela, mas em seu toque havia mais preocupação do que luxúria.

Ela abriu os olhos e olhou a cabine do Lear 35 ao sol brilhante, e por um momento entendeu tudo — como se entende o tremendo significado de um sonho ao primeiro momento de despertar. Lembrava de perguntar a Bill o que será que acontecia às pessoas... bem, no *outro lado*, e ele dissera que provavelmente se receberia o que sempre se pensara receber, que se Jerry Lee Lewis achava que ia para o Inferno tocando *boogie-woogie*, era exatamente isso que teria. Céu, Inferno ou Grand Rapids, a escolha era sua — ou daqueles que o tinham ensinado em que acreditar. Era o grande truque final da mente humana: a percepção de passar a eternidade onde sempre se esperou passá-la.

— Carol? Você está bem, meu amor? — Segurava numa das mãos a revista que estava lendo, uma *Newsweek* com Madre Teresa na capa. SANTIDADE AGORA? estava escrito em branco.

Olhando desnorteada pela cabine, ela pensava: *Acontece a 16 mil pés. Tenho que contar a eles, tenho que avisá-los.*

Mas tudo estava sumindo da maneira como tais sensações sempre sumiam. Desapareciam como sonhos, ou algodão-doce transformando-se num nevoeiro açucarado em sua língua.

— Aterrissando? Já? — Sentiu-se totalmente acordada, mas sua voz parecia espessa e confusa.

— É rápido, hein? — disse ele, parecendo contente, como se tivesse pilotado ele mesmo em vez de pagar alguém para fazê-lo. — Floyd diz que estaremos no chão em...

— Quem? — perguntou ela. A cabine do pequeno avião era morna, mas os dedos dela estavam gelados. — Quem?

— Floyd. O *piloto.* — Bill apontou com o polegar para o banco esquerdo da cabine. Estavam entrando numa fina tela de nuvens. O avião começou a sacudir. — Ele diz que aterrissaremos em Fort Myers em 20 minutos. Você deu um pulo e tanto, garota. E antes disso estava gemendo.

Carol abriu a boca para dizer que era a sensação, aquela que só se pode dizer em francês, algo com *vu* ou *vous*, mas a sensação estava sumindo e tudo o que disse foi "Tive um pesadelo".

Houve um bipe quando Floyd, o piloto, apertou o botão que acendia a luz de "Apertem os cintos". Carol virou a cabeça. Em algum ponto abaixo, esperando por eles agora e para sempre, estava um carro branco da Hertz, um carro de gângster, do tipo que personagens de um filme de Martin Scorsese provavelmente chamariam de Crown Vic. Ela olhou para o rosto de Madre Teresa na capa da revista e imediatamente lembrou de quando pulava corda seguindo os versinhos proibidos atrás do Nossa Senhora dos Anjos, pulando enquanto cantava um que dizia *Maria, qual é a história, salve minha pele do Purgatório.*

Os dias difíceis estão chegando, dissera sua avó. E apertara o medalhão na palma de Carol, enrolando a corrente em seus dedos. *Os dias difíceis estão chegando.*

—

Acho que este conto é sobre o Inferno. Uma versão dele onde se é condenado a fazer a mesma coisa repetidamente. Existencialismo, meu bem, que conceito; invocando Albert Camus. Existe a idéia de que o Inferno são os outros. Minha idéia é que pode ser a repetição.

1.408

Assim como a sempre popular história de enterro prematuro, todo escritor de terror-suspense deveria escrever pelo menos um conto sobre a Sala Fantasma no Hotel. Esta é a minha versão dessa história. A única coisa pouco habitual nisso é que nunca pretendi terminá-la. Escrevi as primeiras três ou quatro páginas como parte de um apêndice para meu livro On Writing [Sobre escrever], *querendo mostrar aos leitores como uma história desenvolve-se do primeiro esboço para um segundo. Queria principalmente fornecer exemplos concretos dos princípios sobre os quais eu vinha tagarelando no texto. Mas algo bacana aconteceu: a história me seduziu, e acabei escrevendo-a toda. Acho que o que nos assusta varia amplamente de indivíduo para indivíduo (nunca consegui entender por que* boomslangs *peruanas dão calafrios em algumas pessoas, por exemplo), mas esta história me assustou enquanto eu trabalhava em seu texto. Ela apareceu originalmente como parte de uma coletânea em aúdio chamada* Blood and Smoke [Sangue e Fumaça], *e o áudio me assustou ainda mais. Chegou mesmo a me apavorar. Mas quartos de hotel são locais naturalmente sinistros, não acha? Isto é, quantas pessoas dormiram naquela cama antes de você? Quantas estavam doentes? Quantas estavam enlouquecendo? Quantas talvez pensassem em ler alguns versículos finais da Bíblia na gaveta da mesinha para depois se enforcarem no* closet *ao lado da tevê? Brrrr. De qualquer modo, vamos entrando. Aqui está a sua chave... e pode observar com calma o que esses quatro números inocentes significam. É bem no final do corredor.*

I

MIKE ENSLIN ESTAVA ainda à porta giratória quando viu Olin, o gerente do Hotel Dolphin, sentado numa das superestofadas poltronas da sala de estar. O coração de Mike afundou. *Talvez eu devesse ter trazido o advogado novamente,* pensou. Bem, agora era tarde demais. E mesmo se Olin tivesse resolvido colocar mais um ou dois obstáculos entre Mike e o quarto 1.408, isso não era de todo mau; havia compensações.

Olin estava cruzando a sala com uma rechonchuda mão estendida quando Mike deixou para trás a porta giratória. O Dolphin situava-se na Rua Sessenta e Um, perto da esquina da Quinta Avenida, pequeno mas elegante. Um casal vestido a rigor passou por Mike quando ele alcançou a mão de Olin, mudando para a mão esquerda a pequena bolsa com roupas e alguns objetos. A mulher era loura e usava um vestido preto, claro, e seu perfume leve e florido parecia sintetizar Nova York. No bar do mezanino, alguém tocava "Night and Day" como se sublinhasse tal sintetização.

— Sr. Enslin. Boa-noite.

— Sr. Olin. Algum problema?

Olin parecia magoado. Por um momento, ele relanceou os olhos pelo saguão pequeno e elegante, como se buscasse ajuda. No balcão da recepção, um homem discutia sobre entradas de teatro com a mulher, enquanto o próprio recepcionista os observava com um leve sorriso paciente. À mesa da frente, um homem, com uma aparência que só se tem após longas horas na Classe Executiva, discutia sua reserva com uma mulher num elegante terninho preto que poderia ser usado também como traje de noite. Os negócios corriam como sempre no Hotel Dolphin. Havia ajuda para todos, exceto para o pobre Sr. Olin, que caíra nas garras do escritor.

— Sr. Olin? — repetiu Mike.

— Sr. Enslin... posso falar um momento com o senhor no meu escritório?

Bem, por que não? Isso ajudaria na parte sobre o quarto 1.408, aumentaria o tom agourento pelo qual os leitores de seus livros pareciam ansiar, e não era tudo. Mike Enslin não tivera certeza até agora, apesar de todas as informações coletadas; agora tinha. Olin estava realmente com medo do quarto 1.408, e do que pudesse acontecer a Mike ali, naquela noite.

— Claro, Sr. Olin.

Olin, o bom hospedeiro, estendeu a mão para a valise de Mike.

— Permita-me.

— Não se preocupe — disse Mike. — Aqui tem apenas uma muda de roupa e uma escova de dentes.

— Tem certeza?

— Tenho — disse Mike. — Já estou usando minha camisa havaiana da sorte. — Sorriu. — É a que tem repelente contra fantasma.

Olin não sorriu. Em vez disso, suspirou, um homenzinho redondo de fraque e uma gravata com um laço cuidadoso.

— Muito bem, Sr. Enslin. Então vamos.

O gerente do hotel parecera hesitante no saguão, quase derrotado. Em seu escritório com painéis de carvalho, com as fotos do hotel pelas paredes (o Dolphin fora inaugurado em 1910 — Mike podia publicar sem o benefício das resenhas nos diários ou jornais da cidade grande, mas fazia um dever de casa), Olin parecia ganhar segurança novamente. Um tapete persa cobria o chão do escritório, e dois abajures de pé emitiam uma suave luz amarela no ambiente. Uma lâmpada com quebra-luz verde em forma de losango ocupava o meio da mesa, junto a um umedecedor. E junto a este estavam os últimos três livros de Mike Enslin. Edições populares, claro: nenhum livro tivera uma edição em capa dura. *Meu anfitrião também vem fazendo um pouco de pesquisa*, pensou Mike.

Mike sentou-se em frente à mesa. Esperava que Olin sentasse atrás dela, mas o gerente o surpreendeu. Instalou-se na cadeira ao lado de Mike, cruzou as pernas e inclinou-se para a frente por cima de seu comportado ventrezinho para tocar o umedecedor.

— Charuto, Sr. Enslin?

— Não fumo, obrigado.

Os olhos de Olin deslocaram-se para o cigarro atrás da orelha direita de Mike — uma ponta elegante guardada ali como um repórter dos velhos tempos guardaria o próximo cigarro, logo abaixo da etiqueta IMPRENSA enfiada na fita de seu chapéu. O cigarro tornara-se tão parte dele que por um momento Mike honestamente não sabia o que Olin estava olhando. Então riu, tirou o cigarro, olhou-o e fitou Olin novamente.

— Há nove anos que não fumo — disse. — Tive um irmão mais velho que morreu de câncer no pulmão. Larguei o hábito depois que ele morreu. O cigarro atrás da orelha... — Sacudiu os ombros. — Parte afetação, parte superstição, acho eu. Como a camisa havaiana. Ou os cigarros que a gente vê nas mesas e paredes, dentro de uma pequena caixa com um aviso dizendo QUEBRE O VIDRO EM CASO DE EMERGÊNCIA. O quarto 1.408 é um quarto de fumantes, Sr. Olin? Só para o caso de estourar uma guerra nuclear.

— Na verdade, é.

— Bem — disse Mike entusiasticamente —, isso é menos uma preocupação na vigilância noturna.

O Sr. Olin suspirou de novo, mas sem o tom desconsolado de seu suspiro do saguão. Sim, era o escritório, concluiu Mike. O escritório *de Olin*, seu lugar especial. Mesmo naquela tarde, quando Mike viera acompanhado por Robertson, o advogado, Olin parecera menos agitado depois de entrarem ali. E por que não? Em que outro lugar a pessoa se sente no controle das coisas senão em seu lugar especial? O escritório de Olin era um aposento com bons quadros nas paredes, um bom tapete no chão e bons charutos no umedecedor. Sem dúvida, muitos gerentes tinham administrado inúmeros negócios ali desde 1910; a seu próprio modo, o local era tão Nova York quanto a loura com seu vestido preto sem alças, seu perfume e sua inarticulada promessa de nova-iorquino sexo suave pelas madrugadas.

— Continua achando que não posso fazê-lo desistir da idéia, não é? — perguntou Olin.

— Sei que não pode — disse Mike, recolocando o cigarro atrás da orelha. Ele não alisava o cabelo para trás com Vitalis ou Wildroot Cream Oil, como os jornalistas de outrora com seus vistosos chapéus, mas ainda mudava o cigarro todos os dias, exatamente como a roupa de baixo. A pessoa transpira atrás da orelha; se ele examinasse o cigarro no final do dia antes de jogá-lo, não fumado, no toalete, poderia ver o tênue resíduo desse suor no fino papel branco. Isso não aumentava a tentação de acendê-lo. Agora já não conseguia entender como fumara por quase 20 anos — 30 guimbas por dia, às vezes 40. *Por que* fizera aquilo era uma pergunta ainda melhor.

Olin recolheu a pequena pilha de livros em cima do mata-borrão.

— Espero sinceramente que o senhor esteja errado.

Mike abriu o zíper do bolso lateral da bolsa e tirou de lá um minigravador Sony.

— Não se importa se eu gravar a conversa, não é, Sr. Olin?

Olin fez um gesto com a mão. Mike apertou o botão de GRAVAR e a pequena luz vermelha acendeu. A fita começou a girar.

Enquanto isso, Olin examinava lentamente a pilha de livros, lendo seus títulos. Como sempre quando via seus livros na mão de alguém, Mike Enslin sentia uma esquisita mistura de emoções: orgulho, desconforto, divertimento, desafio e vergonha. Não tinha por que sentir vergonha deles quando o vinham sustentando muito bem nos últimos cinco anos, e não tinha que dividir seus lucros com os livreiros ("putas de livros", era como seu agente os chamava, talvez em parte com inveja), porque criara o próprio conceito. Apesar de que, após ter vendido o primeiro livro tão bem, só um idiota não teria percebido o conceito. O que havia para fazer depois de *Frankenstein* senão *A noiva de Frankenstein*?

Mesmo assim, ele havia ido para Iowa. Estudara com Jane Smiley. Participara certa vez de uma mesa-redonda com Stanley Elkin. Aspirara outrora (absolutamente ninguém em seu atual círculo de amigos e conhecidos tinha a mínima pista disso) a ser publicado como um jovem poeta de Yale. E quando o gerente do hotel começou a dizer o nome dos títulos, Mike descobriu que desejava não ter desafiado Olin com o gravador. Mais tarde, escutaria o tom comedido de Olin e imaginaria sentir neles um certo desprezo. Tocou o cigarro por trás da orelha sem notar.

— *Dez noites em dez casas mal-assombradas* — leu Olin. — *Dez noites em dez cemitérios mal-assombrados. Dez noites em dez castelos mal-assombrados.* — Olhou para Mike com um tênue sorriso nos cantos da boca. — Foi para a Escócia por causa desse. Sem falar nos bosques de Viena. E tudo deduzido do imposto de renda, certo? Assombração é a sua profissão, afinal de contas.

— O que está querendo dizer?

— O senhor é sensível em relação ao assunto, não é? — perguntou Olin.

— Sensível sim, vulnerável não. Se está esperando me convencer a sair do seu hotel criticando meus livros...

— Não, de modo nenhum. Eu só estava curioso. Mandei Marcel... é o porteiro do turno da manhã... comprar seus livros há dois dias, logo que o senhor apareceu com a sua... solicitação.

— Foi uma exigência, não uma solicitação. Ainda é. O senhor escutou o Sr. Robertson; a lei do Estado de Nova York, sem falar nas duas leis federais sobre direitos civis, proíbe que o senhor me negue hospedagem num determinado quarto, se eu pedir esse quarto e ele estiver vago. E o 1.408 está vago. Está *sempre* vago atualmente.

Mas o Sr. Olin não ia deixar de lado os últimos três livros de Mike — todos na lista dos mais vendidos do *New York Times* — ainda não. Simplesmente folheou-os uma terceira vez. A lâmpada suave refletia-se nas capas brilhantes, com grande quantidade de cor púrpura. A púrpura vendia livros de terror melhor do que qualquer outra cor, Mike soubera.

— Não tive chance de começar a lê-los até o princípio da noite — disse Olin. — Ando muito ocupado. O Dolphin é pequeno para os padrões de Nova York, mas funcionamos com uma ocupação de 90%. E geralmente um problema entra pela porta com cada hóspede.

— Como eu.

Olin sorriu ligeiramente.

— O senhor é um problema especial, Sr. Enslin. O senhor, o Sr. Robertson e todas as suas ameaças.

Mike se sentiu irritado de novo. Não fizera ameaça nenhuma, a não ser que o próprio Robertson fosse uma ameaça. E fora forçado a usar o advogado como alguém pode se ver obrigado a usar um pé-de-cabra na fechadura enferrujada e inutilizada de um cofre.

O cofre não é seu, disse uma voz dentro dele, mas as leis do estado e do país diziam o contrário. Elas afirmavam que o quarto 1.408 do Hotel Dolphin era seu se ele quisesse, na medida em que ninguém o tivesse alugado primeiro.

Teve consciência de que Olin o observava, ainda com o tênue sorriso. Como se estivesse acompanhando o diálogo interior de Mike quase palavra por palavra. Para Mike, era uma sensação desconfortável, da mesma forma como aquela reunião se tornara inesperadamente desconfortável. Parecia estar na defensiva desde que pegara o gravador (o que era geralmente intimidante) e o ligara.

— Se o que estamos fazendo aqui tem uma razão de ser, Sr. Olin, acho que a perdi de vista. E tive um dia longo. Portanto, se sua argumentação sobre o quarto 1.408 terminou, eu gostaria de subir e...

— Li um... ahh, como o senhor os chama? Ensaios? Histórias?

Bill chamava-os de pagadores-de-contas, mas não ia dizer isso com a fita girando. Mesmo a fita sendo sua.

— Contos — decidira Olin. — Li um conto de cada livro. Aquele sobre a casa Rilsby em Kansas, do livro *Casas mal-assombradas*...

— Ah, sim. Os assassinatos a machado. — O camarada que esquartejara seis mombros da família Eugene Rilsby nunca fora capturado.

— Exatamente. E o da noite em que o senhor passou acampado nos túmulos dos amantes que se suicidaram, no Alasca... aqueles que as pessoas dizem aparecer por Sitka... e o relato de sua noite no Castelo Gartsby. Aquele foi realmente muito divertido. Fiquei surpreso.

O ouvido de Mike estava cuidadosamente sintonizado para apreender as notas invisíveis de desprezo até nos comentários mais suaves sobre sua série *Dez noites*, e não tinha dúvida de ouvir, às vezes, um desprezo que não existia — poucas criaturas na Terra são tão paranóicas quanto o escritor que acredita, no fundo do coração, que está ficando pior no que faz, descobrira Mike — mas não acreditava haver nenhum desprezo ali.

— Obrigado. Acho eu — disse ele. Deu uma olhadela no gravador. Geralmente o pequeno olho vermelho do objeto parecia observar o outro sujeito, desafiando-o a dizer a coisa errada. Naquela noite, parecia estar olhando para o próprio Mike.

— Ah, sim, eu disse isso como um cumprimento. — Olin tamborilou nos livros. — Espero terminar esses... mais pela maneira de escrever. É a maneira de escrever que eu gosto. Fiquei surpreso em achar graça nas suas aventuras muito pouco sobrenaturais no Castelo Garsby, e fiquei surpreso também em ver como o senhor é bom. Como é *sutil*. Esperava mais machadadas e mais cortes.

Mike juntou as forças contra o que certamente viria a seguir, a variação de Olin para *O que uma boa moça como você está fazendo num lugar como este*. Olin, o hoteleiro urbano, anfitrião de louras que saíam de vestido preto pela noite, que contratava homens magros e prestes a se aposentarem que dedilhavam, de *smoking*, velhos clássicos como "Night and Day" no bar do hotel. Olin que provavelmente lia Proust em suas noites de folga.

— Mas seus livros são perturbadores também. Se eu não tivesse dado uma olhada neles, acho que não teria me dado ao trabalho de esperar o senhor esta noite. Quando vi aquele advogado com a pasta, soube que o senhor pretendia ficar naquele quarto desgraçado, e que nada do que eu dissesse o faria desistir. Mas os livros...

Mike estendeu a mão e desligou o gravador — aquele pequeno olho fixo estava começando a deixá-lo nervoso.

— Quer saber por que estou apelando? É isso?

— Imagino que o faça pelo dinheiro — disse Olin suavemente. — Embora seja interessante que o senhor tenha interpretado dessa maneira o que eu disse.

Mike sentiu um calor no rosto. Não, aquilo não estava absolutamente correndo como ele imaginara; nunca havia desligado o gravador no meio de uma conversa. Mas Olin não era o que ele esperara. *Fui desviado do caminho pelas mãos dele,* pensou Mike. *Essas mãozinhas gorduchas de gerente de hotel com suas nítidas meias-luas brancas de unha manicurada.*

— O que me preocupou... o que me *assustou*... foi perceber que estava lendo o trabalho de um homem inteligente e talentoso que não acredita numa *única coisa que escreveu.*

Não era exatamente verdade, pensou Mike. Escrevera talvez umas duas dúzias de contos em que acreditava, publicara alguns. Escrevera resmas de poesia em que acreditara durante seus primeiros 18 meses em Nova York, quando passara fome na folha de pagamento de *The Village Voice.* Mas acreditava que o fantasma sem cabeça de Eugene Rilsby caminhava pela fazenda abandonada de Kansas ao luar? Não. Mike passara a noite naquela fazenda, acampado nas ondulações de linóleo sujo do chão da cozinha, e não vira nada mais assustador do que dois camundongos passeando pelo rodapé. Passara uma quente noite de verão nas ruínas do castelo da Transilvânia onde Vlad Tepes supostamente ainda reinava; os únicos vampiros a aparecerem foram uma nuvem de mosquitos europeus. Durante a noite em que acampara junto ao túmulo de Jeffrey Dhamer, o assassino serial, uma figura branca manchada de sangue e com uma faca na mão realmente *aparecera* na escuridão às duas horas da madrugada, mas as risadinhas dos amigos da aparição entregaram o embuste; de qualquer modo, Mike Enslin não ficara muito impressionado — reconhecia um fantasma adolescente brandindo uma faca de borracha quando via um. Mas não tinha nenhuma intenção de contar isso a Olin. Ele não poderia arcar com as...

Mas *podia* sim. O gravador (um equívoco desde o início, compreendia agora) fora novamente posto de lado, tornando aquela reunião tão pouco gravada quanto se podia querer. Além disso, passara a admirar Olin de um modo esquisito. E, quando você admira um homem, tem vontade de lhe dizer a verdade.

— Não — disse ele. — Não acredito em espiritozinhos maus, fantasminhas e bestazinhas de pernas compridas. Acho bom que não existam, porque também não acredito que haja qualquer Deus para nos proteger deles. É nisso que acredito, mas mantive a mente aberta desde o início. Posso jamais vir a ganhar o Prêmio Pulitzer por investigar o Fantasma que Assombra o Cemitério de Monte Esperança, mas teria escrito sobre ele com justiça se ele tivesse aparecido.

Olin disse algo, apenas uma palavra, mas baixo demais para Mike entendê-la.

— Como?

— Eu disse que não. — Olin olhou-o quase pedindo desculpas.

Mike suspirou. Olin o considerava mentiroso. Quando se chega a esse ponto, as únicas escolhas são puxar seus trunfos ou abandonar totalmente a discussão.

— Por que não deixamos isso para outro dia, Sr. Olin? Vou subir e escovar os dentes. Talvez eu veja Kevin O'Malley se materializar atrás de mim no espelho do banheiro.

Mike começou a levantar da cadeira, mas Olin estendeu uma das mãos gorduchas e cuidadosamente manicuradas para detê-lo.

— Não estou chamando o senhor de mentiroso — disse —, mas, Sr. Enslin, *o senhor não acredita.* Fantasmas raramente aparecem para os que não acreditam neles. E quando o fazem, raramente são vistos. Ora, Eugene Rilsby poderia ter jogado boliche com sua cabeça decepada no saguão da frente da casa dele que o senhor não teria ouvido coisa alguma!

Mike levantou e curvou-se para pegar a pequena valise.

— Se é assim, não preciso me preocupar com o quarto 1.408, não é?

— Precisa sim — disse Olin. — Precisa sim. Porque não há fantasma nenhum no quarto 1.408 e nunca houve. Há *algo* lá... eu mesmo o senti... mas não é a presença de um espírito. Numa casa abandonada ou num velho castelo, sua falta de crença pode servir de proteção. No quarto 1.408, só o tornará mais vulnerável. Não faça isso, Sr. Enslin. É por isso que esperei o senhor esta noite, para lhe pedir, para lhe *implorar*... que não faça isso. De todas as pessoas na Terra que não devem entrar naquele quarto, o autor desses animados e exploradores livros sobre fantasmas verdadeiros está no alto da lista.

Mike ouviu e não ouviu ao mesmo tempo. *E você desligou o gravador!,* fumegou ele. *Olin me constrange a ponto de eu desligar o gravador e então se transforma em Boris Karloff! Foda-se. Vou citá-lo, de qualquer maneira. Se ele não gostar, que me processe.*

De repente, estava morrendo de vontade de subir, não só porque assim poderia liquidar logo sua longa noite num quarto de hotel, mas porque queria transcrever o que Olin dissera enquanto ainda estava fresco na memória.

— Tome um drinque, Sr. Enslin.

— Não, eu...

O Sr. Olin tirou do bolso do casaco uma chave em um chaveiro que era uma comprida chapa de metal. O metal parecia velho, arranhado e manchado, tendo gravado nele o número 1.408.

— Por favor — disse Olin. — Faça a minha vontade. Dê-me mais dez minutos do seu tempo, o suficiente para tomar uma pequena dose de Scotch, e eu lhe entrego esta chave. Eu daria quase tudo para poder fazê-lo mudar de opinião, mas gosto de pensar que reconheço o inevitável quando o vejo.

— Vocês ainda usam chaves aqui? — perguntou Mike. — É um toque simpático. Uma antiguidade.

— O Dolphin entrou no sistema de cartões magnéticos em 1979, Sr. Enslin, no ano em que assumi como gerente. O 1.408 é o único quarto da casa que ainda abre com chave. Não havia necessidade de colocar uma fechadura com cartão magnético naquela porta, porque nunca há ninguém ali: a última vez em que a sala foi ocupada por um hóspede pagante foi em 1978.

— Está me sacaneando! — Mike sentou novamente e mais uma vez destravou o gravador. Apertou o botão RECORD e disse: "Olin, o gerente da casa, afirma que há mais de 20 anos o quarto 1.408 não é alugado a um hóspede pagante!"

— Mas ainda bem que o 1.408 nunca precisou de fechadura com cartão magnético, porque relógios de pulso digitais não funcionam naquele quarto. Às vezes andam para trás, às vezes param, mas não se pode confiar nas horas que marcam. Não no quarto 1.408. O mesmo acontece com calculadoras de bolso e telefones celulares. Se estiver usando um bipe, Sr. Enslin, aconselho-o a desligá-lo, porque, quando estiver lá, ele vai começar a tocar direto. — Fez uma pausa. — E desligá-lo também não garante que dê certo; ele pode se ligar sozinho. A única providência segura é tirar as baterias dele. — Apertou o botão STOP do gravador sem examinar os botões; Mike imaginou que Olin deveria usar um modelo semelhante para ditar memorandos. — Na verdade, Sr. Enslin, a única providência segura é ficar fora da droga daquele quarto.

— Não posso fazer isso — disse Mike, pegando seu gravador novamente e guardando-o de volta —, mas acho que tenho tempo para uma bebida.

Enquanto Olin servia as bebidas no bar revestido de painéis de carvalho sob uma velha pintura da Quinta Avenida na virada do século XIX para o XX, Mike perguntou-lhe como sabia que dispositivos de alta tecnologia não funcionavam dentro do quarto se este não era ocupado desde 1978.

— Não quero lhe dar a impressão de que ninguém pôs os pés no 1.408 desde 1978 — respondeu Olin. — Temos arrumadeiras que fazem uma limpeza leve no quarto uma vez por mês. Isso significa...

Mike, que já vinha trabalhando em *Dez quartos de hotel mal-assombrados* há uns quatro meses, disse:

— Sei o que significa. — Limpeza leve num quarto desocupado incluía abrir as janelas para arejar o cômodo, espanar, jogar um desinfetante especial no vaso para deixar a água levemente azul, mudar as toalhas. Provavelmente a roupa de cama não seria mudada, não numa limpeza leve. Cogitou se deveria ter trazido o seu saco de dormir.

Palmilhando o tapete persa, vindo do bar com dois drinques nas mãos, Olin pareceu ler o pensamento de Mike:

— Os lençóis foram mudados esta tarde, Sr. Enslin.

— Por que não deixa isso de lado? Me chame de Mike.

— Acho que não vou me sentir à vontade — disse Olin, entregando a bebida a Mike. — Ao senhor.

— E ao senhor. — Mike ergueu o copo querendo brindar ao anfitrião, mas Olin recuou.

— Não, ao senhor, Sr. Enslin. Eu insisto. Hoje devemos ambos beber ao senhor. Vai precisar disso.

Mike suspirou, tocou a borda do copo contra a borda do copo de Olin e disse:

— A mim. O senhor estaria em casa num filme de horror, Sr Olin. Poderia representar o mordomo sinistro que tenta aconselhar o jovem casal a ir embora do Castelo da Danação.

Olin sentou-se.

— É um papel que não tenho representado com freqüência, graças a Deus. O quarto 1.408 não está na lista de nenhum dos *sites* sobre locais paranormais ou "quentes" para sensitivos...

Isso vai mudar depois do meu livro, pensou Mike bebericando.

— ...e não há nenhuma turnê sobre fantasmas que pare no Hotel Dolphin, embora façam essa turnê no Sherry-Netherland, no Plaza e no Park Lane. Temos mantido o 1.408 tão quieto quanto possível... embora a história tenha estado sempre aí para um pesquisador tenaz e com sorte ao mesmo tempo.

Mike permitiu-se um leve sorriso.

— Veronique mudou os lençóis — disse Olin. — Eu acompanhei-a. O senhor deve se sentir lisonjeado, Sr. Enslin; é quase como ter a cama arrumada pela realeza. Veronique e sua irmã vieram para o Dolphin como camareiras em 1971 ou 72. Vee, como nós a chamamos, é a empregada mais antiga do Dolphin, com pelo menos seis anos mais de casa do que eu. Desde então ela passou a governanta-chefe da casa. Acho que não muda um lençol há seis anos, mas costumava fazer todos os turnos do 1.408... ela e a irmã... até por volta de 1992. Veronique e Celeste eram gêmeas, e o vínculo entre elas parecia torná-las... como posso dizer? Não *imunes* ao 1.408, mas em igualdade de condições com ele... pelo menos no curto período que é preciso para se fazer uma limpeza leve no quarto.

— Não vai me dizer que essa irmã de Veronique morreu lá, vai?

— Não, de modo nenhum — disse Olin. — Ela foi embora daqui por volta de 1988, por não estar bem de saúde. Mas não descarto a possibilidade de o 1.408 ter desempenhado um papel na piora de suas condições físicas e mentais.

— Parece que construímos uma relação, Sr. Olin. Espero que não se encrespe se eu lhe disser que acho o que está me dizendo ridículo.

Olin riu.

— Tão cabeça-dura para um estudioso do mundo invisível.

— Devo isso a meus leitores — disse Mike suavemente.

— Acho que eu poderia ter deixado o 1.408 como ele é, de qualquer forma, durante a maior parte de seus dias e noites — refletiu o gerente do hotel. — Porta trancada, luzes apagadas, persianas abaixadas para impedir o sol de desbotar o tapete, as capas no lugar, o cardápio do café-da-manhã em cima da cama... mas não posso pensar no ar ali cada vez mais sufocante e velho, como o ar de um sótão. Não posso pensar na poeira se acumulando até ficar espessa e fofa. Isso faz de mim o quê, um meticuloso ou simplesmente um obsessivo?

— Faz do senhor um gerente de hotel.

— Acho que sim. De qualquer modo, Vee e Cee lidaram com aquele quarto... muito rapidamente, entravam e saíam... até que Cee se aposentou e Vee teve sua primeira grande promoção. Depois disso, arranjei outras arrumadeiras para limpar o quarto aos pares, sempre escolhendo as que se davam bem uma com a outra...

— Esperando que esse vínculo resistisse aos bichos-papões?

— Esperando isso, sim. E pode zombar quanto quiser dos papões do quarto 1.408, Sr. Enslin, mas vai senti-los quase imediatamente, tenho certeza. Seja lá o que houver naquele quarto, não é algo tímido. Em muitas ocasiões... todas que pude... fui lá com as arrumadeiras, para supervisioná-las. — Fez uma pausa e acrescentou quase relutantemente: — Para tirá-las de lá, acho eu, se algo realmente horrível começasse a acontecer. Nada aconteceu. Várias tiveram acessos de espirro, uma teve um acesso de riso... não sei por que alguém rindo fora de controle deva ser mais assustador do que alguém soluçando, mas é... e algumas desmaiaram. Nada terrível demais, porém. Tive tempo suficiente nesses anos para realizar algumas experiências primitivas... bipes, telefones celulares, coisas assim... mas nada terrível demais. Graças a Deus. — Fez uma pausa de novo e acrescentou num tom esquisito, átono: — Uma delas ficou cega.

— *O quê?*

— Chamava-se Rommie Van Gelder. Estava espanando a parte de cima da televisão quando imediatamente começou a gritar. Perguntei o que tinha acontecido. Ela deixou cair o pano de pó, pôs as mãos nos olhos e gritou que estava cega... mas que podia ver as cores mais horríveis. Elas desapareceram quase na mesma rapidez com que eu a retirei do quarto, e quando a levei pelo corredor até o elevador, a visão dela começou a voltar.

— Está me contando tudo isso só para me assustar, não é, Sr. Olin? Para me afastar daqui.

— Na verdade, não. O senhor conhece a história do quarto, começando com o suicídio do seu primeiro ocupante.

Mike conhecia. Kevin O'Malley, um vendedor de máquinas de costura, suicidara-se a 13 de outubro de 1910. Um fujão que deixara para trás esposa e sete filhos.

— Cinco homens e uma mulher pularam da única janela do 1.408, Sr. Enslin. Três mulheres e um homem tomaram uma dose excessiva de pílulas naquele quarto, dois foram encontrados na cama, dois no banheiro, um na banheira e um caído no vaso. Um homem se enforcou no *closet* em 1970...

— Henry Storkin — disse Mike. — Aquele foi provavelmente acidental... asfixia erótica.

— Talvez. Houve também o caso de Randolph Hyde, que cortou os pulsos e a seguir decepou os órgãos genitais, por via das dúvidas, enquanto sangrava até a morte. *Isso* não foi asfixia erótica. A questão, Sr. Enslin, é que se o senhor não pode ser demovido de sua intenção por um registro de 12 suicídios em 68 anos, duvido que os arquejos e fibrilações de algumas camareiras o detenham.

Arquejos e fibrilações, essa é boa, pensou Mike, e cogitou se poderia roubar a frase para o livro.

— Poucas duplas que limparam o 1.408 nesses anos quiseram voltar lá mais de algumas vezes — disse Olin e terminou sua bebida com um cuidadoso golinho.

— Exceto as gêmeas francesas.

— Vee e Cee, é verdade — Olin concordou com a cabeça.

Mike não se importava muito com as empregadas e seus... como Olin os chamara? Arquejos e fibrilações. Sentia-se suavemente exasperado pela enumeração dos suicídios feita por Olin... como se Mike fosse tão tosco que tivesse deixado escapar não a *existência* deles, mas seu *grande significado*. Só que não havia significado nenhum. Abraham Lincoln e John Kennedy tinham vice-presidentes que se chamavam Johnson; os nomes Lincoln e Kennedy tinham sete letas; tanto Lincoln como Kennedy tinham sido eleitos em anos terminando em 60. O que provavam todas essas coincidências? Coisa alguma, droga.

— Os suicídios formarão um maravilhoso segmento para o meu livro — disse Mike —, mas já que o gravador está desligado, posso lhe dizer que eles se resumem ao que um estatístico conhecido meu chama de "efeito cumulativo".

— Charles Dickens chamava-o de "efeito batata" — disse Olin.

— Como?

— Quando o fantasma de Jacob Marley apareceu pela primeira vez a Scrooge, Scrooge disse-lhe que ele só poderia ser uma bolha de mostarda ou um pedacinho de batata malpassada.

— Isso deve ser considerado engraçado? — perguntou Mike, um tanto friamente.

— Não considero nada a respeito disso engraçado, Sr. Enslin. Absolutamente nada. Ouça atentamente, por favor. A irmã de Vee, Celeste, morreu de um ataque do coração. Naquela época, ela sofria de Alzheimer num estágio médio, uma doença que a atingiu muito cedo na vida.

— Mesmo assim, a irmã dela está bem, pelo que o senhor disse antes. Uma história americana de sucesso, na verdade. Da mesma forma que o senhor, Sr. Olin, a julgar pela aparência. E quantas vezes o senhor entrou e saiu do quarto 1.408? Cem? Duzentas?

— Por períodos muito curtos — disse Olin. — Talvez seja como entrar num aposento cheio de gás venenoso. Se a pessoa prende a respiração, pode se sair bem. Vejo que não gosta dessa comparação. Sem dúvida a considera muito elaborada, talvez ridícula. Mas eu acho que é boa.

Ele cruzou os dedos sob o queixo.

— É possível também que algumas pessoas reajam mais rapidamente e mais violentamente ao seja lá o que for que viva no quarto, exatamente como alguns esportistas que praticam o mergulho são mais propensos ao mal-estar da descompressão que outros. Em quase um século de existência do Dolphin, a equipe do hotel torna-se cada vez mais consciente de que o 1.408 é um quarto envenenado. Tornou-se parte da história da casa, Sr. Enslin. Ninguém fala disso, exatamente como ninguém menciona o fato de que aqui, como na maioria dos hotéis, o 14º andar é na verdade o 13º... mas eles sabem. Se todos os fatos e registros sobre aquele quarto estivessem disponíveis, eles contariam uma história surpreendente... mais desconfortável do que seus leitores pudessem usufruir. Por exemplo, acho que todo hotel de Nova York tem seus suicídios, mas eu apostaria minha vida que apenas no Dolphin houve uma dúzia deles *num único quarto*. E deixando Celeste Romandeau de lado, o que me diz das mortes naturais no 1.408? As chamadas mortes naturais?

— Quantas já ocorreram? — A idéia das chamadas mortes naturais no 1.408 não lhe ocorrera.

— Trinta — respondeu Olin. — Pelo menos 30. Trinta, que eu saiba.

— O senhor está mentindo! — As palavras saíram da boca de Mike antes que ele pudesse impedir.

— Não, Sr. Enslin, asseguro-lhe. O senhor realmente pensou que mantemos aquele quarto fechado por causa da tola superstição de velhas viúvas malucas ou de uma ridícula tradição de Nova York?... Pela idéia de que todo bom hotel antigo deve ter pelo menos um espírito inquieto, arrastando-se pela Suíte das Correntes Invisíveis?

Mike Enslin percebeu que essa idéia — não articulada, mas presente mesmo assim — pairava por seu novo livro da série *Dez Noites*. Ouvir Olin censurá-la no tom irritado de um cientista ante os passes de bruxaria de um nativo não ajudou a acalmar sua ansiedade.

— Temos nossas superstições e tradições no ramo hoteleiro, mas não deixamos que elas atrapalhem os negócios, Sr. Enslin. Há um velho ditado no Meio Oeste, onde comecei na minha profissão: "Não há nenhum quarto vazio, quando os homens do gado estão na cidade." Se temos vagas, nós as preenchemos. A única exceção à regra que já fiz algum dia... e a única conversa que já tive sobre isso... foi com relação ao quarto 1.408, um quarto do 13º andar cuja soma dos números é 13.

Olin olhou Mike Enslin nos olhos.

— É um quarto não apenas de suicídios, mas de derrames, infartes e acessos epilépticos. Um homem que ficou no quarto... foi em 1973... aparentemente afogou-se num prato de sopa. O senhor sem dúvida vai dizer que isso é ridículo, mas falei com o homem que era o chefe da segurança do hotel na época, e ele viu o atestado de óbito. O poder de seja lá o que for que habita o quarto parece ser menor por volta do meio-dia, que é quando a arrumação dos quartos sempre ocorre, e mesmo assim sei de várias camareiras que trabalharam lá e que agora sofrem do coração, têm enfisema, diabete. Houve um problema de aquecimento naquele andar há três anos, e o Sr. Neal, o engenheiro-chefe da manutenção à época, entrou em vários quartos para verificar as unidades de aquecimento. O 1.408 foi um deles. O engenheiro parecia bem então... tanto no quarto quanto depois... mas morreu na tarde seguinte de uma hemorragia generalizada.

— Coincidência — disse Mike. Mesmo assim, não podia negar que Olin era bom. Se o homem fosse um conselheiro de acampamento, deixaria 90% dos garotos tão assustados que eles voltariam para casa após a primeira rodada de histórias de fantasma em torno da fogueira.

— Coincidência — repetiu Olin suavemente, não exatamente com desprezo. Estendeu a chave fora de moda no antigo chaveiro de metal fora de moda. — Como está o seu coração, Sr. Enslin? Sem falar em sua pressão sangüínea e condições psicológicas?

Mike descobriu precisar de um esforço real e consciente para levantar a mão... mas, uma vez que a pôs em movimento, tudo bem. Ela se ergueu até a chave sem o mínimo tremor nos dedos, tanto quanto pôde notar.

— Está tudo bem — disse ele, pegando o gasto chaveiro de metal. — Além disso, estou usando minha camisa havaiana da sorte.

Olin insistiu em acompanhar Mike ao 14º andar no elevador, e Mike não objetou. Estava curioso para ver se, quando estivessem fora do escritório e no corredor que levava aos elevadores, o gerente voltaria ao seu eu menos conseqüente; se ele se tornaria mais uma vez o pobre Sr. Olin, o obsequioso funcionário que caíra nas garras do escritor.

Um homem de *smoking* — o palpite de Mike é que era o gerente ou o *maître* do restaurante — os deteve, estendeu a Olin um maço fino de papéis e murmurou algo em francês para ele. Olin respondeu com um murmúrio, concordando com a cabeça, e rapidamente rabiscou sua assinatura nas folhas. O sujeito no bar tocava "Autumn in New York". Daquela distância, soava como um eco, o tipo de música ouvida num sonho.

O homem de *smoking* disse *Merci bien* e continuou o seu caminho. Mike e o gerente do hotel continuaram andando. Olin novamente perguntou se podia *carregar* a pequena valise de Mike, e este novamente recusou. No elevador, os olhos dele foram atraídos para a tripla fila de botões. Tudo estava onde devia estar, não havia falhas... e mesmo assim, olhando-se mais atentamente, via-se que havia. O botão que marcava o 12º era seguido por outro que marcava o 14º. *Como se pudessem fazer o número 13 não existir omitindo-o do painel de controle do elevador.* Tolice... e mesmo assim Olin estava certo: isso era feito em toda parte do mundo.

Enquanto o elevador subia, Mike disse:

— Uma coisa me dá curiosidade. Por que o senhor não cria um residente fictício para o quarto 1.408, se ele o assusta tanto como o senhor diz que assusta? Ou melhor, Sr. Olin, por que não o declara sua própria residência?

— Acho que tive medo de ser acusado de fraude pela pessoa que aplica os estatutos estaduais e federais... para o pessoal hoteleiro, as leis dos direitos civis é como o arrastar de correntes à noite para muitos de seus leitores... ou então por meus patrões, caso soubessem disso. Se não consegui convencê-lo a desistir do quarto 1.408, duvido que tivesse mais sorte em convencer o conselho de diretores da Stanley Corporation de que retirei do mercado um quarto em perfeitas condições porque tenho medo que fantasmas obriguem um caixeiro-viajante ou outro a pular pela janela e se esborrachar na Rua Sessenta e Um.

Mike considerou isso a coisa mais perturbadora que Olin já dissera. *Porque ele não está tentando mais me convencer*, pensou. *Sejam quais forem os poderes de venda do gerente em seu* escritório — *talvez alguma vibração que venha do tapete persa* —, *ele os perde aqui fora. Competência sim, podia-se ver isso quando ele assinava as folhas do* maître, *mas não venda. Não magnetismo pessoal. Não aqui fora. Mas ele acredita no que diz. Acredita naquilo tudo.*

Acima da porta, o 12 se apagou e deu lugar ao 14. O elevador se deteve. A porta abriu-se revelando um corredor de hotel totalmente comum, de carpete vermelho-e-ouro (definitivamente não persa) e instalações elétricas que pareciam lâmpadas a gás do século XIX.

— Aqui estamos — disse Olin. — O seu andar. Vai me desculpar se eu o deixar aqui? O 1.408 é à sua esquerda, no final do corredor. A não ser que seja absolutamente necessário, não passo daqui.

Mike Enslin saiu do elevador com pernas mais pesadas do que de costume. Virou-se para Olin, um homenzinho gorducho de terno escuro e gravata cor de vinho com um laço cuidadoso. O gerente entrelaçava as mãos manicuradas às costas, e Mike viu que o rosto dele se mostrava de uma palidez cremosa. Na testa alta e sem rugas, despontavam gotas de transpiração.

— Há um telefone no quarto, claro — disse Olin. — O senhor pode tentar, se tiver problemas... mas duvido que ele funcione. Não se o quarto não quiser.

Mike pensou numa resposta leviana, tipo pelo menos isso o faria economizar no serviço de quarto, mas sua língua parecia ainda mais pesada do que as pernas e continuou imóvel dentro da boca.

Olin retirou uma das mãos de trás das costas e Mike viu que ela tremia.

— Sr. Enslin. Mike. Não faça isso. Pelo amor de Deus...

Antes de poder terminar, a porta do elevador se fechou, silenciando-o. Mike ficou onde estava por um momento, no perfeito silêncio do hotel nova-iorquino, no andar que ninguém da equipe admitiria ser o 13º. Pensou em estender a mão e apertar o botão para chamar o elevador.

No entanto, se fizesse isso, Olin venceria. E haveria um grande buraco escancarado no lugar do melhor capítulo do seu novo livro. Os leitores poderiam não saber disso, assim como seu editor, seu agente e Robertson, o advogado... mas *ele* saberia.

Em vez de apertar o botão do elevador, Mike tocou no cigarro atrás da orelha — aquele gesto antigo e distraído que nem ele sabia mais que fazia —, alisando também o colarinho da sua camisa da sorte. Então começou a seguir pelo corredor na direção do 1.408, balançando a pequena valise a seu lado.

II

O ARTEFATO MAIS INTERESSANTE deixado na esteira da breve estada de Mike Enslin (que durou cerca de 70 minutos) no quarto 1.408 foram os 11 minutos de fita registrados no gravador, um pouco escurecido pelo fogo, mas longe de estar destruído. O fascinante da narração era haver *pouquíssima* narração. E como era esquisita.

O gravador fora um presente de sua ex-mulher, de quem ficara amigo, há cinco anos. Em sua primeira "expedição sobre um caso" (a Fazenda Rilsby, em Kansas), levara-o quase como se tivesse lembrado dele no último minuto, juntamente com cinco grandes blocos amarelos e um estojo de couro com lápis apontados. Ao chegar à porta do quarto 1.408 do Hotel Dolphin, três livros depois, Mike trazia consigo apenas uma caneta e um caderno de notas, assim como cinco fitas cassete virgens de 90 minutos, além da que já colocara no gravador antes de deixar seu apartamento.

Descobrira que falar ao gravador lhe era mais últil do que tomar notas; podia recolher anedotas, algumas fantásticas, enquanto aconteciam — os morcegos que haviam mergulhado sobre ele na torre supostamente mal-assombrada do Castelo Gartsby, por exemplo. Ele guinchara como uma garota em sua primeira viagem a uma ardilosa casa mal-assombrada.

Além disso, o pequeno gravador era mais prático do que notas escritas, especialmente quando se está num gélido cemitério de New Brunswick e uma pancada de chuva e vento derrubam sua tenda às três da manhã. Não se podia tomar notas muito bem nessas circunstâncias, mas se *podia* falar... e fora o que Mike fizera, continuara falando enquanto lutava contra a lona molhada e ondulante da tenda, sem perder de vista o confortador olho vermelho do gravador. Ao longo dos anos e das "expedições sobre casos", o gravador da Sony tornara-se um amigo. Mike jamais registrara uma narrativa em primeira mão de um verdadeiro acontecimento sobrenatural na fita de filamentos finos movendo-se entre os carretéis, e isso incluía os comentários entrecortados feitos no 1.408, mas provavelmente não era de surpreender que passasse a ter tal afeição por seu gravador. Caminhoneiros de longo curso passam a amar seus Kenworths e Jimmy-Petes. Escritores tratam como algo precioso determinada caneta, ou uma velha e gasta máquina de escrever; senhoras encarregadas da limpeza detestam desistir da velha Eletrolux. Mike jamais tivera que enfrentar um fantasma real ou um evento psicocinético apenas com o gravador — sua versão da cruz e da réstia de alho — para protegê-lo, mas passara com ele inúmeras noites geladas e desconfortáveis. Era cabeça-dura, mas isso não o tornava inumano.

Seus problemas com o 1.408 começaram antes de entrar no quarto.

A porta estava torta.

Não muito, mas estava torta sem dúvida, ligeiramente para a esquerda. Isso o fez pensar primeiro em filmes de terror em que o diretor tentava indicar a tensão mental de um dos personagens inclinando a câmera em tomadas subjetivas. Essa associação foi seguida por outra — a aparência das portas quando se estava num barco e o tempo um tanto ruim. Elas iam para a frente e para trás, direita e esquerda, tique e taque, até que você começava a sentir a cabeça e o estômago meio revirados. Não que ele próprio se sentisse assim, de modo nenhum, mas...

Sim, eu me sinto. Só um pouco.

E ele diria isso também, ainda que fosse apenas pela insinuação de Olin de que sua atitude tornava impossível para ele ser justo no campo indubitavelmente subjetivo do jornalismo fantasmagórico.

Inclinou-se (consciente de que a leve sensação no estômago sumira quando ele parara de olhar para a porta sutilmente desenquadrada), abriu o zíper da bolsa e retirou o gravador. Apertou o botão RECORD enquanto se endireitava, e viu o pequeno olho vermelho se iluminar. Então abriu a boca para dizer "A porta do quarto 1.408 oferece sua própria saudação original; parece ter sido colocada torta, levemente para a esquerda".

Ele disse *A porta*, e isso foi tudo. Ouvindo-se a fita, podem-se escutar as duas palavras claramente, *A porta*, e então o clique do botão STOP. Porque a porta *não estava* torta, estava perfeitamente direita. Mike virou, olhou para a porta do 1.409 do outro lado do corredor e então novamente para a porta do 1.408. Ambas eram iguais, brancas, com placas com números dourados e maçanetas douradas. Ambas totalmente retas.

Ele se curvou, pegou a valise com a mão que segurava o gravador, com a outra mão colocou a chave na fechadura e parou.

A porta estava novamente torta.

Dessa vez inclinada ligeiramente para a direita.

— Isso é ridículo — murmurou ele, mas a sensação de náusea já retornara a seu estômago. Não era apenas uma espécie de enjôo marítimo; *era* enjôo marítimo. Ele fora à Inglaterra no *Queen Elizabeth 2* havia uns dois anos, e certa noite o mar ficou extremamente agitado. Mike lembrava mais claramente de ficar deitado na cama de sua cabine, sempre à beira de vomitar, mas sem conseguir. E como a sensação de vertigem nauseada piorava quando ele olhava para uma porta, uma mesa ou uma cadeira... como iam para a frente e para trás... para a esquerda e para a direita... tique e taque...

Isso é culpa de Olin, pensou. *É exatamente o que ele quer. Ele o induziu a isso, companheiro. Ele armou isso. Cara, como ele ia rir se pudesse vê-lo. Como...*

Mike parou um instante quando percebeu que provavelmente Olin *podia vê-lo.* Olhou para trás, para o corredor até o elevador, mal notando que a sensação ligeiramente nauseada em seu estômago sumira no momento em que parara de fixar a porta. Acima e à esquerda dos elevadores, viu o que esperava: uma câmera de circuito fechado. Um dos detetives da casa poderia estar olhando para lá naquele exato momento, e Mike apostava que Olin estava com ele, ambos sorrindo como macacos. *Vai ensiná-lo a vir aqui de advogado em punho e fazendo exigências*, diria Olin. *Olhe só para ele!*, responderia o segurança, sorrindo mais amplamente ainda. *Branco como um fantasma, e ainda nem pôs a chave na fechadura. O senhor pegou ele, chefe! Pegou ele com caniço, linha e anzol!*

Uma ova que pegou, pensou Mike. *Fiquei na casa Rilsby, dormi na sala onde pelo menos dois deles foram mortos — e* dormi mesmo*, acredite ou não. Passei uma noite junto ao túmulo de Jeffrey Dahmer e a duas lápides de distância de H.P. Lovecraft; escovei os dentes junto à banheira onde* Sir *David Smythe supostamente afogou as duas esposas. Há muito tempo parei de me assustar com histórias contadas em torno da fogueira. Uma ova que pegou!*

Olhou para trás e a porta estava reta. Mike deu um grunhido, empurrou a chave na fechadura e girou-a. A porta se abriu e ele entrou. A porta não se fechou lentamente atrás dele quando ele apalpou a parede em busca do comutador, deixando-o em total escuridão (além disso, as luzes dos apartamentos do edifício vizinho brilhavam através da janela). Mike achou o comutador. Quando o acionou, a luz de cima, encerrada numa coleção de ornamentos de cristal, acendeu-se. Da mesma forma que o abajur de pé junto à escrivaninha, na outra extremidade do quarto.

A janela ficava acima dessa escrivaninha, para que alguém que escrevesse sentado ali pudesse fazer uma pausa no trabalho e olhar a Rua Sessenta e Um lá embaixo... ou *pular* para lá, se o impulso o levasse a isso. Exceto...

Mike colocou a valise dentro do quarto, fechou a porta e ligou o gravador de novo. A pequena luz vermelha se acendeu.

"Segundo Olin, seis pessoas pularam da janela que estou olhando, mas não vou dar nenhum mergulho do 14º", disse ele, desculpe, do *13°* andar do Hotel Dolphin esta noite. Há uma malha de ferro ou aço protegendo a janela do lado de fora. Seguro morreu de velho. O 1.408 é o que se chama de uma suíte júnior, acho eu. O quarto tem duas cadeiras, um sofá, uma escrivaninha, um armário que provavelmente contém a tevê e talvez um minibar. O carpete no chão não é digno de nota... não faz sombra ao de Olin, podem acreditar. O papel de parede idem. Ele... um momento..."

Nesse ponto, ouve-se outro clique na fita, quando Mike aperta o STOP novamente. Toda a parca narrativa da fita gravada tem esse aspecto fragmentado, totalmente diferente das outras cerca de 150 fitas de posse do agente literário do autor... Além disso, a voz se torna continuamente mais perturbada; não é a voz de um homem trabalhando e sim a de um indivíduo perplexo que começou a falar sozinho sem perceber. A natureza elíptica das fitas e aquela crescente perturbação verbal combinam-se para dar à maioria dos ouvintes uma nítida sensação de desconforto. Muitos pedem que a fita seja desligada bem antes de ela chegar ao fim. Meras palavras escritas não podem transmitir adequadamente a crescente certeza do ouvinte de estar escutando um homem perder, se não a razão, pelo menos o controle da realidade convencional, mas mesmo palavras sem relevo sugerem que *algo* estava acontecendo.

Naquele momento, Mike notara os quadros nas paredes. Havia três deles: uma senhora numa escada, com traje de noite no estilo dos anos 1920; um veleiro feito à maneira de Currier & Ives; e uma natureza-morta com frutas, esse último com maçãs, laranjas e bananas pintadas num desagradável tom amarelo-laranja. Os três quadros tinham molduras de vidro e os três estavam tortos. Mike quase mencionara isso na fita, mas o que havia de tão diferente, tão digno de ser comentado em três quadros desalinhados? Que uma *porta* estivesse torta... bem, isso tinha um pouco do encanto daquele velho *Gabinete do Dr. Caligari*. Mas a porta não estava torta; seus olhos o tinham enganado por um momento, só isso.

A senhora na escada inclinava-se para a esquerda. Da mesma forma que o veleiro, que mostrava marinheiros britânicos em calças de boca-de-sino à amurada, observando um cardume de peixes voadores. As frutas amarelo-alaranjadas da tigela pareciam a Mike pintadas à luz de um sufocante sol equatorial, um sol de deserto tipo Paul Bowles, e inclinavam-se para a direita. Embora Mike não fosse detalhista, andou pelo quarto endireitando os quadros. Vê-los tortos assim o deixava um pouco nauseado de novo, o que não lhe causava muita surpresa. Fica-se suscetível a essa sensação; descobrira aquilo no *Queen Elizabeth 2*. Tinham-lhe dito que, se a pessoa agüentasse aquele período de crescente suscetibilidade, geralmente se adaptava... "passa a ter pernas de mar", como ainda dizem os velhos tripulantes. Mike ainda não viajara de barco o suficiente para conseguir pernas de mar, nem ligava para isso. Nesses dias, continuava com suas pernas de terra, e se o ato de endireitar os três quadros na sala de estar comum do 1.408 aquietasse suas vísceras, ótimo para ele.

Havia poeira na cobertura de vidro dos quadros. Ele passou os dedos pela natureza-morta e deixou dois sulcos paralelos. A poeira parecia gordurosa e escorregadia ao toque. *Como seda antes de apodrecer*, foi o que lhe veio à cabeça, mas queria ser mico de circo se ia colocar isso na fita. Como é que *ele* ia saber que sensação dava tocar a seda antes de ela apodrecer? Era um pensamento de bêbado.

Quando os quadros foram endireitados, ele recuou e supervisionou-os por turnos: a senhora com traje de noite junto à porta que levava ao quarto, o veleiro navegando por um dos sete mares à esquerda da escrivaninha e finalmente as desagradáveis (e pessimamente pintadas) frutas junto ao armário de tevê. Em parte, Mike esperava que ficassem tortos novamente, ou entortassem quando ele os fitasse — era assim que as coisas aconteciam em filmes como *A casa na colina* e em velhos episódios de *Além da imaginação* — mas os quadros continuaram perfeitamente retos, como ele os colocara. Não que fosse achar algo sobrenatural ou paranormal se os quadros voltassem a seu antigo estado torto; em sua experiência, a reversão era da natureza das coisas — gente que desistira de fumar (ele tocou o cigarro atrás da orelha sem notar que o fazia) queria continuar fumando, e quadros que estavam tortos desde a era de Nixon queriam continuar tortos. *E eles estavam ali há muito tempo, sem dúvida*, pensou Mike. *Se eu os retirasse do lugar, veria uma marca mais clara no papel da parede. Ou insetos enxameando dali para fora, como acontece quando se levanta uma rocha.*

Havia algo chocante e horrível nessa idéia; surgia com uma vívida imagem de insetos brancos e cegos brotando como pus vivo do papel de parede pálido e anteriormente protegido.

Mike pegou o gravador, ligou-o e disse:

"Olin certamente iniciou uma vertente de pensamento na minha cabeça. Ou uma corrente de pensamentos? Ele quis me levar a ter um chilique nervoso e foi bem-sucedido. Não pretendo..." Não pretendia o quê?

Nesse ponto da fita, Mike Enslin declara de modo perfeitamente articulado e sem vibração: "Tenho que me controlar. Imediatamente." Isso é seguido por outro clique, quando ele desliga a fita de novo.

Fechou os olhos e respirou profundamente quatro vezes, a cada vez prendendo a respiração e contando até cinco antes de expeli-la de novo. Nunca acontecera com ele nada semelhante — não nas casas, nos cemitérios ou nos castelos supostamente assombrados. Isso não era como ser assombrado, ou como ele imaginara que devia ser; isso era como estar completamente chapado com droga ruim, ordinária.

Foi Olin quem fez isso. Olin hipnotizou-o, mas você vai escapar. Vai passar a porcaria da noite neste quarto, e não só porque é o melhor local em que já esteve na vida — deixando de lado Olin, você está perto de conseguir a melhor história de fantasma da década — mas porque Olin não vai conseguir vencer. Ele e a besteira da história das 30 pessoas que morreram não vão vencer. O único encarregado das besteiras por aqui sou eu, portanto trate só de inspirar... e expirar. Inspirar... e expirar. Inspirar... e expirar.

Continuou assim por uns 90 segundos e, quando abriu os olhos de novo, sentiu-se normal. Os quadros na parede? Ainda retos. A tigela de frutas? Ainda amarelo-alaranjadas e mais feias do que nunca. Frutas do deserto, nem há dúvida. Coma um pedaço delas e você vai cagar até doer.

Ele ligou o gravador. O olho vermelho se acendeu.

"Tive uma pequena vertigem por um ou dois minutos", disse Mike, atravessando o quarto até a escrivaninha e a janela, com sua rede protetora do lado de fora. "Pode ter sido uma ressaca das lorotas de Olin, mas eu acho que sinto uma presença aqui." Não sentia nada disso, claro, mas uma vez que estivesse na fita ele poderia escrever praticamente qualquer coisa que quisesse. "O ar é viciado. Nenhum bolor ou mau cheiro, Olin diz que o lugar é arejado cada vez que é limpo, mas as limpezas são rápidas e... sim... é viciado. Ei, olhe só isso."

Na escrivaninha, havia um cinzeiro, um daqueles pequenos objetos de vidro espesso que se viam em hotéis por toda parte, e dentro dele uma caixa de fósforos com o retrato do Hotel Dolphin. Na frente do hotel, via-se um porteiro sorridente com um uniforme bem fora de moda, com dragonas, alamares dourados e um quepe que parecia saído de uma boate *gay* na cabeça de um motociclista machão usando apenas alguns *piercings* de prata pelo corpo. Carros de outra época passavam pela Quinta Avenida em frente ao hotel — Packards, Hudsons, Studebakers e Chrysler New Yorkers com grandes caudas salientes.

"Acho que a caixa de fósforos no cinzeiro é de 1955", disse Mike, colocando-a no bolso da camisa havaiana. "Vou guardá-la como lembrança. Agora é hora de um pouco de ar fresco."

Há um clique quando ele deposita o gravador possivelmente na escrivaninha. Ouve-se uma pausa seguida por sons vagos e uns dois grunhidos de esforço. Depois disso vem uma segunda pausa e então um som guinchado.

"Sucesso!", diz Mike. Isso está um pouco fora do microfone, mas o que se segue é mais próximo.

"Sucesso!", repete Mike, pegando o gravador da escrivaninha. "A metade de baixo não se mexe... parece pregada... mas a parte de cima desceu muito bem. Posso ouvir o tráfego na Quinta Avenida, e todas as buzinas têm um tom reconfortante. Alguém está tocando um saxofone, talvez na frente do Plaza, que fica do outro lado da rua, dois quarteirões adiante. Ele me lembra meu irmão."

Mike parou abruptamente, olhando o pequeno olho vermelho, que parecia acusá-lo. Irmão? Seu irmão estava morto, outro soldado derrubado nas guerras do fumo. Então relaxou. E daí? A guerra atual era a guerra dos fantasmas, onde Michael Enslin sempre fora vencedor. Quanto a Donald Enslin...

"Meu irmão, na verdade, foi comido por lobos num inverno, no pedágio de Connecticut", disse ele. Depois riu e desligou o gravador. Há mais na fita... um pouco mais... mas essa é a última declaração com certa coerência... isto é, a última declaração a que se pode atribuir alguma coerência.

Ele virou-se e olhou os quadros. Ainda estavam perfeitamente retos, como bons quadrinhos que eram. Mas aquela natureza-morta ali — como era feia, porra!

Ligou o gravador e disse duas palavras — *laranjas fumegantes* — no gravador. Então desligou-o de novo e foi da sala de estar até a porta que levava ao quarto. Fez uma pausa junto à senhora em traje de noite e tateou a escuridão buscando o comutador da luz. Teve apenas um momento para registrar

(*dá a impressão de pele, de velha pele morta*)

algo estranho com o papel de parede sob a palma deslizante de Mike. Então seus dedos encontraram o comutador. O quarto imundou-se da luz amarela de um daqueles dispositivos de teto enterrados em pingentes de vidro. A cama de casal escondia-se sob uma colcha amarelo-laranja.

"Por que dizer escondia-se?", perguntou Mike ao gravador e a seguir desligou-o de novo. Entrou, fascinado pelo fumegante deserto da colcha, pelos volumes tumorosos dos travesseiros sob ela. Dormir ali? De modo nenhum, companheiro! Seria o mesmo que dormir naquela natureza-morta desgraçada, naquele quente e horrível quarto Paul Bowles que não se podia ver direito, um quarto para expatriados ingleses lunáticos e cegos pela sífilis que tinham pego ao foderem com as mães, a versão para cinema estrelada por Laurence Harvey ou Jeremy Irons, um desses atores que naturalmente associamos a atos pouco naturais...

Mike ligou o gravador e o olho vermelho surgiu. Então ele disse "Testanto, um, dois, três, testando!" ao microfone, depois apertou STOP de novo. Aproximou-se da cama cuja colcha cintilava num amarelo-laranja. O papel de parede, talvez creme à luz do dia, refletia o amarelo-laranja da colcha. Duas pequenas mesas-de-cabeceira ladeavam a cama. Numa delas estava o telefone — preto, grande e a disco. Os buracos para discar pareciam surpresos olhos brancos. A outra mesa continha um prato com uma ameixa. Mike ligou o gravador e disse:

"Isso não é uma ameixa de verdade, é de plástico." Apertou STOP de novo.

Sobre a cama havia um cardápio. Mike abordou a cama com muito cuidado para não tocar nela ou na parede, e pegou o cardápio. Tentou não tocar na colcha também, mas as pontas de seus dedos roçaram nela e ele gemeu. Era macia de um modo terrivelmente errado. Apesar disso, ele pegou o cardápio. Estava escrito em francês e, embora já houvesse passado muito tempo desde que Mike aprendera aquela língua, um dos itens do café da manhã eram pássaros assados na merda. *Pelo menos parece algo que os franceses poderiam comer*, pensou, dando uma risada alucinada e perturbada.

Então fechou e abriu os olhos.

O cardápio agora estava escrito em russo.

Fechou e abriu os olhos.

O cardápio agora estava escrito em italiano.

Fechou e abriu os olhos.

Não havia *nenhum* cardápio. Havia a xilogravura de um garotinho gritando e olhando por cima do ombro para um lobo de xilogravura que engolira sua perna esquerda até o joelho. As orelhas do lobo apontavam para trás e ele parecia um *terrier* com seu brinquedo favorito.

Eu não estou vendo isso, pensou Mike, e claro que não estava. Sem fechar os olhos, viu nítidas linhas de inglês, cada qual consistindo em uma tentação diferente do desjejum. Ovos, *waffles*, frutinhas silvestres frescas, nada de pássaros assados na merda. Mesmo assim...

Virou-se e muito lentamente saiu do pequeno espaço entre a parede e a cama, espaço que agora parecia estreito como um túmulo. Seu coração batia com tanta força que Mike podia sentir a pulsação no pescoço e nos pulsos, assim como no peito. Seus olhos latejavam nas órbitas. O 1.408 era estranho sim, o 1.408 era *muito* estranho. Olin dissera algo sobre gás envenenado, e era assim que Mike se sentia: como alguém que tivesse cheirado o gás ou fora forçado a fumar um haxixe forte misturado com inseticida. Olin provocara isso, claro, provavelmente com a adesão ativa e risonha do pessoal da segurança. Bombeara seu gás envenenado especial através dos respiradouros. Só porque Mike não podia *ver* nenhum respiradouro, não significava que não estivessem lá.

Fitou o quarto com olhos assustados e arregalados. Não havia ameixa nenhuma na mesinha à esquerda da cama. E também nenhum prato. A mesa estava vazia. Mike virou-se, começou a andar para a porta que dava para a sala de estar e parou. Havia um retrato na parede. Não tinha absoluta certeza — em seu presente estado, não podia ter certeza nem do próprio nome —, mas estava *razoavelmente* certo de que não havia nenhum quadro quando chegara. Era uma natureza-morta. Uma única ameixa num prato de metal sobre uma velha mesa de madeira. A luz que incidia sobre a ameixa e o prato era de um febril amarelo-alaranjado.

Luz de tango, pensou ele. *O tipo de luz que faz os mortos levantarem dos túmulos e dançarem tango. O tipo de luz...*

— Tenho que sair daqui — murmurou, voltando aos tropeções para a sala de estar. Seus sapatos tinham começado a fazer estranhos sons de beijo, como se o chão por baixo deles tivesse ficado mole.

Os quadros na parede da sala estavam tortos de novo e havia também outras mudanças. A senhora na escada abaixara a parte de cima de sua roupa, deixando os seios à mostra, e segurava um em cada mão. Uma gota de sangue pendia de cada mamilo. Ela fixava diretamente os olhos de Mike e sorria ferozmente. Tinha dentes afilados em pontas como um canibal. Na amurada do veleiro, os marinheiros haviam sido substituídos por uma fileira de homens e mulheres pálidos. O homem da extrema esquerda, o mais perto da proa do navio, usava um terno de lã marrom e segurava um chapéu-coco na mão. Tinha o cabelo penteado para a testa e partido ao meio acima do rosto aturdido e vazio. Mike sabia que seu nome era Kevin O'Malley, o primeiro ocupante do 1.408, um vendedor de máquinas de costura que pulara daquele quarto em outubro de 1910. À esquerda de O'Malley, havia outros que tinham morrido ali, todos com a expressão aturdida e vazia. Isso fazia com que todos parecessem parentes, membros da mesma família endogâmica e cataclismicamente retardada.

No quadro onde as frutas tinham estado, havia agora uma cabeça humana decepada. Uma luz amarelo-laranja nadava nas faces encovadas, nos lábios afundados, nos olhos vidrados e virados para cima, no cigarro atrás da orelha direita.

Mike cambaleou para a porta, os pés dando estalos de beijo e agora parecendo de fato grudar um pouco no chão a cada passo. A porta não abriu, é claro. A corrente pendia solta, mas a porta não abria.

Ofegando, Mike afastou-se dela e avançou com dificuldade — a sensação era essa — pelo aposento até a escrivaninha. Via as cortinas ao lado da janela que ele escancarara balançando erraticamente, mas não conseguia sentir nenhum ar fresco no rosto. Era como se o lugar estivesse engolindo o ar. Mike ainda podia ouvir as buzinas da Quinta Avenida, mas elas estavam agora muito distantes. Ainda ouvia o saxofone? Em caso positivo, o lugar roubara sua doçura e melodia, deixando apenas um fraco zumbido atonal, como o vento soprando por um buraco no pescoço de um morto ou uma garrafa de refrigerante cheia de dedos cortados ou...

Pare, Mike tentou dizer, mas não conseguia mais falar. Seu coração martelava num ritmo terrível; se fosse mais rápido, explodiria. O gravador, fiel companheiro de muitas "expedições sobre casos", não estava mais em sua mão. Deixara-o em algum lugar. Se tivesse sido no quarto, provavelmente já teria desaparecido agora, engolido pelo aposento; e depois de digerido, seria excretado num dos quadros.

Arquejando por ar como um corredor no fim de uma longa corrida, Mike pôs a mão no peito como se quisesse acalmar o coração. O que tateou no bolso esquerdo da alegre camisa foi a pequena forma quadrada do gravador. Apalpar seu volume tão sólido e conhecido acalmou-o um pouco, de certo modo trazendo-o de volta. Teve consciência de que estava cantarolando de boca fechada... e de que o lugar parecia cantarolar com ele, como se milhares de bocas se escondessem por baixo do papel de parede suavemente desagradável. Notou que seu estômago estava agora tão nauseado que parecia oscilar na própria rede gordurenta, e sentiu o ar pressionando seus ouvidos em coágulos macios.

Mas voltara um pouco a si, o suficiente para ter certeza de que precisava pedir ajuda enquanto ainda era tempo. O pensamento de Olin sorrindo afetadamente (em seu modo atencioso de gerente de hotel nova-iorquino) e dizendo *Bem que eu lhe disse* não o aborrecia, e a idéia de Olin ter de algum modo lhe induzido as estranhas percepções e um terrível medo por meios químicos saíra completamente de sua cabeça. Era aquele *cômodo*. Era o desgraçado do *cômodo*.

Quis esticar a mão para o telefone antigo — gêmeo do que estava no quarto — e pegá-lo. Em vez disso, viu seu braço descer à mesa num delirante movimento em câmera lenta, tão parecido com o braço de um mergulhador que quase esperou ver bolhas saindo do membro.

Agarrou o receptor e levantou-o. Sua outra mão, tão decidida quanto a primeira, mergulhou e discou 0. Enquanto levava o receptor ao ouvido, escutou uma série de cliques como se o disco girasse novamente para sua posição original. Parecia soar como a *Roda da Fortuna*: quer girar a roda ou resolver o enigma? Lembre-se de que se tentar resolver o enigma e falhar, será colocado na neve ao lado do Pedágio Connecticut e os lobos comerão você.

Não escutou nenhuma campainha. Em vez disso, uma voz áspera começou a falar. "Eu disse *nove! Nove!* Eu disse *nove! Nove!* Eu disse *dez! Dez!* Matamos seus amigos! Cada amigo seu agora está morto! Eu disse *seis*! *Seis*!"

Mike ouvia com um horror crescente não ao que a voz dizia, mas a seu áspero vazio. Embora não fosse uma voz gerada por máquina, também não era uma voz humana. Era a voz do aposento. A presença derramando-se das paredes e do chão, a presença falando com ele do telefone não tinha nada em comum com qualquer evento assombrado ou paranormal sobre o qual lera algum dia. Havia algo diferente ali.

Não, não está ali ainda... mas está chegando. Está faminto, e você é o jantar.

O telefone caiu de seus dedos abertos e Mike se virou. O aparelho ficou pendurado pelo fio do mesmo modo que o estômago de Mike oscilava para a frente e para trás dentro dele, que ainda podia ouvir a voz áspera saindo do escuro: "*Dezoito!* Agora é o *dezoito!* Assuma o controle quando a sirene tocar! É o *quatro! Eu disse quatro!*"

Não notou que tirara o cigarro de trás da orelha e colocara-o na boca, ou que retirara do bolso da camisa berrante a caixa de fósforos com o porteiro de alamares dourados à antiga, assim como não notou que após nove anos finalmente tinha resolvido fumar.

Diante dele, o aposento começava a derreter.

Estava cedendo em seus ângulos e linhas retas, não em curvas mas em estranhos arcos mouriscos que feriam os olhos de Mike. O candelabro de vidro no centro do teto começou a decair como uma espessa bola de cuspe. Os quadros curvavam-se, tornando-se formas como pára-brisas de velhos carros antigos. Vinda de trás do vidro do quadro junto à porta que dava para o quarto, a mulher dos anos 20 com os mamilos sangrando sorria com dentes de canibal. Então deu meia-volta e subiu correndo a escada novamente, movendo-se com o delirante andar abrupto e sinuoso de uma vampira num filme mudo, levantando os joelhos. O telefone continuava a emitir um som áspero e a cuspir numa voz que era agora a de uma máquina de cortar cabelo elétrica que tivesse aprendido a falar: "*Cinco!* Eu disse *cinco!* Ignore a sirene! Mesmo se você for embora deste quarto, jamais poderá deixá-lo! *Oito!* Eu disse *oito*!"

A porta para o quarto e a porta para o corredor tinham começado a desmoronar, alargando-se no meio e se tornando portais para seres possuídos de formas profanas. A luz tornou-se brilhante e quente, enchendo o lugar com um fulgor amarelo-laranja. Agora Mike podia ver rasgões no papel de parede, poros pretos que rapidamente cresciam até se transformarem em bocas. O chão afundou num arco côncavo e então Mike pôde ouvir o habitante do quarto atrás do quarto chegando, a coisa nas paredes, o dono da voz que zumbia. "*Seis!*", o telefone gritou. "*Seis*, eu disse *seis*, é a *droga do SEIS, porra!*"

Mike olhou para a caixa de fósforos em sua mão, a que retirara do cinzeiro do quarto. Que porteiro engraçado, que carros antigos engraçados com suas grandes grades cromadas... e palavras escritas no fundo que ele não via havia muito tempo, porque agora a fita abrasiva era sempre atrás.

FECHE A TAMPA ANTES DE RISCAR.

Sem pensar — não conseguia mais pensar —, Mike Enslin riscou um único fósforo, deixando o cigarro cair de sua boca ao mesmo tempo. Riscou o fósforo e imediatamente tocou com ele os outros na caixa. Houve um som de *fffbut!*, um forte sopro de enxofre ardente que entrou na cabeça de Mike como uma baforada de sais de cheiro, e uma chama brilhante de fósforos. E mais uma vez sem pensar, Mike segurou o buquê chamejante de fogo contra a frente da camisa. Era uma camisa barata feita na Coréia, no Camboja ou em Bornéu, agora já velha; ela pegou fogo imediatamente. Antes que as chamas subissem à frente de seus olhos, tornando o cômodo mais uma vez instável, Mike viu-o claramente, como um homem que acordou de um pesadelo, mas encontrou o pesadelo em torno de si.

Sua cabeça estava clara — a forte baforada de enxofre e o calor que se ergueu subitamente da camisa havaiana provocaram isso —, mas o lugar mantinha o aspecto insanamente pantanoso. *Pantanoso* não era a palavra, não chegava nem perto, mas era a única que parecia tangenciar o que acontecera ali... o que ainda acontecia. Mike estava numa caverna que derretia e apodrecia, cheia de movimentos bruscos e inclinações loucas. A porta que dava para o quarto tornara-se a entrada para a câmara interna de um sarcófago. E à esquerda, onde estivera pendurado o quadro das frutas, a parede avolumava-se na direção de Mike, abrindo-se em longas rachaduras que se escancaravam como bocas, abrindo-se para um mundo de onde *algo* se aproximava agora. Mike Enslin ouvia a respiração ávida e molhada da coisa e sentia o cheiro de algo vivo e perigoso. Cheirava um pouco como a jaula do leão no...

Então as chamas lamberam a parte de baixo de seu queixo, banindo seus pensamentos. O calor que subia da camisa flamejante pôs aquela oscilação novamente no mundo e, quando Mike sentiu o cheiro quebradiço dos pêlos de seu peito começando a torrar, correu de novo pelo tapete esfiapado em direção à saída. As paredes passaram a emitir um zumbido. A luz amarelo-laranja tornava-se mais firme e brilhante, como se uma mão tivesse ligado um termostato invisível. Dessa vez, quando Mike chegou à porta e girou a maçaneta, a porta se abriu. Era como se a coisa atrás da parede que se avolumava não visse nenhuma utilidade num homem ardendo; talvez não apreciasse muito carne cozida.

III

UMA CANÇÃO POPULAR dos anos 50 sugere que o amor faz o mundo girar, mas é provável que a coincidência seja uma aposta melhor. Rufus Dearborn, que estava naquela noite no quarto 1.414, perto dos elevadores, era um vendedor da Companhia de Máquinas de Costura Singer vindo do Texas para falar sobre a ascensão à posição de executivo. Assim, aconteceu que apoximadamente 90 anos depois que o primeiro ocupante do 1.408 pulou para a morte, outro vendedor de máquinas de costura salvou a vida do homem que pretendia escrever sobre o quarto supostamente assombrado. Ou talvez isso fosse um exagero; Mike Enslin poderia ter vivido mesmo que ninguém — especialmente um sujeito voltando de uma ida à máquina de gelo — estivesse no corredor naquele momento. Mas ter a camisa pegando fogo não é brincadeira, e Mike certamente se queimaria com muito mais gravidade se não fosse por Dearborn, que pensou rápido e se mexeu mais rápido ainda.

Não que Dearborn lembrasse com exatidão do que aconteceu. Ele construiu uma história coerente o bastante para os jornais e as câmeras de tevê (gostava muito da idéia de ser herói, o que certamente não prejudicava suas aspirações executivas), e lembrava nitidamente de ver o homem pegando fogo investir para o corredor, mas, depois disso, era tudo um borrão. Reconstruir aquilo era como tentar reconstruir o que você fez durante a pior e mais profunda bebedeira de sua vida.

De uma coisa ele tinha certeza, mas não contou aos repórteres porque não fazia sentido: o grito do homem pegando fogo parecia subir de volume como um estéreo sendo aumentado. Ele estava bem ali à frente de Dearborn, e o tom mais agudo do grito não mudou, mas o volume sim. Era como se o homem fosse um objeto incrivelmente barulhento que acabara de chegar.

Dearborn correu pelo corredor com o balde cheio de gelo na mão. O homem pegando fogo — "Vi logo que só a camisa dele estava pegando fogo", disse aos repórteres — chegou à porta oposta ao quarto de onde tinha vindo, ricocheteou nela, cambaleou e caiu de joelhos. Foi quando Dearborn o alcançou, pôs o pé no ombro ardente do homem que gritava e abaixou-o no carpete do corredor. Então despejou nele o conteúdo do balde de gelo.

Essas coisas ficaram borradas em sua memória, mas acessíveis. Tinha noção de que a camisa ardendo parecia emitir luz demais — uma luz amarelo-laranja que o fazia pensar numa viagem que ele e o irmão haviam feito à Austrália dois anos antes. Haviam alugado um veículo com tração nas quatro rodas e partido para atravessar o Grande Deserto Australiano (alguns nativos o chamavam de o Grande Deserto Australiano Fode com Todos, descobriram os irmãos Dearborn), uma viagem infernal, fantástica mas fantasmagórica. Especialmente a grande rocha no meio, Ayers Rock. Eles a tinham alcançado ao pôr-do-sol e a luz em seus rostos masculinos era como aquela... quente e estranha... de modo nenhum parecida com uma luz terrena...

Deixou-se cair ao lado do homem ardente que agora era apenas o homem fumegante, o homem coberto de cubos de gelo, e rolou-o para abafar as chamas que alcançavam a parte de trás da camisa. Quando o fez, viu que a pele do lado esquerdo do pescoço do homem passara a um vermelho defumado e estava coberta de bolhas, e o lobo da orelha daquele lado derretera. Mas, fora isso... fora isso...

Dearborn ergueu os olhos e teve a impressão — era loucura, mas teve a impressão de que a porta do quarto de onde o homem saíra estava cheia da luz ardente de um pôr-do-sol australiano, a quente luz de um lugar vazio onde viviam coisas que nenhum homem já viu algum dia. A luz era terrível (assim como o zumbido baixo, semelhante ao de uma máquina de cortar cabelo elétrica que tentasse desesperadamente falar), mas era também fascinante. Quis entrar no quarto, ver o que estava por trás dele.

Talvez Mike também tenha salvo a vida de Dearborn. Certamente que sim, ao ver que Dearborn se levantava — como se Mike não tivesse mais nenhum interesse para ele — e que seu rosto estava cheio da luz fulgurante e pulsante que saía do 1.408. Lembrava-se disso melhor do que o próprio Dearborn, posteriormente, mas claro que Rufe Dearborn não fora obrigado a atear fogo em si mesmo para sobreviver.

Mike agarrou a bainha da calça de Dearborn.

— Não entre ali — disse numa voz rouca e quebrada. — Você nunca sairia.

Dearborn parou, olhando o rosto avermelhado e cheio de bolhas do homem no carpete.

— *É assombrado!* — disse Mike, e, como se as palavras fossem um talismã, a porta do 1.408 bateu furiosamente, fazendo desaparecer a luz e o terrível zumbido que quase falava.

Rufus Dearborn, um dos melhores vendedores das Máquinas de Costura Singer que havia, correu até os elevadores e apertou o alarme de incêndio.

IV

HÁ UMA FOTO interessante de Mike Enslin em *Tratando a vítima de queimadura: Uma abordagem diagnóstica*, cuja 16ª edição apareceu uns 16 meses depois da curta permanência de Mike no quarto 1.408 do Hotel Dolphin. A foto mostra apenas seu torso, mas não há dúvida de que é Mike. Pode-se dizer isso pelo quadrado branco em seu peito. A carne ali é de um vermelho raivoso, na realidade empolado em queimaduras de segundo grau em certos lugares. O quadrado branco marca o bolso esquerdo do peito da camisa que ele usava naquela noite, a camisa da sorte com o gravador no bolso.

O próprio gravador derretera nos cantos, mas ainda funciona, e sua fita sobreviveu nele. As coisas dentro dela é que não estão bem. Depois de escutá-la três ou quatro vezes, Sam Farrel, o agente de Mike, guardou-a no cofre da parede, recusando-se a registrar que seus braços magricelas e bronzeados estavam arrepiados. E naquele cofre ficou a fita desde então. Farrel não tem nenhum impulso de escutá-la de novo, nem de mostrá-la a amigos curiosos, entre eles alguns que dariam a vida para ouvi-la; o ramo editorial de Nova York é uma comunidade pequena, e as notícias correm.

Sam Farrel não gosta da voz de Mike na fita, e não gosta do que diz a voz (*Meu irmão na verdade foi comido por lobos num inverno no Pedágio de Connecticut*... que diabo isso *significa?*), e não gosta principalmente dos sons ao fundo, um ruído líquido que às vezes parece roupa muito ensaboada sacudida numa máquina de lavar, às vezes uma daquelas velhas máquinas de cortar cabelo... e às vezes, uma voz esquisita.

Enquanto Mike ainda estava no hospital, um homem chamado Olin — o gerente da droga do hotel — procurou Sam Farrel e perguntou-lhe se podia escutar a fita. Farrel repondeu-lhe que não podia, não; o que Olin podia fazer era ir embora daquele escritório o mais rápido possível, e agradecer a Deus, ao voltar para o pulgueiro onde trabalhava, por Mike Enslin não processar o hotel ou Olin por negligência.

— Tentei convencê-lo a não ficar lá — disse Olin calmamente. Sendo um homem que passava a maior parte dos dias ouvindo viajantes cansados e hóspedes petulantes implicarem com tudo, dos quartos à seleção de revistas no suporte de publicações, ele não ficou muito perturbado com o rancor de Farrel. — Tentei tudo o que podia. Se alguém foi negligente naquela noite, Sr. Farrel, foi seu cliente. Ele acreditava demais em coisa alguma. Um comportamento muito pouco sábio, muito *imprudente.* Imagino que ele tenha reconsiderado seu ponto de vista.

Apesar do desagrado de Farrel com a fita, ele gostaria que Mike a ouvisse, a registrasse, e quem sabe a usasse como um trampolim do qual lançar um outro livro. Porque há um livro no que aconteceu a Mike, Farrel sabe disso — não apenas um capítulo, um caso de 40 páginas, mas um livro inteiro. Um livro que poderia vender mais do que todos os três *Dez Noites* juntos. E claro que ele não acredita quando Mike declara que não escreverá mais histórias de fantasmas nem qualquer outra história. Os escritores dizem isso de tempos em tempos, é só. Uma explosão ocasional de *prima donna* é parte integrante do comportamento dos autores.

Considerando-se tudo, Mike Enslin teve sorte, e sabe disso. Poderia ter-se queimado muito mais; se não fosse por Dearborn e seu balde de gelo, ele poderia ter tido 20 ou mesmo 30 diferentes enxertos de pele em vez de apenas quatro. Tem cicatrizes no lado esquerdo do pescoço, apesar dos enxertos, mas os médicos do Boston Burn Institute disseram-lhe que as cicatrizes diminuirão sozinhas. Mike também sabe que as queimaduras, dolorosas nas semanas e meses depois daquela noite, tinham sido necessárias. Se não fosse pelos fósforos com FECHE A TAMPA ANTES DE RISCAR escrito na frente, ele teria morrido no 1.408, e seu fim teria sido inominável. Para um legista, poderia parecer um derrame ou um infarte, mas a verdadeira causa da morte teria sido muito mais maligna.

Muito mais maligna.

Mike também teve sorte em ter escrito três livros populares sobre fantasmas e assombrações antes de sair correndo de um lugar *realmente* assombrado — ele sabia disso também. Sam Farrel pode não acreditar que a vida de Mike como escritor esteja encerrada, mas Sam não precisa acreditar; Mike sabe disso pelos dois. Ele não consegue escrever nem um cartão-postal sem sentir toda a pele gelada e uma profunda náusea na boca do estômago. Às vezes, só olhar uma caneta (ou um gravador) o faz pensar: *Os quadros estavam tortos. Tentei endireitá-los.* Ele não sabe o que isso significa. Não consegue lembrar dos quadros ou de coisa alguma do quarto 1.408, e está contente. Isso é uma bênção. Sua pressão sangüínea não anda tão boa por esses dias (seu médico disse que as vítimas de queimaduras geralmente passam a ter problemas de pressão e o fez tomar remédio), seus olhos ainda o incomodam (o oftalmologista disse para ele começar a usar remédio), ele tem freqüentes problemas de coluna, sua próstara está grande demais... mas ele pode lidar com essas coisas. Mike sabe que não é a primeira pessoa a escapar do 1.408 sem escapar realmente — Olin tentou lhe dizer —, mas não é tão ruim assim. Pelo menos, ele não se lembra. Às vezes tem pesadelos; ou com muita freqüência (quase todas as malditas *noites*, na verdade), mas raramente lembra deles quando acorda. Principalmente uma sensação de que as coisas estão se arredondando nos cantos — derretendo-se como os cantos do gravador. Mike mora em Long Island atualmente e, quando o tempo está bom, ele dá longos passeios na praia. O mais perto que chegou de articular as lembranças dos esquisitos (*muito* esquisitos) 70 minutos no 1.408 ocorreu numa dessas caminhadas. "Aquilo nunca foi humano", disse ele às ondas com voz sufocada, entrecortada. "Fantasmas... pelo menos os fantasmas foram humanos no passado. Mas a coisa na parede... aquela coisa..."

O tempo pode trazer melhoras para Mike. Ele espera por isso e tem razão em fazê-lo. O tempo pode desbotar as lembranças de Mike, assim como pode esmaecer as cicatrizes em seu pescoço. Mas, enquanto isso, ele dorme com a luz acesa para saber onde está quando acorda de um pesadelo. Mandou retirar todos os telefones da casa; sob o local em que sua mente consciente opera, ele tem medo de pegar o telefone e ouvir uma voz inumana zumbir "É *nove! Eu disse nove!* Matamos seus amigos! Cada amigo seu agora está morto!".

E quando o sol se põe nas noites claras, Mike fecha todas as persianas, venezianas e cortinas da casa. Fica mergulhado na escuridão até que o relógio lhe diga que a luz — mesmo o último fulgor no horizonte — se foi.

Ele não suporta a luz que chega ao pôr-do-sol.

Aquele amarelo se aprofundando, tornando-se laranja, como a luz do deserto australiano.

Andando na bala

Acho que já disse quase tudo o que precisa ser dito sobre este conto na Introdução. Basicamente, é a minha versão da história que se ouve em quase todas as cidadezinhas. Como um conto meu anterior ("A mulher do quarto", em Sombras da Noite*), é uma tentativa de explicar como me senti com a proximidade da morte de minha mãe. Chega um momento na maioria das vidas em que precisamos encarar as mortes dos entes queridos como uma realidade... e, conseqüentemente, o fato de nossa própria morte. Este provavelmente é o grande tema da ficção de horror: a necessidade de lidar com um mistério que só pode ser entendido com a ajuda de uma imaginação cheia de esperança.*

—

NUNCA CONTEI ESTA HISTÓRIA para ninguém e nunca pensei em contá-la — não exatamente por medo de ser desacreditado, mas por vergonha... e porque era *minha.* Sempre achei que contá-la baratearia a mim e a própria história, diminuindo-a e tornando-a mais mundana. Não mais que uma história de fantasma contada à volta da fogueira do acampamento antes de as luzes se apagarem. Acho que eu temia que, se a contasse e a ouvisse com meus próprios ouvidos, eu mesmo poderia começar a não acreditar nela. Contudo, desde que minha mãe morreu, não tenho conseguido dormir muito bem. Cochilo e depois acordo totalmente, tremendo. Deixar aceso o abajur da cabeceira ajuda, mas não tanto quanto se possa pensar. Há tantas sombras à noite, já notou? Mesmo com uma luz acesa, há tantas sombras. A gente pensa que as sombras longas poderiam ser qualquer coisa.

Qualquer coisa mesmo.

Eu estava no segundo ano da Universidade do Maine quando a Sra. McCurdy ligou para avisar sobre mamãe. Como meu pai morreu quando eu era jovem demais para lembrar e eu era filho único, eram só Alan e Jean Parker contra o mundo. A Sra. McCurdy, que morava na mesma rua, ligou para o apartamento que eu dividia com mais três caras. Ela pegara o número no quadro magnético de lembretes que mamãe tinha na porta da geladeira.

— Foi um derrame — disse ela naquele seu longo e arrastado sotaque ianque. — Aconteceu no restaurante. Mas não fique tão triste. O médico diz que não foi muito grave. Ela está acordada e falando.

— Mas está lúcida? — perguntei. Eu tentava parecer calmo, até divertido, mas meu coração batia com força e a sala de estar parecia quente demais. Eu estava sozinho no apartamento; era quarta-feira, e meus colegas tinham aulas durante todo o dia.

— Ah, sim. A primeira coisa que me disse foi para ligar para você, mas não assustá-lo. É muito sensato, não acha?

— É. — Mas claro que eu estava assustado. Quando alguém liga e diz que a mãe da gente foi do trabalho para o hospital de ambulância, como acham que a gente se sente?

— Ela disse para você ficar aí e ir às aulas até o final da semana. E que então você poderia vir, se não estiver ocupado demais com os estudos.

De jeito nenhum, pensei. Como é que eu ia ficar neste apartamento bagunçado, cheirando a cerveja, enquanto minha mãe estava numa cama de hospital 150 quilômetros ao sul, talvez moribunda?

— Ela ainda é jovem — disse a Sra. McCurdy. — O problema é que se deixou engordar tremendamente nesses últimos anos e ficou hipertensa. Além dos cigarros. Ela vai ter que parar de fumar.

Mas eu duvidava que mamãe parasse, com derrame ou não, e nisso eu estava certo — mamãe adorava tirar sua fumacinha. Agradeci à Sra. McCurdy por ligar.

— Foi a primeira coisa que fiz quando cheguei em casa — disse ela. — Então, quando é que você vem, Alan? Sábado? — Sua voz tinha um toque sonso, sugerindo saber muito bem que eu não esperaria tanto.

Olhei pela janela para uma tarde perfeita de outubro: o brilhante céu azul da Nova Inglaterra acima de árvores que deixavam cair as folhas amarelas na Rua Mill. Então dei uma olhada no relógio. Três e vinte. Eu estava saindo para o seminário de filosofia das quatro horas, quando o telefone tocou.

— Está brincando? Esta noite chego aí — disse eu.

O riso da Sra.McCurdy foi seco e um pouco quebradiço nas pontas — a Sra. McCurdy era uma figura, falando em parar de fumar, ela e seus Winstons.

— Bom garoto! Você vai direto para o hospital, não é, e depois vai de carro para casa?

— É, acho que sim — disse eu. Não vi nenhum sentido em contar à Sra. McCurdy que o câmbio de meu velho carro quebrara e que, num futuro previsível, ele só iria até a entrada da garagem. Eu pediria carona até Lewiston e depois para nossa casinha em Harlow, se não fosse muito tarde. Se fosse, eu cochilaria na sala de espera do hospital.

Não seria a primeira vez que eu pegaria carona da escola para casa. Ou dormiria sentado, a cabeça apoiada numa máquina de Coca.

— Vou providenciar para que a chave esteja debaixo do carrinho de mão vermelho — disse ela. — Sabe o que quero dizer, não é?

— Claro. — Mamãe colocara um velho carrinho de mão vermelho junto à porta que dava para o galpão de trás; no verão, ele ficava cheio de flores. Pensar no carrinho por algum motivo me fez encarar as notícias da Sra. McCurdy como um fato concreto: mamãe estava no hospital, a casinha em Harlow onde eu crescera ia ficar escura naquela noite... não haveria ninguém lá para acender as luzes depois que o sol mergulhasse no horizonte. A Sra. McCurdy podia dizer que mamãe era jovem, mas, quando se tem apenas 21 anos, como eu, 48 parece a idade das pirâmides.

— Tenha cuidado, Alan. Não corra.

Claro que minha velocidade estaria nas mãos de quem me desse carona, e eu pessoalmente esperava que este alguém voasse como um raio. No que me dizia respeito, toda a rapidez era pouca para me fazer chegar ao Central Maine Medical Center. Mesmo assim, não havia sentido em preocupar a Sra. McCurdy.

— Não vou correr. Obrigado.

— Seja bem-vindo — disse ela. — Sua mãe vai ficar bem. E vai ficar muito contente em ver você.

Desliguei, rabisquei um bilhete contando o que acontecera e para onde eu estava indo. Pedi a Hector Passmore, meu colega de apartamento mais responsável, que contasse ao meu orientador e lhe pedisse que avisasse meus professores. Eu não queria levar bomba por faltas — dois ou três dos professores eram rigorosos quanto a isso. Então coloquei uma muda de roupa na mochila, pus nela um volume amassado de *Introdução à Filosofia* e saí. Larguei o curso na semana seguinte, embora estivesse indo muito bem nele. Meu modo de encarar o mundo mudou muito naquela noite, e nada em meu livro de filosofia parecia combinar com as mudanças. Passei a entender que há coisas por baixo das coisas, sabe — *por baixo* das coisas — e nenhum livro pode explicar o que são. E às vezes é melhor esquecer que essas coisas estão aí. Isto é, se a gente puder.

São 190 quilômetros da Universidade do Maine, em Orono, a Lewiston, em Androscoggin County, e o modo mais rápido de se chegar lá é pela I-95. Mas a auto-estrada não é uma boa, se você quer uma carona; a Polícia Estadual geralmente enxota qualquer um que vê — mesmo se a pessoa está simplesmente parada na rampa — e se o mesmo tira a pega duas vezes, pode multá-la também. Então fui para a Rota 68, que vai serpenteando de Bangor para o sudoeste. É uma estrada bem movimentada e, se você não parece um psicótico completo, geralmente pode se dar muito bem. Os tiras também o deixam em paz, na maioria das vezes.

Minha primeira carona foi com um lento vendedor de seguros que me levou até Newport. Permaneci no cruzamento entre a Rota 68 e a Rota 2 por uns 20 minutos, e então consegui uma carona com um cavalheiro idoso a caminho de Bowdoinham. Ele segurava no gancho da calça a viagem inteira. Era como se tentasse pegar algo que estava fugindo por ali.

— Minha mulher sempre me dizia que eu ia acabar numa vala com uma faca nas costas, se continuasse dando carona — disse ele —, mas quando vejo um rapaz em pé no acostamento, sempre lembro de minha juventude. Eu também levantei muito o polegar. Levantei outras coisas também. E veja só, ela já morreu há quatro anos e eu ainda estou por aqui, dirigindo esse mesmo velho Dodge. Às vezes sinto uma falta dela terrível. — Ele agarrou o gancho. — Para onde está indo, filho?

Disse que estava indo para Lewinston e por quê.

— Que coisa terrível. Sua mãe! Lamento muito!

Sua solidariedade era tão forte e espontânea que fez as lágrimas comicharem em meus olhos. Mas as engoli; a última coisa que eu queria no mundo era desatar em soluços no carro daquele velho, que chocalhava, balançava e tinha um forte cheiro de mijo.

— Sra. McCurdy... a senhora que me avisou... disse que não é sério. Mamãe ainda é moça, só tem 48 anos.

— Mesmo assim! — Ele estava genuinamente consternado. Agarrou de novo o gancho franzido de suas calças verdes, puxando com a mão tamanho grande tipo garra de velho. — Um derrame é sempre sério! Filho, eu levaria você até o hospital, e o deixaria na porta da frente, se não tivesse prometido a meu irmão Ralph que o levaria à casa de idosos em Gates. A mulher dele está lá, ela tem aquela doença que a pessoa esquece tudo, não consigo lembrar do nome, mal de Anderson ou de Alvarez, uma coisa assim...

— De Alzheimer.

— Éé, vai ver que eu mesmo estou pegando isso. Que diabo, tenho vontade de levar você lá mesmo assim.

— Não precisa não — disse eu. — Posso pegar uma carona com facilidade em Gates.

— Mesmo assim — disse ele. — Sua mãe! Um derrame! E só com 48! — Agarrou o gancho das calças. — Que embrulhada, porra! — exclamou, e então riu, um som simultaneamente desesperado e divertido. — Que perturbação, porra! Se a gente fica por aí, filho, toda a nossa vida começa a desmoronar. Deixe eu lhe dizer uma coisa, Deus chuta o seu traseiro no final. Mas você é um bom rapaz por largar tudo e ir vê-la, como está fazendo.

— Ela é uma boa mãe — disse eu, e mais uma vez veio a comichão das lágrimas. Nunca senti muita saudade de casa quando fui estudar longe... um pouquinho na primeira semana, só isso... mas sentia saudade de casa naquele momento. Éramos só eu e ela, nenhum outro parente próximo. Eu não podia imaginar a vida sem ela. Não foi *muito* grave, a Sra. McCurdy dissera; um derrame, mas não muito grave. Era bom que a droga daquela velha estivesse dizendo a verdade, pensei. Era bom mesmo.

Rodamos em silêncio por algum tempo. Não era a carona rápida que eu pretendia — o velho mantinha uma velocidade contínua de 70 quilômetros por hora e às vezes atravessava a linha branca para tirar uma amostra da outra pista —, mas a viagem era longa e assim também estava bom. A Rodovia 68 desenrolava-se diante de nós, desdobrando seu caminho através de quilômetros de bosques e atravessando cidadezinhas que apareciam e desapareciam num lento piscar de olhos, cada qual com seu bar e seu posto de gasolina *self-service*: New Sharon, Ophelia, West Ophelia, Ganistan (que no passado fora *Af*ganistan, estranho, mas verdade), Mechanic Falls, Castle View, Castle Rock. O azul vivo do céu arrefeceu quando o dia foi chegando ao fim; o velho ligou primeiro suas lanternas e depois os faróis. Eram os faróis altos, mas ele não parecia notar, nem mesmo quando os carros que vinham ao contrário também lançavam seus faróis altos sobre ele.

— Minha cunhada não lembra nem do próprio nome. Não reconhece um sim, um não, um talvez. É isso que o mal de Anderson faz com a pessoa, filho. Ela tem um modo de olhar... como se dissesse "Me deixa *sair* daqui!"... ou diria, se pudesse lembrar das palavras. Entende?

— Sim — disse eu. Respirei profundamente e cogitei se o cheiro de mijo que sentia era do velho ou de um cachorro que viajava com ele algumas vezes. Cogitei se ficaria ofendido se eu abrisse um pouco a janela. Finalmente fiz isso. Ele pareceu notar aquilo tanto quanto notava os carros que vinham ao contrário de nós lançando os faróis altos na sua direção.

Por volta das sete horas, aproximamo-nos de uma colina em West Gates e meu motorista exclamou:

— Veja só isso, filho! A lua! Não é formidável?

Era mesmo formidável — uma enorme bola laranja pendurada no céu acima do horizonte. Achei, entretanto, que havia algo terrível na lua, como se estivesse ao mesmo tempo grávida e infectada. Enquanto a olhava, um pensamento horrível e repentino me ocorreu: e se quando eu chegasse ao hospital mamãe não me reconhecesse? E se sua memória tivesse sumido, desaparecido completamente, e ela não reconhecesse o sim, o não e o talvez? E se dissessem que ela precisaria de alguém para tomar conta dela pelo resto da vida? Esse alguém teria que ser eu, claro; não havia mais ninguém. Adeus faculdade. Que tal essa?

— Faça um pedido a ela, rapaz! — exclamou o velho. Com a animação, sua voz ficou aguda e desagradável... era como ter lascas de vidro enfiadas no ouvido. Ele deu um tremendo puxão no gancho da calça. Algo ali deu um estalo. Eu não entendia como se podia puxar o gancho assim e não arrancar as bolas fora. — Pedido que se faz na lua da colheita sempre é atendido, dizia meu pai!

Então pedi que minha mãe me reconhecesse quando eu entrasse no quarto, que seus olhos se iluminassem imediatamente e que ela dissesse meu nome. Pensei nesse desejo e quis retirá-lo imediatamente; achei que nenhum pedido feito àquela luz alaranjada e febril poderia dar boa coisa.

— Ah, filho! Eu pediria que minha mulher estivesse aqui! Eu pediria perdão a ela por cada palavra áspera e pouco amável que eu disse!

Vinte minuto depois, com a última luz do dia ainda no ar e a lua ainda pendendo baixa e inchada no céu, chegamos a Gates Falls. Há um sinal pisca-pisca no cruzamento da Rota 68 com a Rua Pleasant. Pouco antes de alcançarmos esse sinal, o velho guinou para a lateral da estrada, subindo com a roda dianteira direita do Dodge no meio-fio e descendo de novo. Meus dentes bateram. Ele me olhou com uma animação alucinada e desafiadora — tudo nele era alucinado, embora eu não tivesse notado isso no início; tudo nele dava aquela sensação de vidro quebrado. E tudo que saía de sua boca parecia uma exclamação!

— Vou levar você lá! Não tem nem dúvida! Deixa para lá o Ralph! Que se dane! É só pedir!

Eu queria chegar logo ao quarto de minha mãe, mas a idéia de mais 30 quilômetros com o cheiro de mijo no ar e dos carros jogando os faróis altos sobre nós não era muito agradável. Nem a imagem do velho se extraviando e costurando pelas quatro pistas da Rua Lisbon. Mas o pior era ele. Eu não podia agüentar mais 30 quilômetros de puxões no gancho e aquela excitada voz de vidro quebrado.

— Não, não, pode deixar — disse eu. — Vá cuidar de seu irmão. — Abri a porta e o que temia aconteceu: ele pegou o meu braço com sua mão torcida de velho. A mesma mão com que dava os puxões no gancho.

— É só pedir! — disse ele. Sua voz era rouca, confidencial. Seus dedos apertavam profundamente a carne pouco abaixo de minha axila. — Eu deixo você bem na porta do hospital! Éé! Não importa se nunca mais vir você na minha vida, nem você a mim! Não importa o sim, o não, o talvez! Eu levo você direto... *lá*!

— Tudo bem — repeti, lutando de repente com o impulso de sair correndo do carro, deixando minha camisa na mão dele, se isso fosse preciso para me livrar. Era como se eu estivesse me afogando. Achei que, quando eu me movesse, o punho dele apertaria mais, que o velho poderia até atacar minha nuca, mas ele não o fez. Seus dedos afrouxaram, depois se afastaram inteiramente quando pus uma perna para fora. E fiquei pensando, como sempre faço depois de um momento irracional de pânico, por que eu tinha ficado com tanto medo, para princípio de conversa. Ele era apenas uma forma de vida idosa com base de carbono no ecossistema de um velho Dodge cheirando a mijo, desapontado por seu oferecimento ter sido recusado. Apenas um velho que não conseguia ficar confortável com seu equipamento. Pelo amor de Deus, de que eu tinha ficado com medo?

— Obrigado pela carona e mais ainda pelo oferecimento — disse eu. — Mas vou por aquele caminho — apontei para a Rua Pleasant — e posso conseguir uma carona logo.

Ele ficou quieto por um momento, então suspirou e concordou com a cabeça.

— Éé, é o melhor caminho a seguir. Fique fora da cidade, ninguém vai querer dar uma carona a um sujeito na cidade, ninguém vai querer diminuir e levar uma buzinada.

Nisso ele estava certo; tentar pegar carona na cidade, mesmo numa cidadezinha como Gates Fall, era inútil. Acho que ele passara mesmo um bom tempo levantando o polegar.

— Mas tem certeza, filho? Sabe o que dizem sobre um pássaro na mão.

Hesitei de novo. Ele estava certo sobre o pássaro na mão também. A Pleasant tornava-se a Estrada Ridge a um quilômetro e meio a oeste do pisca-pisca, e a Estrada Ridge percorria 24 quilômetros de bosque antes de chegar à Rota 196 na periferia de Lewiston. Estava quase escuro e é sempre mais difícil conseguir uma carona de noite — quando os faróis pegam a pessoa numa estrada do campo, ela parece um fugitivo da Casa Correcional Wyndham para Rapazes, mesmo com o cabelo penteado e a camisa para dentro das calças. Mas eu não queria viajar mais com o velho. Mesmo agora, quando estava a salvo fora do seu carro, achei que havia algo sinistro nele — talvez fosse apenas o fato de sua voz parecer cheia de pontos de exclamação. Além disso, sempre tive sorte em pegar caronas.

— Tenho — disse eu. — E obrigado de novo. Mesmo.

— Às ordens, filho. Minha mulher... Ele parou, e vi que havia lágrimas em seus olhos. Agradeci novamente e fechei a porta antes que ele pudesse dizer mais alguma coisa.

Caminhei apressado pela rua, minha sombra aparecendo e desaparecendo sob a luz do pisca-pisca. Na outra extremidade, virei-me e olhei para trás. O Dodge ainda estava lá, parado ao lado do Frank's Fountain & Fruits. À luz do pisca-pisca e da rua mais ou menos a uns seis metros além do carro, eu podia vê-lo derreado sobre o volante. Pensei que talvez tivesse morrido, que eu o matara com minha recusa em deixá-lo me ajudar.

Então um carro se aproximou da esquina e o motorista lançou seus faróis altos sobre o Dodge. Dessa vez, o velho diminuiu os próprios faróis, e foi assim que eu soube que ainda estava vivo. No momento seguinte, ele se afastou da rua e dirigiu o Dodge lentamente, dobrando a esquina. Observei-o até desaparecer, depois olhei a lua. Ela começava a perder seu inchaço laranja, mas ainda continha algo sinistro. Lembrei do pedido. Nunca tinha ouvido falar que se faziam pedidos à lua — à primeira estrela da noite sim, mas não à lua. Desejei novamente retirar meu pedido; enquanto a obscuridade descia e eu ficava ali no cruzamento, era muito fácil pensar na história do homem do saco.

Saí da Rua Pleasant, acenando com o polegar para os carros que passavam sem diminuir a marcha. No início havia lojas e casas dos dois lados, mas depois a calçada terminava e as árvores se fechavam de novo, ocupando silenciosamente a terra. A cada vez que a estrada inundava-se de lua, empurrando minha sombra à frente de mim, eu me virava, levantava o polegar e sorria de um modo que esperava ser tranqüilizador. E cada vez o carro passava sibilando sem diminuir a velocidade. Uma vez alguém gritou "Vai arranjar um emprego, palhaço!", e ouviu-se um riso.

Não tenho medo do escuro — ou não tinha então —, mas comecei a ficar com medo de ter cometido um erro ao não aceitar o oferecimento do velho. Poderia ter feito um cartaz que dissesse PRECISO DE CARONA, MÃE DOENTE antes de me pôr a caminho, mas duvidava que tivesse ajudado. Qualquer psicótico pode fazer um cartaz, afinal de contas.

Caminhei por ali, os tênis esmagando o cascalho do acostamento macio, escutando os sons da noite que se aprofundava: um cachorro latia a distância; uma coruja piou muito mais perto; o vento soergueu-se num sussurro. O céu brilhava de luar, mas eu não conseguia ver a própria lua agora — as árvores eram altas por ali e tinham-na encoberto.

À medida que eu deixava Gates Falls para trás, menos carros passavam por mim. Minha decisão de não aceitar o oferecimento do velho parecia mais tola a cada minuto. Comecei a imaginar minha mãe na cama do hospital, a boca virada para baixo num imóvel esgar de desdém, perdendo o controle da vida, mas tentando se agüentar por minha causa, naquela cortiça cada vez mais escorregadia, sem saber que eu não conseguiria chegar apenas porque não tinha gostado da voz aguda de um velho e do cheiro de mijo do seu carro.

Escalei uma subida íngreme e voltei-me para o luar quando cheguei ao alto. As árvores tinham desaparecido à direita, substituídas por um pequeno cemitério de campo. As lápides cintilavam à pálida luz. Algo pequeno e preto agachava-se ao lado de uma delas, observando-me. Dei um passo para a frente, curioso. A coisa preta moveu-se e tornou-se uma marmota. Ela me lançou um único olhar de censura com os olhos vermelhos e desapareceu no capim alto. Imediatamente tive consciência de que estava muito cansado, na verdade perto da exaustão. Vinha funcionando movido a pura adrenalina desde que a Sra. McCurdy ligara, cinco horas antes, mas agora o combustível se fora. Essa era a parte pior. A parte boa era que a inútil sensação de urgência frenética me abandonara, pelo menos por enquanto. Eu fizera minha escolha, decidira pela Estrada Ridge em vez da Rota 68, e não havia nenhum sentido em me flagelar por isso — não adianta chorar o leite derramado, dizia mamãe às vezes. Ela era cheia de frases assim, pequenos aforismas zen que quase faziam sentido. Com sentido ou não, aquele me confortava agora. Se ela tivesse morrido quando eu chegasse ao hospital, pronto. Mas provavelmente não ia acontecer. O médico dissera que não era muito grave, segundo a Sra. McCurdy, e ela tinha dito também que mamãe ainda era moça. Um pouco pesada, é verdade, e uma fumante inveterada ainda por cima, mas mesmo assim moça.

Enquanto isso, eu estava ali naquelas brenhas e subitamente exausto — meus pés pareciam mergulhados no cimento.

Um muro de pedra corria ao longo da estrada margeando o cemitério, com uma brecha por onde passavam dois sulcos. Sentei no muro com os pés plantados num desses sulcos. Dessa posição eu podia ver um bom pedaço da Estrada Ridge nas duas direções. Quando eu visse faróis altos vindo para oeste, na direção de Lewiston, poderia andar de volta até a beira da estrada e levantar o polegar. Nesse meio tempo, ficaria ali sentado, com a minha mochila no colo, esperando que um pouco de força voltasse às minhas pernas.

Uma névoa rasteira, bonita e fulgurante levantava-se da relva. As árvores rodeando o cemitérios dos três lados sussurravam ante a brisa que começou a soprar. De algum lugar além do cemitério, vinha o som de água correndo e o ocasional plunque-plunque de uma rã. O lugar era lindo e estranhamente tranqüilizador, como um quadro num livro de poemas românticos.

Olhei a estrada nas duas direções. Nada chegava, nem um só brilho no horizonte. Pondo a mochila no sulco onde eu pousara os pés, levantei e entrei no cemitério. Uma mecha de cabelo escorregara para a minha testa; o vento lançou uma rajada. A névoa moveu-se de modo confuso, preguiçosamente, em volta dos meus sapatos. Algumas lápides da parte de trás, velhas, tinham caído. As da frente eram muito mais novas. Com as mãos plantadas nos joelhos, curvei-me para olhar a lápide rodeada por flores quase frescas. Ao luar, era fácil ler o nome gravado: GEORGE STAUB. Abaixo dele ficavam as datas marcando o breve espectro da vida de George Staub: 19 de janeiro de 1977 de um lado, 12 de outubro de 1998 de outro. Isso explicava as flores que apenas começavam a murchar; o 12 de outubro fora há dois dias e 1998 fora apenas há dois anos. Os amigos e parentes de George tinham vindo prestar sua homenagem. Abaixo do nome e das datas havia outra coisa, uma curta inscrição. Abaixei-me ainda mais para ler...

...e tropecei para trás, aterrorizado e totalmente consciente de que estava sozinho, visitando um cemitério ao luar.

Não Adianta Chorar o Leite Derramado

dizia a inscrição.

Minha mãe morrera, tinha morrido talvez naquele mesmo minuto, e algo me enviara uma mensagem. Algo com um senso de humor totalmente desagradável.

Comecei a recuar lentamente para a estrada de novo, escutando o vento nas árvores, escutando o riacho, escutando a rã, e subitamente com medo de ouvir outro som, o som do roçar da terra e de raízes sendo arrancadas quando algo não muito morto esticasse a mão, tateando na direção de meus tênis...

Tropecei em meus próprios pés e caí, batendo com o cotovelo numa lápide, quase batendo com a cabeça em outra. Aterrissei com um baque abafado pela relva, olhando a lua que agora mal clareava as árvores. A lua agora branca em vez de laranja, e tão brilhante quanto osso polido.

Em vez de me deixar em pânico, a queda clareou minha cabeça. Eu não sabia o que vira, mas não podia ser o que eu *achava* que vira; esse tipo de coisa funcionava nos filmes de John Carpenter e Wes Craven, não era matéria da vida real.

Sim, Ok, ótimo, sussurrou uma voz em minha mente. *Se você sair daqui agora, pode continuar acreditando nisso pelo resto da vida.*

— Foda-se — disse eu e levantei. O fundo do *jeans* estava úmido, e eu o descolei de minha pele. Não foi exatamente fácil me aproximar de novo da lápide marcando o lugar do descanso final de George Staub, mas também não foi tão difícil como eu esperara. O vento suspirava entre as árvores, ainda soprando, assinalando uma mudança no tempo. Sombras dançavam inquietamente à minha volta. Os galhos roçavam-se uns nos outros, um som de estalo saiu do bosque. Curvei-me sobre a lápide e li:

GEORGE STAUB
19 DE JANEIRO DE 1977-12 DE OUTUBRO DE 1998
Bem Começado, Logo Terminado

Inclinado, com as mãos plantadas acima dos joelhos, não notei como meu coração batia rápido até que suas batidas começaram a diminuir. Uma pequena e malévola coincidência, só isso, e havia alguma dúvida de que eu lera errado o que estava abaixo do nome e das datas? Mesmo sem estar cansado e sob estresse, eu poderia ter lido errado — o luar notoriamente leva ao engano. Caso encerrado.

Mas eu *sabia* muito bem o que lera: *Não adianta chorar o leite derramado.*

Minha mãe tinha morrido.

— Foda-se — repeti e me afastei. Quando o fiz, percebi que o nevoeiro enredando-se na relva e nos meus tornozelos começara a ficar mais brilhante. Ouvi o murmúrio de um motor se aproximando. Um carro chegava.

Passei rapidamente pela abertura na parede de pedra, pescando a mochila no caminho. As luzes do carro se aproximando estavam a meio caminho da colina. Levantei o polegar exatamente quando os faróis me atingiram, cegando-me momentaneamente. Eu sabia que o sujeito ia parar antes mesmo que ele começasse a diminuir. É engraçado como se pode saber às vezes, mas qualquer um que passou bastante tempo pegando carona sabe que isso acontece.

O carro passou por mim, as luzes do freio se acendendo, e guinou para o macio acostamento próximo à extremidade do muro de pedra separando o cemitério da Estrada Ridge. Era um Mustang, um dos bacanas do final dos anos 60 ou princípio dos 70. O motor rosnava alto, o som gordo vindo através de um silenciador que talvez não passasse pela inspeção na próxima vez que o adesivo fosse necessário... mas isso não era problema meu.

Abri a porta e deslizei para dentro. Quando coloquei a mochila entre os pés, fui atingido por um odor quase familiar e um tanto desagradável.

— Obrigado — disse eu. — Muito obrigado.

O sujeito ao volante usava um *jeans* desbotado e uma camiseta preta com as mangas cortadas mostrando os músculos pesados. Sua pele era bronzeada e o bíceps direito estava rodeado por uma tatuagem de arame farpado azul. Ele usava um boné verde colocado ao contrário. Havia um *button* espetado perto da gola redonda de sua camiseta, mas do ângulo em que eu estava não conseguia lê-lo.

— Tudo bem — disse ele. — Está indo para a cidade?

— Estou. — Naquela parte do mundo, "para a cidade" significava Lewiston, a única cidade de qualquer tamanho ao norte de Portland. Enquanto eu fechava a porta, vi um daqueles purificadores de ar de pinho pendurado do espelho retrovisor. Fora esse cheiro que eu sentira. Certamente não era o meu dia em termos de cheiros; primeiro mijo e agora pinho artificial. Mesmo assim, era uma carona. Eu devia me sentir aliviado. E quando o sujeito acelerou novamente para a Estrada Ridge, com o grande motor de seu Mustang de boa cepa rosnando, tentei dizer a mim mesmo que *estava* aliviado.

— O que vai fazer na cidade? — perguntou o motorista. Devia ter mais ou menos a minha idade, algum cara da cidadezinha que talvez fosse para a escola técnica-vocacional em Auburn ou talvez trabalhasse numa das poucas fábricas de tecido remanescentes na área. Provavelmente consertara o Mustang nos momentos de folga, porque era aquilo que os caras da cidade faziam: tomavam cerveja, fumavam um pouco de maconha e consertavam os carros. Ou suas motos.

— Meu irmão vai se casar. Vou ser o padrinho. — Eu disse essa mentira absolutamente sem premeditar. Não queria contar a ele sobre minha mãe, embora não soubesse por quê. Algo estava errado ali. Disso eu tinha certeza, embora não soubesse o que era nem por que eu pensava tal coisa. — O ensaio é amanhã. E amanhã à noite tem uma despedida de solteiro.

— É? É mesmo? — Ele virou-se para me olhar, os olhos bem abertos no rosto bonito, os lábios cheios sorrindo levemente, sem acreditar.

— É.

Eu estava com medo. De repente estava com medo de novo. Havia algo estranho ali, talvez tivesse começado a ficar estranho quando o velho no Dodge me instigou a fazer o pedido para a lua infectada em vez de fazer o pedido a uma estrela. Ou desde o momento em que eu atendera o telefone e ouvira a Sra. McCurdy dizer que tinha más notícias para mim, mas que não eram tão ruins quanto podiam ser.

— Bem, isso é bom — disse o rapaz com o boné virado ao contrário. — Um irmão se casando, cara, isso é bom. Qual é o seu nome?

Eu não estava só com medo, estava aterrorizado. Tudo estava errado, *tudo*, e eu não sabia por que ou como poderia ter acontecido tão rápido. Porém, de uma coisa eu tinha certeza: não queria que o motorista soubesse o meu nome, assim como não queria que soubesse o que eu ia fazer em Lewiston. Não que eu fosse chegar a Lewiston. De repente fiquei convencido de que jamais veria Lewiston de novo. Era como se eu soubesse que o carro da carona ia parar. E havia o cheiro, eu sabia algo sobre isso também. Não era o purificador de ar; era algo *por trás* dele.

— Hector — disse eu, dando-lhe o nome do meu colega de apartamento. — Hector Passmore. — O nome saiu da minha boca seca de um modo suave e calmo, e isso foi bom. Algo dentro de mim insistia para eu não deixar o motorista saber que eu pressentira alguma coisa errada. Era a minha única chance.

Ele se virou um pouco para mim, e pude ler seu *button*: EU ANDEI NA BALA DA ALDEIA ELETRIZANTE, LACONIA. Eu conhecia o lugar; tinha estado lá, embora não por muito tempo.

Pude também ver a pesada linha preta que envolvia sua garganta exatamente como a tatuagem de arame farpado envolvia seu braço; a linha em torno da garganta, porém, não era uma tatuagem. Dezenas de marcas pretas a cruzavam verticalmente. Eram os pontos feitos por quem havia costurado a cabeça dele novamente no corpo.

— É um prazer, Hector — disse ele. — Eu me chamo George Staub.

Minha mão pareceu flutuar como num sonho. Eu gostaria que fosse um sonho, mas não era; tinha as bordas aguçadas da realidade. O cheiro por cima era pinho. Por baixo, era algum produto químico, talvez formaldeído. Eu estava viajando com um morto.

O Mustang disparava pela Rua Ridge a uns 100 quilômetros por hora, precipitando seus faróis altos sob uma envernizada lua cor de botão. Nos dois lados da estrada, as árvores dançavam e se retorciam ao vento. George Staub sorriu para mim com seus olhos vazios e soltou minha mão, voltando a atenção para a estrada. No ginásio, eu lera *Drácula*, e agora uma frase do livro me ocorreu, soando na mente como um sino rachado: Os mortos viajam rápido.

Não posso deixar ele saber também ecoou dentro de mim. Não era muito, mas era tudo o que tinha. *Não posso deixar ele saber, não posso deixar, não posso.* Onde estaria o velho agora?, pensei. A salvo com o irmão? Ou o velho tinha estado por dentro daquilo o tempo todo? Quem sabe estaria bem atrás de nós, dirigindo seu velho Dodge, curvado sobre o volante e fazendo estalar o seu pacote? Estaria morto também? Provavelmente não. O mortos viajam rápido, segundo Bram Stoker, e o velho nunca ultrapassava os 70 nem por um milímetro. Senti um riso demente borbulhando na garganta e segurei-o. Se eu risse, ele saberia. E ele não devia saber, porque era essa a minha única esperança.

— Não há nada como um casamento — disse ele.

— É — concordei. — Todos deveriam se casar pelo menos duas vezes.

Minhas mãos unidas se apertavam agora. Eu sentia as unhas enterrando-se nos dorsos logo acima dos nós dos dedos como algo distante. Ele não podia saber, a coisa era essa. O bosque crescia em torno de nós, a única luz era o implacável fulgor ósseo da lua, e ele não podia saber que eu sabia que ele estava morto. Porque não era um fantasma, nada tão inofensivo. Pode-se *ver* um fantasma, mas que tipo de coisa parava para lhe dar uma carona? Que criatura era aquela? Um zumbi? Um espírito maléfico? Um vampiro? Nenhuma das alternativas acima?

George Staub riu.

— Casar pelo menos duas vezes! É, cara, é assim na minha família!

— Na minha também — disse eu. Minha voz parecia calma, exatamente a voz de um caroneiro passando o tempo, conversando agradavelmente como um pagamentozinho pela carona. — Não há mesmo nada como um funeral.

— Casamento — disse ele suavemente. À luz do painel, seu rosto era ceroso, o rosto de um cadáver antes da maquiagem. Aquele boné virado ao contrário era especialmente medonho. Fazia pensar quanto do que sobrara ele escondia. Eu lera em algum lugar que os agentes funerários serravam o tampo da cabeça e tiravam o cérebro, colocando no lugar algodão quimicamente tratado. Para impedir o rosto de cair, talvez.

— Casamento — disse eu com lábios entorpecidos, chegando até a rir um pouco, uma risadinha ligeira. — Eu quis dizer casamento.

— Sempre dizemos o que queremos, é o que eu acho — disse o motorista ainda sorrindo.

Sim, Freud acreditava nisso também, eu lera na aula de Psicologia. Duvidei que aquele sujeito conhecesse muito Freud, acho que não há muitos estudiosos de Freud usando camisetas sem manga e bonés de beisebol virados ao contrário, mas ele sabia o suficiente. Eu tinha dito funeral. Deus do céu, eu tinha dito funeral. Então me ocorreu que ele podia estar brincando comigo. Eu não queria que soubesse que eu sabia que ele estava morto. *Ele* não queria que eu soubesse que ele sabia que eu sabia que ele estava morto. Portanto, eu não podia deixar que ele soubesse que eu sabia que ele sabia que...

O mundo começou a oscilar na minha frente. Num instante começaria a girar, depois a rodopiar e eu o perderia de vista. Fechei os olhos por um momento. Na escuridão, a impressão da imagem da lua surgiu num tom de verde.

— Você está bem, cara? — perguntou ele. A preocupação em sua voz era horripilante.

— Sim — respondi, abrindo os olhos. As coisas tinham se firmado de novo. A dor no dorso das mãos onde as unhas se enterravam era forte e real. E o cheiro. Não apenas purificador de ar com cheiro de pinho, não apenas produto químico. Havia um cheiro de terra também.

— Tem certeza? — perguntou.

— Só um pouco cansado. Estou pegando carona há muito tempo. E às vezes fico um pouco enjoado no carro. — A inspiração me bateu subitamente. — Sabe de uma coisa, acho melhor você me deixar por aqui. Se eu sair e tomar um pouco de ar, meu estômago melhora. Depois outra pessoa passa e...

— Não posso fazer isso — disse ele. — Deixar você aqui? De modo nenhum. Pode demorar uma hora até passar alguém, e eles podem não te pegar. Tenho que tomar conta de você. Como é a canção? Me leve para a igreja a tempo, certo?* Não vou te deixar, de modo nenhum. Abra um pouco a janela, vai ajudar. Sei que o cheiro daqui não está grande coisa. Pendurei esse purificador de ar, mas essas drogas não funcionam porra nenhuma. Claro, alguns cheiros são mais difíceis de se tirar do que outros.

Eu quis estender a mão para a manivela da janela, abri-la e deixar o ar fresco entrar, mas os músculos do meu braço não tinham firmeza. Só pude continuar ali sentado, as mãos entrelaçadas, as unhas se afundando no dorso delas. Um conjunto de músculos não funcionava; o outro não parava de funcionar. Que piada.

— É como aquela história — ele continuou. — Aquela sobre um garoto que compra o Cadillac quase novo por 750 dólares. Conhece essa história, não é?

— Conheço, ela é famosa — disse eu com os lábios entorpecidos. Não conhecia a história, mas sabia perfeitamente que não queria ouvi-la, não queria ouvir nada que aquele homem pudesse contar. Diante de nós, a estrada saltava para a frente como num velho filme em preto-e-branco.

— É, é muito famosa, porra. O garoto está procurando um carro e vê um Cadillac quase novo no gramado de um sujeito...

— Eu disse que...

— Sei. E há um cartaz na janela do carro que diz À VENDA PELO PROPRIETÁRIO.

O homem tinha um cigarro espetado atrás de sua orelha. Estendeu a mão para ele e, quando o fez, sua camisa repuxou-se na frente. Pude ver ali outra linha negra e afundada, mais pontos. Então ele se inclinou para acender o isqueiro do carro e a camisa voltou para o lugar.

— O garoto sabe que não pode comprar um Cadillac, não pode chegar nem um centímetro perto de um Cadillac, mas está curioso, sabe? Então vai até o sujeito e diz: "Quanto é que custa uma coisa dessas?". O sujeito desliga a mangueira, porque está lavando o carro, e diz: "Garoto, hoje é o seu dia de sorte. Setecentos e cinqüenta pratas e você leva o carrão."

O isqueiro saltou. Staub puxou-o e apertou a superfície ardente contra o cigarro. Deu uma tragada e vi os pequenos filetes de fumaça escapando pelos pontos que fechavam a incisão em seu pescoço.

— O garoto olha pela janela do carro e vê que o odômetro marca só 30 mil quilômetros rodados. Então diz para o sujeito: "Ah, claro, isso é tão engraçado quanto uma porta de tela num submarino." O sujeito diz: "Não é brincadeira, garoto, espiche a

---

*Referência à música "Get me to the Church on Time", do musical *Minha Bela Dama.* [N. do E.]

grana que o carro é seu. Que diabo, vou até aceitar um cheque, você tem uma cara honesta." E o garoto diz...

Olhei pela janela. Eu *ouvira* aquela história há anos, provavelmente quando ainda estava na escola secundária. Na versão que eu conhecia, o carro era um Thunderbird em vez de um Cadillac, mas no resto era a mesma. O garoto diz *Posso ter apenas 17 anos, mas não sou idiota, ninguém vende um carro desses, ainda mais tão pouco rodado, por apenas 750 pratas*. E o sujeito diz que está fazendo isso porque o carro cheira mal, não se pode tirar o cheiro dele, já tentou várias vezes e não conseguia, sabe, ele estava numa viagem de negócios, uma viagem bem longa, ausente pelo menos...

— ...umas duas semanas — o motorista estava dizendo. Ele sorria como fazem as pessoas que contam uma piada que realmente apreciam. — E quando ele volta, encontra o carro na garagem com sua mulher morta ali dentro, ela tinha ficado ali praticamente o tempo todo em que ele esteve viajando. Não sei se foi suicídio, ataque do coração ou o quê, mas ela está toda inchada e o carro impregnado daquele cheiro, e tudo o que o sujeito quer é vender o carro, sabe. — Ele riu. — É uma história e tanto, não?

— Por que ele não ligou para casa? — Minha boca falou por sua própria vontade, já que meu cérebro estava imobilizado. — Ele esteve longe por duas semanas numa viagem de negócios e não ligou para casa nem uma vez para saber como a mulher estava?

— Bem — disse o motorista —, isso não interessa muito para a história, não é? O que eu quis dizer foi: que pechincha... esta é que é a questão. Você não ficaria tentado? Afinal de contas, sempre se pode dirigir o carro com a porra da janela aberta, não é? E basicamente é só uma história. Ficção. Pensei nela por causa do cheiro deste carro. O que é um fato.

Silêncio. Pensei: *Ele está esperando que eu diga alguma coisa, esperando que eu termine isso*. E eu queria fazê-lo. Queria. Mas... e aí? O que é que ele fará?

O motorista esfregou o polegar no *button* em sua camisa, o que dizia EU ANDEI NA BALA DA ALDEIA ELETRIZANTE, LACONIA. Vi que havia pó sob as suas unhas.

— É onde eu estive hoje — disse ele. — Na Aldeia Eletrizante. Fiz um trabalho para um cara e ele me deu um passe para o dia inteiro. Minha namorada ia comigo, mas ligou dizendo que estava doente, ela tem um tipo de menstruação que dói e deixa ela doente como um cão. É muito ruim, mas eu sempre penso, ora, qual é a alternativa? Não tenho grana nenhuma, certo, e aí fico encrencado, nós dois ficamos. — Ele disse isso alto, um som áspero e sem humor. — Então fui sozinho. Não tem sentido desperdiçar um passe para o dia inteiro. Já esteve na Aldeia Eletrizante?

— Já, uma vez — disse eu. — Aos 12 anos.

— Com quem foi? — perguntou ele. — Você não foi sozinho, foi? Não com 12 anos.

Eu não tinha contado a ele essa parte, tinha? Não. Ele estava brincando comigo, era isso, golpeando-me preguiçosamente para a frente e para trás. Pensei em abrir a porta e me atirar dentro da noite, tentando proteger a cabeça com os braços antes de me chocar com algo, mas sabia que ele ia esticar a mão e me puxar de volta antes que eu pudesse ir embora. De qualquer modo, eu não conseguia levantar os braços. O máximo que podia fazer era apertar as mãos.

— Não. Fui com meu pai. Meu pai me levou.

— Você andou na Bala? Eu andei quatro vezes naquela porra. Cara! Vai direto de cabeça para baixo! — Ele me olhou e riu de novo, áspero e vazio. O luar nadou em seus olhos, transformando-os em círculos brancos como os olhos de uma estátua. E compreendi que ele estava mais do que morto; ele estava louco. — Você andou naquilo, Alan?

Pensei em lhe dizer que meu nome não era aquele, que eu me chamava Hector, mas de que adiantava? Estávamos chegando ao fim do negócio.

— Sim — murmurei. Não havia uma única luz ali, exceto a da lua. As árvores passavam correndo, encolhendo-se como dançarinos improvisados num *revival* de *show* de circo. A estrada passava correndo sob nós. Olhei para o velocímetro e vi que estava a mais de 130 quilômetros por hora. Estávamos andando na bala agora, ele e eu; os mortos viajam rápido. — É, eu andei na Bala.

— Nah — disse ele. Deu uma tragada no cigarro e vi mais uma vez os pequenos filetes de fumaça saírem dos pontos costurados em seu pescoço. — Você nunca andou. Principalmente com seu pai. Você ficou na fila, é verdade, mas estava com sua mãe. Uma fila comprida, a fila para a Bala é sempre comprida, e sua mãe não quis ficar ali debaixo do sol quente. Mesmo nessa época ela já era gorda, e o calor a incomodava. Mas você a atormentou o dia todo, atormentou, atormentou, atormentou, e o engraçado da coisa, cara, é que quando chegou no início da fila, você amarelou. Não amarelou?

Eu não disse nada. Minha língua estava grudada no chão da boca.

A mão dele se esticou, a pele amarela às luzes do painel do Mustang, as unhas sujas, e agarrou minhas mãos entrelaçadas. A força as abandonou quando ele fez isso, e elas desmoronaram como um nó que se desfaz magicamente ante o toque da varinha do mago. Sua pele era gelada, com algo de cobra.

— Não amarelou?

— Sim — disse eu. Minha voz não passava de um murmúrio. — Quando chegamos perto e vi como era alto... como girava lá no alto e como eles gritavam lá dentro... eu amarelei. Mamãe me deu um tapa e não falou comigo por todo o caminho até chegar em casa. Nunca andei na Bala. — Até agora, pelo menos.

— Devia ter andado, cara. É o melhor de todos. Nele é que se deve andar. Nada mais é bom, pelo menos não ali. Voltando para casa, parei para tomar umas cervejas naquela loja junto à estrada de ferro estadual. Eu ia dar uma passada na casa da minha namorada, dar a ela o *button* de brincadeira. — Tamborilou no *button* pregado em seu peito e a seguir abriu a janela, atirando o cigarro na noite ventosa, com um piparote. — Mas você provavelmente sabe o que aconteceu.

Claro que eu sabia. Era como todas as histórias de fantasma que se ouvem, não era? Ele batera com o Mustang e, quando os tiras chegaram, ele estava morto, os remanescentes de seu corpo torcidos atrás do volante, fitando o teto com os olhos mortos. Desde então é visto na Estrada Ridge quando é lua cheia e o vento sopra, *uuuuuu*, nós voltamos depois de uma rápida mensagem de nossos patrocinadores. Agora sei de algo que não sabia antes — as piores histórias são as que se ouvem a vida inteira. São esses os verdadeiros pesadelos.

— Nada como um funeral — disse ele e riu. — Não é o que você disse? Você escorregou ali, Al. Não há dúvida. Escorregou, tropeçou e caiu.

— Deixa eu sair — sussurrei. — Por favor.

— Bom — disse ele virando-se para mim —, temos que conversar sobre isso, não é? Sabe quem eu sou, Alan?

— Você é um fantasma.

Ele bufou impaciente, e ao fulgor do velocímetro os cantos de sua boca viraram para baixo.

— Ora, cara, você pode fazer melhor do que isso. Fantasma é o Gasparzinho, porra. Eu flutuo no ar? Você pode ver através de mim? — Levantou a mão, abriu-a e fechou-a diante de mim. Eu ouvi o som seco, não-lubrificado, de seus tendões estalando.

Tentei dizer alguma coisa. Não sei o quê, e realmente pouco importa, porque nada saiu.

— Sou uma espécie de mensageiro — disse Staub. — A porra do FedEx do além-túmulo, que tal isso? Caras como eu geralmente aparecem com freqüência... sempre que as circunstâncias forem as certas. Sabe o que eu acho? Eu acho que seja quem for que dirige as coisas... Deus ou sei lá o quê... precisa ser entretido. Ele sempre quer saber se você ficará com o que já conseguiu ou se ele pode convencê-lo a partir para o que está atrás da cortina. Mas as coisas têm que ser exatas. Nesta noite, foram. Você sozinho... com a mãe doente... precisando de carona...

— Se eu ficasse com o velho, nada disso teria acontecido — disse eu. — Teria? — Agora podia sentir claramente o cheiro de Staub, penetrante como uma agulha de produto químico e o fedor mais estagnado e surdo da carne decomposta, e pensei como eu podia não tê-lo sentido, ou confundido aquele odor com outra coisa.

— Difícil dizer — replicou Staub. — Talvez esse velho de quem você está falando também esteja morto.

Pensei no velho de voz esganiçada como um punhado de vidro, o estalo de seu pacote. Não, ele não estava morto, e eu trocara o cheiro de mijo de seu velho Dodge por algo muito pior.

— De qualquer modo, cara, não temos tempo para falar nisso. Daqui a oito quilômetros, vamos começar a ver casas de novo. Mais sete e estaremos na ferrovia da cidade de Lewiston. O que significa que você tem que decidir agora.

— Decidir o quê? — Mas eu achava que sabia.

— Quem anda na Bala e quem fica no chão. Você ou sua mãe. — Ele se virou e me olhou com seus olhos de afogado sob o luar. Sorriu mais amplamente e vi que a maioria de seus dentes tinha desaparecido com o desastre. Deu uns tapinhas no volante. — Vou levar um de vocês comigo, cara. E já que você está aqui, tem que escolher. O que me diz?

Não pode estar falando sério, foi o que veio aos meus lábios, mas de que adiantava dizer isso ou qualquer coisa assim? Claro que ele falava sério. Com uma seriedade mortal.

Pensei nos anos todos que mamãe e eu havíamos passado juntos. Alan e Jean Parker contra o mundo. Um monte de bons momentos e mais do que um punhado de momentos ruins. Remendos nas calças e jantar de picadinho. A maioria dos garotos levava 25 *cents* por semana para comprar o almoço quente; eu sempre recebia um sanduíche de manteiga de amendoim ou um pedaço de salame dentro de um pão do dia anterior, como um garoto dessas histórias tolas em que o sujeito é pobre e depois enriquece. Ela trabalhando em não sei quantos restaurantes e bares diferentes para nos sustentar. A vez em que ela tirou uma folga do trabalho para conversar com o homem do Auxílio para Crianças Dependentes, ela vestida com seu melhor terninho, ele na cadeira de balanço de nossa cozinha, com um terno que até uma criança de nove anos como eu notava que era muito melhor do que o dela, com uma prancheta no colo e uma caneta gorda e brilhante nos dedos. As respostas de mamãe, com um sorriso fixo na boca, às perguntas insultantes e constrangedoras dele, mesmo lhe tendo sido oferecido café, porque se ele fizesse o relatório certo, ela ganharia mais 50 dólares por mês, mais 50 pratas sórdidas. Deitada na cama chorando depois de ele ir embora, ela me disse, tentando sorrir, que ACD não queria dizer Auxílio às Crianças Dependentes e sim Associação de Calhordas Debilóides. Eu rira e ela também, porque havíamos descoberto que era preciso rir. Quando são só você e sua mãe gorda e fumante inveterada contra o mundo, rir é o único modo de seguir adiante sem ficar maluco e dar socos na parede. Mas havia mais do que isso, sabe? Para pessoas como nós, gente pequena esgueirando-se pelo mundo como camundongos num desenho animado, às vezes rir dos idiotas era a única vingança que se podia ter. Ela trabalhando em todos aqueles empregos e fazendo horas extras e dando tapinhas nos tornozelos quando inchavam e separando as gorjetas numa jarra com FUNDO PARA A FACULDADE DE ALAN escrito nela — exatamente como numa dessas histórias tolas de pobre que enriquece, sim, sim — e me dizendo repetidamente que eu tinha que trabalhar duro, as outras crianças podiam brincar de Freddy, o Babaca na escola, mas eu não, porque mesmo que ela guardasse as gorjetas até o dia do Juízo Final, não haveria o suficiente; no final, se eu chegasse à faculdade, a coisa se resumiria a bolsas e empréstimos, e eu *tinha* que entrar para a faculdade porque era a única saída para mim... e para ela. Então trabalhei duro, pode acreditar, porque não era cego — eu via como ela estava gorda, via como fumava (era seu único prazer pessoal... seu único vício, se você é um desses que encara as coisas assim), e eu sabia que um dia nossas posições se inverteriam e eu é que tomaria conta dela. Com uma educação universitária e um bom emprego, talvez eu pudesse fazer isso. Eu *queria* fazer isso. Eu a amava. Mamãe tinha um temperamento agressivo e uma boca suja — o dia em que ficamos na fila da Bala e eu amarelei, não foi a única vez que ela berrou comigo e me bateu — mas eu a amava mesmo assim. Em parte, até mesmo *por causa* disso. Eu a amava tanto quando ela me batia como quando ela me beijava. Entende isso? Eu também. E está tudo bem. Acho que não se pode sintetizar vidas ou explicar famílias, e nós *éramos* uma família, ela e eu, a menor família que há, um segredo compartilhado. Se você tivesse perguntado, eu teria dito que faria qualquer coisa por ela. E agora era exatamente isso que estava sendo pedido a mim. Estavam me pedindo que eu morresse por ela, morresse em seu lugar, embora ela já tivesse vivido metade de sua vida, provavelmente até mais. Eu mal começara a minha.

— O que diz, Al? — perguntou George Staub. — O tempo está passando.

— Não posso decidir assim — disse eu com voz rouca. A lua deslizava acima da estrada, rápida e brilhante. — Não é justo me perguntar.

— Eu sei, e acredite, é o que todos dizem. — Então abaixou a voz. — Mas tenho que lhe dizer uma coisa... se você não tiver decidido quando chegarmos às primeiras luzes das casas, terei que levar vocês dois. — Ele franziu as sobrancelhas e então animou-se de novo, como se lembrasse que havia boas notícias além das más. — Vocês poderiam viajar no banco de trás se eu levasse vocês dois, conversar sobre os velhos tempos.

— Viajar para onde?

Ele não respondeu. Talvez não soubesse.

As árvores haviam se transformado num borrão de tinta preta. Os faróis corriam e a estrada se desenrolava. Eu tinha 21 anos. Não era virgem, mas só estivera com uma garota uma única vez, e estava bêbado e não lembrava direito como fora. Havia milhares de lugares que eu desejava visitar — Los Angeles, Taiti, talvez Luchenbach, Texas — e mil coisas que queria fazer. Minha mãe tinha 48 anos e era *velha,* droga. A Sra. McCurdy não diria isso, mas a Sra. McCurdy também era velha. Mamãe agira direito comigo, trabalhara todas aquelas longas horas e tomara conta de mim, mas fui eu que escolhi a vida dela? Pedi para nascer e depois exigi que ela vivesse para mim? Ela estava com 48 anos, eu com 21. Como dizem, eu tinha a vida inteira pela frente. Mas era assim que se julgava a questão? Como se decide uma coisa dessas? Como se *pode* decidir uma coisa dessas?

O bosque corria como uma flecha. A lua olhava para baixo como um olho brilante e mortal.

— É melhor se apressar, cara — disse George Staub. — Estamos deixando o ermo para trás.

Abri a boca e tentei falar. Nada saiu exceto um árido suspiro.

— Espere, eu tenho uma coisa aqui — disse ele e estendeu a mão para trás. Sua camisa foi erguida de novo e tive mais uma visão (preferia não tê-la) da linha de pontos pretos em seu ventre. Haveria tripas por trás daquela linha ou apenas algodão ensopado de produtos químicos? Quando a mão dele voltou, segurava uma lata de cerveja, uma daquelas que comprara na loja da ferrovia estadual em sua última viagem, provavelmente.

— Sei como é — disse ele. — O estresse deixa a boca seca. Tome.

Entregou-me a lata. Peguei-a, puxei o anel de metal e tomei um grande gole: a cerveja descendo pela minha garganta era gelada e amarga. Desde então, nunca mais tomei cerveja — simplesmente não consigo. Mal posso suportar os anúncios da bebida na tevê.

À nossa frente, na escuridão varrida pelo vento, uma luz amarela cintilou.

— Depressa, Al, tem que se apressar. É a primeira casa, bem ali no alto da colina. Se tem algo para me dizer, é melhor dizer já.

A luz desapareceu e voltou de novo, mas agora eram várias luzes. Havia janelas, e por trás delas pessoas comuns faziam coisas comuns — assistiam à tevê, davam de comer ao gato, talvez tocassem uma punheta no banheiro.

Pensei em nós na fila da Aldeia Eletrizante, Jean e Alan Parker, uma mulher grande, com manchas escuras de suor nas axilas do vestido de verão, e seu filhinho. Ela não quisera ficar na fila, Staub estava certo quanto a isso... mas eu a tinha atormentado, atormentado, atormentado. Ele estava certo nisso também. Ela me batera, mas também tinha ficado na fila comigo. Ficara comigo num monte de filas, e eu poderia repassar tudo aquilo novamente, todos os argumentos prós e contras, mas não havia tempo.

— Leve ela — disse eu, quando as luzes da primeira casa varreram o Mustang. Minha voz estava rouca, crua e alta. — Leve ela, leve minha mãe, não a mim.

Atirei a lata de cerveja no chão do carro e cobri o rosto com as mãos. Então ele me tocou, tateou a frente da minha camisa, vasculhando, e pensei — com uma clareza de repente muito vívida — que tudo aquilo fora um teste. Eu tinha falhado e agora ele ia arrancar meu coração diretamente do peito, como um gênio mau num desses cruéis contos de fadas árabes. Gritei. Então os dedos dele se abriram — foi como se tivesse mudado de idéia no último segundo — e sua mão passou além de mim. Por um momento, meu nariz e meus pulmões ficaram tão inundados de seu cheiro de morte que senti a certeza de que também estava morto. Então ouvi o clique da porta sendo aberta e o ar gelado entrou num jorro, varrendo o cheiro de morte.

— Bons sonhos, Al — grunhiu Staub em meu ouvido, e então me empurrou. Rolei para dentro da escuridão ventosa de outubro com os olhos fechados, as mãos erguidas e o corpo tenso pelo choque que esmagaria meus ossos. Posso ter gritado, não me lembro com clareza.

O choque não veio, e após um momento interminável percebi que já estava no chão — sentia o solo debaixo de mim. Abri os olhos, e a seguir fechei-os bem apertados de novo. O brilho feroz da lua era ofuscante. Uma flecha de dor me atravessou a cabeça, instalando-se não nos olhos, onde geralmente ocorre a dor depois que fixamos uma luz inesperadamente brilhante, mas atrás, abaixo, pouco acima da nuca. Tive consciência de que meu traseiro e minhas pernas estavam frios e molhados. Não tinha importância. Eu estava no chão, e isso era tudo.

Apoiei-me nos cotovelos e abri os olhos novamente, dessa vez com mais cautela. Acho que já sabia onde estava, e um olhar em torno foi suficiente para confirmar isso: deitado de costas no pequeno cemitério do alto da colina na Estrada Ridge. Ferozmente brilhante, a lua estava agora quase diretamente acima de mim, mas muito menor do que momentos antes. A névoa se mostrava mais espessa também, depositada sobre o cemitério como um cobertor. Algumas lápides sobressaíam através dela como ilhas de pedra. Tentei levantar e outra flechada de dor atravessou minha cabeça. Pus a mão no local e senti um caroço, assim como uma umidade grudenta. À luz do luar, o sangue que molhava a palma de minha mão parecia negro.

Na segunda tentativa, consegui levantar e oscilei por alguns momentos entre as lápides, mergulhado na névoa até os joelhos. Virei-me e vi a brecha no muro, com a Estrada Ridge além dele. Não consegui ver minha mochila porque o nevoeiro a escondera, mas eu sabia que estava ali. Se eu saísse para o lado da estrada à esquerda do sulco, eu a encontraria. Ora, provavelmente tropeçaria nela.

Portanto, esta era a minha história, cuidadosamente embrulhada e amarrada com uma fita: eu parara para descansar no alto dessa colina, entrara no cemitério para dar uma espiada no local e, enquanto me afastava do túmulo de um tal George Staub, tropeçara nos meus próprios pés grandes e estúpidos. Caí e bati com a cabeça numa lápide. Quanto tempo tinha ficado inconsciente? Eu não estava alerta o suficiente para ter noção de tempo com precisão de minutos pela mudança de posição da lua, mas tinha sido pelo menos uma hora. Tempo bastante para sonhar que eu pegara carona com um morto. Que morto? George Staub, claro, o nome que eu lera na lápide pouco antes de as luzes desaparecerem. Era o final clássico, não era? Puxa-Que-Sonho-Horrível-Eu-Tive. E quando eu chegasse a Lewiston e descobrisse que mamãe tinha morrido? Só um pequeno toque de premonição naquela noite, deixemos a coisa assim. O tipo de história que se pode contar anos depois, no final de uma festa, e as pessoas concordariam com a cabeça pensativamente, solenes, e algum sabichão de casaco de *tweed* e recortes de couro nos cotovelos diria que há mais coisas entre o Céu e a Terra do que sonha a nossa vã filosofia, e então...

— Então, merda — lamentei. A parte de cima do nevoeiro movia-se lentamente, como névoa num espelho nublado. — Nunca falarei nisso. Jamais, em toda a minha vida, nem no leito de morte.

Mas tudo acontecera como eu me lembrava, tinha certeza. George Staub havia aparecido e me recolhera no seu Mustang, o velho companheiro de Ichabod Crane, com a cabeça costurada em vez de segurá-la debaixo do braço, exigindo que eu escolhesse. E eu *escolhera* — confrontado com as luzes da primeira casa que surgia, eu dispusera da vida de minha mãe quase sem hesitação, trocando-a pela minha. Pode ser compreensível, mas isso não diminui a culpa. Entretanto, ninguém tinha que saber, essa era a parte boa. Sua morte ia parecer natural — que diabo, *seria* natural — e eu pretendia deixá-la assim.

Saí do cemitério pelo sulco esquerdo e, quando meu pé bateu contra a mochila, peguei-a e a pendurei nos ombros. Luzes apareceram lá embaixo como se alguém tivesse dado uma deixa a elas. Levantei o polegar, com a estranha certeza de que era o velho do Dodge — ele voltaria por esse caminho para me procurar, claro, isso dava à história aquele arredondamento final.

Mas não era o velho. Era um fazendeiro mascador de fumo numa *pickup* cheia de cestas de maçãs, um sujeito totalmente comum; nem velho nem morto.

— Para onde está indo, rapaz? — perguntou, e quando eu lhe disse ele falou: — Então está bom para nós dois. — Menos de 40 minutos depois, às 21h20, ele parava na frente do Central Maine Medical Center. — Boa sorte. Espero que sua mãe se recupere.

— Obrigado — disse eu e abri a porta do carro.

— Você está muito nervoso com isso, mas na certa ela vai ficar bem. Mas você devia desinfetar isso aí. — Ele apontou para as minhas mãos.

Olhei para o dorso delas e vi os profundos semicírculos arroxeados. Lembrei que as tinha apertado, enterrando as unhas nelas, incapaz de parar. E lembrei dos olhos de Staub, inundados de luar como água radiante. *Você andou na Bala?*, tinha perguntado ele. *Eu andei quatro vezes naquela porra.*

— Rapaz? — perguntou o motorista da *pickup.* — Tudo bem com você?

— Ahn?

— Está tremendo tanto.

— Estou bem — disse eu. — Mais uma vez, obrigado. — Bati a porta da *pickup* e subi o largo caminho além da fileira de cadeiras de rodas paradas, cintilando ao luar.

Fui até o balcão de informações lembrando que precisava mostrar surpresa quando me dissessem que ela morrera, precisava ficar surpreso, eles iam achar estranho se eu não ficasse... ou talvez pensassem apenas que eu ficara em estado de choque... ou que nós não nos dávamos bem... ou...

Estava tão mergulhado nesses pensamentos que, no início, não percebi o que a mulher atrás do balcão tinha dito. Pedi que repetisse.

— Eu disse que ela está no quarto 487, mas o senhor não pode subir agora. O horário de visita terminou às nove.

— Mas... — Senti uma súbita tonteira e agarrei a borda do balcão. O saguão era iluminado por lâmpadas fluorescentes, e naquela brilhante claridade opressiva os cortes das minhas mãos destacavam-se com insolência: oito pequenos semicírculos como sorrisos púrpura, pouco acima dos nós. O homem da *pickup* tinha razão. Eu devia desinfetar aquilo.

A mulher ao balcão olhava-me pacientemente. Na placa à sua frente estava escrito YVONNE EDERLE.

— Mas ela está bem?

A mulher consultou o computador.

— O que tenho aqui é S. De satisfatório. E o quarto é o andar dos internados em geral. Se sua mãe tivesse piorado, estaria na UTI. Que fica no terceiro. Tenho certeza de que se o senhor voltar amanhã, vai encontrá-la bem. O horário de visita começa às...

— É a minha mãe — disse eu. — Vim de carona desde a Universidade do Maine para vê-la. Não posso dar uma subidinha lá, só por alguns minutos?

— Às vezes abrimos exceções para a família direta — disse ela e sorriu. — Fique aqui um segundo. Vou ver o que posso fazer. — Pegou o telefone e apertou uns dois botões, sem dúvida chamando o posto de enfermagem do quarto andar, e vi os dois minutos seguintes transcorrerem como se eu realmente *tivesse* uma premonição. Yvonne, a Senhora da Informação, perguntaria se o filho de Jean Parker no 487 podia subir dois minutos, só o suficiente para dar um beijo na mãe e animá-la, e a enfermeira diria, ah, meu Deus, a Sra. Parker morreu há menos de 15 minutos, acabamos de mandá-la para o necrotério, ainda não tivemos tempo de atualizar o computador, isso é terrível.

A mulher ao balcão disse:

— Muriel? É Yvonne. Há um rapaz aqui embaixo chamado — ela me olhou, as sobrancelhas erguidas, e eu lhe disse o meu nome — Alan Parker. A mãe dele é Jean Parker, no 487. Ele está perguntando se podia só...

Ela parou e escutou. Do outro lado do fio, a enfermeira do quarto andar sem dúvida estava dizendo a Yvonne que Jean Parker tinha morrido.

— Tudo bem — disse Yvonne. — Sim, eu entendo. — Ficou quieta por um momento, olhando o espaço, depois pôs o bocal do fone contra o ombro e disse: — Ela está mandando Ann Corrigan para dar uma espiada nela. É só um segundo.

— Isso nunca termina — disse eu.

Ivonne franziu as sobrancelhas.

— Como?

— Nada — disse eu. — Foi uma longa noite e...

— ...e o senhor está preocupado com a sua mãe. Claro. Acho que é um filho muito bom para largar tudo e vir correndo de tão longe.

Suspeitei que a opinião de Yvonne Ederle a meu respeito teria despencado de repente se tivesse ouvido minha conversa com o rapaz do Mustang, mas não ouvira. Aquele era um segredinho nosso.

Minha impressão é que fiquei durante horas sob as brilhantes lâmpadas fluorescentes, esperando que a enfermeira do quarto andar voltasse ao telefone. Yvonne fazia correr a caneta sobre alguns papéis à sua frente, colocando pequenas marcas de checagem em alguns nomes, e ocorreu-me que se existisse de fato um Anjo da Morte, provavelmente seria como aquela mulher, uma funcionária ligeiramente sobrecarregada junto a uma mesa, um computador e papelada demais. Yvonne mantinha o fone entre a orelha e um ombro levantado. O alto-falante disse que o Dr. Farquhar estava sendo solicitado na radiologia. No quarto andar, uma enfermeira chamada Ann Corrigan estaria agora examinando minha mãe deitada na cama, morta, com os olhos abertos, o esgar de desdém induzido em seu rosto pelo derrame finalmente relaxando.

Yvonne endireitou-se quando a voz voltou à linha. Escutou por um momento e então disse:

— Está bem, sim, entendo. Pode deixar. Claro que sim. Obrigada, Muriel. — Desligou o telefone e olhou-me solenemente. — Muriel disse que o senhor pode subir, mas só por cinco minutos. Sua mãe tomou os remédios da noite e está muito sonolenta...

Fiquei imóvel diante dela, engolindo em seco.

Seu sorriso diminuiu um pouquinho.

— Tem certeza de que está bem, Sr. Parker?

— Sim. Acho que pensei...

Seu sorriso voltou. Dessa vez era solidário.

— Muita gente pensa isso — disse. — É compreensível. A gente recebe um telefonema do nada, vem correndo para cá... é compreensível pensar no pior. Mas Muriel não o deixaria subir se sua mãe não estivesse bem. Pode confiar em mim.

— Obrigado — disse eu. — Muito obrigado.

Enquanto eu começava a me afastar, ela disse:

— Sr. Parker? Se o senhor veio da Universidade do Maine lá no norte, posso perguntar por que está usando esse *button*? A Aldeia Eletrizante é em New Hampshire, não é?

Olhei para a minha camisa e vi o *button* espetado no bolso do peito: EU ANDEI NA BALA DA ALDEIA ELETRIZANTE, LACONIA. Lembrei de ter pensado que ele queria arrancar o meu coração, mas agora eu entendia: ele espetara o *button* dele na minha camisa antes de me empurrar para fora. Era o seu modo de pôr uma marca em mim, de tornar o nosso encontro impossível de não se acreditar. Os cortes em minhas mãos diziam isso; o *button* dizia isso também. Ele me pedira que escolhesse e eu escolhera.

Portanto, como minha mãe poderia estar viva?

— Isso? — Toquei o *button* com o polegar, polindo-o um pouco. — É o meu talismã. — A mentira era tão horrível que tinha uma espécie de esplendor. — Ganhei isso quando estive lá com minha mãe, há muito tempo. Ela me levou para andar na Bala.

Yvonne, a Senhora da Informação, sorriu como se essa fosse a coisa mais doce que já ouvira.

— Dê-lhe um bom abraço e um beijo. Ver você vai fazê-la dormir melhor do que qualquer pílula dos médicos. — Ela apontou. — Os elevadores ficam ali, dobrando o corredor.

Com o horário de visita terminado, eu era o único esperando o elevador. Havia uma cesta de lixo à esquerda, junto à porta que dava para o quiosque de jornal, agora fechado e escuro. Arranquei o *button* da camisa e joguei-o na cesta. Então limpei a mão na calça, e ainda a limpava quando a porta de um dos elevadores se abriu. Entrei e apertei o quatro. O elevador começou a subir. Acima do painel dos botões havia um cartaz anunciando uma campanha para coleta de sangue na semana seguinte. Enquanto o lia, eu tive uma idéia... embora fosse muito mais uma certeza do que uma idéia. Mamãe estava morrendo naquele exato segundo, enquanto eu subia até o seu andar no lento elevador industrial. Eu escolhera; portanto, cabia a mim encontrá-la morta. Fazia um sentido total.

A porta do elevador abriu-se para outro cartaz. Este mostrava um dedo de cartolina pressionado contra grandes lábios vermelhos de cartolina. Por baixo, uma frase dizia NOSSOS PACIENTES AGRADECEM O SEU SILÊNCIO! Além do saguão do elevador, havia um corredor que se abria à esquerda e à direita. Os quartos de número ímpar ficavam à esquerda. Segui por ali com meus tênis parecendo mais pesados a cada passo. Andei mais devagar a partir do 461 e parei inteiramente entre o 481 e o 483. Não conseguia prosseguir. Um suor tão frio e grudento como xarope semicongelado brotou do meu cabelo em filetes, um punho coberto com uma luva macia agarrava o meu estômago por dentro. Não, não podia fazê-lo. Melhor dar meia-volta e bater em retirada como o grande covarde que eu era. Pegaria carona para Harlow e ligaria para a Sra. McCurdy pela manhã. Seria mais fácil enfrentar a coisas pela manhã.

Comecei a me virar, mas uma enfermeira pôs a cabeça para fora de um quarto duas portas adiante... o quarto de mamãe.

— Sr. Parker? — perguntou em voz baixa.

Por um momento selvagem, quase disse que não era eu. Então confirmei o nome com a cabeça.

— Entre. Depressa. Ela vai...

Eram as palavras que eu desconfiava que ouviria, mas mesmo assim desencadearam uma câibra de terror e trancaram meus joelhos.

A enfermeira viu isso e veio depressa até mim, a saia sussurrando, o rosto alarmado. O pequeno alfinete de ouro em seu peito dizia ANNE CORRIGAN.

— Não, não, eu só quis dizer que ela estava *sedada*... e vai dormir. Ah, meu Deus, que estupidez a minha. Ela está bem, Sr. Parker, eu lhe dei um calmante e ela vai dormir, foi isso que eu quis dizer. O senhor não vai desmaiar, vai? — Ela pegou o meu braço.

— Não — disse eu, sem ter certeza. O mundo desmoronava e meus ouvidos zumbiam. Pensei em como a estrada saltara em direção ao carro, uma estrada de filme em preto-e-branco com todo aquele luar. *Você andou na Bala? Cara, eu andei quatro vezes naquela porra.*

Anne Corrigan levou-me para o quarto e eu vi minha mãe. Ela sempre fora uma mulher grande, e a cama de hospital era pequena e estreita, mas mesmo assim ela parecia quase perdida ali. Seu cabelo, agora mais grisalho do que preto, espalhava-se pelo travesseiro. As mãos em cima do lençol pareciam as de uma criança ou de uma boneca. Não havia nenhum esgar de desdém trazido pelo derrame, como o que eu imaginara, mas sua pele estava amarela. Os olhos fechados se abriram quando a enfermeira ao meu lado murmurou seu nome. Eram de um azul profundo e iridescente, sua parte mais jovem, e perfeitamente vivos. Por um momento, pareceram não estar em lugar nenhum, e então me viram. Ela sorriu e tentou estender os braços. Um deles se ergueu. O outro tremeu, levantou um pouquinho e caiu novamente na cama. "Al", sussurrou ela.

Fui até ela começando a chorar. Junto à parede havia uma cadeira, mas não liguei a mínima. Ajoelhei-me no chão e pus os braços em torno de mamãe. Seu cheiro era morno e limpo. Beijei-lhe a têmpora, o rosto, o canto da boca. Ela levantou a mão boa e me deu uns tapinhas no rosto.

— Não chore — murmurou. — Não precisa.

— Vim logo que soube — disse eu. — Betsy McCurdy ligou.

— Eu disse a ela... o fim de semana. Disse que o fim de semana seria bom.

— Ah, coisa nenhuma — disse eu, abraçando-a.

— O carro... consertou?

— Não. Vim de carona.

— Nossa — disse. Cada palavra era nitidamente um esforço para ela, mas não estavam empastadas, e não senti em mamãe nenhuma perturbação ou desorientação. Sabia quem ela era, quem eu era, onde estávamos, por que estávamos ali. O único sinal de algo errado era o braço esquerdo fraco. Experimentei uma enorme sensação de alívio. Tudo tinha sido uma brincadeira cruel de Staub... ou talvez não tivesse havido nenhum Staub, talvez tudo tivesse sido um sonho, afinal de contas, por mais sentimentalóide que pudesse ser. Agora que eu estava ali, ajoelhado junto à cama dela, abraçando-a, sentindo um ligeiro remanescente de seu perfume Lanvin, a idéia do sonho parecia bem mais plausível.

— Al? Está com sangue no colarinho. — Os olhos dela fecharam-se por um momento e se abriram lentamente de novo. Imaginei que suas pálpebras deviam estar tão pesadas quanto eu tinha sentido o tênis no saguão.

— Bati com a cabeça, mãe, não é nada.

— Ótimo. Tem... tem que cuidar de você. — As pálpebras desceram novamente; ergueram-se mais lentamente ainda.

— Sr. Parker, acho que agora é melhor deixarmos ela dormir — disse a enfermeira por trás de mim. — O dia dela foi extremamente difícil.

— Eu sei. — Beijei-a no canto da boca de novo. — Vou indo, mãe, mas volto amanhã.

— Não... pegue carona... perigoso.

— Não vou pegar. A Sra. McCurdy pode me levar. Vê se dorme.

— Durmo... só o que eu faço — disse ela. — Estava trabalhando, descarregando a máquina de lavar pratos. Tive tremenda dor de cabeça. Caí. Acordei... aqui. — Ela me olhou. — Foi derrame. O médico disse... não é muito grave.

— Você está bem — disse eu. Levantei, peguei a mão dela. Sua pele era delicada, tão macia como seda molhada. A mão de uma pessoa velha.

— Sonhei que estávamos naquele parque de diversões em New Hampshire — disse ela.

Senti minha pele enregelar por todo o corpo.

— Sonhou?

— É. Esperando na fila daquele brinquedo que vai... lá em cima. Lembra dele?

— A Bala — eu disse. — Lembro, mãe.

— Você estava com medo e eu gritei. Gritei com você.

— Não, mãe, você...

A mão dela apertou a minha e os cantos de sua boca se aprofundaram quase em covinhas. Era um fantasma de sua velha expressão impaciente.

— Sim — disse ela. — Gritei e dei um tapa em você. Na nuca... não foi?

— É possível — disse eu, desistindo. — Era ali que você mais me batia.

— Não devia — disse ela. — Fazia calor e eu estava cansada, mas mesmo assim... não devia. Queria lhe pedir desculpas.

Meus olhos começaram a lacrimejar de novo.

— Tudo bem, mãe. Foi há muito tempo.

— Você não chegou a dar sua volta — sussurrou.

— Mas eu dei. No final, eu dei.

Ela sorriu para mim. Parecia pequena e fraca, a quilômetros da mulher raivosa, suada e forte que berrara comigo quando chegamos ao começo da fila, berrara e me batera na nuca. Ela deve ter visto que alguém a observava, porque lembro que disse *O que é que está olhando, afinal?*, enquanto me levava dali pela mão, eu fungando sob o sol quente do verão, esfregando a nuca... mas na verdade não doía, ela não me batera com tanta força assim; o que mais me lembro era de estar grato por escapar daquela construção alta, rodopiante, com as cápsulas nas duas extremidades, uma giratória máquina de gritos.

— Sr. Parker, está na hora de ir embora — disse a enfermeira.

Peguei a mão de mamãe e beijei-a.

— Até amanhã. Amo você, mãe.

— Amo você também. Alan... desculpe todas as vezes que bati em você. Não é o certo.

Mas fora; fora o modo *dela*. Eu não tinha como lhe dizer que sabia e o aceitava. Era parte do nosso segredo de família, algo sussurrado ao longo das terminações nervosas...

— Vejo você amanhã. Está bem?

Ela não respondeu. Seus olhos tinham se fechado de novo, e dessa vez as pálpebras não tornaram a se abrir. Seu peito se erguia e baixava lenta e regularmente. Afastei-me da cama sem tirar os olhos dela.

No corredor, perguntei à enfermeira.

— Ela vai ficar boa? Vai mesmo?

— Ninguém pode dizer isso com certeza, Sr. Parker. Ela é paciente do Dr. Nunnally. Ele é muito bom. Ele vai estar no andar amanhã de tarde e o senhor pode perguntar a ele...

— Me diga o que *você* acha.

— Acho que ela vai ficar boa — disse a enfermeira, levando-me pelo corredor na direção do saguão do elevador. — Seus sinais vitais estão fortes e todos os efeitos residuais sugerem um derrame muito leve. — Franziu um pouco a testa. — Ela vai ter que fazer algumas mudanças, é claro. Na dieta... no estilo de vida...

— Está querendo dizer quanto ao cigarro.

— Ah, sim. Isso vai ter que parar. — Disse isso como se largar um hábito da vida inteira para minha mãe não fosse mais difícil do que tirar o vaso de uma mesa na sala e colocá-lo em outra mesa no corredor. Apertei o botão do elevador e a porta se abriu imediatamente. As coisas se tornavam nitidamente menos agitadas no hospital quando o horário de visita acabava.

— Obrigado por tudo — disse eu.

— De nada. Desculpe se o assustei. Foi bem estúpido da minha parte.

— De modo nenhum — disse eu, embora concordasse com ela. — Não é o caso.

Entrei no elevador e apertei o botão para o térreo. A enfermeira ergueu a mão se despedindo. Eu sacudi a minha em resposta e a porta se fechou entre nós. O elevador começou a descer. Examinei as marcas das unhas nas minhas mãos e pensei que eu era uma criatura horrível, a mais baixa entre as baixas. Mesmo se aquilo tivesse sido só um sonho, eu era o ma is mesquinho dos mesquinhos, droga. *Leve ela*, eu tinha dito. Era minha mãe e mesmo assim eu tinha dito: *Leve minha mãe, não a mim.* Ela me criara, trabalhara depois do expediente para mim, esperara na fila comigo ao sol quente de verão num empoeirado parquezinho de diversões de New Hampshire, e no final eu mal hesitara. *Leve ela, não a mim.* Covarde de merda, seu covardezinho de merda, porra.

Quando a porta do elevador abriu eu saí, levantei a tampa da cesta de papel e lá estava ele, no copo de papel quase vazio de alguém: EU ANDEI NA BALA DA ALDEIA ELETRIZANTE, LACONIA.

Curvei-me, recolhi o *button* da poça fria de café em que estava, limpei-o no *jeans* e coloquei-o no bolso. Jogá-lo fora tinha sido uma idéia errada. Agora ele era meu — talismã da sorte ou do azar, era meu. Deixei o hospital, acenando ligeiramente para Yvonne ao passar por ela. Do lado de fora, a lua navegava o telhado do céu, inundando o mundo com sua luz estranha e perfeitamente mágica. Nunca me sentira tão cansado e desanimado em toda a vida. Gostaria de poder escolher de novo, escolher diferente. O engraçado — se eu a tivesse encontrado morta, como era meu temor — é que acho que poderia ter vivido com aquilo. Afinal de contas, não é assim que se espera que histórias deste tipo terminem?

Ninguém quer dar carona a um sujeito na cidade, dissera o velho do pacote, e como isso era verdadeiro. Percorri toda Lewiston — três dúzias de quarteirões da Rua Lisbon e nove quarteirões da Rua Canal, passando por todos os bares com as vitrolas automáticas tocando velhas canções dos Foreigner, Led Zeppelin e AC/DC em francês — sem levantar o polegar uma só vez. Não teria adiantado nada. Passava das 11 quando cheguei à ponte DeMuth. E eu já estava do lado Harlow quando o primeiro carro para o qual levantei o polegar parou. Quarenta minutos depois, eu pescava a chave debaixo do carrinho de mão vermelho junto à porta do galpão, e dez minutos depois disso eu estava na cama. Ao adormecer, ocorreu-me ser aquela a primeira vez que eu dormia ali sozinho.

O telefone me acordou às 12h15. Pensei que fosse do hospital, alguém de lá dizendo que mamãe piorara de repente e falecera há poucos minutos, lamento. Mas era só a Sra. McCurdy para saber se eu chegara bem, e querendo todos os detalhes da minha visita na noite anterior (me fez repeti-la três vezes, e no final da terceira vez eu começava a me sentir como um criminoso interrogado sob acusação de assassinato), querendo saber também se eu gostaria de ir com ela naquela tarde. Eu disse que seria ótimo.

Depois que desliguei, fui até a porta do quarto, onde havia um espelho de corpo inteiro. Ele me mostrou um rapaz alto, não-barbeado, com uma pequena barriguinha, vestido só de cuecas frouxas.

— Você tem que se controlar, garotão — disse para o meu reflexo. — Não pode passar o resto da vida pensando que cada vez que o telefone toca é para lhe dizer que sua mãe morreu.

Não que eu fosse fazê-lo. O tempo entorpeceria a memória, ele sempre faz isso... mas era surpreendente como a noite anterior ainda parecia real e imediata. Cada borda e canto eram agudos e claros. Eu ainda via o rosto bonito e jovem de Staub por baixo do boné ao contrário, e o cigarro por trás da orelha, e o modo como a fumaça saía da incisão em seu pescoço quando ele inalava. Ainda podia ouvi-lo contando a história do Cadillac sendo vendido barato. O tempo aplainaria as bordas e arredondaria os cantos, mas não por enquanto. Afinal de contas, eu tinha o *button,* estava na cômoda perto da porta do banheiro. O *button* era o meu suvenir. O herói de toda história de fantasma não sai com um suvenir, algo provando que tudo tinha de fato acontecido?

Havia um antigo aparelho de som no canto do quarto, e vasculhei minhas velhas fitas procurando algo para ouvir enquanto fazia a barba. Encontrei uma que dizia FOLK MIX e a pus para tocar. Eu a fizera no curso secundário e mal lembrava o que continha. Bob Dylan cantava sobre a morte solitária de Hattie Carroll, Tom Paxton cantava sobre seu amigo errante* e então Dave Van Ronk começou a cantar seu *cocaine blues.*** A meio caminho do terceiro verso, fiz uma pausa com a navalha no rosto. *Estou com a cabeça cheia de uísque e a barriga cheia de gim,* cantou Dave com sua voz áspera. *O médico diz que isso vai me matar, mas não diz quando.* E aquela era a resposta, claro. Uma consciência culpada tinha me levado a imaginar que mamãe morreria *imediatamente,* e Staub jamais corrigira essa suposição — como poderia, se eu nem perguntara? —, mas claro que não era verdade.

O médico diz que isso vai me matar, mas não diz quando.

Pelo amor de Deus, por que eu estava me martirizando? Minha escolha não seguia a ordem natural das coisas? Os filhos geralmente não sobrevivem aos pais? O filho-da-puta tinha tentado me assustar — me jogar numa viagem de culpa —, mas eu não era obrigado a comprar o que ele estava vendendo, não é? No final, nós todos não andamos na Bala?

Você está apenas tentando escapar. Tentando achar um meio para as coisas ficarem bem. Talvez o que está pensando seja verdade... mas quando ele lhe pediu que

---

*Referência à música "The Lonesome death of Hattie Carroll". (N. do E.).

** Referência à música "Cocaine Blues" (Blues da Cocaína).

escolhesse, você a escolheu. Não há jeito de transformar isso no contrário, companheiro — você escolheu sua mãe.

Abri os olhos e olhei meu rosto no espelho.

— Fiz o que tinha que fazer — disse eu. Não acreditava muito nisso, mas, com o tempo, acho que acreditaria.

A Sra. McCurdy e eu fomos ver minha mãe, que estava um pouco melhor. Perguntei a ela se lembrava do sonho sobre a Aldeia Eletrizante em Laconia. Sacudiu a cabeça.

— Mal me lembro de você na noite passada — disse. — Eu estava tremendamente sonolenta. Isso tem importância?

— Não — disse eu e beijei-lhe a testa. — Nem um pouco.

Mamãe deixou o hospital cinco dias depois. Claudicava um pouco naquele momento, mas isso desapareceu e um mês depois ela voltou a trabalhar — só meio expediente no início, mas a seguir em tempo integral, exatamente como se nada tivesse acontecido. Voltei para a escola e arranjei um emprego no Pat's Pizza, no centro de Orono. O dinheiro não era fantástico, mas foi o suficiente para consertar meu carro. O que foi bom; meu gosto por pegar caronas diminuíra um pouco.

Mamãe tentou largar o cigarro e por algum tempo conseguiu. Certa tarde, quando eu voltava da escola para as férias de abril um dia antes do previsto, a cozinha estava enfumaçada como sempre. Mamãe me olhou com uma expressão envergonhada e desafiadora ao mesmo tempo.

— Não consigo — disse ela. — Desculpe, Al, sei que quer que eu não fume e sei que não devia, mas há uma lacuna tão grande na minha vida sem os cigarros. Nada preenche isso. O melhor que posso fazer é desejar que jamais tivesse começado.

Duas semanas depois que me formei na faculdade, mamãe teve outro derrame — um derrame pequeno. Quando o médico a censurou, ela tentou deixar de fumar novamente, depois engordou 22 quilos e voltou ao cigarro. "Como um cachorro volta para o seu vômito", diz a Bíblia; sempre gostei desta frase. Arranjei um emprego muito bom em Portland na primeira tentativa — sorte, acho eu — e comecei a tentar convencê-la a largar o próprio emprego. No início, foi uma pedreira. Eu poderia ter desistido, mas tinha uma certa lembrança que me fez continuar martelando as defesas ianques de mamãe.

— Você devia estar economizando para a sua própria vida, e não para cuidar de mim — disse ela. — Vai querer casar algum dia, Al, e o que gastar comigo não terá para se casar. Para sua verdadeira vida.

— Minha verdadeira vida *é você* — disse eu e beijei-a. — Você pode pegar ou largar, mas é assim.

Finalmente ela jogou a toalha.

Tivemos alguns anos muito bons depois disso — ao todo, sete. Eu não morava com ela, mas visitava-a quase todo dia. Jogávamos muito *gin rummy* e assistíamos a um monte de filmes no vídeo que comprei para ela. Demos gargalhadas de rolar, como ela gostava de dizer. Não sei se devo esses anos a George Staub, mas foram ótimos. E a lembrança da noite em que encontrei Staub nunca se apagou ou tornou-se uma espécie de sonho, como sempre esperei que acontecesse; todos os incidentes, desde o velho me dizendo para fazer um pedido à lua da colheita, como os dedos se movendo na minha camisa quando Staub passara o *button* para mim, todos permaneceram perfeitamente nítidos. E chegou o dia em que não consegui achar mais aquele *button*. Sabia que o tinha quando me mudara para o pequeno apartamento em Falmouth — eu o guardara na gaveta de cima da mesa-de-cabeceira, juntamente com uns dois pentes, meus dois conjuntos de abotoaduras e um velho *button* político que dizia BILL CLINTON, THE SAFE SAX PRESIDENT [Bill Clinton, o presidente do sax seguro] — mas depois o perdi. E quando o telefone tocou um ou dois dias depois, eu soube por que a Sra. McCurdy estava chorando. Era a má notícia que eu jamais deixara de esperar; diversão é diversão e terminado é terminado.

Quando o velório e o funeral acabaram, e a fila aparentemente interminável de amigos e conhecidos chegou ao fim, voltei à pequena casinha em Harlow onde mamãe passara seus anos finais, fumando e comendo sonhos polvilhados de açúcar. Sempre fôramos Jean e Alan Parker contra o mundo; agora eu estava sozinho.

Examinei os pertences dela, separando alguns papéis de que precisaria mais tarde, pondo num lado as caixas com as coisas que gostaria de guardar, e no outro as coisas que gostaria de dar para a caridade. Quase no fim da tarefa, ajoelhei-me e olhei debaixo da cama. Lá estava ele, o que eu vinha procurando aquele tempo todo sem admitir para mim mesmo: um empoeirado *button* que dizia EU ANDEI NA BALA DA ALDEIA ELETRIZANTE, LACONIA. Apertei-o na mão. O alfinete enterrou-se em minha carne e eu apertei mais ainda, tendo um prazer amargo na dor. Quando abri os dedos de novo, meus olhos estavam cheios de lágrimas e as palavras do *button* ondulavam duplas, sobrepondo-se em duas camadas trêmulas. Era como olhar para um filme em terceira dimensão sem os óculos.

— Está satisfeito? — perguntei ao quarto silencioso. — Já chega? — Não houve resposta, claro. — Por que você se deu ao trabalho? Para quê, droga?

Nenhuma resposta, claro, e por que haveria? Pode-se esperar na fila, é tudo. Espere na fila sob a lua e faça os pedidos à sua luz infectada. Espere na fila e ouça-os gritando — eles pagam para serem aterrorizados, e na Bala eles sempre obtêm aquilo por que pagam. Talvez quando chegar a sua vez você viaje nela, ou talvez fuja. De um modo ou de outro, acho que dá no mesmo. Devia haver mais do que há, mas não há não — não adianta chorar o leite derramado.

Pegue seu *button* e dê o fora daqui.

A moeda da sorte

No outono de 1996, atravessei os Estados Unidos do Maine à Califórnia na minha motocicleta Harley-Davidson, parando em livrarias independentes para promover um romance chamado Insomnia [Insônia]. *Foi uma viagem fantástica. O ponto alto foi provavelmente sentar no pequeno alpendre de um armazém abandonado em Kansas, vendo o sol se pôr no oeste enquanto a lua cheia se erguia no leste. Pensei numa cena em* The Prince of Tides (O Príncipe das Marés), *de Pat Conroy, onde a mesma coisa acontece e uma criança em êxtase exclama "Ah, mamãe, faz isso de novo!". Posteriormente, em Nevada, fiquei num hotel caindo aos pedaços onde as camareiras deixavam fichas de dois dólares para o caça-níqueis sobre o travesseiro. Ao lado de cada ficha, havia um cartãozinho que dizia "Oi, sou Marie, Boa Sorte!". Esta história me veio à mente e a escrevi à mão, em papel de hotel.*

—

— AH, SEU FILHO-DA-PUTA PÃO-DURO! — exclamou ela no quarto de hotel vazio, mais de surpresa do que de raiva.

Então — era o seu jeito — Darlene Pullen começou a rir. Sentou na cadeira ao lado do leito vazio e amarfanhado com a moeda de 25 *cents* numa das mãos e o envelope de onde ela caíra na outra, olhando de um para outro e rindo até que lágrimas lhe desceram pelo rosto. Patsy, sua filha mais velha, precisava de aparelhos nos dentes. Darlene não tinha absolutamente nenhuma idéia de como ia pagá-los; preocupara-se com a questão a semana toda e, se isso não era a última gota, o que seria? E se não pudesse rir da coisa, o que *poderia* fazer? Comprar uma arma e dar um tiro na cabeça?

Moças diferentes deixavam em locais diferentes o envelope superimportante, chamados por elas de "o pote de mel". Gerda, a sueca que fora prostituta no centro da cidade antes de encontrar Jesus no verão anterior, num *revival* em Tahoe, prendia o dela num dos espelhos do banheiro; Melissa punha o dela sob o controle remoto da tevê. Darlene sempre colocava o seu apoiado no telefone, e ao entrar naquela manhã e ver o envelope do 322 em cima do travesseiro, soube que o hóspede deixara algo para ela.

Sim, certamente. Um sanduichezinho de metal, um quarto de dólar, um Em Deus Confiamos.

Seu riso, reduzido a risadinhas, explodiu de novo num acesso de risadas.

O pote de mel tinha letras impressas, além do logotipo do hotel: as silhuetas de um cavalo e de seu cavaleiro no alto de um rochedo encerradas numa forma de diamante.

> *Bem-vindo a Carson City, a cidade mais simpática de Nevada!* [diziam as palavras abaixo do logotipo] *E bem-vindo ao The Rancher's Hotel, a hospedagem mais simpática em Carson City! Seu quarto foi arrumado por* Darlene. *Se algo estiver errado, por favor, disque 0, que nós resolveremos logo. Este envelope é fornecido para o caso de você achar que tudo está a contento e quiser deixar alguma coisa extra para esta camareira.*
> *Mais uma vez, bem-vindo a Carson e ao Rancher's.*

William Avery
Chefe do Rancho

Com muita freqüência, o pote de mel permanecia vazio — Darlene encontrara envelopes rasgados na cesta de papel, amassados num canto do quarto (como se a idéia de dar gorjeta à camareira enfurecesse alguns hóspedes), flutuando no vaso sanitário — mas às vezes havia no envelope uma simpática surpresinha, especialmente se a máquina caça-níqueis ou as mesas de jogo tivessem sido amáveis com um hóspede. E o 322 usara de fato o seu; deixara a ela um quarto de dólar, minha nossa! Isso pagaria o aparelho de dentes de Patsy e compraria aquele *videogame* da Sega que Paul queria do fundo do coração. Ele não teria nem que esperar até o Natal, poderia ganhá-lo como... como...

— Um presente do Dia de Ação de Graças — disse ela. — Claro, por que não? E vou pagar o pessoal da tevê a cabo, assim a gente não precisa desistir dela, e vamos poder até acrescentar o Canal Disney, e eu vou poder finalmente ir a um médico para ver as minhas costas... merda, estou rica. Se eu encontrasse esse senhor, cairia de joelhos e beijaria seus pés, porra.

Não havia possibilidade; o 322 tinha ido embora havia muito tempo. O Rancher's provavelmente era o melhor hotel em Carson City, mas o negócio ainda era inteiramente transitório. Quando Darlene entrava pela porta dos fundos às sete horas da manhã, os hóspedes levantavam, faziam a barba, tomavam banho, em alguns casos cuidavam de suas ressacas; e enquanto ela estava no Serviço de Quarto com Gerda, Melissa e Jane (a governanta-chefe, a dos formidáveis peitos de canhão e boca obstinada pintada de vermelho), primeiro tomando café e depois enchendo o carrinho para preparar-se para o dia, os motoristas de caminhão, caubóis e vendedores pagavam as contas na recepção, com seus envelopes potes de mel cheios ou não.

O 322 — aquele cavalheiro — deixara 25 *cents* no seu. E provavelmente lhe deixara algo nos lençóis também, sem falar numa lembrança ou duas no vaso sem apertar a descarga. Porque alguns não conseguem parar de dar. Está em sua natureza.

Enxugando o rosto úmido com a bainha do avental, Darlene suspirou e espremeu o envelope — o 322 se dera ao trabalho de colá-lo, e ela rasgara a ponta do envelope ansiosa para ver o que havia nele. Quis jogar os 25 *cents* de novo no envelope e então viu que este continha um bilhete rabiscado numa folha do bloco da escrivaninha.

Sob o logotipo de cavalo-e-cavaleiro e das palavras APENAS UM BILHETE DO RANCHO, o 322 escrevera nove palavras com um lápis de ponta rombuda:

Isto é uma moeda da sorte! É verdade! Seu sortudo!

— Um bom negócio! — disse Darlene. — Com dois filhos e um marido que saiu para trabalhar há cinco anos e não voltou, bem que preciso de um pouco de sorte. Deus sabe que sim. — Então ela riu de novo, com escárnio, e deixou cair a moeda dentro do envelope. Entrou no banheiro e espiou o vaso: nada ali a não ser água clara. Bom, isso já era alguma coisa.

Continuou com suas tarefas, que não demoraram muito. O quarto de dólar era uma sacanagem de mau gosto, pensou, mas no resto o 322 fora bastante educado. Nenhuma mancha nos lençóis, nenhuma surpresa desagradável (pelo menos quatro vezes, em seus cinco anos de camareira, os cinco anos desde que Deke a deixara, tinha encontrado traços secos do que só poderia ser sêmen na tela de tevê e certa vez uma fedorenta poça de mijo na gaveta de uma cômoda), nada roubado. Havia apenas a cama por fazer, a pia e o chuveiro para lavar, e as toalhas para substituir. Enquanto fazia essas coisas, especulava sobre qual seria a aparência do 322, e que tipo de homem deixava para uma mulher tentando criar dois filhos sozinha uma gorjeta de 25 *cents*. Alguém que podia rir e ser mesquinho ao mesmo tempo, imaginou ela; alguém que provavelmente tinha tatuagens nos braços e parecia o personagem interpretado por Woody Harrelson no filme *Assassinos por natureza*.

Ele não sabe coisa alguma a meu respeito, pensou ela saindo para o corredor e fechando a porta atrás de si. *Provavelmente estava bêbado e achou a coisa engraçada, só isso. E de certo modo foi engraçada; senão, por que você teria rido?*

Certo. Senão, por que teria rido?

Empurrando o carrinho para o 323, ela pensou que daria o quarto de dólar para Paul. Dos dois garotos, era Paul geralmente quem passava o pior pedaço. Aos sete anos, era silencioso e sofria do que parecia um resfriado perpétuo. Darlene achava que ele devia ser o único garoto a ter uma asma incipiente naquela cidade no meio do deserto.

Ela suspirou e usou sua chave privativa no 323, pensando que talvez encontrasse uma nota de 50 — ou até de 100 — no pote de mel daquele quarto. Quase sempre era a primeira coisa que pensava ao entrar. Entretanto, o envelope estava onde ela o deixara, apoiado no telefone, e embora ela verificasse apenas por desencargo de consciência, sabia que ele estaria vazio. E tinha razão.

Mas o 323 lhe *deixara* algo no toalete.

— Olhe só isso, a sorte já começou — disse Darlene e pôs-se a rir, enquanto apertava o botão da descarga. Era o jeito dela.

Havia uma máquina caça-níqueis — apenas uma — no saguão do Rancher's e, embora Darlene nunca a tivesse usado nos cinco anos em que trabalhava lá, ela enfiou a mão no bolso indo para o almoço naquele dia, tateou o envelope com a ponta rasgada e foi até a cromada enganadora de otários. Não esquecera que pretendia dar a moeda a Paul, mas 25 *cents* não significavam nada para as crianças atualmente, e por que significariam? Não davam para comprar sequer uma mísera garrafa de Coca. E de repente ela só quis se livrar da droga da moeda. Suas costas doíam, ela estava com uma pouco habitual indigestão ácida por causa do seu café das dez horas e sentia-se tremendamente deprimida. Subitamente, o brilho do mundo sumira, e tudo parecia culpa daquela moeda nojenta... como se ela enviasse pequenos feixes de vibrações malignas de seu bolso.

Gerda saiu do elevador exatamente a tempo de ver Darlene plantar-se em frente à máquina caça-níqueis, tirar o quarto de dólar do envelope e recolhê-lo na mão.

— Você? — disse Gerda. — *Você?* Não, nunca... eu não acredito.

— Pois fique olhando — disse Darlene, e deixou cair a moeda na fenda onde estava escrito USE 1, 2 OU 3 MOEDAS. — Essa gracinha já era.

Começou a se afastar e então, quase como uma reflexão posterior, virou-se o suficiente para acionar a máquina. Começou a andar de novo sem se dar ao trabalho de observar a máquina, e não viu os sinos ocuparem os lugares nas janelinhas — um, dois e três. Darlene só parou de andar quando ouviu os quartos de dólar começando a chover na bandeja no fundo da máquina. Seus olhos se arregalaram e depois se estreitaram suspeitosamente, como se aquilo fosse outra piada... ou talvez o final da primeira.

— *Focê* ganhou! — gritou Gerda, o sotaque sueco surgindo com mais força pela sua animação. — Darlene, *focê* ganhou!

Ela passou rapidamente por Darlene, que simplesmente ficara onde estava, ouvindo as moedas cascatearem na bandeja. O som parecia continuar para sempre. *Sortuda,* pensou ela. *Sortuda, sortuda.*

Finalmente, os quartos de dólar pararam de cair.

— Ah, meu Deus! — disse Gerda. — Ah, meu Deus! E pensar que essa máquina pão-dura nunca me deu um tostão, depois de todas as moedas que enfiei nela! Sua sorte chegou! Deve haver 15 dólares, Darl! Imagine se você tivesse posto *trrês* moedas!

— Seria mais sorte do que eu posso agüentar — disse Darlene, com vontade de chorar. Não sabia por que sentia isso, mas era assim; as lágrimas queimavam o interior de seus globos oculares como um leve ácido. Gerda ajudou-a recolher as moedas da bandeja e, quando todas estavam no bolso do uniforme de Darlene, o lado da roupa pendia comicamente. O único pensamento que lhe ocorreu foi que devia comprar alguma coisa boa para Paul, um brinquedo. Quinze dólares não eram suficientes para o *videogame* da Sega que ele queria, nem chegavam perto, mas poderia comprar uma das coisas eletrônicas que ele sempre olhava na vitrine da Radio Shack no *shopping*, não pedindo, porque sabia que não podia — era doente, mas não burro —, só olhando, com olhos que pareciam sempre inflamados e lacrimejantes.

Coisa nenhuma, disse ela para si mesma. *Você vai comprar um par de sapatos, é o que vai fazer... ou a droga do aparelho de dentes de Patsy. Paul não se importaria com isso, e você sabe disso.*

Não, Paul não se importaria e isso era o diabo, pensou, os dedos segurando o peso das moedas no bolso, ouvido-as tilintar. Você se *importava* com as coisas no lugar deles. Paul sabia que os aviões, carros e barcos movidos por controle remoto da vitrine estavam fora do seu alcance, assim como o *videogame* da Sega e todos os jogos que se podia jogar com ele; para Paul, tais coisas existiam para serem apreciadas apenas na imaginação, como quadros numa galeria ou esculturas num museu. Para ela, entretanto...

Bem, talvez *devesse* comprar algo supérfluo para ele com a sorte inesperada. Algo supérfluo e simpático. Surpreendê-lo.

Surpreender a si própria.

Ela surpreendeu a si própria, não há dúvida.

Muito.

Naquela noite, decidiu ir a pé para casa em vez de tomar o ônibus. No meio da Rua North, entrou no Silver City Casino, onde jamais pisara antes. Havia trocado as moedas — 18 dólares — em notas na recepção do hotel e agora, sentindo-se como uma visitante, aproximou-se da roleta e estendeu as notas para o crupiê com a mão inteiramente dormente. Não era apenas a mão; cada nervo abaixo da superfície de sua pele parecia ter morrido, como se o comportamento súbito e aberrante os tivesse estourado como fuzíveis sobrecarregados.

Não tem importância, disse para si mesma ao trocar todos os 18 dólares por fichas de um dólar, cor-de-rosa e sem marcas, no espaço assinalado ODD. *É apenas um quarto de dólar, é só o que é, não importa o que pareça em cima desse feltro, é apenas a brincadeira de mau gosto de alguém com uma camareira que ele jamais olhou nos olhos. É apenas um quarto de dólar, e você ainda está tentando se livrar dele, porque ele se multiplicou e mudou de forma, mas ainda está emitindo más vibrações.*

— Encerraram-se as apostas, encerraram-se as apostas — cantarolou o homem da roleta enquanto a bolinha movia-se ao contrário da roda que girava. A bolinha caiu, quicou, parou e Darlene fechou os olhos por um momento. Quando os abriu, viu que a bolinha girava inserida na fenda número 15.

Quando o crupiê empurrou mais 18 fichas cor-de-rosa para ela, Darlene achou-as parecidas com as pastilhas Garoto amassadas. Pegou as fichas e colocou-as de novo no vermelho. O crupiê a olhou com as sobrancelhas erguidas, perguntando-lhe mudamente se tinha certeza. Ela fez um sinal afirmativo com a cabeça, e ele pôs a roleta para girar. Quando o vermelho surgiu de novo, Darlene mudou sua crescente pilha de fichas para o preto.

Depois o ímpar.

Depois o par.

Darlene tinha 576 dólares à sua frente depois da última aposta, e sua cabeça partira para outro planeta. Ela não via exatamente fichas pretas, verdes e rosa diante de si; via um aparelho para os dentes e um submarino controlado pelo rádio.

Sortuda, pensou Darlene Pullen. *Sortuda, sortuda.*

Apostou as fichas de novo, todas elas, e o grupo de pessoas que sempre se forma atrás e à volta dos ganhadores em maré de sorte nas cidades de jogo, mesmo às cinco horas da tarde, gemeu.

— Senhora, não posso permitir a aposta sem a autorização do chefe do andar — disse o homem da roleta. Parecia consideravelmente mais acordado agora do que quando

Darlene entrara com seu uniforme de *rayon* listrado de azul e branco. Ela apostara seu dinheiro no segundo triplo — os números de 13 a 24.

— Então é melhor chamar ele, meu bem — disse Darlene, e esperou calma, os pés sobre a Terra em Carson City, Nevada, a 11 quilômetros de onde fora aberta a primeira grande mina de prata em 1878, a cabeça em algum ponto no fundo das minas de delumínio do Planeta Churupadidalle, enquanto o chefe do andar e o homem da roleta conferenciavam e o grupo em torno murmurava. Finalmente, o chefe do andar veio até ela e pediu-lhe que escrevesse o nome, endereço e número do telefone num papel cor-de-rosa. Darlene o fez, curiosa de ver que sua letra nem parecia a mesma. Sentia-se calma, tão calma como o mais calmo mineiro de delumínio que já existira, mas suas mãos tremiam bastante.

O chefe do andar virou-se para o Sr. Roleta e girou o dedo no ar — pode rodar, garoto.

Dessa vez, o som seco da bolinha branca foi claramente audível na área à volta da roleta; o grupo ficara completamente silencioso, e a aposta de Darlene era a única no feltro. Ali era Carson City, não Montecarlo, e para Carson isso já era uma aposta-monstro. A bola chacoalhou, caiu numa fenda, pulou, caiu em outra, depois pulou de novo. Darlene fechou os olhos.

Sortuda, ela pensou e rezou. *Sortuda, mamãe sortuda, garota sortuda.*

O grupo de pessoas gemeu, de horror ou êxtase. Foi assim que Darlene soube que a roda se tornara vagarosa o suficiente para ser decifrada. Darlene abriu os olhos, sabendo que seu quarto de dólar finalmente se fora.

Mas não.

A bolinha branca descansava na depressão do 13 Preto.

— Ah, meu Deus, queridinha — disse uma mulher atrás dela. — Me dê sua mão, quero tocar na sua mão. — Darlene a deu e sentiu a outra mão ser pega suavemente também... pega e acariciada. De uma grande distância, bem longe das minas de delumínio onde essa fantasia se desenrolava para ela, Darlene pôde sentir primeiro duas pessoas, depois quatro, depois seis, depois oito, esfregarem-lhe suavemente as mãos tentando pegar sua sorte como um vírus de resfriado.

O Sr. Roleta empurrava pilhas e pilhas de fichas para ela.

— Quanto? — perguntou Darlene debilmente. — Quanto é isso?

— Mil setecentos e vinte e oito dólares — disse ele. — Parabéns, senhora. Se eu fosse a senhora...

— Mas não é — disse Darlene. — Quero colocar tudo num número só. Aquele ali, o 25 — apontou. Por trás dela, alguém gritou suavemente, como num êxtase sexual. — Cada *cent.*

— Não — disse o chefe do andar.

— Mas...

— Não — disse ele de novo. Darlene trabalhara com homens suficientes a maior parte da vida para saber quando um deles falava com firmeza. — Política da casa, Sra. Pullen.

— Tudo bem — disse ela. — Tudo bem, seu chato. — Puxou as fichas para si, derrubando algumas pilhas. — Quanto vai me *deixar* apostar?

— Com licença — disse o chefe do andar.

Ausentou-se por quase cinco minutos, e durante esse tempo a roleta permaneceu silenciosa. Ninguém falou com Darlene, mas suas mãos eram tocadas repetidamente, às vezes esfregadas como se ela tivesse desmaiado. Quando o chefe do andar voltou, trazia consigo um homem alto e calvo de *smoking* e óculos de aro de ouro. Ele não olhou exatamente para Darlene e sim através dela.

— Oitocentos dólares — disse ele —, mas aconselho-a a não fazê-lo. — Seus olhos desceram ao uniforme dela e subiram novamente até seu rosto. — Eu acho que a senhora devia trocar suas fichas.

— Pois eu acho que o senhor não sabe porra nenhuma — disse Darlene, e o homem calvo apertou os lábios com desagrado. Ela olhou novamente o Sr. Roleta.

— Vamos lá — disse ela.

O Sr. Roleta pegou uma placa de 800 dólares, cobrindo com ela o número 25 com um floreio. Então girou a roda e a bolinha caiu. Todo o cassino silenciara profundamente agora, até mesmo o ruído contínuo das máquinas caça-níqueis. Levantando os olhos, Darlene não ficou surpresa de ver que a bancada de tevê que anteriormente vinha mostrando corridas de cavalo e partidas de boxe agora mostrava a roleta que girava... e ela, Darlene.

Sou até uma estrela de tevê. Sortuda. Sortuda. Ah, sortuda à beça.

A bolinha girou, quicou. Quase ficou presa, depois girou de novo, um pequeno dervixe branco disparando pela polida circunferência de madeira da roleta.

— As probabilidades! — ela gritou subitamente. — Quais são as probabilidades?

— Trinta para um — disse o homem calvo. — A senhora deve ganhar 24 mil dólares, madame.

Darlene fechou os olhos...

... e os abriu no 322. Ainda estava sentada na cadeira, com o envelope numa mão e o quarto de dólar que caíra dele na outra. As lágrimas de riso ainda lhe molhavam as faces.

— Sortuda — disse ela e espremeu o envelope para poder ver lá dentro.

Nenhum bilhete. Só outra parte da fantasia.

Suspirando, deixou cair a moeda no bolso do uniforme e começou a limpar o 322.

Em vez de levar Paul para casa como fazia depois da escola, Patsy levou-o para o hotel.

— Ele está fungando por aí todo encatarrado — explicou à mãe, com a voz carregada de um desdém que só uma criança de 13 anos pode reunir em tal proporção. — Está tipo *sufocando* nele. Achei que você ia querer levar ele ao Pronto-socorro.

Paul olhou-a em silêncio com seus olhos pacientes e lacrimejantes, o nariz vermelho como as listas da bengala de açúcar. Estavam no saguão e não havia nenhum hóspede no momento, e o Sr. Avery (Tex para as arrumadeiras, que detestavam unanimemente o nojentinho) estava longe da recepção. Provavelmente de volta ao escritório, descabelando o palhaço.

Darlene pôs a palma da mão na testa de Paul, sentiu o calor que saía dali e suspirou.

— Acho que você tem razão — disse ela. — Como está se sentindo, Paul?

— *Dô* bem — disse ele numa voz distante como sirene de nevoeiro.

Até Patsy parecia deprimida.

— Provavelmente ele vai morrer com 16 anos — disse ela. — Vai ser o único caso de AIDS espontânea na história do mundo.

— Feche essa boca suja! — disse Darlene de modo muito mais áspero do que pretendia, mas foi Paul quem pareceu ferido, encolhendo-se e desviando os olhos dela.

— Ele também é um bebê — disse Patsy desesperançada. — Um bebê mesmo.

— Não é não. Ele é sensível, só isso. E tem baixa resistência. — Vasculhou o bolso do uniforme. — Paul? Quer isso?

Ele a olhou novamente, viu a moeda e sorriu um pouco.

— O que vai fazer com isso, Paul? — Patsy perguntou enquanto ele pegava a moeda. — Levar Deirdre McCausland para sair? — Zombou.

— *Fou* pensar em *alguba* coisa — disse Paul.

— Deixe ele em paz — disse Darlene. — Não o aborreça por algum tempo, pode fazer isso?

— Posso, mas o que é que eu ganho? — Perguntou Patsy. — Vim com ele até aqui a salvo, *sempre* trago ele são e salvo, então vou ganhar o quê?

Aparelho de dentes, pensou Darlene, *se algum dia eu puder arcar com um*. Então ficou subitamente esmagada pela infelicidade, pela sensação de que a vida era uma vasta e gelada pilha de lixo — restos de delumínio, se preferir — sempre pairando sobre você, sempre na expectativa de cair e cortá-la em fatias gritantes mesmo antes de esmagá-la e lhe tirar a vida. A sorte era uma piada. Mesmo a boa sorte era apenas má sorte com o cabelo penteado.

— Mãe? Mamãe? — Patsy pareceu repentinamente preocupada. — Não quero nada não, estava só brincando.

— Tenho uma *Contigo* para você, se quiser — disse Darlene. — Encontrei num dos quartos e está lá no meu armário.

— Deste mês? — perguntou Patsy de modo suspeitoso.

— Deste mês, sim. Vem.

Já estavam no meio do saguão quando ouviram a moeda cair e o inequívoco ruído da alavanca e o rápido clicar dos tambores quando Paul acionou a máquina caça-níqueis ao lado da recepção.

— Ah, seu pateta, agora você está frito! — exclamou Patsy, que não parecia exatamente feliz com a coisa. — Quantas vezes mamãe já disse para não jogar dinheiro fora nessas máquinas? Caça-níqueis são para os turistas!

Mas Darlene nem se virou. Ficou olhando para a porta que levava ao país das camareiras, onde os casacos de tecido barato de Ames e Wal-Mart estavam pendurados numa fileira como sonhos que mofaram e foram descartados, onde o relógio do tempo corria, onde o ar sempre cheirava ao perfume de Melissa e à cânfora de Jane. Ficou escutando o clicar rápido dos tambores, esperando o chacoalhar das moedas na bandeja; no momento em que começaram a cair, Darlene já pensava em pedir a Melissa para dar uma olhada nas crianças enquanto ela descia até o cassino. Não levaria muito tempo.

Sortuda, pensou e fechou os olhos. Na escuridão por trás das pálpebras, o som das moedas caindo era muito alto. Soava como refugo de metal caindo na tampa de um caixão.

Tudo ia acontecer como ela imaginara, tinha certeza que seria assim. No entanto, a imagem da vida como uma gigantesca pilha de refugo — uma pilha de metal desconhecido — continuava. Era como uma mancha indelével que jamais sairá de uma roupa favorita.

Mesmo assim, Patsy precisava de um aparelho de dentes, e Paul precisava ir ao médico por causa do nariz que escorria constantemente e dos olhos perpetuamente lacrimejantes; precisava também de um *videogame* da Sega, assim como Patsy precisava de uma roupa de baixo colorida que a fizesse sentir-se confortável e *sexy*, e ela própria, Darlene, precisava... de quê? Que Deke voltasse?

Claro, que Deke voltasse, pensou quase rindo. *Preciso que ele volte tanto quanto preciso da puberdade de novo, ou de trabalhos de parto. Preciso... bem...*

(de nada)

É, era isso. Nada de nada, zero, vazio, *adiós*. Dias negros, noites vazias e risos por todo o caminho.

Não preciso de coisa algum porque sou sortuda, pensou, os olhos ainda fechados. Lágrimas espremeram-se das pálpebras baixadas enquanto por trás dela Patsy gritava o mais alto que podia. "Ah, pombas! Puta que pariu, você tirou a sorte grande, Paulie! Você tirou a droga da sorte grande!"

Sortuda, pensou Darlene. *Tão sortuda, ah, como tenho sorte.*

markgraph
Rua Aguiar Moreira, 386 - Bonsucesso
Tel.: (21) 3868-5802 Fax: (21) 270-9656
e-mail: markgraph@domain.com.br
Rio de Janeiro - RJ